Ausgerechnet Sylt! Viele Jahre hat Katharina die Insel ihrer Kindheit und Jugend gemieden, jetzt führt sie der Rechercheauftrag eines holländischen Bestsellerautors in die alte Heimat zurück. Kaum auf Sylt angekommen, trifft sie mit voller Wucht auf ihre Vergangenheit. Nicht nur, dass sie sich mit ihrer chaotischen Schwester Inken auseinandersetzen muss, nein, auch Hannes ist auf der Insel, ihre erste große Liebe, der gerade die Wohnung seiner verstorbenen Mutter auflöst und den sie seit über zwanzig Jahren aus ihren Erinnerungen zu tilgen versucht. Alte Liebe rostet nicht ...?

Dora Heldt, 1961 auf Sylt geboren, ist gelernte Buchhändlerin und seit 1992 als Verlagsvertreterin unterwegs. Mit ihren spritzig-unterhaltenden Frauen- und Familienromanen hat sie bereits Millionen Leser zum Lachen gebracht, ihre Bücher sind zudem fürs Fernsehen verfilmt und in etliche Sprachen übersetzt worden. Heute wohnt Dora Heldt in Hamburg, doch sie liebt ihre Heimatinsel sehr und verbringt dort so viel Zeit wie möglich.

Dora Heldt

Wind aus West
mit starken Böen

Roman

dtv

Ausführliche Informationen über
unsere Autoren und Bücher
www.dtv.de

Von Dora Heldt
sind bei dtv außerdem erschienen:
Ausgeliebt (21006)
Unzertrennlich (21133)
Urlaub mit Papa (21143)
Tante Inge haut ab (21209)
Kein Wort zu Papa (21362)
Bei Hitze ist es wenigstens nicht kalt (21437)
Jetzt mal unter uns (21509)
Herzlichen Glückwunsch, Sie haben gewonnen (21529)
Böse Leute (26087)

Ungekürzte Ausgabe 2016
2. Auflage 2016
© 2014 dtv Verlagsgesellschaft mbH & Co. KG, München
Dieses Werk wurde vermittelt durch die Literarische Agentur
Thomas Schlück GmbH, Garbsen
Umschlagbild: Markus Roost
Satz: Greiner & Reichel, Köln
Druck und Bindung: Druckerei C.H.Beck, Nördlingen
Gedruckt auf säurefreiem, chlorfrei gebleichtem Papier
Printed in Germany · ISBN 978-3-423-21617-3

Erster Teil

An dem kleinen Teppich im Flur erkannte Katharina, dass ihre Putzfrau da gewesen war. Er lag diagonal. Mit der Fußspitze schob sie die Teppichkante wieder parallel zur Wand, erst dann knöpfte sie ihren Mantel auf. Sie empfand es immer noch als Luxus, dass jemand für sie die Wohnung in Ordnung brachte, aber sie konnte es nicht leiden, wenn Dinge anders lagen, als sie sollten. So wie der Teppich. Er musste gerade liegen, genau in der Mitte des Flures. Das konnte doch nicht so schwer sein. Aber Frau Peters legte ihn jedes Mal schräg. Und sie ignorierte, dass Katharina die Lage jedes Mal korrigierte. Seit vier Jahren ging das jetzt so. Katharina war sich sicher, dass es ein Machtspielchen war. Aber sie hielt dagegen.

Sie hängte den sandfarbenen Mantel auf den Bügel, stellte ihre Schuhe auf die Ablage und lief auf Strümpfen in die Küche. Mit wenigen Handgriffen schob sie Ölflasche, Pfeffer- und Salzmühle in die ursprüngliche Ordnung, dann nahm sie ein Glas aus dem Schrank, die Wasserflasche aus dem Kühlschrank und tappte ins Wohnzimmer. Zu Hause, dachte sie erleichtert und ließ sich in den Sessel fallen.

Für einen Moment blieb sie sitzen und sah sich um. Die Kissen waren anders drapiert. Katharina stand wieder auf, um sie aufzuschütteln und richtig hinzulegen. Drei in die rechte Ecke, zwei in die linke. So wie es sein sollte. Irgendwann würde sie Frau Peters feuern. Ohne Angabe von Gründen. Das Klingeln an der Haustür unterbrach sie bei der Vorstellung. Sie stand auf und öffnete. »Hallo Katharina.« Sabine, ihre Nachbarin, stand in Leggins und übergroßem

Pullover vor ihr und hielt einen Umschlag in der Hand. »Ich habe eine Postsendung für dich angenommen, hier, bitte.« Neugierig sah sie an Katharina vorbei. »Du warst weg, oder? Ich habe vorhin schon mal geklingelt.«

Der Pullover sah aus wie ein schmutziges Zelt und Katharina fragte sich, warum Sabine einen großen Spiegel im Flur hatte, wenn sie doch nie einen Blick hineinwarf, bevor sie ihre Wohnung verließ.

»Ja.« Beiläufig verstellte Katharina ihr die Sicht in die Wohnung. »Vier Tage in Wien. Danke dir, dann also einen schönen Abend.«

Sie lächelte Sabine an und wollte langsam die Tür schließen, ihre Nachbarin aber kam schnell einen Schritt näher. »Ist Jens noch nicht da? Ich wollte ihn etwas fragen.«

»Nein.« Katharina bemühte sich, freundlich zu bleiben. »Ich weiß auch nicht, ob er heute noch kommt.«

»Oh.« Sabines Enttäuschung war nicht zu übersehen. »Das ist schade. Ist irgendetwas passiert?«

»Nein. Ich bin nur so müde, es war eine Chaoswoche. Und manchmal sind getrennte Wohnungen ein Segen.«

Sabine sah das offensichtlich ganz anders. »Wenn du meinst«, antwortete sie schmallippig. »Für mich wäre das nichts. Aber das müsst ihr selbst wissen. Also, schönen Abend.« Sie drehte sich auf dem Absatz um und ging.

Katharina schloss leise die Tür und lehnte sich erleichtert dagegen. Sie hatte nichts gegen gute Nachbarschaft, aber das bedeutete nicht, dass man befreundet sein musste, nur weil man zufällig im selben Haus lebte. Sabine sah das anders und versuchte es immer wieder. Katharina war glücklicherweise beruflich so viel unterwegs, dass sie Sabine nicht allzu oft abwimmeln musste. Dass die Nachbarin trotzdem anhänglich blieb, lag an Jens. Er hatte sie einmal zum Essen eingeladen, als Dank dafür, dass sie ihn, als sein Auto am Morgen nicht angesprungen war und er zu einem wichtigen Termin musste, in aller Herrgottsfrühe zum Flughafen gefahren hatte. Katharina hatte damals mit der schlimmsten Grippe ihres Lebens im Bett gelegen und war froh gewesen, dass Sabine ihm geholfen und anschließend noch in der Apotheke Medikamente für sie geholt hatte. Nach dem Essen zu dritt fühlte sich Sabine mit den beiden befreundet. Jens fand das völlig in Ordnung, aber der wohnte auch nicht hier. Zum Leidwesen Sabines.

Katharina öffnete den Umschlag, zog die inliegende Mappe ein Stück heraus und warf einen Blick darauf. Mit zufriedenem Lächeln schob sie alles wieder zurück. Es waren die letzten Unterlagen, die sie noch zu ihrer Recherche brauchte, morgen könnte sie dem Kunden alles zuschicken und hätte ihren Auftrag erfüllt. Eine Woche vor dem abgesprochenen Termin. Es hatte alles geklappt. Sie arbeitete seit vier Jahren in einem Recherchebüro. Zusammen mit zwei Kollegen sammelte sie im Auftrag der unterschiedlichsten Menschen Informationen über die unterschiedlichsten Dinge. Katharina liebte ihren Job. Ob es sich um Redakteure von Fernsehsendungen, Journalisten verschiedener Zeitschriften, Schriftsteller oder Filmemacher handelte, alle brauchten Material für besondere Projekte. Und Katharina stellte es ihnen zur Verfügung. Der letzte Auftrag kam von einem Verlag, der Reiseführer veröffentlichte. Katharina hatte drei Wochen lang Hotels, Restaurants, Museen und andere Sehenswürdigkeiten geprüft, Preise und Adressen aktualisiert und zusammengestellt. Jetzt konnte ein Redakteur den Band überarbeiten und neu auf den Markt bringen. Und der nächste Auftraggeber konnte kommen.

Katharina legte den Umschlag auf den Schreibtisch, vor das Bild von ihr und Jens. Sie hatte das Foto nur hingestellt, um Jens eine Freude zu machen. Sein Bruder Thomas hatte es im letzten Sommer aufgenommen, als Katharina die beiden an einem Wochenende auf dem Boot besucht hatte. Die Brüder waren begeisterte Segler, Thomas hatte ein Segelboot in Otterndorf liegen, einem kleinen Hafen an der Elbemündung. Von Bremen aus dauerte die Fahrzeit knapp zwei Stunden, Katharina hatte sich bei Traumwetter spontan ins Auto gesetzt, um die beiden zu besuchen. Das tat sie sonst so gut wie nie.

Auf dem Foto saß sie neben Jens auf dem Boot, braungebrannt, mit Sonnenbrille und weißem T-Shirt, die dunklen Haare zu einem lockeren Zopf gebunden. Jens grinste in die Kamera, seine blonden Haare waren sonnengebleicht und standen in alle Richtungen, die blauen Augen hatten dieselbe Farbe wie seine Segeljacke. Jens liebte dieses Foto, er hatte es sich vergrößern lassen und in sein Wohnzimmer gehängt, Katharina genügte das kleine Format, für das sie einen weißen, schmalen Designerrahmen gekauft hatte. Passend zum Schreibtisch.

»Ich verstehe gar nicht, dass du so selten mitsegelst«, hatte er am Abend gesagt. »Es war so ein schöner Tag, das könnten wir doch viel öfter machen.«

Katharina hatte nur gelächelt und »mal sehen« gemurmelt. Sie wollte seine Begeisterung nicht abwürgen, hatte aber keinesfalls die Absicht, aus diesem Ausnahmebesuch eine Regel zu machen.

Sie warf einen kurzen Blick auf die Uhr und beschloss, erst ihren Koffer auszupacken, die Waschmaschine anzustellen und dann Jens anzurufen. Er bestand darauf, dass sie sich bei ihm meldete, wenn sie von einer Reise zurückgekehrt war, weil er dazu neigte, sich zu sorgen. Katharina fand dieses Ritual übertrieben und hatte ihm das schon mehrfach gesagt, aber er war nicht davon abzubringen. »Ein kleiner Anruf«, hatte er gemeint. »Ich bin immer froh, wenn du gut von Reisen wiederkommst.«

»Was soll mir denn passieren?«, war ihre Gegenfrage gewesen. »Und im Übrigen habe ich deinen Namen überall vermerkt; wenn etwas passiert, wirst du sowieso benachrichtigt.«

Er hatte sie nur mit hochgezogenen Augenbrauen angesehen und den Kopf geschüttelt.

Als sie vor der Waschmaschine hockte, klingelte ihr Handy. Katharina zog sich hoch, warf die Tür der Trommel zu und ging zur Garderobe. Sie fischte das Telefon aus der Manteltasche und sah auf dem Display, wer der Anrufer war.

»Hallo Jens, ich hätte dich auch gleich angerufen.«

»Das hoffe ich.« Seine Stimme klang zärtlich. »Hat alles geklappt? Wie war es bei Sissi?«

»Schön.« Katharina war zurück im Bad und versuchte, mit einer Hand das Waschpulver einzufüllen. Sie hatte ihn genau deshalb noch nicht angerufen. Weil sie sich nicht gern unterbrechen ließ. »Wobei ich vor lauter Hotelrecherchen kaum Kaiserin oder Kultur machen konnte.« Es funktionierte nicht mit einer Hand, das Pulver rieselte auf den Boden. Jetzt musste sie auch noch den Staubsauger aus dem Schrank zerren. Großartig.

»Mit Hotels kennst du dich ja aus«, sagte Jens. »Fehlt dir das nicht doch manchmal?«

Katharina wischte mit einem Lappen den Pulverhaufen zusammen, bevor sie antwortete. »Nein. Ich habe mit den unterschiedlichsten Hotelmanagern gesprochen, habe ihnen auch erzählt, dass ich jahrelang Hotels geleitet habe und warum ich ausgestiegen bin. Und jeder konnte verstehen, warum. Und war auch ein bisschen neidisch, glaube ich.«

»Gut.« Jens machte eine kleine Pause. »Hast du schon was gegessen? Wollen wir uns bei ›Mario‹ treffen? In einer Stunde?«

»Och, nein.« Katharina schüttelte heftig den Kopf. »Ich habe gerade die Waschmaschine angestellt, meine Klamotten sind noch nicht wieder eingeräumt, ich bin noch gar nicht ganz angekommen. Ich muss auch noch die Preislisten der Hotels zusammenfügen, morgen soll die komplette Aufstellung zum Verlag. Außerdem bin ich zu platt. Lass uns doch morgen essen gehen. Ich brauche heute Ruhe, sei nicht böse.«

Seine Enttäuschung war deutlich zu hören. »Ich hatte mich auf dich gefreut. Aber okay. Dann richte dich erst mal ein. Morgen kommt übrigens Anne Assmann. Wir müssen ihr neues Manuskript durchgehen. Wahrscheinlich kommt sie dann mit zum Essen.«

Katharina spürte den Anflug eines schlechten Gewissens. »Das ist doch nett«, sagte sie schnell. »Ich habe sie lange nicht gesehen. Das ist eine gute Idee: Wir gehen zusammen essen. Und anschließend trinken wir noch bei mir ein Glas Wein und setzen Anne später ins Taxi. Übermorgen ist Samstag, da können wir beide ausschlafen. Und das Wochenende gehört sowieso uns. Ja?«

»Ja.« Jens blieb wie immer freundlich und zugewandt, egal wie enttäuscht er war. »Dann rufe ich dich morgen an und sage dir, um welche Uhrzeit wir bei ›Mario‹ sind. Falls du Lust hast, kannst du ja noch mal anrufen, bevor du ins Bett gehst. Ich begebe mich jetzt wieder in die Abgründe der Hamburger Reedersfamilien.«

»Wohin?«

Jens lachte leise. »Annes neuer Roman handelt von einer Reederei, besser gesagt, von der Gründerfamilie. Liebe, Mord und Intrigen, sei froh, dass du die Recherche nicht machen musstest. Du würdest nie mehr ein Schiff betreten.«

»Hat sie selbst recherchiert?«

»Nein, ihr Bruder arbeitet in einem Schifffahrtsmuseum, das war ein Familienprojekt. Also dann, ich redigiere weiter und wir sagen uns nachher noch gute Nacht?«

»Na klar.« Katharina strich mit dem Daumen über das Foto auf dem Schreibtisch. Ganz plötzlich stieg Sehnsucht in ihr hoch. Sofort zwang sie sich, an die laufende Waschmaschine und das verstreute Pulver zu denken, an den Umschlag auf dem Tisch und daran, dass sie morgen schon wieder so früh aufstehen musste. Das Gefühl verebbte, Katharina ließ das Foto los und antwortete mit einem Lächeln in der Stimme: »Bis später, Jens, viel Spaß bei den Reedern.« Das leise schlechte Gewissen blieb.

Katharina hatte Jens vor drei Jahren kennengelernt. Sie hatte damals für Anne Assmann, eine sehr sympathische und überaus hübsche Jungautorin einen Rechercheauftrag übernommen. Anne wollte einen Roman über die Geschichte eines Sternehotels schreiben und hatte sich an Katharinas Büro gewandt. Natürlich hatte Katharina den Auftrag angenommen, schließlich hatte sie selbst lange in großen Häusern als Hotelmanagerin gearbeitet. Auch wenn das schon ein paar Jahre her war, hatte Katharina bei dieser Recherche manchmal das Gefühl gehabt, nach Hause zu kommen. Der Auftrag war perfekt gewesen und Anne war eine entzückende Person, klug, selbstbewusst und scheinbar völlig angstfrei. Katharina hatte sich gefragt, warum sie selbst mit Ende zwanzig so anders gewesen war als Anne, so unsicher und unfertig, aber das lag schon zwanzig Jahre zurück und ihr blieb nichts als ein leiser Neid auf die Jüngere, die es, ihrer Meinung nach, so viel leichter im Leben hatte.

Zur Premierenlesung des Romans war Katharina von Anne eingeladen worden. Beim anschließenden Essen hatte sie neben Jens Weise gesessen, Annes Lektor aus Berlin, der so unkompliziert und charmant die Gäste miteinander ins Gespräch brachte, dass Katharina beeindruckt war. Dieser Mann war gut aussehend, witzig und gab ihr im Laufe des Abends das Gefühl, ihn seit Jahren zu kennen. Als Katharina sehr spät nach Hause fuhr, empfand sie ein leises Bedauern, dass Jens in einem Berliner Verlag arbeitete und das Buch abgeschlossen war. Vermutlich würden sie sich nie wiedersehen. Aber nur zwei Tage später rief er sie an und lud sie zum Essen ein. Der Abend verlief genauso unkompliziert und leicht wie der erste und es war schnell klar, dass sie sich wieder verabreden würden. Jens hatte einen Bruder, der in Bremen wohnte, nur zehn Autominuten von Katharinas Wohnung entfernt, und er erzählte ihr, dass Thomas und er sich oft sahen. Im Sommer kam Jens lieber nach Bremen, nicht zuletzt, weil Thomas das Segelboot hatte. Deshalb könne er sich auch jedes Mal mit Katharina treffen, wenn sie denn auch Lust dazu hätte. Sie hatte Lust, fing an, sich an die leichten Abende zu gewöhnen, und freute sich über den Zufall, dass der Bruder des charmantesten Mannes, den sie in den letzten Jahren kennengelernt hatte, in ihrer Nähe wohnte und die beiden einander so oft sahen.

Monate später, als sie schon ein Paar waren, hatte Thomas ihr erzählt, dass Jens vorher höchstens zweimal im Jahr zu Besuch gekommen war. »Es hat ihn richtig erwischt«, hatte er gesagt und sie dabei mahnend angesehen. »Es ist ihm lange nicht passiert, also sei gut für ihn. Er hat es verdient.«

Und jetzt hatte Katharina ihn schon wieder vertröstet. Jens hatte sich vor zwei Jahren eine Wohnung in Bremen genommen, wollte aber viel lieber bei Katharina einziehen. Sie hatte das rundweg, aber liebevoll abgelehnt.

»Ich habe schon mal den Versuch gemacht, mit einem Mann zusammenzuleben«, hatte sie gesagt. »Und es hat nicht besonders gut geklappt. Lass es uns doch mit zwei Wohnungen versuchen, wir können uns jeden Tag sehen, müssen aber nicht. Und zusammenleben können wir immer noch.«

Er hatte sich gefügt, etwas anderes war ihm auch nicht übrig geblieben. Ein paar Tage im Monat war er immer noch in seinem Büro im Berliner Verlag, den Rest der Zeit arbeitete er zu Hause. Die Urlaube verbrachten sie zum großen Teil gemeinsam, es sei denn, Jens ging segeln. Dann winkte Katharina ab und fuhr mit einer Freundin weg. Gesegelt hatte sie früher genug.

Entschlossen stand sie auf und ging in die Küche. Sie würde sich jetzt eine Kleinigkeit zu essen machen, dann ihren Rechercheberict abschließen, später die Wäsche aufhängen, Jens noch am Telefon eine gute Nacht wünschen und früh ins Bett gehen. Alles war gut. Morgen würde sie mit Jens und der reizenden Anne essen gehen und anschließend hätte sie ein ganzes Wochenende Zeit, ihre Beziehung zu pflegen. Sie würde sich Mühe geben, ihn so zu behandeln, wie er es verdiente. Auch wenn sie mittlerweile das Gefühl hatte, dass er sehr viel mehr in sie verliebt war als sie in ihn. Aber das war nicht zu ändern, egal wie sehr sie sich anstrengte. Und heute Abend hatte es sowieso keinen Zweck, sich einen Kopf zu machen. Jetzt warteten die Wäsche und der Bericht. Eins nach dem anderen. Sie ertrug keine Unordnung in ihrer Wohnung und sie mochte auch keine Unordnung im Kopf.

Respekt, Frau Johannsen.« Friedhelm schob seine Brille auf die Stirn und die Mappe zurück in den Umschlag. »Du kriegst schon wieder einen Fleißpunkt. Eine Woche vor Termin. Allerdings versaust du Saskia und mir langsam den Durchschnitt. Wir hätten länger gebraucht.«

»Du hast drei Söhne und Saskia einen Hund.« Katharina schlug ihre langen Beine übereinander und wippte mit dem Fuß. »Ich kann die Wochenenden durcharbeiten, wenn es sein muss.«

»Und was sagt Jens dazu?« Saskia war gerade ins Büro gekommen und hatte Katharinas letzten Satz gehört.

»Hallo, Saskia. Die Betonung lag auf ›wenn es sein muss‹. Und diese Recherche für den Wien-Reiseführer war nun mal eilig. Außerdem ist Jens pflegeleicht. Und sowieso der Beste.« Katharina drehte ihren Stuhl zu Saskia. »Wie weit seid ihr denn mit dem Artikel für Radio Bremen?«

»Fast fertig. Der Produktionsleiter ist übrigens Peter Bohlen. Hat sich überhaupt nicht verändert. Immer noch ein Chaot. Du sollst ihn mal anrufen, hat er gesagt.«

Peter Bohlen. Der war der Grund gewesen, dass Katharina ihre Hotellaufbahn beendet hatte. Dreizehn Jahre hatte sie Hotels geleitet, immer mit viel Spaß und Ehrgeiz, aber mit wenig Freizeit, nur kurzen Urlauben und viel zu wenig Privatleben. Und dann hatte sie Peter kennengelernt. Sie war damals seit vier Jahren in Bremen und Chefin des »Hanse-Hotels«. Peter Bohlen wurde Stamm- und ihr Lieblingsgast im Hotelrestaurant. Er arbeitete beim Fernsehen, war etwas jünger als sie, umwerfend gut aussehend, klug, charmant, immer gut gelaunt und schwul. Bei einem seiner Besuche hatte er sie an ihrem freien Abend zum Essen eingeladen. Sie gingen in ein italienisches Restaurant in Schwachhausen und tranken genug Rotwein, um Katharina die Hemmungen zu nehmen, private Dinge zu erzählen. Natürlich nicht ganz privat, so viel konnte sie gar nicht trinken, aber sie sprach offen über ihren Wunsch, langsam ihr berufliches Leben zu ändern.

»Weißt du, ich habe seit Jahren weder Weihnachten noch Silvester noch Geburtstag gefeiert. Urlaub kann ich nur maximal zwei Wochen am Stück machen und mein privater Freundeskreis rekrutiert sich aus Arbeitskollegen, das kann es doch nicht sein.«

Peter Bohlen hatte ihr Rotwein nachgeschenkt und genickt. »Wie alt bist du jetzt? Anfang vierzig? Dann wird es Zeit, etwas zu ändern.«

Katharina hatte ihn nachdenklich angesehen. »Wenn ich nur wüsste, was ich machen könnte. Außerdem habe ich überhaupt keine Lust, schon wieder umzuziehen. Sylt, Kiel, München, Hamburg und jetzt Bremen. Ich kann keine Umzugskartons mehr sehen. Und Bremen gefällt mir.«

»Du musst ja auch nicht weg.« Peter hatte ihr geduldig zugehört und ihr dann ein Jobangebot gemacht. Er suchte eine Assistentin, die sich um all das kümmerte, wozu er weder Lust noch die Nerven hatte.

»Ich beobachte dich hier ganz genau«, hatte er gesagt. »Und was ich dabei sehe, gefällt mir. Du kommst mit allen Gästen zurecht, du strahlst eine gewisse Autorität aus, gleichzeitig wirkt alles unangestrengt. Du sprichst perfekt Englisch und Französisch, kennst Gott und die Welt, hast keinen falschen Respekt vor Prominenten oder Geldsäcken und kannst arbeiten wie eine Irre. Genau so jemanden brauche ich. Ich habe eine Produktionsfirma, wir machen Filme, manchmal auch Dokumentationen, sind gut im Geschäft, aber wenn ich mal eine Woche ausfalle, dann bricht alles zusammen. Du wärst perfekt für mich. Was hältst du davon?«

Katharina hatte um kurze Bedenkzeit gebeten und das Angebot angenommen.

Drei Jahre lang hatte sie Peters Chaos geordnet. Es war eine tolle Zeit gewesen, hektisch, lustig und spannend. Aber irgendwann wurden ihr Peter und sein lärmendes Umfeld zu viel. Er war zwar immer zuvorkommend und sehr verbindlich, aber er forderte von ihr auch bedingungslose Bereitschaft und ständige Verfügbarkeit. Als er schließlich anfing, einen Mann für sie zu suchen, hatten sie den ersten Streit. Katharina warf ihm vor, dass er distanzlos und unsensibel wäre, Peter war beleidigt, und ihre Freundschaft kühlte sich spürbar ab.

In derselben Zeit machten sich Friedhelm und Saskia selbstständig. Sie waren vorher Redakteure beim Fernsehen gewesen und gründeten ein Recherchebüro, nachdem Friedhelm dem Stress im Sender nicht mehr gewachsen war und Saskia sich von einem Kollegen getrennt hatte, dem sie nicht mehr über den Weg laufen wollte. Katharina kannte und mochte beide, und dann ergab sich bei einem Mittagessen in der Senderkantine ein Gespräch, in dessen Verlauf Saskia sagte, dass es schön wäre, wenn sie noch jemanden wie Katharina finden könnten. Ein paar Monate später war sie bei ihnen eingestiegen. Das war mittlerweile auch schon wieder vier Jahre her und es fühlte sich immer noch richtig an.

»Wann hast du Peter eigentlich das letzte Mal gesehen?«, fragte Saskia jetzt und holte Katharina damit in die Gegenwart zurück. »Er hat ja wahnsinnig abgenommen, er sieht richtig gut aus.«

»Er hat sich in einen Triathleten verknallt«, antwortete Katharina und ließ den Stuhl wieder zurückdrehen. »Lars oder

Lasse oder so ähnlich. Zehn Jahre jünger und sehr durchtrainiert. Deshalb isst Peter keine Kohlenhydrate nach 16 Uhr mehr und joggt jeden Tag. Wir waren vor zwei Wochen zusammen essen.«

»Ach?« Friedhelm ließ den Keks, den er gerade zum Mund führte, auf halbem Weg sinken. »Und dann wart ihr essen?«

»Er bestellte grünen Salat ohne Dressing.« Katharina fixierte den Keks in Friedhelms Hand. »Ich habe meine Nudeln aus lauter schlechtem Gewissen stehen gelassen. Man sollte nicht mit Leuten essen gehen, die gerade erfolgreich Diät machen. Die wollen einen nur demütigen.«

Zögernd legte Friedhelm den Keks zurück auf den Teller und räusperte sich. »Wie auch immer, ich finde, es gibt Wichtigeres im Leben als das Erreichen eines sogenannten Traumgewichts. Hat Peter dir von diesem neuen Sendeformat erzählt? Oder ging es nur um Triathlon und Kohlenhydrate?«

»Doch, hat er.« Katharina nickte. »Zumindest ein bisschen. Sie wollen die schönsten Urlaubsziele früher und heute zeigen. Und brauchen dafür jede Menge Archivbilder. Sollen wir das jetzt machen? Vor zwei Wochen gab es dafür noch eine feste Redakteurin und eine Autorin, die selbst recherchieren.«

»Die eine ist schwanger, die andere hat sich das Kreuzband gerissen und kann für zwei Monate nicht laufen. Peter hat gestern angerufen und gefragt, ob du für die erste Folge Amrum und Sylt machen kannst.«

Während er auf Katharinas Antwort wartete, griff er nach dem Keks und schob ihn in den Mund. »Und?«

In einem Mundwinkel klebte ein Schokoladenkrümel, der unter Katharinas Blick plötzlich abfiel. Sie schüttelte kurz den Kopf und stand auf.

»Du, ich habe die letzten drei Monate durchgearbeitet. Und ich will für ein paar Tage mit Jens nach Mallorca. Außerdem habe ich Recherchen auf Sylt und Amrum schon so oft gemacht, dass es langsam langweilig wird. Du kannst das doch selbst machen, Friedhelm. Du nimmst Gabi mit, eure Kinder sind erwachsen und bestimmt froh, dass ihr mal weg seid, und dann macht ihr euch ein paar schöne Tage an der Nordsee. Ich fahre jetzt nach Hause, den Rest des Tages nehme ich frei, ich habe noch so viel auf dem Zettel. Schönes Wochenende und bis Montag.«

Die Tür klappte hinter ihr zu und Friedhelm sah Saskia an, während er sich einen zweiten Keks in den Mund steckte.

»Sie sieht schlecht aus«, sagte er etwas undeutlich. »Sie ist so dünn.«

Saskia hob die Schultern. »Findest du? Sie sieht doch aus wie immer. Nur stopft sie nicht dauernd Kekse in sich rein. Sie ist mit ihrer Figur eben genauso diszipliniert wie mit ihrer Arbeit. Ich würde übrigens sehr gern die Recherche für Peter machen. Ich war ewig nicht auf Sylt.«

Friedhelm kaute nachdenklich. »Katharina kennt Sylt aber am besten, sie ist da aufgewachsen. Außerdem könnte sie bei ihrer Schwester wohnen und anschließend noch ein paar Tage Urlaub machen. Was ist denn daran langweilig?«

»Sie findet die Arbeit langweilig«, korrigierte Saskia ihn. »Wenn sie keine Lust hat, nach Sylt zu fahren, dann ist das so. Ich habe auch keine Lust, im Harz zu recherchieren, obwohl ich da aufgewachsen bin.«

»Das ist doch was ganz anderes.« Friedhelm hatte den nächsten Keks im Mund. »Da gibt es ja auch nicht viel zu recherchieren.«

»Du spinnst wohl.« Saskia zielte mit einer Papierkugel auf seinen Bauch. »Hexen, Trolle, Berge, Wälder, du hast doch keine Ahnung.« Sie warf einen Blick auf ihren Bildschirm. »Ich kann gleich nächste Woche fahren. Und jetzt lass Katharina in Ruhe. Sie hat in den letzten Monaten genug gearbeitet. Also, soll ich die Recherche machen oder willst du?«

»Ich kriege auf Sylt immer Ohrenschmerzen. Vom Wind.« Friedhelm griff zum nächsten Keks. »Fahr du mal.« Er drehte den Keks in der Hand, bis seine Finger von Schokoladenflecken übersät waren. »Sag mal, hast du das Gefühl, dass Katharina und Jens gut zusammenpassen?«

»Was?« Saskia runzelte die Stirn. »Wie kommst du jetzt darauf? Und wieso machst du dir darüber Gedanken?«

»Ich mag Katharina wirklich gern. Und Jens ist auch so nett. Aber immer, wenn ich die beiden zusammen sehe, muss ich gähnen. Geht es dir nicht auch so?«

Saskia tippte sich an die Stirn. »Seit wann bildest du dir ein, Paartherapeut zu sein? Das geht dich doch gar nichts an. Die beiden sind ganz zufrieden miteinander. Iss den Keks und such mir mal die Adresse von diesem kleinen schönen Hotel auf Sylt raus.«

Friedhelm steckte den klebrigen Keks in den Mund und wandte sich seinem Computer zu. Trotzdem fand er, dass in seiner langjährigen Ehe mehr Leidenschaft steckte als in diesem netten, langweiligen Duo, zu dem seine liebste Kollegin gehörte.

Katharina fand direkt vor »Mario« einen Parkplatz. Zufrieden lenkte sie den Wagen rückwärts in die Lücke und stellte den Motor aus. Auf die Minute pünktlich, wobei sie bekannt war für ihre Überpünktlichkeit. Manchmal war Jens genervt, weil sie bei jeder Verabredung bereits auf ihn wartete, was ihm jedes Mal ein schlechtes Gewissen machte. Das war aber sein Problem, fand sie, sie hasste es, zu spät zu kommen.

Am Eingang stand eine hübsche junge Frau an einem Stehpult. Sie hob den Kopf und lächelte, als sie Katharina erkannte. »Guten Abend, Frau Johannsen«, sagte sie mit hörbar italienischem Akzent. »Wie schön. Derselbe Tisch wie immer.«

Katharina lächelte zurück. »Danke, Francesca«, sagte sie und zog ihren Mantel aus. »Wir sind aber zu dritt.«

»Herr Weise und eine Dame sind schon da.« Francesca nahm ihr den Mantel ab und deutete ins Restaurant. »Schönen Abend wünsche ich.«

Jens saß mit dem Rücken zum Eingang und verdeckte Anne Assmanns schmale Gestalt. Katharina durchquerte den Raum, und kurz bevor sie den Tisch erreichte, drehte Jens sich zur Seite und gab die Sicht auf Anne frei. Sie sah atemberaubend aus. Die blonden Locken fielen ihr über die Schultern, das dunkelrote Kleid hatte einen sehr tiefen Ausschnitt. Gerade hatte sie über etwas gelacht. Als sie Katharina sah, senkte sie schnell den Blick, was Katharina für einen kleinen Moment irritierte. Aber so schnell, wie der Gedanke gekommen war, verflog er. Anne sprang sofort auf und winkte ihr zu.

»Da bist du ja. Das ist schön.« Sie umarmte sie kurz und hauchte ihr erst rechts, dann links Küsschen auf die Wangen, was Katharina eigentlich nicht leiden konnte. »Setz dich doch, wir haben schon was bestellt, wir sind zu früh. Aber ich hatte einen solchen Durst und brauchte auch unbedingt einen Prosecco. Mit der Bearbeitung sind wir fast fertig geworden, ich habe schon zu Jens gesagt, morgen früh noch ein paar Stunden, dann ist alles geritzt, ich ...«

»Hol doch mal Luft.« Katharina unterbrach Annes Redeschwall, sie würde sonst noch minutenlang in dieser unbequemen Haltung vor dem Tisch stehen. »Ich freue mich auch, dass es geklappt hat. Hallo Jens.«

Sie befreite sich lächelnd aus Annes Umarmung, bevor sie sich zu Jens beugte und ihn auf den Mund küsste. Er strich ihr über den Rücken und sagte: »Komm, setz dich. Was möchtest du trinken? Auch einen Prosecco?«

»Danke, nein.« Katharina nahm Platz und legte schnell die Hand über das leere Glas. »Ich bin mit dem Auto gekommen. Ich trinke Wasser.«

»Katharina die Große.« Annes Stimme war spöttisch. »Du bist ja immer noch so diszipliniert. Du kannst das Auto doch auch stehen lassen. Und mit uns ein Glas Prosecco trinken. Der ist übrigens ganz großartig.«

Katharina lächelte nur, griff nach der Speisekarte und dachte dabei an Peter und seine Kohlenhydrate. Sie hatte heute Morgen ihren Ausflug nach Wien auf der Waage gesehen, ein ärgerliches Kilo. Morgen würde sie wieder laufen gehen, was Peter konnte, konnte sie schon lange. Sie bestellte Fisch mit Gemüse, Anne und Jens wollten sich Pasta mista für zwei Personen teilen. Katharina versuchte, dem Gespräch der beiden, das sie nur kurz unterbrochen hatten, zu folgen, was nicht einfach war, zumal Anne zu den Frauen gehörte, die mit rasend schnellen Gedankensprüngen von A nach B und wieder zurück kommen. Ihr erster Roman wurde gerade verfilmt, an dieser Stelle kam Katharina dann wieder mit.

»Jedenfalls war ich am Freitag auf einer Pressekonferenz und wer kommt mir da entgegen?« Anne machte eine dramatische Pause und legte ihre Hand auf ihr Dekolleté. »Harald Wieland. Der sieht in echt ja noch besser aus als im Film. Und er kam auf mich zu, gab mir die Hand und sagte: ›Ich danke Ihnen für diese wunderbare Romanvorlage‹, ich bin fast in die Knie gegangen, der ist vielleicht super.«

Jens legte seinen Arm auf Katharinas Stuhllehne. »Super«, wiederholte er belustigt. »Der muss doch auch schon über sechzig sein.«

»Nein, nein«, winkte Anne entrüstet ab. »Er hat kaum Falten, eine ganz tolle Figur, das ist doch kein alter Sack. Der ist höchstens Mitte fünfzig.«

Katharina lehnte sich zurück. »Harald Wieland ist 68. Und mindestens fünfmal operiert. Und isst vermutlich nie Kohlenhydrate. Auch nicht vor 16 Uhr.«

»Das glaube ich nicht.« Ungläubig blickte Anne sie an. »Woher weißt du das?«

»Er war Stammgast in dem Münchener Hotel, in dem ich früher gearbeitet habe. Und schreibt mir heute noch Geburtstagskarten.«

»Echt?« Anne sah mit ihren aufgerissenen Augen plötzlich aus wie ein kleines Mädchen. »Ich könnte neidisch werden. Wie ist er denn so? Also, ich meine, ist er nett?«

»Nett?« Katharina lächelte kurz. »Ein grauenhaftes Wort. Harry ist Schauspieler. Er ist launisch, muss im Mittelpunkt stehen, kann seinen Charme an- und ausknipsen, ist laut und fordernd und hat zu früh zu viel Geld verdient. Manche Menschen können damit nicht umgehen. Aber davon abgesehen ist er ein interessanter Mann. Wenn auch anstrengend.«

»Aber er schreibt dir Geburtstagskarten.«

»Das macht sein Büro. Wenn man einmal im Verteiler ist, bleibt man auch drin. Er hat eine gute Sekretärin.«

Anne stützte ihr Kinn auf die Hand und betrachtete erst Katharina, dann Jens und wieder Katharina. »Beeindruckt dich eigentlich noch irgendetwas?«

»Wie meinst du das?« Katharina hielt ihrem Blick stand.

»Du bist so …«, Anne suchte die richtige Formulierung, »du hast so etwas Abgeklärtes. Ich weiß nicht genau, wie ich es erklären soll, aber egal, was man dir erzählt, es ist alles nichts Besonderes. Du redest es sofort klein.«

Katharina war irritiert, wurde aber von der Bedienung, die das Essen brachte, abgelenkt. Als die Teller auf dem Tisch standen, räusperte sich Jens und sagte schnell: »Guten Appetit.«

Anne warf einen kurzen Blick auf ihn und wandte sich wieder Katharina zu. »Es geht mich ja nichts an, Katharina, aber du wirst immer kontrollierter. Wann hast du eigentlich das letzte Mal so richtig heftige Gefühle gehabt? Egal, was für welche, erinnerst du dich daran?«

Jens hatte sein Besteck sinken lassen. Katharina hatte ihres noch gar nicht in die Hand genommen. Stattdessen faltete sie sehr langsam ihre Serviette auseinander und sagte ruhig: »Du hast recht, Anne, es geht dich nichts an. Wenn du möchtest, können wir gern über dein neues Manuskript, über den Film oder sogar über Harald Wieland reden. Das ist mir ganz egal. Aber du solltest dir nicht den Kopf über mein Gefühlsleben zerbrechen. Ich hätte jetzt übrigens gern ein Glas Rotwein. Guten Appetit.«

»So war es doch gar nicht gemeint«, entgegnete Anne schnell, »ich meinte ja nur ...«

»Schon gut.« Katharina bemühte sich, sie freundlich anzusehen. »Wie sind die Nudeln?«

Anne hatte noch kurz die Hand gehoben, dann war das Taxi auch schon verschwunden. Tief ausatmend wandte Katharina sich um und ging los. Jens beeilte sich, an ihre Seite zu kommen.

»Du bist sauer«, stellte er fest und schob seinen Arm unter ihren. »Sag es ruhig.«

»Ich bin nicht sauer, ich bin genervt.« Katharina kickte eine leere Bierdose zur Seite. Der Schuss fiel heftiger aus, als sie es beabsichtigt hatte, und die Dose schepperte lautstark an einen Fahrradständer. Sofort sah Katharina sich um.

»Hat keiner gesehen.« Jens drückte ihren Arm und verlangsamte seinen Schritt. »Und was hat dich jetzt so genervt? Annes Kritik an dir?«

»Das war doch keine Kritik.« Katharina blieb abrupt stehen. »Das war Wichtigtuerei. Sie ist 20 Jahre jünger als ich und will mir das Leben erklären, ich bitte dich. Davon ganz abgesehen kann man ja nun nicht behaupten, dass wir uns gut kennen und häufig sehen. Also, was bitte gibt ihr das Recht, so einen Schwachsinn zu erzählen? Wann ich das letzte Mal heftige Gefühle gehabt habe? Ich dachte, ich höre nicht richtig.«

»Warum regst du dich so auf?« Jens stand genau vor ihr und sah sie neugierig an. »Weil etwas dran ist? Kontrolliert? Nicht zu beeindrucken? Abgeklärt?«

»Ja, und?« Katharina setzte sich wieder in Bewegung, sie hatte keine Lust, mitten auf der Straße eine Diskussion anzufangen, schon gar nicht auf diesem Hausfrauenpsychologie-Niveau. »Komm weiter, ich will nach Hause.«

Sie gingen einen Moment schweigend nebeneinander. Dann sagte Katharina: »Außerdem bin ich kein Kontrollfreak, das ist doch Schwachsinn. Ich lasse sogar mein Auto hier stehen. Aber ganz ohne Wein hätte ich diesen Abend nicht überstanden.«

»Du bist also doch sauer.«

»Nein. Aber mir war nicht klar, dass Anne Assmann durch ihren Erfolg zum Hühnchen mutiert ist.«

Jens blieb stehen und fragte erstaunt: »Wie? Hühnchen?«

»Na ja.« Katharina drehte sich schnell zu ihm um. »Hast du das nicht gemerkt? Ihre Stimme ist höher geworden, dauernd fummelt sie an ihren Haaren herum, sie legt den Kopf schief, wenn sie dich etwas fragt, sie reißt die Augen auf, damit mehr Dramatik in das belanglose Zeug kommt, das sie den ganzen Abend erzählt, es ist doch nicht auszuhalten. Vor ihrer Zeit als erfolgreiche Autorin war sie ganz anders.«

»Katharina.« Jens hielt sie sanft am Arm fest, »du wirst böse, wenn du Rotwein getrunken hast. Anne ist noch jung. Und jetzt ist sie plötzlich erfolgreich, damit muss sie erst mal umgehen lernen. Sei doch nicht so streng.«

Katharina schob ihre Hände in die Jackentaschen und sah ihm unbewegt ins Gesicht. »Sie ist in dich verliebt. Sie himmelt dich an. Es war garantiert nicht ihre Idee, dass ich heute Abend dazukomme.«

Jens war fassungslos. »Sag mal. Das ist doch völlig verrückt. Anne ist vielleicht im Moment ein bisschen überdreht, aber du siehst Gespenster. Ich bin ihr Lektor, nicht ihr Liebhaber.«

»Ich weiß.« Katharina schob ihre Hand in seine Jackentasche. »Aber sie wird sich nicht damit zufriedengeben. Und ich habe keine Lust, mit einem Hühnchen in den Ring zu steigen. Also komm nicht noch einmal auf die Idee, ein Essen zu dritt zu veranstalten. Und achte darauf, was du ihr erzählst.«

»Du bist nicht eifersüchtig.« Jens hatte keine Frage gestellt, er hatte es lediglich festgestellt. »Du willst bloß keine Unruhe.«

»Stimmt.« Katharina strich ihm leicht über die Wange. »Für Hysterie und Gefühlsausbrüche musst du dir jemand anderen suchen. Dafür bin ich nicht geschaffen.«

Sie gingen langsam weiter und Katharina fragte sich, was passieren müsste, damit sie eifersüchtig würde. Sie versuchte, sich Anne und Jens im Bett vorzustellen, die Körper miteinander verschlungen, die Augen geschlossen, und hörte in sich hinein. Es passierte nichts. Gar nichts. Bis auf die Tatsache, dass sie ein schlechtes Gewissen bekam. Vielleicht war sie zu alt für leidenschaftliche Gefühle. Selbst für so etwas Albernes wie Eifersucht.

Und du willst wirklich nicht mit?« Jens zog den Reißverschluss seiner Trainingsjacke hoch. »Wir könnten die Strecke am Weserdeich laufen, es ist ideales Wetter.«

Katharina schüttelte den Kopf. »Mein Schweinehund ist heute nicht überwindbar«, erklärte sie. »Außerdem ruft Solveig gleich an. Ich laufe morgen früh mit dir, jetzt habe ich überhaupt keine Lust.«

Bedauernd hob Jens die Schultern. »Okay, dann bis später. Ich hoffe nur, dass du kein schlechtes Gewissen bekommst.«

»Sei unbesorgt.« Katharina schob ihn sanft zur Tür. »Viel Spaß.«

Sie wartete an der offenen Wohnungstür, bis sie die Haustür ins Schloss fallen hörte. Im selben Moment riss Sabine ihre Tür auf. Sie trug Sportsachen, hatte die blonden Haare zu einem Zopf gebunden und sah nur kurz hoch.

»Hey, alles klar?«

Katharina nickte und fragte sich, warum man alte, pinkfarbene T-Shirts mit albernen Aufschriften nicht gleich zum Putzlappen umfunktionieren könnte, statt sie immer noch zum Sport anzuziehen. »Wenn du dich beeilst, erwischst du Jens noch«, sagte sie. »Er läuft Richtung Weserdeich.«

»Danke.« Sabine war schon unten. Katharina fragte sich, ob Jens den Witz auf Sabines T-Shirt verstehen würde. »Rosa Prinzessin sucht grünen Frosch.« Vermutlich würde er gar nicht darauf achten.

Katharina nahm ihren Kaffeebecher und das Telefon mit auf den Balkon. Sie hatte die Stühle schon abgewischt, die

bunten Kissen verteilt, ihre Pflanzen gegossen und wartete jetzt auf das Klingeln des Telefons, was gerade in diesem Moment einsetzte. Lächelnd nahm sie das Gespräch an.
»Hallo Solveig.«

Seit Jahren telefonierten sie jeden ersten Samstag im Monat, es sei denn, irgendetwas Wichtiges kam dazwischen. Sie sahen sich sehr selten, das letzte Mal lag auch schon wieder zwei Jahre zurück, aber das tat ihrer Freundschaft keinen Abbruch. Es war erstaunlich, auch weil sie so völlig unterschiedliche Leben führten. In der Schule waren sie die Außenseiter gewesen. Solveig, die Pastorentochter, die mit dem schlimmsten Brillengestell des letzten Jahrhunderts, mit roten Haaren und den abgetragenen Klamotten ihrer älteren, aber viel dickeren Cousine heil durch die Schulzeit kommen musste, und Katharina, die einen Kopf größer und pummelig war, über Jahre eine Zahnspange tragen musste und vor lauter Scham nur mit geschlossenen Lippen gelacht und mit der Hand vor dem Mund gesprochen hatte. Sie hatten beide nicht zu den Alphatieren der Klasse gehört, also hatten sie sich zusammengetan.

Nach dem Abitur hatte Solveig eine Ausbildung in einer Westerländer Buchhandlung gemacht, danach war sie nach Flensburg gezogen, der Liebe wegen, die Tom hieß, den sie heiratete und mit dem sie immer noch glücklich war. Zu ihnen gehörten mittlerweile vier Kinder, zwei Hunde, ein Haus; Solveigs Leben hatte zu dem von Katharina kaum noch Parallelen.

»Hallo, meine Liebe.« Solveigs Stimme klang wie immer atemlos. »Ich habe die Zeit fast vergessen, wir haben seit acht Uhr schon sechs Leute aus der Gärtnerei hier, die zerstören gerade meinen Garten, bloß weil Tom diesen albernen Badeteich haben will. Es sieht aus wie nach einem Bombeneinschlag.«
»Sollen wir später telefonieren?«

»Bist du verrückt? Tom steht doch daneben und kümmert sich. Ich habe jetzt keine Zeit und mich mit dir ins Schlafzimmer verzogen. Wozu habe ich vier Kinder? Sollen die doch für die Arbeiter Kaffee kochen. Erzähl, was gibt es Neues?«

Während Katharina von ihrer Reise nach Wien erzählte, stellte sie sich vor, wie Solveig auf der Fensterbank ihres Schlafzimmers saß und in den Garten guckte. Sie war die gelassenste Frau, die Katharina kannte, es gab nichts, was Solveig aus dem Konzept oder in Rage bringen konnte. Katharina bewunderte das und die entspannten Telefonate mit der Freundin wirkten beruhigend auf sie. Bei ihr klang alles immer so einfach.

»Wien«, sagte sie jetzt sehnsüchtig. »Da würde ich auch gern mal hinfahren. Das Leben ist manchmal ungerecht. Erst ziehe ich jahrelang die Gören groß und nun, wo sie so weit sind, zieht Toms Mutter ein. Und ich komme wieder nicht weg.«

»Wieso Toms Mutter?« Katharina hatte davon noch nichts gehört. »Sie zieht zu euch? Wann?«

»Demnächst. Sobald die Einliegerwohnung fertig renoviert ist. Sie kann nicht mehr allein leben. Es nützt ja nichts. Und Torben zieht doch aus. Er hat einen Studienplatz in Göttingen bekommen und zum Glück gleich ein Zimmer in einer WG gefunden. Einer raus, eine rein.« Solveigs Stimme klang gleichmütig.

Katharina schüttelte den Kopf. »Dass du das alles so hinbekommst. Allein die Vorstellung, irgendwann wieder mit meiner Mutter unter einem Dach leben zu müssen, würde mich zur Verzweiflung bringen.«

»Ach, meine Schwiegermutter ist verträglich, sie ist schon ziemlich vergesslich, aber dabei ganz süß. Das wird alles klappen. Vergiss nicht, ich bin Pastorentochter, da liegt die Zuversicht in den Genen. Man muss nur versuchen, sich ab und zu schöne Dinge zu ermöglichen. Dann geht alles.«

»So?« Katharina fehlten wohl die Pastorengene. »Und was soll das sein?«

»Je nachdem ...« Solveig machte eine Pause, bis ihr etwas einfiel. »Also davon abgesehen, dass meine Tulpen im Garten traumhaft aussehen, ich dreimal ganz früh morgens am Strand spazieren war, also von den alltäglichen Freuden ja auch schon eine ganze Menge genieße, war ich letzte Woche auf einer ganz wunderbaren Veranstaltung.«

Katharina stellte sich sofort ein Spargelessen der Marinekameradschaft vor, schließlich war Solveig die Ehefrau eines Marineoffiziers. Aber es kam etwas anderes.

»Ich war auf einer Lesung.« Solveig lächelte beim Sprechen. »Hast du mal etwas von Bastian de Jong gelesen? Doch, musst du, ich habe dir letztes Jahr zum Geburtstag einen Roman geschenkt, ›Diesseits der Liebe‹.«

Katharina hatte das Buch natürlich gelesen. Solveig arbeitete immer noch in einer Buchhandlung, sie hatte ein untrügliches Gespür dafür, Katharina die richtigen Bücher auszusuchen.

»Ja, sicher«, antwortete sie sofort. »Das fand ich ganz toll. Anschließend habe ich zwei Wochen von dem Autor geträumt. Obwohl das Foto auf der Umschlagklappe bestimmt bearbeitet ist.«

»Ist es nicht.« Solveigs Begeisterung war deutlich zu hören. »Wir hatten eine Lesung mit ihm. Wir mussten in die Stadthalle, weil wir über 800 Karten verkauft hatten. Du, es war grandios. Wenn de Jong mir nur ein Mal zugezwinkert hätte, Katharina, ich sage es dir, ich wäre auf der Stelle mit ihm durchgebrannt. Was für ein Typ. Wahnsinn.«

»Solveig«, Katharina verbiss sich das Lachen, »du bist 48, seit einem Vierteljahrhundert verheiratet, vierfache Mutter und Pastorentochter. Was hast du denn für krude Gedanken?«

»Dieselben wie die Mehrheit der anderen Frauen im Saal. Vielleicht auch wie ein paar der Männer. Du kannst es dir nicht vorstellen. Das war ein ganz wunderbarer Abend.« Sie seufzte, machte eine kleine Pause und holte tief Luft. »Die Träume der Solveig K., erzähl es aber nicht weiter. Wie geht es Jens?«

»Gut«, antwortete Katharina. »Jetzt ist er joggen, sonst arbeitet er gerade an Anne Assmanns neuem Manuskript und ist ganz angetan. Wir waren gestern Abend mit ihr essen.«

»Aha. Sieht sie eigentlich in echt auch so rattenscharf aus? Ich habe in unserer Branchenzeitschrift Fotos vor ihr gesehen, bei denen ich erst dachte, der Verlag hat ein Fotomodell fotografiert. Nur, damit sich das Buch besser verkauft.«

»Die ist wirklich sehr hübsch.« Katharina rief sich den gestrigen Abend ins Gedächtnis. »Also auch hübscher als zu der Zeit, als ich sie kennengelernt habe. Die Haare sind blonder, die Klamotten teurer, das Make-up geübter, aber das weiß sie auch.« Sie zögerte eine Sekunde, bevor sie weitersprach. »Ich glaube, sie baggert Jens an und kann mich deshalb nicht leiden. Jedenfalls ging sie mir gestern Abend höllisch auf die Nerven, aber das erzählst du bitte auch nicht weiter.«

Solveig lachte. »Wie alt ist sie denn? Schon dreißig? Steht Jens auf Mädchen?«

»Ich glaube nicht«, antwortete Katharina. »Er hat noch nicht einmal was davon gemerkt. Aber ich. Und soll ich dir was sagen, Solveig? Ich bin noch nicht einmal eifersüchtig. Vielleicht hatte die kleine Kröte doch recht.«

»Womit?«

Katharina hatte plötzlich die Stimme von Anne im Ohr: *Wann hast du eigentlich das letzte Mal so richtig heftige Gefühle gehabt?*

Sie schloss kurz die Augen, schüttelte den Kopf und sagte dann: »Anne hält mich für kontrolliert und abgeklärt.«

Solveig lachte. »Als wir dreißig waren, haben wir Frauen in unserem Alter auch für abgeklärt gehalten. Das geht doch noch. Ich möchte nicht wissen, was meine Töchter erst über uns denken. Die sind noch mal zehn Jahre jünger.« Sie machte eine kleine Pause. »Du machst dir doch nicht etwa darüber Gedanken? Du hast so eine komische Stimme.«

Nachdenklich zupfte Katharina ein paar vertrocknete Blüten aus den Balkonkästen. »Was heißt Gedanken machen? Es hat mich genervt, dass die Superautorin mich analysieren wollte. Und jetzt nervt mich, dass wir beide überhaupt über so einen Schwachsinn reden. Lass uns das Thema wechseln. Wie geht es deinem Vater?«

»Sehr gut«, antwortete Solveig. »Er macht gerade eine Kulturreise nach Prag. Gertrud mischt ihn ordentlich auf.«

Solveigs Mutter war vor fünf Jahren gestorben. Solveig und ihre beiden Brüder sorgten sich um ihren Vater, der zu der Generation Männer gehörte, die sich nie im Leben auch nur ein Spiegelei gemacht hatte. Er konnte weder eine Waschmaschine bedienen noch wusste er, wie der Herd funktioniert, geschweige denn, was man vorher mit den Lebensmitteln anstellt. In den ersten Wochen hatte sich Solveig um ihren Vater gekümmert, ständig mit ihren Brüdern telefoniert und verzweifelt nach einer dauerhaften Lösung gesucht. Aber alle drei hatten ihren Vater unterschätzt. Nach den ersten traurigen Wochen teilte er Solveig mit, dass sie jetzt zu ihrer Familie zurückkehren könne. Er habe eine ebenfalls verwitwete Nachbarin gefragt, ob sie ihm gegen ein ordentliches Gehalt den Haushalt führen könne.

Gertrud Schneider hatte sofort zugesagt und den Pastorenhaushalt samt seinem Pastor Bjarne Carstensen unter ihre Fittiche genommen. Wann aus dem Arbeitsverhältnis eine späte Liebe geworden war, wussten Solveig und ihre Brüder nicht, aber vor etwa drei Jahren hatte ihr Vater sehr förmlich zu einem Abendessen eingeladen und dabei hochoffiziell die fröhliche Gertrud als seine neue Lebensgefährtin vorgestellt.

»Er macht alles mit«, fuhr Solveig fort, »kein Wort mehr über Rücken-, Hüft- und Magenschmerzen. Er läuft wie ein junger Mann, kann alles essen und hat einen Mordsspaß. Gertrud tut ihm richtig gut.«

»Bjarne ...« Katharina musste lächeln, als sie an den großen, freundlichen Mann mit der tiefen Pastorenstimme dachte. »Es gab eine Zeit, da wäre ich ohne ihn aufgeschmissen gewesen. Er hat mir damals viel geholfen. Es freut mich, dass es ihm so gut geht.«

»Welche Zeit meinst du? Ach so, nach Hannes, oder?«

»Ja.« Katharina machte eine kleine Pause. »Gott, das ist schon so lange her.«

Solveig lachte. »Wir werden älter. Wo war ich stehengeblieben, ach ja, Gertrud. Sie hilft viel bei deiner Schwester aus, wusstest du das?«

»Bei Inken?« Katharina fragte lauter nach, als sie eigentlich wollte, und senkte ihre Stimme sofort wieder. »Was macht die denn bei ihr?«

»Deine Schwester hat doch neben der Segelschule ein kleines Café. Eigentlich ist das nur für die Segelschüler gedacht, aber langsam wird es ein Geheimtipp. Und dafür backt Gertrud Kuchen, kocht Kaffee, bedient die Segler, und es macht ihr einen Heidenspaß. Und nebenbei kümmert sie sich ein bisschen um Inken. Sie wohnen ja nur ein paar Schritte entfernt.«

»Ich wusste gar nicht, dass Inken und Gertrud sich so gut kennen.«

»Katharina.« Jetzt klang Solveig verwundert. »Gertrud war früher mit deiner Mutter befreundet. Sie kennt Inken von klein auf. Dich und mich übrigens auch. Und sie haben viel Kontakt. Auch schon, bevor sie mit meinem Vater zusammengekommen ist.«

»Ach so, ja.« Katharina bemühte sich um Erinnerungen, sie hatte so viel aus dieser Zeit verdrängt. Und sie hatte ganz vergessen, dass Gertrud früher oft bei ihnen zu Hause gewesen war. »Ich habe ein schlechtes Gedächtnis. Ist ja auch egal.«

»Wann hast du denn das letzte Mal mit deiner Schwester gesprochen?«

Katharina überlegte. »Im September, glaube ich«, antwortete sie. »An ihrem Geburtstag.«

»Das ist zig Monate her!« Solveig schnappte nach Luft. »Sag mal, sie ist doch deine ...«

»Und an Neujahr«, unterbrach Katharina sie. »Also noch nicht ganz so lange. Aber sie meldet sich auch selten. Du kennst sie doch, immer im Dauerchaos und ein Hirn wie ein Sieb. Was sie sich nicht aufschreibt, vergisst sie. Wahrscheinlich steht mein Name nicht an ihrer Pinnwand. Und wir haben auch nicht so eine Beziehung, wie du sie zu deinen Brüdern hast. Wir sind zehn Jahre auseinander und total unterschiedlich. Sie lebt ihr Leben und ich meins. Das war schon immer so.«

»Ich verstehe das nicht, Katharina. Du hast doch sonst keine Familie. Ihr könntet ein bisschen mehr zusammenrücken. Deine Schwester und du.«

»Solveig, meine Eltern sind nicht tot, sie leben auf Mallorca. Und ich habe ja auch nichts gegen Inken; wenn wir uns sehen, ist es ganz schön. Trotzdem ist sie mir irgendwie fremd. Allein schon dieses Chaos in ihrer Wohnung. Das macht mich jedes Mal fertig. Das ist genauso wie früher zu Hause und damals konnte ich es schon nicht ertragen. Inken ist so ganz anders als ich. Kommt sie heute nicht, kommt sie morgen. Und irgendjemand hilft ihr immer, weil sie so charmant ist. Das ging mir damals schon auf den Geist.«

»Das ist das Los der Ältesten«, erwiderte Solveig. »Du musstest dich selbst um alles kümmern. Bei uns hatte mein ältester Bruder schon alles vorgemacht. Die Jüngsten haben es einfacher. Wobei es mir aus dem Hals hing, dass die Jungs immer alles durften und ich nichts. Ganz so leicht ist es dann doch nicht. Aber deine Schwester hat sich verändert. Gertrud erzählt manchmal von ihr, sie scheint das alles gut hinzukriegen. Und Inken nimmt das Leben einfach so viel leichter als du. Das ist der große Unterschied.«

»Das stimmt.« Katharina hatte plötzlich das Gesicht ihrer Schwester vor Augen. Die blonden Locken, die braunen Augen, ihre Sommersprossen. Sie sahen sich überhaupt nicht ähnlich und hatten kaum Gemeinsamkeiten, lediglich dieselben Eltern. Und dafür konnte keine etwas. Inken, das Glückskind.

Vor vielen Jahren hatte sie mal im Weihnachtsmärchen mitgespielt. »Frau Holle.« Inken war damals sechs Jahre alt gewesen und hatte eine kleine goldene Krone auf den blonden Locken gehabt. In der Pause war sie in den Zuschauerraum gehüpft, hatte sich vor die sechzehnjährige Katharina gestellt, ihr über die langen dunklen Haare gestrichen und laut gesagt: »Du bist Pechmarie und ich Goldmarie. Da habe ich ja Glück.«

Sie schob die Bilder weg und konzentrierte sich wieder auf Solveig. »Inken, die Goldmarie. Vielleicht bin ich ja nur neidisch. Wie auch immer, ich muss jetzt auflegen, Jens kommt gleich zurück, wir wollen essen gehen und anschließend ins Kino. Also, grüß deine Truppe und bis bald.«

Solveig verabschiedete sich und Katharina legte das Telefon zurück auf die Station. Sie lehnte sich an den Türrahmen ihres Arbeitszimmers und dachte doch wieder an ihre Schwester. Inken und sie waren nie auf Augenhöhe gewesen, dazu war der Altersunterschied zu groß. Als Katharina von zu Hause auszog, weil sie mit ihrer Ausbildung in Kiel begann, war Inken neun Jahre alt gewesen, ein entzückendes, unbeschwertes Kind. Aber eben ein Kind. Zehn Jahre später hätte Katharina ihre Schwester gebraucht. Aber Inken hatte es nicht gemerkt – oder es nicht merken wollen. Katharina wusste es bis heute nicht. Aber das war lange her. Inzwischen war es vergessen und sie waren immer noch Schwestern, die nicht viel miteinander anfangen konnten.

Katharina verscheuchte den Gedanken und ging mit der Zeitung unter dem Arm auf den Balkon zurück. Sie musste sich nun wirklich nicht den Kopf über Inken zerbrechen. Das hatte sie noch nie getan, und jetzt musste sie damit auch nicht mehr anfangen.

Einige Wochen später kam Jens beim Herrenausstatter aus einer Umkleidekabine und stellte sich mit ausgebreiteten Armen vor Katharina.

»Und?« Er drehte sich mit skeptischem Blick zum Spiegel und musterte sich. »Sieht ein bisschen aus wie ›Den hatte mein Bruder noch im Schrank‹, oder?«

Katharina verbiss sich ein Lächeln. »Dein Bruder hat kürzere Arme als du. Nein, der geht wirklich nicht. Probier doch noch mal den grauen.«

Jens versuchte, sich von hinten zu sehen, und ließ schließlich genervt die Schultern sinken. »Ich hasse es, Anzüge zu kaufen. Ich ziehe zwanzig an, und wenn ich Glück habe, ist einer dabei, der vielleicht geht.«

»Du hattest erst vier an.« Katharina zeigte auf einen grauen Anzug, der noch in der Umkleidekabine hing. »Da ist Nummer fünf. Gib nicht so schnell auf.«

Sie ließ sich auf einen Stuhl sinken und starrte auf den zugezogenen Vorhang. Jens war einer der uneitelsten Männer, die Katharina kannte. Er hatte auch keine Ahnung, wie attraktiv er war, groß, schlank und durch und durch lässig. Nur im Anzug sah er wirklich seltsam aus, was vermutlich an seiner Körpersprache lag, die sofort gequält wirkte, wenn er den letzten Knopf der Jacke schloss.

Demnächst musste er beruflich für eine Woche nach München. Mit dem Verleger und im Anzug. Deshalb hatte Katharina sich erbarmt und versprochen, ihn beim Kauf zu beraten. Das tat sie bereits im dritten Geschäft und bislang erfolglos.

»Auch nicht, oder?« Der Vorhang öffnete sich und Jens zeigte sich nur kurz. Die Schultern des Jacketts hingen.

Katharina schüttelte den Kopf. Bevor sie noch etwas sagen konnte, hörte sie eine Stimme: »Ich schlüpfe einfach mal rein und Sie suchen mir etwas Peppiges raus, ja?«

Mit einer Jeans in der Hand kam Peter Bohlen um die Ecke, stockte kurz und ging strahlend auf Katharina zu.

»Hallo, meine Süße, was machst du denn in der Herrenabteilung? Das ist ja herrlich. Komm, lass dich drücken.« Er nahm Katharina in den Arm und sah dabei über ihre Schulter. »Da ist ja auch Jens. Sag, mal, was hast du denn da für einen grauenhaften Anzug an? Das geht ja überhaupt nicht.«

Er ließ Katharina sofort los und machte drei Schritte zur Umkleidekabine. »Furchtbar, ganz furchtbar. Katharina, hast du ihm dieses Teil rausgesucht?«

»Ich ...«

Er drückte ihr die Jeans in die Hand und ging kopfschüttelnd zurück in den Verkaufsraum. »Halt mal, ich hole deinem Süßen einen vernünftigen Anzug. Farbe?«

»Egal«, rief Jens und sah Katharina irritiert an. »Er weiß doch gar nicht meine Größe.«

»Er schätzt sie.« Katharina setzte sich wieder auf einen Stuhl und war gespannt darauf, was Peter Bohlen gleich anschleppen würde.

Eine halbe Stunde später hob Jens seine Tasse und prostete Peter Bohlen zu. »Danke. Beim nächsten Mal mache ich gleich einen Termin mit dir aus.«

Peter gab sich bescheiden und legte den Kopf schief. »Immer wieder gern, mein Lieber. Ich will nicht angeben, aber ich habe einfach einen guten Blick für Männerkörper.«

»Spar dir die Mühe«, sagte Katharina. »Du kriegst Jens nicht rum. Da kannst du balzen, so viel du willst.«

»Aber du hast es nicht geschafft, ihn in einen gut sitzenden

Anzug zu stecken.« Peter warf ihr einen gespielt beleidigten Blick zu. »Du musst zugeben, dass er in dieser Beziehung bei mir in den besseren Händen ist.«

»Jetzt ist es aber gut!« Jens schüttelte den Kopf. »Dieses Gespräch wird gerade sexistisch. Können wir das Thema wechseln, bevor es völlig aus dem Ruder läuft?«

»Natürlich.« Wohlwollend tätschelte Peter ihm die Hand. »Aber der Anzug ist der Kracher, oder? Wie viele hast du vorher anprobiert? Sechs? Sieben? ... Siehst du. Und ich suche dir einen aus und der sitzt. Jetzt kommt ihr.«

»Ja, Peter.« Katharina und Jens antworteten im Chor. »Danke.«

»Geht doch.« Zufrieden rührte Peter Süßstoff in seinen Tee. »Dann können wir ja über andere Dinge sprechen. Zum Beispiel darüber, dass ich es sehr schade fand, dass Katharina nicht die Recherche für die schönsten Urlaubsziele gemacht hat. Saskia ist ja ganz süß, aber ihre Recherche über Sylt war ziemlich nullachtfünfzehn. Das hätte ich auch hinbekommen.«

Katharina starrte auf seinen Tee. »Machst du immer noch Diät? Dieser Süßstoff ist ziemlich ungesund, weißt du das?«

Unbeirrt blieb Peter beim Thema. »Ich weiß nicht, warum du das so kategorisch abgelehnt hast. Eine Woche Recherche auf Sylt, das Wetter war ganz gut, ich hatte ein tolles Hotel gebucht, und du hättest Jens sogar mitnehmen können. Andere hätten Hurra geschrien.«

Katharina lehnte sich zurück. »Peter, ich habe gefühlte fünfhundert Recherchen über Sylt gemacht. Wahrscheinlich hast du sogar noch jede Menge im Archiv. Ich hatte einfach keine Lust. Und wenn dir Saskias Ergebnis nicht reicht, dann musst du ihr das sagen. Fertig. Was macht dein Triathlet? Wie heißt er noch?«

»Lars«, antwortete Peter und grinste lasziv. »Ein Hammertyp. Ich fahre übrigens über Pfingsten mit ihm auf deine Insel. Er weiß wahre Schönheit noch zu schätzen.«

Katharina sah ihn ungerührt an. »Meinst du jetzt dich alternden Fernsehmann oder die Insel?«

»Beides natürlich.« Er wandte sich gespielt verzweifelt an Jens. »Ich warne dich, sie wird eine böse alte Frau. Dabei dachte ich immer, dass Inselmädchen so etwas Sonniges haben. Den Wind in den Haaren, die Sonne im Blick ...«

Katharina schüttelte den Kopf. »Das Inselmädchen kriegt gleich Sonne in den Blick. Sylt ist nicht mehr meine Insel. Das ist schon so lange her. Und es hat sich viel verändert. Reiche Säcke, Zweitwohnungsbesitzer, Verkehrschaos und massenweise Tagesgäste. Und schlechtes Wetter im Sommer, zumindest in den letzten Jahren. Da fahre ich lieber nach Mallorca.«

»Das ist doch alles Unsinn.« Peter Bohlen grinste sarkastisch. »Du rennst nur vor deinen Schatten davon. Aber irgendwann werden sie dich einholen.«

Tief ausatmend schob Katharina ihren Stuhl zurück und stand auf. »Du liest eindeutig zu viele schlechte Frauenromane, Herr Bohlen«, sagte sie ruhig. »Ich gehe jetzt aufs Klo, und wenn ich zurückkomme, ist die Therapiestunde beendet. Sonst frage ich genauer nach, wie es wirklich mit dir und deinem Triathleten läuft.«

Sie verschwand und Peter verschränkte die Arme vor der Brust. Mit einem langen Blick auf Jens fragte er: »Kennst du eigentlich Katharinas Schwester?«

»Ja, klar.« Jens hielt dem Blick stand. »Sie war letztes Jahr mal auf dem Rückweg von irgendwoher eine Nacht in Bremen und am Abend mit uns essen. Da habe ich sie kennengelernt. Und einmal haben wir uns auf Sylt getroffen. Übrigens an einem völlig verregneten Wochenende. Warum?«

»Ich verstehe nicht, warum die beiden so wenig Kontakt haben. Ich kenne Inken gar nicht, nur Fotos von ihr und auf denen ist sie bezaubernd, aber die beiden sehen sich kaum. Katharina fährt so selten hin. Es ist doch ihre Heimat. Als ob sie nur schlechte Erinnerungen an ihre Kindheit hat. Du hast doch auch einen Bruder, mit dem du viel unternimmst, das will man doch nicht missen. Also, wenn ich nicht dreimal in der Woche mit meiner Schwester oder Mutter telefonieren würde, wäre mein Leben ärmer.«

»Na ja«, wiegelte Jens ab, »Katharinas Eltern leben auf Mallorca, da fährt sie schon ab und zu hin. Und Inken, ihre Schwester, ist ja ganz nett, aber zehn Jahre Altersunterschied sind schon viel. Als sie im letzten Jahr hier war, hat sie auch nicht viel erzählt. Sie wirkte eher verschlossen, so als ob sie sich gar nicht für Katharinas Leben interessiere.«

»Interessiert Katharina sich denn für Inkens Leben?«

Jens hob die Schultern. »Wenig, glaube ich. Aber ich mische mich da nicht ein, es ist ihre Sache. Und ich finde es illoyal, jetzt mit dir darüber zu spekulieren. Lass uns das Thema wechseln, bevor Katharina wiederkommt.«

Als Katharina fünf Minuten später wieder an den Tisch trat, sprachen Jens und Peter tatsächlich übers Laufen. Natürlich wollte Peter jetzt auch Triathlon trainieren. Katharina verbiss sich ein Grinsen. Sie war vor Jahren mal mit ihm schwimmen gewesen. Peter Bohlen schwamm wie eine rückenkranke Ente, immer den Kopf nach oben. Und sehr langsam.

»Du hast im Wassersport Handlungsbedarf«, bemerkte sie süffisant. »Es gibt im Freibad einen Schwimmkurs. Wenn du willst, fülle ich dir den Antrag aus.«

»Liebste Katharina«, Peter drehte sich langsam zu ihr um, »wenn du mir zusammen mit deiner Schwester das Segeln beibringst, mache ich tatsächlich einen Schwimmkurs. Sonst nicht. Dann werde ich eben bei meinem ersten Triathlon vor allen Augen ertrinken.«

Katharina sah ihn lange an und dachte, dass man sich niemals betrinken sollte, wenn man unglücklich war und mit einem schwulen Kollegen in einer Bar saß. Das hatte sie damals nicht bedacht und ihm deshalb viel zu viel von sich erzählt. Es war einfach zu ärgerlich.

»Dann ertrink«, sagte sie und griff zu ihrer Tasche. »Vorher bezahle ich aber noch. Wir müssen los, Jens, wir sind nachher bei Sabine zum Essen eingeladen. Da dürfen wir nicht zu spät kommen.«

Jens nickte und gab der Bedienung ein Zeichen.

Während sie warteten, fuhr Peter plötzlich herum. »Ach, übrigens«, sagte er, »kennst du eigentlich Bastian de Jong?«

Katharina nickte. »Natürlich. Wer kennt ihn nicht?«

»Der meistverkaufte Autor Europas«, ergänzte Jens. »Mein Verleger ärgert sich noch heute, dass er das erste Buch von ihm abgelehnt hat. Ich finde de Jongs Romane großartig.«

»Ich lese ja selten Romane«, räumte Peter ein. »Aber ist ja auch egal. Er hat mich jedenfalls nach deinen Kontaktdaten gefragt.«

»Nach meinen?« Katharina war verblüfft. »Warum?«

»Warum wohl? Er braucht jemanden, der für ihn recherchiert. Er hat wohl meinen Film über die Frauen der Fünfzigerjahre gesehen, da war dein Name im Abspann. Und du hast anschließend mit dem ›Weser Kurier‹ ein Interview gehabt, in dem du deine Arbeitsweise beschrieben hast. Das hat de Jong irgendwie gelesen. Und jetzt hat er einen Auftrag für dich.«

Katharina war immer noch irritiert. »Und wieso ruft er nicht bei uns im Büro an, sondern fragt dich?«

»Ich habe vor einem Jahr einen Film mit ihm gemacht, daher kennen wir uns. Ich habe ihm auch die Nummer von deinem Büro gegeben. Aber er besteht darauf, dass du es selbst machst.«

»Und worum geht es?«

»Keine Ahnung«, antwortete Peter. »Er ist übrigens ein toller Typ. Ein echter Womanizer. Jens, du solltest sie nicht allein zu ihm lassen.«

Katharina zog die Augenbrauen hoch. »Na denn. Meine Freundin Solveig wollte neulich schon mit ihm durchbrennen, nach seiner Lesung in Flensburg. Vielleicht sollte ich sie mitnehmen, damit wenigstens eine Frau in Begeisterung ausbricht. Bei mir kommt das eher selten vor. Außerdem ist der Mann zwanzig Jahre älter als ich, vielen Dank, aber für die Pflege eigne ich mich nicht.«

»Warte ab.« Peter Bohlen lächelte sie vielsagend an. »Und es sind nur fünfzehn Jahre Unterschied. Wir können ja wetten, wie lange es dauert, bis du seinem Charme erliegst. Um einen Champagner.«

»Da können wir auch um eine Kiste wetten«, antwortete Katharina und drückte Jens' Hand. »Hör nicht auf das Gerede eines indiskreten, sensationslüsternen, alten Exkollegen, der ohne zu denken vor sich hin labert. Ich stehe nicht auf alte Säcke.«

Jens lachte, drehte ihre Hand und küsste den Handrücken. »Ich weiß«, sagte er. »Wobei de Jong wirklich ein guter Typ sein muss. Er wirkt zumindest sehr klug und sympathisch. An deiner Stelle würde ich mich geschmeichelt fühlen, dass er unbedingt mit dir arbeiten will. Das ist doch toll.«

»Mal sehen.« Katharina bezahlte alles zusammen bei der Bedienung, steckte ihre Geldbörse weg und stand auf. »Ich warte erst mal ab, was er will, worum es geht und was Friedhelm und Saskia dazu sagen. Und dann sehen wir weiter. Peter, ich halte dich wegen der Wette auf dem Laufenden. Und kauf keine Kiste billigen Schampus. Den trinke ich nicht.«

So, ich habe jetzt die Tische zusammengeschoben. Das sieht netter aus.« Gertrud trug ein Tablett durch den Raum und blieb unvermittelt stehen. »Sag mal, du hast dich noch nicht mal umgezogen. Es ist zehn vor drei, die kommen gleich.«

»Was?« Erschrocken hob Inken den Kopf und drehte sich um. »Echt? Ich habe nicht auf die Uhr geguckt, diese Buchhaltung macht mich fertig. Mir fehlen schon wieder tausend Quittungen. Und Knut will den ganzen Krempel seit drei Tagen haben. Wie der sich das immer vorstellt!«

Sie schob hektisch die Papiere zusammen und stopfte den Stapel in eine Schublade, die sie mit Gewalt zudrückte. »Zehn vor?«

Gertrud hatte das Tablett abgesetzt und musterte Inken kopfschüttelnd. Über den dunkelroten Leggins trug sie einen ausgewaschenen kurzen Rock, darüber ein langes T-Shirt und eine ausgeleierte Strickjacke. Nichts passte zusammen, am allerwenigsten die halbhohen Wanderstiefel.

»Du siehst aus, als wärst du gerade aus Ostpreußen geflohen. Direkt vom Pferdewagen.« Gertrud stemmte die Hände in die Hüften. »Unmöglich, Inken, du kannst jedes Kleidungsstück in den Altkleidersack stecken. Zieh dich um. Und binde deine Haare bloß zusammen. So sieht es aus, als wären sie explodiert.«

Ohne zu antworten lief Inken nach oben, immer zwei Stufen auf einmal nehmend. Hätte sie bloß auf die Uhr geguckt. Hektisch riss sie ihren Kleiderschrank auf und schob einen Bügel nach dem anderen zur Seite. Es war alles Mist. Entweder waren die Sachen nicht gebügelt oder es fehlten Knöpfe oder Saumnähte. Noch fünf Minuten. Erleichtert fand sie schließlich eine saubere Jeans. Ein weißes T-Shirt baumelte noch am Wäscheständer, der fast neue blaue Blazer hing über einem Stuhl. Auf dem Weg ins Bad knöpfte sie schnell die Jacke zu, der untere Knopf fehlte, das fiel aber kaum auf. Mit energischen Bürstenstrichen fuhr sie sich vor dem Spiegel durch die wilden Locken, fasste sie zum Dutt zusammen und schob eine Haarspange durch. Wimperntusche, Lippenstift, fertig. Keine acht Minuten später war sie wieder unten.

»Und?« Sie drehte sich vor Gertrud. »Zufrieden?«

Skeptisch sah die auf Inkens Füße. »Du hast noch keine Schuhe an. Und am Blazer fehlt der Knopf.«

»Ja, ja«, antwortete Inken und ging auf die Knie, um ihre weißen Sneakers unter dem Schreibtisch hervorzuziehen. »Ich lass die Jacke sowieso auf. Irgendwo hatte ich doch auch noch das schöne Tuch von dir, ach hier.«

Sie zog einen bunten Schal von der Heizung und drapierte ihn um ihren Hals. Dann breitete sie die Arme aus und strahlte Gertrud an. »So. Bitte. Und jetzt sag was.«

»Hübsch.« Mehr Komplimente waren aus Gertrud nicht hervorzulocken. »Wenn nicht immer diese Hektik wäre. Denk an den Terminkalender, wenn du rübergehst. Ich hole den Kaffee.«

Während Gertrud den Kaffee in die Thermoskannen füllte, beobachtete sie, wie Inken auf dem kleinen Parkplatz die Geschäftsführer des neuen Hotels begrüßte. Es war doch erstaunlich, in welch kurzer Zeit aus dem Flüchtlingskind eine ausgesprochen hübsche und sehr souveräne Gastgeberin geworden war. Inkens Schönheit kam von innen, das hatte Piet einmal gesagt. Und er hatte recht. Obwohl er nicht objektiv war. Piet war der gute Geist von Inkens Segelschule, unterstützt von seinem Bruder Knut. Er war letztes Jahr 75 geworden, Knut war fünf Jahre jünger. Sie wohnten nebeneinander in einem Doppelhaus, das sie sich vor Jahren gemeinsam gebaut hatten. Knut wohnte rechts, Piet links, die Terrasse verband die beiden Haushälften. Sie führten ein eingespieltes Junggesellenleben, keiner der beiden hatte jemals geheiratet oder mit einer Frau zusammengelebt. Sie fanden es auch nicht nötig, schließlich hatten sie sich und das schon ein ganzes Leben lang.

Piet war zur See gefahren. Früher bei der Marine und später auf einem Rettungsboot. Er war heute immer noch lieber auf dem Wasser als auf dem Land, seinem Gang konnte man den Unterschied ohnehin nicht mehr ansehen. Als er in Rente ging, hatte er eine große Abschiedsparty veranstaltet, zu der auch Inken eingeladen war. Nach der ersten Rede stellte er sich neben sie und teilte ihr mit, dass er ab sofort in der Segelschule helfen wolle. »Das schaffst du ja gar nicht allein«, hatte er gesagt. »Wir beobachten das schon eine ganze Zeit. Also mein Bruder und ich. Du brauchst Hilfe, sonst schwimmst du weg. Das übernehme ich dann mal.«

Er war Inkens Rettung, die zu diesem Zeitpunkt bereits gemerkt hatte, dass sie allein mit der ganzen Situation völlig überfordert war. Sie hielt die beiden rothaarigen Brüder, die sie schon kannte, seit sie Kind war, für einen Glücksfall und sah darin einen Wink des Himmels. Knut war Buchhalter, fand es richtig, dass sein Bruder die Rettungsaktion angestoßen hatte, und übernahm, ohne lange zu reden, Inkens chaotischen Schreibtisch.

Seitdem kümmerten sich die Brüder um die Schule, um die Boote und um das Haus. Sie vergötterten Inken und würden jeden töten, der irgendetwas Schlechtes über sie sagte. Gertrud fanden sie zu streng, die nahm sich heraus, ab und zu ein Donnerwetter loszulassen. Wenn es in Inkens Wohnung über der Segelschule zu chaotisch aussah, zum Beispiel. Vor zwei Jahren hatte Inken Gertrud gebeten, nach ihren Pflanzen zu sehen, während sie eine Weiterbildung in Hamburg machte.

Gertrud hatte es natürlich versprochen. Sie war vorher nur einmal ganz kurz in Inkens Wohnung gewesen; als sie dann zum ersten Mal zum Pflanzengießen gekommen war, hatte sie sich so erschrocken, dass sie erst die Polizei und danach Inken angerufen hatte. Inken kam noch am Abend und konnte sich deshalb selbst bei der Polizei entschuldigen. Es waren keine Einbrecher im Haus gewesen, nur Inken, die etwas hektisch gepackt hatte. Und das Chaos war ihr noch nicht einmal peinlich gewesen. Gertrud hatte sich viel mehr aufgeregt. Nach diesem Ereignis hatte sie beschlossen, sich ein bisschen um Inken zu kümmern. Schließlich kannte sie das Kind schon von klein auf.

Aber so war Inken eben, chaotisch, unaufgeräumt, aber auch charmant, immer gut gelaunt und patent. Man konnte sie nicht mehr ändern, das hatte Gertrud begriffen. Aber man konnte ihr wenigstens ein bisschen zur Hand gehen, um das größte Chaos zu verhindern. Und das tat sie. Zusammen mit Piet und Knut. Und gemeinsam hatten sie alles ganz gut im Griff.

Knut schlenderte auf die Segelschule zu. Er trat vor das Fenster und sah hinein. Inken saß allein am Tisch, vor ihr standen leere Tassen und Gläser, sie hatte ihr Kinn auf eine Hand gestützt, kaute auf einem Bleistift und starrte dabei gedankenverloren auf die große Knotentafel, die an der gegenüberliegenden Wand hing. Knut stieß sich vom Fenster ab und ging hinein.

»Und?«, fragte er gespannt. »Wie waren sie?«

Langsam drehte Inken sich zu ihm und ließ dabei den Bleistift sinken. Sie lächelte ihn an und tippte mit dem Stift auf den Block. »Ein bisschen Kohle kommt dabei rum«, sagte sie. »Allerdings weniger, als wir dachten. Na ja, aber besser als nichts.«

Knut zog sich einen Stuhl neben den von Inken und setzte sich. »Was heißt das genau?«

»Sie wollen ihren Gästen einen Segelgrundkurs anbieten. Auf Jollen, zwölf Stunden. Aber sie wollen keine Garantie zahlen. Nur die Kurse, die tatsächlich zustande kommen. Dieser Herr Berger, also der Geschäftsführer, hat geschätzt, dass er uns zwischen zwanzig und dreißig Schüler pro Saison schicken kann, mehr wohl nicht.«

»Und dafür hat er sich so wichtiggemacht?« Knut hob die Stimme. »Die kriegen wir auch so zusammen. Dieser Angeber. Sollen wir dafür auch noch was bezahlen?«

»Sicher.« Inken stand auf und streckte sich, bevor sie die Tassen und Gläser auf ein Tablett stellte. »Immerhin machen die Werbung in ihrem Hotelprospekt und auf ihrer Internetseite. So schlecht ist das nicht. Und bevor du jetzt meckerst, guck mal in die Kassenbücher. Wir brauchen jeden Cent, im Moment kommen jeden Tag Rechnungen und ich habe mal wieder keine Ahnung, wie wir die alle bezahlen sollen.«

»Tja«, murmelte Knut und rollte seine Mütze zusammen. »Wem sagst du das? Außerdem sind die neuen Segel fertig. Die sollen wir nächste Woche abholen. In Kiel. Aber die Rechnung können Piet und ich ja erst mal bezahlen, das gibst du uns dann nach dem Sommer wieder.«

Inken ließ das Tablett sinken und schüttelte den Kopf. »Das ist nett, aber nicht nötig. Ich habe noch ein bisschen was auf dem Konto, das reicht für die Segel. Und sonst becirce ich noch mal Gunnar in der Sparkasse. Ich habe ihm in der Schule immer meine Schinkenbrote gegeben, dafür kann er sich mal so langsam revanchieren. Wozu ist er denn Sparkassenleiter?«

»Aber mach nichts, was du nicht willst.«

»Knut, bitte.« Inken fing an zu lachen. »Guck dir Gunnar an. Ich will einen Dispo, aber ich gehe dafür nicht mit ihm ins Bett.«

»So genau wollte ich es gar nicht wissen.« Verlegen wich Knut ihrem Blick aus. »Ich mache jetzt Feierabend. Fass nicht an die Schuppentür, die habe ich gestrichen. Die Farbe ist noch feucht.«

»Okay.« Inken balancierte das Tablett an ihm vorbei. »Grüß Piet. Und schönen Abend.«

»Ja, dir auch.« Ächzend stand Knut auf und schüttelte sein Bein. »Ich weiß nicht, warum mein Knie so altert. Nur das eine. Ist doch nicht normal.«

Er humpelte langsam den Weg entlang, Inken sah ihm nach. Er hasste es, wenn sie sich bei ihm für etwas bedankte, sein Bruder war genauso. Sie hatte ihnen eine Flasche Portwein vor die Haustür gestellt. Wahrscheinlich musste sie sich dafür morgen früh wieder beschimpfen lassen. Sie würde einfach sagen, sie hätte ihn geschenkt bekommen. Von Gunnar, dem Sparkassendirektor. Das würde die beiden freuen.

Gertrud war schon weg, doch sie hatte einen Zettel auf den Küchentisch gelegt.

»Spülmaschine ausstellen. Bis morgen. G.«

Inken knüllte den Zettel zusammen und ließ sich auf die Küchenbank sinken. Ihre Blicke wanderten durch die geputzte und aufgeräumte Küche und sie bekam sofort wieder ein schlechtes Gewissen. Gertrud hatte eigentlich genug zu tun. Sie kümmerte sich um die Blumen in der Kirche, organisierte die Altennachmittage, das Blutspenden, besuchte einsame Nachbarinnen und vermietete ihr Haus an Feriengäste. Inken hatte keine Ahnung, wie Gertrud das alles schaffte. Trotzdem sah sie auch noch bei ihr nach dem Rechten. Und das im Moment jeden Tag. Und trotzdem hing Inken weiter in den Seilen und wusste nicht, wie sie das ändern sollte.

Frustriert warf Inken den zusammengeknüllten Zettel quer durch die Küche in Richtung Mülleimer. Und tatsächlich versenkte sie das Papier. Einfach so, ohne Bande. Ein Weltklassewurf. Sie reckte triumphierend den ausgestreckten Arm in die Luft. Warum machte sie sich eigentlich Gedanken um eine

Nachzahlung an das Finanzamt, um fällige Rechnungen oder um den Fortbestand ihrer Segelschule? Dieser Wurf war ein Zeichen. Sie würde es auch dieses Mal schaffen. Irgendein Wunder würde geschehen. Und wenn nicht, dann hatte sie auch noch Piet, Knut und Gertrud, die für sie da waren. Das musste alles klappen. Wegen ein paar Tausend Euro würde Inken Johannsen doch nicht das Handtuch werfen. Da hatte sie doch schon ganz andere Dinge geschafft. Es wäre ja wohl gelacht, wenn es dieses Mal nicht klappen sollte.

Entschlossen stand sie auf, zog ihren Blazer aus und hängte ihn sorgfältig über die Stuhllehne. Dann ging sie auf die Suche nach ihrer alten Strickjacke. Sie hatte noch genug zu tun.

Ohne den Blick von ihm abzuwenden, griff sie zu ihrem Koffer. »Mach es gut«, flüsterte sie. »Es war der falsche Zeitpunkt, es lag nicht in unserer Hand.« Sie ließ die Haustür hinter sich offen, stieg langsam die Stufen hinunter, verharrte kurz und ging dann mit schnellen Schritten aus seinem Leben. Sie drehte sich nicht mehr um. Er legte seine Stirn an den Türrahmen und fühlte die Welt untergehen.

Das Klingeln des Telefons riss Katharina aus dem Hausflur in Amsterdam. Sie wischte irritiert eine Träne weg und meldete sich mit belegter Stimme.

»Johannsen«

»Katharina?« Saskia fragte unsicher nach. »Bist du krank? Oder habe ich dich geweckt?«

»Nein, nichts«, entgegnete Katharina schnell und räusperte sich. »Ich habe gerade ein Buch zu Ende gelesen. Das Ende war so ... schmalzig.«

»Du heulst beim Lesen?« Saskia lachte. »Das glaube ich nicht.«

»Ich habe nicht geheult.« Katharinas Stimme war wieder fest. »Ich war nur abgelenkt. Also, was gibt es?«

»Was hast du denn gelesen?«

»Den neuen Bastian de Jong.« Katharina nahm das Buch in die Hand. »Hat Jens mitgebracht. ›Spätsommer‹.«

»Und?« Saskia klang spöttisch. »Ging dir das so ans Herz?«

»Nein. Jetzt ist es aber gut. Was willst du? Oder hast du nur Langeweile?«

»Das ist jetzt die perfekte Überleitung. Ich bin gerade im Büro und habe die Mails durchgesehen.«

»Samstags? Hast du nichts anderes zu tun?«

Saskia ging gar nicht darauf ein. »Du hast die Mail noch nicht gelesen?«

»Es ist Wochenende und ich gehöre nicht zu euch iPhone-Junkies, die alle zehn Minuten ihren Postkasten kontrollieren. Was war denn so wichtig?«

»Bastian de Jong.« Saskia machte eine wirkungsvolle Pause. »Er hat uns gemailt. Er hat einen Auftrag für uns. Wenn das kein Zeichen ist. Dann kannst du ihm ja gleich selbst mitteilen, dass sein neuer Roman dich zu Tränen gerührt hat. Das ist doch ein wunderbarer Einstieg für eine erfolgreiche Zusammenarbeit.«

Katharina verstand Saskias Aufregung nicht. »Er hat mich nicht zu Tränen gerührt. Das ist eine grandiose Übertreibung. Ich sehe mir die Mail gleich an. Was steht denn drin?«

»Das siehst du ja dann.« Saskias Antwort kam zögernd. »Aber wir sollten darüber vielleicht in Ruhe reden. Das wäre wirklich ein ganz toller Auftrag. Stell dir vor: Bastian de Jong. Der große Bastian de Jong.«

»Saskia. Lass mich doch ...«

»Weißt du, Katharina«, atemlos unterbrach Saskia sie, »eigentlich kann man sich heute gar nicht leisten, so eine Recherche abzusagen. Was meinst du, was das für Folgen haben kann. Wenn de Jong zufrieden ist, dann spricht sich das ja schnell rum. Dieser Mann hat ein unglaubliches Netzwerk. Wir werden uns vor Aufträgen nicht retten können.«

Katharina hatte keine Ahnung, was Saskia dazu brachte, sich so in atemlose Rage zu reden, und unterdessen ihr Laptop hochgefahren. »Ich mache gerade ...«, versuchte sie es erneut, wurde aber wieder unterbrochen.

»Er hat dir auch noch einen Brief geschrieben, ein dicker Umschlag, war heute in der Post, ich habe ihn natürlich nicht aufgemacht, er ist ja an dich adressiert. Kannst du am Montag ja sofort öffnen. Oder soll ich ihn dir gleich noch vorbeibringen?«

»Nein, du brauchst mir nichts vorbeizubringen.« Katharina hatte inzwischen die Mail gefunden und überflog sie. »Ich lese gerade. Nordseeroman, ..., angedachter Umfang, hm.«

Am anderen Ende entstand eine Pause. Dann holte Saskia tief Luft.

»Er will eine Recherche über Sylt. Und zwar nur von dir. Friedhelm hat mich auch gerade angerufen. Er hat die Mail so verstanden, dass de Jong nur dich will. Kennst du ihn etwa? Davon hast du noch nie was erzählt.«

Saskia wurde richtig hektisch. Katharina schwieg einen Moment, nahm langsam das Buch in die Hand und drehte es um. Bastian de Jong sah sie an. Das war doch ein Witz. Ein tolles Gesicht. »Er hat die Kontaktdaten von Peter Bohlen. Bei einem seiner Filme hat de Jong mal meinen Namen gelesen. Ich verstehe es aber auch nicht so richtig. Und dann hat er noch etwas mit der Post geschickt?«

»Zu deinen Händen. Soll ich dir nicht doch den Umschlag vorbeibringen? Bist du denn nicht gespannt, was er dir persönlich schreibt und schickt?«

»Nein.« Entschlossen beendete Katharina das Mail-Programm und fuhr den Laptop runter. »Das hat Zeit bis Montag. Ich werde mir alles in Ruhe ansehen. Ich muss ja heute nichts entscheiden.«

»Gut.« Saskia zwang sich, jeden weiteren Kommentar runterzuschlucken. »Der Umschlag liegt auf deinem Schreibtisch. Wir sehen uns Montag im Büro. Schönes Wochenende, Katharina, und grüß Jens.«

Saskia hatte noch einen Moment auf das Telefon gestarrt. So, wie es sich anhörte, war es ein großer Auftrag, für den selbst Katharina mehrere Wochen brauchen würde. Hoffentlich war der Charme des holländischen Bestsellerautors größer als die Urlaubsplanung, die Katharina erst letzte Woche abgegeben hatte. Oder ihre Überzeugung, dass Recherchen auf Sylt sie langweilten. Es wäre zu großartig, wenn Bastian de Jong zu ihren Kunden gehörte.

Katharina hielt das Buch immer noch in der Hand. Bastian de Jongs dunkle Augen bildeten einen Kontrast zu seinem grauen Haar. Er hatte einen Dreitagebart, der die vollen Lippen betonte. Er müsste gut küssen können. Der Gedanke kam so unvermittelt, dass Katharina zusammenzuckte. Wie um alles in der Welt kam sie auf so eine Idee? Sie sollte Solveig anrufen, um ihr mitzuteilen, dass sie eventuell einen Auftrag von dem Mann bekommen würde, der vor einiger Zeit Solveigs Objekt der Begierde gewesen war, die würde ausflippen. Als wären sie fünfzehn, dachte Katharina und musste lächeln. Sie sollte keine sentimentalen Liebesgeschichten lesen, auch nicht, wenn sie gut geschrieben waren und sämtliche Bestsellerlisten anführten. Es konnte auch einfach an ihren Hormonen liegen oder am Luftdruck oder am Pollenflug, irgendetwas machte sie gerade unruhig. Dieses blöde Buch. Eine Frau und ein Mann, die sich am falschen Ort und zur falschen Zeit treffen und nicht zusammenkommen können, weil ihr Leben etwas anderes mit ihnen vorhat. Als ob sich nichts ändern ließe, wenn man etwas wirklich wollte. Entschlossen klappte Katharina das Buch zu, legte es wieder auf den Tisch und ging in die Küche, um sich einen Tee zu machen.

Bastian de Jong hatte sie gebeten, sofort anzufangen. Das hieß auch, dass sie ihren geplanten Mallorca-Urlaub mit Jens, der im Moment gerade in Berlin an Anne Assmanns Manuskript saß, verschieben müsste. Er hatte sich so auf den Urlaub gefreut. Sie würde ihn gleich anrufen und hören, was er dazu sagte.

Danach würde sie Solveig anrufen, um sie ausflippen zu hören. Und dann würde sie alles überschlafen und darüber nachdenken, ob sie überhaupt Lust hatte, zwei oder drei Wochen auf der vermutlich überfüllten Insel zu arbeiten.

Aber erst kochte sie jetzt Tee. Und dann würde der Rest kommen, der Reihe nach.

Zwei Wochen später saß Katharina auf der Terrasse eines Restaurants in der Hamburger HafenCity. Sie war eine halbe Stunde zu früh, das war sie immer, und sie wurde langsam nervös, das passierte ihr eher selten. Dazu kam, dass sie noch unentschieden war, ob sie diesen Auftrag annehmen sollte, trotzdem war sie nach Hamburg gefahren, um sich mit Bastian de Jong zu treffen. Sie bemühte sich, ihr Wasser langsam zu trinken, weil sie nicht wollte, dass de Jong sie vor der leeren Flasche sah, er würde dann wissen, dass sie nicht erst seit fünf Minuten hier saß.

Katharina schob ihren Stuhl zurück, schlug ihre Beine übereinander und atmete tief ein und aus. Wie albern war sie eigentlich? Es könnte ihm doch völlig egal sein, ob sie seit fünf Minuten oder fünf Stunden hier hockte und auf die moderne Architektur starrte. Es könnte auch ein Hobby von ihr sein, irgendwo zu sitzen und auf Häuser zu starren. Wen interessierte das? Niemanden, trotzdem machte sie sich verrückt und das Warten ging ihr langsam auf die Nerven. Sie warf einen Blick auf ihre Uhr, der Zeiger hatte sich kaum bewegt, es war immer noch zwanzig Minuten vor dem ausgemachten Termin.

Sie redete sich inzwischen ein, dass es ein großer Vorteil war, zuerst da zu sein. Man könnte sich entspannt zurücklehnen, bis der andere käme, sich gedanklich auf das Folgende vorbereiten, die Umgebung in Ruhe betrachten und sich schon mal den Weg zu den Toiletten einprägen. Das waren alles Vorteile.

Ihre Blicke wanderten durch das Restaurant. Es war edel, sehr edel sogar. Bastian de Jong hatte Geschmack, er hatte diesen Treffpunkt vorgeschlagen, weil er eine Wohnung in der HafenCity hatte und immer hier essen ging. Das hatte er zumindest in der zweiten Mail geschrieben. Und dass er sich außerordentlich freue, sie kennenzulernen. Er schrieb Mails fast so wie seine Romane, Katharina hätte damit rechnen können, trotzdem hatte sein Ton sie verunsichert. Sie hatte sie Solveig vorgelesen, die hatte nur wohlig geseufzt und gesagt, dass sie durchdrehen würde, wenn ihr ein Mann so eine Mail schreiben würde.

Solveig. Katharina musste lächeln. Anscheinend bekam die gerade ihren dritten Frühling, Katharina hoffte, dass Tom damit umgehen konnte.

Noch eine Viertelstunde.

Der Umschlag von Bastian de Jong, der vor zwei Wochen auf ihrem Schreibtisch gelegen hatte, enthielt neben einem persönlichen Anschreiben das Exposé seines neuen Romans und eine Visitenkarte dieses Restaurants, die an eine Wegbeschreibung geklammert war. Auf der Karte war bereits die heutige Reservierung vermerkt gewesen, er hatte keinen Zweifel gehabt, dass sie kommen würde.

Abends hatte Jens das persönliche Anschreiben gelesen und Katharina dann stolz angesehen.

»Er hat tatsächlich alle deine Recherchen verfolgt. Du hast ihn beeindruckt, er will unbedingt mit dir arbeiten. Das ist doch großartig. Das musst du machen, da gibt es überhaupt keine zweite Meinung. Um diesen Kontakt beneide ich dich sogar.«

Katharina hatte ihn etwas zweifelnd angesehen, war aber vom Klingeln ihrer Nachbarin unterbrochen worden. Sabine stand aufgeregt vor der Haustür. Sie trug schon wieder diese fürchterliche Freizeitkluft, aber einen traumhaften Blumenstrauß in der Hand. »Hallo, ihr beiden, ich will nicht lange stören, aber der Strauß ist vorhin bei mir abgegeben worden, weil hier noch keiner aufgemacht hat. Ich bin nicht neugierig, aber der Umschlag ist ja so auffällig, sagt mal, ist der wirklich von Bastian de Jong? *Dem* Bastian de Jong?«

»Ich kenne nur den einen«, antwortete Katharina und nahm ihr den Strauß ab. »Danke, das ist ...«

Sabine stand schon im Flur. »Das glaube ich ja nicht, ich lese gerade sein neues Buch, ›Spätsommer‹, meine Güte, ich habe schon dreimal geheult.«

Sie drehte sich zu Jens um. »Ist das jetzt dein Autor? Also, ich meine, arbeitest du jetzt mit ihm? Das finde ich ja total irre. Meinst du, du könntest mir das Buch signieren lassen?«

»Das musst du mich nicht fragen.« Jens ließ ihr den Vortritt ins Wohnzimmer. »Von mir will er leider nichts. Er möchte Katharina für eine Recherche engagieren. Sie hat aber noch nicht zugesagt.«

»Was?« Sabine fuhr entsetzt herum. »Du hast noch nicht zugesagt? Ich habe ihn neulich in einer Talkshow gesehen, Katharina, der Typ ist der Hammer.«

Katharina zuckte leicht zusammen, nicht nur wegen der Lautstärke ihrer Nachbarin, sondern auch weil Sabine schon mitten im Wohnzimmer stand. Sie schien bleiben zu wollen. In diesem Moment setzte sie sich auch schon.

»Also ich müsste da nicht überlegen. Allein schon die Blumen.«

Katharina blickte von der Tür zu ihr und fragte: »Kaffee, Tee, Wasser, Wein?«

»Ein kleines Glas Wein könnte ich schon trinken.«

»Ich mach schon.« Katharina lächelte Jens mühsam an und ging in die Küche. Während sie eine Blumenvase mit Wasser füllte, trennte sie den angeklebten Briefumschlag von der Folie und zog eine handgeschriebene Karte hervor.

»Geehrte Katharina Johannsen, ich hoffe, Sie haben meine Post heute bekommen, aber das ist nur der Anfang, ich werde keine Mühen scheuen, Sie für die Arbeit an diesem großen Roman an meine Seite zu bekommen. Verlassen Sie sich darauf. Ich bin mir sicher, dass wir uns begegnen. Mit vorfreudigen Grüßen BdJ.«

Sie schob die Karte zurück und stellte die Blumen ins Wasser. Lauter bunte Rosen. Ihre Lieblingsblumen. Und an ihre Privatadresse. Sie würde mal ein ernstes Wort mit Friedhelm und Saskia reden müssen. Auftrag hin oder her, aber nur weil jemand berühmt ist, musste man ihm doch nicht jede Information geben.

Als sie mit der Weinflasche und den Gläsern ins Wohnzimmer zurückging, wandte Sabine sich sofort von Jens zu Katharina. »Also?«, fragte sie gespannt und, wie Katharina fand, wieder eine Spur zu laut. »Was schreibt er? Dass du dabei so ruhig bleiben kannst, ich würde durchdrehen.«

»Entspann dich«, antwortete Katharina und stellte die Gläser auf den Tisch. »Er hat lediglich einen Auftrag zu vergeben, über den ich nachdenken muss.«

Sabine fuhr sich mit beiden Händen durch die Haare und schüttelte verständnislos den Kopf. »Nachdenken? Mein Gott.«

Sie sah Jens, der gerade die Flasche entkorkte, hilfesuchend an. »Sag du doch mal was. Bastian de Jong. Würdest du ihn etwa ablehnen?«

Anscheinend hatte Jens keine Probleme mit Sabines Lautstärke. Er lächelte sie sanft an und antwortete: »Katharina hat ja noch nicht abgelehnt. Und eigentlich wollten wir in der Zeit nach Mallorca. Aber daraus wird dann wohl nichts. Das ist auch ein Grund.«

»Mallorca.« Sabine wischte die Antwort weg. »Das könnt ihr doch später machen. Ich finde, so ein Auftrag geht einfach vor.«

Katharina ließ sich aufs Sofa sinken und zog ein Bein unter das andere. »Mal sehen«, sagte sie leichthin. »Ich werde dich rechtzeitig informieren.«

Am nächsten Tag hatte Bastian de Jong im Büro angerufen, um sich den Termin bestätigen zu lassen, allerdings war Katharina gerade in der Mittagspause gewesen und hatte nicht selbst mit ihm gesprochen.

Saskia saß danach mit verzücktem Gesicht an ihrem Schreibtisch. »Er hat eine tolle Stimme. Ich hätte die gerne in meinem Navi. Lass bei eurem Gespräch ein Band mitlaufen.«

In Gedanken daran schüttelte Katharina jetzt den Kopf. Wegen eines schreibenden Holländers wurden erwachsene Menschen tatsächlich hysterisch, es war nicht zu fassen.

Ihre Blicke folgten einer Fähre, die langsam durch den Hafen fuhr. Irgendetwas in ihr wurde ganz leicht. Es ging ihr immer so, wenn sie am Wasser saß, es war eine Mischung aus Beruhigung und Sehnsucht. Wonach auch immer.

»*Goedendag!* Ich habe Sie sofort erkannt.« Die etwas heisere, tiefe Stimme mit dem niederländischen Akzent holte sie zurück auf die Terrasse. Katharina hob den Kopf und sah in sehr dunkle Augen, die sie fixierten.

»Herr …«, sie musste sich erst räuspern, »Herr de Jong. Es freut mich.«

Sie wollte aufstehen, wurde aber mit sanftem Druck auf den Arm daran gehindert. »Behalten Sie bitte Platz. Ich hoffe, Sie haben nicht gewartet. Hätte ich gewusst, dass Sie schon hier sind, wäre ich auch früher gekommen.«

Er zog seinen hellen Mantel aus und sah sich nach einer Bedienung um. Katharina registrierte Jeans und ein schwarzes Hemd, eine sportliche Figur und dichtes, graues Haar. Er war größer, als sie erwartet hatte. Sie zwang sich, ihn nicht anzustarren. Der heraneilende Kellner verschaffte ihr Zeit, Bastian de Jong gab ihm seinen Mantel. Dann warf er einen kurzen Blick auf Katharinas Wasser und sagte: »Wir möchten essen, bringen Sie doch bitte die Speisekarte und dann noch ein großes Wasser und eine Flasche dieses wunderbaren Chablis. Sehr kalt. Danke sehr.«

Er ließ sich auf den Stuhl ihr gegenüber sinken, lächelte und sah sie forschend an. »Ich hoffe, es gefällt Ihnen hier. Hatten Sie eine gute Fahrt?«

»Ja, danke.« Katharina setzte sich gerade hin und legte die Hände auf den Tisch. »Es ist ein sehr schönes Restaurant. Und der Blick in den Hafen ist phantastisch.«

Die Speisekarten wurden gebracht. Bastian de Jong warf nur einen kurzen Blick hinein, klappte sie zu und sagte: »Es gibt hier den besten Heilbutt, den ich je gegessen habe, ich schlage vor, dass wir den nehmen. Möchten Sie vielleicht eine Vorspeise? Die *oesters*, wie sagt man auf Deutsch, ach ja, die Austern sind hervorragend. Sylter Royal, Sie werden sie besser kennen als ich.«

»Ich esse keine Austern, danke. Ich …«

Bastian de Jong nickte. »Gut, dann bitte zweimal den Heilbutt. Danke.«

Bevor Katharina sich darüber wundern konnte, dass de Jong einfach die Bestellung für sie übernommen hatte, redete er auch schon weiter.

»Ich bin auch nicht der ganz große Austernfreund, aber ab und zu versuche ich es doch. Ich gehe hier oft essen. Dort drüben, in diesem weißen Gebäude mit den vielen Fenstern, habe ich mir vor zwei Jahren ein Appartement gekauft. Ich schreibe hier, ich habe in Hamburg mehr Konzentration als in Amsterdam. Außerdem bin ich gern ab und zu allein, ohne Familie, ohne Freunde, ohne Nachbarn. Es ist herrlich. Haben Sie Familie?«

Katharina dachte an Jens und dass er sich nie anmaßen würde, ihr Essen ungefragt zu bestellen.

Bastian de Jongs durchdringender Blick löste bei ihr einen Anflug von Nervosität aus. Sie musste sich konzentrieren. »Ich habe keine Kinder, falls Sie das meinen. Ansonsten schon.«

»Was heißt ›ansonsten‹?« Bastian de Jong stützte sein Kinn

auf und blickte sie unverwandt an. Katharinas Irritation wuchs. Sie hatte das Gefühl, überrollt zu werden.

»Ansonsten habe ich Familie.« Ihre Stimme war neutral. »Eltern, Schwester, ein paar Tanten, Onkel, Cousinen. Wie die meisten von uns.«

Er nickte. »Gut.«

Der Wein und das Wasser kamen. Der Kellner entkorkte die Flasche mit großer Geste und schenkte einen Probeschluck für Bastian de Jong ein, der probierte und kurz nickte. Katharina hob die Hand, als ihr Glas zur Hälfte gefüllt war. »Danke, für mich nur ein halbes Glas.«

Sie schwiegen, bis der Kellner weg war, dann fingen sie gleichzeitig an.

»Haben Sie es sich schon ...«

»Wir müssen noch über den Umfang der ...«

Sie lachten, Bastian de Jong laut, Katharina leise, dann redete de Jong weiter.

»Haben Sie das Exposé gelesen?« Er wartete auf Katharinas Nicken, dann fuhr er fort. »Es wird ein großer Roman. Der wichtigste meines Lebens. Ich habe es Ihnen bereits geschrieben, ich bereite mich seit Jahren darauf vor. Meine Vorfahren waren alle Kapitäne, wir waren immer mit der Nordsee verbunden, seit Generationen. Und zu meiner Überraschung waren auch nordfriesische Zweige darunter. Sagt man das so? Zweige? Na, egal. Ich bilde mir viel auf meine Deutschkenntnisse ein, aber manchmal komme ich an meine Grenzen.«

»Sie sprechen hervorragend deutsch«, sagte Katharina schnell. »Ich bin sehr beeindruckt.«

»Ich habe in Deutschland studiert. Und ich bin immer noch oft hier.«

Wenn er lächelte, bildete sich ein Faltenkranz um seine Augen. Solveig würde durchdrehen, dachte Katharina und wischte den Gedanken sofort wieder beiseite. Aber sie musste zugeben, dass Bastian de Jong der charismatischste Mann war, der ihr in den letzten Jahren begegnet war. Er redete schon weiter.

»Ich möchte die Geschichte einer Familie erzählen. Sie lehnt sich natürlich an meine eigene an, wird aber anders sein. Es geht um vier Generationen, um das Meer, um Liebe, Kriege, Tod, Intrigen, alles das, was zum Leben an der Küste gehört. Die Schauplätze liegen in den Niederlanden, in Südengland und in Schleswig-Holstein, hier besonders auf Sylt und den Nachbarinseln. Ich brauche alle Informationen, alles, was die Archive zur Seefahrt haben, alle alten Sagen und so weiter. Es wird wirklich mein wichtigster Roman.«

Während er redete, hatte er sich immer weiter vorgebeugt und nicht eine Sekunde lang den Blick von ihr gewandt.

Katharina lehnte sich zurück, ohne ihn aus den Augen zu lassen. »Archivrecherchen sind nicht so schwierig«, sagte sie ruhig. »Das könnte doch auch Ihr Büro für Sie machen. Ich habe mich gefragt, warum Sie den Auftrag an uns vergeben wollen.«

»Liebe Frau Johannsen«, Bastian de Jong faltete seine Hände auf dem Tisch und sah sie lange an, »ach was, ich sage Katharina. Ich habe sieben internationale Bestseller geschrieben, über zwanzig Drehbücher und zahlreiche Artikel und Beiträge. Ich habe in meinem Leben so viel Geld verdient, dass ich es nie ausgeben könnte. Trotz zweier Exfrauen, eines Sohnes und einer unehelichen Tochter. Von daher muss es nicht Ihre Sorge sein, dass ich Arbeit in Auftrag gebe. Aber es geht mir um etwas ganz anderes. Sie haben natürlich recht damit, dass Archivmaterial leicht zusammenzustellen ist, das ist ja keine Frage. Aber was ich will, ist die Stimmung. Das Gefühl. Der Geruch. Der Klang. Ich will einen Roman über die Nordsee schreiben, kein Sachbuch. Der Leser muss das schmecken, riechen, fühlen, verstehen Sie? Ich habe mir Ihre letzten Recherchen genau angesehen, Katharina; genau das, was ich brauche, haben Sie. Sie fühlen es, Sie sind mittendrin, in dem, was Sie recherchieren. Das ist ein Talent und deshalb will ich, dass Sie das machen.«

Katharina ließ sich Zeit mit ihrer Antwort, Bastian de Jong dauerte das zu lange.

»Sie sind auch am Meer geboren, Katharina, genau wie ich. Das macht uns zu besonderen Menschen, wir brauchen das Wasser und sind anders als andere und deswegen müssen Sie für mich arbeiten. Das, was ich haben will, kann ich niemandem erklären, der es nicht kennt.«

Mit hochgezogenen Augenbrauen sah Katharina ihn an. »Schmecken, riechen, fühlen? Herr de Jong, das ist mir zu theatralisch. Welchen Umfang haben Sie sich denn vorgestellt?«

»Katharina.« Bastian de Jong presste beide Hände auf sein Herz und lächelte. »Ich *bin* theatralisch. Das ist eine Bedingung für Kreativität. Sie sollten es auch sein. Der Umfang ist nebensächlich, es geht nicht um Quantität, es geht um Qualität. Es ist mir völlig egal, wie lange Sie für alles brauchen, es spielt keine Rolle. Sie müssen mir sagen, was ich beim Schreiben fühlen, schmecken, riechen soll, darum geht es. Lassen Sie mich nicht hängen, machen Sie es für mich. Bitte. Und nennen Sie mich nicht mehr länger beim Nachnamen.«

Katharina wich seinem Blick aus und ließ ihre Blicke den Schiffen folgen. Langsam glitten sie auf der Elbe in Richtung Nordsee. Und lösten wieder diese diffuse Sehnsucht aus, die sich in Katharina ausbreitete. Wäre sie theatralisch, hätte sie dieses Gefühl vielleicht Heimweh genannt. So aber hatte es vermutlich nur etwas mit dem beginnenden Sommer zu tun. Wie auch immer, sie wandte sich wieder de Jong zu und sagte: »Gut. Ich brauche noch Unterlagen, Zeitfenster, Orte, Protagonisten, das Exposé reicht mir nicht. Und wir müssen über Termine reden.«

Statt einer Antwort drehte Bastian de Jong sich um und gab dem in Sichtweite stehenden Kellner ein Zeichen. Der erschien sofort mit der bereits geöffneten Flasche Champagner. Katharina sah ihr Gegenüber mit gerunzelter Stirn an. »Sie haben gewusst, dass ich zusage? Warum?«

»Ich glaube, wir sind seelenverwandt.« Bastian de Jong reichte ihr mit großer Geste ein Glas. »Halten Sie das jetzt nicht für das Gerede eines alternden Schriftstellers, meine Liebe, aber seit ich das erste Mal über Sie gelesen habe, habe ich es geahnt, und seit ich mit Ihnen an diesem Tisch sitze, weiß ich es: Ich werde Ihnen guttun und Sie mir. Deshalb möchte ich auch, dass wir uns duzen. Wir Holländer tun uns schwer mit diesem steifen ›Sie‹ unter Freunden. Auf eine wundervolle Zusammenarbeit, liebe Katharina. *Gezondheid!* Zum Wohl.«

Inken starrte auf den Bildschirm und sah das Gesicht ihrer Mutter, allerdings nur die untere Hälfte. Über der Nase war das Bild abgeschnitten.

»Mama, du musst die Kamera ein kleines Stück nach oben drehen, ich sehe dich nur halb.«

»Ja, warte mal, kann ich die so einfach …? Ach, ja.«

Das Gesicht rutschte den Bildschirm runter und blieb stehen. Dieses Mal fehlte der Mund, während ein Augenpaar zu Inken blickte. »So?«

»Das war zu viel. Jetzt sehe ich nur die Augen.«

Über denen erschien eine steile Falte. »Ich verstehe das gar nicht, ich kann dich doch auch ganz sehen.«

»Ich habe ja auch eine eigene Kamera. Dreh noch mal an deiner.«

Das Bild wackelte wieder, dann endlich hatte die Kamera den richtigen Winkel. »Mama, so ist gut. Nicht mehr drehen.«

Unsicher blickte Mia Johannsen in die Kamera. Sie trug ein ärmelloses Kleid, ein wild gemustertes Tuch, hatte eine Lesebrille im Haar und sehr viel bunten Schmuck um den Hals. »Das ist aber auch kompliziert, dieses Skype. Und sag nicht immer Mama, du weißt, dass ich das nicht leiden kann. Und? Wie ist das Wetter auf Sylt?«

Inken beugte sich näher zum Bildschirm, um die Ketten besser erkennen zu können.

»Ja, Mia. Sind das Dinosaurier an der einen Kette?«

Ihre Mutter legte eine Hand an den Hals. »Krokodile. Die Hälse sind zu lang geworden. Deswegen behalte ich die Kette selbst. Sonst wäre die schon lange verkauft. Wie ist denn nun das Wetter auf Sylt?«

Inken warf einen Blick aus dem Fenster. »Sprühregen, 14 Grad. Aber gestern schien die Sonne.«

»Windstärke?«

»Sechs. Aber abnehmend.«

Mia Johannsen lächelte zufrieden. »Wir haben hier keinen Wind, blauen Himmel und 24 Grad. Herrliches Wetter.«

Seit Mia und Johannes Johannsen, der nur Joe genannt wurde, weil Johannes so furchtbar großbürgerlich klang, vor mehr als zwanzig Jahren ihren Hauptwohnsitz nach Mallorca verlegt hatten, war es Mias größtes Glück, bei jedem Anruf nach dem Wetter und der Windstärke zu fragen. Deshalb hatten sie Sylt damals verlassen, wegen des Windes, der kühlen Sommer und des Sprühregens. Und noch heute war sie begeistert, wenn es auf Mallorca schöner war.

»Wie geht es Papa?«

»Gut.« Mia drehte sich kurz um und wieder zurück. »Ich dachte, er käme gerade rein, war er aber nicht. Er ist mit einem von unseren Gästen auf dem Boot. Ein Architekt aus Köln. Kommt schon das dritte Jahr. Er sucht eine Frau. Willst du nicht ein paar Tage kommen? Er sieht gut aus, hat Geld, ein Haus, segelt, keine Altlasten, der könnte was für dich sein.«

»Wie alt?«

»Um die sechzig.«

»Mia, das könnte mein Vater sein. Ich stehe nicht auf alte Säcke.«

»Dann hätte er dich ja mit zwölf zeugen müssen. Wie soll das denn gehen?«

»Mit zweiundzwanzig, Mama, er hätte mich mit zweiundzwanzig gezeugt, ich bin achtunddreißig. Habt ihr die Finca ausgebucht?«

»Ja. Fast. Du kannst aber trotzdem kommen. Vielleicht wäre unser Architekt was für Katharina? Dann sind es nur zwölf Jahre. Die wollte eigentlich nächste Woche kommen, zusammen mit diesem Dings, wie heißt er noch? Ist ja egal, jedenfalls hatte sie das schon lange angekündigt und jetzt hat sie wieder abgesagt. Wie kann man nur so viel arbeiten?«

Inken drehte sich von der Kamera weg, biss in ihre Fingerknöchel und nahm wieder ihre alte Position ein. »Katharina braucht keinen Architekten. Der Dings heißt Jens und ist Katharinas Freund. Papa findet ihn nicht übel, weil er segeln kann. Und ich kann nicht kommen, weil ich es anderen gerade beibringe. Wir haben im Moment drei Segelkurse.«

Mia guckte skeptisch. »Du bist auch so arbeitsam. Läuft es denn? Verdienst du damit genug?«

»Ja, klar, mach dir keine Sorgen.«

Inken fragte sich, warum sie diesen Satz überhaupt gesagt hatte. Ihre Eltern machten sich nie Sorgen. Schon gar nicht mehr, seit sie auf Mallorca lebten. Sie waren immer völlig unkonventionell gewesen, zwar liebevoll und fröhlich, aber sich selbst genug und anders als alle anderen Eltern. Sie hatten damals das große Haus auf Sylt verkauft, jeder ihrer Töchter eine große Summe geschenkt und sich dann aufgemacht in ein neues Leben. Ohne Kinder, ohne Zwänge, ohne norddeutsche Stürme.

Sie vermieteten vier Zimmer in ihrer Finca, Joe Johannsen hatte ein Segelboot, auf dem er den halben Tag verbrachte, Mia bastelte Schmuck, wobei sie von Designen sprach, und verkaufte ihn anschließend an geschmacksverirrte Touristen. Sie hatten einen wunderbaren Garten, viele Freunde und waren sehr weit von ihren Töchtern und deren Leben entfernt.

Aber immer gut gelaunt. Und das fand Inken beruhigend.

Jetzt beugte sich Mia nach vorn und sagte in verschwörerischem Ton: »Aber Katharina und dieser Jens wohnen ja immer noch nicht zusammen. Ist Jens vielleicht ein bisschen zu ... nett für Katharina? Wann hast du denn das letzte Mal mit deiner Schwester gesprochen?«

»Och, länger nicht, Anfang des Jahres, glaube ich.« In diesem Moment fiel ihr etwas ein. »Scheiße, sie hat ja Geburtstag. Den wievielten haben wir denn heute?«

»Den 27. Mai. Sie hatte am 19.« Mia schüttelte den Kopf. »Gratulier ihr nachträglich. Du bist so schusselig. Wie kriegst du bloß die Segelschule gebacken?«

Ihre Mutter hatte keine Ahnung, wie gut die Frage war. Inken war nur froh, dass sie ihr Pokerface beherrschte. »Ich hatte so wahnsinnig viel zu tun, ich rufe sie heute Abend an. Wir haben einen Auftrag vom ›Strandhotel‹ bekommen, sie bieten ihren Gästen Segelkurse an, die wir dann machen. Ein Riesenauftrag. Also, uns geht es hier richtig gut. Und Jens und Katharina? Vielleicht hat der nette Jens ja Abgründe, von denen wir keine Ahnung haben. Die nur Katharina kennt und deshalb nicht ihre eigene Wohnung aufgeben will. Frag sie doch einfach mal. Wenn du es unbedingt wissen willst.«

Inken stützte ihr Kinn auf die Hand und starrte in den Monitor. Ihre Mutter sah richtig gut aus. Groß, mit glatten Haaren und einer weiblichen Figur, es war zu schade, dass sie als Tochter so wenig Gene von ihr abbekommen hatte.

Mia verschränkte die Arme vor der Brust, bevor sie antwortete. »Ach, das muss Katharina selbst wissen. Mich wundert nur, dass sie keine geordneten Verhältnisse will. Das ist ihr doch sonst immer so wichtig gewesen. Ich finde den netten Jens sowieso zu spießig. Der Bücherwurm. Ich sage ja nichts. Aber du könntest dich ruhig mal um mehr Kontakt mit Katharina bemühen. Ihr seid doch Schwestern.«

»Ja, Mama, ähm, Mia.« Inken hatte jetzt keine Lust, dieses Thema zu erörtern. »Du, ich muss jetzt zum Einkaufen fahren, sonst schaffe ich es nicht mehr bis zum Kursbeginn. Grüß Papa und wir skypen bald wieder, bis dann, tschüss.«

»Inken?« Im letzten Moment schaffte Mia noch ein Nachwort.

»Ja?«

»Gibt es bei dir denn was Neues in Liebesdingen?«
»Nichts Neues.«
»War Jesper wieder da?«
»Mia, bitte, was soll das?«
»Also war er wieder da.« Mia beugte sich noch einmal vor und machte ein ernstes Gesicht. »Inken, das bringt doch nichts. Du kennst ihn doch. Du solltest dir einen charmanten Typen aussuchen, damit du auch mal wieder regelmäßig Sex hast. Dieses Ab-und-Zu mit Jesper reicht doch nicht. Du vertändelst deine besten Jahre mit Arbeit und deinem Exmann. Guck uns doch mal ...«

»Bis bald, Mama.« Mit einem Klick wurde der Bildschirm weiß.

Eine Stunde später fuhr Inken mit Schwung zurück nach Hause, als plötzlich hinter der Kurve ein Hindernis vor ihr auftauchte. Sie schaffte im letzten Moment eine Vollbremsung und würgte dabei den Motor ab. Der Wagen kam zehn Zentimeter vor Knut zum Stehen. Erschrocken sprang sie aus dem Wagen. »Sag mal, bist du wahnsinnig? Ich hätte dich fast umgenietet.«

»Ist doch gut gegangen.« Knut erhob sich stöhnend aus der Hocke und schob seine Mütze nach hinten. »Du musst ja auch nicht mit so einem Affenzahn auf den Parkplatz rasen.«

Inken hatte immer noch Herzklopfen. »Aber wieso hockst du denn mitten auf dem Parkplatz vor der Bank? Das kann ich doch von der Einfahrt aus gar nicht sehen.«

»Ich streiche die Bank.« Knut blickte nahezu zärtlich auf die hellblaue Holzbank, die vor ihm stand. »Das heißt, ich habe sie gestrichen. Jetzt ist sie fertig. Und ich habe es an dieser Stelle gemacht, weil hier kein Schatten ist. Und jetzt, wo die Sonne endlich rausgekommen ist, bin ich ja froh um jeden Sonnenstrahl. Ganz einfach.«

»Die Bank.« Inken lehnte sich an ihr Auto, schob die Hände in die Taschen ihrer Jeans. »Wieso hellblau?«

Es handelte sich um eine kleine Friesenbank aus Holz, die normalerweise neben der Eingangstür der Segelschule stand.

»Sie war doch weiß.«

Knut betrachtete sein Werk stolz. »Wir haben noch so viel hellblaue Farbe. Von den Treppenläufen. Und das ist doch hübsch. So in Hellblau.«

Inken seufzte, nahm die beiden Tüten von der Rückbank und steuerte aufs Haus zu. Dann eben hellblau. Immerhin war es besser als rosa.

Rechts und links neben der Tür standen zwei Holzkästen, in denen Hornveilchen blühten. Auch die Kästen waren plötzlich hellblau. Inken schüttelte den Kopf und kramte ungeduldig nach ihrem Hausschlüssel in der Tasche, als die Tür aufgerissen wurde.

»Ich suche dich überall.« Piet stand vor ihr und sah sie erleichtert an. »In der Schule sitzt ein Ehepaar und wartet auf dich. Sie wollen sich zum Grundkurs anmelden, ich kann aber die Formulare nicht finden. Ich habe ihnen schon mal einen Kaffee gebracht, nicht dass sie es sich noch anders überlegen. Wenn die mitmachen, dann haben wir den dritten Kurs nämlich voll. Das ist doch gut. Oder?«

Er strahlte sie an, dann bückte er sich und nahm ihr die Tüten ab. »Geh mal rüber, ich bringe die Sachen rein. Muss das in den Kühlschrank?«

»Das sind Bücher, Piet.« Inken tippte auf den Schriftzug der Westerländer Buchhandlung. »Die Segellehrbücher für die Teilnehmer. Setz deine Brille auf. Bis gleich.«

Sie drehte sich um, blieb kurz stehen und fragte: »Wie bist du überhaupt reingekommen? Ist Gertrud da?«

»Nein.« Piet zog einen Schlüsselbund aus seiner Jackentasche und hielt ihn ihr hin. »Der Schlüssel steckte von außen. Sei froh, dass wir da sind, irgendwann klauen sie dir dein Bett unterm Hintern weg. Und nicht nur das. Du musst ein bisschen vorsichtiger ...«

»Danke.« Inken griff nach dem Bund und lief zu dem weißen, flachen Gebäude, in dem die Segelschule war.

»Inken?« Knut stand immer noch neben der hellblauen Bank und winkte ihr mit dem Pinsel in der Hand zu.

Sie drehte sich zu ihm um. »Ja?«

»Soll der Wagen hier so schief stehen bleiben?«

»Schlüssel steckt. Parkst du ihn bitte um? Danke.«

Die Tür klappte hinter ihr zu, bevor Knut etwas sagen konnte.

Später heftete Inken zufrieden die beiden Anmeldungen ab. Jetzt hatten sie also drei Kurse, die fest gebucht waren. Sie hatte doch gewusst, dass es wieder besser werden würde, man musste nur daran glauben.

Inken liebte es, ahnungslosen Anfängern das Segeln beizubringen. Es ging nicht nur um die richtige Handhabung des Bootes, die richtige Knotentechnik oder das Lesen einer Seekarte, sie wollte ihren Schülern die Faszination des Segelns vermitteln. Diese unbändige Sehnsucht, endlich wieder auf dem Boot zu sein, um nur auf Wind und Wellen zu achten, weil in diesem Moment nichts anderes mehr wichtig ist.

Inken hatte keine Ahnung, wie Menschen mit dem Leben klarkommen konnten, ohne zwischendurch zu segeln. Sie konnte es nicht.

Ein Klopfen am Fenster ließ sie hochschrecken, im selben Moment wurde die Tür aufgestoßen und eine große, schlanke, rothaarige Frau in Inkens Alter trat ein.

»Nele?« Überrascht sprang Inken hoch und wurde sofort umarmt. »Was machst du denn hier? Du hättest anrufen können.«

Nele lachte, ließ Inken los und schob sie mit ausgestreckten Armen von sich. »Überraschung«, sagte sie. »Ich bin gerade erst angekommen. Und? Alles klar?«

»Natürlich.« Inken zog ihren Pulli glatt. »Bist du ganz spontan privat oder beruflich hier?«

»Beruflich.« Nele ließ sich auf einen Stuhl fallen und streckte ihre langen Beine aus. »Ich bin geflogen, das geht ja zum Glück richtig schnell. Ich treffe mich morgen früh mit einem Auftraggeber, um neun, zum Frühstück im Hotel, in dem ich übernachte. Du brauchst also dein Gästezimmer nicht freizuräumen. Wir können aber heute Abend essen gehen, wenn du Zeit hast.«

»Gerne.« Inken befreite den anderen Stuhl von einem Zeitungsstapel. »Sehr gerne. Und jetzt erzähl mal, was du für einen Auftrag an Land gezogen hast.«

Inken und Nele kannten sich fast ihr ganzes Leben lang. Sie waren zusammen in einer Klasse gewesen, wurden nebeneinanderstehend konfirmiert und trugen auf dem Abschlussball der Tanzstunde dasselbe Blümchenkleid. Als Neles Vater, der bei der Bundeswehr auf Sylt stationiert war, nach Wilhelmshaven versetzt wurde, konnte auch das Tränenmeer der beiden die Trennung nicht verhindern. Sie blieben trotzdem befreundet, schrieben sich, telefonierten und verbrachten mindestens einen Urlaub im Jahr gemeinsam.

Nele hatte nach dem Abitur Architektur studiert, später einen ehemaligen Kommilitonen geheiratet und sich mit ihm zusammen in Hannover selbstständig gemacht. Das Büro lief bestens, einerseits fand Inken das gut, andererseits arbeitete Nele so viel, dass sie einander kaum noch sahen.

Aber nun war sie plötzlich da.

»Ich erzähle sofort, wenn ich einen Kaffee bekomme.« Nele sah sich suchend um. »Hattest du nicht beim letzten Mal so eine schicke Espressomaschine hier stehen?«

»Die ist kaputt«, antwortete Inken. »Wir haben sie zur Reparatur gebracht. Das dauert noch. Trink ein Glas Wasser, das ist sowieso gesünder.«

Sie verschwieg, dass ihr die Reparaturkosten viel zu hoch waren, eine neue Espressomaschine würde es erst geben, wenn das Konto sich erholt hätte.

Mit einem skeptischen Blick nahm Nele ihr ein nicht ganz sauberes Glas ab.

»Ich trink aus der Flasche«, sagte sie und stellte das Glas zurück. »Lass das bloß nicht Gertrud sehen, dass du hier solche versifften Gläser anbietest.«

»Das sind doch nur Kalkflecken.« Inken kniff die Augen zusammen. »Eigentlich ist das gespült.«

»Eigentlich.« Nele schüttelte den Kopf. »Du bist unmöglich. Wie auch immer. Ein Kunde von uns hat sich hier ein Haus gekauft, oder besser, er will es kaufen. In Morsum. Es ist ein altes Haus, anscheinend total renovierungsbedürftig, und damit ist unser Dr. Bergner überfordert. Deshalb hat er mich gebeten, mir das anzusehen und zu beurteilen, ob das Haus sein Geld wert ist. Das schaue ich mir gleich mal an. Und morgen treffen wir uns mit dem Verkäufer und dann entscheidet er sich.«

»Und dann haben wir schon wieder einen neuen Zweitwohnungsbesitzer auf der Insel? Und ein teures Haus, das fast immer leer steht? Toll.«

Nele sah Inken geduldig an. »Das wirst du nicht ändern können. Das Haus gehörte Insulanern und die wollen es jetzt verkaufen. Und sie wollen viel Geld dafür. Sie könnten es ja auch behalten.«

Inken zuckte mit den Achseln. »Na ja, aber es nervt schon. Warum wollen die verkaufen?«

»Es gehört einer alten Dame, der das Haus zu groß geworden ist. Sie hat zwei Söhne. Einer wohnt in Kiel, der andere in Hamburg, von denen will es keiner. Also wird es verkauft.«

Inken nickte unzufrieden. »Kennen wir die alte Dame?«

»Ich nicht, zumindest konnte ich mit dem Namen nichts

anfangen. Aber ich bin auch schon zu lange weg von der Insel. Die Unterlagen sind in meiner Tasche im Auto, da steht auch die Adresse von dem Haus drauf, vielleicht kennst du die Familie. Ich sage es dir beim Essen.«

Nele warf einen kurzen Blick auf ihre Uhr, dann stand sie auf. »So, meine Süße, ich fahre jetzt mal zum Haus, dann ins Hotel, telefoniere schnell mit Peer und wir treffen uns um halb acht? Soll ich dich abholen?«

»Ja, bitte. Und halb acht ist gut.« Langsam folgte Inken ihrer Freundin nach draußen, wo Nele in einen kleinen Leihwagen stieg. Inken winkte ihr nach und ging dann weiter. Beim Stichwort telefonieren war ihr eingefallen, dass sie ja noch einen Anruf zu erledigen hatte. Immerhin hatte sie den Geburtstag ihrer einzigen Schwester vergessen, dann könnte sie die Entschuldigung auch gleich hinter sich bringen.

»Johannsen.«

»Hallo Katharina, hier ist Inken, ich habe deinen Geburtstag vergessen, tut mir leid. Also nachträglich alles Gute.«

Inken schob mit dem Fuß einen Stapel Zeitungen zur Seite, befreite den Sessel von drei Jacken, zwei Jeans und einem Turnschuh, fragte sich, wo der zweite sein könnte, setzte sich und legte die Füße auf den Tisch zwischen zwei benutzte Rotweingläser.

»Danke.« Katharina klang nicht mal beleidigt. »Es ist ja erst eine Woche her, im letzten Jahr hast du drei Wochen gebraucht.«

»Tja, so ist das.« Inken angelte hinter sich nach einer aufgerissenen Tüte und sah hinein. Leer. Kein einziger Chipskrümel mehr zu sehen. »Du musst zugeben, dass ich mich langsam an das Datum heranarbeite. Nächstes Jahr mache ich dann die Punktlandung. Wie geht es dir?«

»Gut, danke.« Katharina sah zum Glück nicht, dass Inken nickte. »Alles wie immer.«

Inken verbiss sich ein Grinsen. Sie hätte sich die Antwort auch selbst geben können. Katharina antwortete immer gleich.

»Und bei dir?«

»Muss ja. Das Wetter ist durchwachsen, Mama, oh Gott, was sage ich, Mia war bei der Wetterdurchsage begeistert. Sprühregen und Wind. Wenigstens nicht so kalt. Und nächste Woche soll es ja besser werden. Sagt nicht nur der Wetterdienst, sondern auch Knut. Und der merkt es am Knie.«

Inken fragte sich, was sie da eigentlich für einen Unsinn redete, und verpasste den Anfang von Katharinas nächstem Satz. »… komme ich nach Sylt.«

»Was? Hast du gerade gesagt, du kommst hierher? Wann?«

»Habe ich doch gerade gesagt. Morgen. Ich habe einen Rechercheauftrag angenommen.«

»Warum hast du mir nichts davon gesagt?« Inken sah sich sofort hektisch um. Als Katharina das letzte Mal in ihrer Wohnung gewesen war, hatte sie einen ganz seltsamen Gesichtsausdruck bekommen. Inken hatte sich damals geärgert, dass ihre Schwester unangekündigt gekommen war. Hätte sie das geahnt, hätte sie durchaus vorher aufgeräumt. Es war ja nicht so, dass hier immer ein Schlachtfeld war. Im Moment leider schon.

»Also morgen?« Nervös nahm Inken die Füße vom Tisch und schob die Weingläser ordentlich nebeneinander. »Kommt Jens mit? Und wollt ihr hier schlafen? Und wie lange?«

Katharina wartete einen Moment, dann antwortete sie: »Ich komme allein. Ich weiß noch nicht genau, wie lange ich brauche. Der Auftraggeber zahlt aber ein Hotel in Westerland. Sonst hätte ich dir auch früher was gesagt, aber so ist es entspannter. Wir können uns ja mal zum Essen treffen.«

»Katharina.« Inken konnte es nicht leiden, wenn ihre Schwester so spröde war, trotzdem spürte sie eine Welle der Erleichterung. Deshalb schob sie sofort die halbherzige Einladung nach. »Du kannst auch hier schlafen. Es ist nicht immer so unaufgeräumt wie beim letzten Mal. Außerdem musste ich mir heute Morgen schon von Mia anhören, dass wir so wenig Kontakt haben und sie das blöd findet. Apropos Mia, sie sagte, du wolltest mit Jens nach Mallorca fliegen.«

»Wollte ich auch. Dann kam aber der Auftrag dazwischen.« Katharina wartete einen Moment, bis sie fragte: »Sagt dir der Name Bastian de Jong etwas?«

»Nö. Wer soll das sein?«

»Ein Autor.« Katharina hätte sich denken können, dass Inken den Namen noch nie gehört hatte. Sie hatte noch nie viel gelesen.

»Sogar ein berühmter. Und der Auftraggeber. Eigentlich kennt jeder diesen Namen.«

Am anderen Ende verdrehte Inken die Augen. Da war er wieder: Katharinas Lehrmeisterton. Die kluge ältere Schwester, die der doofen kleinen Schwester das Leben unter Erwachsenen erklärt.

»Ich werde mir sofort ein Buch von ihm besorgen«, sagte sie. »Und wenn ich es nicht ganz verstehe, kann ich dich ja fragen. Beim Essen.«

»Jetzt sei nicht beleidigt, so habe ich es ja nicht gemeint.« Katharina sah auf die Uhr. »Ich melde mich bei dir, wenn ich da bin, und dann machen wir was aus.«

»Okay.« Inken hörte schon am Tonfall, dass das Gespräch gleich beendet wäre, und suchte schon mal die weiße Fahne. »Katharina?«

»Ja?«

»Ich würde mich freuen, wenn wir uns sehen. Auch öfter.«

»Ja. Das kriegen wir hin. Schönen Abend wünsche ich dir. Bis dann.«

»Ja, dir auch. Grüß Jens, und vielleicht können wir auch mal ...«

Katharina hatte aufgelegt, bevor Inken ihren Satz beenden konnte.

Nele hatte einen Tisch im »Fährhaus« in Munkmarsch bestellt und wischte Inkens Protest einfach weg. »Ich weiß, dass es dir zu schick ist, das ist mir aber egal. Du kannst dich auch mal ein bisschen aufrüschen, ich will schön essen und auf Boote gucken, außerdem lade ich dich ein.«

Jetzt saß Inken Nele gegenüber, erleichtert, dass sie noch eine saubere weiße Hose und eine grüne, bügelfreie Bluse gefunden hatte. Sogar die Locken hatte sie fast ordentlich hochgesteckt.

Nele sah Inken anerkennend an. »Geht doch«, sagte sie. »Ich verstehe sowieso nicht, wie man so uneitel sein und trotzdem mit minimalem Aufwand so gut aussehen kann? Das Leben ist ungerecht. Ich brauche mindestens eine Stunde, bevor ich das Haus verlasse, und du ziehst dir nur irgendetwas an, fummelst die Haare hoch und fertig.«

»Ich habe auch noch meine Augen geschminkt«, antwortete Inken und blinkerte übertrieben. »Und, ich sage es nur dir, es steckt eine Sicherheitsnadel in der Hose, da fehlt nämlich der Knopf. Sieht man aber nicht, weil die Bluse lang genug ist. Mach dir also keine Gedanken, es ist alles nur Fassade. Und damit kennst du dich als Architektin doch aus. Hast du dir dieses Haus jetzt schon angeguckt?«

Nele nickte. »Es ist schön. Man muss einiges modernisieren, aber das ist alles machbar. Morgen früh treffe ich den Verkäufer, zusammen mit Dr. Bergner, der hat sich das Haus zwar auch schon angesehen, will aber erst mal hören, was ich dazu sage.«

»Und?« Inken häufte sich Quark auf ein kleines Stück Brot und schob es in den Mund. »Wasch schagst du?« Ein kleiner Spritzer landete auf ihrer Bluse.

»Deshalb wolltest du nicht ins ›Fährhaus‹.« Nele zog den Brotkorb zu sich. »Weil du mit vollem Mund sprichst und dich benimmst, als wärst du auf dem Boot. Oder in einer Pommesbude.«

»Was hast du gegen Pommesbuden? Da waren wir früher zweimal in der Woche. Nach der Schule. Wir fanden das super.« Inken erinnerte sich. »Die Pommes waren noch in so einer Papiertüte, die wurde immer vom Ketchup durchweicht und danach sah man aus wie Schwein. Herrlich. Ich habe es geliebt. Wieso hat man diese Tüten eigentlich durch diese blöden Pappschalen ersetzt? Das war doch früher viel schöner.«

»Man ist alt, wenn man diesen Satz häufiger als dreimal am Tag sagt«, antwortete Nele. »Wusstest du das? Na, egal. Du wolltest doch den Namen von dem Verkäufer wissen, ich habe nachgesehen. Gebauer. Der Sohn, der sich um den Verkauf kümmert, heißt Hannes. Hannes Gebauer. Das ist der aus Kiel.«

»Echt?« Überrascht hob Inken den Kopf. »Hannes Gebauer? Weißt du, wie alt er ist?«

»Wie alt?« Nele überlegte kurz. »So um die fünfzig, schätze ich. Plus/minus zwei, drei Jahre. Wieso? Kennst du ihn?«

Inken sah Nele an. »Wenn er *der* Hannes ist, ja. Das war doch Katharinas Freund, gleich nach der Schule. Das fing an, glaube ich, als sie in Kiel ihre Hotellehre gemacht hat. Hannes war zu der Zeit beim Zivildienst oder so etwas. Und danach haben beide noch in Kiel studiert und zusammen gewohnt. Das ging ziemlich lange.«

»Ich kann mich überhaupt nicht an ihn erinnern«, sagte Nele. »Haben wir deine Schwester nie in Kiel besucht?«

»Wir waren zwölf, dreizehn, da durften wir noch nicht alleine aufs Festland. Und meine Schwester hatte auch kein wahnsinnig großes Interesse daran, die Ferienmutti für uns zu spielen.« Inken ritzte mit ihrem Brotmesser Muster in die Butter. »Und im Übrigen waren meine Schwester und ihre Freunde für uns damals alte Säcke. Das war ein Jahrzehnt Unterschied. Wir waren nachmittags am Strand oder in der Stadt und haben danach ›Alf‹ und ›Miami Vice‹ im Fernsehen geguckt, uns haben doch keine Studenten in Kiel interessiert.«

»Das stimmt.« Nele wartete, bis die Bedienung, die gerade an den Tisch gekommen war, serviert hatte, dann faltete sie ihre Serviette auseinander und fragte: »Hat Katharina noch Kontakt zu Hannes Gebauer?«

»Keine Ahnung«, antwortete Inken und betrachtete zufrieden ihren Pannfisch. »Ich glaube aber nicht. Das ging nicht im Guten auseinander, ich habe sie nie gefragt. Und jetzt hat sie ja den netten Jens.«

»Was heißt nett? Das klingt langweilig.«

»Es geht.« Inken hielt die volle Gabel in die Luft. »Aber er segelt. So schlecht kann er nicht sein.«

Nele ließ sich einen Moment Zeit, bis sie fragte: »Und dein Liebesleben?«

In aller Ruhe kaute Inken zu Ende, trank einen Schluck und lächelte. »Ich will keinen Kommentar von dir hören, aber ich sage es dir trotzdem: Ich habe noch nichts Besseres als Jesper gefunden. Und ich kann mir auch nicht vorstellen, dass da noch was kommt.«

»Weil du nicht suchst?«

»Nein.« Inken hob jetzt ihr Glas. »Weil er einfach der Beste ist.«

Nele sah sie stirnrunzelnd an. »Weil er so einen schönen Hintern hat. Ich weiß. Aber das reicht doch nicht.«

»Er hat auch schöne Augen.« Lachend stieß Inken mit ihr an. »Lass es. Ich bin beratungsresistent in diesem Punkt. Piet und Knut sind die Einzigen, die es kapiert haben. Erzähl mir lieber, wie euer Urlaub auf Korfu war.«

Zur gleichen Zeit beobachtete Katharina in Bremen Jens, der mit langsamen Bewegungen den Rotwein entkorkte, die bauchigen Gläser zur Hälfte füllte, die Flasche zur Seite stellte und ihr ein Glas reichte.

»Du siehst aus, als würdest du mich unterm Mikroskop sezieren«, sagte er, während er sich in den Sessel sinken ließ und seine langen Beine ausstreckte. »Und? Hast du irgendetwas Auffälliges und noch nie Erforschtes an mir entdeckt?«

»Was?« Sie fühlte sich ertappt. »Nein, natürlich nicht.« Sie griff nach dem Glas, ließ den Rotwein kreisen und schwenkte die Gedanken einfach weg. Warum sollte sie auch ausgerechnet jetzt an Bastian de Jong denken und sich fragen, ob er jemals im Leben einen Kapuzenpullover anziehen würde. Auch wenn er so bequem war wie der, den Jens gerade trug.

»Und?« Sie setzte sich bequemer hin und hob den Kopf. »Hast du dir überlegt, ob du ein Wochenende nach Sylt kommen willst?«

Jens sah sie lange an, bevor er antwortete. »Ich weiß es noch nicht. Annes Manuskript sollte zwar fertig sein, aber im letzten Moment fällt ihr ja manchmal noch was ein. Sie ist gerade ein bisschen, na ja, unberechenbar. Ich hoffe, dass es klappt. Ach übrigens, Sabine hat uns zum Geburtstag eingeladen. Ich habe ihr aber schon gesagt, dass du nicht da bist. Bis wann musst du denn wissen, ob und wann ich komme?«

Katharina lehnte sich zurück. »Du kannst das spontan machen. Es wäre nur ganz gut, wenn ich dann auch Zeit für dich hätte. Aber mach es, wie du denkst.«

»Wie war eigentlich dein zweites Treffen mit dem Starautor?« Jens verschränkte die Arme hinter seinem Kopf. »Du hast noch gar nichts erzählt. Er war doch Mittwoch hier in Bremen.«

»Das war ganz nett.« Katharina rieb einen unsichtbaren Fleck von der Sessellehne. »Er kam kurz ins Büro, um Saskia und Friedhelm kennenzulernen, und anschließend haben wir im ›Ratskeller‹ gegessen. Scholle.«

»Oh.« Jens nickte anerkennend. »Scholle. Interessant. Und?«

»Was und?« Katharina sah ihn an. »Was willst du hören?«

Er lachte leise. »Liebes, Bastian de Jong eilt ein Ruf als großer Charmeur voraus. Davon abgesehen ist er einer der wichtigsten Autoren in ganz Europa, dazu steinreich, kultiviert und überaus erfolgreich. Und dir fällt als einzige Information eine Scholle ein. Ich glaube, du bist eine der wenigen Frauen, die von Bastian de Jong nicht beeindruckt sind. Lass ihn das nicht merken, damit kann er bestimmt nicht umgehen.«

Katharina stellte das Glas lauter auf dem Glastisch ab, als sie es wollte. Deshalb nahm sie es noch mal hoch und stellte es leiser ab. »Er ist ein sehr selbstbewusster Mann, knapp vor der Arroganz. Und er dominiert sofort das Gespräch. Mir ist das eher zu viel. Na ja, wir werden sehen, wie die Zusammenarbeit funktioniert, ich bin gespannt. Falls du eifersüchtig sein solltest, wäre das albern und völlig an der Sache vorbei, aber das weißt du auch, oder?«

Jens sah sie nachdenklich an. »Hast du überhaupt Lust, nach Sylt zu fahren?«

»Es geht.« Katharinas Augen wirkten dunkler als sonst. »Das Wetter soll ja gut bleiben. Die Insel ist im Sommer immer noch schön. Du wirst es ja sehen, wenn du nachkommst. Ich gehe jetzt schnell packen, okay? Dann habe ich es hinter mir und wir können den Wein in Ruhe austrinken.«

Jens sah ihr nach und hörte ein paar Minuten später die Schranktüren auf- und zuklappen.

Am nächsten Tag sah Inken ihre Freundin Nele, die auf der Bank in der Küche saß, bedauernd an. »Es ist so schade, dass du schon fährst. Wir hatten so wenig Zeit. Du bist doch gerade erst gekommen.«

»Ich komme ja demnächst wieder.« Nele hob den Deckel von der leeren Teekanne und legte ihn daneben. »Dr. Bergner wird das Haus kaufen und wir kriegen den Umbauauftrag. Dann muss ich sowieso dauernd kommen. Und wir sehen uns ganz oft, meine Süße, wie früher.«

»Wenigstens etwas.« Inken stand auf, um neuen Tee zu kochen, als ihr plötzlich etwas einfiel. »Was ist Hannes Gebauer eigentlich für ein Typ? Ich kann mich kaum noch an ihn erinnern.«

»Sympathisch.« Nele schob sich einen Keks in den Mund und fuhr etwas undeutlicher fort. »Er ist Biologe, hat auch promoviert. Sieht gut aus, macht wahrscheinlich jede Menge Sport, hat eine schöne Stimme, wirkt klug, charmant, nichts dagegen zu sagen. Hätte auch als Jugendlicher in Kalifornien surfen können, verstehst du, was ich meine? So ein Sommer- und Strandtyp.«

»Aha.« Inken hielt dem Blick stand. »Sommer- und Strandtyp. Ich habe leider so ein miserables Gedächtnis, aber ich glaube, dein sympathischer Strandtyp hat sich damals benommen wie ein Arsch.«

»Inken, bitte.« Gespielt tadelnd sah Nele sie an. »Ich finde ihn nicht übel, ich kann Katharina verstehen, dass sie sich damals in ihn verknallt hat. Wie auch immer, du kannst ihn dir ja mal angucken.« Sie sah auf ihre Uhr. »Ich muss gleich noch mal bei ihm vorbei. Er hat sich übrigens in Wenningstedt einquartiert. Ich habe gestern ein paar Unterlagen vergessen und ihn auch schon angerufen, dass wir auf dem Weg zum Flughafen vorbeikommen. Das ist nur ein kleiner Umweg. Dann siehst du ihn, das ist der Dank, dass du mich zum Flieger bringst. Du brauchst übrigens keinen Tee mehr zu kochen, wir müssen in zehn Minuten los. Ich geh noch mal aufs Klo.«

Inken nickte und sah ihrer Freundin nach. Hannes Gebauer, der Strandtyp. Und Katharina war auch auf der Insel. Nach ewigen Zeiten gab es vielleicht das erste Wiedersehen. Aber vielleicht hatten die beiden ja auch noch Kontakt. Inken hatte keine Ahnung. Von so vielen Dingen, die das Leben ihrer Schwester betrafen. Sie hatte einfach zu selten gefragt.

Inken fuhr am Ortseingangsschild von Wenningstedt vorbei und sah Nele fragend an. »Wo wohnt er denn?«

»Hier rechts«, wies Nele sie an. »Und am Briefkasten links. In die Friesenstraße. Wir müssen ins Hotel ›Möwe‹. Was guckst du denn so komisch?«

»Hotel ›Möwe‹?« Inken musste sich räuspern. »Da wohnt er?«

»Ja.« Nele nickte. »Das Haus in Morsum ist ja völlig verstaubt und steht seit Monaten leer. Da würde ich auch nicht mehr schlafen wollen, Elternhaus hin oder her, das ist schon ziemlich traurig. Genauso viele Erinnerungen wie alte Fliesen und Tapeten. Kennst du das Hotel? Es ist ganz schön.«

»Ich, ähm, ich kenne Hartmut und Marita. Die Inhaber. Als Insulaner kennt man sich ja.«

Sie biss sich auf die Lippe. Außer Gertrud wusste niemand, dass Inken in diesem Haus regelmäßig putzte. Inken fand, es ginge auch niemanden etwas an. Der Rest der Welt sollte ruhig glauben, dass man als Besitzerin einer Segelschule das Geld nur so scheffelte. Und von irgendetwas mussten die Rechnungen ja bezahlt werden.

Inken fuhr auf den Parkstreifen vor dem Hotel und stellte den Motor ab. Nele hatte bereits die Beifahrertür geöffnet, als sie sich zu Inken umdrehte, die keine Anstalten machte auszusteigen. »Was ist?«, fragte sie. »Ich denke, du willst dir den Exfreund deiner Schwester angucken?«

»Ich ...«

»Jetzt komm.«

Nele lief so schnell voraus, dass Inken sich beeilen musste, den Anschluss nicht zu verlieren. Dann hielt Nele ihr die Tür auf, Inken trat ein und stand sofort vor Marita, die sie erstaunt ansah.

»Inken. Wieso kommst du ...?«

»Hallo Marita«, unterbrach sie Inken mit lauter Stimme. »Wir haben uns ja lange nicht gesehen, wie geht es euch?« Sie deutete einen Schnitt quer über den Hals an und hoffte, dass Nele nichts davon sah. »Meine Freundin Nele sucht einen Gast von euch, Herrn Gebauer. Weißt du, wo er gerade ist?«

»Ja, ich ...« Marita gab sich erkennbar Mühe, Inken zu verstehen. »Er ist im Garten. Hallo.«

Letzteres galt Nele, die jetzt neben Inken stand und sich suchend umsah. »Hier lang?« Nele deutete beim Gehen in eine Richtung, Marita nickte.

»Danke«, flüsterte Inken ihr zu. »Sie muss es ja nicht wissen. Wir sehen uns morgen früh.«

Hannes Gebauer saß in der Ecke auf der Terrasse, vor sich eine Tasse Tee und einen DIN-A4-Umschlag. Er stand sofort auf, als Nele, dicht gefolgt von Inken, in den Raum trat.

Der Gast aus Zimmer 112. Inken hatte ihn schon vor drei Tagen gesehen, er war ihr nicht im Mindesten bekannt vorgekommen. Er war groß, wirkte sportlich, hatte blonde Haare, durch die sich hier und da ein paar weiße Strähnen zogen, einen Dreitagebart und ein sympathisches Lächeln. Inken blieb im Türrahmen stehen und beobachtete Nele, die ihm die Hand gab und den Umschlag öffnete. Ohne dem Gespräch zu folgen, versuchte sie sich zu erinnern, was sie damals eigentlich mitbekommen hatte. Nicht viel, befand sie, um nicht zu sagen, nichts. Sie war noch zu jung gewesen und hatte ihre Schwester nur selten in Kiel besucht. Damals noch mit ihren Eltern und nie länger als ein paar Stunden. Wenn dieser Mann Hannes Gebauer war, dann war er entweder selten anwesend gewesen oder Inken hatte ihn komplett ignoriert. Wie auch immer.

Jetzt sah sie auf die Uhr und sagte: »Nele, dein Flug geht in vierzig Minuten. Wir müssen los.«

»Oh, ja, ich komme.« Nele drehte sich um, bevor sie auf Inken wies und dabei Hannes Gebauer die Hand gab. »Vielen Dank, wir hören dann voneinander. Das ist übrigens meine älteste Sylter Freundin, Inken Johannsen, sie fährt mich zum Flughafen. Also dann.«

»Johannsen?« Hannes Gebauer kam ein paar Schritte auf Inken zu. »Freut mich.« Er war vor ihr stehen geblieben und musterte sie interessiert von Kopf bis Fuß. »Kennen wir uns nicht?«

Inken musste den Kopf in den Nacken legen, um zu ihm hochzusehen. »Keine Ahnung«, antwortete sie leichthin und lächelte ihn an. Vermutlich hatte er sie hier im Hotel hinter dem Staubsauger gesehen, ohne sie richtig wahrzunehmen. Die wenigsten Gäste merkten sich die Gesichter der Zimmermädchen, sie hatte keine Sorge. »Ich kenne Sie nicht.«

Er sah sie weiter an und überlegte einen Moment. Dann fragte er unsicher: »Sind Sie mit Katharina Johannsen verwandt? Aus Kampen?«

Inken nickte kurz. »Meine Schwester«, antwortete sie knapp. »Nele, wir müssen. Also, schönen Tag noch.«

»Das habe ich mir doch gedacht. Warte mal, was macht

Katharina ...?« Hannes Gebauer ging ihnen schnell nach. »Wo lebt sie jetzt?«

»In Bremen.« Inken legte einen Zahn zu und rief ihm die Antwort schon von der Straße zu. »Und arbeitet beim Fernsehen. Wiedersehen.«

Nele schnallte sich an, während sie Hannes Gebauer zum Abschied zuwinkte. »Ich denke, deine Schwester ist jetzt in einem Recherchebüro.«

»Ist sie auch.« Inken startete den Motor. »Aber Fernsehen klingt einfach spektakulärer. Und sie hat auch mal da gearbeitet.«

Inken blieb am Wagen stehen, bis Nele im Flughafengebäude verschwunden war. Erst dann stieg sie ein und schnallte sich an. Während sie den Wagen vom Parkplatz lenkte, merkte sie, dass sie überhaupt keine Lust hatte, in ihre unaufgeräumte Wohnung zu fahren. Außerdem war jetzt niemand mehr in der Segelschule, Piet und Knut hatten ihren freien Nachmittag, Gertrud war bei ihrem pensionierten Pastor, es war also niemand da, der auf sie wartete oder mit dem sie reden konnte.

Kurz entschlossen setzte sie den Blinker und fuhr Richtung Kampen. Zur Feier des Tages würde sie sich jetzt in der »Sturmhaube« Kaffee und Kuchen bestellen und anschließend einen Strandspaziergang machen. Ihre Buchführung konnte warten, Kontoauszüge sollten bei Sprühregen und grauem Himmel abgeheftet werden. Nicht an einem Tag wie heute. Ganz kurz überlegte sie, was sie eigentlich zu feiern hätte. Hannes Gebauer war jetzt nicht der große Knaller des Tages. Vielleicht den beginnenden Sommer. Und das Leben an sich.

Zufrieden drehte sie das Radio lauter und sang voller Inbrunst mit.

Katharina hob kurz den Kopf, als der Zug in Niebüll einfuhr und langsam zum Stehen kam. Automatisch suchten ihre Blicke den Bahnsteig nach bekannten Gesichtern ab. Wenn sie früher von ihren Ausflügen vom Festland kamen, stiegen in Niebüll fast immer irgendwelche Bekannten zu. Ob Nachbarn, Arbeitskollegen ihrer Eltern oder Schulfreunde von Inken oder ihr, es war immer jemand dabei, der mit großem Hallo zu ihnen kam, fragte, wo sie gewesen wären, und erzählte, was ihn oder sie aufs Festland verschlagen hatte. Damals war es noch etwas Besonderes, die Insel zu verlassen und wieder nach Hause zu fahren. Heute wohnten viele Insulaner auf dem Festland und fuhren diese Strecke jeden Tag. Und davon abgesehen war es auch äußerst unwahrscheinlich, dass Katharina irgendjemanden wiedererkennen würde. Sie kam viel zu selten hierher.

Sie lenkte ihren Blick zurück auf die Blätter, die sie in der Hand hielt, überflog die letzte Seite des Exposés von Bastian de Jong, schob sie wieder in die Mappe und legte sie auf den Nebensitz. Sie war sich noch nicht ganz sicher, wie lange sie für diese Recherche brauchen würde, es beruhigte sie aber, dass es sich keinesfalls um Monate handeln würde. Und ganz so schlimm war es auch nicht, ein bisschen Zeit auf der Insel zu verbringen. Gerade jetzt, wo der Sommer begann.

Der Zug stand immer noch im Bahnhof und Katharina beobachtete die Wartenden auf dem gegenüberliegenden Bahnsteig. Ein junges Paar hielt sich engumschlungen, das Mädchen hob plötzlich den Kopf, sodass man ihr verheultes Gesicht sehen konnte. Katharina lehnte ihren Kopf an die Rücklehne und fragte sich, warum die so heulte, nur weil der Freund in den nächsten Regionalzug stieg. Seine Reisetasche reichte nicht für eine Weltreise. Vermutlich war er in zwei Tagen wieder zurück. Aber man konnte ja mal heulen. Die jungen Mädchen hatten einfach eine Neigung zum Drama. In Katharinas Generation hätte man sich damit lächerlich gemacht. Damals musste man cool sein. Egal, wie es einem gerade ging.

Der Zug setzte sich langsam in Bewegung, Katharina schloss die Augen. Jens hatte sie heute Morgen zum Bahnhof gebracht. Im Auto hatte er sie plötzlich gefragt, was Peter Bohlen gemeint habe, als er neulich von den Schatten gesprochen hatte, die sie wieder einholen könnten.

»Das bezog sich doch auf dein altes Leben auf Sylt, oder?«

Katharina hatte sich nur an die Stirn getippt und geantwortet, dass Peter Bohlen auch ein Verfasser von Glückskeksweisheiten sein könnte. »Er hat eine Schwäche für solche Sätze und es fallen ihm auch immer wieder welche ein. Einer platter als der andere. Ich bitte dich. Ich habe keine Sylter Schatten. Auch wenn das Orakel Bohlen sich so was vorstellt. Es ist Blödsinn.«

Am Ortseingangsschild von Kampen bremste Inken leicht ab. Sie hatte schon Punkte, bei ihren drei letzten Festlandsausflügen war sie jedes Mal geblitzt worden. Langsam fuhr sie die Hauptstraße entlang und setzte instinktiv den Blinker, als sie das Straßenschild »Süderweg« erkannte. Sie wollte nur einmal vorbeifahren, einmal gucken, nicht aussteigen, nur kurz nach dem Rechten sehen. Das machte sie manchmal. Nicht oft, nur wenn sie zu viel Zeit hatte.

Sie fand es selbst albern, aber es war kaum ein Umweg. Und wenn sie schon mal hier war ... Viel war nicht vom Haus zu sehen, die Hecke war mittlerweile zu hoch geworden. Von der Straße sah man nur noch das Dach und einen Teil des Eingangs. Selbst die Haustür war erneuert, statt der alten weißen Doppeltür gab es eine grün-weiß lackierte. Das war jetzt der neueste Schrei. Friesisch. Die Zweitwohnungsbesitzer wollten es gern original haben. Auch wenn dafür alles Alte plattgemacht werden musste.

Inken hatte den Wagen jetzt doch auf dem Seitenstreifen

geparkt und betrachtete das neue Dach mit den schönen Fenstern. Es hatte zweifelsohne gewonnen, das Haus, das einmal ihr Elternhaus gewesen war. Sie hatte keine Ahnung, wem es mittlerweile gehörte, es war ihr auch egal. Auch wenn es schade war, dass der alte, wilde Bauerngarten jetzt einer Anlage gewichen war, die genauso aussah wie alle anderen Gärten in diesem Ort. Exakt geschnittene Hecken um einen perfekten Rasen, Blumen nur in den abgeteilten Beeten, alles war aufgeräumt.

Sie hoffte nur, dass die Bewohner ihr Haus auch angetrunken und im Dunkeln finden würden. Weil doch alle so gleich aussahen.

Langsam stieg sie aus und schlenderte an der Grundstücksgrenze entlang. An der Ecke, in der früher Fliederbüsche gestanden hatten, blieb sie stehen. Jetzt konnte sie aufs Haus sehen. Hinter den beiden oberen Fenstern war ihr Zimmer gewesen. Unterm Dach und weit genug weg vom Schlafzimmer ihrer Eltern. Es war kleiner als das geräumige Zimmer ihrer Schwester, deshalb war es auch so vollgestopft gewesen. Katharina hatte auf der anderen Seite gewohnt. Sie hatte viel mehr Platz, weil sie die Ältere war. Das war immer die Begründung für alles gewesen. Deswegen war sie auch so ordentlich und so gut in der Schule. Und daran hätte sich Inken doch ein Beispiel nehmen können. Das hatte sie aber nie getan. Sie hatte Katharinas Zimmer damals langweilig gefunden. Diese weißen Schleiflackmöbel, alles war Ton in Ton, nichts lag herum und ihre Bücher waren alphabetisch nach Autoren geordnet. Genauso wie ihre Schallplatten. Nach Interpreten. Und die Fotoalben nach Jahreszahlen. In den Schränken lagen die Pullover auf Kante, die Jacken hingen auf Bügeln und die Jeans waren zusammengelegt. Das Katharinazimmer. Inken durfte es nur in Ausnahmesituationen und nach Genehmigung betreten. Es zog sie nur selten hinein.

Kopfschüttelnd ging sie langsam zum Auto zurück. Katharinas Zimmer war für Inken immer ein einziger Vorwurf gewesen. Aus dem sie sich allerdings nie viel gemacht hatte.

Sie drehte den Zündschlüssel um und legte den Rückwärtsgang ein. Es war zwanzig Jahre her, manchmal hatte sie das Gefühl, es waren nur ein paar Wochen.

Katharina hatte den Verkauf des Hauses viel schwerer genommen als Inken. Inken erinnerte sich nur noch vage an die endlosen Diskussionen, die ihre Schwester mit ihren Eltern geführt hatte. Inken war es auf die Nerven gegangen. Sie selbst fand es damals wahnsinnig cool und war auch nicht wirklich überrascht, dass ihre Eltern auswandern wollten. Nach Mallorca. Weil das Wetter dort schöner war. Mit einem Schlag hatte sie ein neues Urlaubsziel, das sie nichts kosten würde, weit entfernte Eltern, die sich in nichts mehr einmischen würden, und zweihunderttausend Mark, die ihre Eltern ihr aus dem Verkauf der Firma und des Hauses überschrieben. Inken verstand überhaupt nicht, warum Katharina so dagegen gewesen war. Es war typisch für ihre ältere Schwester. Sie hatte Veränderungen schon immer gehasst. Inken hatte bei den Diskussionen das Zimmer verlassen. Sie hatte ihre Schwester damals nicht verstanden. Und das war heute nicht viel anders. Nur, dass sie sich weniger daraus machte. Katharina und sie hatten einfach nichts gemeinsam.

In diesem Moment rollte der Zug auf den Hindenburgdamm. Katharina setzte sich gerade hin und sah aus dem Fenster. Rechts und links vom Damm glitzerte das Wasser. Bevor der Zug die Insel erreichte, machte der Damm eine kleine Linkskurve. Auf der rechten Seite tauchte in der Entfernung der Kampener Leuchtturm auf. Jetzt rollte der Zug schon auf die Insel, er passierte die ersten Häuser Morsums, rechts grasten Pferde, links standen Strandkörbe. Katharina atmete tief durch. Als Kind hatte sie an dieser Stelle immer Tränen in den Augen gehabt, vor lauter Erleichterung, dass sie es wieder geschafft hatte, mit dem Zug übers Meer auf die Insel zu fahren. Früher hatte sie schon Heimweh bekommen, wenn sie nur daran dachte, die Insel verlassen zu müssen. Ihre Eltern hatten das nie verstanden, sie liebten es, unterwegs zu sein. Bevor Mia und Joe Johannsen eine Familie gründeten, hatten sie die Welt umsegelt. Fremde Länder, fremde Häfen, fremde Kulturen. Sie waren immer mutig und neugierig gewesen und verstanden überhaupt nicht, warum ausgerechnet ihr Kind so an seinem Zuhause hing und jedes Mal heulte, wenn der Zug die Insel verließ.

Es war doch erstaunlich, was man im Leben alles lernen konnte. Heute war es Katharina völlig egal, wo sie lebte. Sie brauchte eine schöne Wohnung, Platz für ihre Dinge und ein bisschen Grün um die Ecke. Das war's. Sie hielt Heimweh für ein ausgestorbenes Gefühl und sich für endgültig erwachsen.

Als der Zug in Westerland einfuhr, stand Katharina auf und zog ihre Tasche von der Gepäckablage. Das übrige Gepäck hatte sie vorausgeschickt, es war hoffentlich bereits im Hotel eingetroffen.

Mit einem Blick auf die Westerländer Hochhäuser und die zahlreichen Werbeschilder fragte sie sich, was jemand denken musste, der das erste Mal auf diese Insel kam und diese Scheußlichkeiten entdeckte. Es ging nur noch ums Geld, die Leute sollten kaufen, dass es nur so krachte. Ob Klamotten, Schuhe, Wohnungen oder Hundezubehör, für alles gab es die richtige Adresse. Die Insel hatte sich verändert, das war offensichtlich, und Katharina hatte das Gefühl, dass sie nicht viel finden würde, was sie an ihre Kindheit und Jugend erinnerte. Und das war zweifelsohne sehr gut. Mit einem Ruck schulterte sie die Tasche und machte sich auf den Weg.

Das Hotel, das sie im Internet ausgesucht hatte, lag mitten in Westerland und war erst vor zwei Jahren komplett umgebaut worden. Katharina kannte es noch nicht, deshalb hatte sie es gebucht.

Vor der blau-weiß gestrichenen Eingangstür standen weiße Blumenkübel und große Windlichter, in denen Kerzen flackerten. Katharina blieb vor der Rezeption stehen, hinter der ein ausgesprochen gut aussehender junger Mann stand, der ihr entgegenlächelte.

»Moin«, sagte er. »Was kann ich für Sie tun?«

»Ich habe ein Zimmer reserviert.« Katharina schob den Koffer zur Seite. »Katharina Johannsen.«

»Herzlich willkommen, Frau Johannsen. Ihr Gepäck ist ja schon eingetroffen, es steht bereits im Zimmer. Hatten Sie eine gute Anreise?« Sehr langsam blätterte er einen Kasten mit Karteikarten durch. »Darf ich Ihnen etwas anbieten? Einen Kaffee, einen Saft?«

Einen Saft? Katharina verbiss sich ein Lachen. Das hätte sie sofort abgeschafft, wenn sie hier die Leitung hätte. Einen Saft, großer Gott, sie wurde doch nicht im Kinderparadies abgegeben.

»Danke. Der Schlüssel würde mir genügen.«

»Natürlich.« Mit dem Schlüssel schob der junge Mann ein Anmeldeformular über den Tresen. »Wenn ich Sie noch um Ihre Daten bitten dürfte? Sie können das natürlich auch in Ruhe ausfüllen und nachher mit runterbringen. Dann bekommen Sie auch noch Ihre Kurkarte.«

Immerhin. Zufrieden nickte Katharina ihm zu und griff nach Schlüssel und Formular. »Wunderbar. Wo muss ich lang?«

»Den Gang runter, links ist der Fahrstuhl und das Zimmer liegt in der zweiten Etage. Einen angenehmen Aufenthalt.«

Das Zimmer war hell, modern eingerichtet und groß genug, um hier drei Wochen zu verbringen, für diesen Zeitraum hatte sie gebucht. Katharina ließ den Schlüssel auf den kleinen Tisch fallen und ging zum Fenster, um die Gardine zurückzuziehen. Vor ihr lag der hoteleigene Garten, viele Buchsbäume, Hortensien und Rosen, einige weiße Strandkörbe mit den typischen weiß-blau gestreiften Bezügen, dazwischen kleine Tische, Holzliegen und Sonnenschirme.

Es war hübsch, sie könnte hier sogar draußen arbeiten, wenn das Wetter so blieb, wie es jetzt gerade war. Strahlendblauer Himmel und kaum Wind.

Katharina wandte sich vom Fenster ab und ging in den kleinen Flur, in dem ihr Gepäck stand. Sie musste erst mal auspacken, ihre Sachen aufhängen und sich richtig einrichten. Erst danach würde sie einen Plan machen, wie sie diese nächsten Wochen am besten verbringen könnte.

Der Parkplatz vor der »Sturmhaube« war voll, Inken musste eine große Runde drehen, um eine Lücke zwischen zwei SUVs zu finden. Ihr alter Golf sah zwischen diesen großen Autos fast traurig aus, Inken tätschelte ihm kurz die Heckscheibe, bevor sie sich auf den Weg in das Lokal machte.

Als sie an der offenen Tür vorbeiging, sah sie ihr Spiegelbild in der Scheibe und hielt kurz inne. Gertrud würde wieder den Kopf darüber schütteln, dass Inken sich traute, in kurzer Hose, etwas knittrigem T-Shirt und Sneakers zum Kaffeetrinken zu gehen. Und das auch noch ohne Frisur, wobei man dieses Wort bei ihr sowieso neu definieren müsste. Aber Gertrud war nicht hier und würde es nie erfahren.

»Inken.«

Sie hatte den Mann, den sie fast umgerannt hatte, erst im letzten Moment gesehen. Er hielt sich den Ellenbogen und grinste sie an. »Zu viel Energie, meine Liebe. Aber schön, dich zu sehen.«

»Ole, du musst aber auch gucken, wo du hinläufst.«

Er umarmte sie, bevor er sie eine Armlänge weit von sich schob und sie genauer betrachtete. »Kommst du gerade vom Boot?«

»Ja.« Die Notlüge ging ihr leicht von den Lippen. Ole als Pastorensohn würde zwar nicht als Erstes der Lebensgefährtin seines Vaters erzählen, was Inken in der »Sturmhaube« getragen hatte, aber man konnte ja nie wissen. »Direkt, sozusagen. Und jetzt muss ich ganz schnell ein Stück Torte essen, sonst falle ich um. Musst du schon los?«

Bedauernd hob Ole die Schultern. »Ja, leider. Ich habe meinem Vater und Gertrud einen neuen Rechner gebracht und installiert und muss morgen wieder arbeiten. Und auf dem Rückweg nach Hamburg muss ich noch bei meiner Schwester vorbei, ihr Sohn hat meinem Schwager irgendein Programm auf seinem Laptop zerschossen. Wenn ich das nicht wieder hinbekomme, wird Tom Torben zur Adoption freigeben. Oder ihn erwürgen. Dann müssen sie ihm das Studium auch nicht mehr finanzieren. Mein Autozug geht in einer Stunde. Ich hatte nur noch Zeit für einen schnellen Kaffee mit einem alten Freund, der hier arbeitet. Marco, den kennst du doch noch, oder? Er ist hier Koch.«

Inken nickte. »Dann grüß Solveig von mir. Und wenn du das nächste Mal hier bist, dann guck mal bei mir vorbei, ja?«

»Mach ich. Übrigens kommt meine Schwester nächstes Wochenende auch auf die Insel. Sie will Katharina sehen, die reist doch jetzt irgendwann an, oder?«

»Heute«, antwortete Inken. »Sie hat sich aber noch nicht bei mir gemeldet. Ole, wir hören, mein Magen schreit nach Torte. Bis bald.«

Sie küsste ihn schnell auf die Wange und sah ihm kurz nach, bevor sie sich einen freien Tisch suchte.

Die ersten Bissen schluckte Inken mit geschlossenen Augen. Sie hatte Glück gehabt, einen Tisch auf der Terrasse gefunden, Rhabarbertorte mit Sahne bekommen und der Himmel war inzwischen ganz blau. Es fühlte sich schon wie Sommer an, war friedlich, sonnig und still. Inken war sehr zufrieden. Sie würde Katharina hierher einladen, die Leidenschaft für Rhabarbertorte war eine ihrer wenigen Gemeinsamkeiten.

»Ist hier noch ein Platz frei?«

Auf gar keinen Fall, dachte Inken, bevor sie erst ein Auge, dann beide öffnete und sich gerade hinsetzte. Vor ihr stand Hannes Gebauer. »Hallo Inken. Es sei denn, du wartest auf jemanden, dann frage ich an einem anderen Tisch. Es ist leider alles besetzt.«

»Nein, nein«, antwortete sie schnell, sie war eben höflich. »Setz dich ruhig. Ich will sowieso nicht lange bleiben.«

Sie war sich nicht sicher, ob sie das jetzt brauchte: mit dem ehemaligen Liebhaber ihrer großen Schwester einträchtig Kaffee und Kuchen zu verzehren. Er lächelte unsicher und blieb stehen.

Inken zeigte mit der Kuchengabel auf den freien Stuhl. »Es stört mich gar nicht, also, bitte.«

Um nicht noch mehr sagen zu müssen, schob sie sich die nächste Kuchengabel mit Torte in den Mund.

Hannes zog den Stuhl nach hinten und nahm Platz, bevor er die Blicke über die Terrasse schweifen ließ. »Herrlich«, sagte er. »Sonne und dann dieser Blick.« Inken beherrschte sich, um nicht mit den Augen zu rollen. Eine Antwort erübrigte sich, ihr Mund war noch zu voll und sie hielt die Kuchengabel schon wieder bereit, damit das so bliebe. Alles, nur kein Gespräch über Wind und Wetter. Nicht hier und jetzt. Ihr Gegenüber war erbarmungslos. »Ist das Rhabarbertorte?«

»Mhmpf.«

»Sieht gut aus. Schmeckt sie auch so?«

Inken sah hoch, kaute weiter und hielt ihm statt einer Antwort die volle Gabel über den Tisch. Abwehrend hob Hannes die Hände. »Oh, nein danke, so war das nicht gemeint. Schon gut.«

Er bestellte sich bei der ankommenden Bedienung »dasselbe« und wandte sich wieder Inken zu. »Du siehst deiner Schwester überhaupt nicht ähnlich. Seltsam.«

»Was?« Inken schluckte und sah ihn an. »Wieso ist das seltsam? Es sehen doch nicht alle Geschwister gleich aus. Wir sind übrigens nicht nur außen unterschiedlich.« Sie spießte den Rest der Torte auf die Gabel und schob sie in den Mund.

Hannes betrachtete sie nachdenklich. »Das stimmt«, sagte er. »Obwohl ich Katharina seit über zwanzig Jahren nicht gesehen habe.«

»Echt?« Inken war verblüfft. »Aber ihr hattet doch schon irgendwelche Abiturtreffen. Katharina war auch ein- oder zweimal dabei. Und sie war auch ab und zu auf der Insel.«

»Aber anscheinend zu anderen Zeiten als ich.« Die Bedienung kam zurück und stellte Kaffee und Rhabarbertorte vor Hannes ab. »Guten Appetit.«

»Danke.« Er wartete, bis sie weg war, dann nahm er langsam die Gabel in die Hand und sah Inken wieder an. »Wir hatten letztes Jahr das dreißigjährige Abiturtreffen, da war deine Schwester nicht. Und fünf Jahre davor hatte ich keine Zeit. Beim Zehnjährigen war ich auch nicht. Und ansonsten haben wir uns nie zufällig getroffen. Und plötzlich sind es Ewigkeiten, die man sich nicht gesehen hat. Eigentlich schade.«

Inken überlegte angestrengt, ob Katharina in den letzten Jahren irgendetwas über Hannes erzählt hatte, sie konnte sich aber nicht erinnern. So war es eben, wenn die ältere Schwester einen nicht ins Vertrauen zog.

»Wie lange wart ihr damals eigentlich zusammen?«, fragte sie. »Ich war zu jung, ich kann mich überhaupt nicht mehr erinnern.«

»Vier oder fünf Jahre«, antwortete Hannes nach einer kurzen Pause. »So ungefähr, ich habe ein schlechtes Verhältnis zu Zeiten. Aber sie hatte damals ihr erstes Ausbildungsjahr im Hotel hinter sich, und ich hatte meinen Zivildienst in Kiel fast beendet und danach einen Studienplatz. Wir haben uns auf dem Weihnachtsmarkt wiedergetroffen. Ein halbes Jahr später zog mein Mitbewohner aus meiner WG aus und Katharina ein. Gott, ist das lange her.«

Er lächelte ein bisschen wehmütig. Inken schob ihren Teller zur Seite. Sie hatte damals nicht sehr viel mitbekommen, aber sie konnte anscheinend besser rechnen. »Ich glaube, ihr seid sechs Jahre zusammen gewesen«, korrigierte sie. »Bei der Trennung war Katharina 28. Das weiß ich, weil ich im selben Jahr 18 wurde und die Schule geschmissen habe. Und meine Eltern nach Mallorca gegangen sind. In diesem ganzen Chaos kam sie nämlich aus Kiel zurück. Und war fix und fertig. Warum hast du sie verlassen?«

Hannes lächelte nicht mehr. »Wir waren ja noch so jung. Und so ernst war das Ganze auch nicht. Eine Jugendliebe eben. Aber trotzdem gut.«

»Jugendliebe.« Inken fixierte ihn. »Dafür war es aber lang. Und dafür war Katharina auch ganz schön am Ende. Hattest du eine andere?«

»Ähm«, irritiert hob Hannes den Kopf. »Na ja, das ist ja meistens so, dass man sich trennt, weil man jemand anderen kennengelernt hat. In meinem Fall war es auch so. Anke. Ich habe sie beim Praktikum auf Helgoland getroffen. Und mich ziemlich verknallt. Und dann wurde sie auch noch schwanger.«

»Ach Gott.« Inken rang übertrieben die Hände. »Stimmt, ich vergesse es immer, ihr seid so viel älter als ich, damals gab es noch keine Verhütung. Dann muss man von Schicksal sprechen. Ist das Kind auch zur Welt gekommen?«

Jetzt wirkte Hannes belustigt. »Du hast vielleicht eine Gesprächsführung. Wie beim Verhör. Aber um es zu Ende zu bringen: Ja, das Kind ist zur Welt gekommen, er heißt Alexander und ist jetzt 19, er lebt bei seiner Mutter, die sich vor zehn Jahren wegen eines anderen Mannes von mir getrennt hat, und im Übrigen hat sich deine Schwester auch nicht allzu lange gegrämt, sondern innerhalb eines Jahres geheiratet.«

»Tja, das Leben ist gerecht.« Inken streckte ihre Beine langsam aus, stutzte plötzlich und setzte sich aufrecht hin. »Katharina war nie verheiratet.«

»Doch.« Hannes fuhr mit der Gabel durch die Sahne auf seinem Teller. »Sie hat mich sogar eingeladen. Zusammen mit

Anke. Und ich kann dir auch sagen, wann der Hochzeitstermin war: am 5. April. Wir konnten nicht kommen, weil Alexander an dem Tag geboren wurde.«

»Nein.« Inken starrte ihn an. »Das glaube ich nicht. Man heiratet doch nicht, ohne dass man das seiner Familie sagt. Egal, wie durchgeknallt die ist. Aber das hätte Katharina doch nie gemacht. Wen soll sie denn geheiratet haben?«

Hannes zuckte mit den Achseln. »Ich kannte ihn nicht. Irgendein Michael, ein Hotelier, wenn ich mich richtig erinnere. Aus München. Da haben sie auch geheiratet. Mehr weiß ich nicht, danach habe ich nichts mehr von ihr gehört. Aber wenn du von ihm noch nie gehört hast, dann ist sie anscheinend nicht mehr mit ihm verheiratet. Das wäre meine nächste Frage gewesen.«

»Ich wusste ja nicht mal, dass sie es war.« Mit aufgestütztem Kinn versuchte Inken sich zu erinnern. Nachdem ihre Eltern nach Mallorca gezogen waren, hatte sie mit einem Teil des Geldes einen Segeltörn gemacht. Zunächst mit zwei Freundinnen, dann, ein paar Monate später, mit Jesper. Sie war über ein Jahr weg gewesen. Ein einziges Mal hatte sie in der Zeit Katharina in München besucht. Von einem Michael hatte sie nichts mitbekommen.

»Aber man schreibt doch eine Karte«, murmelte sie leise.

»Wie bitte?« Hannes beugte sich zu ihr. »Ich habe es nicht verstanden.«

»Musst du auch nicht.« Inken kramte einen Geldschein aus ihrer Hosentasche und gab der Bedienung ein Zeichen. »Ich rede gern mal ein paar Sätze mit mir selbst. Dann wünsche ich dir noch eine gute Zeit.«

»Lass das Geld stecken, ich lade dich ....«

»Auf gar keinen Fall.« Inken stand schon. »Ich zahle am Tresen. Mach's gut.«

Auf dem Weg zum Parkplatz schüttelte sie immer noch den Kopf. Michael. Hotelier aus München. Bei ihr klingelte nichts. Sie würde auf Mallorca anrufen. Heute noch. Und wenn Mia auch von nichts wusste, dann bei Solveig.

Und wenn das alles nichts half, dann hätte sie genügend Themen für das Kaffeetrinken mit Katharina. Falls die sich endlich mal melden würde.

Die Friedrichstraße sah mittlerweile aus wie irgendeine andere Einkaufsmeile. Katharina war langsam an den Schaufenstern vorbeigeschlendert und gab sich Mühe, alles wie eine ganz normale Touristin zu betrachten. Im nächsten Café würde sie sich einen freien Tisch suchen und etwas trinken. Sie verharrte einen Moment, als sie vor einem Café einen leeren Tisch entdeckte, dann holte sie tief Luft und beschleunigte ihre Schritte. Nicht jetzt, dachte sie, sie wollte erst mal das Meer sehen. Es war nur fünfhundert Meter entfernt.

Vorher wäre sie nicht angekommen.

Vor dem kleinen Backsteinhäuschen, in dem der Kurkartenkontrolleur die Kurtaxe kassierte, falls man keine Kurkarte besaß, die man vom Vermieter oder Hotel bekam, hatte sich eine kleine Schlange gebildet. Katharina blieb am Ende der Reihe stehen und atmete tief durch. Die Nordsee lag vor ihr, sie sah die Gischt, spürte den salzigen Wind und hörte das Möwengeschrei. Das hatte sich in all den Jahren nicht verändert, es war wie immer.

»Wieso müssen wir denn bezahlen, nur weil wir auf die Promenade wollen?« Die schlecht gelaunten Touristen hatte es auch immer schon gegeben. »Das sehe ich überhaupt nicht ein. Das Meer und der Sand gehören allen, nicht nur der Kurverwaltung.«

Katharina ging ein Stück zur Seite, um die empörte Frau sehen zu können. Violette Windjacke, zu enge Jeans, Stirnband und Gummistiefel.

»An der Ostsee müssen wir das nie bezahlen. Das ist doch eine Unverschämtheit.«

Katharina konnte nicht verstehen, was der Kurkartenkontrolleur antwortete, wahrscheinlich hatte er alles schon hunderttausendmal gesagt. »Instandhaltung der Promenade«, »Sandaufspülungen«, »Küstenschutz«, »Nicht meine Entscheidung.«

Die violette Windjacke rückte trotzdem nicht von ihrer Empörung ab.

»Ich möchte mit Ihrem Chef sprechen«, sagte sie jetzt. »Ich gehe sonst an die Presse.«

Katharina verlagerte ihr Gewicht aufs andere Bein und sah den Kontrolleur mitleidig an. Der kratzte sich am Kopf und suchte nach Worten. Die Frau beugte sich noch weiter zu ihm und klopfte wütend an die Scheibe. »Ich bezahle hier nichts. Ich ...«

Wenn Katharina irgendetwas hasste, waren es laute Menschen und kein Benehmen. Kurz entschlossen schob sie sich neben die schlecht gelaunte Touristin, kramte nach einigen Silbermünzen in ihrer Jackentasche und zählte unter dem verblüfften Blick der Umstehenden das Geld für die Kurtaxe auf den Tresen. »Ich bezahle das jetzt für Sie«, sagte sie laut und deutlich und für alle vernehmbar. »Damit diese Diskussion mal ein Ende hat und die anderen Gäste endlich an den Strand gehen können. Und tun Sie mir bitte einen Gefallen und fahren demnächst wieder an die Ostsee. Wir schreien hier nämlich nicht rum. Einen schönen Tag noch. Ach so, und ich habe eine Kurkarte.«

Sie zeigte die Karte, lächelte dem Kontrolleur zu, ging an der violetten Windjacke vorbei und die Treppe zur Promenade hinunter. Ihre Hand ballte sich in der Jackentasche zur Faust. Vielleicht könnte sie diese unangenehme Person als Hexe in ihre Recherche mogeln. Dann würde sie aus der violetten Windjacke eben ein violettes Kleid machen.

Sie verließ die Promenade hinter der Kurmuschel und setzte sich auf eine Treppe, um sich die Schuhe auszuziehen. Durch den Sand musste sie barfuß, es fühlte sich sonst falsch an.

Die Kurmuschel sah von hinten noch schlimmer aus als von vorn. Katharina dachte darüber nach, warum eine Betonhalbkugel überhaupt so einen hübschen Namen hatte. Kurmuschel. Unter diesem Dach fanden seit Jahrzehnten Kurkonzerte statt, so wurden sie früher zumindest genannt. Ob Chöre, Kapellen oder Blasmusikanten, auf diesen Brettern wurde Musik gemacht, dass es nur so eine Wonne war. Auch Katharina war als Kind ein paar Mal mit ihrer Großmutter hier gewesen. Sie fand es damals wahnsinnig mondän, dass die Musiker selbst in der größten Hitze beim Geigen schwarze Anzüge trugen. Sie hatte schon beim Zusehen geschwitzt.

Katharina drehte um und ging langsam gegen die Sonne zurück. Sie kniff die Augen zusammen und blieb stehen, um in ihrer Tasche nach der Sonnenbrille zu suchen. Einhändig fummelte sie das Brillenetui auf und zog am Bügel, irgendetwas hatte sich verhakt. Sie zog noch einmal und hatte den Bügel in der Hand. Leider nur den Bügel. Ohne Brille. Der Rest steckte noch im Etui.

Langsam blieb sie stehen und zog den Rest der Brille aus der Tasche. Zwei Gläser mit einem Bügel. Sie setzte sich das Konstrukt auf die Nase und hielt den Kopf schief. Wenn sie sich nicht bewegte, würde es gehen. Als sie den faszinierten Blick eines dicken kleinen Jungen bemerkte, nahm sie die Brillenreste ab, grinste ihn kurz an und beschloss nachzusehen, ob es in der Strandstraße noch das Optikergeschäft Thiemann gab.

Das gab es noch. Zufrieden blieb Katharina vor dem Schaufenster stehen. Manche Dinge änderten sich auch in Jahrzehnten nicht, an der rechten Seite hing immer noch das große Plakat, das für einen kostenlosen Sehtest warb. Katharina hatte ihn bestimmt zehnmal gemacht, das Ergebnis war für sie immer enttäuschend gewesen. Sie brauchte keine Brille. Dabei hätte sie so gerne eine gehabt, sie fand, dass die kurzsichtige Solveig fast etwas Intellektuelles hatte. Mit dreizehn war man noch zu jung, um froh zu sein, dass man keine Hilfsmittel brauchte. Das änderte sich erst später.

Es klingelte, als Katharina die Ladentür aufdrückte. Bis auf eine ältere Dame, die gerade Brillengestelle aufprobierte, und eine junge Optikerin, die ihr dabei half, war der Laden leer.

»Guten Tag.« Die junge Frau hatte den Kopf gehoben und lächelte Katharina an. »Es kommt gleich jemand. Einen kleinen Moment, bitte.«

Katharina nickte und fischte in der Zwischenzeit die Reste ihrer Sonnenbrille aus der Handtasche. Als sie aufsah, stand ein Mann in ihrem Alter hinter dem Tresen und sah sie an. »Was kann ich für Sie tun?«

»Meine Sonnenbrille hat sich aufgelöst«, antwortete Katharina und schob die Einzelteile über den Tisch. »Kann man da was retten oder brauche ich eine neue?«

Der Mann warf einen kurzen Blick auf den einzelnen Bügel. »Das wird nichts«, sagte er und schüttelte bedauernd den Kopf. »Das ist gebrochen. Da kann ich auch nichts mehr machen.« Er sah sie kurz an. »Tut mir leid. Kann ich Ihnen eine neue verkaufen?«

Irgendetwas an ihm erinnerte Katharina an etwas. Die leicht gebückte Haltung, die kahle Stirn, die sonore Stimme. Sie hob die Schultern und antwortete: »Es nützt ja nichts. Es war meine einzige Sonnenbrille. Ich brauche eine neue.«

»Gut«, sagte er, kam um den Tresen herum und führte sie zu einem Drehständer. »Wollen Sie schon mal schauen?«

Er blieb neben ihr stehen und sah ihr zu, bis er plötzlich fragte: »Kann es sein, dass wir uns kennen?«

»Das habe ich auch gerade überlegt.« In diesem Moment fiel es ihr ein. »Axel Thiemann. Du hattest Leistungskurs Physik. Und du hast mir mal ein Referat geschrieben.«

»Ja.« Unsicher hielt er ihrem Blick stand. »Aber Referat …? Ich komme immer noch nicht …«

»Katharina Johannsen. Ich war im Deutsch-Leistungskurs. Deutsch und Geschichte. Bei Dr. Martha.«

»Ach ja.« Er schlug sich an die Stirn. »Da wäre ich jetzt nicht draufgekommen. Du siehst ganz anders aus als damals. Das gibt es ja nicht. Klar, Katharina. Und du hast mich sofort erkannt. Das ist ja toll.«

»Du arbeitest im Laden deiner Eltern, das war jetzt nicht so schwer.«

Katharina biss sich auf die Lippe. Sie hatte ihn nur erkannt, weil er genauso aussah wie sein Vater, der Optiker, der ihr nie eine Brille verschrieben hatte. Dieselben kahlen Stellen, dieselbe schlechte Haltung. Als wäre die Zeit stehen geblieben. Aber das müsste sie ihm ja nicht unbedingt sagen.

»Was machst du denn jetzt? Bist du noch in Kiel? Warst du nicht im Hotel?«

Jetzt war Katharina überrascht. Sie konnte sich an den jungen Axel, bevor er aussah wie sein Vater, kaum erinnern. Er war einer der unauffälligen Jungen gewesen. Klein, leicht pummelig, unsportlich, dabei gut in der Schule und hilfsbereit. Sie hatte nie viel mit ihm zu tun gehabt, deswegen wunderte es sie, dass er über sie etwas wusste. Anscheinend erriet er ihre Gedanken.

»Du warst doch mit Hannes zusammen in Kiel. Das hat er mir beim Abi-Treffen letztes Jahr erzählt. Also, dass ihr da mal zusammen gewohnt habt. Aber das ist ja auch schon ein paar Jahre her, nicht? Ich habe meine Ausbildung nämlich auch in Kiel gemacht. Bei Optik Rose. Mein Vater wollte, dass ich in einer anderen Firma lerne, bevor ich unsere übernehme. War auch gut so.«

Katharina starrte auf seinen Hals. Er war schlecht rasiert. Und wieso redete er jetzt über Hannes? Das hatte alles in der Steinzeit stattgefunden. Und ging ihn sowieso nichts an.

»Wieso warst du eigentlich letztes Jahr nicht dabei? Dreißig Jahre Abitur. Das war toll. Wir haben das in der ›Badezeit‹ gefeiert und am Strand. Du, das war wie früher, wirklich toll. Es waren fast alle da. Hannes auch, habe ich ja schon gesagt. Den habe ich ein paar Mal in Kiel getroffen, meine Tochter arbeitet jetzt da, deshalb fahren wir ab und zu mal hin. Tolle Stadt.«

Hatte er früher auch dauernd ›Toll!‹ gesagt? Katharina ließ Axels Geschichten stumm über sich ergehen. Es waren viel mehr Informationen, als sie haben wollte. Als er zwischendurch Luft holte, legte sie ihm die Hand auf den Arm.

»Du, ich muss leider weiter, ich habe noch Termine. Ich bin eine Zeit lang hier, ich gucke noch mal rein. Hat mich gefreut, bis bald mal.«

Sie floh aus dem Laden; als die Tür hinter ihr zuschlug, hörte sie Axel noch rufen: »Aber Katharina, was ist denn mit der Sonnenbrille?«

Hannes. Katharina hatte sich in einen Strandkorb auf der Promenade gesetzt und starrte aufs Meer, um ihre Gedanken einzufangen. Seit Jahren hatte sie kaum noch an ihn gedacht, und kaum war sie auf der Insel, lief sie einem geklonten Optiker in die Falle, der alles wieder in Bewegung setzte. Mittlerweile war ihr eingefallen, dass Axel damals schon mindestens zehn Dioptrien gehabt hatte, Brillengläser wie Glasbausteine und das, obwohl der Vater Optiker war. Deshalb musste er auch immer in der ersten Reihe sitzen und war dauersportbefreit. Der kleine Pummel. Solveig und sie hatten sich ab und zu von ihm in Mathe oder Physik helfen lassen, anfreunden wollten sie sich mit ihm nicht. Sie waren beide selbst Außenseiter, sie brauchten keinen dritten Verlierer.

Hannes und seine Clique waren das genaue Gegenteil. Hannes war der Mittelpunkt. Er war groß, spielte Handball im Verein, trug die richtigen Klamotten, den richtigen Haarschnitt, hörte die richtige Musik, las die richtigen Bücher und sagte die richtigen Dinge. Die Mädchen der Oberstufe waren in ihn verknallt, die Jungs wollten mit ihm befreundet sein. Katharina und Solveig waren für ihn unsichtbar. Solveig war es egal, während Katharina litt und die Bücher und Schallplatten, die sie seinetwegen hatte, in ihrem Zimmer in alphabetische Ordnung brachte. Um sich zu trösten. Und um sich von ihrem Babyspeck, ihrer Zahnklammer und ihrem glatten, feinen Haar abzulenken. Es gab doch wirklich wichtigere Dinge im Leben.

Nachdenklich stand Katharina auf, stellte sich vor den Strandkorb und schob, mit Blick auf das Meer, die Hände in ihre Jackentasche. Es war alles so lange her. Sie war als Teenager furchtbar unglücklich gewesen, aber sie hatte es geschafft. Die Zahnspange hatte ihren Dienst getan, der Babyspeck war dank Disziplin und mit Hilfe aller angesagten Ernährungstipps verschwunden, und aus feinem Haar eine vernünftige Frisur zu machen, war heutzutage zum Glück nur eine Frage des Preises und der Friseurwahl. Also, was sollten diese sentimentalen Gedanken? Vielleicht hatte sie immer noch den Glückskeks von Peter Bohlen im Kopf, der diesen Unsinn von den Sylter Schatten orakelt hatte. Es war dummes Zeug. Sie war zum Arbeiten hier und Vergangenheit war Vergangenheit, die hatte jeder. Sie würde jetzt ins Hotel zurückgehen, dort eine Kleinigkeit essen, ein bisschen fernsehen und später Jens anrufen und sich von seiner sanften Telefonstimme beruhigen lassen. Und morgen würde sie ihre Recherche im Inselarchiv in Angriff nehmen. Natürlich mit einer neuen Sonnenbrille, die sie bei einem zweiten Besuch bei Optiker Thiemann erstanden hätte. Und sobald sie Zeit hatte, würde sie ihre Schwester anrufen und sie zum Essen einladen. Von wegen Schatten. Sie könnte ja auch in die Sonne gehen.

Am nächsten Vormittag stand Katharina vor dem alten Backsteingebäude im Zentrum Westerlands und legte den Kopf in den Nacken. Früher war hier die Post gewesen, heute beherbergte das Haus die Bücherei, den Fremdenverkehrsverein und unter dem Dach das Archiv, in dem Katharina in den nächsten Tagen Stunden verbringen würde. Sie hatte schon von Bremen aus den Benutzungsantrag eingereicht und ein paar Tage später angerufen, um sich anzukündigen. Ein junger Mann hatte ihr die Öffnungszeiten mitgeteilt und ihr dann eine gute Anreise gewünscht. Sie solle sich mit einer Mitarbeiterin absprechen, damit sie sich zurechtfände, hatte er ihr geraten. Klugscheißer, hatte Katharina gedacht. Und jetzt war sie hier.

Mit Schwung drückte sie die weiße Eingangstür auf, sah sich im Flur nach Hinweisschildern um und erklomm schließlich die Treppen zum Archiv im zweiten Stock.

Nach einem Klopfen trat sie ein. Ihr erster Blick fiel auf helle Büromöbel, zartgelbe Vorhänge und vier große Bildschirme, die auf den Schreibtischen standen. Rechts und links an den Wänden sah sie Regale, in denen Unmengen meist alter Bücher eingeordnet waren. Sie stellte sich davor, legte den Kopf schief und las die Titel. Hinter ihr öffnete sich eine Tür, sie fuhr herum und stand vor einer großgewachsenen, älteren Frau. Sie musste um die siebzig sein, hatte graues, leicht welliges, kurzes Haar, trug eine schmale, helle Hose und eine braune Strickjacke und sah sie mit klaren blauen Augen an. Ihr Gesicht war leicht gebräunt, ihre Haltung sehr gerade und ihre Stimme tief. »Katharina Johannsen. Du hast dich gemausert.«

»Dr. Martha? Sie sind es doch, oder?« Verblüfft sah Katharina sie an. »Ich meine, Frau Dr. Jendrysiacz. Das glaube ich ja nicht. Wieso haben Sie mich erkannt? Was machen Sie hier?«

Nach einem prüfenden Blick ging Martha Jendrysiacz langsam um einen Schreibtisch herum und setzte sich. »Katharina, drei Fragen in einer Ansprache. Eigentlich sogar vier. Das konnte ich früher schon nicht leiden. Erste Frage. Ja, ich bin Dr. Martha. Und ich weiß, dass ihr mich alle so genannt habt, weil ihr bis zum Abitur keine Lust hattet, meinen Nachnamen richtig auszusprechen. Zweite Frage. Ich erkenne fast alle meine ehemaligen Schüler. Gedächtnistraining. Außerdem hattest du dich mit Namen angemeldet, das hast du wohl vergessen. Dritte Frage. Ich arbeite hier stundenweise. Ich hatte immer schon eine Schwäche für die Vergangenheit. Und jetzt reden wir über dich. Was willst du hier genau recherchieren? Schreibst du Romane oder Sachbücher oder für eine Zeitung?«

Sie hatte immer noch diesen durchdringenden Oberstudienrätinblick, mit dem sie jahrzehntelang jedem Schüler bis ins schlechte Gewissen gesehen hatte. »Ich ...« Katharina starrte ihre ehemalige Deutschlehrerin immer noch an. »Ich schreibe gar nicht, ich recherchiere. In diesem Fall für einen Autor, der einen Nordseeroman schreiben will. Ich freue mich, dass Sie ... Und Sie sehen so gut aus. Also, ich bin ganz ...«

»Ganze Sätze, bitte. Darauf habe ich schon immer Wert gelegt, das solltest du noch wissen.« Sie stützte ihr Kinn auf die Faust und sah Katharina nachdenklich an. »Was heißt, du recherchierst? Und setz dich bitte, ich kann es nicht leiden, wenn jemand auf mich hinuntersieht.«

Katharina zog einen Stuhl vor den Tisch, setzte sich schnell und versuchte, in wenigen ganzen Sätzen das Recherchebüro und seine Arbeit zu beschreiben. Als sie geendet hatte, schüttelte Dr. Martha den Kopf.

»Du machst anderer Menschen Arbeit«, stellte sie fest. »Es ist nur Fleißarbeit. Füllt dich das aus? Es klingt unfassbar langweilig.«

»Aber nein«, sofort hob Katharina die Hände. »Es ist überhaupt nicht langweilig. Ich recherchiere ja auf allen möglichen Gebieten, zum Teil für Themen, von denen ich nie dachte, dass sie mich mal interessieren könnten. Aber dann sind sie plötzlich sehr spannend. Außerdem trifft man völlig unterschiedliche Menschen. Ich möchte nichts anderes machen. Dagegen war meine Hotellaufbahn wirklich langweilig. Immer am selben Ort, immer dieselben Abläufe, dazu hätte ich heute keine Lust mehr.«

»Aha.« Mit leiser Skepsis betrachtete Dr. Martha ihre ehemalige Schülerin. Nach einem kurzen Moment sagte sie: »Es ist erstaunlich, wie sehr du dich verändert hast. Ich hätte bei dir eine ganz andere Richtung erwartet. Du überraschst mich sehr.«

Lächelnd lehnte Katharina sich zurück. »Was haben Sie denn erwartet?«

»Etwas Kreatives?« Dr. Martha ließ ihre Blicke über Katharina wandern. »Nicht so aus dem Ei gepellt. Du hast früher auch viel schneller und hektischer gesprochen. Ich sehe dich noch vor mir. Du warst etwas pummelig, oder?«

Katharina nickte, während Dr. Martha nachdachte und dann fortfuhr: »Und du hattest eine Zahnspange. Daran erinnere ich mich, du hast immer die Hand vor den Mund gehalten, wenn du gelacht hast, wobei das selten vorkam. Du warst kein albernes Kind. Aber deine Kleidung war albern. Hat deine Mutter nicht damals geschneidert?«

»Und wie.« Katharina hatte sofort die Bilder im Kopf. »Und nicht nur das. Sie hat auch getöpfert, gestrickt, gebatikt, mit Korken und Kartoffeln Stoffe bedruckt, gefärbt und anschließend zu grauenhaften Kaftans genäht. Ich glaube, ich hatte zwanzig verschiedene, einer bunter und schriller als der andere.«

»Und du warst deshalb unglücklich.«

Katharina lachte leise und winkte ab. »Ach, was heißt unglücklich? Ich hätte so gerne ganz normale Sachen getragen. Nicht immer diese brüllend bunten Farben. Aber das erklären Sie mal als Jugendliche einer Mutter, die sich kreativ ausleben will. Und sie hat es ja nicht böse gemeint. Sie fand das alles schön.«

Jetzt lächelte Dr. Martha. »Ich kann mich gut an deine Mutter erinnern. Sie war in gewisser Weise apart. Auch wenn sie für meinen Geschmack etwas zu hippiemäßig war. Was machen deine Eltern heute? Sind sie noch im Ausland?«

»Sie leben auf Mallorca.« Katharina war beeindruckt von Dr. Marthas Gedächtnis. »Und Mia macht heute Schmuck. Das nimmt weniger Platz in Anspruch. Und sie töpfert auch noch ab und zu. Meine Schwester besitzt massenweise getöpferte Becher und Vasen. In allen Farben. Ich will so etwas nicht mehr haben, ich habe nur noch weißes Geschirr. Und Kleidung ohne Muster.«

»Dann hast du es ja geschafft.« Dr. Martha warf einen Blick auf die Uhr. »Ich würde mich sehr gern noch weiter mit dir unterhalten, Katharina, aber ich habe in einer halben Stunde einen Arzttermin und muss gleich los. Vielleicht können wir unsere Erinnerungen ja bei einem Tee bei mir fortsetzen. Wie lange bleibst du überhaupt?«

»Ich weiß es nicht genau, vielleicht zwei oder drei Wochen. Und ich komme gern zum Tee, danke.«

Dr. Martha stand langsam auf und zog ihre Strickjacke glatt. »Fein. Dann sehen wir uns sicherlich hier oder du rufst mich an. Ach übrigens, für welchen Autor recherchierst du eigentlich?«

»Für Bastian de Jong. Ein Holländer, der mehrere ...«

»Ich weiß«, unterbrach Dr. Martha. »Ich kenne ihn. Meiner Meinung nach völlig überschätzt. Ich habe drei seiner Romane gelesen, na ja. Aber er scheint erfolgreich und sympathisch zu sein. Man kann nicht alles haben. Vielleicht schreibt er besser, wenn du ihm zur Hand gehst. Also, meine Liebe, wir setzen dieses Gespräch fort.«

Mit einem knappen Lächeln legte sie Katharina die Hand auf den Arm, während sie an ihr vorbeiging. Als sie an der Tür stand, drehte sie sich noch einmal um. »Du kannst dich entweder hier oder oben in den Arbeitsraum setzen. Die Datenbank muss ich dir vermutlich nicht erklären, oder? Du findest die Bauakten, die Bilddateien und die Liste der Personenstandsunterlagen im Computer. Wenn du etwas sehen möchtest, sag mir Bescheid oder schreib mir deine Fragen auf. Und am besten fängst du mit den Inselchroniken an, die oben rechts im Regal stehen, die könnten dir helfen. Ein Kollege kommt gleich, falls du noch Fragen hast. Einen schönen Tag.«

Sie hob kurz die Hand und verschwand im Flur. Katharina ließ ihre Hand langsam sinken und schloss den Mund.

Nach dem vierten Klingeln ging Inken ans Telefon. »Hallo Katharina. Ich habe mich schon gefragt, wann du anrufst.«

»Jetzt.« Katharina stellte ihr Wasserglas genau mittig auf den Bierdeckel und wischte mit dem Zeigefinger einen Tropfen vom Tisch. »Ich wollte nur erst ein paar Dinge erledigen, bis ich mich bei dir melde. Wo bist du?«

»Zu Hause.«

»Und was machst du gerade?«

»Nichts.« Zufrieden sah Inken sich in ihrer Wohnung um. Sie war seit fünf Minuten fertig, hatte alles aufgeräumt, gesaugt, an den sichtbaren Stellen gewischt, ihre freilaufenden Klamotten in den Schrank gestopft und sogar ein paar Blumen aus dem Garten in eine Vase gestellt. Ihre ordentliche Schwester könnte sich jetzt überall hinsetzen, nichts türmte sich mehr auf. »Ich habe nur so rumgesessen. Und wo bist du?«

»Im Garten des Hotels. Wollen wir heute Abend zusammen essen gehen?«

»Gern. Und wo?«

»Am liebsten in Westerland, ich habe ja kein Auto mit.«

Als wenn es auf der Insel kein einziges Taxi gäbe, dachte Inken, sagte es aber nicht. Stattdessen schlug sie einen Italiener in der Paulstraße vor und hoffte, dass ihre große Schwester sie einladen würde. In ihrem Portemonnaie steckten nur noch zehn Euro Bargeld.

Inken machte eine Vollbremsung, als sie in der Norderstraße plötzlich einen Parkplatz entdeckte. Rückwärts parkte sie ein, schrammte dabei kurz einen Metallpfosten, fuhr ein Stück zurück, dann wieder vor und stellte den Motor ab. Sie hangelte ihre Jacke von der Rückbank, stieg aus und lief, nach einem kurzen Blick auf den ohnehin schon verbeulten Kotflügel, in Richtung Paulstraße. Schon wieder zu spät. Dabei hatte sie sich so beeilt, aber erst im Auto gemerkt, dass ihre Benzinanzeige immer noch leuchtete. Sie hatte vergessen zu tanken. Und genau das hatte jetzt so lange gedauert.

Atemlos erreichte sie das Restaurant und sah Katharina schon auf der Terrasse sitzen. Sie sah erst hoch, als Inken ihren Tisch erreicht hatte.

»Entschuldigung.« Inken rang noch nach Luft. »Mein Tank war leer. Und die Tankstelle war voll. Diese ganzen Mörderautos, die alle Siebzig-Liter-Tanks haben, das dauerte so lange. Bis die Tanks voll sind, meine ich, und dann gehen die Besitzer nach dem Bezahlen noch mal in aller Ruhe aufs Klo und dieser EC-Kartenautomat braucht Stunden und ...«

»Hallo Inken.« Katharina hatte sich inzwischen erhoben und umarmte ihre Schwester kurz. »Du bist exakt zwölf Minuten zu spät, das kenne ich von dir auch ganz anders.«

»Wieso?« Inken ließ sich auf den Stuhl fallen und blies sich eine Locke aus der Stirn. »Ich bin gar nicht mehr so unpünktlich. Und im Übrigen war das früher auch nicht so schlimm, wie du immer tust.«

Katharina hob die Augenbrauen. »Mama hat dich jeden zweiten Tag zur Schule gefahren, weil du den Bus verpasst hast. Das kannst du nicht vergessen haben.«

»Sag nicht Mama zu Mia«, erinnerte Inken sie. »Sie will es nicht mehr hören, sie ist mit der Brutpflege durch. Ich bekomme jedes Mal einen Anpfiff, wenn ich sie Mama nenne.«

Katharina schob Inken die Speisekarte zu und beobachtete ihre Schwester, die sich konzentriert durch das Angebot las.

Sie hatten sich so lange nicht gesehen, dass Katharina fast vergessen hatte, wie hübsch Inken war. Ihre Haut war leicht gebräunt, die blonden Locken hatten einen rötlichen Schimmer, bis auf Wimperntusche war sie nicht geschminkt. Mit ihrer zierlichen Figur und den Sommersprossen sah sie jünger aus, als sie war. Katharina fiel die Vorstellung schwer, dass ihre kleine Schwester eine Segelschule hatte und schon seit zwanzig Jahren allein lebte.

»Ist was?« Inken sah sie fragend an. »Du guckst so komisch.«

»Nichts«, antwortete Katharina schnell. »Ich habe mich gefragt, ob deine Bluse noch aus Mamas, ähm, Mias Bestand ist.«

»Die Bluse?« Inken schaute an sich hinunter. »Kann sein, ja, jetzt, wo du es sagst. Aber da ist nichts dran. Die ist wie neu. Und man muss sie nicht bügeln. Mama hat nur Sachen genäht, die man nicht bügeln muss. Konnte sie das überhaupt? Hatten wir eigentlich ein Bügeleisen?«

»Hatten wir.« Katharina nickte nachdrücklich. »Aber ich habe gebügelt. Mia fand das spießig.«

»Das kann ich mir vorstellen.« Inken klappte die Speisekarte zu. »Lädst du mich ein? Ich habe vergessen, Geld zu holen. Sonst müsste ich noch mal zur Sparkasse.«

»Ich lade dich ein.« Katharina winkte die Bedienung herbei und wandte sich wieder zurück zu ihrer Schwester. »Dann bestellen wir jetzt und du erzählst, was es alles Neues bei dir gibt.«

Als das Essen zwanzig Minuten später auf dem Tisch stand, beobachtete Inken ihre Schwester unauffällig. Sie kannte niemanden, der so ordentlich Fisch filetierte. Für diese Prozedur aber musste selbst Katharina sich konzentrieren, was Inken die Chance gab, einen Moment zu schweigen. Es war eigentlich immer dasselbe. Sobald Inken mit ihrer Schwester zusammen war, fühlte sie sich ungeschickt, schlecht angezogen, zu dumm oder zu jung. Und deshalb passierte auch dauernd etwas. Sie hatte bereits die Gabel fallen lassen, aber glücklicherweise nur das Wasserglas und nicht den Wein umgestoßen. Obwohl sie so achtgab. Aber es half nichts, Katharina kannte sie ja auch nicht anders. Bei anderen Menschen stellte sie sich nicht so an, irgendetwas hatte ihre Schwester an sich, was bei Inken die größten Schwächen bloßlegte. Wie ihr das auf den Geist ging.

Ahnungslos hob Katharina jetzt den Kopf und deutete auf Inkens Teller. »Bist du schon fertig? Nach der Hälfte? Mir schien, als hättest du Hunger.«

Inken betrachtete die halbe Pizza und drückte die Hand auf den Magen. »Mir ist schlecht. Ich hätte heute Mittag bei Gertrud nicht so viel essen sollen. Ich kann mir die halbe Pizza ja einpacken lassen.«

»Untersteh dich.« Katharina zuckte zusammen. »Du hast keinen Hund und das sage ich auch laut. Ich habe dieses Resteeinpacken immer schon gehasst. Wir sind doch nicht auf einem Campingplatz.«

Inken grinste. »Ach, da machst du es? Ich habe nicht gewusst, dass du zeltest.«

»Mache ich auch nicht.« Auch Katharina schob ihren Teller zurück. Die Beilagen hatte sie nicht angerührt, nur der Fisch und der Salat waren weg. »Was gab es denn bei Gertrud?«

»Rhabarbergrütze.« Inken fiel dabei die Rhabarbertorte aus der »Sturmhaube« ein. Und Hannes Gebauer. Aber sie musste ja nicht gleich zu Beginn des Abends mit den ganz großen Neuigkeiten kommen.

»Ich habe Solveigs Bruder getroffen«, sagte sie stattdessen. »Ole. Er lässt dich grüßen und hat erzählt, dass Solveig kommt. Das ist ja schön.«

Katharina nickte. »Ja, finde ich auch.« Sie sah so perfekt und kontrolliert aus, dass Inken sich schon wieder blöd fühlte. Vielleicht musste Katharina doch mal aus der Reserve gelockt werden.

»Meine Freundin Nele soll ein Haus für einen Kunden renovieren. In Morsum.«

Lauernd musterte sie Katharina. Es gab keine Regung. Also weiter: »Das wollen die Söhne verkaufen, weil die Mutter jetzt im Heim ist. Du kommst nicht drauf, wer der Verkäufer ist. Hannes Gebauer. Witzig nicht?«

Katharinas Mundwinkel zuckte so minimal, dass Inken es sich auch eingebildet haben konnte. Sie hatte fast die Luft angehalten, Katharina dagegen fragte, scheinbar unbeeindruckt: »Ach, Frau Gebauer ist im Heim?«

»Ja.« Inken konzentrierte sich auf Katharinas Mimik. »Oder kommt ins Heim, das habe ich vergessen. Hast du gar keinen Kontakt mehr zu Hannes? Überhaupt keinen?«

»Nein.« Katharina trank ihren Wein aus und stellte das Glas zur Seite. »Seit Jahren nicht. Warum auch?«

»Weil er deine erste Liebe war?«

Katharina lächelte spöttisch. »Inken. Jetzt sei nicht kitschig. Ich war damals Anfang 20, das erste Mal von zu Hause weg, kannte ihn aus der Schule und habe ihn in Kiel wiedergetroffen. In der Situation wäre jeder andere Bekannte auch die erste Liebe geworden.« Sie drehte sich um und gab ein Handzeichen.

»Dafür hast du aber ganz schön gelitten.«

»Was wird das jetzt?« Katharina fuhr herum, legte den Kopf schief und sah ihre Schwester an. »Mädchengespräche? Du bist doch gar nicht der Typ dafür. Und ich auch nicht. Also?«

Sie drehte sich wieder nach einer Bedienung um. »Die guckt nicht. Und ich hätte so gern einen Espresso.«

Nach einem langen Blick auf Katharina stand Inken plötzlich auf und rief: »Hallo, können wir bitte einen Espresso und einen Tee haben? Danke.«

Als sie sich wieder setzte und Katharinas erschrockenen Blick wahrnahm, zuckte sie nur kurz mit den Schultern. »Gucken hilft nicht. Manchmal muss man brüllen.«

Piets Fahrrad stand vor Inkens Haustür, das Licht in der Küche brannte. Inken stieg aus dem Auto, ahnte bereits, was sie erwartete, und ging zum Haus. Bevor sie die Klingel drücken konnte, wurde die Tür bereits geöffnet. Piet verschränkte die Arme vor der Brust und sah auf sie hinab.

»Du hast …«

»Den Schlüssel?«

Er nickte und ging zur Seite, um Inken hereinzulassen. Während er ihr in die Küche folgte, sagte er: »Ich war kurz im ›Anker‹ und bin sowieso hier vorbeigekommen. Und ich sage dir jetzt auch nicht, dass du drauf achten sollst. Ich glaube, du willst mich einfach nicht verstehen. Fährt mit dem Auto los und lässt den Hausschlüssel in der Tür stecken. Schreib doch den Dieben noch einen Zettel, wo du deine Wertsachen versteckt hast, dann müssen die nicht alles durchsuchen.«

»Ich habe doch keine Wertsachen«, antwortete Inken und holte zwei Flaschen Bier aus dem Kühlschrank. »Was wollen die hier denn klauen?«

»Darum geht es doch gar nicht«, Piet wurde fast unwirsch. »Du weißt doch gar nicht, wer hier abends um die Häuser schleicht.«

Er setzte sich an den Küchentisch, auf dem ein angefangenes Kreuzworträtsel lag, das er jetzt energisch zuklappte.

»Du hast ja recht«, sagte Inken besänftigend und ließ die Bügelverschlüsse hörbar aufschnappen. »Aber du kannst den Schlüssel doch auch einfach abziehen und in den Blumenkübel stecken.«

»In jedem zweiten Haus stecken Schlüssel in Blumenkübeln.« Piet gestikulierte mit gespielter Verzweiflung. »Da würde ich als Einbrecher zuallererst nachsehen. Ich werde Gertrud bitten, eine Kordel zu häkeln, da knote ich dann den Hausschlüssel dran und binde ihn dir um den Hals. Und den Schlüsselbund, den du immer in der Tür stecken lässt, kann ich dann einfach abziehen und mit nach Hause nehmen. Oder du schläfst das nächste Mal auf dem Boot. Sei doch bitte nicht immer so schusselig.«

Statt zu antworten setzte Inken die Bierflasche an die Lippen und trank. In ihrer Kindheit war keine Haustür im Ort verschlossen gewesen. Entweder standen die Türen offen oder die Schlüssel steckten von außen. Deshalb dachte Inken zu selten daran, das Haus abzuschließen, geschweige denn, den Schlüssel mitzunehmen. Piet saß nicht das erste Mal in ihrer Küche.

»Ich gelobe, mich zu bessern«, sagte sie jetzt und lächelte ihn an. »Ehrlich. Aber so können wir doch noch in Ruhe ein Feierabendbier trinken. Das ist doch auch ganz nett.«

»Um halb elf Uhr abends«, grummelte Piet. »Ich bin Rentner.«

Inken hatte jetzt wirklich ein schlechtes Gewissen, was er ihr ansah.

»Na ja«, lenkte er ein. »Im ›Anker‹ war sowieso nichts los und zu Hause guckt Knut wieder diese blöden Talkshows. Und er macht den Ton so laut, dass ich nebenan alles hören muss.«

»Er guckt Talkshows?«

»Ja.« Piet nickte genervt. »Alle. Und wenn ihn ein Thema besonders aufregt oder ein Gast dummes Zeug redet, dann schreibt er sogar eine E-Mail. Das ist doch nicht zu fassen. Womit der seine Zeit so verplempert, das ist nicht möglich.«

»Du verplemperst deine Zeit ja auch jetzt hier. Du hättest

dir auch den Fernseher anmachen können, wenn du schon auf mich wartest.«

»Die Fernbedienung ist weg«, antwortete Piet. »Ich habe überall geguckt, aber in deinem Wohnzimmer liegt sie nicht. Und woanders wollte ich nicht suchen.«

Er trank sein Bier aus und behielt die leere Flasche in der Hand. Nach einem kleinen Moment fragte er: »Wo warst du eigentlich?«

Wenn Piet persönliche Fragen stellte, wurde seine Stimme schüchtern. Als ob es ihn nichts anginge, was Inken außerhalb der Segelschule machte. Dabei wusste er mehr, als er zugab. Zumindest vermutete Inken das. Jetzt sah sie ihn nachdenklich an, bevor sie antwortete. »Ich war mit Katharina in Westerland essen. Sie muss eine Recherche für einen Roman machen.«

»Oh!« Beeindruckt hob Piet den Kopf. »Ein Roman? Ist sie jetzt Schriftstellerin?«

Ein kleiner böser Gedanke schoss durch Inkens Kopf. Sie selbst war zu blöd, einen Schlüssel abzuziehen, aber Piet traute Katharina sofort zu, Bücher zu schreiben.

»Nein«, sagte sie schnell. »Sie recherchiert für einen holländischen Schriftsteller, der einen Roman über die Nordsee schreiben will und sich hier nicht auskennt. Er zahlt alles, auch das Hotel, deshalb schläft sie nicht hier, sie findet das so entspannter.«

Inken hatte das Gefühl, die Situation erklären zu müssen. Piet, der immer mit seinem Bruder zusammengewohnt hatte, würde das sonst nicht verstehen. Sie verstand es ja eigentlich auch nicht. Hier war doch Platz genug. Und Katharina hatte sie noch nicht einmal gefragt. Als wenn ein bisschen Unordnung eine Weltkatastrophe wäre. Sie waren Schwestern. Man hätte wenigstens darüber reden können. Inken dachte sich langsam in Rage, dabei hätte sie fast Piets Frage überhört.

»War das Essen denn schön?«

»Schön?« Sie überlegte einen Moment. »Es war so ..., ja nett, irgendwie. Sag mal ...«

»Ja?«

»Gibt es Dinge in deinem Leben, von denen Knut überhaupt nichts ahnt?«

Verblüfft hob Piet den Kopf. »In meinem Leben? Nein. Er war immer dabei. Und ich habe ja nichts Kriminelles oder so getan, also nichts, was ich ihm nicht erzählen könnte. Wie kommst du darauf?«

Inken hatte wieder Hannes' Stimme im Kopf. *Irgendein Michael, Hotelier aus München, da haben sie auch geheiratet.* Sie schüttelte den Gedanken ab und stand auf. »Noch ein Bier?«

Piet nickte. »Wenn es sein muss.«

»Es muss.« Sie stellte die Flasche vor ihn auf den Tisch und lächelte ihn an. »Ich beneide euch beide, also dich und deinen Bruder. Ich war mit Katharina nie so eng und es wird sich wohl auch nicht mehr ändern. Wir sind zu weit auseinander, altersmäßig und auch im Leben. Es ist schade.«

»Das ist doch Quatsch.« Piet ließ den Verschluss ploppen und schüttelte den Kopf. »Blut ist dicker als Wasser, sag ich immer. Ihr müsst mehr zusammen machen, dann werdet ihr schon sehen. Die ist ja nicht verkehrt, die Katharina, und du auch nicht. Du bist ein bisschen mehr wie Mia und deine Schwester hat mehr von deinem Vater. Der war auch immer so ruhig und ordentlich. Aber das vertanzt sich im Alter. So, und wenn ich schon mal hier bin, dann können wir auch schnell die Uhrzeiten für das Manövertraining nächste Woche festlegen.«

»Piet, du bist Rentner. Und es ist fast elf. Das hast du doch gerade gesagt.«

»Ich verplempere aber auch nicht gern meine Zeit. Ich heiße doch nicht Knut. Also los, ich habe die Liste schon gemacht. Liegt unterm Rätselheft.«

Die Rezeption im Hotel war nicht mehr besetzt, aus der danebenliegenden Bar war leise Klaviermusik zu hören. Katharina blieb unentschlossen im Foyer stehen. Sie überlegte, ein Glas Rotwein mit auf ihr Zimmer zu nehmen und in den Ausdrucken zu lesen, die sie aus dem Archiv mitgenommen hatte. Auf dem Weg zu ihrem Zimmer blieb sie an der Tür zur Bar stehen und warf einen Blick hinein. Ein trauriger Pianist, zwei ältere Paare, die nicht miteinander sprachen und mit leerem Blick in die Gegend starrten, und zwei Männer am Tresen, die sich angetrunken mit dem Barkeeper unterhielten. Einer der beiden drehte sich um, nachdem er aus dem Augenwinkel eine Bewegung an der Tür gesehen hatte, und zwinkerte ihr zu. An diesem Ort würde Katharina binnen Sekunden in eine mittelschwere Depression fallen, das war sicher.

Kurz entschlossen drehte sie sich auf dem Absatz um. Sie sollte besser einen Spaziergang machen. Vielleicht gab es auf dem Weg zum Meer noch eine Kneipe, die ihr gefiel.

Das erste Lokal hatte seine Tür weit geöffnet, draußen standen ein paar Raucher unter einem Gaspilz, aus dem Innern schallte laute Musik. ›Sun of Jamaica‹, die Raucher sangen mit. Goombay Dance Band, dachte Katharina und war erstaunt, dass ihr der Name einfiel. Das Lied hatte sie damals schon gehasst, mit fünfzehn. Nur Boney M. hatte sie schlimmer gefunden, ganz im Gegensatz zu ihrem Vater, der jedes Mal das Kofferradio lauter drehte, wenn ›Rivers of Babylon‹ lief. Katharina hatte immer das Gefühl, Pickel zu bekommen.

Sie lief weiter und hatte plötzlich die Musik aus der Zeit im Kopf. Abba hatte sie gemocht, jedes Lied, genauso wie Solveig, und auch das war ein Grund, nicht zu der angesagten Clique der Schule zu gehören. Hannes, Silke, Marion, Sascha, Ingo, Betty, sie alle hörten Frank Zappa, Earth, Wind & Fire oder Pink Floyd. Zumindest taten sie so, als würden sie das mögen, trotzdem hatten Solveig und sie auf dem Hafenfest gesehen, wie Betty und Silke völlig entrückt mit zwei Bundeswehrsoldaten Disko-Fox zur Saragossa Band und ›Zabadak‹ getanzt hatten. Hätten Hannes und Sascha das gesehen, wären die beiden vermutlich in deren Gunst abgerutscht, aber leider hätte niemand Solveig und Katharina gefragt. Sie gehörten einfach nie dazu.

Kurz vor der Promenade blieb Katharina vor einem Lokal stehen, vor dem Bistrotische standen, auf denen Windlichter flackerten. Aus den Lautsprechern klang leise Musik, nur wenige Gäste saßen noch auf den Hockern vor den Tischen. Katharina beschloss, sich einen Rotwein zu bestellen und ihre Gedanken laufen zu lassen.

Ein einziges Mal waren Solveig und sie auf einer Party gewesen, zu der auch die Clique eingeladen war. Ein einziges Mal hatten sie mit ihnen zusammen gefeiert. Katharina war wochenlang vor Aufregung krank gewesen, stunden-, fast tagelang hatten sie Versandhauskataloge gewälzt, um zu entscheiden, was um alles in der Welt sie zu dieser Party anziehen sollten. Eingeladen hatte Monika, sie war neu in die Klasse gekommen, ihr Vater war der neue Chefarzt des Krankenhauses. Sie wohnten in einem großen Haus mit einem überdimensionierten Partykeller und Monika durfte zu ihrem fünfzehnten Geburtstag alle einladen, die sie dabeihaben wollte. An ihrem ersten Tag in der Schule hatte Solveig sich um Monika gekümmert, ihr alle Wege gezeigt und ihr angeboten, mit ihr und Katharina zusammen zum Bus zu gehen. So war Solveig eben, die Pastorentochter, immer freundlich und hilfsbereit. Nur deshalb waren sie Monikas erster Kontakt und nun wurden sie tatsächlich eingeladen. Auf eine Party, auf der auch Hannes war. Solveig machte blöde Witze, sie verstand Katharinas Aufregung wegen Hannes nicht. Er war nicht ihr Typ, außerdem war er immer mit dieser eingebildeten Clique zusammen. Sie fand, dass ihre Freundin wirklich etwas Besseres verdient hatte, dabei ahnte sie nicht, dass Katharina seit Wochen nur noch von Hannes träumte, an ihn dachte, in unbeobachteten Momenten seinen Namen auf leere Zettel malte, stundenlang mit dem Fahrrad durch Morsum fuhr, nur um eine zufällige Begegnung, einen kurzen Blick auf ihn oder gar ein kurzes Grüßen zu erhaschen. Es war immer erfolglos, aber Katharina konnte nicht anders. Angefangen hatte es, als sie vor dem Schwarzen Brett stand und eine Sportstundenänderung suchte. Plötzlich stand Hannes daneben und trat ihr bei einer unbedachten Bewegung auf den Fuß. Sofort hielt er inne, legte die Hand auf ihre Schulter, lächelte sie entschuldigend an und sagte: »Sorry, du hast was gut bei mir.«

Dieser Satz hatte Katharinas Welt verändert. Und das hatte sie total durcheinandergebracht.

»Ist bei Ihnen noch was frei?«

Katharina zuckte zusammen und tauchte aus den Achtzigerjahren wieder auf. Vor ihr stand eine Frau in ihrem Alter, die sie neugierig ansah. Katharina drehte sich kurz um und deutete auf die leeren Tische neben ihr. »Da sind doch überall noch leere Plätze.«

Beleidigt ging die Frau ein Stück zur Seite. »Entschuldigen Sie, ich dachte, man könne ja auch mal nette Leute auf Sylt kennenlernen.«

Ihre Absätze knallten laut auf dem Asphalt, als sie zum nächsten Tisch ging. »Dann nicht«, zischte sie noch hinterher.

Etwas verstört sah Katharina ihr nach. Solveig hätte der Frau mit Sicherheit einen Platz angeboten, auch Inken hätte es lässiger gehandhabt. Aber Katharina hasste so etwas. Sie konnte nicht auf Knopfdruck mit fremden Leuten reden und wurde in solchen Situationen sofort wieder die alte Katharina, die nicht lachen konnte, weil man ihre Zahnspange sah, und die sich nicht bequem setzen konnte, weil sie Angst hatte, sie wirke dann zu dick, und die sich danach sehnte, unsichtbar zu sein.

Katharina atmete tief aus, zwang sich, nicht über diese Szene nachzudenken, erinnerte sich selbst daran, wie sie heute war und was sie alles in ihrem Leben hinbekommen hatte. Die alte Katharina gab es nicht mehr und sie wollte sich auch nicht mehr an sie erinnern. Und es war albern, dass sie nur wegen eines alten Diskoschlagers sentimentale Gedanken bekam.

Gegen drei Uhr morgens wachte sie schweißgebadet auf. Sie knipste die Nachttischlampe an und musste sich erst umsehen, bevor sie begriff, dass sie in einem Hotel in Westerland war. Müde, aber erleichtert, griff sie zur Wasserflasche und setzte sich auf, um zu trinken. Sie hatte nur geträumt, langsam verzogen sich die Bilder aus ihrem Kopf. Der Partykeller von Monikas Eltern, die Clique beim Flaschendrehen, Boney M. aus den Boxen dröhnend und sie und Solveig mitten im Raum, alle Augen auf sie gerichtet, weil sie splitterfasernackt waren und das gar nicht gemerkt hatten.

Katharina schraubte die Flasche langsam wieder zu und betrachtete das Etikett. Dieser Partykeller. In Wirklichkeit war alles noch viel schlimmer gewesen. Mia hatte damals für Solveig und sie knielange Röcke aus geblümten Feincord genäht, das war, nach den Versandhauskatalogen zu urteilen, der letzte Schrei. Sie hatten es sich gewünscht und den Stoff selbst ausgesucht. Dazu trugen sie hellblaue T-Shirts und aus dem Rest des Cords ein kleines Halstuch. Aber alle anderen Partygäste hatten Jeans oder kurze Hosen an. Nur sie und Solveig sahen aus, als gingen sie zur Konfirmation. Als ›Sailing‹ von Rod Stewart lief, wurde eng getanzt. Solveig und Katharina saßen am Eingang des Partykellers auf einer wackeligen Bank und sahen zu. Nebeneinander, wie bestellt und nicht abgeholt. Es war eine einzige Demütigung. Hannes hatte natürlich kein einziges Wort mit ihr gewechselt. Er hatte sie noch nicht einmal angesehen. Nicht ein Mal, aber mit Silke hatte er eng getanzt.

Solveig hatte Katharinas Verzweiflung damals nicht verstanden. Sie guckte den anderen beim Tanzen zu und stopfte sich mit Erdnussflips voll, bis ihr irgendwann übel wurde und sie nach Hause wollte. Katharina folgte ihr natürlich, erleichtert, von der wackeligen Bank zu kommen, und enttäuscht, weil ihre wochenlange Vorfreude und herzklopfende Erwartung unerfüllt geblieben war. Bis heute hatte Katharina nie wieder Cord getragen.

Sie trank noch mal aus der Flasche, legte sich auf den Rücken und verschränkte die Arme unter dem Kopf. Nur ganz langsam verlor die Szene ihren Schrecken. Es war doch seltsam, mit welcher Wucht die Demütigungen der Kindheit heute noch vorstellbar waren. Als wäre es gerade erst passiert und könnte jederzeit wieder stattfinden. Dabei war es wirklich Vergangenheit. Genauso wie die selbstgenähten Bahnenröcke. Und sie hatte bisher alles überlebt. Kurz bevor sie wieder einschlief, schoben sich plötzlich andere Bilder in ihren Kopf.

Nach dem Partykeller-Debakel war alles still und dunkel gewesen, als Katharina viel zu früh nach Hause kam. Ihre Eltern waren nicht da, niemand fragte sie, ob es schön gewesen war, niemand sah sie mitleidig an, sie konnte unbemerkt in ihr weißes, aufgeräumtes Zimmer gehen, wo keine Bank wackelte, wo nichts dunkel getäfelt war, wo kein Plattenspieler schreckliche Musik spielte, und endlich anfangen zu heulen.

Sie hatte sich gerade auf ihr Bett sinken lassen, als Inken in der Tür stand. Das Gesicht verschlafen, die blonden Locken verwuschelt, hatte sie in ihrem gelben Frotteeschlafanzug ihre große Schwester ernst angesehen. Dann war sie langsam ins Zimmer gekommen, nur wenige Zentimeter vor dem Bett stehen geblieben, hatte ihre kleine Hand auf den geblümten Cordrock gelegt, mit der anderen Hand Katharinas offenes Haar gestreichelt und leise gesagt: »Das ist der schönste Rock der Welt. Und ich möchte auch Seidenhaare haben.«

Erst als Inken wieder im Bett war, konnte Katharina in Tränen ausbrechen.

Inken schickte die SMS ab und schaltete den Computer an. Es war 11 Uhr morgens, um diese Zeit hatte ihre Mutter immer ihr Handy an. Auch heute. »Bin drin«, lautete die Antwort und Inken zog den Stuhl näher zum Bildschirm, bevor sie sich zum Skypen anmeldete.

»Guten Morgen, Mia«, sagte sie in das halbe Gesicht ihrer Mutter.

»Da bin ich ja gespannt, was es um diese Zeit so Wichtiges gibt«, tönte es etwas blechern aus dem Lautsprecher.

Inken betrachtete den Mund und das Kinn, an dem ein Stück Orangenschale klebte.

»Wieso verstellst du eigentlich jedes Mal die Kamera? Ich sehe dich wieder nur halb und du hast was am Kinn.«

Mias Arm griff an den Bildrand, es ruckelte und ihr Gesicht war ganz.

»Der Gatte schraubt die Kamera immer ab, weil er Angst hat, dass die Putzfrau alle überstehenden Teile abbricht. Und wenn er sie wieder anmontiert, macht er was falsch. Männer und Technik, na ja. Dein Vater kann nur mit Dingen umgehen, die schwimmen. Also? Was gibt es? Ich habe nicht viel Zeit, ich koche gerade Orangenmarmelade. Alles aus dem eigenen Garten. Und Brot backen muss ich auch noch.«

»Deshalb.« Inken nickte. »Du hast Orangenschale am Kinn. Was glaubst du, wie viel Zentner Marmelade du schon in deinem Leben eingekocht hast? Ich verstehe nicht, dass du das immer noch machst. Man kann doch auch Marmelade kaufen. Und Brot.«

»Das ist doch alles voller Chemie.« Entrüstet schüttelte Mia den Kopf. »Wir haben doch nie Fertigzeugs und Ungesundes gegessen. Ich habe alles selbst gemacht, denk doch mal nach. Deshalb seid ihr auch nie krank geworden und hattet immer schöne Haut. Also, ich hoffe, du ernährst dich vernünftig. Das habe ich euch so beigebracht.«

Irgendwann würde Inken erzählen, dass Nele jeden Morgen zwei Scheiben Weißbrot mit Nutella in ihrer Tasche hatte, die sie im Schulbus gegen selbst gebackenes Vollkornbrot mit Ziegenkäse oder Gurkenscheiben austauschten. Jahrelang. Nele hatte tatsächlich schöne Haut.

»Was ist denn jetzt?«, brachte Mia sich in Erinnerung, »wolltest du mit mir über Marmelade sprechen?«

»Nein«, schnell strich Inken sich eine Locke hinters Ohr. »Ich wollte dich was fragen. Habt ihr Katharina in München öfter besucht? Als sie in diesem Edelhotel gearbeitet hat?«

»In München?« Mia überlegte. »Ein Mal, glaube ich. Aber da wart ihr doch mit, du und Jesper, an Weihnachten. Ach ja, und dann waren wir noch mal auf der Durchreise und haben uns zum Essen getroffen. Aber nicht in diesem Edelschuppen, der war ja fürchterlich. Das hat mir beim ersten Mal gereicht. Nur Bonzenautos und aufgetakelte Frauen mit alten Männern. Da musste ich nicht wieder rein. Und Katharina war in der Zeit da, als wir hier mit dem Umbau der Finca beschäftigt waren. Da sind wir sowieso nur ein oder zwei Mal nach Deutschland geflogen. Wieso?«

»Kanntest du ihren Freund? Einen Michael? Der war Hotelier in München.«

»Michael?« Mia rieb sich jetzt endlich die Orangenschale vom Kinn. »Noch nie gehört. Zumindest kann ich mich nicht erinnern. Aber deine Schwester hat ohnehin wenig erzählt. Hatte sie damals überhaupt einen Freund?«

»Ja. Hatte sie.« Inken starrte ihre Mutter forschend an.

»Und ich habe gehört, dass sie ihn sogar geheiratet haben soll.«

»Geheiratet?« Mia warf den Kopf zurück und lachte. »Wer erzählt denn so einen Unsinn? Das glaube ich nicht, nie im Leben. Katharina heiratet doch nicht in einer Nacht- und Nebelaktion. Dazu ist sie viel zu organisiert. Die hätte erst mal lange geplant und dann eine perfekte Hochzeit zelebriert. Ich weiß nicht, von wem sie das hat, aber eine heimliche, spontane Hochzeit passt wirklich nicht zu ihr. Sie ist ja nicht so wie du, die in kurzer Hose und barfuß mal eben auf einem Boot einen Dänen heiratet, nur weil der einen hübschen Hintern hat und gut segeln kann.«

»Wir reden jetzt nicht über Jesper, Mama.«

»Schon gut.« Als Mia Inkens gerunzelte Stirn sah, lenkte sie ein. »Aber denk mal an die Hochzeit von Solveig. Das war doch so spießig, mit weißem Kleid und Schleier und Kirche. Und Kaffee und Kuchen. Damals hatte ich schon befürchtet, dass ich die nächste Brautmutter sein würde, die in Rüschen hinterm Butterkuchen thront. Hochzeiten stecken manchmal an. Und Katharina war damals noch mit Hannes zusammen. Aber der Kelch ging ja zum Glück an mir vorüber.«

Inken stellte sich Mia im Rüschenkleid vor und verkniff sich ein Grinsen.

»Solveigs Vater war Pastor, da heiratet man so traditionell. Hannes Gebauer hat mir das übrigens erzählt. Er war sogar bei der Hochzeit eingeladen. Das war in ihrem ersten Jahr in München.«

»Na bitte«, sagte Mia triumphierend. »Das ist doch die Erklärung. Sie hat es ihm nur gesagt, damit er nicht ahnen konnte, wie schlecht es ihr nach der Trennung ging. So ist deine Schwester: bis zum Hals im Sumpf, aber immer den perfekt frisierten Kopf hoch und dabei lächeln. Sie hasst Mitleid. Und dem Ex zu sagen, dass man heiratet, ist doch genial.«

Inken blieb skeptisch. »Aber sie hat ihn eingeladen. Er hätte ja auch kommen können.«

»Inken.« Ihre Mutter sah sie an, als wäre sie nicht bei Trost. »Kein normaler Mann geht auf die Hochzeit seiner Exfreundin, die er verlassen hat. Er könnte ja herausfinden, dass er einen riesigen Fehler gemacht hat.«

»Hm.« Inken fand die Theorie ihrer Mutter dann doch zu einfach. »Wie auch immer. Ich war mit Katharina gestern essen.«

»Und?«

»War nett.« Mit schlechtem Gewissen biss Inken sich auf die Zunge. Nett war ein schreckliches Wort. So unentschieden. »Ich habe immer das Gefühl, dass ich nichts von Katharina weiß.«

»Dann frag sie doch«, entgegnete Mia und sah demonstrativ auf die Uhr. »Inken, ich muss in die Küche, meine Marmelade ...«

»Klar.«

Nachdem die Verbindung unterbrochen war, wischte Inken nachdenklich mit dem Zeigefinger über die staubige Tastatur. Sie hatte keine Idee, wo sie mit den Fragen anfangen sollte; und sie hatte auch keine Ahnung, ob es überhaupt wichtig war. Vermutlich war es sowieso egal, es würde sich kaum eine Gelegenheit bieten, bei der beide Schwestern sich in kuscheliger Atmosphäre gegenseitig ihr Leben erzählten.

Sie wischte den Zeigefinger an der Jeans ab, schaltete den Rechner aus und beschloss, aufs Boot zu gehen. Zwei Stunden segeln, das würde die unnützen Gedanken um ihre Schwester endgültig vertreiben.

Katharina ertappte sich dabei, dass sie seit mindestens zehn Minuten stumpf über ihren Laptoprand starrte. Sie straffte ihren Rücken und speicherte das bisher Geschriebene ab. Sie hatte die Chroniken, die ihr Dr. Martha mitgegeben hatte, flüchtig durchgearbeitet und einige Passagen in ihre Notizen eingefügt.

Mit leisem Stöhnen lehnte sie sich zurück und sah in den Hotelgarten, in dem ein paar Gäste auf Liegestühlen lagen und andere auf der Terrasse an Tischen saßen und sich unterhielten. Katharina massierte ihren schmerzenden Nacken und fühlte sich für einen Moment sehr müde. Kurz entschlossen stand sie auf und suchte ihr Telefon, um Jens anzurufen. Er nahm sofort ab.

»Na, wie läuft es?«

»Gut, danke.« Katharina ging wieder zu ihrem Schreibtisch, der unter dem Fenster stand, und setzte sich. Ein junges Paar betrat gerade barfuß den Rasen und steuerte einen kleinen Tisch unter dem Kirschbaum an. Sie lachte, als er sich zu ihr beugte und etwas sagte, als Antwort legte sie die Hand auf seine Wange und sah ihn lange an, bevor sie ihn küsste. Katharina spürte einen Stich, zwang sich, den Blick abzuwenden und sich auf Jens zu konzentrieren.

»Wann wolltest du eigentlich kommen?«

Jens zögerte einen Moment, bevor er antwortete. »Eigentlich schon nächstes Wochenende. Ich hoffe, ich komme am Freitagmittag hier weg. Falls Anne nicht noch ausflippt. Sie hat das Gefühl, ihr Buch wird der Flop des Jahres.«

»Und?« Katharina beobachtete wieder das Paar im Garten. Jetzt küsste er sie. »Hat es das Zeug dazu?«

»Natürlich nicht.« Jens wirkte gereizt, was sehr ungewöhnlich für ihn war. »Es wird ein guter Roman. Nicht so gut wie der erste, aber auch nicht schlecht. Es muss eben noch viel daran getan werden.«

»Heißt das, du kommst vielleicht nicht?« Katharina drehte ihren Stuhl vom Fenster weg. »Weil Anne Assmann ihr Buch nicht allein zustande bringt?«

»Ich weiß es nicht. Ich rufe dich die nächsten Tage an. Dann habe ich mit ihr geredet. Okay?«

»Na klar.« Katharina stellte fest, dass es ihr eigentlich egal war, ob Jens kommen würde oder nicht. Natürlich wäre es nett, mit ihm abends am Strand zu laufen oder essen zu gehen, andererseits hatte sie noch nicht einmal richtig angefangen zu recherchieren und eigentlich gar keine Zeit für ihn.

»Entscheide du das«, sagte sie. »Ich habe genug zu tun, und wenn es dieses Wochenende nicht klappt, kannst du auch noch am nächsten kommen. Das ist schon in Ordnung.«

Er wirkte erleichtert. »Gut. Es ist ja nicht so, dass ich keine Lust hätte, aber du kennst ja Anne. Wenn etwas nicht so läuft, wie sie will, wird sie anstrengend. Da hast du mit deinem Autor vermutlich mehr Glück.«

»Das hoffe ich«, antwortete sie. »Also, bis bald.«

Katharina hielt das Handy noch einen Moment in der Hand, so als würde sie seinen letzten Satz in sich nachklingen lassen. Hatte sie Glück mit ihrem Autor? Seit ihrer Ankunft hatte Bastian de Jong sie mindestens dreimal am Tag angerufen. Er hatte sich nach ihrem Hotel erkundigt, gefragt, ob sie noch etwas brauche, wie das Wetter sei und ob es ihr gut gehe. Katharina konnte sich nicht erinnern, jemals mit einer solch erotischen Stimme telefoniert zu haben. Sie hatte bei ihrem letzten Gespräch noch im Bett gelegen, ihre Augen geschlossen und nur dieser Stimme gelauscht, die ihr die letzten Änderungen in seinem Exposé vorlas. Und sie hatte nicht beurteilen können, ob es etwas taugte. Dazu war diese Stimme einfach zu sexy. Er hätte ihr auch den Seewetterbericht vorlesen können, selbst dabei hätte sie Gänsehaut bekommen. Und dieser Gedanke machte sie im Moment extrem unruhig.

Jens hingegen hatte eine ganz normale Telefonstimme. Nett und normal. Deshalb konnte Katharina sich auch auf die Dinge konzentrieren, die er sagte, was ja immerhin der Sinn eines Telefonats war. Sie stand schnell auf und schloss das gekippte Fenster. Es ist wohl die Seeluft und der Anblick der beiden jungen Leute, die barfuß und schwer verliebt ihr Glück genießen, die mich verwirren, dachte Katharina. Warum sollte sie sich sonst, um alles in der Welt, Gedanken um Telefonstimmen machen?

»Katharina, verlier jetzt nicht die Nerven«, sagte sie laut. Energisch zog sie den Laptop zu sich und überflog noch mal das zuletzt Geschriebene. Als ob sie sich durch alberne Gedanken von ihren Aufgaben abbringen ließe. Sie hatte noch jede Menge zu tun und würde sich in den nächsten Tagen weder von sentimentalen Erinnerungen, erotischen Telefonstimmen, alten Familiengeschichten oder Gespenstern aus der Vergangenheit ablenken lassen. Stattdessen würde sie sich jetzt mit einer ihrer Lieblingsfiguren beschäftigen, der treuen Ose, die ihren Mann Frödde jahrelang in den Sylter Dünen versteckt und liebevoll versorgt hatte. Das war doch wirkliche eine schöne Liebesgeschichte. Auch wenn sie vermutlich eine Erfindung war. Es sei denn, Frödde hätte diese ganz besondere Stimme gehabt.

Ein paar Tage später stapelte Katharina auf der Terrasse des Hotels mit wenigen Handgriffen ihre Unterlagen zusammen, schob den Laptop in die dazugehörige Tasche und beschloss, vorläufig genug gearbeitet zu haben. Sie griff nach ihrem Handy und tippte auf die Kurzwahltaste von Jens. Nach zwei Freizeichen hob er ab.

»Hallo, Katharina. Ich habe nicht viel Zeit, bin gerade auf dem Weg zur Marketingbesprechung. Was gibt's?«

»Ich wollte dich auch nicht lange stören, ich wollte nur wissen, ob du jetzt schon weißt, wann du kommst.«

»Ich kann es dir noch nicht sagen, mal sehen.«

Sie wunderte sich, dass er so kurz angebunden war, das war er doch sonst nicht. »Immer noch Annes Manuskript?«

»Was? Nein, nein.« Anscheinend lief er gerade mit einem Höllentempo durch die Gänge, anders konnte sie sich seine Atemlosigkeit nicht erklären.

»Keine besonderen Probleme, nur die übliche Hektik. Du, ich habe noch so viel auf dem Zettel, ich rufe dich heute Abend an, okay?«

Er hatte aufgelegt, verblüfft schaute Katharina auf das Display. Wenn er wirklich kein Problem hätte, wäre zumindest sein Benehmen seltsam. Kopfschüttelnd steckte sie das Telefon in die Tasche und sah nach oben. Der Himmel war blau mit nur wenigen weißen Wölkchen, typisch für Nordfriesland. Nur hier gab es solche Himmel. Das hatte sie schon immer beruhigt.

Ihr Blick fiel auf den Stapel mit ihren Notizen. Sie hatte

schon eine ganze Menge zusammengesammelt, über berühmte Kapitäne, große Kriege, Sturmfluten, aber es gab auch wunderbare Sagen und rührende Liebesgeschichten. Jetzt musste sie nur noch den roten Faden suchen, um alles zu ordnen. Damit würde sie heute aber nicht mehr beginnen. Dafür wäre morgen Zeit. Heute früh hatte sie von Bastian de Jong eine kurze SMS bekommen. »Habe gesehen, dass das Wetter bei euch schön ist. Genieße auch mal die Sonnenstrahlen. Mit zugewandten Gedanken, B.«

Katharina sah wieder in den Himmel und lächelte. Die Bushaltestelle war gleich um die Ecke, die Segelschule nur eine halbe Stunde entfernt. Sie beschloss, ihre kleine Schwester auf einen Kaffee zu besuchen. Ganz spontan und sofort.

Vom Lister Hafen bis zur Segelschule waren es tatsächlich nur ein paar Schritte. Katharina hatte allerdings vergessen, wie lange der Bus brauchte. Es war idiotisch, ohne Auto auf die Insel zu kommen, aber sie hatte zu Jens gesagt, dass er ihren Wagen haben könne. Sie wohne ja in Westerland, das Inselarchiv und alle wichtigen Dinge seien zu Fuß erreichbar. Ihre Schwester hatte sie nicht zu den wichtigen Dingen gezählt. Und deshalb hatte sie jetzt unversehens gerade eine kleine sentimentale Reise gemacht.

Der Bus war den alten Schulbusweg gefahren, vorbei am Jugendzentrum, das damals für sie der Nabel der Welt gewesen war. Dort hatten sich alle getroffen, die angesagte Clique zumindest, zu der Solveig und sie so gern gehört hätten, was sie aber nie geschafft hatten. Das war der Ort gewesen, an dem heimlich die ersten Zigaretten geraucht, der erste Alkohol getrunken und die ersten ungeschickten Küsse getauscht wurden. Alle gingen da hin, unter der Aufsicht eines kettenrauchenden Sozialarbeiters wurde vorn Billard gespielt, während im hinteren Raum auf abgewrackten Sofas und alten Matratzen über Gott und die Welt diskutiert wurde. Hannes war damals der Billardkönig. Während er mit konzentriertem Blick die Kugeln fixierte, lehnten die angesagten Mädchen wie Silke, Betty und Anke am Tisch, kauten mit lasziven Blicken auf ihren langen, blonden Haarsträhnen herum und himmelten ihn an. Wobei sie sich wahnsinnig bemühten, dabei auch noch cool zu wirken, Katharina hatte sie dafür gehasst.

Und genauso sich selbst, weil sie sich niemals entblödet hätte, als Groupie am Billardtisch zu lehnen, aber trotzdem so furchtbar gern dabei gewesen wäre. Stattdessen spielte sie an einem Flipperautomaten, ab und zu gewann sie sogar. Allerdings nur, wenn die anderen Außenseiter gegen sie spielten. Thore, mit seiner dicken Hornbrille, oder Angelika, die noch dicker war als Katharina. Hannes hatte sie nie bemerkt. Der Einzige, der sich tatsächlich freute, dass sie kam, war der kettenrauchende Sozialarbeiter, weil er bei Mia einen Malkurs gemacht hatte und seitdem heimlich in sie verknallt war. Und weil er Katharina klüger fand als die anderen Jugendlichen. Deshalb wollte er sich dauernd mit ihr unterhalten. Über Atomkraftgegner, über die RAF oder die katholische Kirche, aus der er gerade ausgetreten war. Katharina ließ ihn reden, nickte ab und zu, flipperte weiter und warf verstohlene Blicke in Hannes' Richtung.

Der Bus fuhr jetzt am Abzweig zu ihrer alten Straße in Kampen vorbei. Katharina war lange nicht mehr an ihrem Elternhaus gewesen. Sie hatte es irgendwann mal einem Bekannten gezeigt, mit dem sie sich auf der Insel getroffen hatte. Mit fassungslosem Gesicht hatte er gefragt, wie man ein solches Haus bloß verkaufen könne, auf den Gedanken wäre er als Eigentümer nie gekommen. Ich auch nicht, hatte Katharina gedacht und ihrem Bekannten stattdessen die Vorzüge Mallorcas aufgezählt.

Links von ihr tauchte der Parkplatz an der Buhne 16 auf, der Strandabschnitt, an dem sie schwimmen gelernt, Strandburgen gebaut und später heulend »Vom Winde verweht« gelesen hatte. An dem sie ihre Sommer verbrachte, umgeben von bunten Windschutzkonstruktionen, hinter denen ihre Eltern sich nackt sonnten und wo Inken, mit Sand auf der sonnengebräunten Haut, die Haare zu Zöpfen geflochten, neben Katharina saß und die Kerne der leuchtend roten Wassermelonen in den Sand spuckte. Immer nur knapp an Katharinas Bein vorbei. In ihrer Erinnerung dauerten diese Sommer ewig, hauptsächlich wurde gegessen, gebadet, Beachball und Boule gespielt. Freunde und Bekannte kamen mit Kühltaschen, in denen Erdbeeren und kalte Getränke waren, Mia sammelte Muscheln und Steine, die sie an Ort und Stelle bemalte, und Katharina lag auf dem Rücken im Sand, sah in den blauen Himmel, der mit wenigen Wolken getupft war, und wünschte sich, endlich erwachsen zu sein.

Als sie endlich am Hafen ausstieg, atmete sie tief durch und beschloss, Jens zu bitten, ihr so schnell es ging den Wagen zu bringen. Falls er es denn vor lauter Hektik schaffte, auf die Insel zu kommen. Sonst würde sie einfach zu sentimental werden.

Der Weg zur Segelschule hatte sich verändert. Zwei neue Hotels waren hier entstanden, eines sehr groß, das andere sehr modern, mit viel Holz und Stein, es gab Luxusvillen, wo früher alte Rotklinkerhäuschen gestanden hatten, die alten Jägerzäune waren durch Friesenwälle ersetzt, statt VW-Käfer und Mofas standen jetzt SUVs und Porsches in den Einfahrten. Der Milchmann war weg, die kleinen Buden am Hafen waren einer Amüsiermeile gewichen, nicht schlecht, aber so ganz anders, als sie es aus ihrer Kindheit kannte.

Ich bin zum Glück auch nicht mehr dieselbe, dachte Katharina, als sie über den Deich lief und auf die Schule hintersah.

Das weiße kleine Haus mit dem danebenliegenden Flachdachgebäude hatte sich dagegen überhaupt nicht verändert, nur die Bänke und Blumenkästen waren jetzt hellblau gestrichen. Es sah etwas sehr bunt aus, aber Inken hatte ja immer schon etwas für Farben übriggehabt. Da war sie ganz Tochter ihrer Mutter. Am Anleger zählte Katharina drei Jollen und ein kleines Motorboot. Inkens Boot fehlte, vielleicht gab sie gerade einen Kurs oder hatte das Boot verliehen.

Langsam lief sie den Weg zum Haus. Inkens Auto stand auf dem Parkplatz, daneben ein Mofa und ein Fahrrad. Die Tür des Flachdachgebäudes, in dem sich zwei Unterrichtsräume, Toiletten und ein kleines Büro befanden, stand weit offen. Also musste jemand da sein. Katharina klopfte an den Türrahmen, bevor sie eintrat. »Inken?«

Niemand antwortete. Sie ging ein paar Schritte weiter und stand im Schulungsraum. An der Wand hingen Seekarten, daneben eine große Knotentafel, auf einem Regal lagen Lehrbücher, Karten, Zirkel, Navigationsdreiecke und Leinen. Katharina warf noch einen kurzen Blick in das leere, unaufgeräumte Büro, ehe sie es wieder verließ. Automatisch zog sie die Tür hinter sich zu.

Inkens Haustür war verschlossen. Katharina stellte sich auf die Zehenspitzen, um ins Fenster zu sehen, nichts. Anscheinend war niemand da. Es war seltsam. Kurz entschlossen zog Katharina ihr Handy aus der Tasche und suchte Inkens Nummer. Durch das gekippte Fenster hörte sie ein Telefon läuten. Typisch. Inken hatte das Prinzip »mobiles Telefon« immer noch nicht begriffen. Sie ließ es zu Hause liegen.

Katharina wandte sich ab und schlenderte langsam zum Anleger. Auf der rechten Seite stand ein kleines weißes Holzhaus, vermutlich das Café, von dem Solveig erzählt hatte und in dem Gertrud aushalf. Es sah allerdings völlig verwaist aus. Katharina wunderte sich. Kurz bevor sie den Steg erreicht hatte, ertönte ein Pfiff und danach eine Männerstimme hinter ihr. »Hey. Hallo. Suchen Sie etwas?«

Sie blieb sofort stehen und drehte sich um. Ein älterer

Mann fuhr auf einem Klapprad hinter ihr her. Als er nur noch wenige Meter vor ihr war, erkannte sie ihn. Knut. Er hatte mit ihrem Vater früher Doppelkopf gespielt. Sein Bruder war ein Segelfreund von Joe Johannsen gewesen. Sie kannte die beiden Männer, seit sie auf der Welt war.

Jetzt hatte er sie erreicht, stellte erst ein Bein auf die Erde und stieg dann umständlich ab. »Kann ich Ihnen helfen?« Er sah sie fragend an.

»Ich bin ...«

»Katharina.« Er stutzte nur kurz, dann lächelte er sie breit an und hielt ihr die ausgestreckte Hand hin. »Nun erkenne ich dich auch. Meine Augen sind nicht mehr so doll, weißt du, zum Lesen habe ich schon lange eine Brille, aber langsam lässt es auch in der Ferne nach. Wie geht's dir denn? Du siehst ja so elegant aus, das kennen wir hier auf dem Gelände kaum, die meisten kommen in Jeanshosen oder in Shorts.«

Schon damals hatte er »Jeanshosen« gesagt, sie hatte sich immer darüber amüsiert.

Er musterte sie anerkennend und schüttelte weiterhin ihre Hand, Katharina versuchte, sie wegzuziehen, es war aussichtslos.

»Mensch, das freut mich ja, dass du mal hierher kommst. Das letzte Mal ist doch Jahre her. Du willst wohl zu Inken? Warst du schon bei Gertrud? Die freut sich auch, wenn sie dich sieht, und Piet erst, also, du siehst ein bisschen aus wie dein Papa, von Mia hast du nur die Haare, aber schön, wirklich. Und so elegant.«

»Kannst du ... meine Hand?« Katharina deutete mit der freien Hand auf die Umklammerung, Knut ließ sie sofort los.

»Ach, Gott, tut mir leid, aber ich freue mich so. Inken ist mit dem Boot raus, ach, guck, da kommt sie schon.«

Er deutete auf einen Punkt hinter ihrem Rücken, Katharina massierte sich beim Umdrehen unauffällig die Finger und sah ihre Schwester, die gerade mit dem Boot seitlich an den Steg fuhr.

Knut ließ das Fahrrad einfach fallen und lief an Katharina vorbei zum Steg, sie folgte ihm langsam. Während Inken ihm eine Leine zuwarf, die er festmachte, beobachtete Katharina ihre Schwester. Sie trug eine abgeschnittene Jeans und ein blaues T-Shirt unter der Rettungsweste, hatte ihre Locken zu einem Zopf gebunden und ihr Gesicht leuchtete. Sie bewegte sich gekonnt und sicher übers Deck, warf Knut auch die Leine von hinten zu und begann, das Großsegel runterzuholen. Als Katharina am Boot angekommen war, sah Inken am Mast vorbei zu ihr.

»Hey. Hoher Besuch. Ist was passiert oder wolltest du nur einen Kaffee?«

»Letzteres.« Katharina hielt die Reling fest, bis das Boot festgemacht war. »Kann ich helfen?«

»Sicher«, antwortete Inken, dann fiel ihr Blick auf Katharinas Schuhe. »Barfuß.«

»Ich weiß.« Katharina zog die Pumps aus – natürlich hatte sie makellos lackierte Fußnägel – und sprang aufs Boot. »Ich bin ja nicht zum Segeln gekommen.«

Während Inken die Rettungsweste auszog, beobachtete sie ihre Schwester, die in einer weißen Bluse und einer cremefarbenen schmalen Hose anfing, das Großsegel ordentlich zusammenzurollen. So genau machte Inken das nie. Und so gut angezogen war sie genauso selten.

»Lass es vielleicht besser«, sagte sie jetzt. »Du saust dir deine schönen Sachen ein.«

»Ich mach das Boot fertig«, bot Knut an und sah bewundernd auf Katharinas nackte Füße. »Dann könnt ihr Kaffee trinken. Katharina hat ja bestimmt viel zu tun und nicht so viel Zeit.«

»Okay.« Katharina hielt inne und ließ sich von Knut ablösen. »Ich will mich aber nicht drücken.«

»Nein, schon klar.« Inken stand bereits auf dem Steg und machte zwei weitere Leinen fest. »So, Knut, fertig. Und danke.«

Sie reichte ihrer Schwester eine Hand und half ihr vom Boot. »Dann komm.«

Sie liefen nebeneinander her. Auf Inkens Nase leuchtete ein leichter Sonnenbrand, ihre Locken waren wirr, ihre Augen im Sonnenlicht sehr grün, die Hose hatte zwei Löcher. Als sie bemerkte, dass Katharina sie musterte, blieb sie stehen. »Ist was?«

»Nein«, sagte Katharina schnell. »Mir fiel nur gerade ein Satz von Peter Bohlen ein, weißt du, meinem ehemaligen Chef. Der meinte neulich, dass Inselmädchen so was Sonniges haben. Wind in den Haaren und Sonne im Blick. Du siehst gerade aus wie ein Inselmädchen.«

»So?« Inken sah sie zweifelnd an. »Ich dachte schon, du wolltest was zu den Löchern in der Jeans sagen.«

»Sei nicht immer so kritisch.« Katharina stieß sie leicht an. »Du tust immer so, als würde ich nur an dir rummäkeln. Das stimmt doch gar nicht.«

Inken zuckte leicht mit den Schultern, dann schob sie ihre Schwester weiter. »Na gut, behalt das bitte im Kopf, bei mir ist nämlich nicht aufgeräumt.«

Während Inken den Wasserkessel füllte, lenkte Katharina ihren Blick von dem immer noch schief liegenden Teppich am Eingang ab. Sie hatte beim Überqueren reflexartig versucht, ihn mit dem Fuß gerade zu schieben, es war ihr aber auf die Schnelle nicht gelungen. Er lag weiterhin falsch.

»Filterst du Kaffee mit der Hand? Das ist ja wie bei Oma.«

Ihr Handy verhinderte mit seinem Klingelton Inkens Antwort. »Entschuldige.«

Sie sah kurz aufs Display, »Bastian de Jong ruft an«, und meldete sich mit einem knappen »Hallo, Bastian.«

»Katharina«, seine Stimme klang gut gelaunt und wie immer etwas atemlos, »*hoe gaat het?* Du meldest dich ja gar nicht. Ich habe ja auch ein schlechtes Gewissen, weil ich dich dauernd anrufen möchte, aber es ist mir so ein Bedürfnis. Verzeih einem verwirrten Geist.«

»Ja, ich ...«

Er ließ sie nicht ausreden. »Wie kommst du voran? Bist du schon stimmungsmäßig in der Vergangenheit? Welches ist bislang deine Lieblingsfigur? Eine Piratin? Eine Bauersfrau? Eine Kapitänstochter? Hast du schon eine Richtung? Ich bin so wahnsinnig gespannt auf deine Recherchen, das kannst du dir gar nicht vorstellen.«

Mit einem Anflug von schlechtem Gewissen überschlug Katharina die Seitenzahl, die sie bis jetzt bearbeitet hatte. Waren es vier? Oder nur dreieinhalb? Eher weniger, dafür waren viele Bilder in ihrem Kopf. Sie betrachtete den Rücken ihrer Schwester, die jetzt Kaffeepulver in den Filter löffelte.

»Inken«, antwortete sie automatisch und ihre Schwester fuhr herum. »Also meine Lieblingsfigur im Moment heißt Inken. Eine Bauerstochter. Ein echtes Inselmädchen, Wind in den Haaren und Sonne im Blick.«

Sie biss sich auf die Lippe, um nicht zu lachen, und gab der verdutzen Inken ein Handzeichen.

»*Ik vind het leuk,* das gefällt mir, ich höre, du bist schon drin.« Bastian de Jong machte eine kleine Pause, Katharina hörte im Hintergrund das Rascheln von Papieren. »Aber ich rufe an, weil ich morgen früh mit der Maschine komme, die um 13 Uhr 15 in Westerland landet. Würdest du mich abholen?«

Katharina setzte sich gerade hin und suchte nach der richtigen Antwort. »Morgen schon? Warum das denn? Ich bin doch erst am Anfang der Recherche, ich kann dir die Texte auch mailen.«

»Nein, nein«, erwiderte de Jong. »Erstens brauche ich Inspiration, also Wasser, Wind, Wolken, und dann ...« Er ließ den Rest des Satzes in der Schwebe.

»Ja? Was dann?«

»Ich will dich ein bisschen besser kennenlernen, Katharina. Je öfter ich mit dir spreche, desto größer wird meine Überzeugung, dass wir uns einfach über den Weg laufen mussten.«

Wieder eine wirkungsvolle Pause, in der Katharina versuchte, sich einen Reim auf dieses Gespräch zu machen.

»Bist du noch dran?«

Jetzt hatte sie das Gefühl, dass ihr diese Stimme bis in die Wirbelsäule fuhr. »Ja, natürlich bin ich noch dran. Wann bist du am Flughafen?«

»Wie gesagt, 13 Uhr 15. Holst du mich ab?«

»Ich, ähm, ich habe kein Auto mit. Soll ich ein Taxi schicken?«

»Wieso hast du keinen Wagen? Ich bestelle dir sofort ein Mietauto. Sie sollen es ins Hotel bringen. Mein Büro kümmert sich sofort drum. Also, bis morgen, 13 Uhr 15.«

Er beendete das Gespräch und Katharina schaute verwirrt auf das Telefon und dann zu ihrer Schwester. »Mein Auftraggeber kommt morgen Mittag. Bastian de Jong. Damit habe ich nun gar nicht gerechnet, so wirklich weit bin ich mit den Recherchen noch nicht gekommen. Das ist ja richtig blöd.«

Sie sah kurz auf ihre Uhr und atmete tief durch. »Inken, ich sollte gleich weitermachen. Mit dem bisschen Text, den ich bis jetzt habe, wird das eher peinlich.«

»Du bist doch erst ein paar Tage hier. Was erwartet er denn?«

Genau das hatte sich Katharina auch gerade gefragt. Wonach genau hatte er ein tiefes Bedürfnis?

»Ich weiß es nicht«, antwortete sie, »das wird er mir vermutlich morgen sagen.«

»Und was ist jetzt mit dem Kaffee?« Das Pfeifen des Wasserkessels unterstrich Inkens Frage. »Ich habe für acht Tassen Kaffeepulver im Filter.« Sie drehte sich um, riss die Tülle vom Kessel und ließ sie sofort krachend in die Spüle fallen. »Aua, ich verbrenne mich jedes Mal an diesem Scheißteil.«

Katharina sah zu, wie Inken das kochende Wasser in den Filter goss, und roch sofort ihre Kindheit. »Es riecht wirklich wie früher bei Oma. Schön. Mir wäre es zu umständlich, mit einer Maschine ist es viel einfacher.«

»Riecht aber nicht so gut«, antwortete Inken und kühlte sich ihre verbrannten Finger unter fließendem Wasser, während sie sehnsüchtig an die vollautomatische Espressomaschine dachte, die immer noch kaputt im Keller stand. »Ich mache es lieber so. Möchtest du jetzt keinen mehr?«

»Doch.« Katharina schlug ihre Beine übereinander. »Einen trinke ich noch. Damit das Verbrennen nicht umsonst war.« Sie sah aus dem Fenster und ihr Blick fiel auf das kleine weiße Holzhaus. »Sag mal, was ist denn aus deinem Café geworden? Solveig hatte mir erzählt, dass es ein Geheimtipp geworden ist und so gut läuft.«

Inken stand immer noch mit dem Rücken zu ihr und hob nur kurz die Schultern. »Im Moment ist es geschlossen. Ich muss es renovieren, mal sehen, wenn ich es schaffe, mache ich irgendwann wieder auf. Aber es ist genug anderes zu tun.«

Sie kreuzte ihre Zehen, damit sie nicht beim Lügen vom Blitz getroffen würde. Die Wahrheit war, dass es schon vor über einem Jahr bei einem der großen Herbststürme durchgeregnet hatte. Und zwar dermaßen stark, dass ihr morgens die Stühle entgegengeschwommen kamen. Es müsste alles neu gemacht werden, der ganze Raum müsste gestrichen, der Fußboden abgeschliffen und die Küche renoviert werden. Ohnehin waren die Umsätze schlecht gewesen, weil sie nicht jeden Tag geöffnet hatten. Das konnten Gertrud und sie gar nicht schaffen. Falls sie aber am Samstag im Lotto den Jackpot knackte, würde sie sofort am Montag loslegen. Und das weiße Holzhaus wieder eröffnen. Mit Personal. Es würde sich am Samstag entscheiden.

Sie nahm Tassen aus dem alten Küchenschrank und ging damit zum Tisch.

Katharina hob nur kurz die Augenbrauen, als Inken ihr eine quietschgelbe Tasse hinstellte, die sie sofort wiedererkannte. Bibo. Der gelbe, haarige Vogel aus der »Sesamstraße.« Was hatte sie Solveigs Familie beneidet, die immer nur weißes Geschirr benutzte. Das war für sie früher der Inbegriff von Eleganz gewesen. Einfaches weißes Geschirr. Bei ihnen war jede Tasse anders.

Inken kippte Milch in ihre grüne Froschtasse und schob die Tüte über den Tisch. »Bei deiner Tasse ist der Schnabel abgeblättert«, sagte sie. »Der Vogel war nicht spülmaschinenfest. Ich hoffe, du kannst diesen Schock verkraften. Milch?«

»Danke. Ich trinke schwarz. Immer noch. Wie viele von Mias Tassen hast du denn noch? Gehen die nie kaputt?«

»Nö.« Inken rührte um und lächelte. »Das ist noch echte Handarbeit. Die kannst du auf den Boden fallen lassen, die kreiseln nur. Also, falls du deine Abneigung gegen Mias Töpferware irgendwann vergisst, kannst du gerne ein paar Kartons Geschirr von mir haben, es ist noch alles da.«

»Schönen Dank. Damit bin ich wirklich durch.« Sie machte eine kleine nachdenkliche Pause, als wollte sie noch etwas fragen, tat es aber nicht.

Inken beobachtete sie und sagte schließlich: »Vielleicht sind wir auch inzwischen zu alt für Sesamstraßentassen. Ich hätte auch noch die mit den Blumen. Oder die mit dem Marienkäfer. Oder mit Blättern.«

»Lass mal.« Katharina trank aus und stellte die Tasse ab. »Es tut mir leid, aber ich muss jetzt wirklich los, sonst schaffe ich nichts mehr. Kannst du mir ein Taxi rufen?«

»Jetzt sofort?«

»Ja, es hilft nichts. Wir sehen uns, ich bin ja noch länger hier.«

Inken ging los und suchte das schnurlose Telefon. Als sie nach ein paar Minuten zurückkam, fiel Katharina noch etwas ein.

»Die Blätter auf den Tassen sind übrigens Cannabispflanzen«, sagte sie. »Ich hatte immer Angst, dass es jemand erkennt.«

Unbekümmert zuckte Inken mit den Schultern. »Mia hatte sogar Cannabis in den Balkonkästen. Das kannte außer uns doch niemand. Dein Taxi kommt in fünf Minuten.«

Als das Taxi vom Parkplatz fuhr, stand Inken mit einem Becher Kaffee in der Hand am Fenster und sah ihrer Schwester nach. Sie hatte irgendwie das Gefühl gehabt, dass dieses spontane Kaffeetrinken wichtig gewesen und schön geworden wäre. Katharina hatte viel freier gewirkt als bei ihrem Abendessen. Gar nicht so kontrolliert und abgeklärt. Sie war sogar einfach aufs Boot gesprungen, ohne Rücksicht auf die weiße Bluse. Und dann war der Anruf gekommen und Schluss. Die Pflicht ruft, nach Katharina sogar viel lauter als nach allen anderen. Und sie erfüllt sie sofort. So war sie immer gewesen und Inken war sich bis heute nicht sicher, ob sie ihre Schwester bemitleiden oder bewundern sollte. Allein, am Fenster stehend, bedauerte sie sich selbst ein bisschen. Allerdings nur für einen kurzen Moment, dann riss sie das Fenster auf und brüllte: »Knut. Kaffee ist fertig.«

Katharina ließ das Taxi direkt zum Inselarchiv fahren. Sie hoffte inständig, dass Dr. Martha da wäre. Der Taxifahrer hielt an der Bushaltestelle und griff nach seinem Portemonnaie.

»Macht 28,50. Brauchen Sie eine Quittung?«

»Ja, bitte. Und schreiben Sie Dreißig.«

Die Idee mit dem Leihwagen ist bei diesen Taxipreisen eine gute, dachte Katharina und wartete, bis der Fahrer umständlich und mit seiner schönsten Schrift den Beleg ausgefüllt hatte. Sie stopfte die Quittung während des Aussteigens in ihre Tasche und lief schnell zum Eingang des Archivs. Noch bevor sie die Tür aufdrücken konnte, stand Dr. Martha vor ihr.

»Katharina.«

Erleichtert lehnte Katharina sich an den Türrahmen. »Dr. Martha, gut, dass Sie da sind. Oder gehen Sie gerade?«

»Ist etwas passiert? Du bist so außer Atem.« Dr. Martha musterte Katharina aufmerksam.

»Ich brauche Ihre Hilfe. Bastian de Jong kommt morgen Mittag auf die Insel, will schon Ergebnisse sehen und ich bin noch gar nicht so weit. Mir fehlt der rote Faden. Sie haben doch die Inselgeschichte im Kopf, vielleicht haben Sie eine Idee, wie ich auf die Schnelle so etwas finden kann?«

Langsam verschränkte Dr. Martha ihre Arme vor der Brust und sah Katharina spöttisch an. »Auf die Schnelle? Einen roten Faden? Was soll das sein? Und wieso lässt du dich so in Hektik versetzen? Machst du diesen Job zum ersten Mal?«

»Nein.« Katharina erwiderte den Blick und stieß sich vom

Türrahmen ab. »Das nicht. Aber ich habe noch kein Konzept für die Recherche. Er möchte Gefühle, Gerüche, Stimmungen, Personen. Und ich habe, seit ich hier bin, tausend Kleinigkeiten gesammelt, aber noch nichts Richtiges. Und jetzt brauche ich bis morgen einen Plan. Und der steht nicht in den Chroniken oder in den Kirchenbüchern.«

»Komm mit nach oben.« Dr. Martha drehte sich um und stieg die Treppen hinauf. »Ich kann nachher zur Post gehen.«

Zwei Stunden später überflog Katharina ihre ellenlangen Notizen und lehnte sich aufatmend zurück. Sie hatte ihrer ehemaligen Lehrerin von ihrem ersten Gespräch mit Bastian de Jong erzählt.

Dr. Martha hatte ruhig zugehört, einige Fragen gestellt und dann gesagt: »Du musst dir die Menschen vorstellen, du musst sie kennen. Nur dann kannst du Geschichten erzählen. Wenn du über Kapitäne und ihre Familien schreiben willst, dann musst du in ihren alten Häusern in Keitum sitzen. Geh im Kopf dahin, zurück in die Vergangenheit, zu den Lornsens, zur Familie Peters, schau sie dir an.«

Katharina hatte zugehört, geantwortet, Namen, Straßen, Jahreszahlen mitgeschrieben und langsam waren die Bilder entstanden, nach denen sie gesucht hatte. Sie nickte langsam und hob den Kopf. »Danke«, sagte sie. »Jetzt weiß ich wenigstens, wohin ich will.«

»Du oder de Jong?« Dr. Martha schob ihren Stuhl ein Stück zurück. »Ich habe mir die Recherche für einen Autor anders vorgestellt. Ich dachte, es wäre mehr die Beantwortung und das Abhaken von benötigten Fakten. Was du hier vorhast, das sieht eher wie ein Konzept für einen eigenen Roman aus.«

»Er ist ja nicht irgendein Autor«, antwortete Katharina. »Er ist im Moment der erfolgreichste europäische Schriftsteller. Und er ist wirklich beeindruckend.«

»Aber anscheinend ohne Plan.« Dr. Martha schüttelte den Kopf. »Ich habe drei seiner Romane gelesen. Und, wie bereits gesagt, ich halte ihn für überschätzt. Wobei die Idee, einen großen Nordseeroman zu schreiben, zugegebenermaßen nicht richtig schlecht ist. Wie auch immer, mach dich nicht verrückt. Keine kreative Arbeit klappt auf die Schnelle, ich dachte, das hätte ich dir damals beigebracht.«

Katharina lächelte. »Haben Sie«, sagte sie leise. »Normalerweise stelle ich mich auch nicht so an. Aber ich bin eben nicht gern unvorbereitet.«

»Ich weiß.« Dr. Martha betrachtete sie nachdenklich. »Aber man kann sich auch nicht immer auf alles vorbereiten. Manches kommt dann doch unverhofft.«

Katharina fragte sich, was genau sie damit meinte, aber mit einem Blick auf die Uhr beschloss sie, nicht mehr darauf einzugehen, sondern schnell aufzustehen. »Noch mal danke«, sagte sie. »Ich schreibe jetzt alles zusammen und werde den großen Autor morgen einigermaßen vorbereitet in Empfang nehmen. Haben Sie Lust, mit mir an einem der nächsten Abende essen zu gehen?«

»Warum nicht? Ruf mich an. Oder komm vorbei. Dann können wir etwas ausmachen.«

Katharina schob die Zettel mit den Notizen in ihre Tasche, ging zur Tür und drehte sich noch einmal um. »Schönen Abend. Bis bald.«

Dr. Martha nickte nur kurz.

»Frau Johannsen?«

Katharina stand schon vor dem Aufzug in der Hotellobby, als der junge Mann von der Rezeption sie erreichte.

»Ihr Wagen ist vorhin gebracht worden. Ich habe ihn auf dem Hotelparkplatz abgestellt, kann ich Ihnen den Schlüssel und die Papiere geben?«

»Ach ja.« Sie hatte den Wagen schon wieder vergessen,

nahm dem Mann das Päckchen ab und lächelte ihn an. »Danke, welches Auto ist es denn?«

»Gleich rechts, der schwarze Jaguar.«

Katharina stöhnte auf. Ein paar Nummern kleiner hätten es ja auch getan. »Wunderbar«, sagte sie trotzdem. »Ich fahre aber nicht mehr weg. Ich esse hier, können Sie mir einen Tisch im Restaurant reservieren? In einer Stunde?«

Er nickte noch, als der Aufzug kam.

Als Katharina am nächsten Tag in den Jaguar stieg, dachte sie einen kleinen Moment daran, was ihre Eltern sagen würden, wenn sie wüssten, dass ihre Tochter in solch einem Wagen über die Insel fuhr. Vor dreißig Jahren hätte Mia ihm sofort einen knallgelben Aufkleber mit dem Slogan »Atomkraft, nein danke!« aufs Heck geklebt. Mindestens einen. Es war doch ganz gut, dass Mallorca weit weg war.

Langsam rollte sie vom Hotelparkplatz, beschleunigte auf der Hauptstraße und fuhr in Richtung Flugplatz. Auf der Rückbank lag eine Mappe mit handschriftlichen Notizen, daneben der Laptop, in dem die Ergebnisse von Katharinas nächtlicher Arbeit gespeichert waren. Bis morgens um drei hatte sie mit Hilfe ihrer Stichworte und mehrerer Bücher im Familienleben der alteingesessenen Insulaner gewühlt. Unglückliche Lieben, intakte Ehen, verschollene Seeleute, ersehnte Kinder, verstorbene Geliebte. Sie hatten Häuser gebaut, Kirchen gestiftet, Schiffe gekauft, Kriege und Fluten überstanden, Morde und andere Verbrechen begangen, wie überall und doch ein bisschen anders. Bastian de Jong müsste eigentlich zufrieden sein.

An der letzten Kreuzung vor dem Flughafen sprang die Ampel auf Rot. Katharina gähnte, ohne sich die Hand vor den Mund zu halten, dabei fiel ihr Blick auf das Auto neben ihr. Und auf den Fahrer. Sofort klappte sie den Mund wieder zu. Im Profil sah der Mann aus wie Hannes. Nur älter. Sie fühlte einen warmen Schauer, der sich von den Beinen bis zu ihren Schultern ausbreitete. Jetzt strich er sich die Haare aus der Stirn, mit einer Geste, die ihr sehr bekannt vorkam, einer Geste, die sie nie vergessen hatte. Es war seltsam. Und völliger Unsinn. Sie starrte ihn an, bis der Wagen hinter ihr hupte, weil die Ampel umgesprungen war. Der Mann, der aussah wie Hannes, fuhr nach links in Richtung List. Sein Auto hatte ein Kieler Kennzeichen. Katharina würgte den Jaguar ab. Der Wagen hinter hier hupte lange.

Hannes Gebauer schlenderte langsam, die Hände in den Hosentaschen, auf dem Steg entlang zu den Booten. Inken saß am Schreibtisch, kaute auf einem Bleistift, verfolgte ihn mit ihren Blicken und fragte sich, was er hier wollte. Sie hatte den Gedanken kaum zu Ende gedacht, da war Piet schon auf dem Steg. Sie konnte von ihrem Platz aus nicht hören, was er zu Hannes sagte, aber der nahm die Hände aus den Taschen und fasste ihn am Arm. Erstaunt verfolgte Inken, dass Piet sich offensichtlich freute, ihn zu sehen. Nach einem kurzen Gespräch deutete er in Richtung des Hauses, klopfte Hannes leicht auf die Schulter und ließ ihn stehen. Inken warf den Bleistift auf den Tisch und seufzte. So würde es nie etwas mit ihrem Kassenbuch.

An der Tür lehnend wartete sie, bis Hannes bei ihr war. Er wirkte ein bisschen verlegen, nahm die Sonnenbrille ab und lächelte sie an.

»Ich hoffe, ich störe nicht.«

»Doch.« Inken trat einen Schritt zurück und winkte ihn herein. »Aber ich bin ein höflicher Mensch. Willst du reinkommen?«

Etwas erstaunt sah er sie an. »Gern. Ich habe auch nur eine kurze Frage. Dauert nicht lange.«

»Gut.« Sie deutete auf die Bank und wartete, bis er sich gesetzt hatte. »Woher kennst du Piet?«

Hannes nickte. »Er war ein Kollege meines Vaters. Sie sind beide auf dem Retter gefahren. Netter Mann. Ich kenne ihn, seit ich Kind bin.«

»Aha.« Inken musterte ihn skeptisch. »Hat er mir nie erzählt.«

»Warum auch?«, fragte Hannes. »Es ist lange her. Mein Vater ist seit zehn Jahren tot. Piet hilft hier aus, oder? Das hat mir schon mal irgendjemand erzählt. Finde ich gut. Das Rentnerdasein ist auch nichts für ihn.«

»Wolltest du mir das erzählen?« Inken setzte sich auf die Fensterbank. »Oder einen Segelkurs machen?«

»Weder noch. Ich wollte die Adresse oder Telefonnummer von deiner Schwester.«

»Wozu?«

Hannes sah sie ruhig an und lächelte leicht. »Um sie anzurufen?«

Zweifelnd sah Inken ihn an. »Nach wie viel Jahren? Zwanzig? Warum willst du das tun? Ehrlich gesagt glaube ich nicht, dass sie vor Freude ausrasten wird.«

Jetzt war Hannes offensichtlich verwirrt. »Wo ist denn das Problem? Das kann doch deine Schwester entscheiden. Ich würde sie gern mal wiedersehen. Wir hatten auch gute Zeiten miteinander.«

Inken konnte sich nicht erklären, warum sie einfach keine Lust hatte, mit ihm über Katharina zu reden, geschweige denn, etwas zu einer Kontaktaufnahme beizutragen. Vielleicht war es seine selbstsichere Art, vielleicht sein gutes Aussehen, vielleicht sein Tonfall, vielleicht aber auch nur das tief in ihrer Erinnerung vergrabene Bild ihrer verweinten, blassen Schwester, die immer nur alles richtig machen wollte. Sie überlegte kurz, dann stand sie auf und sagte: »Gib mir doch mal deine Nummer. Ich frage Katharina, ob sie Interesse daran hat. Wenn das der Fall ist, dann meldet sie sich bei dir. Okay?«

»Okay«, antwortete Hannes und lachte leise. »Du bist ja wirklich hart. Ich geb dir meine Karte. Und ich hoffe, du legst ein gutes Wort für mich ein. Ich würde sie wirklich gern wiedersehen.«

Er zog sein Portemonnaie aus der Jeanstasche und entnahm ihm eine Visitenkarte, die er auf Inkens Schreibtisch legte. »Bitte«, sagte er. »Und wirf sie nicht gleich in den Müll. Bis dann, schönen Tag noch.«

Er ging, nicht ohne sie noch einmal lächelnd angesehen zu haben.

So übel war er gar nicht, dachte Inken, während sie ihn ins Auto steigen sah. Und wenn Katharina nicht gerade auf der Insel wäre, hätte sie ihm vielleicht auch ihre Nummer gegeben. Aber aus irgendeinem Grund hatte sie eine komische Vorahnung. Das hatte sie manchmal. Und meistens war dann auch irgendetwas passiert. Sie wusste nur vorher nie, ob es etwas Gutes oder Schlechtes sein würde.

»Ist er schon weg?« Piet stand plötzlich neben ihr und sah sich neugierig um. »Hast du ihm nicht mal was zu trinken angeboten?«

»Ich kenne ihn doch kaum.« Inken ging zurück zu ihrem Schreibtisch. »Er wollte die Telefonnummer von Katharina. Ich fasse es nicht. Fragt einfach so nach ihrer Nummer.«

»Netter Junge, der Hannes.« Piet hatte anscheinend gar nicht zugehört. »Ganz feiner Kerl. Passte auch gut zu Katharina. Vielleicht wird's doch noch mal was mit den beiden. Jetzt, wo Katharina auch gerade hier ist. Gertrud sagt doch immer, es gibt noch Zeichen.«

Entsetzt drehte Inken sich zu ihm um. »Piet! Du hast ihm doch hoffentlich nicht gesagt, dass Katharina hier ist.«

»Nein. Warum? Er hat doch gar nicht gefragt.«

»Dann ist es ja gut.« Sie sah ihn forschend an. »Piet, er hat sie betrogen. Und verlassen. Und Katharina hat einen Freund. Und von kaputten Tellern soll man nicht essen.«

»Ach?« Piet sah sie grinsend an. »Und was ist mit dir und Jesper?«

»Das ist was ganz anderes.« Inken zog den Stuhl energisch an den Schreibtisch. »Das verstehst du nicht. Und der Teller war auch nie so richtig kaputt. Der stand nur im falschen Schrank.«

»Schon klar.« Piet ging leise lachend zur Tür. »Ganz feiner Kerl, der Hannes. Wenn das nichts für deine Schwester ist, kannst du ihn dir ja mal richtig angucken. Der segelt übrigens genauso gut wie Jesper. Und ist nicht ganz so verrückt.«

Er bückte sich, um dem Bleistift auszuweichen, den Inken ihm hinterherwarf.

Katharina parkte den Jaguar neben dem Ankunftsgebäude und blieb noch einen Moment sitzen. Es war nicht einmal halb eins, sie war wieder einmal zu früh. Immer dasselbe. Sie klappte die Sonnenblende herunter und warf einen prüfenden Blick in den Spiegel. Nichts verschmiert, Frisur sitzt, kein Lippenstift an den Zähnen. Alles in Ordnung. Katharina brachte die Blende wieder in die Grundstellung und zog den Schlüssel ab. Sie war lange nicht mehr am Flughafen in Westerland gewesen, deshalb hatte sie auch keinen blassen Schimmer, ob sie hier etwas zu trinken bekommen würde, während sie auf die Ankunft von Bastian de Jong wartete. Sie hätte ja auch einfach später losfahren können, sie bekam es eben nie richtig hin.

Inken hatte es früher gehasst, dass Katharina ihre Familie so hetzte, um rechtzeitig zu fahren, nur um am Zielort ewig lange warten zu müssen. Auch Hannes hatte sich über ihre Überpünktlichkeit lustig gemacht, aber hatte sich nicht geärgert, er hatte gelacht.

Katharina stieg aus und ließ die Tür lauter, als sie eigentlich wollte, ins Schloss fallen. Wieso dachte sie jetzt an Hannes? Nur, weil sie an der Ampel einen Mann gesehen hatte, der Hannes ähnlich war, besser gesagt, ähnlich sehen könnte. Sie hatte keine Ahnung, was aus Hannes geworden war. Vielleicht war er mittlerweile fett, mit wenig Haaren und Gleitsichtbrille. Und trug dreiviertellange Hosen mit karierten Kurzarmhemden und Wandersandalen.

Das Kieler Kennzeichen war sicher kein Zeichen, sondern

Zufall. Katharina schob es auf die Insel und die sentimentalen Erinnerungen, dass sie Ähnlichkeiten sah, wo es überhaupt keine gab. Es war aber auch völlig egal, sie würde jetzt den Mann abholen, für den ihre beste Freundin Solveig ihre gesamte Familie verlassen würde und der bei ihrer Nachbarin Sabine fast eine Hysterie ausgelöst hatte. Und dessen Stimme selbst bei ihr fast einen erotischen Traum verursacht hätte. Entschlossen hob sie ihr Kinn und ging mit langen Schritten auf das Flughafengebäude zu.

Als sie es fast erreicht hatte, entdeckte sie ihn plötzlich. Das Gesicht mit geschlossenen Augen in die Sonne haltend, saß Bastian de Jong völlig entspannt auf einer Bank vor dem Eingang. Er trug eine Jeans und ein pinkfarbenes Poloshirt, neben ihm stand eine lederne Reisetasche, eine Sonnenbrille baumelte an einem Band auf seiner Brust. Katharina verharrte einen Moment und sah auf die Uhr. Sie war viel zu früh, aber er saß schon da. Langsam bewegte sie sich auf ihn zu.

Als sie vor ihm stehen blieb, fiel ihr Schatten auf sein Gesicht. Er wandte seinen Kopf ein kleines Stück in ihre Richtung, bevor er die Augen öffnete.

»Katharina«, stellte er leise fest und lächelte. »Wie schön, dich zu sehen.«

Unwillkürlich lächelte sie zurück. »Eigentlich bin ich zu früh.« Sie ließ sich neben ihn auf die Bank sinken und dachte, dass sie bislang pinkfarbene Poloshirts bei Männern albern gefunden hatte. Bislang.

»Warum bist du schon hier?«

Er drehte sich zu ihr und sah sie erstaunt an. »Die Maschine war um 12 Uhr 15 da. Ganz pünktlich. Wo also sollte ich sonst sein?«

»Du hattest 13 Uhr 15 gesagt.« Katharina war sich sicher.

»Bestimmt. Ich bin nur, wie immer, zu früh. Das hat ja dann mal was Gutes.«

Langsam erhob er sich und hielt ihr die ausgestreckte Hand hin. »12 Uhr 15. *Geeft niet*. Macht nichts. Du bist da und ich auch. Fahren wir?«

Er nahm ihren Arm und ging mit ihr zum Parkplatz. »Du siehst wunderbar aus. Die Insel macht dich noch schöner, als du ohnehin schon bist. Es ist dieser Inselzauber, ich sage es dir. Und ich freue mich wahnsinnig, dich zu sehen.«

Katharina klappte den Mund auf und gleich wieder zu, mit dieser Charmeoffensive hatte sie im Moment nicht gerechnet. In Gedanken fragte sie sich noch immer, warum sie zu spät gekommen war. Sie erinnerte sich, dass er 13 Uhr 15 gesagt hatte. Ganz bestimmt. Also beschränkte sie sich nur auf ein höfliches »Danke« und steuerte auf das Auto zu. Bastian de Jong hielt immer noch ihren Arm und musterte anerkennend den Wagen. »Das hat ja geklappt«, sagte er zufrieden. »Ich wohne übrigens in Rantum. In einem der besten Hotels, die ich kenne, inklusive Sternekoch. Wir könnten vor dem Mittagessen noch einen kleinen Strandspaziergang machen. Das Meer beruhigt mich.«

Katharina drückte auf die Fernbedienung des Jaguars, Bastian de Jong öffnete die Fahrertür und hielt sie ihr auf. Plötzlich standen sie dicht nebeneinander, Katharina konnte sein Eau de Toilette riechen. Sie musste den Kopf zurücklehnen, um ihn anzusehen. Seine Augen waren dunkelblau, er musterte sie mit einem seltsam intensiven Blick, bis sie endlich einstieg und wartete, dass er die Tür zuschlug. Während er um das Auto ging, holte sie tief Luft und steckte den Schlüssel ins Zündschloss. Was passierte hier eigentlich? Ließ sie sich tatsächlich von einem Kunden anbaggern? Wobei dieses Wort im Zusammenhang mit Bastian de Jong nicht richtig war. Aber irgendetwas geschah hier gerade. Und sie wusste noch nicht, ob ihr das wirklich gefiel. Im Rückspiegel sah sie ihn seine Tasche in den Kofferraum legen, dann ging er um den Wagen herum und stieg ein.

»Warst du schon öfter hier?« Katharina schlug einen beiläufigen Ton an, um die Atmosphäre wieder auf normale Betriebstemperatur zu bringen, und startete den Motor. »Oder woher kennst du das Hotel?« Sie fuhr langsam zurück in Richtung Westerland und warf einen kurzen Blick in den Rückspiegel.

»Schon sehr oft«, antwortete er. »Von Hamburg aus bin ich schneller hier als an der holländischen Küste. Und wenn ich nicht ein Mal im Monat das Meer sehe, werde ich trübsinnig. Meine zweite Frau wollte immer hierher. Sie hatte etwas übrig für teure Boutiquen und vornehme Restaurants. Und sie wollte Schöne und Reiche sehen, das war vornehmlich der Grund für sie, mich zu heiraten.«

»Weil du schön und reich bist?« Katharina lächelte, um die Frage nicht sarkastisch klingen zu lassen. Er lachte leise. Ein schönes Lachen.

»Auch. Aber in erster Linie, weil ich genug Reiche und Schöne kenne. Die Ehe hielt nur drei Jahre, sie war kinderlos und wir haben uns auf eine einmalige Zahlung geeinigt. Mittlerweile ist sie mit einem Hamburger Urologen verheiratet. Das hat sie jetzt davon. Warst du jemals verheiratet?«

»Ich?« Katharina musste scharf bremsen, weil ein Radfahrer um die Ecke geschossen kam. Sie hupte erschrocken, der Radfahrer reckte den Arm in die Höhe und zeigte ihr den ausgestreckten Mittelfinger. Katharina war so perplex, dass sie fast den Motor abwürgte. »Das glaube ich nicht«, brüllte sie. »Hast du das gesehen? Fährt wie eine Wildsau und beleidigt mich auch noch. Man sollte hinterherfahren.«

Belustigt sah Bastian de Jong sie an. »Was für ein Temperament«, sagte er anerkennend. »Du wirkst sonst so ausgeglichen und beherrscht. Ich hätte nicht gedacht, dass du plötzlich in Wallung gerätst.«

Katharina sah ihn nur kurz von der Seite an und schüttelte den Kopf. »Entschuldige«, sagte sie. »Aber ich kann schlechtes Benehmen nicht ertragen. Zeigt mir den ausgestreckten Mittelfinger, ich bitte dich.«

Sie konzentrierte sich wieder auf die Straße und fragte sich, warum sich schon wieder jemand über ihren angeblichen Kontrollwahn Gedanken machte.

Das Hotel lag auf der rechten Seite, kurz nach dem Ortsschild Rantum, und war tatsächlich eines der besten der Insel. Katharina hatte hier schon einmal eine Hausbegehung gemacht, als sie im Auftrag eines Verlages über die schönsten Hotels der Insel recherchieren sollte. Sie war nicht wirklich verwundert, dass Bastian de Jong hier übernachtete. Er hatte Geschmack. Und genügend Geld.

Katharina parkte den Jaguar auf dem Hotelparkplatz. Bastian sprang sofort aus dem Wagen und lief auf ihre Seite, um ihr die Tür aufzuhalten.

»Du könntest eigentlich auch hier wohnen«, sagte er beiläufig und sah sich zufrieden um. »Ich werde gleich fragen, ob sie noch ein Zimmer haben. Ich weiß ja nicht, wie dein Hotel in Westerland ist, aber es kann nicht an dieses hier heranreichen. Und es ist wichtig, wie man lebt. Gerade für uns kreative Köpfe.«

»Ich bin nicht kreativ, ich recherchiere für dich«, erinnerte ihn Katharina, während sie ausstieg. »Und mein Hotel ist zweckmäßig, völlig in Ordnung und in der Nähe des Archivs.«

Außerdem kostet es auch sehr viel weniger, dachte sie. Sie wartete, bis Bastian seine Tasche aus dem Kofferraum geholt hatte, dann nahm sie Laptop und ihre Mappe von der Rückbank und verriegelte den Wagen. Bastian betrachte sie mit einem kleinen Lächeln.

»Das sieht nach Arbeit aus«, sagte er. »Muss das sein? An einem solch schönen Tag?«

»Deshalb treffen wir uns«, entgegnete sie knapper, als sie

wollte, und deutete mit dem Kopf zum Hoteleingang. »Gehen wir?«

Sie wich seinem Blick aus und ignorierte den Kranz aus Lachfältchen, der seine Augen umringte. Solveig würde in diesem Moment ausflippen.

»Wir freuen uns, Herr de Jong.« Die hübsche Frau am Empfang meinte es genauso, wie sie es sagte, zumindest wenn Katharina ihr aufgeregtes Mienenspiel richtig deutete. »Herzlich willkommen in unserem Haus.«

Sie gab ihm die Hand, dabei strahlte sie ihn an und Katharina war kurz davor, sie zu fragen, welches ihr Lieblingsroman dieses Schriftstellergottes war. Das war aber gar nicht nötig.

»Ich habe am letzten Wochenende erst ›Spätsommer‹ zu Ende gelesen«, sprudelte es aus ihr heraus. »Ich war so begeistert. Entschuldigen Sie, natürlich muss ich Sie erst einmal ankommen lassen, aber das musste ich loswerden.«

Bastian deutete eine Verbeugung an, während er ihre Hand umschlossen hielt. »Ich danke Ihnen für Ihre Worte und den netten Empfang«, sagte er und hielt den Kopf schräg, sodass er fast verlegen wirkte. »Es ist wie nach Hause kommen. Sie machen mich glücklich.«

Katharina beobachtete ihn und war fasziniert. Das war ganz großes Theater; wenn es so weiterging, würde die Empfangsdame gleich ohnmächtig in eine Ecke sinken. Mit einem glücklichen Seufzer. Und de Jong würde sie retten. Aber vorher richtete sich sein Blick noch auf ihren Busen. Natürlich nur, um das Namensschild besser lesen zu können.

»Meine liebe Sophie Günther, darf ich Ihnen Katharina Johannsen vorstellen? Sie ist meine rechte Hand, sie ordnet die Recherchen und ich möchte später mit ihr zu Mittag essen. Wären sie so nett, uns einen Tisch zu reservieren? Nach einem kleinen Strandspaziergang?«

»Aber gerne.« Sophie Günther warf einen schnellen Blick

auf Katharina und lächelte kurz. »Dann zeigt Ihnen Marek jetzt Ihr Zimmer und ich sage im Restaurant Bescheid.«

Wie durch Knopfdruck stand plötzlich ein junger Mann neben ihr, griff Bastian de Jongs Tasche und ging vor. Bastian drehte sich kurz zu Katharina um.

»Ich bin gleich wieder da. Oder möchtest du mit hochkommen?«

Abwehrend hob sie die Hand. »Ich warte hier. Oder in der Bar.«

Er nickte und folgte Marek.

Nach einem kurzen Moment, in dem beide Frauen ihm nachgesehen hatten, sagte Sophie Günther: »Möchten Sie vielleicht in der Bar etwas trinken? Kaffee, Tee, etwas anderes?«

Katharina nickte. »Gern einen Tee. Vielen Dank.«

Sie setzte sich an einen kleinen Tisch am Fenster und legte Laptop und Mappe auf den Stuhl daneben. Strandspaziergänge waren etwas Schönes, aber dafür hatte sie nicht die halbe Nacht über ihren Unterlagen gesessen. Sie würde darauf bestehen, dass Bastian de Jong sich anhörte, was sie sich vorstellte. Es war schließlich kein Date, was sie hier veranstalteten. Auch wenn er so tat.

Die Hausdame brachte den Tee selbst. Sie stellte Kännchen, Tasse und ein Arrangement von Zuckersorten, Gebäck und Schokotrüffeln vor Katharina ab und sah sie dabei an. »Sind Sie das erste Mal auf der Insel?«

Sie hatte beim kleinen Einmaleins des Smalltalks in der Hotelfachschule aufgepasst, dachte Katharina und bemühte sich um einen milden Gesichtsausdruck. Auch wenn es die geschulte Dame vermutlich nicht brennend interessierte, antwortete sie freundlich: »Nein, ich bin hier aufgewachsen. Ich wohne nur nicht mehr auf der Insel.«

»Aha.« Etwas umständlich schob Sophie Günther die Sahne neben den Zuckerteller. »Und Sie arbeiten schon länger für Bastian de Jong?«

»Nein.« Katharina sah sie jetzt direkt an. »Ich recherchiere das erste Mal für ihn. Warum?«

»Nur so«, sagte Sophie schnell und schob die Tasse noch einen Millimeter zur Seite. »Ich bin ein so großer Fan von ihm. Ich beneide Sie. Verzeihung, das ist sonst nicht meine Art. Aber er ist schon sehr beeindruckend. Also, genießen Sie den Tee; wenn Sie noch etwas brauchen, ich bin am Empfang.«

Sie ging mit schnellen Schritten aus der Bar und Katharina sah ihr einen Moment lang nach. Schon wieder eine Frau, die bei seinem Anblick komisch wurde. Es war nicht zu fassen. Wobei sich Katharina eingestehen musste, dass Bastian de Jongs Charme auch an ihr nicht spurlos vorüberging. Sie war nur zu klug, um sich manipulieren zu lassen, und zu erfahren, um auf Schauspieler hereinzufallen. Auch wenn sie gut waren.

Hast du Egon gesehen?« Piet polterte ins Büro und riss sofort den Schrank auf. Inken legte den Finger auf die Stelle der Zahlenreihe, an der sie gerade war, und guckte hoch. »Kann sein, dass er noch in der Küche liegt. Oder im Waschraum, Gertrud wollte ihn mal schrubben.«

»Schrubben?« Piet sah sie entgeistert an. »Der schwimmt fast jeden Tag in der Nordsee, der ist doch nicht dreckig. Gertrud ist wohl nicht bei Trost. Oder kriegt langsam einen Putzkoller.«

»Ich koller dir gleich mal was.« Mit verschränkten Armen stand Gertrud plötzlich hinter Piet. »Egon stinkt wie ein alter Fisch. Und dann schmeißt ihr ihn, so nass wie er ist, irgendwo hin und alles muffelt. Das muss doch nicht sein.«

»Wo ist er denn jetzt?« Piet tippte demonstrativ auf seine Uhr. »Der Kurs geht gleich los, die Schüler sind schon auf dem Steg und alles wartet auf Egon.«

»Auf der Veranda.« Zufrieden deutete Gertrud durch das Fenster. »Er trocknet in der Hängematte. Jetzt liegt wenigstens mal jemand drin.«

Inken und Piet folgten Gertruds liebevollem Blick und entdeckten ihn sofort. Egon, ein roter Gummiball mit Ohren und einem aufgemaltem Gesicht, der an einer schlappen Luftmatratze befestigt war, schaukelte sanft in der Hängematte.

»Der hat ja nur noch ein Auge.« Inken beugte sich vor. »Womit hast du denn geschrubbt? Der sieht ja gar nichts mehr.«

»Der soll nicht sehen, der soll gerettet werden.« Piet ging auf die Veranda und klemmte sich Egon unter den Arm. Er machte zwei Schritte und kehrte wieder um. Mit angewidertem Gesicht blieb er an der Tür stehen. »Gertrud, der riecht jetzt wie ein parfümierter Transvestit. Wenn wir den gleich ins Wasser werfen, sterben Fische. Und du bist schuld.«

»Woher weißt du denn, wie parfümierte Transvestiten riechen?« Gertrud musste ihm die Frage nachrufen, er war schon unterwegs zum »Mann-über-Bord« – Kurs.

»Ich kann ihm ja ein neues Auge malen«, schlug sie Inken vor und sah ihr dabei über die Schulter. »Sag mal, ist das immer noch das Kassenbuch? Das machst du doch schon seit drei Tagen.«

»Seit vier.« Inken drehte den Stuhl, um Gertrud anzusehen. »Mir kommt dauernd was dazwischen. Und Knut kommt nachher und holt es ab. Wolltest du was Bestimmtes? Sonst muss ich nämlich weitermachen.«

Gertrud schob sorgfältig einen Papierstapel auf dem Schreibtisch zusammen. »Nichts Besonderes«, antwortete sie langsam. »Das heißt, ich habe gestern mit Solveig telefoniert, sie kommt ja für ein paar Tage zu uns, um Katharina zu sehen. Sie wusste gar nicht, dass deine Schwester im Hotel wohnt. Hast du ihr nicht ... ich meine, es ist doch ein Klacks für mich, dein Gästezimmer herzurichten. Sie kann doch auch hier wohnen, du bist doch Familie.«

»Meiner Schwester ist es hier zu chaotisch.« Inken schob den Papierstapel wieder in die ursprüngliche Form. »Sie ist doch so ...«

»Chaotisch«, unterbrach Gertrud sie erregt. »Das habe ich mir gedacht. Sie war wohl lange nicht mehr hier. Oben ist es picobello sauber, ich mache das zweimal die Woche, da kannst du vom Fußboden essen. Als wenn wir hier in einer Höhle leben.«

Daher wehte der Wind. Gertrud war in ihrer Ehre gekränkt. Inken stand auf, griff nach ihren Oberarmen, zog sie zu sich und küsste sie schmatzend auf die Stirn. »Gertrud, darum geht es nicht. Katharina stehen hier zu viele Dinge herum, es ist laut und hektisch, dauernd kommt jemand rein und sucht Egon oder rückt Papierstapel oder bringt was zu essen und ...«

Der SMS-Ton ihres Handys unterbrach sie. Mit einer Hand hielt sie Gertrud weiter fest, mit der anderen hangelte sie das Telefon vom Tisch.

»Bin auf der Fähre. In zehn Minuten da. Küsse, J.«

Inken hielt den Atem an und lächelte. Sie ließ Gertrud los und sah sie an. »Und dauernd kommt Besuch oder irgendetwas anderes passiert. Ich muss los. Falls Knut kommt, sag ihm, ich bringe das Kassenbuch später vorbei.«

Sie riss eine Jacke vom Haken und hatte schon den Türgriff in der Hand, als Gertrud sie kurz festhielt. »Doch wohl nicht Jesper?«

Sie sah Inkens Lächeln und seufzte. »Du wirst auch nicht klug.«

Durchs Fenster beobachtete sie Inken, die mit langen Schritten in Richtung Fähranleger lief. Sie war wirklich bildhübsch, mit diesen wilden Locken, der ausgewaschenen schmalen Jeans und dem hellen T-Shirt. Deshalb war auch ein Großteil ihrer Segelschüler in sie verknallt. Aber das merkte Inken nicht. Jeder Mann, der nicht Jesper war, wurde von ihr noch nicht einmal richtig angesehen. An Jesper kam einfach niemand vorbei. Natürlich war er freundlich, gut aussehend, witzig und überhaupt ein Goldschatz. Und dann noch dieser charmante dänische Akzent. Selbst Gertrud wurde weich, wenn er kam. Aber er war leider noch chaotischer als Inken. Und genau deshalb waren sie auch nur ein Jahr verheiratet gewesen. Sie waren sich einfach zu ähnlich. Dabei hätte alles so schön werden können.

Seufzend nahm Gertrud das Fernglas von der Fensterbank und hielt es sich vor die Augen. Mitten im Hafenbecken lag das Segelboot, auf dem Piet wild gestikulierte. Und dann zog einer der Schüler unter dem Applaus der anderen an einer langen Stange den halbblinden und tropfenden Egon aus dem Wasser. Wenigstens er war mal wieder gerettet.

Der grüne VW-Bus fuhr als zweites Auto von der Fähre. Inken bekam sofort Herzklopfen, als sie das Auto sah. Wobei sie sich bemühte, nicht allzu blöde zu grinsen, sie stand schließlich nicht allein an der Seite des Anlegers. Jespers verstrubbelte Frisur leuchtete durch die Scheibe, er wandte seinen Kopf während des Fahrens, entdeckte sie und hob strahlend die Hand. Inken winkte zurück und lief ihm entgegen. Der Fahrer des hinter ihm rollenden Autos hupte sofort, als Jesper anhielt, um Inken einsteigen zu lassen. Und er hupte ungeduldig ein zweites Mal, als Jesper sie erst noch küsste, bevor er weiterfuhr. Noch während des Küssens hob Jesper entschuldigend den Arm.

»Zum Strand?«

Inken nickte und legte die Hand auf seinen Oberschenkel. Die Autofenster waren hinuntergekurbelt, im Radio lief Joe Jackson, die Sonne schien und neben ihr saß der schönste Däne der Welt. Während der Fahrt in Richtung Ellenbogen sah sie ihn immer wieder von der Seite an. Das Leben war großartig, wenn man an einem Sommertag neben Jesper Madsen in seinem alten Bulli saß.

Jesper strich zärtlich den Sand von Inkens Schultern. Sie lag mit dem Kopf auf seinem Bauch, die sonnengebräunten Beine ausgestreckt, schaute in die langsam ziehenden Wolken und hörte das Meer rauschen.

»Es ist perfekt«, sagte sie. »Oder?«

Er lachte leise und blickte auf sie herab. »Es ist immer perfekt. Am Strand, erst Sex, dann ins Meer, in der Sonne trocknen, perfekt. Wenn alle Menschen das ab und zu mal tun würden, wäre die Welt eine bessere.«

Inken drehte sich auf die Seite und legte eine Hand auf seine Brust. »Alte dänische Weisheit oder Seglerphilosophie?«

»Kannst du dir aussuchen.« Er griff nach ihrer Hand, um sie zu küssen. »Könnte auch in ›Madsens Ratgeber für ein feines Leben‹ stehen. Mir schläft übrigens gerade mein Bein ein. Rutsch mal ein bisschen.«

Inken rührte sich keinen Zentimeter. »Wir werden bald zu alt für Sex in den Dünen, was? Wenn du hinterher gleich Ausfälle hast.«

»Ich habe keine Ausfälle, mir schläft nur das Bein ein. Das ist nichts Beunruhigendes. Mach dir keine Sorgen, meine Süße.«

Langsam zog Inken ihre Beine an und setzte sich auf. »Ich mache mir keine Sorgen um dich. Das habe ich noch nie gemacht. Das würde ich auch gar nicht aushalten. Wie lange bleibst du eigentlich?«

Jesper streckte sich und breitete die Arme im Sand aus. »Ich könnte eine Woche bleiben, wenn ich wollte. Oder wenn du willst. Ich muss Ende nächster Woche ein Schiff von Barcelona nach Korsika überführen. Vorher stehe ich zur freien Verfügung.« Er stützte sich auf seine Ellenbogen und sah sie an. »Falls du das aushältst.«

Er grinste und Inken fand wieder einmal, dass er der beste Mann der Welt war. Aber das hatte sie schon oft gefunden. »Und das heißt, wir schlafen eine Woche lang im selben Bett, frühstücken jeden Morgen gemeinsam, empfangen uns abends gegenseitig mit dem Satz ›Wie war dein Tag, Schatz?‹, essen Abendbrot, gucken ein bisschen Fernsehen auf der Couch und gehen dann ins Bett?« Inken lachte. »Eine Woche lang? Wann kriegen wir uns das erste Mal in die Haare? Am zweiten oder dritten Tag?«

Jesper beugte sich vor, packte Inken am Nacken und zog sie zu sich. »Inken Johannsen, geschiedene Madsen, geborene Johannsen. Wir sind älter, weicher und toleranter geworden. Ich glaube, wir würden uns gar nicht mehr streiten. Wir gucken uns die ganze Zeit verliebt an und freuen uns, dass wir da sind.«

»Wie langweilig.« Inken sprang auf, schüttelte den Sand aus ihren Klamotten und zog sich an. »Und außerdem finde ich dich nicht älter und weicher.«

Gespielt verzweifelt sah Jesper zu ihr hoch. »Und jetzt? Soll ich wieder fahren?«

Sie warf ihm seine Jeans auf den Bauch. »Natürlich nicht. Idiot. Ich freue mich, dass du ein bisschen bleibst. Sei nett zu Gertrud, sie ist manchmal in Sorge, wenn dein Name fällt. Ich habe keine Lust, mit ihr über mein Liebesleben zu diskutieren. Ach, und übrigens, meine Schwester ist auch gerade auf der Insel.«

Erstaunt sah Jesper auf. »Katharina?«

Mit einem Haargummi im Mund formte Inken die wilden Locken zu einem Dutt. »Wer schonst?«

»Was?«

Sie nahm das Haargummi aus dem Mund. »Wer sonst? Ich habe nur eine Schwester.«

»Und die ist hier?«

»Sag ich doch. Sie wohnt aber in Westerland im Hotel. Sie recherchiert für einen Roman. Für den berühmten Bastian de Jong.«

»Echt?« Jesper hatte die Jeans bereits an und schüttelte sein T-Shirt aus. »Der ist in Dänemark Platz 1 der Bestsellerliste. Meine Schwester findet ihn super. Okay, also Katharina ist da. Ich mag sie. Wo ist das Problem?«

»Es gibt keins.« Inken stellte sich auf die Zehenspitzen, um Jesper auf den Mund zu küssen. »Es sind halt viele Leute. Piet, Knut, Gertrud, Katharina, drei Segelkurse, aber das stört dich ja nicht.«

Er legte seine Arme um sie und hob sie ein kleines Stück in die Luft. »Süße, ich habe ja den Bus dabei. Wenn es zu viel wird, schlafe ich eben da.«

Inken sah ihm dabei zu, wie er die Decke ausschüttelte. Bei der nächsten Gelegenheit sollte sie Katharina vielleicht schon mal von Jesper herzlich grüßen.

Jesper parkte den Bus neben Inkens Auto, stellte den Motor ab und küsste sie noch einmal, bevor er ausstieg. »Ich freue mich«, sagte er und Inken spürte, wie in ihrem Bauch eine warme Wolke schwebte. Sie sprang aus dem Bus und zog die Seitentür auf. »Hast du …?«

»Mensch Jesper«, unterbrach sie Piets laute Stimme. »Was macht das Königreich?« Er stand ganz plötzlich neben ihnen und riss Jesper begeistert an seine Brust. »Du warst ja lange nicht hier. Alles in Ordnung? Sollen wir noch mal raus? Wir haben Traumwind, ein, zwei Stündchen aufs Wasser, wir nehmen uns ein Bierchen mit, das wird ganz fein. Hast du Lust?«

»Und wie. Alter Mann, wie geht es dir?« Er klopfte Piet auf den Rücken und musterte ihn kritisch. »Ganz gut, sehe ich.« Er grinste ihn an und trat einen Schritt zurück. »Ich bin aber gerade eben erst angekommen. Vielleicht sollte ich erst mal alle begrüßen und meine Sachen aus dem Bus ins Haus räumen? Und einen Kaffee trinken?«

»Dann ist die Sonne weg«, protestierte Piet und deutete in den Himmel. »Wenn, dann jetzt. Kaffee um diese Zeit. Dann kann ich nicht mehr schlafen. Und Inken hat jetzt Theoriekurs. Du sitzt hier sowieso alleine in der Küche.«

»Was habe ich?« Entsetzt drehte Inken sich zum Eingang der Segelschule, an dem bereits eine Gruppe junger Leute wartete. »Ach du Scheiße, stimmt ja. Das hätte ich fast vergessen. Ja, dann fahrt doch noch mal raus, ich würde das sofort tun. Bis später, Jesper, du findest dich zurecht, oder?«

Sie lächelte beide schief an und beeilte sich, zu ihren Schülern zu kommen.

Die beiden Männer sahen ihr nach. Nach einem kleinen Moment fragte Jesper: »Läuft es im Moment ganz gut?«

Piet zuckte mit den Achseln, ohne den Blick von Inken zu wenden. »Sie hat genug Energie und Leidenschaft«, sagte er nachdenklich. »Aber manchmal denke ich, es wird ihr irgendwann mal zu viel.«

»Hat sie das gesagt?«

Erstaunt sah Piet ihn an und lachte. »Du kennst sie wohl nicht besonders gut. Inken würde niemals zugeben, dass ihr irgendwann einmal irgendetwas zu viel wird. Eher fällt sie tot um. Oder geht aufs Boot und segelt sich die Angst weg. Apropos, wollen wir?«

Jesper blickte kurz zum Eingang der Segelschule. Die Tür stand offen, von Inken und den jungen Leuten war nichts mehr zu sehen. »Okay«, sagte er und schlug Piet leicht auf den Bauch. »Damit du mal in Bewegung kommst. Holst du das Bier? Ich bringe schnell meine Tasche ins Haus.«

Der holländische Admiral Maarten Thijssen kommandierte die Flotte, die der reiche Amsterdamer Kaufmann Lodewijk de Geer mit schwedischen Staatsmitteln, niederländischen Spenden und seinem eigenen Geld beschafft hatte. Er war empört über die dänischen Zölle, die König Christian IV. immer weiter erhöhte und damit den Handel und den freien Verkehr zwischen Nord- und Ostsee fast unmöglich machte.

Katharina legte den Zeigefinger auf die Zeile und blickte hoch. Bastian de Jong sah gedankenverloren aus dem Fenster und merkte erst einen Moment später, dass sie mit dem Vorlesen aufgehört hatte. Er lächelte sie verlegen an und runzelte die Stirn. »König Christian«, sagte er. »Der Däne, oder? Und die Niederlande waren im Krieg mit ihm?«

»Nein.« Katharina nahm den Finger vom Blatt und lehnte sich zurück. »Die Schweden. Lodewijk de Geer hatte die schwedische Staatsbürgerschaft angenommen. Die Seeschlacht vor Sylt fand zwischen den Dänen und den Schweden statt. Mitfinanziert von einem sehr reichen Holländer.«

»Aha.« Bastian nickte ernsthaft. »Und das war im 18. Jahrhundert?«

»Nein, im 17. Jahrhundert. Um ganz genau zu sein: am 16. Mai 1644.«

Katharina stützte ihr Kinn auf die Hand und sah ihn belustigt an. »Lese ich so schlecht oder interessieren dich die Details nicht?«

»Weder noch«, beeilte er sich zu antworten. »Du hast eine wunderbare Stimme, hast glänzend recherchiert, es ist alles wunderbar. Aber wir reden jetzt schon seit Stunden über Seekriege, Friesen, Völkerverständigungen, Zölle, Handel und Fischfang, ich bin langsam müde. Ich bin ein alter Mann.«

»Und kokett.« Katharina stapelte die Unterlagen zusammen und schob sie in ihre Mappe. »Aber gut, es sollte auch für einen ersten Eindruck reichen. Ich habe dir sowieso alles ausgedruckt und kopiert, du kannst diese Mappe schon mal mitnehmen.«

Sie schob sie ihm zu und trank ihr Wasserglas aus. »So«, sagte sie dann, während sie es zurück auf den Tisch stellte, »dann werde ich mal fahren und ein bisschen weiterarbeiten. Danke für das Mittagessen. Und deine Geduld.«

Sie griff nach ihrem Laptop und der Tasche, lächelte ihn an und merkte, dass er sie völlig überrumpelt anstarrte.

»Wieso gehst du jetzt?« Er sah auf die Uhr und schüttelte verständnislos den Kopf. »Es ist gerade mal fünf Uhr. Wir haben noch keinen Strandspaziergang gemacht und noch nicht zu Abend gegessen. Und ich wollte mit der Hausdame sprechen und dir auch ein Zimmer hier buchen. Das ist dir doch recht, oder? Das ist doch nichts in Westerland, mitten in der Stadt, überall Lärm und Menschen.«

Jetzt war Katharina verwirrt. »Bastian, ich habe es vorhin schon gesagt, ich habe in meinem Hotel alles, was ich brauche, bis hin zu den kurzen Wegen, ich bleibe da. Und … ich weiß auch nicht, ich hatte das Gefühl, du bist etwas erschöpft und möchtest allein sein. Wir können uns auch morgen Mittag zum Essen verabreden.«

Wieder dieser intensive Blick, den Katharina dieses Mal aushielt. Aushalten wollte. »Oder?«, fragte sie. »Hast du noch irgendwelche Fragen?«

»Jede Menge«, antwortete er nach einer kleinen Pause und stand auf. »Aber die werde ich nicht mit dir in dieser Arbeitsatmosphäre bereden, sondern bei einem Spaziergang. Und danach möchte ich dich zum Abendessen einladen.«

»Wir wollten arbeiten«, erinnerte sie ihn sanft. Sie fand es merkwürdig, dass er so darauf bestand, mit ihr zusammen zu sein, andererseits war Bastian de Jong nicht nur ein angenehmer Gesellschafter, sondern auch ihr Auftraggeber. Und wenn sie ehrlich war, hatte sie nach der letzten arbeitsamen Nacht ohnehin keine Lust, sich wieder durch die Chroniken zu lesen. Und der Koch in diesem Hotel war berühmt.

»Okay«, stimmte sie schließlich zu. »Ich bringe mein Zeug ins Auto, dann gehen wir ein paar Schritte und essen noch zusammen. Morgen mache ich dann weiter.«

Er ließ ihr den Vortritt und blieb in der Lobby stehen. »Warte, ich bestelle einen Tisch.«

Katharina folgte ihm zur Rezeption, hinter der Sophie Günther am Computer saß und bei ihrem Anblick sofort aufsprang. »Kann ich Ihnen noch etwas bringen? Oder ist die Besprechung beendet?«

»Beendet«, antwortete er. »Wir gehen jetzt ein wenig am Wasser entlang, um die Kreativität fließen zu lassen, und danach hoffen wir, dass Ihr Meisterkoch kreativ ist und wir einen wunderbaren Tisch und ein wunderbares Menü bekommen.«

»Selbstverständlich, Herr de Jong. Ich kümmere mich sofort darum.«

»Bis später.« Mit einem kleinen Kopfnicken verabschiedete er sich und nahm auf dem Weg zum Parkplatz Katharinas Arm. »Wie hieß die denn noch?«

»Sophie Günther.«

»Ach ja.« Er lachte leise und sagte: »Ich muss es leider zugeben, Jahreszahlen von Seeschlachten und Namen kann ich mir selten merken.«

Nacheinander stiegen sie die Treppe hinunter, die zum Strand führte. Als Bastian die letzte Stufe erreicht hatte, ließ er sich plötzlich sinken, zog seine Schuhe und Strümpfe aus und krempelte die Jeans hoch, verknüpfte die Schnürsenkel miteinander und hängte sich die Schuhe um den Hals, bevor er aufsprang und mit langen Schritten bis zum Flutsaum lief. Dort blieb er stehen, mit dem Gesicht zum Meer, reckte die Arme in die Luft und stieß einen lauten Schrei aus. Zwei Möwen flogen neben ihm auf. Der Wind zerwühlte sein graues Haar, seine Augen leuchteten, als er sich zu Katharina umdrehte und ihr entgegenlächelte. In diesem Moment konnte sie sich vorstellen, wie er als kleiner Junge ausgesehen hatte. Und dieser Gedanke rührte sie so, dass ihr fast die Tränen in die Augen stiegen. Sie schluckte und ging ihm nach.

Die Wellen umspielten seine bloßen Füße, sie blieb mit Abstand stehen und deutete auf das Wasser. »Ist es nicht affenkalt?«

»Es ist wahnsinnig kalt. Aber genauso schön.« Er lachte und zeigte nach links. »Gehen wir da entlang? Der Sonne entgegen?«

Katharina nickte und sie liefen los, Richtung Hörnum.

Bastian hatte die Hände in den Taschen seiner Jeans vergraben, richtete den Blick auf seine Schritte und schwieg. Minutenlang. Katharina wurde nicht wirklich klug aus ihm. Er hatte etwas Sprunghaftes, fand sie, etwas Irritierendes. Am Nachmittag hatte er ihr sehr konzentriert und aufmerksam zugehört, hatte anfangs auch die eine oder andere Frage gestellt, war ihr zugewandt gewesen und hatte sich sehr um sie bemüht. Und dann hatte es einen Moment gegeben, in dem sein Blick plötzlich irgendetwas fixierte, seine Gedanken ganz woanders hinzulaufen schienen und Katharina sich nicht mehr sicher gewesen war, ob er ihren Ausführungen überhaupt noch folgte. Genauso schnell, wie dieser Moment gekommen war, verschwand er auch wieder. So war es ein paar Mal gewesen, Katharina war anfangs irritiert, dann hatte sie so getan, als würde sie es nicht bemerken.

»Welchen Gedanken bewegst du gerade?«

Seine Frage kam unvermittelt, Katharina sagte einfach, was ihr gerade einfiel: »Ich habe mir vorgestellt, wie du als kleines Kind warst.«

»Als Kind?« Überrascht sah er sie an. »Reizend, sagt man. Aufgeweckt, aber gut erzogen. Schüchtern, aber gut in der Schule. Das jüngste Kind, der einzige Sohn nach zwei älteren Schwestern. Sie haben jahrelang so getan, als wäre ich ihre Puppe. Ich weiß nicht, ob es mir geschadet hat.« Er lachte leise. »Meine ganze Familie war weiblich. Mein Vater ist viel zu früh gestorben. Es gab eine schöne Mutter, zwei alte Tanten, eine Großmutter und, wie gesagt, die Schwestern. Sogar das Kaninchen, das ich zum zehnten Geburtstag bekam, war ein Weibchen.«

Er bückte sich, hob einen flachen Stein auf und ließ ihn über die Wellen springen. »Das hier hat mir mein Freund Robert beigebracht. Der hatte drei Brüder. Der konnte solche Sachen.«

Sie sahen dem Stein nach, der über das Wasser sprang, bis er unterging. Katharina nickte anerkennend, dann sagte sie: »Du bist Schriftsteller geworden. Und schreibst Liebesgeschichten, die Millionen von Frauen lesen, die sich von dir verstanden fühlen. Das ist eine Kunst. Und vielleicht das Ergebnis einer solch weiblichen Kindheit. Du weißt, wie Frauen denken.«

»Weiß ich das? Da bin ich mir im Laufe meines Lebens immer unsicherer geworden.« Er ging langsam weiter. Katharina folgte ihm.

»Warum?«

»Meine Mutter war eine besondere Frau. Sie war sehr groß und schlank, größer als andere Frauen ihrer Generation. Sie wollte Schauspielerin werden, hat auch als Mannequin, damals sagte man noch nicht Model, gearbeitet. Für ein großes Modehaus in Amsterdam. Als Schauspielerin hat sie es nur zu kleinen Rollen gebracht. Mehr war nicht möglich mit drei kleinen Kindern. Obwohl sie gar nicht so oft da war, es gab ja die Großmutter und Tanten. Das hat sie uns nie ganz verziehen, glaube ich.«

»Wie alt warst du, als dein Vater starb?«

»Ich war acht.« Er bückte sich, um den nächsten Stein aufzuheben und ihn wütend über das Wasser zu feuern. Er sprang nicht ein einziges Mal. »Meine Mutter hat eine Zeit lang kaum geredet. Mit niemandem. Auch nicht gelacht. Sie war sauer. Wütend. Heute, im Rückblick, kann ich sie verstehen. Aber damals … Wir mussten allein damit klarkommen, jeder auf seine Art. Später tauchte sie dann wieder auf, wie sagt man auf Deutsch? Wie Phoenix aus der Asche? Sie war die erste Frau in unserem Ort, die bunte Wickelkleider von Diane von Fürstenberg trug. Sie ließ sich Dauerwellen machen, lackierte ihre Fingernägel und hatte Strohhüte mit Schleier. Sie war die schönste Frau, die ich kannte. Sie hatte Liebhaber, aber sie war dabei diskret. Meine Schwestern und ich haben drei von ihnen bei ihrer Beerdigung kennengelernt. Sie waren alle jünger als sie.«

»Und sie hat nie wieder geheiratet?«

Bastian lachte. »Nein. Sie war viel zu egoistisch, das wäre nicht gut gegangen. Sie hielt die Ehe für antiquiert und wollte ihre Freiheit behalten. Sie hatte ein tolles Leben, konnte machen, was sie wollte, ihre Kinder beteten sie an und ihre Mutter und Schwestern kümmerten sich um den Rest.«

In Katharinas Kopf entstand langsam das Bild einer großen, mondänen Frau mit grazilem Gang, klaren Augen unter geschwungenen Brauen, mit spöttischem Blick und einem sinnlichen Mund. Das war eine wichtige Figur des neuen Romans von Bastian de Jong, das hatte sie plötzlich im Gefühl.

»Wie war dein Verhältnis zu deiner Mutter?«

Er hob die Schultern. »Ich habe sie vergöttert. Und nie verstanden. Sie ist 96 Jahre alt geworden, sie ist erst vor ein paar Jahren gestorben. Sie kam von einer Kreuzfahrt, stellte ihren Koffer in den Flur, setzte sich mit einem Glas Sherry auf ihren Lieblingssessel und starb einfach. Ihre Haushälterin hat sie am nächsten Morgen gefunden. Sie hatte immer noch eine perfekte Frisur.«

Er blieb wieder stehen und sah auf die Uhr. »Wir sind schon eine halbe Stunde unterwegs. Wir sollten umdrehen, wir haben einen Tisch bestellt. Ich bekomme langsam Hunger. Wie ist es mit dir? Wie war dein Verhältnis zu deiner Mutter?«

Katharina sah ihn nachdenklich an und dachte an Mia. Die hatte den Namen der Designerin Fürstenberg vermutlich noch nie gehört. Aber selbst bunte Kleider genäht. Katharina hatte das vor Begeisterung rosige Gesicht ihrer Mutter vor sich, wenn sie ihren Töchtern die neueste Kreation gezeigt hatte. Und spürte einen Anflug von schlechtem Gewissen, als sie daran dachte, wie sie selbst nur die Augen verdreht hatte. Sie würde sie später mal anrufen.

»Normal«, antwortete sie. »Meine Mutter ist ganz anders als ich. Sie ist laut, fröhlich, kreativ, sehr unangepasst. Sie ist wie meine Schwester. Anders eben.«

Und sie hätte so gern ein bisschen mehr von den beiden gehabt. Aber das würde sie jetzt und hier nicht ihrem Auftraggeber erzählen. Auch wenn der als Frauenversteher galt und alles über sie wissen wollte. Stattdessen sah sie ihn fest an und sagte: »Es ist nicht so spannend. Lass uns lieber darüber reden, ob du deine Mutter als eine zentrale Figur in den Roman schreiben willst. Ich hätte da schon ein paar Ideen.«

Sie schlenderten zurück ins Hotel und Katharina erzählte von einer ehemaligen Schauspielerin, die während des Krieges auf der Insel das Hotel »Kliffende« geführt und sich geweigert hatte, die Hakenkreuzflagge zu hissen. Man könnte Bastian de Jongs Mutter zu einer fiktiven Freundin dieser Frau machen, die sich als Holländerin mit ihr verbündet. Mitten im Satz fragte Bastian sie lächelnd: »Isst du gern Hummer?« Katharina schluckte den Rest ihres Satzes runter und fragte sich, seit wann er nicht mehr zugehört hatte.

Als Jesper den kleinen Vorflur betrat, von dem aus es direkt in die Küche und ins angrenzende Wohnzimmer ging, blieb er kurz stehen und schloss die Augen, bevor er tief einatmete. Es war Inkens Geruch, den er sofort in der Nase hatte. Diese Mischung aus Salz, Wind, Zitronenshampoo und Inken würde er überall erkennen. Er lächelte und stieg die schmale Holztreppe hoch, die zu ihrem Schlafzimmer und dem angrenzenden Gästezimmer führte.

Das Bett mit der gelben Bettwäsche und dem roten Laken war nicht gemacht, die Decke lag in einem Knäuel am Fußende, am Kopfende stapelten sich mehrere kleine bunte Kissen, ein Plüschelefant saß in der Ecke. Auf dem Boden lagen die letzten Ausgaben einer Seglerzeitschrift, daneben ein abgegriffener Taschenbuchkrimi, eine Tube Handcreme und eine angebrochene Packung Kekse. Jesper fummelte einen Keks aus der Packung, steckte ihn im Ganzen in den Mund und stellte seine Tasche ab. Bevor er das Zimmer verließ, zog er den Reißverschluss der Tasche auf, tastete blind darin herum und zog einen kleinen Stoffelefanten hervor, den er neben den großen aufs Bett setzte.

»Bis später«, sagte er und tippte ihm auf den Rüssel. »Guck dich schon mal um.«

Das Geklapper von Geschirr, das er auf der Treppe hörte, bereitete ihn schon auf das vor, was ihn gleich erwartete. Gertrud stand in der Küche, räumte die Spülmaschine aus und zuckte zusammen, als Jesper sie von hinten umarmte.

»Gertrud, meine Sonne«, rief er und hob sie ein Stück

hoch. »Du wirst immer jünger und schöner, wie kann das angehen?«

Die Antwort war ein empörtes Quieken und ein Schlag auf Jespers Arm. »Lass mich sofort runter, du Kalb.«

Lachend folgte Jesper dem Befehl, sie fuhr sofort herum, verbot sich ein freudiges Gesicht und sah ihn stattdessen verkniffen an. »Kindskopf.«

»Oh, ich freue mich auch so, dich zu sehen.« Jesper lehnte sich an den Tisch und hielt den Kopf schief. »Und du freust dich auch, ich sehe das an den rosigen Wangen, die hast du immer, wenn du fröhlich bist.«

»Du kriegst auch gleich rosige Wangen.« Gertrud klappte die Spülmaschine zu und drehte sich wieder zu ihm. »Willst du einen Kaffee?«

»Danke, nein, ich gehe gleich mit Piet aufs Boot. Ist sonst alles klar?«

»Klar?« Sie verschränkte ihre Arme vor der Brust und sah zu ihm auf. »Das könnte ich dich auch fragen.« Sie betrachtete sein ahnungsloses Gesicht und dachte wieder mal im Stillen, dass man ihm einfach nicht böse sein konnte. Aber dann dachte sie an Inken und fand, dass man ihm nicht immer alles durchgehen lassen sollte. Deshalb holte sie tief Luft und fragte laut: »Kannst du dich nicht anmelden, wie jeder andere Gast auch?«

Jesper grinste. »Gertrud, mein Engel, ich bin kein Gast, ich bin Gatte.«

»Exgatte«, korrigierte sie. »So viel Zeit muss sein. Und das ist umso schlimmer. Dieses ewige Hin und Her. Ihr seid doch keine Kinder mehr. Ihr seid erwachsen. Und geschieden.«

»Ein bedauerlicher Irrtum«, antwortete Jesper leichthin und fuhr sich mit der Hand durch die Haare. »Der nur eine Bedeutung für die Behörden hat. Mach dir darüber doch keinen Kopf.«

»Ich mache mir keinen Kopf.« Gertruds Gesicht sagte etwas anderes. »Aber dieses ›Immer auf der Durchreise‹. Das ist doch kein Zustand. Ich denke an Inken.«

Von draußen ertönte ein lauter Pfiff. Jesper trat einen Schritt vor, küsste Gertrud auf die Nase, griff nach zwei Äpfeln aus der Obstschale und war mit einem Satz an ihr vorbei. »Ich muss los«, sagte er. »Piet pfeift nach mir. Ich denke übrigens auch viel an Inken. Tolle Frau, wirklich ganz tolle Frau. Bis später, du Schöne. *Vi ses!*«

Vom Fenster aus sah sie ihm mit gerunzelter Stirn nach. Bis bald. Das hatte sie verstanden. Langsam breitete sich ein Lächeln über ihr Gesicht. »Wenn dieser Hallodri nur nicht so charmant wäre.«

»Welcher Hallodri?«

»Was?« Erschrocken fuhr Gertrud zusammen, sie hatte Knuts Ankunft gar nicht mitbekommen. »Muss sich denn hier jeder so anschleichen?«

»Du führst Selbstgespräche«, stellte Knut trocken fest, bevor er an Inkens Schreibtisch im Wohnzimmer ging. Gertrud war ihm gefolgt.

»Ich habe nur laut gedacht.«

»Das ist dasselbe.« Über den Schreibtisch gebeugt, schob Knut Kontoauszüge und Formulare zur Seite. »Ich wollte eigentlich was abholen.«

»Ja, ich weiß.« Vorwurfsvoll tippte sie mit dem Zeigefinger auf ein Formular. »Hier ist sie hängen geblieben. Das Kassenbuch ist nicht fertig. Und nun rate mal, warum.«

»Weil Jesper gekommen ist.« Bedächtig nahm Knut das Formular in die Hand und vertiefte sich. »Piet ist mit ihm raus. Aber sie ist doch fast fertig. Die letzte Woche fehlt noch, das kann ich eben zu Ende machen.«

Er wandte sich wieder zum Gehen, kam aber nicht weit, weil Gertrud ihn am Arm festhielt. »Aber das ist doch nicht in Ordnung. Inken hat es schwer genug. Und dann lässt sie alles stehen und liegen, nur weil Jesper wieder mal unangekündigt auf der Matte steht. Als wäre sie sechzehn und hätte nichts anderes im Kopf.«

Geduldig sah Knut sie an. »Sie ist doch schon wieder da. Steht drüben in der Schule und bringt den jungen Leuten die Seeschifffahrtsstraßenordnung bei.«

»Sie kam aber auf den letzten Drücker.«

»Gertrud.« Langsam lehnte sich Knut an den Türrahmen und hielt sich die Unterlagen vor die Brust. »Sieh mal, Inken und Jesper haben sich getroffen und verliebt. Und das war schön. Dann kamen nicht so schöne Zeiten und sie haben sich wieder getrennt. Da waren sie unglücklich. Und dann haben sie sich wieder getroffen und das war besser. Und jetzt ist es wieder schön, wenn sie sich sehen. Das finde ich jedenfalls. Es gibt so etwas wie eine große Liebe im Leben. Das haben die beiden wohl. Und wie sie das machen, müssen sie selbst entscheiden. Aber die Trennung damals war eben ein Fehler. Man lässt die große Liebe nicht gehen.«

Er rückte seine Brille zurecht und sah hoch. »Das solltest du doch am besten wissen, Gertrud.«

Nach dieser für ihn unüblich langen Rede stieß er sich vom Türrahmen ab, klemmte sich die Unterlagen unter den Arm und ging zur Tür.

»Schönen Tag, Gertrud, und grüß den Pastor.«

Gertrud klappte den Mund zu. Das war die längste Ansprache, die sie je von Knut gehört hatte. Dem kleinen Buchhalter, der Zahlen und Talkshows liebte, hätte sie Gedanken über große Lieben gar nicht zugetraut.

»Das war's für heute.« Inken klappte die Mappe zu und stand auf. »Ich danke euch, wünsche einen schönen Abend und bis nächste Woche.«

Ihre zehn Schüler schlugen mit den Fingerknöcheln auf die Tische, dann packten sie, während sie sich schon unterhielten, ihre Sachen zusammen, standen auf und schlenderten ins Freie.

»Ja, tschüss, mach's gut, danke, bis dann ...« Inken nickte den einzelnen Teilnehmern jeweils zu, lächelte und verließ nach dem letzten Schüler den Raum. Draußen blieb sie einen Moment stehen, sah übers Wasser und entdeckte weit hinten ihr Boot. Die beiden würden mindestens noch zwei Stunden draußen bleiben. Es blieb Zeit genug, noch etwas Dringendes zu erledigen. Inken ging ins Haus und suchte das Telefon. Es nützte nichts, sie konnte sich zwar etwas weitaus Schöneres vorstellen, aber sie hatte es ja nicht anders gewollt.

»Marita? Hier ist Inken. Sag mal, kann ich die Endreinigung für die vier Appartements auch schon heute Abend statt morgen früh machen? Das wäre mir viel lieber.«

Inken liebte den Geruch von Glasreiniger. Das hatte sie natürlich noch nie jemandem gesagt, es hätte auch niemand vermutet, aber es war so. Und sie putzte deshalb leidenschaftlich gern Fenster und Spiegel. Man konnte sich selbst dabei anlächeln, es erforderte eine ausgeklügelte Technik und anschließend hatte man ein sichtbares Erfolgserlebnis. Sie putzte das Glas immer zum Schluss, danach drapierte sie nur noch die frischen Handtücher, wischte abschließend noch über kaum sichtbare Wassertropfen und nickte dem sauberen Appartement von der Tür aus zu.

Mittlerweile brauchte sie für ein Appartement eine knappe halbe Stunde. Die Räume waren klein, ebenso die Fenster, und Inken hatte inzwischen jede Menge Übung. Während sie die Fliesen in der Duschkabine abwischte, überlegte sie, seit wann sie jetzt schon bei Marita aushalf. Es mussten fast drei Jahre sein. Maritas ehemalige Hilfe Christa hatte während eines Jollenkurses, den sie mit ihrem Freund bei Inken gemacht hatte, einen Unfall gehabt. Sie hatte sich bei Egons Rettung verschätzt und war über Bord gegangen. Anstatt ihr den Rettungsring zuzuwerfen, hatte ihr Freund aus unerfindlichen Gründen zum Paddel gegriffen und damit dermaßen ungeschickt herumgefuchtelt, dass er Christa fast erschlagen hätte. Irgendwie hatte sie das Paddel trotzdem erwischt, sich dabei aber die Schulter ausgekugelt. Inken hatte selten jemanden gesehen, der sich so blöde bei einer Rettungsaktion anstellte. Sie war nur froh gewesen, dass Christa nicht untergegangen war und Egon nicht ertrinken konnte. Trotzdem hatte sie ein schlechtes Gewissen, weil Christa anschließend vier Wochen arbeitsunfähig war und Angst um ihren Job in Maritas Hotel hatte. Damals hatte Inken angeboten, die Vertretung für sie zu machen, natürlich nur so lange, bis Christa wieder fit wäre. Sie wurde nicht nur wieder fit, sondern auch schwanger, und hörte sofort wegen Übelkeit und Rückenschmerzen auf. Und das mitten in der Saison. Weil der Sommer vor drei Jahren aber nicht nur nass und kalt, sondern auch windstill war, gab es kaum Freiwillige, die Segelkurse machen wollten. Dafür ging ein Schiffsmotor kaputt und ein Mast brach. Als Marita Inken anrief und sie fragte, ob sie für ein Wochenende aushelfen könnte, stimmte sie sofort zu. Sie ließ Marita und ihren Mann Hartmut schwören, dass die beiden nie, und zwar unter gar keinen Umständen, bis hin zur Folter, erzählen würden, dass Inken Johannsen, die alleinige Inhaberin der Lister Segelschule, im Hotel »Möwe« das Geld für Reparaturen, Stromrechnungen und geborstene Masten verdiente. Marita und Hartmut schworen. Und seitdem sprang Inken ein. Ob Endreinigung, Wäschemangeln oder Frühstücksservice, mittlerweile fand Inken sich überall zurecht. Und in Zeiten, in denen in der Segelschule tagelanger Totentanz herrschte, kam Inken auch öfter, dankbar über das Geld, das sie hier verdiente. Es war eben alles eine Frage der Organisation.

Die Einzige, die das wusste, war Gertrud. Irgendwann, als sie bei ihr war, um im Café zu helfen, hatte sie nach Inkens Hand gegriffen und sie betrachtet. »Wenn ich es nicht anders wüsste«, hatte sie gesagt, »würde ich behaupten, dass du zu viel putzt. Deine Hände sehen zumindest so aus. Aber bei dem Chaos in deiner Wohnung kann das ja nicht sein. Was machst du mit diesen Händen?«

Bis heute wusste Inken nicht, was an Gertruds Worten so schlimm gewesen war. Fakt war, dass Inken den Heulkrampf ihres Lebens bekam und Gertrud alles erzählte. Sie ließ alles raus: ihre Geldsorgen, den kaputten Mast, die ausgekugelte Schulter, Jesper, der sich nie meldete, wenn man ihn mal brauchte, Katharina, bei der alles so ordentlich war, Knut, der über die miesen Kontostände Bescheid wusste und sich Sorgen machte, ihr privates Konto, das so überzogen war, dass sie kein Geld mehr abheben konnte, und alle anderen Katastrophen in ihrer Welt. Irgendwann war Gertruds Strickjackenärmel nass vor Tränen, Inken leichter ums Herz und Gertrud wild entschlossen, alles zu tun, um dieses Durcheinander zu sortieren.

Als Inken im zweiten Appartement gerade die frischen Handtücher im Bad drapierte, tauchte Marita in der Tür auf.

»Stimmt mein Gefühl? Hast du jetzt Halbzeit?«

Inken gab dem Handtuchstapel den letzten Kniff und drehte sich zu ihr um. »Sehr gutes Timing. Ich habe so einen Durst, ich kann kaum noch ohne Schmerzen schlucken.«

Marita lachte. »Komm in die Küche.«

»Sag mal, Marita«, Inken drehte ihr Glas in der Hand und sah dabei aus dem Küchenfenster, »wie lange hat Hannes Gebauer eigentlich hier gebucht?«

Marita überlegte kurz. »Erst mal drei Wochen«, sagte sie langsam. »Davon ist jetzt eine rum. Vielleicht verlängert er auch noch, zumindest hat er angefragt, ob wir gleich im Anschluss neue Gäste haben. Warum?«

»Ach, nur so. Meine Schwester kennt ihn von früher und wäre, glaube ich zumindest, nicht so wahnsinnig begeistert, ihn auf der Insel zu treffen. Und sie ist gerade hier.«

»Verstehe ich nicht.« Fragend sah Marita sie an. »Ich finde ihn unglaublich sympathisch. Also, wenn ich auf der Suche wäre ...«

»Katharina ist aber nicht auf der Suche. Sie hat den langweiligen, aber sehr netten Jens.« Mit Schwung stellte Inken ihr Glas ab und stand auf. »Ich muss weitermachen, meine Liebe. Ich will nicht so spät nach Hause kommen. Der, ähm, also Gebauer ist doch jetzt nicht da, oder?«

»Willst du ihn auch nicht treffen?«

»Nicht beim Putzen, denk doch mal nach. Falls er doch noch meine Schwester trifft ... es muss ja nicht jeder wissen.«

»Herr Gebauer ist aushäusig.« Hartmut war unbemerkt in die Küche gekommen. »Er ist mit einem Antiquitätenhändler in der ›Sansibar‹ essen, er hat mich gebeten, einen Tisch für ihn zu bestellen. Deshalb weiß ich das. Hallo Inken, sorry, ich habe den letzten Teil mitgehört.«

»Hallo Hartmut, es ging nicht um intime Frauenbekenntnisse, alles gut. Du, ich muss, schönen Abend weiter.«

Sie verschwand und Marita sah ihr einen Moment lang nach. »Ich verstehe sie nicht«, sagte sie zu ihrem Mann. »Sie tut immer so, als wäre es etwas ganz Verwerfliches, dass sie uns hier hilft. Davon abgesehen, wären wir mittlerweile aufgeschmissen ohne sie. Aber wieso darf das niemand wissen? Ist ihr das Putzen peinlich?«

Statt einer Antwort fing Hartmut an zu lachen. »Inken peinlich? Ach, Marita, du kennst sie immer noch nicht. Ihr ist nichts peinlich. Sie will nur nicht, dass irgendjemand sich Sorgen um sie macht. Inken braucht ihre Unabhängigkeit wie andere Menschen die Luft zum Atmen. Und wenn sie in noch mehr Hotels noch mehr Nächte putzen müsste, solange sie die Segelschule behält, ohne das Geld von einer Bank oder ihren Eltern zu leihen, so lange ist alles gut. Und dafür würde sie fast alles tun.«

Katharina ging langsam den Weg zum Parkplatz hinunter. Nach ein paar Schritten drehte sie sich um. Bastian de Jong stand in der Eingangstür, sah ihr nach, lächelte verhalten und hob die Hand. Sie winkte zurück, beschleunigte ihren Gang und entriegelte noch auf dem Weg den Wagen. Erleichtert stieg sie ein, lehnte den Kopf zurück an die Lehne und schloss kurz die Augen. Was für ein seltsamer Abend. Es war tatsächlich nicht der einfachste Job ihres Lebens, den sie hier angenommen hatte.

Entschlossen startete sie den Motor, legte den Rückwärtsgang ein, wendete zügig und verließ den Parkplatz. Im Rückspiegel sah sie, dass Bastian in unveränderter Haltung immer noch in der Tür stand. Katharina gab Gas.

Auch wenn es verboten war, nahm sie während der Fahrt ihr Handy in die Hand und schaltete es ein. Sie musste unbedingt mit Solveig über diesen Abend reden, ihr gingen so viele Gedanken durch den Kopf, die sie zunächst mal sortieren musste. Und beim Sortieren war Solveig schon von jeher einsame Spitze gewesen. Während sie darauf wartete, dass das Telefon ein Netz fand, sah sie im Rückspiegel Blaulicht. Sofort warf sie das Handy auf den Beifahrersitz, erkannte aber gleich danach, dass das Blaulicht mehrere Feuerwehrwagen ankündigte. Sie fuhr zur Seite, um die Kolonne passieren zu lassen, mit lautem Alarm raste sie an ihr vorbei.

Das Handy zeigte mit einem Ton an, dass es ein Netz gefunden hatte. Katharina nahm es wieder in die Hand. Im Display stand eine Mitteilung. »Sieben Anrufe in Abwesenheit.«

Katharina versuchte, die Nummern der Anrufer zu entziffern, das erwies sich als leicht, fünfmal war es Jens und zweimal waren es unterdrückte Nummern gewesen. Die unterdrückten Nummern waren ihr egal und Jens würde sie nachher vom Hotel aus anrufen, aber er kam ihr zuvor. Auf der Höhe der Einfahrt zum Westerländer Campingplatz klingelte das Telefon und sein Name erschien im Display. Katharina setzte den Blinker und nahm das Gespräch an. »Hallo, Jens, warte kurz, ich bin gleich auf einem Parkplatz, ich habe keine Freisprechanlage.«

Sie legte das Handy auf den Schoß, fuhr ein Stück auf dem Schotterweg und parkte ein. Dann hob sie das Telefon wieder ans Ohr.

»Ich stehe«, sagte sie und drehte den Schlüssel im Zündschloss. »Ich weiß ja nicht, wie viele Polizisten hier Handytäter stellen. Wie geht es dir?«

»Dass du keine Freisprechanlage hast, ist die eine Sache, aber ich wusste nicht, dass du überhaupt im Auto unterwegs bist. Hast du dir Inkens geliehen?«

Schuldbewusst fiel Katharina auf, dass sie gar nicht daran gedacht hatte, Jens anzurufen, um ihm das zu erzählen. »Das weißt du ja noch gar nicht. Bastian de Jong ist heute Mittag hier angereist, das hat er mir gestern erst mitgeteilt. Und er hat mir ein Auto gemietet, damit ich ihn abholen kann. Einen Jaguar. Ein Mordsschlitten. Klein und unauffällig kann er nicht.«

»Och, es gibt Schlimmeres, als teure Wagen umsonst zu fahren. Und sonst? Wie kommst du voran? Und was sagt de Jong zu deinen bisherigen Recherchen?«

Genau diese Frage hatte Katharina auch den ganzen Abend im Kopf bewegt. Nach einem Zögern antwortete sie: »Tja, das kann ich dir eigentlich gar nicht genau sagen. Sag mal, du bist doch näher dran am Klatsch und Tratsch der Literaturszene. Ich habe bisher immer nur die Begeisterungsstürme seiner Fans mitbekommen. Was erzählen denn Kollegen und andere Verlagsleute über ihn?«

»Was genau meinst du?«

»Gilt er als schwierig? Ist er … wie soll ich das ausdrücken … ein bisschen eigenartig?«

Jens' Stimme klang verhalten. »Was heißt eigenartig? Du hast ihn doch ganz sympathisch gefunden.«

Angestrengt suchte Katharina nach den richtigen Worten. »Er ist auch sympathisch, das steht außer Frage. Er hat, wie gesagt, vorgestern angerufen und sein Kommen angekündigt. Daraufhin habe ich mir die halbe Nacht um die Ohren geschlagen, um ein Konzept zustande zu bringen. Das hatte ich auch. Ich habe ihn vom Flughafen abgeholt, er hatte mir auch noch die falsche Ankunftszeit genannt und war demzufolge schon lange gelandet, als ich kam, dann sind wir in sein Hotel nach Rantum gefahren, wo er aber gar nicht über die Recherche reden wollte, sondern von Strandspaziergängen und gutem Essen.«

»Und dann?«

»Dann habe ich ihn mehr oder weniger gezwungen, mit mir das Konzept durchzugehen. Anschließend sind wir vor dem Essen tatsächlich noch am Strand gelaufen. Er hat viel von sich erzählt, von seiner Mutter, seinen Schwestern, dem frühen Tod seines Vaters, seinen drei Ehen, seiner unehelichen Tochter … Ehrlich gesagt waren das mehr Informationen und Geschichten, als ich wissen wollte. Dann fing er an, mich alles Mögliche zu fragen, es war alles ein bisschen zu viel.«

»Und was ist daran so eigenartig?« Jens klang eine kleine Spur sarkastisch. »Bastian de Jong ist momentan der Star am europäischen Literaturhimmel. Solche Männer zeichnen sich selten durch Bescheidenheit und Diskretion aus. Du kennst durch deine Nobelhotels doch viele dieser Typen, was wundert dich jetzt daran?«

Katharina dachte nach und strich dabei mit dem Zeigefinger über das Symbol im Lenkrad. »Er wirkte so zornig, als er über seine Kindheit sprach, das hat mich etwas irritiert. Und er war gleichgültig bei den Schilderungen, die seine Ehen betrafen. Ganz komisch. Und ich weiß nicht genau, warum er eigentlich auf die Insel gekommen ist. Bei meinen Ausführungen über die bisherigen Recherchen hat er kaum zugehört. Ich hätte mir die ganze Mühe gar nicht machen müssen. Ich glaube, er ist wahnsinnig launisch und egozentrisch.«

Sie hob den Kopf und ließ ihre Blicke über den Parkplatz wandern. Auf der rechten Seite, vor dem Campingplatz, gab es ein italienisches Restaurant, aus dem eine Gruppe gut gelaunter junger Leute kam. Sie redeten laut miteinander, eine von den Frauen lief zu einem Auto, aus dem sie einen Korb holte, den sie mitnahm zu den anderen. Genau so einen Korb, wie ihn Solveig damals mitgenommen hatte, damals, am Vorabend von Solveigs Hochzeit, den sie zusammen mit Tom, Hannes und ihr genau an diesem Ort verbracht hatten. Sie hatten Pizza gegessen und anschließend Rotwein am Strand getrunken. Und auf den Sonnenuntergang gewartet. Vor lauter Glück hatte Katharina die ganze Haut wehgetan. Es war lange her, inzwischen hatten Solveig und Tom erwachsene Kinder und sie selbst saß hier in einem geliehenen Jaguar und machte sich Gedanken über einen alternden, charismatischen und sehr extrovertierten Erfolgsautor. Was für Luxusprobleme.

»Bist du noch dran?«, fragte Jens. Sie riss sich von der Gruppe der Gutgelaunten los und konzentrierte sich wieder auf ihren Lebensgefährten.

»Natürlich, entschuldige. Ich war gerade in Gedanken. Na ja, wie auch immer, Bastian de Jong ist sicher nicht der unkomplizierteste Mensch unter der Sonne, aber ich ziehe diesen Auftrag durch. Das wird schon. Du aber hattest ein paar Mal versucht, mich zu erreichen, war etwas Besonderes?«

Auf die Frage ging Jens vorerst gar nicht ein. Stattdessen sagte er: »Kann es nicht sein, dass Bastian de Jong dich ein bisschen anmacht? Und du das nicht merkst? Ich finde, es klingt ein wenig so. Er kommt dich besuchen, will aber gar nichts über deine Recherchen wissen, ist unkonzentriert, redet über sein Privatleben, fragt nach deinem, also für mich hört sich das ziemlich einfach an. Du bist attraktiv, zwanzig Jahre jünger, passt übrigens in sein Beuteschema, seine jetzige Frau ist ein ähnlicher Typ wie du, wenn auch zehn Jahre älter, das macht Sinn.«

Sofort protestierte Katharina. »Das ist doch völliger Unsinn. Nur, weil ein Mann charmant zu einer Frau ist, heißt das doch nicht, dass er gleich mit ihr ins Bett will. Das ist doch Klischee. Nein, nein, er schreibt diesen großen Roman und dafür braucht er die Recherche. Es kann sein, dass er alles nur schriftlich haben will und keine Lust hat, mit mir darüber zu diskutieren, aber ich glaube nicht, dass er aus rein privaten Gründen hier ist.«

»Es geht auch beides«, wiegelte Jens ab. »Natürlich hast du für ihn einen Auftrag zu erledigen, und er wird die Recherche sicherlich brauchen, trotzdem ist es möglich, dass er ein privates Verhältnis beim Arbeiten möchte. Oder eine, wie soll ich es ausdrücken, liebevolle Atmosphäre?«

»Du spinnst«, sagte Katharina jetzt ungehalten. »Das trifft es alles nicht. Ich verhalte mich ihm gegenüber so sachlich und korrekt, dass er überhaupt nicht auf die Idee kommen könnte, dass ich an irgendeiner anders gestrickten Zusammenarbeit interessiert wäre.«

»Du verhältst dich immer sachlich und korrekt.« Jens stellte das mit neutralem Ton fest. »Das zeichnet dich aus. Er weiß noch nicht, dass er sich an dir die Zähne ausbeißen wird.«

Katharina bildete sich ein, den Hauch eines Vorwurfs zu hören, hatte aber jetzt und hier keinerlei Lust, in diese Diskussion einzusteigen. Stattdessen lenkte sie ein. »Mag sein.

Themawechsel. Warum hast du mich fünfmal angerufen? Weil du mit dem Manuskript fertig bist und jetzt ganz kurzentschlossen kommen willst?«

»Ja, ähm, nein.« Jens klang jetzt wieder weicher. »Es ist alles ganz blöd. Ich sitze immer noch an der Endfassung von Annes Manuskript. Und jetzt habe ich noch ein ganz anderes Problem. Bei den Mietern über mir ist die Waschmaschine verreckt. Ich habe in meiner Wohnung zwar nur einen kleinen Wasserschaden, der muss aber repariert werden. Und oben müssen sie den kompletten Fußboden rausreißen. Das heißt, mindestens zwei Wochen Baustelle mit entsprechendem Lärm. Deshalb habe ich dich angerufen. Ich hatte erst überlegt, nach Berlin zu fahren, aber im Verlag kann ich auch nicht lange ungestört arbeiten und auf mein WG-Zimmer habe ich keine Lust. Um es kurz zu machen: Kann ich für die Zeit zu dir ziehen? Du bist doch sowieso nicht da.«

Katharina antwortete nicht sofort, sondern musste zunächst ein »Auf keinen Fall« niederkämpfen. Es war ein Notfall, für den Jens nichts konnte. Wäre der Fall umgekehrt, hätte er ihr sofort seine Wohnung zur Verfügung gestellt. Und sich auch noch gefreut, ihr helfen zu können. Also schluckte sie alle Vorbehalte runter und antwortete, so leichthin, wie sie konnte: »Natürlich geht das. Du müsstest vielleicht ein bisschen einkaufen gehen, mein Kühlschrank ist ganz leer.«

»Das kriege ich schon hin«, sie hörte das Lächeln in seiner Stimme. »Zur Not ist ja auch noch Sabine da. Die hilft bestimmt mit einem Ei und Zucker aus. Und außerdem hatte sie Geburtstag und sowieso zum Essen eingeladen.«

»Ach ja, stimmt«, antwortete Katharina. »Gratulier für mich mit. Du, ich fahre jetzt mal weiter, ich stehe immer noch auf dem Parkplatz. Wir hören voneinander, bis bald.«

Seine Abschiedsworte gingen im Lärm eines Porsches unter, der mit röhrendem Auspuff neben ihr ausparkte. Zwei junge Männer mit zu viel Testosteron. Katharina wartete, bis sie weg waren. »Was hast du ... Jens?«

Er hatte bereits aufgelegt. Sie schaltete das Handy ganz aus, schob es zurück in ihre Tasche und startete den Wagen. Vermutlich lebte sie schon zu lange allein, deshalb fiel es ihr schwer, ihre Wohnung mit jemandem zu teilen. Auch wenn es Jens war. Der nun für eine Woche in ihren Sachen wohnte.

Als sie den Wagen auf der Süderstraße in Richtung Stadtmitte beschleunigte, fiel ihr plötzlich ein, dass es früher ganz anders gewesen war. Die Wohnung, die sie in Kiel zu zweit bewohnt hatten, war höchstens halb so groß wie ihre eigene heute. Aber damals hatte sie sich immer gefreut, wenn Hannes vor ihr da war und sie den Schlüssel nicht zweimal im Schloss drehen musste. Und wenn sie im Flur rufen konnte: »Hannes? Ich bin wieder zu Haus.«

Es war wirklich lange her. Und es waren andere Zeiten gewesen. Das hatte nichts mit Jens oder Hannes zu tun. Nur mit ihr selbst.

Als sie sich der Straße näherte, in der ihr Hotel lag, sah sie das Zucken von Blaulicht. Ein Polizeiwagen war hinter ihr, sie musste an die Seite fahren, um ihn vorbeizulassen. Beklommen dachte sie an schwere Unfälle oder Großbrände. Es musste etwas Katastrophales passiert sein, sonst wäre das Rettungsaufgebot nicht so groß. Sie bog langsam in die Straße ein und trat sofort auf die Bremse, als sie die Absperrung sah. Ihr Hotel brannte. Ein Polizist winkte sie an die Seite, sie folgte seinem Handzeichen und ließ die Seitenscheibe runter.

»Sie können hier nicht durch«, rief er ihr zu. »Das Hotel ›Schneiders‹ hat gebrannt.«

»Aber ich wohne da«, schrie sie zurück und merkte, dass ihre Hände zitterten. »Wie schlimm ist es denn? Ist noch jemand im Haus?«

Der Polizist sprach kurz in ein Funkgerät, dann kam er auf sie zu. »Stellen Sie Ihr Auto am besten hier ab. Vorne links steht ein Mannschaftsbus, das sind Kollegen von mir, die, zusammen mit der Hotelleitung, die Gäste betreuen. Da erfahren Sie mehr.«

Mit klopfendem Herzen fuhr sie den Wagen in die Parklücke, nahm nur die Handtasche mit und beeilte sich, zu dem Mannschaftsbus zu kommen. Sie musste sich erst durch eine Ansammlung Schaulustiger schieben, von denen einer sich lauthals über ihr Drängeln beschwerte. Wäre sie weniger nervös gewesen, hätte sie dem Schreihals einfach eine gescheuert. So aber schob sie sich ungerührt weiter, erreichte den Bus und sah entsetzt, dass der gesamte Dachstuhl qualmte. Die Feuerwehr hatte anscheinend schon das meiste gelöscht, vereinzelt züngelten aber noch Flammen aus den verkohlten Balken. Der Brand hatte die obere Etage fast komplett zerstört. Wie gelähmt starrte sie auf das Gebäude, bis sie hörte, dass jemand ihren Namen rief.

»Frau Johannsen?«

Sie fuhr herum und entdeckte den jungen Mann von der Rezeption, der auf sie zukam. Er war blass, lächelte sie aber erleichtert an. »Wir haben schon versucht, sie anzurufen, aber niemanden erreicht.«

Das mussten die unterdrückten Nummern gewesen sein. »Herr ...«?

Sie wusste noch nicht einmal den Namen des jungen Mannes, und das, obwohl sie schon einige Tage hier wohnte.

»Hoffmann. Frank Hoffmann.«

»Natürlich, Herr Hoffmann, entschuldigen Sie. Ich war mit einem Kollegen essen, dabei hatte ich das Handy ausgestellt. Ist denn jemandem was passiert?«

»Zum Glück nicht.« Er fuhr sich mit der Hand über die Stirn. »Der Brand muss auf dem Dachboden ausgebrochen sein. Die obere Etage ist nicht bewohnt. Und die Feuerwehr hat das Feuer schnell in den Griff bekommen, es hat sich nicht weiter ausgebreitet. Jetzt müssen wir uns nur darum kümmern, wo wir Sie heute unterbringen, wir haben zwar die anderen Hotels benachrichtigt, warten aber noch auf Rückmeldung.«

»Und was ist mit meinen Sachen?«

Frank Hoffmann zuckte mit den Achseln. »Vorerst darf niemand das Gebäude betreten. Ich befürchte auch, dass der dritte Stock, in dem Ihr Zimmer liegt, vom Löschwasser sehr beeinträchtigt ist. Wir haben alle Hotels auf der Insel angerufen, die noch freie Kapazitäten haben. Meine Kollegin macht gerade eine Liste, welchen Gast wir in welches Haus evakuieren.«

Ob es das Wort »evakuieren«, der Gedanke an ihre teure Kleidung, die ordentlich aufgereiht in einem Schrank hing, der vermutlich in diesem Moment aufgrund der Löschwassermassen begann aufzuquellen, der Brandgeruch, die vielen Menschen oder der fast leere Magen war, weil Katharina Hummer hasste, den Bastian de Jong aber bestellt hatte, irgendetwas ließ Katharina die Beine wegknicken. Im letzten Moment spürte sie einen Arm, der nach ihr griff und damit einen Sturz verhinderte. Sie schloss die Augen, fragte sich, was Frank Hoffmann wohl über sie denken müsste, wünschte sich weg und fing sich erst wieder, nachdem sie in die Hocke gesunken war. Der Druck des helfenden Armes war immer noch da und hielt sie im Gleichgewicht.

Langsam öffnete sie die Augen und blickte in Frank Hoffmanns erschrockenes Gesicht, der ihr seine beiden Arme entgegenstreckte. Er hat keine drei, dachte sie und wandte den Kopf zur Seite. Da sah sie zunächst lange Beine in Jeans, einen braunen Gürtel und die ersten Knöpfe eines hellen Hemds. Und dann hörte sie eine Stimme, die ihr direkt in den Magen fuhr.

»Atmen, Katharina, immer ein- und ausatmen.«

Jetzt ging er auch in die Knie und plötzlich hatte sie sein Gesicht genau vor ihrem. Er lächelte sie an. »Alles gut. Kannst du aufstehen?«

»Nein«, flüsterte sie und merkte, dass sich die Tränen sammelten. »Geh einfach weiter.«

Hannes zog sie langsam hoch und nahm sie in den Arm. Und Katharina fing an zu weinen.

Inken stopfte sich die Bettdecke um die Füße und beobachtete Jesper, der eine Rotweinflasche öffnete. »Habe ich dir eigentlich schon mitgeteilt, dass du mein Lieblingsliebhaber bist?«

Langsam zog Jesper den Korken aus der Flasche und sah sie an. »Wie viele hast du denn im Moment?«

»Och«, sie schob sich eines der vielen Kissen in den Rücken und schlang die Arme um ihre Beine, »vierzehn, fünfzehn, es ist immer das gleiche Beuteschema, ich kann sie schlecht auseinanderhalten.«

Jesper balancierte zwei volle Gläser Rotwein zum Bett, reichte sie Inken und schob sich neben sie. »Prost«, sagte er und nahm sein Glas wieder zurück. »Auf uns. Und die vierzehn, fünfzehn anderen.« Er küsste sie auf die nackte Schulter, aber noch bevor er den Wein probierte, sagte er resigniert: »Dein Telefon klingelt schon wieder.«

Inken hörte kurz hin und nickte. »Der Anrufbeantworter springt gleich an.«

Sie stellte ihr Glas auf den Fußboden und ließ ihre Hände langsam über Jespers Bauch wandern. Er drehte sich, immer noch das Glas balancierend, zu ihr, küsste sie und hörte auf, als das Telefon erneut läutete. »Was ist denn bloß …?«

»Lass es doch klingeln«, flüsterte Inken und hauchte kleine Küsse auf seine Brust. »So wichtig kann es …«

Neben dem Bett gab jetzt das Handy Signale und wanderte dabei vibrierend über den kleinen Glastisch. Nach vier Tönen hörte es auf, dafür fing das Telefon unten wieder an. Seufzend drehte Inken sich auf den Rücken und starrte an die Decke. »So hartnäckig ist nur Mia. Seit sie skypen kann, fällt ihr dauernd etwas ein. Sie ruft an, damit ich den Rechner einschalte. Ich gehe aber jetzt nicht dran.«

Das Handy setzte sich wieder lärmend und vibrierend in Bewegung. Mit einem Griff erwischte Jesper das Gerät und warf einen Blick aufs Display.

»Das war Gertrud«, teilte er Inken verblüfft mit. »Um diese Zeit? Willst du nicht doch mal anrufen? Vielleicht ist was passiert?«

Sie drehte sich wieder zu ihm, lächelte ihn an und führte ihre Hand zurück zu seinem Bauch. »Sie will verhindern, dass ich mit dir eine ungestörte, heiße Liebesnacht verbringe. Das kann sie aber vergessen. Ich gehe nicht ...«

Die Klingel an der Eingangstür war sehr laut. Vor allem, wenn jemand den Finger auf dem Knopf ließ und gleichzeitig an die Tür hämmerte.

»Inken, mach auf. Bist du taub?«

Mit einem Satz sprang sie aus dem Bett. »Scheiße, das ist Piet. Dann ist was passiert.« In Sekundenschnelle warf sie sich ein langes T-Shirt über und war schon auf der Treppe. Jesper riss die Jeans vom Boden, stieg hinein und rannte hinterher.

Inken hatte die Haustür bereits aufgerissen und sah Piet erschrocken an. Hinter ihr klingelte schon wieder das Telefon.

»Das ist Gertrud«, sagte er bedächtig. »Die wählt die Festnetznummer. Und Knut sollte es auf deinem Handy weiter versuchen. Sag mal, hörst du die Telefone nicht?«

»Nein. Doch. Was ist denn los?«

»In welchem Hotel wohnt Katharina?«

»Hotel ›Schneiders‹, warum?« Inken bekam Gänsehaut und spürte erleichtert, dass Jesper hinter ihr stand.

»Da hat es gebrannt.«

»Was?« Inken war so erschrocken, dass sie mehr schrie als fragte. Piet machte sofort eine beruhigende Handbewegung.

»Lars Dietrichsen von nebenan ist doch bei der Feuerwehr. Und ich stand gerade am Fenster, als die Sirene ging und Lars wie angestochen in voller Montur rausrannte. Ich bin dann rüber und habe seinen Vater gefragt, was los ist. Es gab keine Personenschäden, hat er gesagt. Aber du musst Katharina anrufen, da ist wohl immer noch Chaos, die Hotelgäste stehen alle auf der Straße rum und wissen nicht, wohin.«

Inken rannte sofort nach oben, um ihr Handy zu holen. Jesper sah ihr besorgt nach. Dann wandte er sich wieder an Piet. »Kann ich das noch mal langsam hören? Ich habe nur die Hälfte verstanden.«

Das Telefon läutete erneut, Piet ging an Jesper vorbei in den Flur und hob den Hörer ab. »Gertrud? Ja, ich bin einfach hergekommen. Sie hat das Telefon nicht gehört … Gertrud, es ist jetzt ja in Ordnung. Sie ruft Katharina gerade an. Wir sagen dir nachher Bescheid.«

Er legte den Hörer langsam auf und drehte sich zu Jesper zurück. »Gertrud ist immer so schnell aufgeregt. So, und was hast du jetzt nicht verstanden?«

»Alles, ich …«

»Das blöde Telefon ist ausgestellt.« Mit dem Handy in der Hand kam Inken die Treppe runter. »Ich soll es später noch einmal versuchen, sagt mir dauernd diese Blechstimme. Ich fahre jetzt hin und suche sie.«

Entschlossen griff sie zum Autoschlüssel und wollte zur Haustür. Piet hielt sie am Arm fest. »Gehst du so?«

Jesper grinste, während Inken an sich herunterblickte. »Vielleicht etwas zu sexy für den Anlass.«

Sie sah ihn augenrollend an und ging zurück nach oben, um das Schlafshirt gegen Jeans und Pulli zu tauschen.

Als sie aus dem Auto stieg, hatte Inken den stechenden Brandgeruch sofort in der Nase. Sie hatte es vor der Absperrung geparkt und ging schnell zum Hotel. Hier blinkten noch die blauen Lichter der Polizei- und Feuerwehrautos und die Schaulustigen, die von solchen Ereignissen wie magisch angezogen wurden, waren auch an ihrem Platz. Inken versuchte, über die Köpfe hinweg irgendetwas zu erkennen, es war aussichtslos. An der Straßenecke sah sie eine Gruppe von Uniformierten, schob sich an den Gaffern vorbei und ging auf die Polizisten zu. »Entschuldigung, können Sie ... ach, Thomas, ich habe dich in Uniform gar nicht erkannt.«

Der Angesprochene wirkte leicht verwirrt. »Inken, wie kommst du denn durch diese Absperrung?«

»An der Seite vorbei. Da war eine Lücke. Das ist ein Notfall, meine Schwester wohnt bei ›Schneiders‹. Hast du eine Ahnung, wo die Hotelgäste jetzt sind?«

Eine Kollegin von Thomas trat auf sie zu. »Die Absperrung gilt für alle Passanten«, begann sie und wurde von ihm unterbrochen. »Marion, das ist Inken Johannsen, eine Bekannte von mir. Sie sucht ihre Schwester. Das geht in Ordnung. Siehst du da hinten den Mannschaftsbus? Davor steht noch ein Einsatzwagen. Ein Teil der Gäste müsste dort sein, allerdings haben schon einige ein Ausweichzimmer bekommen und sind mit Taxen in die Hotels gefahren worden. Frag doch da mal nach, da ist auf jeden Fall auch Personal vom Hotel.«

»Danke, Thomas, du hast was gut bei mir.« Inken nickte der Kollegin zu und beeilte sich, zum Bus zu kommen. Sie lief einen Slalom um verschiedene Einsatzfahrzeuge und Helfer, blickte hektisch auf die umstehenden Menschen, fand aber nirgendwo ihre Schwester. Auf einer Bank hinter dem Feuerwehrauto, das noch vor dem Bus stand, saß mit dem Rücken zu ihr ein Paar. Inken war fast schon an ihnen vorbei, als sie die Stimmen hörte. Sofort blieb sie stehen und drehte sich erstaunt zu ihnen um. Es war Katharina und die saß tatsächlich neben Hannes Gebauer.

»Da bist du ja.« Erleichtert ging sie hin und legte Katharina die Hände auf die Schultern. Ihre Schwester zuckte zusammen und fuhr herum. Sie sah aus, als hätte sie geweint. »Inken«, sagte sie leise. »Wie kommst du denn hierher?«

»Mit meinem Auto.« Inken ließ sie los und ging um die Bank herum. »Ist alles in Ordnung mit dir?« Besorgt musterte sie Katharina, die leicht verstört wirkte, und setzte sich neben sie. »Du warst aber nicht im Hotel, als der Brand ausbrach, oder?«

Katharina schüttelte den Kopf. »Ich war in Rantum. Als ich vorhin wiederkam, war das Feuer schon gelöscht. Es qualmte nur noch. Ach, das ist übrigens meine Schwester Inken, Hannes Gebauer.«

»Ich weiß.« Inken beugte sich vor und nickte ihm zu. »Ich habe sogar seine Telefonnummer.«

»Was?« Katharina blickte zwischen beiden hin und her, bis Hannes antwortete: »Ich habe deine Schwester besucht, weil ich deine Nummer haben wollte. Sie hat sie mir zwar nicht gegeben, aber wenigstens meine angenommen. Und sie hat mir auch nicht gesagt, dass du hier bist. Da muss erst dein Hotel brennen, damit ich dich treffe.«

Inken sah ihn mit hochgezogenen Augenbrauen an. »Das hört sich an, als hättest du den Brand gelegt. Sprich nicht so laut drüber, hier wimmelt es von Polizisten.« Sie wandte sich wieder an Katharina. »Und wie geht das jetzt weiter? Wo sind denn deine Sachen?«

Ihre Schwester deutete mit dem Kopf auf das Hotelgebäude, aus dem immer noch Rauchschwaden emporstiegen. »Die löschen immer noch Brandnester, hat man mir gesagt. Und meine Sachen sind alle noch im Zimmer. Entweder verräuchert oder überschwemmt. Ich habe keine Ahnung. Das ist doch ein Scheiß.«

Überrascht sah Inken, dass Katharina Tränen in den Augen hatte. Als sie die wegwischen wollte, zitterte ihre Hand. Hannes zog ein Taschentuch aus der Jackentasche und reichte es ihr mitfühlend, was Inken kritisch beäugte. Bevor er etwas sagen konnte, stand sie auf und zog ihre Schwester am Arm hoch. »Du kommst jetzt erst mal mit zu mir. Und dann gucken wir morgen, was mit deinen Klamotten ist. Wir müssen ja nicht die ganze Nacht hier rumsitzen.«

Katharina stand ziemlich wackelig neben ihr. »Irgendwie ist mir ganz komisch«, sagte sie mit unsicherer Stimme. »Und ich muss warten, bis der Hoffmann oder jemand anders vom Hotel wiederkommt. Die kümmern sich um neue Unterkünfte.«

»Du hast eine«, entgegnete Inken und hakte sie unter. »Wir suchen den Hotelmann jetzt, sagen ihm Bescheid und dann fahren wir. Du brauchst einen Schnaps und einen heißen Kakao, danach ist dir auch nicht mehr komisch.«

Die Suche erübrigte sich, weil Frank Hoffmann in diesem Moment auf sie zukam. »Da sind Sie«, sagte er besorgt. »Geht es Ihnen wieder besser?«

Katharina nickte und Inken guckte sie irritiert an. »Sie ist vorhin aus den Latschen gekippt«, klärte Hannes sie leise auf. »Ich habe sie gerade noch aufgefangen.«

Inken verstärkte den Griff um Katharinas Arm.

Frank Hoffmann hatte eine Liste in der Hand, auf die er jetzt blickte. »Wir haben für Sie ein Zimmer in einem kleinen Hotel in List. Zumindest für die nächsten beiden Nächte. Soll ich Sie zu einem Taxi bringen, oder wollen Sie selbst fahren?«

»Selbst fahren?« Katharina war offensichtlich mit der Entscheidung überfordert.

Inken nahm sie ihr ab. »Meine Schwester braucht kein Hotel in List, ich nehme sie mit zu mir. Sie hat doch nicht einmal eine Zahnbürste. Oder haben Sie die Sachen aus den Zimmern geholt?«

»Nein.« Hoffmann schüttelte bedauernd den Kopf. »Zumindest nicht aus der dritten Etage, wo das Zimmer von Frau Johannsen ist. Da darf noch keiner rein, die Polizei muss erst prüfen, wie hoch die Schäden sind. Morgen wissen wir sicherlich mehr.«

»Okay.« Inken dauerte das alles schon viel zu lange. »Dann fahren wir jetzt und melden uns morgen bei Ihnen. Komm, Katharina.«

»Ich habe einen Leihwagen, den muss ich mitnehmen. Da sind meine ganzen Unterlagen und das Laptop noch drin.« Inken konnte sich nicht erinnern, dass ihre Schwester in den letzten Jahren so umständlich gewesen war. Sie atmete tief ein, dann sagte sie. »Gib Hannes den Schlüssel und sag ihm, wo der Wagen steht. Du fährst jetzt nicht mehr. Hannes bringt den Wagen zur Segelschule und lässt sich wieder zurück nach Wenningstedt fahren. Kannst du das tun?« Letzteres galt Hannes, der Katharina immer noch besorgt ansah. Jetzt nickte er und streckte die Hand nach dem Schlüssel aus. Als Katharina ihn in seine Hand legte, umschloss er ihre und hielt sie einen Moment fest. Inken beobachtete dabei Katharinas Gesicht und hatte das vage Gefühl, dass der mittlerweile gelöschte Hotelbrand nicht das einzige Drama bleiben würde.

Katharina warf ab und zu einen Blick in den Rückspiegel, die Scheinwerfer des Jaguars blieben in verlässlichem Abstand hinter ihnen. »Hannes ist da, Hannes ist da«, dieser Satz lief wie ein Mantra durch Katharinas Kopf, sie konnte sich kaum auf das konzentrieren, was im Moment um sie herum passierte, es gab immer nur diesen einen Gedanken: »Hannes ist da.«

»... hast du ihn echt gefragt?«

Sie riss sich zusammen und sah Inken an. »Was habe ich wen gefragt?«

Er hatte sich überhaupt nicht verändert. Oder anders, er sah genauso aus, wie Katharina sich vorgestellt hatte, dass er aussehen würde. Seine Gesichtszüge waren schärfer geworden, zwischen den blonden Haaren gab es jetzt weiße Strähnen, er hatte einen Dreitagebart und war größer als in ihrer Erinnerung, aber er war wie immer. Zumindest wirkte er auf sie so wie immer. Bis hin zu diesem Ziehen im Magen. Und der Gänsehaut am ganzen Körper. Sie schien unter Schock zu stehen. Der Abend mit Bastian de Jong und der Brand, das war einfach zu viel. Ihr Gefühlswirrwarr war völlig überflüssig. Es war zwanzig Jahre her. Und sie war achtundvierzig und keine vierzehn. Sie saß hier im Auto ihrer Schwester und fuhr in deren Wohnung, in der überall Mias getöpferte Tassen herumstanden.

»Ich glaube, ich werde hysterisch«, sagte sie laut und drehte die Scheibe einen Spalt runter. »Ich brauche echt einen Schnaps. Mir ist schlecht.«

»Wir sind gleich da«, antwortete Inken und sah sie alarmiert an. »Sag Bescheid, wenn du spucken musst, nicht dass du mir ins Auto kotzt.«

»So schlimm ist es noch nicht.« Katharina drehte das Fenster noch weiter runter und ließ sich den Fahrtwind ins Gesicht wehen, um den Brandgeruch aus der Nase zu bekommen. »Was hast du mich gerade gefragt?«

Inken grinste. »Ob ich richtig gehört habe, als du Hannes gefragt hast, ob er schon mal einen Jaguar gefahren ist.«

»Ja, und?«

Jetzt fing Inken an zu lachen. »Meine Schwester entkommt nur knapp der Feuerhölle, ein Hotel brennt vor ihren Augen ab, es gibt einen Millionenschaden, sie kollabiert fast und macht sich nur Sorgen, weil ihr Retter den geliehenen Jaguar zu Schrott fahren könnte.«

»Das stimmt doch gar nicht.« Katharina vergewisserte sich, dass Hannes immer noch hinter ihnen war. »Erstens gab es keine Feuerhölle, zweitens war ich gar nicht im Hotel, drittens bin ich nicht kollabiert, sondern mir war von dem Brandgeruch und der Hektik schlecht, und viertens musste ich ja irgendetwas zu ihm sagen. Wenn du schon alles in die Hand nimmst.«

»Schon klar.« Inken nickte ihr zu und bremste den Wagen ab, als sie das Ortseingangsschild von List passierten. »›Bist du schon mal so ein Auto gefahren?‹ Das wäre mir in deiner Situation auch als Allererstes eingefallen.« Sie lachte wieder, riss sich aber zusammen, als sie Katharinas Gesichtsausdruck sah. »Ich höre schon auf. Jetzt bin ich ein bisschen hysterisch. Ist dir immer noch übel?«

Katharina schüttelte den Kopf. Sie wollte nicht mehr reden, nicht mehr zuhören, nicht mehr nach Qualm riechen. Sie sehnte sich nach einer Dusche, einem frisch bezogenen Bett und einem Moment, in dem sie ganz allein das Wort »Hannes« denken durfte. Oder es sogar einmal laut sagen konnte.

Das Erste, was Inken sah, als sie um die Kurve zur Segelschule bog, war die Festtagsbeleuchtung im Haus. Sogar oben im Flur brannte Licht. Vor der Tür standen die Fahrräder von Piet und Knut und auf Inkens Parkplatz parkte ein alter Mercedes. Dafür fehlte Jespers Bus.

»Sogar der Pastor ist da«, sagte Inken, während sie neben dem Mercedes hielt und den Motor abstellte. »Volles Haus.«

Katharina drehte sich um und wartete, bis Hannes den Jaguar auf die andere Seite gefahren hatte, erst dann schnallte sie sich ab, öffnete die Autotür und stieg aus. An den Wagen gelehnt, sah sie Hannes entgegen, der auf sie zukam.

»Na, geht es besser?«

Sie nickte und streckte die Hand nach dem Autoschlüssel aus. »Danke fürs Fahren«, sagte sie. »Obwohl ich es auch allein gekonnt hätte. Aber trotzdem danke.«

Zögernd gab er ihr den Schlüssel und blieb dicht vor ihr stehen. »Du hast ...«

»Seid ihr angewachsen?«, rief Inken, die schon an der Tür stand. »Ich dachte, Katharina braucht einen Schnaps.«

»Ich komme«, antwortete Katharina und stieß sich vom Wagen ab. Ohne Hannes aussprechen zu lassen, folgte sie Inken ins Haus.

»Na endlich!« Gertrud schoss ihnen mit hochrotem Kopf schon im Flur entgegen. »Ist alles in Ordnung? Hast du sie gleich gefunden?«

Sie drängte sich an Inken vorbei und griff sofort nach Katharinas Hand. »Hallo Katharina, Gott sei Dank. Wir haben uns solche Sorgen gemacht.«

»Gertrud«, mit schwachem Lächeln erwiderte Katharina den Händedruck, wurde sofort heftig umarmt und danach eine Armeslänge entfernt zufrieden betrachtet.

»Du wirst ja immer hübscher. Jetzt setz dich erst mal in die Küche, ich habe schon Kakao gekocht.«

»Katharina trinkt keinen Kakao.« Hannes stand hinter ihr und legte Katharina die Hand leicht an den Rücken.

»Hannes?« Gertrud ließ Katharina los, bevor sie sich ihm zuwandte. »Tatsächlich.« Sie musterte ihn erstaunt. »Hannes Gebauer. Sag bloß, du warst auch in dem Hotel?«

»Ich hatte zwei Häuser weiter einen Termin und habe Katharina zufällig getroffen. Vor dem Hotel, als es schon brannte. Ich habe ihren Leihwagen hergefahren.«

»Na, dann komm mal rein. Und du trinkst keinen Kakao?« Hannes sah über ihren Kopf hinweg Katharina an. »Ich schon, Katharina nicht. Noch nie.«

Katharina sah ihn sprachlos an und ging in die Küche.

Inken stand schon am Tisch, an dem Knut, Piet und Bjarne Carstensen saßen. Bjarne erhob sich sofort, als Katharina eintrat, und ging auf sie zu. »Kathimädchen«, sagte er mit seiner Stentorstimme und schloss sie in die Arme. »Das ist ja eine Freude, dich wiederzusehen. Ist alles in Ordnung?«

Katharina nickte nur und musste sich zusammennehmen, um nicht vor Rührung über den alten Mädchennamen in Tränen auszubrechen. »Ja, danke.« Sie presste die Antwort nur mühsam heraus, nicht zuletzt, weil er sie immer noch umklammert hielt und sie gegen seine Brust sprechen musste. Mühsam löste sie sich aus der Umarmung und trat einen Schritt zurück. »Schön, dich zu sehen.«

Inzwischen standen auch Knut und Piet unbeholfen um sie herum, und als dann noch Gertrud mit Hannes dazukam, griff Inken ein.

»So, jetzt ist es gut, alle mal hinsetzen. Das ist hier ja wie auf dem Bahnhof. Piet, holst du bitte den Schnaps? Und Knut, reichst du mir mal die Klappstühle? Danke. Hannes, setz dich auf die Bank, Gertrud auch, ihr macht mich ganz nervös.«

»Inken? Ich finde den Schnaps nicht.« Der Ruf kam aus dem Wohnzimmer, Inken rief genauso laut zurück. »Unten rechts im blauen Schrank.«

»Da ist er nicht.« Piet klang jetzt drängend. »Komm doch mal bitte gucken.«

Während in der Küche langsam Ruhe einkehrte, ging Inken rüber und sah Piet mit der Schnapsflasche in der Hand vor dem Schrank stehen.

»Du hast sie doch.«

Schnell legte er den Zeigefinger auf die Lippen. »Das war eine Finte«, flüsterte er. »Das müssen ja nicht alle mitkriegen. Ich soll dir was von Jesper geben.« Er schob ihr einen zusammengefalteten Zettel zu und tätschelte ihren Arm. »Ich habe auch nicht reingesehen.«

»Meine Süße, das wird mir hier gleich zu hektisch in deinem Haus. Fahre mit dem Bus rüber zum Strandparkplatz, lass mein Handy an, falls was ist, ansonsten komme ich morgen früh wieder. Küsse, Jesper auf der Flucht.«

Sie lächelte und nickte Piet zu. Und der rief etwas zu laut: »Ah, hier ist die Flasche versteckt. Die hätte ich niemals allein gefunden.«

Nach einem Becher Tee und Schnaps hatte Katharina sich so weit im Griff, dass sie in zusammenhängenden Sätzen erzählen konnte, was passiert war. Ein- oder zweimal hatte Hannes ihren Bericht ergänzt. Inken hatte aus dem Augenwinkel den Blick von Gertrud gesehen, der zwischen ihrer Schwester und Hannes hin und her ging. Natürlich kannte Gertrud die Geschichte der beiden. Sie war damals mit Mia zusammen im Gospelchor gewesen und hatte schon neben Bjarne Carstensen und seiner Frau gewohnt, mit der sie auch befreundet gewesen war. Demzufolge hatte sie auch Katharina in ihrem Trennungsschmerz erlebt, die damals oft bei Solveigs Vater gesessen und geheult hatte. Deshalb nannte er sie Kathimädchen, jedem anderen hätte Katharina das sofort verboten. Bjarne durfte das.

Inken musterte jetzt ihre Schwester, die immer müdere Augen bekam und nur halbherzig ein Gähnen unterdrückte. Sie musste fix und fertig sein. Als Knut sich jetzt interessiert nach vorn beugte und fragte, ob sie auch für Fernsehsendungen wie Talkshows recherchiere, stand Inken auf.

»So, ihr Lieben«, sagte sie, »alles andere verschieben wir auf morgen. Katharina schläft gleich am Tisch ein. Bjarne und Gertrud, könnt ihr Hannes noch in sein Hotel fahren?«

»Ich kann mir auch ein Taxi nehmen«, wehrte der ab. »Ihr müsst nicht extra fahren.«

»Das ist kein Problem«, antwortete Bjarne und erhob sich langsam. »Gertrud und ich fahren ihn eben hin und gucken noch mal am Kliff über die Kante aufs Meer. Zum Beruhigen, der Abend war aufregend genug. Kathimädchen, wir sehen uns ja bestimmt, spätestens wenn Solveig am Wochenende kommt. Also schlaf gut.« Er beugte sich zu ihr und strich ihr flüchtig über die Wange. »Tschüss denn, Knut, Piet, Inken, wir hören. Gute Nacht allerseits.«

Er sah Hannes auffordernd an, der langsam aufstand und Katharina die Hand kurz auf die Schulter legte. »Ich ...«

»Inken, kommst du noch mal?« Gertrud war schon vorgegangen und winkte Inken hektisch zu sich. Zögernd verließ die ihren Platz, von dem aus sie wenigstens gehört hätte, was Hannes ihrer Schwester noch sagen wollte. Jetzt kriegte sie nichts mit. Ärgerlich.

»Was denn?«

Mit stolzem Blick zog Gertrud Inken zur Seite. »Als hätte ich es gewusst, habe ich heute Morgen das Gästezimmer oben gemacht. Betten frisch bezogen, Gardinen gewaschen, alles sieht tiptop aus. Da musst du dir keine Sorgen machen, dass Katharina es unaufgeräumt findet.« Plötzlich schoss ihr noch ein Gedanke durch den Kopf. »Es sei denn ... sag mal, Jesper schläft doch wohl nicht oben, oder?«

»Nein, Gertrud.« Inken strich ihr über den Rücken. »Ich danke dir. Und wenn Jesper oben schliefe, würde er das in meinem Bett tun. Du musst nichts dazu sagen, er ist jetzt im Bus.«

»Gertrud, kommst du?« Bjarne und Hannes wollten los. Katharina hatte sie zur Tür begleitet und stand abwartend neben ihnen. Gertrud nickte. »Ich komme.«

Sie ging zwei Schritte, drehte sich um und sagte abschließend: »Von mir hörst du zu dem Thema nichts. Gute Nacht.«

Inken grinste, verabschiedete sich von Knut und Piet und schloss, als endlich alle weg waren, aufatmend die Haustür. Einen Moment lang lehnte sie sich an das Holz und genoss die plötzliche Ruhe, dann sah sie Katharina fragend an. »Möchtest du noch ein Glas Rotwein oder einen Tee oder was anderes? Oder soll ich dir dein Bett zeigen?«

Katharina überlegte kurz, dann sagte sie: »Am liebsten würde ich kurz duschen, ich habe immer noch diesen Brandgeruch in der Nase. Wir saßen ja die ganze Zeit im Qualm. Und danach wäre ein Rotwein schön.«

»Komm.« Inken stieg die Treppe hoch. »Das Bad ist oben, ich zeige dir, wo alles steht.«

Zweiter Teil

Inkens Bademantel ging Katharina nicht einmal bis übers Knie, die Ärmel waren auch zu kurz, dafür stimmte die Farbe. Er war weiß. Katharina schlang die nassen Haare zu einem Knoten, vermied den Blick in den beschlagenen Spiegel und ging auf nackten Füßen die Treppe hinunter. Ihre Flipflops, die sie immer in fremden Hotelzimmern trug, lagen auch im Hotel. Vermutlich waren sie bei der Hitze zu einem unförmigen Plastikklumpen zusammengeschmolzen. Auch teures Plastik überlebt keinen Hotelbrand.

Katharina zog an der angelehnten Küchentür und warf einen Blick hinein. Bis auf eine kleine Lampe auf der Fensterbank war hier das Licht gelöscht, der Tisch war aufgeräumt, von Inken nichts zu sehen. Sie fand sie schließlich im Wohnzimmer. Inken saß im Schneidersitz auf einem roten, plüschigen Sofa, ein Glas Wein in der Hand und auf den Knien eine Zeitschrift. Als hätte der rote Samtbezug nicht schon gereicht, waren mindestens zehn bunte Kissen auf dem Teil drapiert, jedes Kissen sah anders aus. Katharina schluckte kurz und tappte auf ihre Schwester zu.

»Hast du alles gefunden?« Inken hob erst jetzt den Kopf. »Oh. Ist vielleicht nicht ganz deine Größe. Soll ich mal gucken, ob ich noch Mias alten Bademantel in einer Kiste finde?«

»Bloß nicht«, winkte Katharina entsetzt ab und griff zu dem Glas, das Inken ihr hingeschoben hatte. »Der wird ja auch nicht gerade blütenfrisch riechen, wenn der seit zwanzig Jahren in irgendeiner Kiste vor sich hin gammelt. Kann ich ein paar von diesen Kissen runterschmeißen?«

Sie deutete mit dem Glas auf die Sofaecke, Inken streckte sofort ein Bein aus und kickte die Kissen auf den Boden. »Bitte«, sagte sie. »Ich finde auch, dass es zu viele sind, aber die hat Gertrud alle vor zwei Jahren in einem Nähkurs gemacht und keiner wollte sie anschließend haben. Das tat mir leid. Ich wusste allerdings nicht, dass der Nähkurs so lange ging. Es wurden immer mehr.«

Katharina ließ sich in die jetzt kissenlose Ecke sinken und zog ihre Beine hoch. »Die sind doch ganz hübsch«, sagte sie höflich, worauf Inken nur lachte.

»Gib dir keine Mühe. Und sag das nicht, wenn Gertrud dabei steht. Sie näht gern, aber sie kann nur Kissen. Ach, und Tagesdecken, davon habe ich auch vier Stück. Eine liegt auf deinem Bett. Die ist nicht ganz so bunt, nur gelb, kein Muster.«

»Ich dachte, die Kissen wären noch von Mia.« Katharina hob das Weinglas und roch daran. »Riecht gut. Zum Wohl. Und … danke für die Rettung. Ich war vorhin … ein bisschen überfordert.«

Sie sah Inken an und die wurde unter dem ernsten Blick verlegen.

»Hör auf, das ist doch normal. Du kannst übrigens alles benutzen, was im Bad rumsteht. Und mit Klamotten müssen wir morgen früh mal gucken, was dir von mir passt. Du bist ja größer als ich. Aber irgendetwas finden wir schon.«

»Ich fahre morgen früh ins Hotel. Vielleicht sind meine Sachen ja doch okay.«

»Bei den Wassermassen? Und dem Brandgeruch?« Inken schüttelte den Kopf. »Das glaube ich kaum. Wir werden es ja sehen.« Sie ließ den Wein in ihrem Glas kreisen, dann fragte sie, ohne ihre Schwester anzusehen: »Wann hast du Hannes denn das letzte Mal gesehen? Also vor heute Abend?«

»Im Februar vor 22 Jahren.« Die Antwort wusste sie ohne nachzudenken. »Und von weitem vor ungefähr zehn Jahren.

In Niebüll, an der Autoverladung. Wobei ich mir nicht ganz sicher bin, ob er das wirklich war.«

Ungläubig sah Inken sie an. »Das ist nicht dein Ernst, oder? Ihr habt doch aber auch mal Abitreffen oder Geburtstagsfeiern hier gehabt.«

Katharina zuckte mit den Schultern. »Ich war nur auf einem Abitreffen. Und damals war Hannes nicht dabei, weil er irgendeinen Forschungsauftrag in Norwegen hatte. Deshalb bin ich hingefahren. Solveig organisiert diese Treffen immer, daher wusste ich, dass er nicht kommt.«

»Du hast ihn zwanzig Jahre lang gemieden?« Inken konnte es kaum fassen. »Aber warum? Ich dachte, es wäre nur eine ganz normale Trennung gewesen. Oder ist da noch etwas anderes passiert?« Jetzt hatte sie ihre Augen aufgerissen. »Hat er dich geschlagen? Oder …«

»Nein«, winkte Katharina ab und sah ihre Schwester unbewegt an. »Es ist so lange her und irgendwann war es vergessen. Na ja, ist auch egal.« Sie hob das Glas an die Lippen, trank und stellte es vorsichtig wieder ab. »Es war eine ganz normale Trennung. Passiert jedem und täglich. Ich glaube, ich gehe ins Bett. Und morgen kümmere ich mich um meine Sachen und ein neues Hotel. Ach so, wo schlafe ich eigentlich?« Sie gähnte demonstrativ und stand langsam auf.

»Oben rechts, im Gästezimmer.« Inken schenkte sich Wein nach. »Gertrud hat das Bett frisch bezogen und alles geputzt. Du brauchst dir keine Sorgen zu machen.«

»Ich mache mir keine Sorgen.« Katharina blickte auf Inken herab, die ihrem Blick aber standhielt. »Warum auch?«

»Weil du ja Unordnung so hasst«, antwortete Inken und lächelte dabei. »Und ich weiß, dass du immer ein Problem hast, wenn du hier bist. Weil hier Teppiche schief liegen und Kissen farblich nicht harmonieren.«

Katharina sah zwar Inkens Lächeln, hörte aber auch den Tonfall und bekam ein schlechtes Gewissen. Langsam ließ sie sich wieder auf das Sofa sinken. Nach einem kurzen Moment hob sie den Kopf. »Das stimmt nicht«, sagte sie. »Ich habe doch noch nie was gesagt.«

»Nein.« Inken lächelte immer noch. »Aber du schiebst jedes Mal den Teppich im Flur zur Seite. Sobald du reinkommst. Zack, ist dein Bein ausgefahren. Ich glaube, du merkst das gar nicht mehr. Du bist so angestrengt, Katharina, sei doch mal ein bisschen gelassen. Und lass meine Teppiche liegen, auch wenn sie hochkant stehen.«

»Das denkst du nur«, antwortete Katharina ausweichend. »Ich finde es wirklich ganz hübsch hier. Es tut mir leid, wenn du mir das nicht glaubst.«

»Ja, klar.« Jetzt war Inkens Lächeln verschwunden. »Ganz hübsch. Deshalb hast du es auch ganz eilig, dir gleich morgen ein neues Hotel zu suchen. Bloß weg hier. Aber das kannst du bitte Gertrud erklären. Sag ihr irgendeinen Grund, aber nicht den, dass es dir hier zu chaotisch ist. Das ist es nämlich nicht.«

Katharina blieb der Mund offen stehen. Aber Inken war noch nicht fertig.

»Weißt du, ich lasse hier alles stehen und liegen, weil ich dich nicht erreichen kann, und fahre dich suchen. Knut, Piet, Gertrud und ihr Pastor kommen hierher, weil sie sich Sorgen um dich machen. Alle sind froh, dass es dir gut geht, was dich aber überhaupt nicht kümmert. Du hast dich ja noch nicht mal bei Gertrud und Bjarne gemeldet, seit du hier bist. Nein, Katharina Johannsen entschuldigt sich nur dafür, dass sie sich einmal normal und wie früher benommen hat, und reist, sobald es geht, wieder ab.«

Mit zu viel Schwung goss sie sich nach, der Wein ging am Glas vorbei und landete auf dem Tisch. »Da, wieder alles eingesaut.« Inken zog ein zerfleddertes Tempo aus der Hosentasche und wischte die Pfütze weg. »Doch chaotisch.«

Erst jetzt sah sie ihre Schwester wieder an. Katharina wirkte wie versteinert. »Was ist? Ärgerst du dich über die Weinflecken? Sind schon wieder weg.«

Sie ließ das Taschentuch auf dem Tisch liegen, rieb sich die Hand an der Jeans trocken und versuchte, sich zu beruhigen. Ihr Kopf war ganz heiß. Warum war ihre Schwester auch immer so unnahbar? Eine Trennung wie jede andere? Sie war doch damals dabei gewesen. Es war ein riesiges Drama gewesen. Und sie hatte Katharina vorhin am Hotel gesehen. Ihren Gesichtsausdruck, als sie neben Hannes stand. Und von wegen, ganz hübsch hier. Alles, was sie sagte, machte Inken klein. Morgen war sie wieder weg. Wenn es nicht so spät wäre, würde sie vermutlich heute Abend noch fahren. Und wenn Inken noch mehr redete, dann sofort. Warum sagte sie überhaupt so viel? Es nützte sowieso nichts. Es war immer wieder diese blöde Distanz zwischen ihnen.

»Ich bin keine zwölf mehr«, platzte es aus Inken raus. »Auch nicht, wenn du mich weiter so behandelst.«

Ganz langsam erhob sich Katharina, verharrte kurz, dann griff sie zur Weinflasche, goss beiden nach und setzte sich wieder. Sie trank, stellte das Glas hin, schlug ihre Beine übereinander und fragte: »Bist du fertig?«

»Nein.« Inken griff zu ihrem Glas. »Ich habe nur keine Lust mehr zu reden. Prost.«

Katharina sah sie an und ärgerte sich über sich selbst. Natürlich hatte Inken recht mit dem, was sie gesagt hatte. Aber Katharina meinte es doch gar nicht böse, sie versuchte nur, alles so gerade und klar zu organisieren, wie es eben ging. Ohne jemanden zu belästigen, ohne Umstände zu machen und ohne Zeit zu verlieren. Das war doch nicht so kompliziert.

»Ich wollte doch nur …«, begann sie, wurde aber von Inken unterbrochen.

»Falls du jetzt alles vernünftig erklären willst, also von wegen, du gehst ins Hotel, weil du da konzentrierter bist oder weil dein Auftraggeber das bezahlt oder weil es so für alle besser ist oder diesen ganzen Scheiß, dann trink einfach aus und geh ins Bett. Falls du mir sagen willst, warum du vorhin so durcheinander warst, wie es dir in Wirklichkeit geht oder was du in den nächsten Wochen hier so vorhast, dann können wir uns noch bis morgen früh unterhalten. Aber bitte keine Katharina-hat-alles-im-Griff-Erklärungen. Die kann ich heute Abend nicht ertragen.«

Ohne den Blick von ihrer Schwester zu wenden, hangelte Katharina nach einem der bunten Kissen, die auf dem Boden lagen, zog ihre Beine hoch und stopfte das Kissen um ihre Füße. »Als ich vorhin Hannes' Stimme gehört habe, dachte ich, mich trifft der Schlag«, sagte sie leise. »Und der Gedanke, dass ich ihn heute wiedergetroffen habe, kreist noch so wild durch meinen Kopf, dass ich, ehrlich gesagt, noch gar nicht darüber reden kann. Nicht nur mit dir nicht, Inken, ich könnte auch mit keinem anderen darüber sprechen. Ich muss das erst mal für mich sortieren. Das geht nicht gegen dich.«

Inken sah sie prüfend an und nickte knapp. »Geht doch«, sagte sie. »Das habe ich sowieso bemerkt, du brauchst doch mir gegenüber nicht so zu tun, als wärst du aus Stein. Du bist meine Schwester, Katharina, ich kannte dich schon, bevor du so perfekt geworden bist. Und was ist mit deinem Job hier? Wie war denn das Treffen mit Bastian de Jong? Das war doch heute, oder?«

Unwillkürlich musste Katharina lächeln. Das war typisch für Inken, wenn sie etwas wissen wollte, verschenkte sie keine Zeit. Da gab es keine Fragen aus dem Hinterhalt, keine eleganten Überleitungen und keine Umschweife. Sie war so wunderbar direkt.

»Ich kam von dem Essen, als mich die ganzen Feuerwehrwagen überholten. Ja, wie war es?« Katharina überlegte. »Etwas seltsam. Ich werde aus dem Mann nicht klug. Ich habe Jens danach angerufen, der hat gesagt, dass de Jong mich –

wie hat er sich ausgedrückt – anmachen will, aber das halte ich für Blödsinn. Aber er war so ... unkonzentriert? Zerstreut? Ich kann es noch nicht richtig einordnen.« Ein akuter Anfall von Müdigkeit überkam sie plötzlich, sie war noch nicht einmal in der Lage, die Hand beim Gähnen vor den Mund zu halten. »Entschuldigung, aber irgendwie bin ich jetzt platt.«

»Dann geh doch ...«

Das Telefon vor ihnen auf dem Tisch klingelte plötzlich und durchdringend. Katharina zuckte zusammen. »Um die Zeit? Hoffentlich keine neue Katastrophe.«

Inken hatte das Telefon schon in der Hand und nach einem Blick auf das Display genickt. »Eine kleine. Hallo Mia.«

Ohne große Einleitung kam Mia zur Sache. »Du hast deinen Computer ja schon aus. Mach noch mal an, ich will dir was erzählen.«

»Das kannst du auch ohne zu skypen, Mia. Also, schieß los.«

Inken sah zu Katharina, die eine abwehrende Handbewegung machte und den Zeigefinger auf den Mund legte. »Dauert sonst zu lange«, flüsterte sie. »Ich rufe sie morgen mal an.«

Ihre Mutter erhob jetzt die Stimme. »Nein, kann ich nicht. Hast du Besuch? Ich habe was gehört.«

»Das war der Fernseher.« Inken schwang ihre Beine vom Sofa und ging mit dem Hörer am Ohr zum Schreibtisch, um den Computer anzuschalten. »Du kannst auflegen, ich skype dich gleich an.« Sie legte den Hörer auf die Station und setzte sich vor den Rechner. »Wenn du nicht mit ihr sprechen willst, solltest du aus der Kamera gehen. Oder willst du?«

Katharina trank ihren Wein aus und stand auf. Mit dem leeren Glas in der Hand stellte sie sich hinter Inken und blickte ihr über die Schulter. »Ich glaube, heute nicht. Ich gehe hoch, oder?«

»Wenn du nicht mehr reden willst ...«

Das Programm öffnete sich und Inken drehte sich zu ihrer Schwester. »Gute Nacht, schlaf gut.«

Katharina beugte sich zu ihr und küsste sie flüchtig auf die Wange, bevor sie aus dem Zimmer ging.

Mit einem Seufzen klickte Inken sich zu Mia.

»Hallo Inken, das hat ja wieder mal geklappt.«

Inken blickte in Mias linkes Auge, auf ihr linkes Ohr und den halben Mund. »Drehst du die Kamera bitte mal nach rechts? Ich sehe dich nur halb.«

»Klar.« Die Hand ging nach oben, es ruckelte und Mia verschwand ganz. Stattdessen sah Inken den alten Sessel ihres Vaters, der mit Zeitschriften und Papieren übersät war.

»Mia? Das war zu viel. Du bist weg.«

»Das ist doch ein blödes Teil. Das hält nicht. Jetzt?«

Das Ohr war schon wieder im Bild. Der Rest noch nicht.

»Richtung stimmt.« Inken stützte ihren Kopf auf die Hand und gähnte mit geschlossenen Augen. Als sie sie wieder öffnete, starrte ihre Mutter sie voll an. »Halt doch die Hand vor den Mund. Ich gucke dir bis in den Hals.«

»Hast du mal auf die Uhr geguckt? Es ist nach elf.«

Mia trug eine knallgrüne Bluse und mindestens zehn Armreifen. Das Klimpern konnte man selbst durch die schlechten Lautsprecher hören. »Du gehst doch nie so früh ins Bett. Wie findest du diese Farbe?«

Sie stand auf, um die Bluse im Ganzen zu zeigen, setzte sich dann schnell wieder hin und kam dabei an die Kamera. Inken sagte nichts. Es fehlte ja nur das rechte Ohr ihrer Mutter, aber das konnte man sich dazudenken.

»Inken? Sag doch mal.«

»Ja, schön. Grün. Wolltest du mir das jetzt zeigen?«

Mia rutschte näher ran. »Nein, das fiel mir nur gerade ein. Weshalb ich anrufe: Ich habe dir doch von diesem Architekten aus Köln erzählt? Der hier Gast war. Und mit Papa segeln war. Und eine Frau suchte. Oder?«

»Ja, hast du.« Inken hörte leise Schritte im Flur und sah im Spiegel des Fensters Katharina mit einer Flasche Wasser aus der Küche kommen. Sie ging auf Zehenspitzen, blieb aber doch im Türrahmen stehen und sah zu Inken.

»Und was ist mit dem?«

Mia holte tief Luft und sagte empört. »Ich hatte dir doch auch gesagt, dass er was für Katharina wäre, nicht wahr? Fand ich wirklich. Der war irgendwie sexy. Jedenfalls ist hier gestern seine Frau aufgetaucht, um ihn abzuholen. Seine Frau. Stell dir das mal vor. Unmöglich. Und mir erzählt er, dass er eine neue sucht. Ich hätte ihm fast Katharina vorgeschlagen. Wie findest du das?«

Hinter ihr quietschte eine Schranktür, anscheinend suchte Katharina ein Glas.

»Unmöglich.« Inken musste sich zusammenreißen, weil sie hinter sich Geräusche hörte. Katharina tappte durch den Flur zurück ins Wohnzimmer und sah sich suchend um. Unter dem Tisch deutete Inken auf den Schrank, in dem Gläser standen. Wieder auf Zehenspitzen lief Katharina im großen Bogen um den Schreibtisch herum und rammte ihren Zeh an den Sessel.

»Ah, Schei…«, zwar hielt sie sofort die Hand vor den Mund und verdrehte tonlos die Augen, trotzdem hob Mia sofort den Kopf. »Wer redet denn da? Hast du Besuch?«

»Der Fernseher.«

»Inken, du bist so eine schlechte Lügnerin. Ich kann den Fernseher hinter dir sehen und der ist aus.«

Leise stöhnend humpelte Katharina um den Sessel herum und ließ sich hineinfallen.

»Sag bloß, Jesper ist schon wieder da.«

»Mama, bitte.«

»Da war doch eine Bewegung im Hintergrund. Da ist doch jemand im Zimmer.«

Katharina räusperte sich. »Hallo Mia.« Sie rief es leise in Inkens Richtung.

»Wer war das denn?«

»Deine Tochter.« Inken lächelte Mia geduldig an, die hektisch an Inken vorbeisah.

»Nein, da ist doch noch jemand. Halt mich doch nicht für blöd. Aber gut, wenn du es nicht sagen willst, kann ich mir schon denken, dass Jesper mal wieder reingeschneit ist. Dieser Filou. Dass du nicht klug wirst. Irgendwann wird sein jugendlicher Charme auch mal alt. Vielleicht wirst du dann klug. Dabei gibt es so tolle Männer auf der Welt und du ...«

Katharina hatte den Monolog ihrer Mutter erstaunt verfolgt und dabei Inken fragend angesehen. Die blieb ganz entspannt.

»Mama, merkst du eigentlich, dass du ein kleines bisschen spießig wirst? Außerdem ist Jesper nicht in diesem Zimmer.«

»Ich habe doch etwas ...«

Katharina näherte sich Inkens Stuhl und der Kamera.

»Es war deine Tochter«, wiederholte Inken und zog Katharina am Ärmel ins Bild. »Du musst richtig zuhören.«

»Katharina.« Mia brüllte so laut ins Mikrofon, dass es rauschte. »Das ist ja ein Ding. Was machst du denn bei Inken? Und was hast du da eigentlich an? Trag doch mal was Buntes. Ewig dieses Weiß und Beige, du bist doch keine siebzig. Sag mal ... Das ist ja schön. Hast du mir erzählt, dass du nach Sylt fährst? Wie geht es dir denn?«

»Gut, danke. Ich habe es dir erzählt, ich habe hier einen Rechercheauftrag. Und das Kleid ist übrigens Inkens Bademantel.«

»Ach.« Mia sah sie zufrieden an. »Inken, wo ist denn dieser schöne bunte Bademantel, den ich dir letztes Jahr genäht habe? Der müsste Katharina doch besser passen. Wie lange bleibst du denn, Katharina?«

»Wahrscheinlich drei Wochen. Mal sehen, je nachdem, wie schnell ich alles schaffe.«

»Das ist schön.« Mia nickte strahlend. »Dann habt ihr ja

auch mal ein bisschen Zeit zusammen. Du wohnst doch bei Inken, nicht wahr?«

Inken öffnete den Mund, doch Katharina war schneller. »Ja«, antwortete sie und sah ihre Schwester dabei an. »Zumindest so lange, bis sie mich rausschmeißt.«

»Das tut sie nicht«, entgegnete Mia sofort. »Sie hat Platz genug und sie hängt so an dir. Nicht wahr, Inken? Ja, dann will ich mal nicht länger stören, macht es euch noch hübsch und bis bald.«

»Gute Nacht, Mama«, sagte Inken und wollte die Verbindung gerade unterbrechen, als Mia rief: »Katharina?«

»Ja?«

»Falls du gerade schon mitgehört hast, dieser Architekt war sowieso nichts für dich. Bei genauerem Hinsehen. Der hatte zu wenig Feuer im Hintern. Da kannst du auch diesen etwas lahmen Freund, den du gerade hast, behalten. Wie hieß der noch gleich? Jörg? Jakob?«

»Jens.«

»Ach ja. Na, egal. Aber wer weiß, was euch noch alles so über den Weg läuft, da muss man sich auch nicht sofort festlegen. Also, bis bald.«

Mias einohriges Gesicht verschwand und Inken sah ihre Schwester an. »Jetzt weißt du Bescheid.«

Sie schloss das Programm und schaltete den Rechner aus. Ohne ihren Blick vom Bildschirm abzuwenden, fragte sie: »Warum hast du ihr gesagt, dass du hier wohnst?«

»Weil ich wirklich gern hier wohnen würde. Falls ich darf.«

Überrascht drehte Inken sich zu ihr. »Natürlich. Aber dann mach dich bitte locker. Du musst hier nicht perfekt gestylt und angestrengt durch die Gegend stöckeln. Und wir können uns auch mal über irgendeinen Unsinn unterhalten. Es muss nicht immer alles so ernst sein.«

Katharina schob die Hände in den zu kleinen Bademantel und lächelte.

»Natürlich. Ich gehe jetzt ins Bett. Und morgen, meine Liebe, frage ich dich mal nach dem Unsinn mit Jesper. Dass er hier ist, kann ich mir nach Mias Ausführungen denken. Außerdem steht sein Waschzeug im Bad, ich vermute zumindest, dass es seins ist. Du wirst dich ja nicht nass rasieren.«

»Das muss ja nicht Jespers sein. Vielleicht habe ich auch noch andere Liebhaber. Das weißt du doch gar nicht.«

Katharina beugte sich zu ihr und küsste sie auf den Scheitel. »Auf dem Kulturbeutel ist ein Monogramm. J. M. Was das heißt, war nicht so schwer zu erraten. Schlaf gut, bis morgen.«

Inken blieb am Schreibtisch sitzen und sah ihr nach. Der Punkt ging an Katharina.

Die Sonne kam von der linken Seite, was Katharina irritierte. Sie blinzelte in die Helligkeit und fragte sich, warum das Bett plötzlich an der anderen Wand stand. Müde drehte sie sich um, ihr Blick fiel auf einen bunten Flickenteppich, der vor dem Bett lag, und plötzlich war die Orientierung wieder da. Sie lag nicht im Hotelbett, sie war bei Inken. Die Bilder des letzten Abends liefen ihr durch den Kopf. Bastian, der Parkplatz am Westerländer Campingplatz, die blauen Lichter der Feuerwehr, der Brand im Hotel und – Hannes. Sie stöhnte kurz auf, drehte sich wieder auf den Rücken und verschränkte die Arme unter dem Kopf. Was war das nur für ein Abend gewesen? Das war doch alles nicht zu glauben. Sie schloss die Augen, versuchte, die Ereignisse in eine sinnvolle Reihenfolge zu bringen, und scheiterte. Als sie die Augen wieder öffnete, sah sie in das schlecht gelaunte Gesicht eines Steinmännchens, das aus einem Regal zu ihr hinabstarrte. Es war wirklich das hässlichste Steinmännchen, das sie kannte. Trotz der grünen Haare, die mit winzigen roten Schleifen zu kurzen, verfilzten Zöpfen gebunden waren.

Inken hatte in der dritten Klasse ein Steinmännchen basteln müssen, was sie fast zur Verzweiflung getrieben hatte. Ihre kleinen Finger waren zu ungelenk gewesen, um die flachen Steine als Füße unter den runden Stein zu kleben. Auch der kleinere Stein, der den Kopf darstellte, hatte nicht halten wollen. Mia hatte es aus pädagogischen Gründen abgelehnt, ihr zu helfen. Sie hatte Inken lediglich die Klebetube hingehalten und zu Katharina gesagt, dass sie sich ganz sicher wäre, ihrer jüngsten Tochter genug kreative Gene für die Erstellung eines Steinmännchens vermacht zu haben. »Lass sie das mal alleine machen«, hatte sie gesagt. »Inken muss mal ein bisschen an ihrer Feinmotorik arbeiten, sie ist viel zu ungeduldig für die Kunst. Aber ich bin mir sicher, sie kriegt das hin.« Zufrieden und entschlossen war sie ins Gartenhaus gegangen, in dem ihre Töpferscheibe stand.

Inken hatte ihr tränenreich nachgesehen und den Blick verzweifelt auf Katharina gerichtet.

»Ich kann das nicht«, hatte sie leise gesagt. »Ich mag die Klebe nicht auf den Fingern.«

Sie mochte damals auch keine Steine in den Händen, keine Farben auf dem Tisch und keine Haare, die in Wirklichkeit aus Wolle waren. Katharina hatte das traurige Gesicht ihrer Schwester noch weniger gemocht, also hatte sie sich neben sie gesetzt, geduldig die Steine zusammengeklebt und aus der grünen Wolle Haare gebastelt. Inken hatte ihr erleichtert zugesehen, aber energisch den Kopf geschüttelt, als Katharina ihr die fertig geklebte Figur zuschob, damit sie ihr ein Gesicht malte. »Mach du das«, hatte Inken sie gebeten und zutraulich ihren Lockenkopf an Katharina gelehnt. »Ich kann kein Gesicht.«

Also hatte Katharina nach Farbkasten und Pinsel gegriffen und Augen, Nase und Mund gemalt. Als alles fertig war, hatte Inken ernst genickt und sich mit einem Stielkamm und winzigen Bändern an die Frisur gemacht. Damit sie wenigstens ein bisschen selbst gebastelt hatte. Zöpfe flechten konnte sie.

Das Steinmännchen war so ein Steinmädchen geworden. Damals war Katharina gar nicht aufgefallen, wie böse die Dame guckt. Sie sah richtig schlecht gelaunt aus, da halfen auch die grünen Zöpfe nichts. Gene hin, Gene her, Katharina hatte keine abbekommen, zumindest keine, die für das Malen von freundlichen Gesichtern zuständig waren. Katharina musste Inken unbedingt fragen, welche Zensur sie eigentlich damals bekommen hatte. Und warum diese hässliche Steinfrau immer noch auf dem Regal stand.

Vergeblich hielt sie Ausschau nach einer Uhr. Nicht mal ihr Handy war im Zimmer. Kurz entschlossen schwang sie ihre Beine aus dem Bett, schlüpfte in Inkens Bademantel und stieg die Treppe hinab in die Küche.

Es war still im Haus. Der Küchentisch war für eine Person gedeckt, Teller, Tasse, ein Korb mit Brötchen, Marmelade, Honig und ein handgeschriebener Zettel. »Guten Morgen, Kaffee ist in der Thermoskanne, Käse und Wurst sind im Kühlschrank, Eier sind aus. Ich habe Kursus, bis später, Inken.«

Neben dem Teller lag ihr Handy. Es waren keine Anrufe eingegangen, Katharina vertrieb den seltsamen Gedanken schon im Anflug. Warum sollte Hannes sie anrufen? Er hatte ihre Handynummer doch gar nicht. Sie wunderte sich, als sie die Uhrzeit sah: halb elf. Sie musste geschlafen haben wie ein Stein, das passierte ihr sonst nie, es war wohl das Karma der schlecht gelaunten Steindame. In diesem Moment fiel ihr auch der Name wieder ein. Lotti. Wegen der grünen Haare. Katharina hatte die Namenswahl damals schon nicht verstanden.

Sie nahm die Tasse, die eigentlich ein Becher war, in die Hand. Es handelte sich eindeutig um ein Cannabisblatt, was ihre Mutter hier eingearbeitet hatte. Da war ihre Erinnerung ganz richtig gewesen. Die Pflanzen hatten auf der Fensterbank von Mias Atelier gestanden, angeblich hatte Mia die Blattform so hübsch gefunden. Und bis Katharina ihre Eltern bei einem überraschenden Besuch ziemlich zugekifft und kichernd im Garten überraschte, hatte sie das tatsächlich geglaubt. Mia und Joe hatten an einem Lagerfeuer gesessen, Stockbrot gebacken und sich fast weggeschmissen vor Lachen, nur weil ihre älteste Tochter plötzlich vor ihnen stand. Katharinas erstaunte Frage, was um alles in der Welt mit ihnen los sei, löste die nächsten Lachsalven aus. Als sie die Kippen in einem alten Tontopf bemerkte, hatte sie es begriffen und war ins Haus gegangen. Dort hatte sie nur den Kopf geschüttelt und sich gefragt, ob sie wirklich das leibliche Kind dieser beiden Irren war.

Mit der gefüllten Tasse stellte sie sich ans Fenster und schaute auf den Hafen. Dieser Blick war umwerfend und Katharina wurde fast neidisch, wenn sie daran dachte, dass Inken das jeden Morgen hatte. Bestimmt war die Nähe zum Meer der Grund dafür, dass ihre Schwester diese Leichtigkeit ausstrahlte. Egal, was passierte, es würde immer wieder Ebbe und Flut geben, es konnte nichts passieren, was das verhinderte. Das Meer war stärker als alles andere. Katharina fand diesen Gedanken plötzlich ungemein tröstlich und merkte, wie sehr sie dieses Gefühl vermisst hatte.

Ihre Gedanken wurden jäh unterbrochen, als ein alter dunkelgrüner VW-Bus mit lautem Motorengeräusch langsam durch das Bild tuckerte. Er fuhr aufs Haus zu und parkte an der Seite. Katharina ging einen Schritt vom Fenster weg. Es musste sie ja nicht jeder vor dem Duschen und mit wirrem Haar in diesem viel zu kleinen Bademantel sehen. Leider hielt sich der Besucher nicht daran. Bevor Katharina ihre Tasse abgestellt hatte, war er auch schon im Flur.

»Hey!« Gut gelaunt und strahlend bog er um die Ecke. »Die Tür war offen. Vielleicht bringst du deiner Schwester endlich mal die Furcht vor Dieben bei.«

Katharina hätte ihn sofort und überall erkannt. Und das, obwohl sie ihn seit Jahren nicht mehr gesehen hatte. Er schien überhaupt nicht älter zu werden.

»Jesper Madsen«, sagte sie resigniert und versuchte, ohne großen Erfolg, den Bademantel etwas zusammenzuziehen. »Du hast mir gerade noch gefehlt.«

»*Mange tak*, vielen Dank«, er ging begeistert und mit ausgestreckten Armen auf sie zu. »Die verlorene Schwester. Ich habe dich auch so vermisst. Lass dich drücken. Ist das Inkens Bademantel? Bisschen klein, was?«

Ihre protestierende Handbewegung ignorierend umarmte er sie mit aller Kraft. »Nein, was schön. Auch, wenn erst ein Hotel abfackeln muss, bevor du herkommst. Aber jetzt bist du ja da.« Er ließ sie abrupt wieder los und betrachtete den gedeckten Tisch und dann sie. »Ist das für mich? Möchtest du vielleicht …?«

Fragend sah er sie an. Katharina rieb sich den Arm und deutete mit einer Kopfbewegung auf den Stuhl. »Setz dich. Ich trinke morgens nur Kaffee. Und außerdem muss ich jetzt duschen. Guten Appetit.«

Jesper hatte sofort das Messer und ein Brötchen in der Hand. »Okay. Ich kann dir aber was übrig lassen. Es ist ja genug da. Bis gleich.«

Katharina war schon auf dem Weg nach oben.

In ein Handtuch gewickelt beugte sie sich über das Waschbecken und betrachtete ihr Gesicht. Auch wenn sie Inkens Kosmetik benutzen konnte, vermisste sie ihre eigenen Cremes, Lotionen und Fläschchen, die immer noch in ihrem Hotelzimmer standen. Sie benutzte seit Jahren dieselbe Kosmetik, dasselbe Parfüm, dasselbe Shampoo. Sie probierte nie etwas anderes aus, der immer gleiche Duft, die immer gleiche Konsistenz gaben ihr Sicherheit. Im Augenblick fühlte sich alles fremd an, fast so, als wäre sie jemand anderes.

Während sie sich mit einer Körperlotion aus dem Supermarkt eincremte, dachte sie an Jesper und musste lächeln. Was für ein Typ. Sie konnte sich noch genau an den Tag erinnern, an dem sie die Karte von ihrer Schwester bekommen hatte. Da war sie schon Hausdame in München. Als sie abends nach Hause kam, war der Umschlag mit Inkens Handschrift und dänischen Briefmarken in ihrem Briefkasten. Innen ein Foto, auf dem eine braungebrannte Inken barfuß und lächelnd in einem bunten Kleid, auf dem Kopf einen Blumenkranz, neben dem fröhlichen, blonden Jesper auf einem Segelboot sitzt und die Beine baumeln lässt. Auf der Rückseite stand der Satz: »Stellt euch vor, wir haben geheiratet.«

Katharina hatte fassungslos auf das Foto gestarrt und sofort bei Mia auf Mallorca angerufen. Ihre Mutter hatte genauso wenig davon gewusst, fand Jesper aber sehr süß, wunderte sich nur, dass ihre Jüngste so etwas Spießiges wie eine Eheschließung vollzogen hatte.

»Als wenn man das heute noch bräuchte«, hatte sie gesagt, »und dann noch so jung. Vielleicht haben sie eine Wette verloren. Oder Drogen genommen. Na ja, sie wird es uns schon noch erzählen.«

Auf der Party, die ein paar Wochen später in einem Strandlokal auf Sylt stattgefunden hatte, war Katharina nicht gewesen. Sie konnte nicht für ein Wochenende von München auf die Insel kommen, hatte sie gesagt, in Wirklichkeit aber einfach keine Lust gehabt.

Ihren neuen Schwager hatte sie erst ein halbes Jahr später kennengelernt. Sie hatten sich Weihnachten in München getroffen. Ihre Eltern, Inken und Jesper waren Katharinas Einladung gefolgt und ins Hotel gekommen. Es war ein grauenhafter Abend gewesen. Mia und Joe fühlten sich in dem Fünf-Sterne-Haus sichtbar unwohl, Inken und Jesper hielten unter dem Tisch Händchen, sprachen abwechselnd deutsch und dänisch miteinander, waren bestens gelaunt und wirkten dabei wie zwei bunte Schmetterlinge, die sich in eine dunkle Kellergruft verirrt hatten. Katharina war nur froh, dass sie ab und zu Gäste begrüßen oder Fragen von Mitarbeitern beantworten musste, sonst wäre sie vor lauter Selbstmitleid in Tränen ausgebrochen. Unvermittelt hatte sie seit langer Zeit wieder an Hannes gedacht. Und das, obwohl sie schon seit

Monaten nichts mehr von ihm gehört hatte. Am nächsten Tag waren alle wieder abgereist. Und Katharina war erleichtert. Sie hatte sich so wenig zugehörig gefühlt und Inkens Geturtel kaum ertragen.

Als Inken nur ein Jahr später mitteilte, dass sie sich getrennt hätten, verspürte Katharina neben einem Bedauern auch eine gewisse Genugtuung. Dafür schämte sie sich noch heute.

Der Brandgeruch hing immer noch in ihrer Kleidung, Katharina rümpfte die Nase, als sie die weiße Bluse zuknöpfte. Als Allererstes würde sie jetzt im Hotel anrufen, um zu fragen, wann sie ihre Sachen holen könnte. In diesem Moment fiel ihr ein, dass sie mit Bastian de Jong eine Verabredung zum Mittagessen hatte, auch ihn musste sie anrufen. Und danach sollte sie sich bei Jens melden. Der musste schließlich wissen, dass sie jetzt bei Inken wohnte.

Was hatte Mia über ihn gesagt? »Da kannst du auch diesen etwas lahmen Freund, den du gerade hast, behalten.«

Das war typisch für ihre Mutter. Jens war nicht lahm, er war verlässlich, überlegt, höflich und wenig spontan, und genau das war für Katharina wichtig. Ein Chaot wie Jesper würde sie nervös machen. Das war doch nichts fürs Leben. Aber Jens war anders. Und jetzt würde sie ihn anrufen. Vielleicht wollte er doch noch ein Wochenende hier verbringen.

Während sie das Freizeichen hörte, stellte sie sich Jens in Inkens Haus vor. Und wartete darauf, dass sich dieses Bild gut anfühlte. Am anderen Ende nahm niemand ab, Katharina drückte die Taste zum Beenden und ließ das Telefon langsam in ihren Schoß sinken. Bestimmt würde er noch kommen, um sie zu besuchen, sie war da sehr zuversichtlich. Auch wenn sich das jetzt gerade ganz falsch anfühlte.

Inken griff zu einem Putzlappen und wischte sich das Maschinenöl von den Fingern. »Das musst du wissen«, sagte sie und warf den Lappen in den Eimer, der an der Reling hing, »von mir aus kannst du auch bleiben, Katharina ist vermutlich den halben Tag im Archiv und die andere Hälfte vor ihrem Rechner. Wenn meine Schwester arbeitet, dann richtig.«

Jesper betrachtete gedankenverloren den Motor, an dem Inken gerade herumgeschraubt hatte. Dann hob er den Kopf und lächelte. »Aber vielleicht fühlt sie sich doch gestört. Ihre Begeisterung hielt sich bei meinem Anblick heute Morgen in Grenzen. Ich fahre morgen früh zurück, ich habe noch genug zu tun. Und wir sehen uns bald wieder.«

Achselzuckend drehte Inken den Verschluss des Ölkanisters zu. »Katharinas Begeisterung hält sich immer in Grenzen, vor allem wenn etwas nicht eindeutig definierbar ist. So war sie schon immer. Sie wird mich spätestens heute Abend fragen, wie das ganz genau mit uns ist. Hat sie eigentlich gesagt, wo sie hinwill?«

»Sie ist zum Hotel gefahren, es hat jemand angerufen, der gesagt hat, sie könne ihre Sachen sichten. Was machen wir jetzt?«

Inken stellte den Kanister ab, ging auf ihn zu und legte ihre Arme um seine Hüfte. »Ich hätte da eine Idee. Mein Motor ist repariert, ich muss zwar nachher noch nach Westerland und was erledigen, aber jetzt könnte ich Mittagspause machen. Das Haus ist leer, niemand stört, was fällt dir dazu ein?«

Jesper küsste sie auf die Nase und nahm ihre Hände von seinen Hüften. »Klingt gut, aber ich wollte wirklich noch etwas in Ruhe mit dir besprechen. Und ...«

»Ja, ja.« Inken zog ihn zu sich runter und küsste ihn. »Das machen wir hinterher. Komm jetzt.«

Jesper ergab sich und folgte ihr.

»Wir kommen selbstverständlich für diese Unannehmlichkeiten auf«, sagte Frank Hoffmann, während Katharina mit spitzen Fingern ihre Reisetasche öffnete. Die Tasche war hin, das musste sie gar nicht genauer untersuchen. Das Leder war hart und aufgequollen, die wenigen Wäschestücke, die sie herausnahm, konnten auch nur noch in den Müll. Das traf auch für den Inhalt des Kleiderschranks zu. Das ganze Zimmer war mit klebrigem Ruß bedeckt.

»Das kann ich wohl vergessen.« Katharina blickte sich ratlos um. »Selbst die Schuhe sind nass. Das kann alles entsorgt werden. Dann gehe ich wohl mal einkaufen.«

»Wie gesagt, wir kommen ...«

»Es sind nur Kleidungsstücke«, unterbrach sie ihn. »Solange kein Mensch zu Schaden gekommen ist, spielt das alles keine große Rolle. Sie brauchen sich nicht weiter um ein neues Hotel zu bemühen, ich bleibe bei meiner Schwester. Sie haben ja meine Handynummer. Ich höre dann von Ihnen?«

»Natürlich.« Frank Hoffmann streckte ihr die Hand hin. »Und wie gesagt, wir bemühen uns, dass alles schnell und unbürokratisch abgewickelt wird. Wir melden uns bei Ihnen wegen der Versicherungsformulare und Schadensfeststellung. Ich wünsche Ihnen trotzdem einen schönen Tag.«

»Danke, ebenfalls.«

Langsam verließ Katharina das Hotel und damit auch den Geruch nach verbranntem Holz und Teppichen. Sie beneidete die Hotelleitung nicht um ihren Job. Zumal sie einige Gäste gesehen hatte, die laut und wütend ihren Unmut über den gestörten Urlaub bei den Mitarbeitern loswerden mussten. Und dabei sollten die immer freundlich und verständnisvoll bleiben. Sie waren zu bedauern.

Sie atmete tief durch, als sie wieder draußen war, blieb einen Moment stehen und blickte auf die Container vor dem Hotel. Hier würden auch ihre schönen Sachen landen. Zwei Hosenanzüge, zwei Röcke, diverse Blusen und Hosen, alles teuer, alles schöne Stoffe, alles creme, weiß oder braun und alles durchweicht und verräuchert. Und obendrauf die Ledertasche und ihre Kosmetika. Es ging jetzt nicht mehr darum, ob sie durch die Boutiquen der Insel ziehen wollte, sondern wie lange. Große Lust dazu hatte sie nicht. Zuerst würde sie sich in ein Café setzen und eine Einkaufsliste schreiben. Sie hasste es, unstrukturiert durch die Läden zu schlendern. Sie musste genau wissen, was sie suchte. Sie hatte nicht die Absicht, Zeit zu verplempern.

»Darf ich Ihnen die neue Pflegeserie von ›Bella‹ zeigen? Das wäre genau die richtige ...«

»Nein.« Katharina lächelte die Parfümerieverkäuferin freundlich an. »Ich möchte, wie gesagt, die andere.«

»Natürlich«, die Lippen wirkten jetzt schmaler, »kann ich sonst noch etwas für Sie tun? Vielleicht eine Probe des neuen Lippenstiftes von ›Devon‹? Das wäre eine schöne Ergänzung zu dem, den Sie sich ausgesucht haben.«

Katharina lächelte sie nieder. Mit einem Achselzucken fing die Verkäuferin an, die Päckchen und Tuben einzuscannen, bis sie zur Endsumme kam, die sich positiv auf ihren Gesichtsausdruck auswirkte. »228,60 Euro.« Als sie die Produkte in eine Tüte gepackt hatte, zog sie eine Schublade auf, in der lauter kleine Schachteln lagen.

»Keine Proben, bitte«, sagte Katharina und legte ihre EC-Karte auf den Tresen. »Ich will nichts Neues testen, ich sagte es bereits.«

Die Verkäuferin schob die Schublade nach einem kleinen Zögern wieder zu und reichte Katharina die Tüte. »Schönen Tag noch.« Man konnte ahnen, was sie dachte.

Mit der Tüte in der Hand verließ Katharina den Laden. Es war nicht die erste Verkäuferin gewesen, die sich an ihr die Zähne ausgebissen hatte. Sie ließ sich nie beraten, sie wusste selbst, was sie wollte, und wenn sie das nicht im ersten Geschäft fand, ging sie ins nächste. Es war doch ganz einfach. Und trotzdem begriffen es die wenigsten und irgendwer versuchte immer, ihr irgendetwas Albernes oder Unnötiges anzudrehen. Dabei war es sinnlos. Und zuletzt waren alle genervt.

Sie wandte sich nach rechts. Auf dieser Seite würde sie anfangen und sich Geschäft für Geschäft bis zum Ende der Straße durcharbeiten. Ein gellender Pfiff ertönte hinter ihr, wahrscheinlich galt der einer schlecht erzogenen Töle, die nicht bei Fuß gehen konnte. Der Besitzer pfiff ein zweites Mal, die Frau vor Katharina drehte sich um. Katharina hob bedauernd die Hand. »Ich war es nicht.«

Noch ein Pfiff, dann ein Ruf: »Katharina.«

Langsam drehte sie sich um und sah Inken, die mit langen Schritten auf sie zueilte. »Bist du taub? Du bist die Einzige, die nicht geguckt hat.«

»Hast du so laut gepfiffen?« Erstaunt sah Katharina ihre Schwester an. »Ich dachte, jemand meint seinen Hund.«

Inken schüttelte in gespielter Verzweiflung den Kopf. »Du gehörst bestimmt auch zu den Frauen, die sich absichtlich nicht umdrehen, wenn jemand pfeift, oder?«

»Du nicht?«

»Nein.« Sie schob sich eine Locke aus der Stirn und lächelte ihre Schwester an. »Ich gehe hin und sage meinen Namen und meine Telefonnummer. Wie war es im Hotel? Wolltest du nicht deine Sachen abholen?«

»Die Sachen sind entweder verrußt oder durchnässt.« Katharina hob ihre Tüte hoch. »Ich muss alles neu kaufen. Ich gehe davon aus, dass die Versicherung das ersetzt, habe mir gerade eine Einkaufsliste geschrieben und arbeite die jetzt ab. Und was machst du hier?«

»Ich hatte einen Termin bei der Sparkasse. Den habe ich hinter mir.« Inken warf einen Blick auf die Uhr. »Und jetzt begleite ich dich. Oder? Ich war ewig nicht mehr shoppen.«

»Shoppen.« Katharina hob angewidert die Augenbrauen. »Das ist auch so ein Ausdruck, den ich hasse. Ich gehe nicht shoppen, ich muss meine Sachen ersetzen. Unlustig übrigens. In höchstens zwei Stunden will ich mit allem durch sein.«

»Ja, dann lass uns losgehen. Ich bin eine hervorragende Stilberaterin.«

»Du?« Katharina betrachtete ihre Schwester von oben bis unten. Zugegebenermaßen sah sie heute anders aus als bei den letzten Treffen, die Jeans saß hervorragend, das weiße T-Shirt schien gebügelt und das hellbraune Leinenjackett betonte ihre dunklen Augen. Sogar die wilden Locken waren mit einer silbernen Spange gebändigt. Katharina lachte kurz. »Nur weil du in gemäßigtem Outfit zur Sparkasse gehst, vergesse ich nicht, wie du sonst rumläufst.«

»Wieso?« Inken klang jetzt angriffslustig. »Ich habe eine Segelschule, keine Modelagentur. Eine weiße Bluse zum cremefarbenen Hosenanzug wäre etwas albern als tägliche Arbeitskleidung an Bord.«

»Inken, ich meinte es nicht böse.« Katharina legte ihr beschwichtigend die Hand auf die Schulter. »Du bist so ... wenig eitel, das ist doch eigentlich ganz sympathisch.«

»Eigentlich«, wiederholte Inken bissig. »Du tust immer so, als würde ich mir morgens ungewaschen einen Jutesack überwerfen. Dabei siehst du mich doch so gut wie nie.«

Katharina tat sofort leid, was sie gesagt hatte. In ihrem Kopf tauchte Inken immer nur in Freizeitkleidung auf dem Boot auf, kurze Hosen, bunte T-Shirts und Rettungsweste.

Dieses Bild war in ihrem Kopf festgezurrt, es hatte vermutlich nicht viel mit der Wirklichkeit zu tun. Genauso wenig wie die Momentaufnahmen aus Inkens Kindheit. Sie hatte früher oft gefroren und mochte sich nie umziehen. Also warf sie sich immer nur mehr Sachen drüber. Manchmal hatte sie vier Schichten übereinander getragen, jede in einer anderen Farbe. Sie mochte klare Farben. Und am liebsten alle zusammen.

Katharina gab sich einen Ruck und hakte ihre Schwester unter. »Ich entschuldige mich in aller Form für dieses Vorurteil«, sagte sie. »Manchmal vergesse ich, dass du erwachsen bist. Also, lass uns gehen. Ich brauche zunächst zwei Hosen, eine creme, eine braun. Und ich fange oben, bei ›Inga Moden‹ an.«

Nach einem letzten skeptischen Blick ließ Inken sich mitziehen.

»Und?«

Katharina trat aus der Umkleidekabine und drehte sich, um ihre Rückseite im Spiegel sehen zu können.

»Exakt genauso wie die andere.«

Inken saß auf einem Sessel vor der Kabine, blätterte in einem Hochglanzmagazin und sah gelangweilt hoch. Ihre Schwester hatte die dritte cremefarbene Hose an, Inken hatte keinen Unterschied zwischen den einzelnen Modellen ausmachen können. Anfangs war sie noch an den Kleiderstangen entlanggegangen und hatte das eine oder andere Teil hervorgezogen und ihrer Schwester gezeigt. Die hatte immer nur den Kopf geschüttelt und höchstens Halbsätze wie »Um Himmels willen«, »doch kein grün« oder »Inken, sehe ich aus, als ob ich geblümte Blusen trage?« gemurmelt.

Inken hatte aufgegeben und war stattdessen in einem weichen Sessel versunken, wo sie die Modetrends des Sommers begutachtete. Im Magazin, nicht an ihrer Schwester.

»Gut«, sagte die jetzt zu der Verkäuferin. »Ich nehme die Hose, die gleiche auch noch in Braun und die weiße Bluse, die ich als Erstes probiert habe. Danke.«

Als sie aus der Umkleidekabine kam, stand Inken schwerfällig auf und folgte ihr zur Kasse. Sie blieb etwas zurück und betrachtete eine Puppe, die ein weißes Kleid trug, das von einem überdimensionalen gelben Hut gekrönt wurde, ein Ungetüm aus Stroh, gelben Blüten und meterweise Tüll. Nach einem schnellen Seitenblick griff Inken zu, setzte den Hut auf und wollte sich im Spiegel betrachten, doch der Hut war zu groß, er rutschte ihr über die Augen.

»Ich bin blind, Katharina, ich bin blind«, platzte es aus ihr heraus. »Rette mich. Hilfe.« Sie fing glucksend an zu lachen, der Hut zitterte auf ihrem Kopf.

Mit zwei Schritten war Katharina vor ihr. »Inken, bitte«, zischte sie. »Bist du noch bei Trost?«

Kichernd nahm Inken das Monstrum ab und stülpte es der Puppe wieder auf. »Verzeihen Sie. Er passt Ihnen auch viel besser. Meine Verehrung.«

Unter dem fassungslosen Blick der eleganten Verkäuferin und dem strafenden ihrer Schwester verließ Inken erheitert den Laden. »Ich warte draußen.«

Sie lachte immer noch vor sich hin, als Katharina mit der großen Tüte aus dem Geschäft kam und sich vor sie hinstellte.

»Also ehrlich«, sagte sie kopfschüttelnd. »Manchmal ...«

»Was denn?« Inken platzte wieder los, als sie das tadelnde Gesicht ihrer Schwester wahrnahm. »Du bist nur sauer, weil du ihn nicht aufprobiert hast. Ha, ha, ha, über die Augen, ich sag es dir ...« Sie wischte sich die Lachtränen aus den Augenwinkeln. »Wer trägt so was bloß? Dieser Tüll ... Wenn Piet mich so gesehen hätte ... Ah, mir tun die Rippen weh.«

Sie putzte sich lautstark die Nase und holte tief Luft. »Herrlich. Schenkst du mir den Hut? Fürs Boot?« Sie fing schon wieder an zu lachen. »Bei flauem Ostwind klappt das. Der ersetzt sogar das Segel.«

Ein vorbeigehender Mann grinste Inken amüsiert an, ihm war anscheinend egal, was sie so erfreute, er ließ sich einfach davon anstecken. Katharinas Blicke folgten ihm, dann sah sie ihre Schwester an, die ihre Lippen zusammenpresste und die Hände kapitulierend nach oben streckte. »Schon gut, schon gut. Ich fasse nichts mehr an.«

Katharina nahm nach einem letzten Kopfschütteln Kurs auf den nächsten Laden, Inken musste nicht sehen, dass sie das Lachen unterdrückte.

In der vierten Boutique fand Katharina eine helle Strickjacke, die ihrer, dem Löschwasser zum Opfer gefallenen, sehr ähnlich war. Mit einem zufriedenen Lächeln nahm sie den Bügel von der Stange, hielt ihn hoch und sah plötzlich vor dem Laden Hannes. Er hielt sein Handy ans Ohr, verharrte kurz, richtete seinen Blick auf den Boden und ging langsam weiter, offensichtlich in ein Gespräch vertieft. Katharina hatte das Gefühl, ihr Herz setze mindestens drei Schläge aus, ein Blitz fuhr ihr in den Magen, sie hielt kurz die Luft an, starrte wieder hin, sofort wieder weg, hoffte, dass er sie nicht gesehen hatte, und dachte, bleib stehen, bleib sofort stehen. Sie drehte sich kurz zu Inken, die sie nicht beachtete, dann sah sie wieder aus dem Fenster. Er war weg. Einfach weitergegangen. Sie atmete tief durch und trat sich gedanklich selbst ans Schienbein. Drehte sie jetzt durch oder war diese plötzliche Teenie-Gefühlswelt die Nachwirkung des gestrigen Abends? Sie musste an die Luft.

»Guck mal.« Unvermittelt stand Inken vor ihr, in der Hand einen Bügel mit einem knallroten Kleid, das sie vor Katharina auf und ab wippen ließ. »Das ist doch der Kracher. Diese Farbe. Dieser Ausschnitt. Ein Traum.«

Sie ließ das Kleid am Bügel tanzen, so als würde sie eine Marionette bewegen.

»Ja, schön.« Katharina musste sich erst räuspern, konnte sich aber nicht gegen den Zwang wehren, wieder nach draußen zu sehen. Lauter unbekannte Gesichter. Nur langsam bekam sie sich wieder in den Griff.

»Katharina. Hier spricht deine Schwester, ich halte das schönste Kleid der Insel am Bügel, kannst du mich verstehen? Dann gib ein Zeichen.« Resigniert ließ Inken das Kleid sinken. »Was ist los?«

»Nichts.« Katharina konzentrierte sich und nahm Inken das Kleid ab. »Mir ist gerade etwas eingefallen. Um das ich mich noch kümmern muss. Ist aber nicht so wichtig. Das Kleid ist rot.«

Eine Verkäuferin hatte die beiden beobachtet und kam jetzt auf sie zu. »Ich habe dasselbe Modell auch in einem wunderbaren Champagnerton. Darf ich ...«

»Champagner?« Inken drehte sich zu ihr um. »Das ist doch nur eine elegante Umschreibung für hellbeige, oder?« Sie nahm Katharina das Kleid wieder weg und hielt es sich ans Ohr. »Hörst du es, Katharina? Es singt ganz leise: Nimm mich, probier mich, kauf mich.«

»Ich weiß nicht, ob ...«

Jetzt erhob Inken ihre Stimme. »Katharina, das ist der vierte Laden. Du hast in den ersten drei schon lauter teure Sachen gekauft, aber alles ist nur weiß, braun, creme, beige, schlamm. Wenn du tot auf einem Waldboden oder in den Dünen liegst, findet dich kein Mensch. Du bist unsichtbar. Erde auf Erde.«

Die Verkäuferin zog sich erschrocken zurück. Katharina sah ihr nach und nahm das Kleid kurz entschlossen an sich. »Okay, okay.«

Inken vergewisserte sich mit einem schnellen Blick unter den Vorhang, dass ihre Schwester das Kleid tatsächlich anprobierte und ging zu der Verkäuferin. Sie zeigte auf ein buntes Tuch, das an einer Puppe hing, und fragte: »Das Tuch passt doch genau zu diesem Kleid, oder?«

Die junge Frau nickte. »Es kommt aus derselben Kollektion, eine wunderbare Qualität und sehr schöne Farben.«

»Ich nehme es. Aber machen Sie schnell, meine Schwester soll es nicht sehen. Es ist eine Überraschung.«

Die Verkäuferin lächelte und tippte den Preis in die Kasse. »180 Euro«, sagte sie und Inken schluckte. Egal, dachte sie, Marita hat in den nächsten Tagen sechs Abreisen, das hole ich schon wieder rein. Ohne eine Miene zu verziehen, reichte Inken ihre EC-Karte über den Tresen und sagte mit fester Stimme: »Eine kleine Tüte reicht, das passt in meine Tasche.«

»Das ist das erste rote Kleid meines Lebens.« Katharina schwang ungläubig die Tüte und fragte sich, ob sie noch bei Verstand war. »Ich habe nur keine Ahnung, wann ich das anziehen soll.«

»Der Sommer fängt ja erst an.« Inken griff Katharinas Ellenbogen und steuerte auf ein gut besetztes Straßencafé zu. »Und darauf könnten wir eigentlich was trinken. Du lädst mich ein, damit hast du mein Honorar für die wirklich revolutionäre Beratung bezahlt. Falls wir da einen Tisch finden, es sieht voll aus.«

Sie waren nur noch wenige Meter von den ersten Tischen entfernt, als Katharina Hannes entdeckte und abrupt stehen blieb. Er saß neben einer älteren, blonden Frau genau in der Mitte der Terrasse. Sie redete auf ihn ein und legte immer wieder ihre Hand auf seinen Arm.

»Wir können doch auch auf der Promenade ...«, versuchte Katharina, aber Inken hatte ihn gesehen.

»Ach, guck mal«, sagte sie leichthin. »Dein Retter. Und er hat einen Tisch. Mit zwei freien Stühlen. Wollen wir zu ihm gehen?«

»Nein.« Katharinas Antwort kam schärfer, als sie es beabsichtigt hatte. »Er ist im Gespräch. Lass uns doch woanders ...«

»Katharina. Inken.«

Es war zu spät. Hannes Gebauer war aufgesprungen, winkte ihnen zu und sah genauso aus wie in Katharinas Traum der letzten Nacht. Katharina schwankte zwischen dem dringenden Bedürfnis, sich aufzulösen, und dem Wunsch, ihn zu berühren. Beide Möglichkeiten waren so dämlich wie unmöglich. Außerdem hatte sie immer noch die stinkigen Klamotten von gestern an, war nicht perfekt geschminkt und hatte ihre Haare nicht richtig geföhnt. Sie konnte ihn doch nicht schon wieder so unvorbereitet treffen. Durch die Watte, in der sie gerade steckte, drang plötzlich Inkens Stimme, die das Kopfkarussell lautstark beendete. »Ist bei euch noch was frei?«

Er nickte und Katharina folgte nach einem kurzen Zögern ihrer Schwester, die sich geschickt durch die engen Gänge zwischen den Tischen bewegte. Katharina fühlte sich wie in einem schlechten Film, sie hätte diesen Moment des Wiedersehens für sich haben sollen, nicht in Anwesenheit ihrer Schwester und der fremden Frau an Hannes' Tisch. Alle schienen sie zu beobachten, sie fing an zu schwitzen, wusste nicht, wohin mit ihren Armen, Beinen, Händen. Sie blieb eine Sekunde lang stehen und zwang ihren Verstand, zurückzukommen. Es war doch egal, wie sie gerade aussah oder wie sie sich fühlte. Schnell rief sie sich Bilder von Jens und Bastian de Jong ins Gedächtnis. Ihr Leben hatte nichts, aber auch gar nichts mehr mit Hannes Gebauer zu tun. Seit über zwanzig Jahren war das so. Sie war heute eine ganz andere Katharina als die von früher. Hannes hatte doch keine Ahnung, was sie heute machte, wie sie lebte und wie sie war. Deshalb könnte sie auch in diesem netten Café etwas trinken, sich mit Hannes' Begleitung unterhalten, die vorbeiströmenden Urlauber betrachten, das Gesicht in die Sonne halten und zulassen, dass Inken mit Hannes redete. Sie musste lediglich vermeiden, ihn anzusehen oder auf seine Stimme zu hören. Aber vielleicht redete er auch Unsinn, sodass sie sich fragen könnte, warum das Wiedersehen sie überhaupt durcheinandergebracht hatte. Oder der ganze Spuk war ohnehin nur eine Hormonirritation und in zehn Minuten vorbei. Sie holte tief Luft und bemühte sich um ein schmales Lächeln.

»Schön.« Hannes hatte sie schon auf die Wange geküsst, bevor sie überhaupt reagieren konnte. »Du siehst toll aus, ich freue mich, ich hätte aber später sowieso bei euch angerufen. Kannst du dich noch an Silke erinnern?«

Katharina starrte ihn an. Es war sein Lächeln, das sie fertigmachte.

Danke fürs Fahren, mein Bjarne.« Gertrud beugte sich herunter, küsste den Pastor auf den Mund und strich dann sanft mit der Hand über seine Wange. »Fahr vorsichtig zurück und viel Spaß beim Doppelkopf. Bis nachher.«

»Grüß Inken und den Rest.« Bjarne drückte ihre Hand und wartete, bis sie ausgestiegen war. »Und falls du Piet siehst, erinnere ihn bitte noch mal daran, dass wir heute Karten spielen, letzte Woche ist er zu spät gekommen.«

»Mach ich.« Gertrud nahm den Korb vom Rücksitz, lächelte ihm zu und stieg die Stufen zu Inkens Haustür hoch. Sie wartete, bis das Auto vom Parkplatz gefahren war, erst dann schloss sie die Tür auf.

Es war niemand zu sehen, was Gertrud nicht überraschte, Inken hatte ihr gestern gesagt, dass sie am Nachmittag einen Termin bei der Bank hätte. Dafür war die Küche aufgeräumt, nichts lag herum, sogar die Spülmaschine war ausgeräumt. Vermutlich war das Katharinas Werk, Jesper hatte in den letzten Jahren nicht unbedingt mit Hausfrauenqualitäten geglänzt. Unentschlossen sah Gertrud sich um, dann nahm sie den Kuchen vorsichtig aus dem Korb und stellte ihn auf den Tisch. Inken musste ja bald wiederkommen, und Jesper sprang wahrscheinlich auch irgendwo herum. Zumindest stand sein Bus noch vor der Tür.

Gertrud füllte den Wasserkessel und stellte ihn auf den Herd. Diese altmodische Art, Kaffee zu kochen, fand sie ganz schön, auch wenn der Grund dafür die kaputte Kaffeemaschine war, deren Reparaturkosten Inkens Budget überstiegen.

Bjarne hatte vorgeschlagen, einfach eine neue Maschine zu kaufen, sie könnten sie doch Inken zum Geburtstag schenken, aber Gertrud hatte ihm das ausgeredet. Inken hätte so ein Geschenk niemals angenommen und vielleicht sogar mit Gertrud geschimpft, weil die dem Pastor von ihrer Finanzmisere erzählt hatte. Das wollte sie nicht riskieren.

Sie stellte den Herd an und ließ einen Moment lang ihre Blicke über die kleinen Boote im Hafen wandern.

Vor zwei Jahren hatte sie damit begonnen, Inken zu helfen. Eigentlich war es um das Café gegangen, das Inken damals gerade für ihre Schüler einrichtete. Inken hatte sie gefragt, ob sie Lust hätte, Kuchen zu backen, natürlich gegen Bezahlung. Gertrud hatte sofort zugesagt. Zum einen, weil sie gern backte, und zum zweiten, weil sie schon immer eine Schwäche für Inken gehabt hatte. Sie kannte sie schon, seit sie ein Kind war. Als Gertrud damals zu ihrem Mann Friedrich auf die Insel zog, war Mia ihre erste Freundin gewesen. Die etwas verrückte, aber immer fröhliche Mia war anders als alle Freundinnen, die Gertrud je gehabt hatte. Sie hatte sie mit in den Chor und zum Tanzen genommen, Gertrud war oft bei ihr gewesen, in diesem bunten Haus, in dem immer gemütliches Chaos herrschte. Inken war zwei oder drei gewesen, ein charmantes, freundliches Kind, völlig angstfrei und immer begeistert, wenn Gertrud zu Besuch kam. Ganz anders als Katharina, die damals gerade in der beginnenden Pubertät war, blass und schüchtern durchs Haus huschte, höflich grüßte und sofort in ihrem Zimmer verschwand. Dabei war sie so apart, Gertrud hätte sich gewünscht, dass sie auch ein bisschen von der Lebenslust ihrer Mutter und Schwester gehabt hätte.

Gertruds Kinderwunsch war nie in Erfüllung gegangen. Sie hatte versucht, sich damit abzufinden, es war ihr aber nie so ganz gelungen. Auch Friedrich hatte immer etwas Trauriges an sich gehabt. Vielleicht wäre ihre Ehe leichter gewesen, wenn sie Kinder gehabt hätten. Aber es hatte eben nicht sein sollen, sie waren gut miteinander ausgekommen, bis Friedrich vor zehn Jahren an einem Herzinfarkt ganz plötzlich gestorben war.

Zu seiner Beerdigung war auch Inken gekommen, was Gertrud gerührt und gefreut hatte. Seitdem hatten sie wieder engen Kontakt und Gertrud eine Art Leihtochter.

Das schrille Pfeifen des Wasserkessels holte sie aus der Vergangenheit zurück. Sie stellte die Platte aus und hob den Kessel vom Herd.

»Das riecht ja schön nach Kaffee.« Knut bog um die Ecke und schnupperte. »Ich habe dich mit dem Pastor kommen sehen, ich war noch drüben in der Schule. Ist Inken noch nicht da?«

»Anscheinend nicht.« Gertrud goss den Kaffeefilter vorsichtig voll und drehte sich zu ihm um. »Hier war überhaupt niemand. Wo ist Jesper denn? Und Katharina? Ich habe so viel Kuchen vom Gemeindenachmittag mitgebracht, ich dachte, ich werde den hier los.«

Knut hob den Deckel von der Kuchenplatte und nickte zufrieden. »Butterkuchen. Sehr gut. Jesper ist mit Piet auf Inkens Boot. Irgendetwas muss am Mast repariert werden, das wollten die beiden machen. Die müssen aber gleich kommen. Und Katharina ist mit dem schicken Wagen weg. Nach Westerland, ihre Sachen holen. Oder so was. Ich habe nicht genau hingehört, was Jesper gesagt hat.«

»Knut?« Gertrud stellte den Wasserkessel langsam wieder ab.

»Ja?«

»Dieses Gespräch, das Inken bei der Bank hat ... meinst du, sie schafft es allein? Ich mache mir wirklich Sorgen. Vielleicht sollte ich doch mal mit Mia und Joe sprechen. Die haben doch genug Geld und Inken quält sich dermaßen rum. Was meinst du? Du machst ihre Buchführung, du kennst doch die Konten.«

Vorsichtig pulte Knut ein paar Mandelblättchen vom Kuchen und steckte sie sich in den Mund. »Das lass man lieber«, sagte er etwas undeutlich. »Das ist Inkens Sache. Wir können ihr hier helfen, ohne uns einzumischen.«

»Ja, aber wenn sie pleite ist?« Aufgeregt knetete Gertrud ein Geschirrhandtuch. »Das können wir doch nicht einfach mit ansehen.«

Knut wischte sich den Zucker aus dem Mundwinkel und setzte sich an den Tisch. »Sie ist ja nicht pleite. Wenn sie ordentlich wirtschaftet, dann bekommt sie die Schule schon ins richtige Fahrwasser. Das Café kann sie allerdings vergessen. Dafür wollte sie nämlich einen Kredit und ich habe ihr gleich gesagt, dass sie ihr den wohl nicht geben werden. Aber vielleicht kann man einen Raum in der Schule ein bisschen hübsch machen. Mit Tischdecken und so. Und Blumen. Dann kann da auch mal was getrunken werden.«

Gertrud sah ihn an, als wäre er nicht von dieser Welt. »Tischdecken und so«, wiederholte sie ironisch. »In den gammeligen Schulungsräumen. Was soll das denn werden? Und die Segelschüler lernen dann hier in der Küche? Dolle Idee.«

Unbekümmert zuckte Knut mit den Achseln und sah an Gertrud vorbei durchs Fenster. »Inken ist gelernte Schiffsmechanikerin und Segellehrerin. Was will sie denn mit einem Café? Das muss doch alles neu gemacht werden. Der alte Schuppen taugte als Gerätehaus, und nur weil ihr da eine Zeit lang Kaffee und Kuchen verkauft habt, wird das doch noch lange kein Café. Das ist doch Firlefanz. Da kommt mein Bruder mit Jesper. Dann können wir ja anfangen.«

»Moin, Gertrud.« Piet polterte an ihr vorbei. »Ist Inken hinten?«

»Inken ist noch gar nicht da.«

Er blieb stehen und kam langsam wieder in die Küche zurück. »Und Katharina?«

»Auch nicht.« Gertrud hob die Schultern. »Ich habe keine Ahnung, wo die sind. Jesper? Hat Inken nichts gesagt?«

Jesper war an der Tür stehen geblieben. »Sie wollte zur Bank. Und danach wiederkommen. Keine Ahnung. Der Termin war vor zwei Stunden. Muss ja jeden Moment da sein.«

»Jetzt setz dich hin, Junge, du machst mich ganz verrückt, wenn du die ganze Zeit hinter mir stehst.« Knut zog ungeduldig den Kuchen zu sich. »Ich fange jetzt an. Ich habe noch was zu tun. Piet? Stück Butterkuchen?«

Ohne die Antwort abzuwarten, legte Knut seinem Bruder den Kuchen auf den Teller und schob ihm auch gleich eine Tasse zu. »Fang an.«

Piet wartete, bis Gertrud Kaffee eingeschenkt hatte, dann sagte er zu Jesper: »Du machst nachher noch einen kleinen Törn, oder? Sonst sehen wir nicht, ob das jetzt so besser ist. Mit dem neuen Teil.«

Jesper nickte. »Willst du nicht mit?«

»Heute Abend ist Doppelkopf. Beim Pastor.«

»Und davor?«

Gertrud setzte sich dazu. »Nein, davor kann Piet nicht. Sonst kommt er wieder zu spät und die anderen können nicht anfangen. Hat mir Bjarne extra aufgetragen zu sagen. Und Inken hat nachher Kursus. Segel du mal allein.«

»Okay.« Jesper hob kauend den Kopf. »Wer kommt denn da?«

Das Taxi hielt neben Jespers Bus. Es dauerte einen kleinen Moment, bis die hintere Tür aufging und der Fahrgast ausstieg. Er war groß, trug einen hellblauen Pullover über einem weißen Hemd, dazu eine helle Leinenhose. Sein volles graues Haar fiel ihm in die Stirn, er schulterte seine Reisetasche, sah sich kurz um und ging aufs Haus zu.

»Der sieht ja aus wie dieser Schauspieler«, bemerkte Knut interessiert. »Dieser, wie heißt der noch ... war neulich erst im Fernsehen ... Mario Adorf. Genau. In jung. Und in größer.« Zufrieden mit seiner Gedächtnisleistung schob er sich das nächste Stück Kuchen in den Mund. »Also jünger. So jung ist der da ja auch nicht mehr. Will er zu uns?«

Es klingelte an der Tür und Piet nickte seinem Bruder zu. »Sieht so aus. Jesper, mach doch mal die Tür auf. Frag ihn, was er will.«

»Der will bestimmt ein Boot leihen, wetten?« Knut rührte seinen Kaffee langsam um. »Die können alle nicht lesen.« Er imitierte eine hohe Stimme: »Ach, ich kann hier nur segeln lernen, kein Segelboot leihen? Das ist ja ärgerlich. Steht das irgendwo?«

»Guten Tag.« Jesper war mit dem Besucher unbemerkt in die Küche gekommen. Der Mann hatte Knut irritiert angesehen und sich dann an Gertrud gewandt.

»Pardon«, ganz leicht war ein holländischer Akzent zu hören, »ich wollte zu Katharina Johannsen. Bin ich hier richtig?«

Gertrud war langsam aufgestanden, ihr Gesichtsausdruck war erst unsicher, dann ungläubig, schließlich hingerissen. Ehrfürchtig streckte sie ihm die Hand entgegen und flüsterte mit belegter Stimme: »Bastian de Jong. Sie sind Bastian de Jong, ich habe ... ich bin ... also, ich weiß gar nicht ... Möchten Sie vielleicht eine Tasse Kaffee? Und vielleicht ein Stück Butterkuchen? Vom Gemeindekaffee? Ach Gott, was rede ich eigentlich? Jesper, hol eine Tasse aus dem Schrank, nun mach.«

Sie hielt seine Hand umklammert und starrte ihn an.

»Gertrud.« Knut stupste sie leicht an die Hüfte. »Er kriegt ja Angst. Lass ihn los.«

Sofort löste sie ihre Hand und ging einen Schritt zurück. Ihre Wangen glühten. Interessiert beobachteten Piet und Knut die Szene, sie hatten die praktische Gertrud noch nie so erlebt.

Bastian de Jong nickte lächelnd. »*Heel graag,* sehr gerne, danke. Darf ich hier?« Er stand an Jespers Stuhl, Gertrud nickte heftig und schob ihm sofort einen sauberen Teller hin. »Natürlich. Wo Sie wollen. Ach Gott, ich bin ganz aufgeregt, das ist mir jetzt aber peinlich, darauf war ich natürlich nicht vorbereitet.«

Sie wedelte mit der Hand eine imaginäre Fliege weg und blickte zu Jesper, der immer noch am Schrank stand. »Jesper. Die Tasse.«

»Sofort.« Er hatte Gertrud die ganze Zeit grinsend beobachtet, drehte sich jetzt um und nahm Inkens Froschtasse aus dem Schrank. In Sekundenschnelle war Gertrud neben ihm, tötete ihn mit einem Blick und schob ihn zur Seite. »Die doch nicht«, zischte sie und holte eine weiße Tasse mit Untertasse. Es war die einzige dieser Art, die Inken besaß.

Inzwischen hatte Bastian de Jong sich an Knut gewandt. »Gehören Sie alle zu Katharinas Familie?«

»Nö«, antwortete Knut und legte ihm ein Stück Kuchen auf den Teller. »Mein Bruder Piet und ich gehen Inken zur Hand, Gertrud gehört zum Inventar und der junge Mann da hat ein etwas undurchsichtiges Verhältnis zu Katharinas Schwester. Das geht uns aber nichts an. Sonst ist er ganz in Ordnung.«

»Aha.« Bastian bedankte sich mit einem Lächeln für die Tasse Kaffee, die Gertrud ihm hinstellte, bevor sie sich ihm gegenüber hinsetzte.

»Warum sind Sie denn ...«, begann sie. »Also, was wollten Sie ...?«

»Katharina arbeitet für ihn«, beantwortete Jesper ungefragt ihr aufgeregtes Gestammel. »Sie macht die Recherche für sein neues Buch. Das hat Inken mir erzählt.«

Bastian de Jong nickte. »Ich wollte sie noch sehen, bevor ich nachher wieder nach Hamburg fliege«, sagte er. »Sie hat mir heute Morgen auf die Mailbox gesprochen, mir von dem Hotelbrand erzählt und unser Mittagessen abgesagt. Und weil ich nicht einfach abfahren wollte, habe ich gedacht, ich komme schnell mal vorbei. Sie hat mir gesagt, dass sie jetzt bei ihrer Schwester wohnt.«

»Das wusste ich gar nicht«, fassungslos starrte Gertrud erst ihn und dann Jesper an. »Wenn man mir das gesagt hätte ... also ich meine, wenn ich das gewusst hätte, dass Katharina ... Ich habe alle Bücher von Ihnen gelesen, ich hätte sie doch mitgebracht, damit Sie mir was reinschreiben können ... Ach, ist das schade.«

Langsam beugte Bastian sich vor und legte seine Hand auf Gertruds. »Ich schicke Ihnen eines zu. Oder, noch besser, wenn ich das nächste Mal komme, dann gehen wir beide ein Glas Wein trinken und unterhalten uns in Ruhe.«

»Na, na, na«, mischte sich jetzt Piet ein. »Lasst das mal nicht den Pastor hören. Was machen Sie denn genau? Was sind denn das für Bücher?«

»Piet.« Gertrud richtete sich auf und sah ihn entsetzt an. »Bastian de Jong ist ein ganz berühmter Schriftsteller. Jeder kennt ihn, also zumindest jeder, der Romane liest. Das gehört zur Allgemeinbildung. Und selbst wenn man nicht lesen kann, geht man eben ins Kino oder sieht fern. Fast alle Bücher sind verfilmt worden. ›Diesseits der Liebe‹, ›Spätsommer‹, ›Fluss der Träume‹, ›Wintertraum‹ ...«

»Und davon kann man leben?«, unterbrach Knut mit skeptischer Stimme Gertruds Aufzählung. »Also mit Familie und Miete und allem? Kommt da genug bei rum?«

Gertrud schnappte nach Luft und sah aus, als würde sie gleich ohnmächtig umfallen. Jesper musste sich umdrehen, um nicht in Gelächter auszubrechen. Piet wartete genauso gespannt auf die Antwort wie sein Bruder, setzte aber noch nach. »Das ist doch eigentlich mehr was für Frauen, dieses Bücherschreiben, oder? So als Beruf?«

Bastian de Jong blieb freundlich, wollte sogar antworten, aber Gertrud kürzte das Gespräch ab. »Auf diese Fragen müssen Sie nicht reagieren, Herr de Jong. Ich entschuldige mich für diese Unwissenheit. Was mich viel mehr interessiert, ist, was Katharina genau für Sie macht.«

»Ich schreibe einen großen Nordseeroman. Katharina recherchiert für mich. Sie ist eine so kluge und schöne Person, sensibel, offen für Stimmungen, für Inselgeschichte, für gelebte Leben. Aber das, liebe Gerhild, können wir dann bei einem Glas Wein besprechen.«

»Gertrud«, sagte Knut freundlich. »Gerhild heißt Gertrud. Ja, die Katharina ist schon eine kluge Person, das glaube ich, dass sie so etwas kann. Aber dann haben Sie selbst ja nicht mehr so viel Arbeit, das ist ja auch praktisch.«

Mit einem Blick auf Gertrud beeilte sich Jesper zu sagen: »Inken muss ja jeden Moment wiederkommen, sie hat Katharinas Handynummer. Dann kann sie ihre Schwester sofort anrufen.«

»Die Handynummer habe ich auch.« Bastian tastete nach seinem Telefon. »Sie geht aber nicht dran. Ich habe es schon versucht. Ich weiß nur nicht ...«

Auch die Suche in den Hosentaschen blieb erfolglos, »... wo ich mein Gerät habe. Vielleicht in der Reisetasche. Es findet sich schon wieder ein.«

Ruhig legte er seine Hände wieder auf den Tisch und lächelte Gertrud an, sie lächelte verlegen zurück. Knut und Piet hatten den Blickwechsel kritisch verfolgt, sahen sich an und schüttelten gleichzeitig den Kopf.

»Mann, Mann.« Piet stand langsam auf. »Ich muss dann mal langsam los. Ich spiele ja nachher mit dem Pastor Karten, nicht wahr, Gertrud? Mit dem Pastor!«

Sie hob den Kopf und sah ihn an, als hätte er einen sehr schlechten Witz erzählt. »Weißt du ...«, begann sie mit einer Stimme, als würde sie einen Wahnsinnigen von einem Massenmord abhalten wollen, wurde aber von Jesper abgelenkt.

»Da kommt Inken.«

Alle Köpfe drehten sich zum Fenster, alle sahen Inken zu, die aus ihrem Auto stieg und mehrere sehr edle Tüten vom Rücksitz nahm.

»So, jetzt ist sie wohl pleite«, bemerkte Knut. »Was war denn da los? Ist sie durchgedreht? Was will sie denn mit den ganzen Sachen?«

Schnell ging Jesper ihr entgegen, um beim Tragen zu helfen.

»Oh, volles Haus«, sagte Inken zur Begrüßung und stellte einen Teil der Tüten ab, bevor sie Bastian de Jong die Hand gab. »Inken Johannsen. Freut mich, Sie kennenzulernen. Wusste Katharina, dass Sie sie besuchen wollten? Zu mir hat sie gesagt, dass sie am späten Nachmittag noch zu Ihnen ins Hotel fahren wollte. Soll ich sie mal anrufen?«

»Angenehm.« Bastian sah wohlwollend zu ihr hinunter. »Das wäre nett, wenn Sie es versuchen würden, ich weiß im Moment nicht genau, wo mein Handy …«

Inken hatte ihr Telefon bereits am Ohr und schob mit der Fußspitze eine Tüte zur Seite, in die Knut gerade hineinsehen wollte.

»Katharina? Ich bin es. Hör mal, Herr de Jong sitzt gerade hier, er wollte dich besuchen, habt ihr euch missverstanden?«

Sie hörte einen Moment zu, dann reichte sie Bastian de Jong das Handy weiter.

»Sie möchte Sie sprechen.«

»Hallo, meine Liebe«, er betonte es so, dass Inken stutzte und Jesper fragend ansah.

»Das ist ja ein Durcheinander. Wo bist du? Wie geht es dir?«

Auf das Gespräch konzentriert verließ er die Küche, einen Moment später hörten sie die Haustür zuklappen.

»Hoffentlich haut er jetzt nicht mit deinem Handy ab«, sagte Piet und stellte sich ans Fenster. »Noch habe ich ihn im Blick.«

»Also bitte.« Entrüstet stand Gertrud auf und fing an, den Tisch abzuräumen. »Ich sag jetzt mal nichts zu deinem Benehmen einem solchen Mann gegenüber. Unmöglich, Piet, unmöglich.«

»Jetzt hast du ja doch was dazu gesagt.« Knut angelte nach einer Tüte. »Sag mal, Inken, was hast du denn da alles gekauft?«

Mit einem Griff schnappte die sich die Tüte. »Das geht dich gar nichts an, du kannst doch nicht überall reingucken. Außerdem sind das nicht meine Einkäufe, sondern Katharinas. Ihre Klamotten sind alle durchnässt oder riechen nach Rauch, sie brauchte alles neu. Wir haben uns in Westerland getroffen, mein Auto stand näher als ihres, deshalb habe ich sie schon mal von den Tüten befreit. Sie wollte noch ins Inselarchiv. Alle Fragen beantwortet?«

»Ja, danke.« Knut nickte und sah seinen Bruder an. »Oder hast du noch welche?«

»Hat der was mit Katharina? Der säuselt so am Telefon. Das würde nämlich Gertrud das Herz brechen.«

Verständnislos guckte Inken in die Runde. »Wieso Gertrud?«

Die zeigte einen Vogel und antwortete: »Lachhaft. Piet ist überfordert, wenn plötzlich ein Starautor in der Küche sitzt.«

»Starautor.« Piet schüttelte unwillig den Kopf. »So ein Schreiberling. Nur weil der aussieht wie dieser Schauspieler, werden alle Frauen affig. Ich gehe gleich nach Hause.«

Jesper nahm Inken beiseite. »Dramen«, flüsterte er. »Du hast was verpasst. Gertrud ist sein größter Fan und die Jungs haben es nicht verstanden. War hübsch.«

»Ihr braucht gar nicht zu flüstern.« Gertrud goss Kaffee in Inkens Froschtasse. »Inken, du hättest mir auch erzählen können, für wen Katharina arbeitet. Wirklich.«

Es klingelte an der Haustür, Gertrud lief sofort los, um ihr Idol wieder hereinzulassen.

»Zu doof, um die Tür offen zu lassen, wenn man draußen telefoniert.« Piet sah Jesper an. »Oder?«

Der legte beschwichtigend den Finger auf die Lippen.

Bastian de Jong folgte Gertrud zurück in die Küche. Mit einem charmanten Lächeln reichte er Inken das Telefon. »Da habe ich tatsächlich etwas durcheinanderbekommen. Ihre Schwester war auf der Mailbox auch nicht so gut zu verstehen. Tja, nun sehe ich sie leider nicht mehr, weil mein Flieger gleich geht. Würden Sie mir ein Taxi ...«

»Oh, Inken fährt Sie schnell nach Westerland.« Gertrud war sofort an seiner Seite. »Oder Jesper. Wir brauchen doch kein Taxi.«

Inken verharrte einen winzigen Moment, bis sie den kleinen Stupser von Jesper spürte. »Natürlich«, sagte sie schnell. »Wir können gleich los. Soll ich Katharina denn noch was ausrichten?«

Bastian de Jong lächelte. »Danke. Ich habe ihr alles schon gesagt. Dann nehme ich Ihr Angebot gerne an.«

Inken griff nach ihrem Autoschlüssel, überlegte kurz und fragte: »Gertrud, soll ich dich gleich mitnehmen? Dann brauchst du nicht nach Hause zu laufen.«

Mit gespielt gleichgültiger Miene nickte Gertrud. »Das kannst du machen. Du kannst mich auch auf dem Rückweg rauslassen, dann musst du die Strecke nicht allein fahren.«

Mit erhobenem Kopf ging sie an Piet und Knut vorbei und ignorierte das blöde Grinsen der beiden Brüder. Boote und Buchführung, für mehr schienen ihre Hirne nicht geschaffen. Jeder Kommentar wäre zwecklos. Piet und Knut würden es einfach nicht begreifen.

Katharina schob ihr Handy zurück in die Jackentasche, legte den Kopf in den Nacken und starrte mit zusammengekniffenen Augen in den Himmel. Das konnte doch alles nicht wahr sein. Sie zählte bis zehn und merkte, dass der Himmel sie überhaupt nicht beruhigte. Das Zittern kam von innen, trotzdem war ihr warm und irgendwie schwindelig. Sie konnte jetzt keinesfalls ins Inselarchiv gehen, sie musste zum Meer, irgendetwas trinken, langsam atmen und ganz dringend ihre Gedanken ordnen. Sonst würde sie gleich ausflippen. Einfach so.

In der Mitte der Strandstraße bekam sie Seitenstiche, biss die Zähne zusammen und versuchte, ihr Tempo beizubehalten. Ein ihr entgegenkommender Mann sah sie irritiert an, wahrscheinlich fragte er sich, welchen Laden sie gerade überfallen hätte. Der Schweiß lief ihr den Rücken hinunter, jetzt würde gleich der Moment kommen, in dem sich ein kleiner Fleck auf der Bluse bildete. Katharina zog das Tempo noch mehr an, vor ihr erkannte sie schon das Hotel »Roth«, kurz danach war der Strandübergang. Den Rest der Strecke rannte sie.

Schwer atmend erreichte sie den Strand, stützte sich einen Moment auf den Oberschenkeln ab, bis sie wieder Luft bekam, dann zog sie ihre Schuhe aus und lief barfuß durch den Sand, bis die erste Welle ihren Marsch beendete. Dankbar blieb sie stehen, spürte, wie das kühle Wasser ihre nackten Füße umspielte und wie sich ganz langsam ihre Anspannung löste. Hier war alles gut. Sie wandte sich nach rechts, ging ein paar Schritte und ließ sich ein kleines Stück höher in den Sand fallen. Ihre Hose war sowieso schmutzig und verräuchert, da konnte der Sand auch keine größeren Schäden mehr anrichten. Mit den Armen umschlang sie ihre Knie und starrte ein paar Minuten auf die Wellen. Der Wind blies aus Westen, mit frischer Luft und der besten Brandung. In einer endlosen Schleife kamen die Wellen angerollt, hoch, schnell aufeinanderfolgend. Sie bauten sich langsam auf, bis sie den Punkt erreicht hatten, an dem sie brachen. Die Gischt schob sich bis auf den flachen Sand, die nächste legte sich darauf, immer und immer wieder. Das Wasser zog sich zurück, die nächste Welle kam, wurde immer höher, bis sie sich überschlug und das Wasser zu Katharina strömte. Im Rhythmus der Wellen sortierten sich langsam ihre Gedanken.

Bastian de Jong hatte gedacht, dass sie sich bei Inken sehen würden. Katharina zweifelte an ihrem Verstand, sie war sich absolut sicher gewesen, dass sie ihm auf der Mailbox vorgeschlagen hatte, am späten Nachmittag nach Rantum zu kommen, um ihn in seinem Hotel zu treffen. Davon hatte er angeblich das erste Mal gehört.

»Es ist doch egal, Katharina«, hatte er mit dieser unglaublichen Telefonstimme gesagt. »Dann müssen wir das Essen eben verschieben. Das ist sehr bedauerlich, aber viel wichtiger ist, dass dir bei dem Brand nichts passiert ist. Siehst du, es war Glück, dass wir den gestrigen Abend gemeinsam verbracht haben. Es war übrigens ein sehr angenehmer Abend und ich ...«

Er hatte eine Pause gemacht, in der Katharina mit angehaltenem Atem gewartet hatte, bis er den Satz vollenden würde. »Ich fliege nachher erst mal nach Hamburg zurück. Dort treffe ich mich morgen mit meinem Agenten. Wir werden die Termine für die Manuskriptabgabe und den Erscheinungszeitraum besprechen. Ich teile dir das Ergebnis dann mit.«

Katharina fand es seltsam. Gestern Abend hatte Bastian

mit keiner Silbe erwähnt, dass er heute schon wieder abreisen würde. Ganz im Gegenteil, beim Essen hatte er ihr so viele Vorschläge für gemeinsame Unternehmungen gemacht, dass sie ihn sanft an ihre Recherche hatte erinnern müssen. Er hatte sie enttäuscht angesehen und gesagt, dass er es sich so wunderbar vorgestellt habe, auf gemeinsamen Strandspaziergängen seine Fragen über die Insel beantwortet zu bekommen und etwas über ihre Inselkindheit zu erfahren. Nur deswegen sei er hier, sie solle sich doch einfach mal der Stimmung und ihrer gerade entstehenden Seelenverwandtschaft hingeben. Letzteres hatte sie nicht kommentiert, sie hatte nur gedacht, dass diese Formulierung hoffentlich mit seiner holländischen Muttersprache zu tun hatte. Hingeben. Um Himmels willen.

Während des Telefonats hatte sich ihr Gefühl verfestigt, dass Bastian den Termin mit seinem Agenten vorschob, weil der Abend nicht seinen Erwartungen entsprochen hatte. Diesen Termin, falls es ihn tatsächlich gab, konnte er ja nicht einfach vergessen haben. Vielleicht hatte Jens recht und sie gehörte in Bastian de Jongs Beuteschema. Und vermutlich war es ihm lange nicht passiert, dass sich die Beute einfach nicht erlegen ließ. Trotzdem fand Katharina das Verhalten dieses Mannes sehr seltsam, Starautor und Womanizer hin oder her.

Sie streckte ihre Beine aus und bohrte ihre nackten Zehen in den Sand. Das Thema Bastian de Jong war erst einmal abgehakt. Sie würde später im Inselarchiv ihren Job fortsetzen und auf den nächsten Anruf von ihm warten. So wie sie ihn einschätzte, war das nicht sein letzter Besuch gewesen. Sicherheitshalber würde sie nachher mal im Hotel in Rantum anrufen. Vielleicht hatte er auch schon das Zimmer gebucht. Dann wäre sie beim nächsten Mal wenigstens auf ihn vorbereitet.

Das nächste Thema war Hannes. Katharina grub ihre Zehen tiefer, so weit, bis sich der Sand kühl anfühlte. Wenn sie Glück hatte, würde dieses kühle Gefühl bis in ihren Kopf steigen. Dann könnte sie auch in Ruhe darüber nachdenken, was hier eigentlich im Moment aus dem Ruder zu laufen drohte. Sie kniff die Augen zusammen und fixierte die nächste ankommende Welle. Das war doch alles unglaublich albern. Es konnte doch nicht sein, dass die Gespenster der Vergangenheit sie plötzlich einholten. Zwanzig Jahre lang hatte sie jeden Gedanken, jede Erinnerung an damals verdrängt und jetzt kamen plötzlich wieder die Bilder. Hannes' Gesicht, während er schlief, seine zerstrubbelte Frisur morgens in der Küche, während er vor dem Herd darauf wartete, dass der Espresso kochte, seine Abneigung gegen Bananen, sein konzentriertes Gesicht vor dem Computer, sein schiefes Grinsen, wenn Katharina etwas wollte, was er unmöglich fand. Alles war wieder präsent, Kiel, die alte Clique, ihre Urlaube, die Wohnung im vierten Stock, ihre Pläne und schließlich dieser grauenvolle Abend im Juni, als alles zusammenkrachte.

Sie hatte alles so lange und so gut verdrängt, dass sie dachte, sie hätte es vergessen. Also, warum sollte dieses zufällige Zusammentreffen irgendetwas daran ändern? Nichts davon war mehr wichtig.

Katharina hob den Kopf, sie hatte die Zähne zusammengebissen, ohne es zu merken. Erst, als der Schmerz im Ohr ankam, entspannte sie ihr Gesicht. Hier saß sie also, Katharina Johannsen, barfuß, in etwas schmuddeliger Kleidung, schlecht frisiert, die Füße bis zu den Knöcheln im Sand, am Strand von Westerland und knirschte mit den Zähnen. Und das alles, weil eine heute bedeutungslose Jugendliebe sie nach zwei Jahrzehnten angelächelt hatte. Wie doof konnte sich eine erwachsene Frau anstellen?

Dabei war überhaupt nichts passiert. Sie war mit ihrer Schwester in der Stadt gewesen und hatte rein zufällig einen alten Freund getroffen, zu dem sie sich gesetzt hatten. Und das, obwohl er mit einer Frau im Gespräch gewesen war, die, ihrem Gesichtsausdruck nach, alles andere als begeistert über ihr plötzliches Auftauchen war.

Inken hatte die beneidenswerte Gabe, völlig unsensibel für solche Befindlichkeiten zu sein. Sehr fröhlich hatte sie der Frau die Hand gegeben und sich und Katharina vorgestellt. Ohne das Lächeln zu erwidern hatte Hannes' Begleiterin nur knapp geantwortet. »Ich weiß, Katharina und ich kennen uns.«

Katharina war so damit beschäftigt gewesen, Hannes nicht anzusehen, dass sie kaum einen Blick auf ihre Umgebung verschwendet hatte. Erst jetzt nahm sie die Frau wahr, die ihr gegenübersaß und sie mit undurchschaubarer Miene ansah. Sie war wohl ein paar Jahre älter, bestimmt zwei Konfektionsgrößen dicker, ihre Haare brauchten dringend einen Friseur, der sich auch mit Färbetechniken auskannte, ihrer Kleidung nach war sie entweder völlig uneitel oder ohne jegliches modische Gespür. Katharina hatte keine blasse Ahnung, woher sie sich kennen sollten, Hannes schien das zu ahnen und hatte sich vorgebeugt: »Sag bloß, du kannst dich nicht mehr an Silke erinnern.«

Silke. Katharina zog ihre Füße aus dem Sand und konnte sich ein zufriedenes Lächeln nicht verkneifen. Die blonde Silke, Jeansgröße 27, Haare bis zum Gürtel, Mascara bereits in der neunten Klasse. Heute würde man sie als It-Girl bezeichnen, damals war sie alles das, was Katharina gern gewesen wäre. Und das bezog sich nicht nur auf die Tatsache, dass es Silke gewesen war, die bei dieser unsäglichen Party mit Hannes eng getanzt hatte. Sie hatte die richtigen Jeans an, hörte die richtige Musik, drehte sich mit 15 schon selbst Zigaretten, war immer im Mittelpunkt der angesagten Clique. Katharina war so neidisch gewesen, dass es körperlich wehgetan hatte.

Und heute arbeitete Silke halbtags im Büro einer Appartementvermietung und wohnte mit Mann und Hund in einer Haushälfte neben ihren Schwiegereltern. Als sie auch noch sagte, mit wem sie verheiratet war, wäre Katharina fast vom Stuhl gefallen. Axel Thiemann, der kleine dicke Optiker. Auch wenn Silke ihn um mindestens einen Kopf überragen musste, waren sie sich über die Jahre doch immer ähnlicher geworden.

»Ich habe aber immer darauf bestanden, mein eigenes Geld zu verdienen«, hatte Silke etwas affektiert gesagt, »obwohl ich es natürlich gar nicht nötig hätte. Aber ich arbeite nicht mit Axel in der Firma, ich halte es für besser, wenn Paare nicht den ganzen Tag aufeinanderkleben. Und so habe ich etwas eigenes, nette Kollegen und einen abwechslungsreichen Beruf. Es ist auch nicht so leicht in der Vermietung, man hat mit vielen Menschen zu tun, die alle was von einem wollen. Aber es ist sehr interessant.«

»Natürlich«, hatte Katharina schnell zugestimmt. »Und es hält ja auch die Beziehung frisch, wenn beide arbeiten.«

Pech für Silke war nur, dass Katharina auf Silkes Frage, was sie denn so gemacht habe, antworten musste. Und während sie von ihrer Hotellehre, dem anschließenden Studium, ihren Weiterbildungen, ihrer Karriere in verschiedenen Luxushotels, ihrer Zeit beim Fernsehen und ihrem jetzigen Job erzählte, zogen sich Silkes Mundwinkel immer mehr nach unten. Als Katharina Inkens zuckenden Mundwinkel bemerkte, spürte sie den Anflug eines schlechten Gewissens. Aber Silke hatte es wissen wollen. Sie hatte selbst Schuld.

Katharina hatte Hannes' Gesicht gesehen, als sie so ausführlich geantwortet hatte. Und für diesen Ausdruck hatte sich dieses zufällige Treffen eigentlich schon gelohnt.

Katharina strich mit den Händen den Sand von ihren Füßen. Das war auch ein vergessenes Sommergefühl, dachte sie, was auch daran lag, dass sie ewig lange nicht mehr mit nackten Füßen am Strand entlanggelaufen war. Weil der Nagellack dadurch stumpf wurde. Und weil sie so selten am Meer war. Und weil sie so viele Dinge so lange nicht mehr gedacht und gemacht hatte.

Sie stand langsam auf, hob die Schultern und ließ sie wieder sacken, hoch, runter, hoch, runter. Lockermachen, sagte ihre

Fitnesstrainerin dazu, die Last des Lebens von den Schultern nehmen. Katharina war immer viel zu verspannt, weil sie zu viele Lasten trug. Egal, ob es nötig war oder nicht. Sie bürdete sich tatsächlich das meiste selbst auf, dabei war ihr Leben doch eigentlich ganz gut, besonders, wenn sie sich mit Silke verglich. Die hatte als strahlender Stern am Schulhimmel begonnen, alle wollten sein wie Silke oder, weil das ja gar nicht ging, wenigstens ihre Aufmerksamkeit erregen. Alle anderen Mädchen hatten sich gewünscht, dass ein kleines bisschen Sternenstaub auch auf sie fallen würde. Katharina und Solveig waren noch nicht einmal in die äußerste Umlaufbahn gekommen. Und jetzt das. Eine etwas übergewichtige Endvierzigerin mit hängenden Mundwinkeln, die nicht so wirkte, als wäre sie mit ihrem Leben nur annähernd zufrieden. Trotzdem hielt sich Katharinas Mitleid in Grenzen. Dafür hatte sie zu viel damit zu tun, ihre Schadenfreude im Zaum zu halten. Obwohl sich das natürlich nicht gehörte.

Sie ließ ihre Schultern ein letztes Mal entschlossen fallen, dann machte sie sich langsam auf den Weg zurück. Eigentlich müsste sie noch aus diesen schlecht riechenden Klamotten steigen, unter die Dusche springen, sich umziehen und wieder auf den Weg zum Inselarchiv machen. Dann wäre es aber schon zu spät. Oder sie ging, so wie sie war, zu Dr. Martha und arbeitete noch eine Weile. Das würde ihr Gewissen beruhigen und ihre kruden Gedanken wieder in normale Bahnen lenken. Es war doch egal, wie sie aussah. Dr. Martha hatte sie schon ganz anders gesehen. Und sie konnte ja vorher mit Hilfe des Autospiegels ein bisschen Ordnung in ihr Gesicht bringen. Alles war besser, als zähneknirschend am Strand zu sitzen und an alte Zeiten zu denken.

Kurz bevor sie den Schlüssel im Zündschloss drehen konnte, meldete sich ihr Handy. Katharina zog es aus der Tasche und nahm nach einem kurzen Blick auf das Display an.

»Hallo Peter.«

»Katharina!« Peter Bohlens Stimme hatte etwas Hysterisches. »Sag mal, was ist denn bei dir los? Ich versuche dauernd, bei dir anzurufen, erwische dich aber nie und du rufst auch nicht zurück. Also habe ich es im Büro versucht, und da muss ich von Friedhelm hören, dass du seit Tagen auf Sylt bist. Das hättest du mir ja auch mal mitteilen können! Und dann rufe ich heute Morgen im Hotel an, die süße Saskia hat mir freundlicherweise die Nummer gegeben, und erfahre, dass ihr abgebrannt seid. Abgebrannt! Katharina, was war denn da los? Und bist du mit Bastian de Jong auf Sylt? Ich kriege ja überhaupt nichts mehr mit. Und Jens habe ich auch getroffen, deshalb wollte ich überhaupt mit dir reden. Du, der ist mit einer umwerfenden Person unterwegs, mindestens zwanzig Jahre jünger als er, die ihn angehimmelt hat, dass ich schon Schweißausbrüche vom Hinsehen bekommen habe. Das ist ja ein Ding. Das habe ich ihm gar nicht zugetraut. Und du bleibst dabei ganz ruhig? Wäre ja typisch für dich. Und was ist denn nun mit deinem Starautor? Also, mich bräuchte er nur zu fragen, ich würde mich sofort auf irgendwelche Schweinereien einlassen, aber der ist ja dermaßen hetero, es ist eine Tragödie. Die De-Jong-Tragödie, ach ja. Ich habe mir überlegt, morgen auf die Insel zu kommen. Dann können wir mal in Ruhe über alles reden. Oder? Katharina? Bist du noch dran?«

Katharina hatte ihren Kopf angelehnt, das Telefon mit zwei Fingern locker neben ihr Ohr gehalten, die Augen geschlossen und sich dem Redefluss hingeben. Jetzt öffnete sie die Augen und setzte sich wieder gerade hin.

»Ich bin noch dran. Was genau wolltest du jetzt von mir?«

»Na, wissen, wie es dir geht, was denn sonst?!« Peter war erstaunt. »Und dir sagen, dass ich morgen komme. Und dich fragen, ob de Jong auf der Insel ist. Und dir sagen, dass dein Jens mit dieser hübschen Schnecke aus war. Und ...«

»Stopp, Peter«, unterbrach Katharina ihn scharf. »Erstens:

gut, danke. Zweitens: Das kannst du natürlich machen, wie du willst. Drittens: De Jong ist nicht mehr hier. Und viertens: Die hübsche Schnecke ist Anne Assmann und eine Autorin, die Jens betreut. Wenn du ein paar Tage auf die Insel kommst, kannst du mich zum Essen einladen, ich wohne bei meiner Schwester in List, ruf mich auf dem Handy an. Also, wir hören und gute Anreise.«

»Katharina?«

»Ja?«

»Das ist doch fein, dass wir mal geredet haben, ich freue mich auf dich. Tschüss, du.«

Seufzend betrachtete Katharina das Handy. Sie hatte vor ein paar Tagen seine Nummer auf ihrem Display gesehen, aber ihr hatte die Lust gefehlt, ihn zurückzurufen. Jedes Telefonat mit ihm dauerte endlos. Er hatte immer so viel zu erzählen. Und nun würde er auch noch kommen. Dabei war es schon schwierig genug, sich auf die Recherchen zu konzentrieren. In diesem Moment fiel ihr ein, dass auch Solveig sich angekündigt hatte. Katharina stöhnte leise auf. Es half nichts. Zumindest musste sie jetzt nicht mehr überlegen, ob sie noch ins Inselarchiv fahren sollte. Das war nun klar.

Dr. Martha telefonierte gerade, als Katharina eintrat. Mit dem Hörer am Ohr nickte sie ihr nur kurz zu, dann konzentrierte sie sich wieder auf ihren Gesprächspartner.

»Fein«, sagte sie mit einem Lächeln in der Stimme. »Dann freue ich mich auf dich. Und bin sehr gespannt, was du alles erzählst. Bis dann, mein Lieber, tschüss.« Sie legte auf und ließ ihre Hand eine Sekunde auf dem Hörer liegen, bevor sie sich zu Katharina umdrehte. »Ich habe nicht mehr mit dir gerechnet«, sagte sie, was in Katharina sofort ein schlechtes Gewissen auslöste.

»Ich musste noch so viel erledigen«, rechtfertigte sie sich deshalb. »Ich habe es einfach nicht früher geschafft.«

Mit hochgezogenen Augenbrauen sah Dr. Martha sie an. »Du musst es nicht erklären. Ich hätte nicht gearbeitet, wenn mein Hotel gebrannt und ich kaum geschlafen hätte. Ich hätte noch nicht einmal daran gedacht.«

»Waren das die Inseltrommeln?« Katharina ließ ihre Tasche auf einen Stuhl fallen und lehnte sich an den Schreibtisch.

»Der Hotelbrand war sogar im Fernsehen. Die ganze Insel redet davon.«

»Aber nicht darüber, wie lange ich geschlafen habe. Oder doch?«

»Das kann ich mir denken.« Kopfschüttelnd stand Dr. Martha auf und ging zum Fenster, um es zu öffnen. »Ich habe ja Phantasie. Was brauchst du jetzt?«

Unentschlossen blickte Katharina sie an. »Ich weiß noch nicht so genau, vielleicht die Keitumer Kirchenbücher? Dann fange ich an, die Schwestern von Lornsen unter die Lupe zu nehmen. Und finde hoffentlich ein paar ganz rührselige Liebesgeschichten.«

»Aha.« Dr. Marthas Mundwinkel zuckten. »Liebesgeschichten? Na gut, wenn du das heute brauchst. Ich suche dir die Bücher raus.« Mit einem belustigten Blick auf Katharina ging sie zum Metallschrank im Nebenzimmer. Beim Aufschieben der Schranktür lachte sie leise.

Katharina fragte sich, was an den Kirchenbüchern so komisch war.

Kurz bevor Hannes die Auffahrt zur Segelschule erreicht hatte, kam ihm Inkens Auto entgegen. Er erkannte Inken erst im letzten Moment, konnte zwar noch sehen, dass sie nicht allein im Auto saß, nicht aber, wer ihre Mitfahrer waren. Wenn Katharina im Wagen gesessen hätte, war es eben Pech, er wollte sie eigentlich fragen, ob sie Lust hätte, mit ihm essen zu gehen. Er würde ihr einen Zettel hinlegen, sie könnte ihn dann anrufen.

Auf dem Parkplatz stand nur ein grüner VW-Bus, ansonsten war niemand zu sehen. Hannes stellte sein Auto ab, stieg aus und schlenderte zum Schulgebäude. Die Tür war abgeschlossen, innen hing ein Schild mit den Kursplänen. Der nächste Kurs fand erst am Abend statt. Er drehte sich um und ging zum Wohnhaus. Niemand reagierte auf sein Klingeln, unschlüssig blieb er stehen. Er konnte doch nicht ernsthaft einen Zettel mit dem Satz »Ruf mich an« an die Tür kleben, aber er hätte sich gern mit Katharina getroffen, bevor er wieder zurück nach Kiel fahren würde. Vielleicht sollte es nicht sein. Er schob die Hände in die Jeanstaschen und ging langsam zum Auto zurück. Als er fast angekommen war, fiel sein Blick auf einen Mann am Steg, der sich gerade über eines der Boote bewegte. Er kannte sich offensichtlich hier aus, vielleicht war er einer der Segellehrer, der wusste, wo Inken oder ihre Schwester gerade waren. Hannes lief auf ihn zu. Als er das Boot erreicht hatte, sah er, dass der Mann es gerade zum Auslaufen vorbereitete. Der Mann hob den Kopf, grinste breit und fragte: »Hey, suchst du jemanden?«

Hannes überlegte, ob der Akzent dänisch oder schwedisch war. »Ja, ich wollte eigentlich zu Katharina Johannsen. Wissen Sie, ob sie da ist?«

»Die arbeitet.« Den Blick auf ihn gerichtet, ordnete er das Segel. »In Westerland. Und Inken fährt jemanden ins Hotel. Bist du der Arsch, der Katharina verlassen hat?«

Dänischer Akzent, dachte Hannes und versuchte, die Frage zu verstehen. »Ich bin was?«

Achselzuckend machte der andere eine einladende Geste. »War nur eine Frage. Ich muss was ausprobieren. Willst du mit raussegeln?«

Ohne lange zu überlegen, trat Hannes auf das Boot. »Hannes«, sagte er und gab dem Dänen die Hand. »Ich bin ein alter Freund von Katharina.«

Der nickte. »Sag ich doch. Jesper. Wieder der Freund von Inken. Und für Katharina der Idiot, der nicht erwachsen wird.«

»Wieso wieder?«

Jesper grinste. »Zwischenzeitlich war ich mal der Ehemann. Machst du uns los?«

Nachdem sie mehrere Manöver gesegelt hatten und Hannes von Jespers Fähigkeiten beeindruckt war, nickte der zufrieden und reffte das Vorsegel.

»So, das klappt alles«, sagte er. »Jetzt können wir es langsamer angehen. Willst du ein Bier?«

Ohne die Antwort abzuwarten, drückte er ihm das Ruder in die Hand und stieg nach unten, um zwei Bierdosen zu holen. Das Boot lag ruhig im Wasser, sie segelten parallel zum Weststrand. Hannes nahm das Bier, riss den Verschluss auf und prostete Jesper zu. Er wartete, bis der getrunken hatte, und fragte: »Wie meintest du das mit ›Der Arsch, der Katharina verlassen hat‹?«

»Ich kenne dich nur unter dieser Bezeichnung.« Jesper korrigierte leicht den Kurs und streckte seine langen Beine aus.

»Als ich Katharina die Große kennengelernt habe, war sie in München Hotelchefin. Ich fand sie ziemlich komisch. Immer nur am Arbeiten, immer ganz still, und wenn sie mich mal angeguckt hat, war es so, als wäre ich ein Außerirdischer. Inken hat damals erzählt, dass sie von dir verlassen worden und deshalb so fertig ist. Und dass du die Schuld hattest. Du hattest Glück, dass sie dich nicht getroffen hat, sie hätte dich wohl getötet.«

»So schlimm war es nun auch nicht.« Hannes hielt sein Gesicht in die Sonne. »Wir hatten so eine Studentenliebe. Und irgendwann sind wir da rausgewachsen. Katharina war doch auch relativ schnell wieder liiert.«

»Davon weiß ich nichts«, antwortete Jesper. »Du bist trotzdem der Arsch, der sie verlassen hat. Das ist bei Inken ins Hirn gebrannt, das kriegst du auch nicht mehr raus.«

»Aha.« Hannes ließ den Arm über die Reling baumeln und sah Jesper von der Seite an. »Und du? Was hast du falsch gemacht? Wieso bist du nicht mehr Ehemann?«

»Das ist eine lange Geschichte.« Jesper grinste. »Es begann mit einer Weltumseglung und endete mit einer Einbauküche. Zwischendurch haben wir mal geheiratet. Aber Inken ist nicht zur Ehefrau geschaffen. Das hat sie zumindest gesagt, als wir in Dänemark die erste Wohnung zusammen hatten. Als meine Mutter uns die Einbauküche schenkte, ist Inken durchgedreht. Kann man nicht erklären, muss man erlebt haben. Und danach war sie weg.«

»Was war denn mit der Einbauküche?«

»Nichts Besonderes«, antwortete Jesper. »Aber für Inken war es das Symbol des Untergangs. Sie ist zurück nach Sylt, danach hat sie ihre Ausbildung gemacht, zwischendurch haben wir uns scheiden lassen und jetzt ist alles so, wie es ist.«

»Aber ihr seid ein Paar, oder?« Hannes fand diesen entspannten Dänen sehr sympathisch. »Oder bist du gerade dabei, ihr Boot als Wiedergutmachung zu klauen?«

»Ich habe das Ruderblatt ausgetauscht«, war die entrüstete Antwort. »Und die ganzen Beschläge am Mast erneuert. Da kommt sie doch selbst nicht zu. Inken war doch noch nie organisiert. Aber ansonsten ist sie super. Das finde ich schon seit zwanzig Jahren.«

Er knickte seine Bierdose zusammen und sah über die Schulter. »Sollen wir mal wieder Tempo machen?«

»Ja.« Hannes schob sich an ihm vorbei. »Klar zur Wende?«

Inken lachte immer noch leise vor sich hin, nachdem sie Gertrud zu Hause abgesetzt hatte und jetzt neben Jespers Bus parkte. Das Bild von der völlig aufgelösten Gertrud, die mit hochrotem Kopf, ein signiertes Buch von Bastian de Jong an die Brust gepresst, neben ihr im Auto saß und völlig unsortiert vor sich hin redete, würde ihr noch lange im Kopf bleiben. De Jong hatte am Flughafen plötzlich gesagt, dass er mit Glück noch ein Exemplar seines letzten Romans in seiner Tasche hätte. Es wäre ihm eine Freude, es seinem so treuen Fan zu signieren. Gertrud war um ihn herumgeschwebt und fast bewusstlos zusammengebrochen, als er sie zum Abschied auf die Wange geküsst hatte. Im Auto hatte sie Inken alles über de Jong erzählt, alles, was sie von ihm jemals gehört oder gelesen hatte, ein Unbeteiligter hätte denken können, sie habe Jahrzehnte mit ihm zusammengelebt. Sie war begeistert. Als sie vor ihrer Haustür standen, hatte Gertrud sie überschwänglich umarmt, sich dann aber geräuspert und mit gespielter Entrüstung gesagt: »Trotzdem knöpfe ich mir morgen Katharina vor. Das hätte sie mir erzählen müssen, damit ich vorbereitet gewesen wäre. Das ist meine älteste Hose, ich hätte mich doch etwas zurechtmachen können.«

»Du hast alle überstrahlt, Gertrud«, hatte Inken geantwortet. »Mach dir keine Gedanken.«

»Das ist ja auch keine große Kunst. Gegen Piet, Knut und

Jesper«, hatte Gertrud lächelnd gesagt und war danach in Richtung Haustür geschwebt.

Erst beim Aussteigen fiel Inken der fremde Wagen auf, vielleicht war das ein Kursteilnehmer, der sich vorher noch die Beine vertrat. Es war egal, Jesper lief gerade ein und Inken beeilte sich, auf den Steg zu kommen, um ihm beim Anlegen zu helfen. Als sie ankam, sah sie zu ihrer Überraschung Hannes, der schon am Bug stand.

»Was machst du denn hier?«, rief sie ihm entgegen und fing die Leinen auf, die er ihr zuwarf. »Katharina ist doch gar nicht da.«

»Ich weiß«, antwortete er. »Deshalb bin ich mitgesegelt. Hat sich wirklich gelohnt.«

Jesper kam nach vorn und lächelte sie an. Mit einem Satz war er auf dem Steg neben ihr und strich ihr über den Rücken. »Alles gut?«

Inken nickte und vertäute das Boot. »Und bei euch?«, fragte sie leise. »Wieso ist er mitgesegelt?«

»Ich habe ihn gefragt. Obwohl er der Arsch ist, der deine Schwester verlassen hat.«

»Jesper«, sie sah ihn entsetzt an, »das hast du ihm doch wohl nicht gesagt?«

»Doch. Ich musste doch wissen, ob er derjenige ist.«

Hannes hatte den letzten Satz gehört und grinste Inken an. »Und ich war es tatsächlich.«

»Kein Grund, stolz zu sein«, erwiderte sie schnippischer, als sie wollte. Im selben Moment tat es ihr leid. »Willst du noch was trinken? Allerdings habe ich gleich Kursus.«

»Danke.« Hannes lächelte sie an, blieb aber an Bord. »Ich helfe Jesper noch beim Aufräumen und dann muss ich zurück. Ich habe noch einen Termin. Aber du könntest Katharina vielleicht meine Telefonnummer geben und ihr sagen, dass sie mich anrufen soll. Ich würde sie gern noch mal sehen, bevor ich übermorgen nach Kiel zurück muss.«

»Okay.« Inken sah ihn zögernd an. »Ich sage es ihr. Ich kann aber nicht versprechen, dass sie sich meldet.«

Jesper fing an zu lachen und küsste sie auf die Wange. »Ja, ja, aber das überlässt du deiner Schwester. Hannes hat schon gemerkt, dass er nicht der Gute ist. Er arbeitet jetzt dran.«

Inken nickte. »Gut. Toi, toi, toi. Bis dann.«

Sie schulterte ihre Tasche und ging mit schnellen Schritten über den Steg. Am Ende drehte sie sich um und warf Jesper eine Kusshand zu, die er erwiderte. Hannes beobachtete ihn, fühlte sich ausgeschlossen und entschied, dass es auf jeden Fall zu einem Treffen mit Katharina kommen müsste. Was auch immer daraus würde.

Inken nahm die Füße vom Tisch, als sie die Haustür hörte. An den Schritten erkannte sie Katharina, niemand ging so schnell über einen Flur wie ihre Schwester.

»Ich bin im Wohnzimmer«, rief Inken und es dauerte nur eine Sekunde, bis Katharina den Raum betrat. »Du bist ja da«, sagte sie erstaunt. »Ich dachte, du hättest Kursus.«

»Der Kurs geht bis halb neun, jetzt ist es gleich neun. Du bist spät, wie lange hat das Archiv denn auf?«

»Ich bin noch ein bisschen am Strand gelaufen.« Katharina ließ sich auf den Sessel sinken. »Und dann habe ich noch mit Jens telefoniert. Das hat länger gedauert. Da war ich schon auf dem Weg, musste aber anhalten, weil dieser vornehme Jaguar keine Freisprechanlage hat.«

»Auf Sylt telefoniert doch jeder im Auto. Die ganzen Wichtigtuer in ihren geliehenen Porsches.«

»Ja, und?« Katharina hob die Schultern. »Man kriegt Punkte und eine Geldstrafe, dazu habe ich keine Lust. Wie war es denn noch mit Bastian de Jong? Hast du ihn zum Flughafen gefahren? Hat er noch etwas gesagt?«

Nachdenklich sah Inken sie an. »Gertrud ist fast ausgerastet, sie ist sein größter Fan und hatte eine alte Hose an, das wird sie dir nie verzeihen. Du hättest sie darauf vorbereiten müssen. Aber der Meister hat ihr ein Buch geschenkt und sich fürs nächste Mal bei ihr zum Tee eingeladen. Aber sag mal, ist er ein bisschen durcheinander?«

»Wieso?«

Inken zuckte mit den Achseln. »Ich kann das schlecht beschreiben, er springt beim Erzählen so hin und her, hat Gertruds Fragen nicht richtig beantwortet, irgendwie war er völlig unkonzentriert. Aber vielleicht hatte er auch einen im Kahn.«

»Nachmittags? Das glaube ich nicht. Oder hatte er eine Fahne?«

»So nah bin ich ihm nicht gekommen.« Inken grinste. »Da hätte ich mich auch mit Gertrud anlegen müssen. Ist ja auch egal. Er kommt ja nächste Woche wieder. Hat er zumindest gesagt. Ach, und er hat sein Handy nicht gefunden. Im Koffer war es auch nicht. Er lässt dich bitten, im Hotel nachzufragen, ob er es da liegen gelassen hat.«

Katharina nickte und stand wieder auf. »Mach ich am besten gleich. Ich springe mal eben unter die Dusche und zieh mir was anderes an. Hast du die Tüten nach oben gebracht?«

Inken nickte und griff zu einer Zeitung. »In deinem Zimmer. Willst du noch was essen? Knut hat Lachs mitgebracht, liegt im Kühlschrank.«

»Danke, zu fett um diese Uhrzeit. Ist Jesper oben?«

Ohne hochzusehen antwortete Inken: »Jesper ist gefahren. Er hat die letzte Fähre genommen.«

Katharina verharrte an der Tür und sah ihre Schwester fragend an. »Streit?«

»Nein, wieso? Aber ich habe im Moment nicht viel Zeit und Jesper hat genug zu Hause zu tun.«

»Weil ich jetzt hier schlafe?«

»Unsinn.« Inken kreuzte ihre Zehen in den dicken Socken. »Es hat nicht immer alles mit dir zu tun.«

Katharina ging nach oben und Inken schloss kurz die Augen. Jesper hatte ein bisschen unglücklich geguckt, als sie ihm gesagt hatte, dass sie jetzt gern die Zeit mit ihrer Schwester verbringen wolle. Sie hatte plötzlich die einmalige Chance, das anstrengende Verhältnis zu ihrer Schwester ins Lot zu bringen. Und das hatte sie sich immer gewünscht. Das hatte sie dem wunderbarsten Dänen der Welt genauso erklärt. Jesper musste einfach verstehen, dass er bei diesem Neuanfang stören könnte. Auch wenn sie ihn jetzt schon vermisste.

»Guten Abend, Frau Günther, hier ist Katharina Johannsen, wir haben uns gestern im Hotel gesehen, ich mache die Recherchen für Bastian de Jong.«

»Ach, ja, Frau Johannsen, was kann ich für Sie tun?«

Katharina stand am Fenster und blickte auf den Hafen, während sie telefonierte. Sie liebte diese Abendstimmung, die nebeneinanderliegenden Boote am Steg, das Geklimper der Schoten an den Masten, die kreisenden Möwen, die ersten Lichter, die letzten Spaziergänger.

»Herr de Jong vermisst sein Handy. Hat er das vielleicht auf seinem Zimmer gelassen? Und dann wollte ich wissen, ob er schon für seinen nächsten Besuch gebucht hat.«

»Kleinen Moment bitte, ich habe heute erst spät meinen Dienst angefangen, ich schau mal nach, ob der Zimmerservice etwas hinterlegt hat.«

Katharina hielt ihren Blick auf die Boote gerichtet, während sie wartete. Sie hatte nie diese Segelbesessenheit wie Inken oder ihr Vater gehabt, aber sie hatte das Segeln immer gemocht. Ihre Eltern hatten sie schon mit aufs Boot genommen, als sie gerade laufen konnte. Für sie war Segeln so selbstverständlich wie Fahrradfahren. Aber während Inken und ihr Vater nie genug Wind und Wellen haben konnten, segelten Mia und Katharina am liebsten bei blauem Himmel, leichtem Westwind und Sonne.

Ein einziges Mal hätte Katharina alles dafür gegeben, bei Starkwind und Regen segeln zu dürfen. Damals hatte der Segelverein, in dem sowohl Hannes' Vater als auch Joe Mitglieder waren, eine Regatta veranstaltet. Beim letzten Rennen sollte der Nachwuchs gegen die Väter segeln. Katharina war damals sechzehn und konnte bei der Aussicht, mit Hannes in einem Team zu segeln, vor Aufregung nächtelang nicht schlafen. Einen Tag vorher entzündete sich ihr Weisheitszahn, sie hatte nicht nur ein Gesicht wie ein Kürbis, sondern auch hohes Fieber. Das Zahnziehen war nicht annähernd so schlimm wie die Absage der Regatta. Eine zweite Chance hatte sie nie bekommen.

»Frau Johannsen?«

Katharina umschloss das Handy fester und wandte ihren Blick zurück ins Zimmer. »Ja?«

Die Stimme von Sophie Günther klang professionell und neutral. »Der Zimmerservice hat das Handy in der Minibar gefunden. Sollen wir es Herrn de Jong schicken?«

»Oh.« Katharina biss sich auf die Lippe. »Das kommt darauf an. Hat er denn schon wieder gebucht? Er hat gesagt, dass er demnächst wiederkommen wolle.«

»Moment.« Sophie Günther tippte hörbar verschiedene Tastenkombinationen in den Computer. »Nein, ich habe hier nichts, Frau Johannsen. Dann ist es vielleicht doch besser, wir schicken das Telefon mit Eilkurier nach Amsterdam, die Privatadresse haben wir ja.«

»Sie können es auch ins Hamburger Büro schicken. Dahin ist er gefahren. Und ich rufe ihn morgen in seinem Büro an. Danke und einen schönen Abend.«

Katharina legte das Handy kopfschüttelnd beiseite. In der Minibar. Vielleicht hatte er doch am Nachmittag nur einen Cognac zu viel gehabt.

„Störe ich dich?«

Katharina kam langsam zurück ins Wohnzimmer, in der Hand ein Wasserglas. Ihre Haare fielen ihr offen über den Rücken, sie hatte sich abgeschminkt, trug eine schmale Jeans und eine der neuen cremefarbenen Strickjacken. Inken nahm die Füße schon wieder vom Tisch und sah sie an.

»Nein. Willst du einen Tee? Ist in der Kanne auf dem Tisch. Becher musst du dir holen.«

Während Katharina in die Küche ging, schob Inken die Papiere, die sie gerade durchgesehen hatte, schnell unter einen Zeitungsstapel. Sie müsste sie nachher wegräumen, solche Kontostände hatte ihre Schwester garantiert noch nie in ihrem Leben gesehen. Und Inken hatte keine Lust, ihr das zu erklären.

Katharina kam zurück, stellte ihren Teebecher auf den Tisch und guckte ihre Schwester an. »Was machst du denn gerade?«

»Nichts weiter.« Inken guckte harmlos zurück. »Ich denke so ein bisschen vor mich hin.«

Katharina würde ihr nicht glauben, die hatte vermutlich noch nie nur so herumgesessen und gedacht. Sie hatte immer etwas zu tun.

»Aha.« Zweifelnd sah Katharina sich um. »Ich störe dich doch.«

»Nein. Setz dich hin.« Inken beobachtete Katharina, die sich langsam auf den Sessel sinken ließ. Unter dem Zeitungsstapel lagen deutlich sichtbar die Kontoauszüge. Inken hatte sie zu weit nach hinten geschoben. Katharina müsste nur ein ganz kleines bisschen den Kopf drehen, dann könnte sie alles lesen. Unvermittelt sprang Inken auf, um Katharinas Blick abzulenken. »Was hältst du von einem Glas Rotwein? Ich hätte gern eines. Kannst du mal die Gläser aus dem Schrank holen?«

Katharina sah sie erstaunt an, stand aber nicht auf. Ohne ihre Schwester aus den Augen zu lassen, ging Inken rückwärts zum Schrank und stieß dabei mit der Hüfte an den Stuhl. Katharina runzelte die Stirn. »Was ist mit dir ...?«

»Ich habe nur ...« Inken musste sich zusammenreißen, um nicht zu kichern, in absurden Situationen neigte sie dazu. Aber wenn Katharina sich nach vorn beugte, würde sie die Papiere sehen. Also musste sie sich ganz schnell etwas einfallen lassen.

»Hannes war übrigens vorhin hier. Er war mit Jesper segeln. Aber eigentlich wollte er dich noch mal treffen, bevor er wieder zurück nach Kiel fährt. Du sollst ihn anrufen.«

Das hatte geklappt. Katharina öffnete den Mund, schloss ihn sofort wieder und lehnte sich betont gleichgültig zurück. »Ach ja? Ich habe aber gar keine Zeit. Ich muss morgen ganz früh ins Archiv, dann kommt mein alter Chef Peter auf die Insel und Solveig reist ja auch noch an.«

Sie fühlte ihren Puls in der Schläfe, ihr wurde warm und sie musste ganz dringend zur Toilette. »Ich geh mal aufs Klo. Für mich nur ein halbes Glas.«

Inken wartete, bis sie die Tür klappen hörte, dann sprintete sie zum Tisch, riss die Papiere aus dem Zeitungsstapel und stopfte sie in die nächstbeste Schublade. Erleichtert lehnte sie sich an den Schrank und atmete tief durch. Dann holte sie die Gläser und den Wein und stellte alles auf den Tisch. Das war knapp gewesen.

Im Badezimmer starrte Katharina derweil auf ihr Spiegelbild und presste die Lippen zusammen. Der Name Hannes zog in roter Farbe durch ihren Kopf. In Großbuchstaben. »Jetzt ist es aber mal gut«, flüsterte sie sich selbst zu. »Nimm dich mal zusammen.«

Sie wusch sich die Hände mit eiskaltem Wasser, legte die kalten Finger anschließend an die Wangen und zog vor dem Spiegel eine Grimasse. »Lieber Gott, gib mir Hirn«, sagte sie laut, hob entschlossen den Kopf und nahm sich vor, wieder in die Spur zu kommen. Sie benahm sich wirklich wie in der tiefsten Pubertät.

Inken hatte schon eingegossen und sah ihr erwartungsvoll entgegen. »Jetzt erzähl doch mal«, sagte sie und reichte ihrer Schwester das Glas.

»Was soll ich denn erzählen?«

»Ja, was jetzt mit Hannes war.« Inken lächelte. »Wie war das Wiedersehen nach zwanzig Jahren? Wir haben noch gar nicht darüber geredet.«

»Da gibt es auch nichts zu reden. Es war reiner Zufall, dass er plötzlich vor dem Hotel auftauchte, ich habe ihn anfangs kaum erkannt.« Katharina hielt Notlügen für durchaus legitim, wenn man damit einer Geschichte die Bedeutung gab, die sie verdiente. »Ich habe auch schon Axel Thiemann wiedergetroffen, das war nichts anderes.«

Inken runzelte die Stirn. »Den dicken Optiker?«

»Ja.« Katharina nickte und zog ein Bein auf den Sessel. »Der war auch in meiner Klasse.«

»Aber mit dem hattest du doch nichts, oder?« Inken fing an zu lachen, biss sich aber sofort auf die Lippe. »Der dicke Thiemann, na ja. Du musst auch nicht darüber reden, wirklich nicht. Es ist ja lange her. Wobei Hannes eindeutig besser aussieht als der Optiker. Finde ich zumindest. Aber das ist Geschmackssache.«

Sie beobachtete ihre Schwester, die gerade konzentriert das Etikett der Weinflasche betrachtete. Als wollte sie den Text auswendig lernen. Das war typisch für Katharina. Sie wollte nicht mit Inken über Privates reden, das hatte sie nie gemacht und würde es wohl auch nie tun. Höchstens im Schockzustand oder unter Drogeneinfluss. Und darauf konnte Inken lange warten. Sie war und blieb die blöde kleine Schwester, aus der Rolle würde Katharina sie nie entlassen. Etwas zu laut stellte Inken ihr Glas auf den Tisch und stand auf.

»Ich gehe ins Bett.«

Erstaunt sah Katharina hoch. »Jetzt schon? Geht es dir nicht gut?«

»Doch.« Inken verkorkte die Weinflasche und stellte sie zur Seite. »Aber du willst dich nicht mit mir unterhalten und ich habe keine Lust, dir mit aller Gewalt ein Gespräch aufzuzwingen. Du weichst privaten Fragen aus, du pflegst dein Image der perfekten großen Schwester, die immer weiß, was sie tut, und nie Fehler begeht, du hast immer den Überblick und keinerlei Chaos in deinem Leben, du bist so wie immer. Total zu. Und ich dachte, es ist dieses Mal anders.«

Sie sprang auf und wollte an Katharina vorbeigehen, die aber bekam ihr Handgelenk zu fassen. »Inken, jetzt warte.«

Sie lockerte den Griff erst, als Inken stehen blieb. »Setz dich wieder hin und werd nicht albern. Ich pflege kein Image, zumindest nicht mehr als du. Ich habe auch nicht immer den Überblick und ich bin auch nicht total zu. Frag mich, wenn du irgendetwas wissen willst, aber erwarte nicht, dass ich zu jeder Frage die richtige Antwort weiß. Manche Sachen sind auch nicht so einfach zu erklären. Das ist doch bei dir genauso.«

»Ich kann alles erklären.« Noch etwas bockig setzte Inken sich wieder hin. »Was denn nicht?«

Katharina lächelte. »Jesper?«

Mit einer lässigen Handbewegung wischte Inken die Frage weg. »Das ist das Einfachste überhaupt. Wir sehen uns ab und zu, gehen zusammen in die Kiste, wir finden uns toll, fertig. Ganz einfach. Und jetzt bin ich dran. Jens?«

»Dasselbe.« Katharina nickte. »Genau dasselbe. Bis auf die

Tatsache, dass wir nie verheiratet waren. Und uns nicht haben scheiden lassen. Das ist doch mal ein Unterschied.«

Inken wartete einen Moment, dann hob sie den Kopf und musterte Katharina nachdenklich. »Apropos verheiratet. Warum war Hannes auf deiner Hochzeit eingeladen, von der hier keiner was wusste?«

Neugierig wartete sie auf eine Reaktion ihrer Schwester, die aber nicht kam. Stattdessen hielt Katharina ungerührt den Blickkontakt und hob lediglich kurz die Schultern. »Eine Jugendsünde. Zu dumm, um darüber zu reden. Ich würde es am liebsten ungeschehen machen, andererseits ist es aber auch nicht so wichtig, dass es irgendeine Bedeutung hätte. Nach sechs Monaten lief die Scheidung. Wie lange wart ihr verheiratet?«

»Fünfzehn Monate«, antwortete Inken und sah ihre Schwester immer noch verblüfft an. »Mit wem warst du denn verheiratet? Und wieso? Und warum kennt ihn keiner? Mia hatte auch keine Ahnung. Wusste Solveig davon?«

Katharina verschränkte die Arme hinter dem Kopf und sah an Inken vorbei durchs Fenster. Der Himmel hatte sich rot gefärbt, ganz hinten waren ein paar Schönwetterwolken zu sehen, das Wasser glitzerte.

»Solveig war die Einzige«, begann sie. »Kannst du dich noch daran erinnern, wie ihr alle, also Mia, Joe, Jesper und du, Weihnachten in München gefeiert habt?«

Katharina würde nie den Gesichtsausdruck ihrer Mutter vergessen, als sie in die Lobby des Hotels trat. Mit großen Augen hatte sie sich umgesehen, Joe aufgeregt am Ärmel gezupft, Inken und Jesper etwas gezeigt und schließlich die entgegenkommende Katharina in den Arm geschlossen. »Kind, da bist du ja.«

Sie schob ihre Tochter ein Stück weg, um sie genauer zu betrachten, dann zog sie sie wieder zu sich und flüsterte ihr ins

Ohr: »Das ist ja wohl die grausamste Kostümierung, die ich je an dir gesehen habe. Musst du das tragen? Ich würde deinen Chef verklagen. Das grenzt an Körperverletzung.«

»Das« war ein schwarzer Hosenanzug mit rotem Samtkragen, die offizielle Kleidung der Hotelleitung. Katharina gefiel es, ihr war aber klar, dass Mia es entsetzlich finden würde. Sie hätte ihr Missfallen vielleicht ein bisschen charmanter verpacken können, dachte Katharina, bevor sie den Rest der Familie begrüßte. Sie hatte zwei der schönsten Zimmer reservieren lassen, im obersten Stockwerk mit einem sensationellen Blick auf München. Alles war perfekt organisiert, Katharina hatte sich auf das Treffen gefreut, hatte mit den Kollegen gesprochen, dass sie Zeit für ihre Familie brauche und nur für den Notfall zur Verfügung stünde. Sie hatte sich so viel Mühe gegeben und trotzdem, oder vielleicht auch gerade deswegen, war aus der geplanten Weihnachtsfeier ein regelrechtes Fiasko geworden.

Für Mia war das Grandhotel ein Beispiel für schlechten Geschmack und Dekadenz, sie fand die Einrichtung zu dunkel, zu erdrückend, sie hasste Kronleuchter und überdimensionale Blumenbouquets, ihr waren die anderen Gäste zu alt, zu reich, zu vornehm, die Kellner zu arrogant und auch noch im Frack.

»Wie kannst du hier nur bleiben?«, hatte sie Katharina fassungslos gefragt. »Hier kriegt man ja Depressionen.«

Ihr Vater hatte nichts gesagt, Joe war pflegeleicht, Hauptsache, es gab ein Bier und was Gutes zu essen, dann konnte er überall sein. Und so hatten sie Heiligabend bei einem exklusiven Fünf-Gänge-Menü im Hotelrestaurant gesessen, Mia fassungslos, aber lästernd, Joe still und Inken und Jesper ausschließlich mit sich selbst beschäftigt. Katharina war erst genervt, später schlecht gelaunt gewesen, sie redete kaum, trank dafür aber zu viel Wein und wünschte sich ans andere Ende der Welt. Ganz allein auf eine Insel. Ohne irgendein Familienmitglied. Kurz vor dem Dessert kam plötzlich Michael an den Tisch, Katharinas Chef, um die Familie seiner Stellvertreterin zu begrüßen. Katharina war schon angetrunken, ob es der Wein war, die Weihnachtsstimmung, ihre Enttäuschung über dieses Treffen oder die Tatsache, dass sie das fünfte Rad am Wagen war, die das auslösten, was dann folgte, das wusste sie später nicht mehr. Aber sie hatte Michael einen Platz am Tisch angeboten, Mia und Joe erzählen lassen, wie brillant ihre Tochter als Hotelmanagerin war, hatte den Druck seines Beines unter dem Tisch erwidert und immer weitergetrunken. Selbst Mia hatte ihm lächelnd zugehört, Jesper hatte Inken geküsst und Katharina Michael die Hand auf den Oberschenkel gelegt.

Nach dem Essen waren alle auf einen Absacker in die Pianobar gegangen. Jesper und Inken hatten sich als Erste verabschiedet, danach waren Mia und Joe aufs Zimmer gegangen. Als Michael sie am Handgelenk dicht zu sich gezogen hatte, merkte sie, wie schwindelig ihr war. Ohne Widerstand war sie ihm in seine Wohnung gefolgt. Als er sie ausgezogen hatte, hatte sie die Augen geschlossen und an Hannes gedacht.

»Dein Chef?«, fragte Inken nun laut. »Das war doch so ein alter Sack.«

»Alter Sack!« Katharina war perplex. »Er war gerade fünfzig. Sag mal.«

»Du warst noch keine dreißig. Der war genauso alt wie Papa.«

»Jünger«, korrigierte Katharina automatisch. »Aber darum ging es doch gar nicht. Er fand mich in dem Moment toll. Und hat mich das erste Mal nicht als seine Mitarbeiterin gesehen. Ich war damals noch nicht lange in München und kannte niemanden, nur meine Kollegen, deren Chefin ich aber war. Der Einzige, der über mir stand, war eben Michael. Wir konnten gut miteinander arbeiten, das hat vom ersten Tag an geklappt. Er war immer sehr souverän, sehr höflich, sehr klug. Und dann bin ich eines Abends in sein Büro gekommen, wo er völlig betrunken hinter seinem Schreibtisch saß und nicht nach Hause wollte. Er kam von seinem Scheidungstermin. Seine Frau hatte ihn damals nach fast zwanzigjähriger Ehe verlassen. Von einem Tag auf den anderen und hat auch noch die beiden halbwüchsigen Töchter mitgenommen. Das hat Michael total zerlegt. Im Hotel wusste das niemand, ich hatte mich nur gewundert, dass er sich plötzlich nicht mehr so kümmerte. Er ließ Termine platzen, machte falsche Angebote, vergaß geplante Events, es war anstrengend. Das meiste habe ich abfangen können, aber es häufte sich. An dem Abend wusste ich wenigstens den Grund und habe vieles aus seinem Bereich übernommen, zumindest so lange, bis er wieder einigermaßen gerade denken konnte. Es hat nie jemand mitbekommen.«

»Katharina, die Retterin«, bemerkte Inken spöttisch. »Und dann hat er dich aus lauter Dankbarkeit geheiratet? Und wieso hast du dabei überhaupt mitgemacht?«

Unvermittelt hatte Katharina Bilder im Kopf. Ihre kleine Mitarbeiterwohnung im Seitenflügel des Hotels, schön eingerichtet, aber ohne irgendwelche Erinnerungen an ihr altes Leben, das bohrende Heimweh, dass jeden Morgen nach dem Aufwachen wie ein Monster auf ihrem Brustkorb saß, die Träume, in denen sie immer noch mit Hannes lebte und die in der Realität immer wieder den Trennungsschmerz aufflammen ließen, ihre einsamen Abende, an denen sie seitenlange Briefe an sich selbst schrieb, die immer mit Beschwörungen und vielen Tränen endeten, zu denen sie auch noch Whitney Houston und Mike Oldfield hörte. An ihren freien Tagen ging sie allein ins Kino, immer nur in Liebesfilme. ›Bodyguard‹ hatte sie zehnmal gesehen, sie erstickte fast an ihren Tränen, träumte aber wenigstens ein paarmal von Kevin Costner statt von Hannes. Es war eine grauenhafte Zeit gewesen. Aber niemand im Hotel hatte eine Ahnung davon gehabt. Und sie hatte es überlebt.

»Warum hast du das gemacht?«, wiederholte Inken ihre Frage und beamte Katharina wieder zurück.

»Mir ging es nicht besonders gut in München«, fasste sie es freundlich zusammen. »Ich habe so viel gearbeitet, dass ich kaum Kontakte aufbauen konnte. Und wenn ich mal frei hatte, wusste ich nie, was ich tun sollte. Und ich habe zu oft an Hannes gedacht. Und an euch, ihr wart ja alle so beschäftigt, du mit Jesper, Mia und Joe mit Mallorca, ich fühlte mich damals total allein. Und hatte außerhalb des Jobs überhaupt kein Selbstvertrauen. Als Michael dann Weihnachten diesen Frontalangriff machte, fand ich das ... richtig, irgendwie. Tja, und dann bekam alles eine Eigendynamik.«

Inken reichte die Erklärung nicht. »Ja, du hättest ja auch mit ihm einfach in die Kiste springen können, aber warum habt ihr gleich geheiratet? Und wann war die Hochzeit?«

Die Eigendynamik hatte darin bestanden, dass Michael seine Exfrau zufällig in einem Restaurant in Begleitung eines sehr attraktiven Mannes, der zweifelsohne der Neue an ihrer Seite war, getroffen hatte. Michael und Katharina wollten nur schnell eine Kleinigkeit essen, plötzlich stand dieses schöne Paar an ihrem Tisch. Katharina hatte nie gewusst, wie blass ein Mann werden kann, ohne tot umzufallen. Michael wurde fast weiß. Und in diesem Schockzustand stellte er Katharina als die Frau vor, die er in wenigen Monaten heiraten würde. Es gab einen kleinen Moment, in dem man seiner Exfrau anmerkte, dass sie diese Eröffnung nicht ganz kaltließ. Einen sehr kleinen.

Katharina hatte nichts zu allem gesagt, sie konnte sich denken, wie es Michael dabei ging, genügend Phantasie und Bilder von Hannes und Anke hatte sie im Kopf.

Wenige Tage später wusste sie es genau. Solveig hatte in

einem Telefonat versucht, ihr schonend beizubringen, dass Anke, die neue Freundin von Hannes, schwanger war. Am selben Abend hatte sie Michael gesagt, dass die Idee mit der Heirat doch gar nicht so schlecht wäre. Und sie hatte sich eingeredet, dass sie das auch tatsächlich so meinte.

»Wir haben am 5. April geheiratet. Ganz klein. Standesamt, Essen im Englischen Garten, keine Gäste, nur wir und die beiden Trauzeugen und fertig.«

»Am 5. April ist Kurt Cobain gestorben.« Inken wirkte irritiert.

»Damit hatten wir nichts zu tun.« Katharina beugte sich vor, um nach ihrem Glas zu greifen. »Sei sicher.«

»Blöder Scherz.« Inken zog den Korken wieder aus der Flasche. »Jesper und ich waren ganz fertig, als wir das damals gehört haben. Aber die Nachricht von deiner Hochzeit hätte mich, glaube ich, genauso fertiggemacht.«

»Na ja.« Katharina sah sie nachdenklich an. »Es war ganz komisch. Michael war ein netter Mann und wir mochten uns auch gern. Wir haben uns nur überhaupt nicht gemeint. Wenigstens haben wir das beide gleichzeitig gemerkt.«

»Woran?«

Katharina dachte, dass sie das schon im Standesamt gewusst hatte. Eigentlich auch schon vorher. Aber sie hatte sich selbst davon überzeugen wollen, dass ihr Leben in München ab sofort besser, heller und leichter sein würde. Michael wollte es auch so sehen. Es hatte nur nicht funktioniert.

»Seine Frau rief ihn wieder an. Sie war kreuzunglücklich und wollte zu ihm zurück. Und weißt du, was das Erstaunlichste war?«

Inken sah sie gespannt an. »Was?«

Katharina lächelte. »Ich war erleichtert. Mir war die Verantwortung viel zu viel. Ich hatte immer noch Heimweh. Ich fand nichts einfacher als vorher. Aber ich hätte nie eine Entscheidung getroffen. Und so haben wir uns privat nach drei

Monaten wieder getrennt. Und ein halbes Jahr später habe ich gekündigt und bin nach Bremen gezogen.«

»Habt ihr noch Kontakt?«

Katharina schüttelte den Kopf. »Wir haben uns beide ein bisschen schlecht gefühlt. Man heiratet nicht, um jemanden anderen zu vergessen. Und auch nicht, weil man sich selbst nicht zutraut, es allein zu schaffen. Er ist später mit seiner Familie in die Schweiz gezogen. Und wir wollten diese Episode zumindest verdrängen. Deshalb habe ich auch nie etwas erzählt. Ich habe mich damals schon ein bisschen geschämt, weil ich natürlich wusste, dass ich das nicht richtig gemacht habe. Also, jetzt weißt du es, jetzt müssen wir nie wieder darüber reden.«

Inken schwieg einen Moment, dann blickte sie ihre Schwester lange an. »Danke«, sagte sie schließlich. »Dass du mir das erzählt hast.«

Katharina nickte. »Tut mir leid. Es ist nicht so, dass ich es nicht will. Aber manchmal können so alte Geschichten auch in der Schublade bleiben. Es war eine Zeit, an die ich mich nicht gern erinnere.«

»Als wir damals in dem Hotel waren ...«, Inkens Gesicht wirkte sehr weich und sehr jung, »da habe ich dich so bewundert, dass es fast wehtat. Du warst so sicher, bist ganz gerade und stolz durch diese Lobby gegangen. Irgendein Gast wollte etwas von dir und du hast sofort ins Französische gewechselt, du hast die ganze Zeit gelächelt und dich so gut benommen. Und ich fühlte mich dumm, schlecht angezogen und wie gerade vom Boot gesprungen. Dabei hatte ich mir extra ein neues Kleid gekauft. Aber du hattest so viel Klasse. Ich nie.«

»Inken, du spinnst.« Katharina stand auf, ging um den Tisch und setzte sich neben ihre Schwester. Sie sahen sich lange an, dann strich Katharina ihr vorsichtig eine Locke aus dem Gesicht. »Ich habe dich immer für deine Leichtigkeit bewundert«, sagte sie leise. »Bei mir war das alles nur Show. Ich fühlte mich in München zu fremd, zu dick, zu langweilig und zu allein. Ich hatte Angst vor allem, Inken, du warst immer furchtlos. Ich kann ganz viel, ich habe das alles gelernt, aber ich brauche ganz viel Mut für Neues. Den habe ich oft nicht.«

Inken legte den Kopf schief und strich Katharina über die Wange. »Du brauchst gar keine Show, große Schwester«, flüsterte sie. »Du hast gar keine Ahnung, wie perfekt du bist.« Sie rutschte ein Stück zurück und fing plötzlich an zu kichern.

»Wenn Mia sehen würde, wie wir uns hier vollsülzen, würde sie einen Anfall kriegen.«

Katharina wich zur Seite, Inken hielt sie fest. »Jetzt entschuldige dich nicht gleich, so war das gar nicht gemeint. Ich bin echt froh, dass du jetzt hier bist.«

Sie küsste Katharina auf die Stirn und drückte ihren Arm. »Jetzt kriegen wir es vielleicht endlich mal auf die Reihe. Ich habe übrigens vergessen, dir zu sagen, dass Dr. Martha vorhin angerufen hat. Du bist morgen Abend bei ihr zum Essen eingeladen. Um 19 Uhr. Ich habe schon für dich zugesagt. Da kannst du dann das rote Kleid anziehen. Und du sollst mit dem Taxi kommen.«

Erschrocken starrte Katharina sie an. »Morgen? Ich weiß noch gar nicht ...«

»Du kannst.« Umständlich stand Inken auf und ging zur Tür. »Ich muss mal eben etwas holen, ich komme gleich wieder.«

Katharina folgte ihr mit den Blicken, bis sie im Flur verschwunden war, dann streckte sie ihre Beine aus und musste lachen. Ihre Schwester war doch wirklich unglaublich. Sie konnte mit ihrer Art einfach jede beschwerte Stimmung abfangen, ohne dabei jemanden zu verletzen. Es hat eben alles seine Zeit.

Mit einer Papiertüte in der Hand kam Inken zurück. Feierlich reichte sie Katharina die Verpackung und setzte sich erwartungsvoll auf die Kante des Sessels.

»Guck rein«, forderte sie Katharina auf und verfolgte mit angespanntem Gesicht, wie ihre Schwester ein Tuch entnahm und ausbreitete.

»Das ist ja ...«

»Genau«, fuhr Inken strahlend dazwischen. »Das Tuch zum Kleid. Und?«

Erstaunt ließ Katharina das Tuch sinken. »Es ist perfekt. Wann hast du das denn gekauft?«

Lächelnd schwang Inken sich vom Sessel. »Berufsgeheimnis. So, und ich muss jetzt ins Bett, ich habe morgen früh schon um halb acht den ersten Termin. Schlaf gut, Katharina, das war ein schöner Abend. Räumst du den Tisch noch ab? Nacht.«

Mit dem letzten Wort war sie weg, Katharina lächelte ihr hinterher.

Mit einem zufriedenen Seufzer löschte Inken das Licht und stopfte die Bettdecke um sich. Sie hatte Dr. Martha schon in der Schule gemocht und freute sich immer, wenn sie sich zufällig trafen. Deshalb war es auch ein nettes Telefongespräch gewesen. Sie hatten sich über alles Mögliche unterhalten, unter anderem auch darüber, dass Dr. Martha und Hannes sich ab und zu Mails schrieben. Und deshalb war er auch morgen Abend zum Essen eingeladen. Aber hätte sie das Katharina sagen müssen? Inken lächelte ins Dunkel, während sie sich Katharina in dem schönen Kleid mit dem passenden Tuch vorstellte. Sie müsste nur dafür sorgen, dass sie es auch anzog. Das Glückskleid. Und sie müsste die Daumen drücken für einen wunderbaren Abend.

„Segelschule List, schönen guten Tag." Gertrud sprach sehr deutlich in den Hörer und griff gleichzeitig nach einem Bleistift. »Mein Name ist Schneider. Was kann ich für Sie tun?«

Sie liebte es, wenn am anderen Ende Menschen waren, die überlegten, hier vielleicht einen Segelkurs zu machen. Gertrud konnte dann in glühenden Farben die Schönheit des Segelns beschreiben, den Charme und die Fähigkeiten des Schulungspersonals, die idyllische Lage der Schule, die hübschen Jollen und die herzliche Atmosphäre, die hier herrschte. Bis jetzt hatte sie jeden interessierten Anrufer zu einer Anmeldung gebracht. Piet hatte sie einmal bei einem solchen Telefonat beobachtet und nur mit dem Kopf geschüttelt.

»Lass das bloß nie jemanden hören, der dich kennt«, hatte er gesagt. »Du warst noch nie auf einem Segelboot, unsere beiden Jollen sind nicht hübsch und was genau meinst du mit herzlicher Atmosphäre?«

»Ich fahre regelmäßig mit der Fähre nach Dänemark«, hatte sie knapp entgegnet. »Es ist ja nicht so, dass ich mich auf dem Wasser nicht auskenne. Und mit herzlich meine ich mich. Wer kocht den Schülern denn Kaffee und Tee, wenn was ist, und backt auch mal einen Kuchen vor den Prüfungen? Das bin ja wohl ich. Die einzige Übertreibung ist der Charme des Schulungspersonals. Den hat nur Inken, du weißt ja nicht mal, wie man das Wort schreibt.«

»S-c-h-a-m«, hatte er im Hinausgehen buchstabiert. »Das ist etwas, das du nicht kennst.«

Dieser Anrufer, den sie am Ohr hatte, wollte aber gar nicht segeln lernen. »Pardon, wer spricht da bitte? Ich glaube, ich bin falsch.«

Der Akzent war holländisch, die Stimme männlich.

»Segelschule List«, wiederholte Gertrud freundlich. »Und mein Name ist Frau Schneider. Wen wollten Sie denn sprechen?«

»Ich ...« Er raschelte mit Papier, dann las er die Telefonnummer vor, die er gerade gewählt hatte.

»Die Nummer ist richtig«, sagte Gertrud. »Und sie gehört zur Segelschule in List. Um was geht es denn?«

»Ich versuche seit Tagen, meinen Vater zu erreichen, er hat sein Handy aber ständig ausgestellt. Bei den Unterlagen, die er ins Büro geschickt hat, war ein Zettel mit dieser Nummer. Da steht aber ›Hotel Katharina‹ dabei. Das sind Sie wohl nicht, oder?«

Gertrud war jetzt genauso irritiert wie der Anrufer. »Nein«, sagte sie zögernd. »Ein Hotel sind wir nicht. Aber ... mit wem spreche ich eigentlich?«

»Was? Ach so, mein Name ist Klaas de Jong, mein Vater ist ...«

»Genau«, platzte es aus Gertrud raus. »Die Stimme kam mir doch gleich bekannt vor, also die Ähnlichkeit in der Stimme. Sehr angenehm, ich habe Ihren Vater ja gestern kennengelernt, so ein toller Mann, er hat mir auch ein Buch signiert, er war nachmittags hier, zum Tee, also so nett und ...«

»Kann ich ihn doch bei Ihnen erreichen?« Klaas de Jong unterbrach sie. »In einer Segelschule? Er segelt doch seit Jahren nicht mehr.«

»Er war hier zum Tee«, korrigierte ihn Gertrud. »Nicht zum Segeln. Und wir haben ihn gestern Nachmittag zum Flughafen gefahren, er ist wieder in Hamburg. Aber er will wiederkommen. Und sich mit Katharina treffen.«

»Katharina?« Klaas de Jong wiederholte den Namen nachdenklich. »Kann ich die denn mal sprechen? Wer ist denn das überhaupt?«

Gertrud verstärkte den Griff, mit dem sie den Bleistift hielt, und zog den Notizblock näher. Mittlerweile fand sie das Gespräch äußerst seltsam. Aber sie war nicht naiv, sie hatte genug über kriminelle Telefongeschäfte und organisierte Banden gelesen. Jetzt war sie hellwach. Holländischer Akzent hin oder her, so ähnlich waren die Stimmen auch wieder nicht. Irgendwas war hier nicht in Ordnung. Von wegen, wer denn Katharina überhaupt sei.

»Sagen Sie mal, Klaas ... de Jong, Sie haben doch bestimmt eine Telefonnummer, unter der wir Sie zurückrufen können. Die geben Sie mir jetzt mal und dann bespreche ich das hier. Gegebenenfalls melden wir uns dann bei Ihnen.«

Sie ließ den Stift zwischen ihren Fingern federn und wartete darauf, dass der Anrufer einfach auflegte. Weil er sich ertappt fühlte. Dieser Versuch hatte nicht geklappt, das war doch nie im Leben der Sohn von Bastian de Jong. Der hatte doch überhaupt keine Ahnung. Klaas de Jong. Vermutlich war er ein Stalker von Bastian. Oder, noch schlimmer, von Katharina. Oder von beiden. Gertrud wartete. Und verpasste es dann fast, die Telefonnummer mitzuschreiben.

»Ich gebe Ihnen meine Mobilnummer.« Er diktierte sie, Gertrud notierte die Zahlen auf dem Block und wiederholte sie zur Sicherheit.

»Genau«, antwortete Klaas de Jong. »Es wäre sehr freundlich, wenn Katharina ähm, wie heißt sie eigentlich weiter?«

»Johannsen.«

»Hm, sagt mir auch nichts.« Seine Stimme klang verwundert. »Also, wenn Frau Johannsen mich mal anrufen könnte. Oder, falls Sie meinen Vater sehen, dann bitten Sie ihn doch, sich bei mir zu melden. Dringend. Danke vielmals.«

Er hatte aufgelegt, bevor Gertrud noch etwas fragen konnte. Nachdenklich betrachtete sie die Telefonnummer. Vielleicht konnte Katharina etwas damit anfangen. Oder Inken. Aber im Moment putzte die bei Marita, und Katharina war ins Heimatmuseum nach Keitum gefahren.

Gertrud trennte den Zettel vom Block und legte ihn auf den Küchentisch. Sie war sehr gespannt zu erfahren, was wirklich hinter diesem seltsamen Anruf steckte. Wenigstens hatte sie keine Informationen herausgegeben. Das wäre ja wohl noch schöner.

Am 14. März 1744 brach der Schiffer Theide Bohn aus Morsum zu einer Fahrt auf dem Segelschiff nach Amsterdam auf. An Bord waren knapp hundert Sylter Seefahrer, die alle in Holland anheuern wollten. In der ersten Nacht drehte der Wind auf Südwest, das Schiff wurde zurückgetrieben, schaffte es aber nicht mehr, zurück zum Lister Tief zu gelangen. Nur knapp zwei Seemeilen vor dem rettenden Hafen kenterte das Schiff in den schweren Böen. Siebenundzwanzig Männer aus Keitum, darunter sechzehn Ehemänner, ertranken. Morsum verlor einundfünfzig, davon zweiundzwanzig Ehemänner ...

Katharina unterstrich die letzte Zeile in ihrem Notizbuch und hob den Blick zum Fenster. Wie war das Leben der Witwen wohl weitergegangen? Die meisten waren noch ganz jung gewesen, hatten vielleicht kleine Kinder, aber überhaupt kein Geld. Katharina hatte plötzlich das Bild einer jungen Frau vor Augen. Groß, schmal, blond, kühl. Der Mann auf der Reise nach Amsterdam ertrunken. Oder vermisst. Vielleicht tauchte er auch später wieder auf. Völlig unvermittelt. Und sie hätte auf ihn gewartet. Maren. Oder Ragna. Oder Hanna. Oder ...

»Darf es noch etwas sein?« Die sehr kleine und pummelige Brünette sah so ganz anders aus als die Frau, die gerade in Katharinas Kopf entstand. Dementsprechend fassungslos guckte Katharina die Bedienung jetzt auch an. »Ich weiß nicht ...«

»Vielleicht noch einen Tee?« Und dann auch noch ein sächsischer Akzent. Aber niedlich war sie. Katharina verbiss sich ein Grinsen und nickte. »Ich nehme noch ein Kännchen Tee. Danke schön.«

»Gerne.« Lächelnd zog sie ab. Mandy. Oder Peggy. Oder Nancy. Oder …

Der Handyton signalisierte eine eingegangene SMS. »Ich bin auf der Insel eingetroffen. Wo bist du? Kleinen Willkommensdrink? PB.«

Katharina klappte das Notizbuch zu und schrieb zurück. »Kleine Teestube, Keitum. In einer halbe Stunde.«

Prompt kam die Antwort. »Herrlich. In zehn Minuten.«

Fast zeitgleich mit dem Herausnehmen des Teesiebs stürmte Peter Bohlen in das kleine Lokal. Er verharrte einen kleinen Moment, dann entdeckte er Katharina in der Ecke und kam mit ausgebreiteten Armen auf sie zu.

»Tee?«, rief er erstaunt. »Ich dachte an Champagner. Ach, ist das schön, dich hier zu sehen.« Er beugte sich zu ihr, küsste sie auf beide Wangen und griff nach ihrem Kinn. »Was siehst du gut aus, meine Süße, nahezu zauberhaft. Was ist los? Seeluft oder der Starautor?«

Die Bedienung stand schon neben dem Tisch und wartete geduldig, dass Peter sie wahrnehmen würde. Er warf zunächst sein Jackett über den Stuhl, fuhr sich durch die Haare, entknotete den Leinenschal und ließ sich neben Katharina auf die Bank fallen. Erst dann sah er den fragenden Blick der Bedienung. »Sie Engel, bringen Sie mir bitte einen trockenen Weißwein und ein stilles Wasser. Danke, Sie sind ein Schatz.«

Er lächelte die niedliche Sächsin hingerissen an und wandte sich wieder zu Katharina. »Ja, erzähl mal. Was ist los?«

»Was soll los sein?« Katharina wartete, bis die Aufmerksam der Gäste an den Nebentischen verebbt war. Peter Bohlen schaffte es in jedem Lokal, für einen Moment im Mittelpunkt zu stehen. Bis alle ihn gesehen hatten. Wahrscheinlich merkte er es überhaupt nicht mehr.

»Du siehst wirklich phantastisch aus. Du hast eine andere Frisur, oder? Das ist schön. Viel lässiger als sonst.«

»Das kommt vom Wind, Peter, wir sind auf einer Insel. Kannst du bitte ein kleines bisschen leiser sprechen? Wir sind hier nicht allein.«

Er grinste übers ganze Gesicht. »Ach Gott, du bist doch unverändert. Es ist nur das Haar. Ich hatte schon Angst, dass etwas Grundlegendes passiert ist.«

Katharina stützte ihr Kinn auf die Faust und sah ihn an. »Ich freue mich auch, dich zu sehen. Nur leiser. Wo wohnst du eigentlich? Hier um die Ecke? Weil du so schnell hier warst.«

Die Bedienung brachte seine Getränke, er strahlte sie dankbar an und lächelnd ging sie wieder. »Süß, oder?« Er sah ihr nach. »Ich finde diese kleinen kompakten Frauen ja immer niedlich. Die wirken nicht so furchteinflößend wie du.«

»Du spinnst.« Kopfschüttelnd rührte Katharina in ihrem Tee. »Soll ich meine Frage wiederholen? Oder erinnerst du dich noch an sie?«

Peter roch am Wein und probierte vorsichtig. »Sehr gut, der Wein. Gleich um die Ecke, gegenüber vom Heimatmuseum. Da hat mein Bruder sich doch vor ein paar Jahren eine Wohnung gekauft. Manchmal lässt er mich auch da wohnen. Das muss ich aber auch als große Geste verstehen und mich zwanzigmal danach bedanken. Kennst du meinen Bruder? Diesen Angeber?«

Katharina schüttelte den Kopf.

»Sei froh. Ist Chirurg. Macht auch die eine oder andere Schönheitsoperation. Deswegen kennt er auch alle Reichen und Schönen. Schlimmer Typ. Und erst seine Frau. Wenn ich nicht schon schwul wäre, hätte sie mich dahin gebracht.

Grässliches Weib. Aber ein ganz glattes Gesicht. Dabei hatte er eine sehr nette Freundin. Aber die hat ihn verlassen. Jetzt hat er nur noch die schreckliche Gattin. Das ist die gerechte Strafe. Komm, Themenwechsel. Gehen wir heute Abend essen?«

»Ich kann leider nicht.« Bedauernd legte Katharina die Hand auf seinen Arm. »Ich habe beim Recherchieren meine ehemalige Lehrerin wiedergetroffen. Sie arbeitet jetzt im Inselarchiv, was ich gar nicht wusste. Und sie hat mich heute Abend zum Essen eingeladen. Das kann ich nicht absagen.«

»Oh, schade.« Peter sah sie enttäuscht an. »Dann morgen? Sollen wir uns zum Frühstück treffen? Ich hole dich bei deiner Schwester ab. Ich hoffe, ich finde die Segelschule noch, sonst gebe ich die Adresse ins Navi ein. Das ist ja wirklich eine praktische Erfindung, gerade für Leute wie mich, die keine einzige Gehirnwindung für Orientierung haben. Und wir können auch noch mal ...«

»Peter, warte mal«, unterbrach ihn Katharina so sanft sie konnte. »Ich muss morgen noch ein bisschen arbeiten, außerdem kommt meine Freundin Solveig auch heute Abend und bleibt übers Wochenende. Das war schon länger verabredet. Und weil ich heute nicht kann, machen wir bestimmt morgen Abend unser Essen. Das muss ich noch klären. Wir beide können doch im Lauf des Tages telefonieren und was ausmachen.«

»Ja, ja«, gespielt beleidigt griff Peter zu seinem Weinglas, »kümmere dich nicht um mich, ich kann auch alleine sterben. Amüsier dich lieber. Die alten Freunde, die alten Zeiten, all das zählt ja nicht mehr, wenn man plötzlich für charismatische Starautoren arbeitet.«

»Solveig ist die viel ältere Freundin aus länger vergangenen Zeiten«, stellte Katharina fest. »Sei nicht ungerecht.«

»Apropos vergangene Zeiten.« Peter war plötzlich etwas

eingefallen, aufgeregt fasste er sie am Arm. »Wie findest du das denn mit Saskia?«

»Was?«

Peters Augen glänzten. »Na, die Sache mit diesem Tobias. Nach der Beerdigung. Das ist ja so schön.«

Verständnislos sah Katharina ihn an. »Die Beerdigung? Und wer ist Tobias? Ich habe diese Woche noch gar nicht mit Saskia gesprochen. Was ist denn passiert?«

Verblüfft lehnte Peter sich zurück. »Das ist vor zwei Monaten passiert. Du siehst sie doch jeden Tag. Ist dir nichts an ihr aufgefallen? Ich habe es ja jetzt erst erfahren, ich sehe sie einfach zu selten. Schade eigentlich. Ich habe sie doch angerufen, um zu hören, wo du steckst. Dabei haben wir noch über dieses und jenes gesprochen und ich habe sofort gemerkt, dass mit ihr etwas nicht in Ordnung ist. Das habe ich an der Stimme gemerkt. Am Telefon wollte sie nichts erzählen, aber wir sind zusammen Mittagessen gegangen. Und jetzt rate mal.«

»Keine Ahnung. Erzähl schon. Wer ist gestorben? Und was ist daran schön?«

»Saskia hat ihre alte Liebe wiedergetroffen.« Peter liebte dramatische Pausen und zog auch diese lustvoll in die Länge. »Stell dir vor. Unsere eiserne Singlefrau Saskia schwebt auf rosa Wolken.«

Katharina schluckte. Alte Liebe. Mit aller Gewalt verdrängte sie den aufkommenden Gedanken an ein vertrautes Gesicht vor dem Hintergrund des brennenden Hotels und konzentrierte sich. »Ach so? Und wer ist jetzt gestorben?«

»Ein alter Lehrer von ihr.« Peter lächelte beseelt. »Es ist wahnsinnig romantisch. Saskia war auf der Beerdigung, zusammen mit zwei, drei Schulfreundinnen. Und genau neben ihr steht plötzlich ein ganz toller Mann, den sie erst im letzten Moment erkannt hat. Tobias, mit dem sie Abitur gemacht hat, ist Sportjournalist, stell dir vor, bei Radio Bremen. Sie haben sogar gemeinsame Bekannte, er ist aber erst zum Sender gekommen, als sie schon weg war. Ist das nicht aufregend?«

»Hm. Und dann haben die beiden sich während der Trauerfeier angeregt und fröhlich unterhalten? Oder wie?« Das war eine ganz andere Geschichte, die Peter ihr hier erzählte. Sie hatte keinerlei Ähnlichkeit mit der zwischen ihr und Hannes.

»Natürlich nicht. Erst hinterher. Der Lehrer war sehr beliebt, deshalb war auch die halbe Schule da. Du gehst ja auch mit deiner alten Lehrerin essen. Heute Abend.«

»Bleib doch mal beim Thema.« Katharina wollte diese Geschichte jetzt hören. »Was hat Saskia denn nun erzählt? Und bitte in der richtigen Reihenfolge und ohne was dazuzudichten.«

»Wieso soll ich was dazudichten?« Peter runzelte die Stirn. »Das ist schon so schön genug. Also, gestorben ist ein ehemaliger Klassenlehrer, zu dem auch noch viele seiner alten Schüler Kontakt hatten. Deshalb wollte Saskia mit ein paar Schulfreundinnen zur Beerdigung. Sie hatten vor einem halben Jahr ein Klassentreffen, da war dieser Lehrer noch dabei. Woran er gestorben ist und wie alt er war, habe ich vergessen zu fragen. Sie hat auch nicht gesagt, welche Fächer er unterrichtet hat.«

»Ist jetzt nicht so wichtig. Weiter.« Katharina kannte Peters Detailliebe, schnelle Informationen waren von ihm nie zu bekommen. »Lass das Nebensächliche einfach weg.«

»Okay.« Er überlegte kurz, dann fand er seinen Faden wieder. »Jedenfalls waren alle ein bisschen traurig und plötzlich sieht Saskia durch ihren Tränenschleier diesen Mann neben sich stehen. Schwarze Jeans, schwarzer Mantel, schwarzer Schal, groß, schlank, gut aussehend. Und er beugt sich zu ihr und fragt leise: ›Saskia‹? Und da erst hat sie ihn erkannt. Der Rest des Tages bleibt unter Harfenklängen und Rosenblättern verborgen. Es muss aber sehr schön gewesen sein.«

Katharina hatte bei der Schilderung der Kleidung und des

Tränenschleiers leise gestöhnt, so war das eben mit der Detailverliebtheit von Peter Bohlen.

»Dieser Tobias war in ihrer Parallelklasse, Saskia fand ihn immer toll, hatte ein kurzes Techtelmechtel mit ihm auf dem Abschlussfest, ging dann aber zum Studium nach Hamburg und hat ihn lange nicht gesehen. Und dann haben sie sich noch mal getroffen, zwei oder drei Jahre später, als sie beide noch studierten. Da sind sie dann zusammengekommen und hatten eine Zeit lang eine Fernbeziehung. Das war wohl ganz wunderbar. Ja, und nun haben sie sich wiedergetroffen. Das war die ganz knappe Form, ohne Nebensächlichkeiten. Man kann das auch viel schöner erzählen, aber ich habe dein Stöhnen gehört.«

»Warum haben sie sich damals getrennt? Wenn es doch so toll gewesen ist?«

Peter blickte sie an. »Na ja, Fernbeziehung, sie waren Mitte zwanzig, da denkt man noch, dass vielleicht was Besseres kommt. Das kam dann auch und deshalb ist Saskia wieder nach Bremen gezogen.«

Ähnlichkeiten mit lebenden Figuren sind rein zufällig und nicht gewollt, dachte Katharina und nickte angestrengt. »Er hat sie wegen einer anderen Frau verlassen. Und sie kehrt heim zu Mutti. Richtig originelle Trennungen gibt es auch nicht.«

Erstaunt schüttelte Peter den Kopf. »Nein, falsch. *Sie* hat *ihn* verlassen. Wegen Matthias aus Bremen. Wegen dieses Mannes ist sie zurück und hat dann beim Fernsehen angefangen. Und ist gleich mit ihm zusammengezogen.«

»Ach.« Katharina hob die Augenbrauen. »Matthias? So hieß doch auch der Kollege, der der Grund war, beim Sender aufzuhören. Deshalb hat sie sich mit Friedhelm selbstständig gemacht.«

Peter nickte. »Das war immer noch derselbe. Ich kenne ihn auch, ein echter Vollidiot. Keiner hat begriffen, warum Saskia sich nicht schon viel früher von ihm getrennt hat. Aber besser spät als nie. Und jetzt war sie zehn Jahre lang allein, von dieser Töle, die sie hat, abgesehen. Und dann geht sie zu einer Beerdigung und plötzlich knallt es.«

Er lächelte selig. »Das Schicksal ist manchmal seltsam. Aber ich gönne es Saskia. Was auch immer daraus wird. Sie hat sich richtig verknallt, sie hat so gestrahlt beim Essen, sie sah ganz toll aus. Eine alte Liebe zu treffen, macht anscheinend sofort Jahre jünger. Lass uns mal die Daumen drücken.«

Scheinbar gleichgültig hob Katharina die Schultern. »Was soll das Daumendrücken bewirken? Die beiden müssen sich ja ganz neu kennenlernen, entweder passt es oder nicht. Sie haben doch gar nichts mehr mit dem früheren Leben zu tun. Interessant ist nur, ob Saskia sich tatsächlich in diesen Tobias verknallt hat oder in die Erinnerung daran. Das verwechseln die meisten.«

Spöttisch sah Peter sie an. »Die pragmatische Katharina. Ich habe ja immer noch die Hoffnung, dass du dich noch mal so verliebst, dass nicht einmal dir ein Gegenargument einfällt. Und ich habe dabei auf Bastian de Jong gesetzt, aber das scheint leider nicht geklappt zu haben. Oder hast du doch einen winzigen Moment darüber nachgedacht, mit ihm durchzubrennen und Jens sitzenzulassen?«

»Nein.« Katharina bemühte sich zu lächeln. »Nicht eine Sekunde. Er ist nicht mein Typ. Zu alt, zu schwierig. Das habe ich dir schon mal gesagt. Ich ändere nicht dauernd meine Meinung. Was macht eigentlich dein Triathlet?«

»Zu jung, zu sportlich.« Peter grinste. »Schnelles Umdenken zeugt von Flexibilität. Und nimmt den Druck. Diese blöde Trennkost. Und niemals Alkohol. Was waren das für anstrengende Monate. Ich habe schon wieder fünf Kilo zugenommen. Langsam entspanne ich mich.« Er machte eine kurze Pause. Dann sagte er plötzlich. »Tobias ist übrigens verheiratet. Das ist der Grund zum Daumendrücken.«

Katharina schoss ganz plötzlich ein Gedanke durch den Kopf. Hannes und Anke. Und ein Kind. Mindestens eines. Das erste musste schon erwachsen sein. Sie hatte keine Ahnung, ob Hannes immer noch mit Anke zusammen war. Und wenn er das war, was ging sie das denn eigentlich an? Sie hatte Jens. Sollte sie Daumen drücken? Wofür? Sie schüttelte entschlossen den Kopf, was Peter offensichtlich falsch verstand.

»Meine Güte, Katharina, bist du tatsächlich so spießig? Er ist verheiratet, deshalb darf er sich nicht wieder in Saskia verlieben? Ich sage es dir: Kein Mensch verliebt sich in jemand Neuen, wenn die eigene Beziehung gut ist. Und vielleicht ist er auch nie über Saskia hinweggekommen. Vielleicht war sie ja wirklich seine ganz große Lebensliebe, die man erst erkennt, wenn man sie nach vielen Jahren wiedertrifft und es einen genauso erwischt wie beim ersten Mal. Und eine zweite Chance, die man bekommt, kann man doch nicht liegenlassen.«

Katharina wurde das Gespräch und das, was es in ihr auslöste, zu viel. Sie holte ihr Portemonnaie aus der Handtasche und gab der Bedienung ein Zeichen, bevor sie Peter ansah. »Ich muss leider los«, sagte sie gespielt munter. »Und ich bin nicht spießig, das solltest du wissen. Es ist mir völlig egal, ob Saskia mit diesem Mann eine wilde Nacht, eine heimliche Affäre oder die nächste Ehe ansteuert, ich kenne weder Tobias noch die dazugehörige Gattin, deshalb geht es mich sowieso nichts an. Ich wünsche Saskia nur, dass es ihr mit dem, was sie letztendlich macht, gut geht. Ich habe nur ein Problem mit der Verklärung von diesen uralten Liebesgeschichten. Lebensliebe, Peter, ich bitte dich, alles passt in seine Zeit, man kann doch nicht so tun, als könnte man einfach an damals wieder anschließen. Das hieße ja, dass die letzten Jahre unwichtig waren. Das ist doch Unfug.«

Mit einem feinen Lächeln fragte Peter: »Wie hieß denn deine Lebensliebe? Der Mann aus Kiel? Von dem du mir damals erzählt hast.«

»War das der Abend, an dem wir uns so furchtbar betrunken haben?« Katharina wich seinem Blick aus und gab der Bedienung erneut ein Zeichen. »Anschließend war ich zwei Tage krank. Hallo, ich möchte zahlen.«

Jetzt kam die Bedienung mit der Rechnung, Katharina zahlte alles zusammen und stand auf. »Ich rufe dich morgen an, ja? Vielleicht hast du ja auch Lust, mit mir und Solveig abends essen zu gehen. Du kennst sie doch, oder? Von meinem Geburtstag?«

Peter stand auf und kam ihr sehr nahe. »Du hast meine Frage nicht beantwortet, Katharina. Du hast schon wieder diesen Gefrierschrankblick. Tu nicht immer so, als hättest du mit solchen Dingen nichts zu tun. Ich kenne dich besser, als du denkst.«

Katharina starrte ihn an, dann musste sie lachen. »Du Hobbypsychologe. Wir haben über Saskia geredet, jetzt fang doch nicht mit irgendwelchen anderen ollen Kamellen an. Das hat nichts damit zu tun. Wir sehen uns morgen. Bis dann.«

Sie küsste ihn schnell auf die Wange und ging. Peter sah sie durchs Fenster auf der Straße. Nicht nur die Haare waren anders, auch der Gang.

»Hannes«, sagte er leise und lächelte. Sein Gedächtnis funktionierte noch. Er hatte den Abend in der Bar plötzlich wieder vor sich. Katharina hatte zwar Wein getrunken, war aber durchaus noch Herrin ihrer Sinne gewesen. Sie hatten über alte Zeiten geredet und plötzlich hatte sie angefangen, über Kiel und diesen Hannes zu sprechen. Sie hatte Tränen in den Augen gehabt. Deshalb konnte Peter sich so gut daran erinnern, er hatte sie nie wieder mit Tränen gesehen. Von wegen, sie hätte keine Lebensliebe. Das Thema würde er demnächst mal mit ihr vertiefen. Vielleicht könnte man den Mann in Kiel ausfindig machen. Wenn die eiserne Singlefrau Saskia schon so auf Rosen schwebte, dann gäbe es doch bei Katharina auch eine kleine Chance. Und Peter liebte solche Geschichten. Wenn dieser Kieler mittlerweile ein dicker Mann ohne Haare wäre, dann sollte es so sein. Aber dann hätte man es wenigstens versucht.

»Hallo Gertrud«, rief Inken, bevor sie mit schnellen Schritten die Küche durchquerte und den Lautstärkeregler des Radios herunterdrehte.

»… dich zu lieben, dich zu spüren … oh!« Gertrud fuhr herum und ließ das Fensterleder sinken. »Inken, ich habe dich gar nicht gehört.«

»Kannst du auch nicht, wenn Howard Carpendale so brüllt.«

»Roland Kaiser«, entgegnete Gertrud und stieg vorsichtig von der Leiter. »Das war Roland Kaiser, den du da abgewürgt hast. Sag mal, dieses Schkeip oder wie das heißt, kannst du das? Also, dass man sich am Computer sehen kann?«

»Skype, ja. Du sollst hier nicht auf die Leiter steigen, ich krieg noch mal einen Anfall, ich habe dir schon tausendmal gesagt, dass du die Fenster nicht putzen sollst, ich möchte nicht, dass du hier verunglückst. Das kann ich selbst machen.«

»Verunglücken?«, fragte Gertrud und lächelte. »Reg dich nicht auf, ich bin noch nie von einer Leiter gestürzt. Und wann willst du denn noch Fenster putzen? Die sind seit vier Wochen dreckig, du hast doch gar keine Zeit dafür. Und ich mach das gern.«

»Ach Gertrud.« Inken ließ sich auf einen Stuhl sinken und stützte ihr Kinn auf die Faust. »Du kannst hier nicht den ganzen Haushalt machen, mein schlechtes Gewissen wird immer größer. Das kann ich nie wiedergutmachen.«

Gertrud verschränkte ihre Arme vor der Brust und sah sie

strafend an. »Kind, wir haben schon darüber geredet. Soll ich zu Hause rumsitzen und den ganzen Tag auf den Pastor warten? Bjarne ist noch so viel unterwegs und hat immer so viele Dinge zu tun und ich habe dich und die Segelschule. Das macht mir Freude, das ist doch nicht so schwer zu verstehen. Und außerdem kannst du das gutmachen.«

»Wie denn?«

Gertrud warf das Fensterleder in den Eimer. »Du kannst mir mal zeigen, wie dieses Schkeip geht, wir haben das nämlich jetzt, das hat uns Ole in den neuen Rechner reinprogrammiert oder so. Er hat es uns auch gezeigt, aber er erklärt ja immer so schnell, das haben wir nicht verstanden. Und gestern haben wir es noch mal versucht, aber es ging nicht. Bjarne hat gesagt, dass Solveig uns das auch zeigen kann, aber wenn die genauso schnell ist wie ihr Bruder, dann verstehen wir das wieder nicht. Und ich möchte auch mal mit Mia reden und sie dabei sehen.«

»Okay.« Inken erhob sich langsam. »Dann machen wir das jetzt. Ist Katharina noch nicht wieder da?«

»Nein.« Schnell trocknete Gertrud sich die Hände ab. »Aber es hat jemand angerufen. Angeblich der Sohn von Bastian de Jong. Sie soll ihn zurückrufen. Ich habe die Nummer auf den Zettel geschrieben. Da liegt er.«

Inken warf einen schnellen Blick auf die Zahlenreihe. »Was meinst du mit angeblich?«

»Er sagte, er wäre der Sohn, könne ihn aber nicht erreichen, wisse nicht, wo er ist, und könne auch nichts mit Katharinas Namen anfangen. Das ist doch komisch, oder? Vielleicht ist es ein Verrückter? Berühmte Leute haben doch manchmal so irre Fans.«

Skeptisch sah Inken sie an. »Und wie kommt er an unsere Nummer?«

»Die hätte sein Vater ihm mit irgendwelchen Unterlagen geschickt. Ein Zettel, auf dem ›Hotel Katharina‹ stand.«

»Dann hätte Bastian de Jong nur das Wort Hotel durchstreichen müssen. Was ist denn daran so komisch? Katharina hat ihm die Nummer gegeben. Na und?«

»Und der Sohn weiß nicht, wo der Vater ist? Und ruft bei fremden Leuten an?«

Inken hob die Schultern. »Kommunikationsstörung. Wer weiß.«

»Was?«

Inken lachte. »Sie reden nicht. Im Gegensatz zu uns. Komm, dann lass uns mal ins Büro gehen und gucken, ob Mia da ist.«

»Mia?« Gertrud rief so laut, dass Inken zusammenzuckte.

»Du musst nicht so schreien, sie hört uns auch, wenn du normal sprichst.«

»Hallo, Gertrud, das ist ja toll, du hast die Haare so schön geschnitten, ich glaube, ich lass mir meine Haare auch abschneiden, Inken, was meinst du? Würde mir so ein Kurzhaarschnitt auch stehen? Oder? Gertrud?«

»Ich kann dich gar nicht sehen.« Gertrud beugte sich enttäuscht nach vorn. »Ich sehe nur ein Bild. Mit eurem Schiff. An der Wand. Ich dachte, man könne sich angucken beim Reden.«

Ein Arm kam ins Bild, dann Mias Schulter, schließlich ein Teil des Gesichts. Inken schüttelte resigniert den Kopf. »Mia, langsam bin ich es leid. Es kann doch nicht so schwer sein.«

»Mia, ich sehe dich halb.« Gertrud war begeistert. »Das ist ja sensationell.«

Wieder tauchte der Arm auf, das Bild wackelte und plötzlich lächelte Mia ihnen im Ganzen zu. »Inken, das kommt nur, weil das eine billige und wackelige Kamera ist. Man kommt dauernd dagegen und dann rutscht sie weg. Wenn du das nächste Mal kommst, kannst du eine neue mitbringen und sie richtig festmachen. Aber vorher musst du dich nicht jedes Mal aufregen. Und roll nicht mit den Augen, ich sehe das. Gertrud, erzähl mal, was gibt es Neues?«

»Ich kann dich sehen. Also, als wenn du hier wärst.« Gertrud beugte sich vor. »Das ist ja eine tolle Technik. Wir haben das jetzt auch, deswegen sollte Inken mir das noch mal zeigen. Ach Mia, das machen wir öfter, das ist so, als würdest du zum Kaffeetrinken vorbeikommen, fast wie früher.«

Mia freute sich genauso und fing an, nach Margret, Elke und Gudrun zu fragen. Inken stand auf und ging. Dieses Gespräch würde Stunden dauern, dabei wurde sie nicht gebraucht. Weder Gertrud noch Mia merkten, dass sie weg war.

»Ich weiß nicht ...« Skeptisch musterte Katharina am Abend ihr Spiegelbild und schüttelte den Kopf. »Das bin ich irgendwie nicht.«

Inken sprang vom Bett auf und stellte sich hinter ihre Schwester. Sie drapierte das Tuch lockerer und sah Katharina über die Schulter. »Das ist so ein richtig blöder Frauenspruch. Natürlich bist du das, wer soll es denn sonst sein? Und du siehst super aus. Die Farbe steht dir, das Kleid sitzt, wenn du jetzt noch anders gucken würdest, wäre es perfekt.« Sie schlug Katharina auf die Finger. »Zieh das Tuch doch nicht so fest. Das ist doch kein Schlips.«

Mit zurückgelegtem Kopf trat sie einen Schritt zurück und musterte sie. »Toll. Egal, was du sagst.«

Katharina atmete tief durch, dann drehte sie sich um und nickte resigniert. »Na gut. Zurück zu den Wurzeln. Früher musste ich auch bunte Sachen anziehen. Dr. Martha kennt mich noch in Mias selbstgenähten Kleidern. Es ist nur ein Abendessen. Wo sind denn meine Schuhe?«

»An der Tür.« Inken zeigte in die Richtung. »Du musst langsam mal etwas ordentlicher werden. Damit du deine Sachen wiederfindest.«

»Sehr witzig.« Katharina griff zu einer Bürste und stellte sich wieder näher an den Spiegel. »Und das ausgerechnet von dir.« Sie band die Haare zu einem Zopf und drehte ihn stramm zusammen, bevor sie alles feststeckte.

»Jetzt siehst du aus wie Tante Ilse«, stellte Inken fest. »Mach dir doch einfach einen Pferdeschwanz. Oder lass die Haare offen. So sieht es zu streng aus.«

»Sag mal«, erstaunt blickte Katharina sie an. »Was ist mit dir los? Ich gehe zu einem privaten Abendessen und nicht zum Sommerfest. Ich finde das Kleid schon übertrieben. Und viel zu rot.«

Sie hatte es schon im Laden als Fehlkauf empfunden, sich gegen Inkens Begeisterung aber nicht wehren wollen. Und jetzt trug sie es nur, weil Inken ihr das Tuch dazu geschenkt hatte. Aus reiner Höflichkeit. So fremd hatte sie sich lange nicht mehr gefühlt. Aber das war jetzt egal.

»Mach doch die Haare mal auf«, drängte Inken. »Du kannst sie ja an der Seite wegstecken. Das ist viel schöner. Warte mal.«

Ihre Hand war schon an Katharinas Kopf, geschickt zog sie die Spangen raus, löste den Zopf und griff zur Bürste. »Setz dich doch mal, du bist größer als ich, ich muss mich sonst so strecken.«

Katharina ergab sich, ließ sich auf den Stuhl fallen und schloss die Augen, während sie es genoss, wie die Bürste durch ihre Haare fuhr.

»Das hast du als Kind auch immer gemacht«, sagte Katharina. »Du hast sogar manchmal geheult, wenn ich mich selbst gekämmt habe. Dann hast du richtig Theater gemacht. Wie eine Verrückte. Warum eigentlich?«

»Es beruhigt mich«, antwortete Inken und fuhr mit ihren gleichmäßigen Strichen fort. »Herrlich. Und du hast so schöne Haare. Ich würde sonst was dafür geben, aus diesen blöden Locken kann ich kaum eine richtige Frisur machen. Hast du

Gertrud noch gesehen? Hat sie noch mit Mia geskypt? Oder war sie schon weg, als du zurückgekommen bist.«

»Sie war schon weg.« Katharina blinzelte in den Spiegel, um zu sehen, was Inken eigentlich tat. »Warum?«

Inken griff nach zwei Spangen und steckte rechts und links zwei Strähnen fest. »So«, sagte sie zufrieden und musterte ihre Schwester abschließend. »Das Gesicht ist frei und die Haare sind offen. Sehr schön.« Sie drehte sich um, ging zum Bett und setzte sich. »Gertrud hat einen Anruf entgegengenommen. Von Klaas de Jong, Bastians Sohn, der seinen Vater gesucht und dabei nur einen Zettel mit dieser Telefonnummer gefunden hat. Kennst du ihn?«

Katharina hatte sich unterdessen irritiert im Spiegel betrachtet. »Ich habe nur von ihm gehört. Er lebt in Amsterdam, ist Informatiker und der Älteste. Was heißt, er sucht seinen Vater? Bastian ist doch wieder in Hamburg. Und was wollte er?«

»Du sollst ihn zurückrufen. Hat er zu Gertrud gesagt.«

Katharina stand abrupt auf. »Also, Inken, wirklich. Wieso sagst du das denn nicht früher? Ich bin seit zwei Stunden hier.«

Gleichmütig antwortete Inken: »Bastian de Jong kann ja nicht verloren gehen. Ich fand es nicht so wichtig. Dafür siehst du jetzt super aus und hast eine schöne Frisur.«

Katharina tippte sich an die Stirn und beeilte sich, zum Telefon zu kommen.

Eine halbe Stunde später lenkte sie den Wagen vom Hof und winkte Inken, die am Eingang lehnte, zu. Inken hatte ihr angeboten, sie nach Westerland zu Dr. Martha zu fahren, wenn Katharina schon nicht die Anordnung befolgte, sich ein Taxi zu nehmen. Katharina fand es unnötig, sie würde sich wohl kaum mit ihrer alten Lehrerin betrinken, sie könnte also sehr gut selbst fahren.

»Es wird nicht so spät«, hatte sie zu Inken gesagt. »Wir

wollen nur zusammen essen und ein bisschen über alte Zeiten plaudern. Es ist ja keine wilde Party. Außerdem muss ich keinen Alkohol trinken. Und ich fahre, wann ich will, und muss nicht ewig auf ein Taxi warten. Also, bis später, wahrscheinlich bist du noch wach.«

Vor ihr fuhr ein Auto mit niederländischem Kennzeichen, schon wieder ein Holländer, dachte sie und hatte sofort die Stimme von Klaas de Jong im Kopf. Er hatte sympathisch gewirkt, obwohl er anfangs etwas verhalten gewesen war und Katharina mehrere Male nachfragen musste, bis sie begriffen hatte, worum es bei diesem Anruf überhaupt ging. Schließlich hatte er umständlich erklärt, dass sein Vater unter ziemlichem Termindruck stehe, er mache sich Sorgen um ihn, weil er befürchte, dass Bastian sich übernehmen würde. Er melde sich nur selten, das wäre früher anders gewesen. Klaas würde im Moment nicht richtig schlau aus ihm, er befürchte, dass irgendetwas nicht in Ordnung sei. Katharina war über diese Offenheit verwundert. Klaas de Jong hatte gerade erfahren, dass Katharina für seinen Vater arbeitete, und sie fragte sich, wie er auf die Idee käme, so offen mit ihr zu reden. Auch sie hatte Bastian zerstreut erlebt, aber das ging sie nichts an. Und deshalb war sie an solchen Informationen überhaupt nicht interessiert. Sie hatte nichts von all dem gesagt, nur dass das vergessene Handy und somit der Grund, weshalb Bastian nicht erreichbar gewesen war, auf dem Weg nach Hamburg wäre. Genauso wie der Starautor selbst.

Am Nachmittag hatte sie noch mit Bastian telefoniert, der sie angerufen hatte, um sich für die Handyrettung zu bedanken. Er würde sein Telefon oft vergessen oder verlieren, was vermutlich daran lag, dass es ihm bis heute zutiefst zuwider war, ständig erreichbar zu sein. Dabei hatte er gelacht. Sie hatten nicht lange telefoniert, Bastian hatte einen Termin mit seinem Agenten und verabschiedete sich mit einem fröhlichen »Bis ganz bald, meine Liebe«.

Katharina fragte sich, ob es nicht ganz normal wäre, dass ein prominenter Schriftsteller sich ab und zu einfach ein bisschen seltsam benähme. Trotzdem fand sie die Sorge des Sohnes übertrieben und nahm sich vor, beim nächsten Treffen mit Bastian nach ihm zu fragen.

Jetzt fuhr sie durch Kampen, sah links den Leuchtturm und spürte wieder dieses Gefühl, das so schwer zu erklären war. Heimweh, fiel ihr ein, oder Sehnsucht oder eine Ahnung, dass sie so viel mehr mit dieser Insel zu tun hatte, als sie sich manchmal eingestehen wollte. Entschlossen stellte sie das Radio an, sie wurde gerade sentimental, was vielleicht an diesem roten Kleid lag. Rot. Was man alles macht, wenn man unkonzentriert in einer Boutique steht. Dr. Martha würde es nicht stören, die selbstgenähten Mia-Modelle waren damals wesentlich farbenfroher gewesen.

Im Radio lief ›Sunshine Reggae‹, Katharina drehte die Musik lauter und hatte sofort Bilder einer Party am Brandenburger Strand in Westerland im Kopf.

Es war der Sommer, in dem sie gerade achtzehn war. Zusammen mit Solveig war sie auf einer Strandparty gewesen, sie konnte sich gar nicht mehr genau erinnern, wer eigentlich eingeladen hatte. Solveig und sie waren auch erst später gekommen, die meisten waren zu diesem Zeitpunkt schon ziemlich betrunken. Silke saß im Schneidersitz auf einer Decke, sie trug eine hautenge, weiße Bluse mit Schulterpolstern, die sie in der Taille mit einem breiten Stretchgürtel zusammengefasst hatte. Silkes Dauerwelle hatte ausgesehen wie toupiert. Das Bild hatte Katharina noch im Kopf, weil sie, in dem weit flatternden orangen Kaftan mit den geflochtenen, glatten Zöpfen, so ganz anders aussah. Es roch nach Hasch, irgendjemand spielte schlecht Gitarre und Katharina hatte beschämt daran gedacht, dass sie noch vor einer halben Stunde Hagebuttentee trinkend die neue Folge von »Ich heirate eine Familie« gesehen hatte. Das durfte einfach niemand erfahren. Sonst würde sie es nie schaffen dazuzugehören.

Nach dem Ortsausgangsschild von Kampen gab sie mehr Gas, sang leise den Refrain mit und versuchte, sich das Haus vorzustellen, in dem Dr. Martha lebte. Sie hatte die Adresse aus dem Telefonbuch, sie musste zum Rosenweg in Alt-Westerland. Katharina hatte ein Haus mit Reetdach im Kopf, klein, niedrige Decken, Sprossenfenster und jede Menge Hortensien im Garten. Innen war es vermutlich vollgestopft mit antiken Möbeln, bunten Teppichen, alten Bildern und natürlich mit Büchern, mit jeder Menge Bücher. Katharina wettete, dass nahezu jeder Besucher ein beeindrucktes »Oh, wie gemütlich« ausstieß. Sie selbst hasste kleine, niedrige Räume, sie nahmen ihr die Luft.

Mittlerweile war sie am Kreisel in Wenningstedt angekommen und fuhr rechts in den Ort. Es gab hier ein Blumengeschäft, in dem sie vorher angerufen hatte, um einen weißen Strauß zu bestellen. Das war eines der wenigen Dinge, an die sie sich noch erinnerte. Dr. Martha liebte weiße Blumen, das hatte sie mit Katharina gemeinsam.

Ein Mann fegte schon den Boden, sah aber sofort lächelnd hoch, als Katharina den Laden betrat. Sie sah auf die Uhr.

»Bin ich zu spät? Guten Abend, ich wollte nur schnell die bestellten Blumen abholen. Ich dachte, Sie hätten bis 19 Uhr geöffnet.«

Er stellte den Besen in die Ecke und ging zum Verkaufstresen. »Nur bis halb, aber ich bin ja noch hier. Johannsen, oder?«

»Das tut mir leid.« Normalerweise achtete sie immer darauf, niemanden vom Feierabend abzuhalten. Sie konnte es nicht leiden, auf den letzten Drücker in Geschäfte zu gehen. »Ich hätte die Blumen ja auch schon heute Nachmittag holen können, aber der Laden liegt genau auf dem Weg, deshalb fand ich das einfacher.«

»Wie gesagt«, geduldig sah er sie an, »ich bin ja noch da. Sie müssen gar nicht so viel erklären. Hier ist der Strauß. Gut?«

Es war ein Traum aus weißen Hortensien, Rosen, Margeriten und grünen Zweigen. »Wunderschön.« Katharina legte das Geld auf die kleine Schale und nahm ihm den Strauß ab. »Vielen Dank und einen schönen Abend.«

»Gleichfalls. Einen bezaubernden. Es ist Vollmond, ich hoffe, Sie haben etwas Magisches vor.«

»Das würde mich überraschen.« Katharina musste lachen. »Aber danke.«

Mit den Blumen auf dem Beifahrersitz fuhr sie weiter. Etwas Magisches, dachte sie und versuchte sich vorzustellen, wie sie gleich mit ihrer ehemaligen Lehrerin in einem kleinen Haus an einem großen Esstisch über alte Zeiten reden würde. Aber vielleicht gab es doch ein bisschen Magie. Wenn man über lang Vergessenes spricht, kann es wieder zur Gegenwart werden. Katharina war gespannt, ob der Vollmond tatsächlich irgendeinen Einfluss hätte.

Langsam und nach der Hausnummer suchend fuhr Katharina durch den Rosenweg. Hier standen zwar reetgedeckte Häuser, aber keines mit der richtigen Hausnummer. Katharina parkte den Wagen und sah sich um. Sie hatte eine ganz falsche Vorstellung gehabt. Es war ein weißes, modernes Backsteinhaus, dessen Hausnummer in einer schnörkellosen Zahl neben der Tür angebracht war und das mit einem kleinen, reetgedeckten Haus gar nichts zu tun hatte. Katharina stieg aus, genau in dem Moment, in dem die Tür geöffnet wurde und Dr. Martha heraustrat.

»Du bist ja doch mit dem Wagen gekommen«, rief sie ihr zu. »Ich habe Inken doch extra gesagt, du sollst ein Taxi nehmen.«

Katharina war um das Auto herumgegangen, um die Blumen herauszunehmen. Danach schloss sie ab und ging über einen schmalen gepflasterten Weg zum Eingang.

»Hallo und danke für die Einladung«, sie überreichte Dr. Martha die Blumen, »Inken hat es mir auch ausgerichtet. Ich war aber so spät dran.« Sie sah sich erstaunt um. »Ich habe mir ein ganz anderes Haus vorgestellt. Lustig, oder?«

Dr. Martha lachte, nahm ihr die Blumen ab und wies in die großzügige Diele. »Danke, komm rein. Ich habe so einen wunderbaren Wein, deshalb fand ich das Taxi sinnvoll. Aber du kannst den Wagen ja auch hier stehen lassen, das sehen wir dann. Kommst du mit in die Küche? Das Essen ist noch nicht ganz fertig und ich muss diese wunderbaren Blumen ins Wasser stellen. Ich geh mal vor.«

Katharina lief beeindruckt hinterher. Von wegen kleine, dunkle Zimmer mit niedrigen Decken und Sprossenfenstern. Das Einzige, was an Katharinas Vorhersage stimmte, waren die Hortensien vor dem Haus.

»Das ist ja ein unglaublich schönes Haus«, sagte sie, als sie die große Küche betrat, in der es nach Kräutern, Knoblauch und in Rotwein geschmortem Fleisch duftete. Anthrazit und Chrom, viel Glas, Designerlampe, ein großer Küchenblock in der Mitte, jede Menge professioneller Küchengeräte, Katharina setzte sich auf einen hohen Lederstuhl. Dr. Martha ließ Wasser in eine schlichte Vase laufen und drehte sich um. »Du siehst so verdutzt aus«, sagte sie lächelnd. »Was hast du denn erwartet?«

»Ehrlich gesagt, was ganz anderes.« Katharina wartete ab, bis die Blumen arrangiert waren und Dr. Martha sie zufrieden begutachtet hatte. »Ich hätte Sie in ein kleines verwunschenes Reetdachhaus gesteckt.«

»Meine Mutter hat in so einem gewohnt«, antwortete Dr. Martha und öffnete einen Schrank. »Ich habe sie nach dem Tod meines Vaters nach Sylt geholt. Sie hat sich ein kleines Haus gekauft und dort bis zum Schluss gelebt. Ich hatte meine eigene Wohnung, habe sie aber fast jeden Tag besucht. Nach ihrem Tod habe ich das Haus verkauft. Es ist ein ganz altes Friesenhaus, wunderschön, mit Originalkacheln und Holzböden, aber es ist natürlich dunkel durch die niedrigen Decken und dann diese kleinen Zimmer mit den winzigen Sprossenfenstern, ich habe kaum Luft bekommen. Aber meine Mutter hat es geliebt.«

Sie kam mit zwei Gläsern in der Hand zum Küchenblock. »Ein Glas Champagner?«, fragte sie. »Ich habe es gern, wenn hier jemand sitzt, etwas trinkt und mir beim Kochen zuschaut. Frag bitte nicht, ob du mir helfen kannst, ich mag dieses gemeinsame Kochen nicht. Dafür liebe ich Küchengespräche.«

Katharina lächelte dankbar. Jens hatte ein paar Mal Freunde zum Kochen eingeladen. Katharina hatte das irgendwann abgelehnt, sie konnte es nicht leiden, dass anschließend die Hälfte ihrer Lebensmittel, ihrer Küchengeräte, ihres Geschirrs und ihrer Bestecke an anderen Plätzen standen. Und Kochtipps von befreundeten Hobbyköchen musste sie sich auch nicht mehr anhören.

Dr. Martha schenkte langsam Champagner in Katharinas Glas, die sofort die Hand hob. »Danke, danke, nur ein bisschen zum Anstoßen. Ich muss ja noch fahren.«

»Deshalb habe ich ein Taxi vorgeschlagen.« Dr. Martha schüttelte tadelnd den Kopf. »Zu einem guten Essen gehören die richtigen Getränke. Das weißt du doch. Und ich koche gut. Also ...« Sie hob ihr Glas und sah Katharina lange an. »Herzlich willkommen und auf einen schönen Abend.«

Sie stießen an, Katharina hielt dem Blick stand. »Danke für die Einladung. Ich freue mich.« Sie tranken gleichzeitig, dann setzte Dr. Martha das Glas ab und ging um den Küchenblock zum Herd, auf dem es in mehreren Töpfen köchelte. Sie hob einen Deckel, schmeckte etwas ab, streute aus kleinen Gläsern Gewürze dazu und legte den Deckel wieder auf. »Sehr gut«, lobte sie sich selbst, zog ein Brett aus der Schublade und fing an, mit professioneller Technik Kräuter zu hacken. Katharina fragte sich, wie lange wohl die schmal geschnittene graue Hose und die weiße schlichte Bluse so makellos bleiben würden. Als könne sie Gedanken lesen, hob Dr. Martha den Kopf. »Reich mir doch bitte mal die Schürze, die hinter dir hängt«, bat sie und wartete, bis Katharina ihr das gestärkte Stück, das ein Emblem des momentan meistprämierten Kochs der Republik trug, reichte. »Udo Leonhard?«, fragte sie erstaunt. »Haben Sie bei ihm gegessen?«

»Ich habe einen Kochkurs bei ihm gemacht«, war die kurze Antwort. »Das heißt, sogar drei. Den ersten habe ich geschenkt bekommen, den zweiten habe ich bezahlt und zum dritten hat er mich eingeladen. Ein sehr angenehmer Mann. Das Rezept für das Fleisch ist übrigens von ihm.«

Ohne näher darauf einzugehen, band sie sich die Schürze um, griff zu ihrem Champagnerglas und deutete auf Katharinas. »Lässt du den Wagen nachher stehen? Der Champagner ist hervorragend und du hast den Wein noch nicht gesehen.«

»Ich überlege es mir noch.« Katharinas Blicke wanderten über die Töpfe und Schüsseln bis zum Backofen. »Es duftet übrigens köstlich. Ich wusste gar nicht, dass Sie eine so leidenschaftliche Köchin sind.«

»Woher solltest du das auch wissen?«, gab Dr. Martha zurück. »Ich habe in meiner Berufslaufbahn selten Schüler zu mir nach Hause eingeladen. Hast du eigentlich ...«

Sie wurde vom Läuten des Telefons unterbrochen. »Entschuldige mich einen Moment, ich warte noch auf einen Anruf. Sieh dich ruhig ein bisschen im Haus um.«

Unentschlossen blieb Katharina noch einen Moment sitzen, bis Dr. Martha mit dem Telefon am Ohr zurück in die Küche kam. »Nein, nein, Anna, erzähl ruhig, das Essen ist noch nicht fertig, ich höre dir zu und lege dabei noch letzte Hand an.«

Um sie nicht zu stören, nahm Katharina ihr Champagnerglas in die Hand und verließ langsam die Küche.

Die Diele ging in den weitläufigen Wohnbereich über. Die Fenster waren bodentief, nur wenige, dafür sehr wertvolle Teppiche lagen auf den Holzdielen, an einer Wand waren vom Boden bis zur Decke Bücherregale, gegenüber stand ein aus Natursteinen gemauerter Kamin, davor zwei Designer-Sessel. Vor der Terrassentür war ein langer Esstisch, umgeben von zwei langen Bänken und zwei Stühlen an den Stirnseiten. Katharina schlenderte durch den Raum, der in einen zweiten überging. Hier bot sich dasselbe Bild: wenige, sehr geschmackvolle Möbel, viel Platz, viel Licht und eindeutig mit viel Geld bezahlt.

Sie blieb vor dem Bücherregal stehen und ließ ihre Blicke

über die Reihen wandern. Die Bücher waren alphabetisch geordnet, Katharina lächelte. Sie war erstaunt, wie viele Gemeinsamkeiten sich hier mit ihrer ehemaligen Lehrerin auftaten. Sie mochten beide lichte, hohe Räume, kochten gern allein, lasen ähnliche Bücher, wie sie gerade feststellte, und liebten Ordnung. Zwischen den Büchern, die von Siegfried Lenz über Thomas Mann, Theodor Fontane bis hin zu Philip Roth und Ingrid Noll reichten, standen mehrere gerahmte Fotos. Katharina beugte sich nach vorn, um eines von ihnen näher zu betrachten. Dr. Martha, sehr jung mit noch dunklen Haaren, aber unverkennbar, am Lister Leuchtturm, am Arm eines gut aussehenden Mannes in Mantel und Hut. Der Kleidung und den Frisuren nach musste das Bild aus den fünfziger Jahren stammen. Katharina vermutete, dass es sich bei dem Mann um den Vater von Martha handelte. Es gab eine gewisse Ähnlichkeit. Sie nahm ein anderes Bild in die Hand. Das war sicherlich die Mutter. Eine schöne Frau, mit dem Gesicht von Martha, in einer Abendrobe vor dem Hotel Atlantik in Hamburg. Hinter ihr ein Schriftzug: Silvester 1952.

Wie alt war Dr. Martha Silvester 1952 gewesen? Katharina hatte sich nie Gedanken darüber gemacht. In ihrer Erinnerung waren alle ihre Lehrer immer schon alt gewesen. Sie trugen abgewetzte Anzüge, bequeme Schuhe und Strickjacken in gedeckten Farben. Es waren neutrale Erwachsene, ohne Privatleben, ohne Schwächen, ohne Besonderheiten. Katharina hatte sich nicht einmal vorstellen können, dass einer von ihnen verliebt sein könnte, oder Ängste hatte oder irgendetwas völlig Verrücktes tun könnte.

Auch Dr. Martha gehörte in Katharinas Kopf dazu. Sie war zwar gern bei ihr im Unterricht gewesen, weil es nie langweilig war, aber sie hatte keinen blassen Schimmer, wie Dr. Marthas Leben nach der letzten Schulstunde ausgesehen hatte. Alles, was sich außerhalb des Schulgeländes abgespielt hatte, blieb unvorstellbar.

Ein anderes Foto zeigte Dr. Martha in einer Zeit, in der sie schon Katharinas Lehrerin war. Katharina konnte sich an die dunkelgrüne, lange Strickjacke erinnern. Dr. Martha saß in einem Straßencafé, trug eine große Sonnenbrille und lachte in die Kamera. Ein untypisches Lachen, dachte Katharina, so offen hatte sie ihre Lehrerin nie lachen sehen. Sie fragte sich, wer dieses Foto gemacht hatte. Es musste in einem Urlaub aufgenommen worden sein, auf dem Platz im Hintergrund standen Palmen. Mit wem hatte sie ihre Ferien verbracht? Katharina hatte sich nie Gedanken darüber gemacht, ob Dr. Martha einen Freund hatte. Dass sie nicht verheiratet war, das wusste sie, alles andere nicht. Auch nicht, wie alt sie war. Auf diesem fröhlichen Foto war sie höchstens Mitte dreißig. Verblüfft schob Katharina das Bild wieder auf seinen Platz.

Langsam ging sie am Regal entlang und strich dabei über die Buchrücken. Alle standen exakt ausgerichtet. Die letzte Reihe wurde wieder von einem Foto unterbrochen. Ein Gesicht, das Katharina bekannt vorkam, eine Widmung, die über das ganze Bild lief. Katharina lächelte, als sie näher kam.

»Für Martha, mit Verehrung, Loriot«

Sie hatte wirklich keine Ahnung, was ihre alte Lehrerin für ein Mensch war.

»Katharina?«

Mit ihrem Glas in der Hand kam Dr. Martha zu ihr in den Raum. »Da bist du. Entschuldige, ich hoffe, es hat nicht zu lange gedauert.« Sie hatte die Schürze abgenommen und blieb vor Katharina stehen. »Jetzt bin ich ganz für dich da. Dein Glas ist ja leer. Möchtest du noch ein bisschen Champagner?«

Katharina schüttelte den Kopf. »Im Moment nicht, danke. Ich bin ganz begeistert von diesem Haus. Es ist ein Traum.«

Mit einem feinen Lächeln sah Dr. Martha sie an. »Und jetzt denkst du, wie kann sie sich das alles leisten?«

Ertappt hob Katharina sofort die Hand. »Also bitte, Dr. Martha, das geht mich ja gar nichts an.«

Dr. Martha deutete auf die Bank vor dem Esstisch, und ihr Lächeln wurde eine Spur breiter. »Nimm doch Platz. Ich habe noch einen Moment, bevor ich den Tisch decken muss. Eine Sache aber erledigen wir noch vorher.«

Sie stellte ihr Glas auf den Tisch, ging noch mal in die Küche und kam mit der Champagnerflasche zurück. Ohne zu fragen, füllte sie Katharinas Glas.

»Ich möchte dich bitten, sowohl den Doktor vor der Martha als auch das Sie zu lassen. Nochmals einen schönen Abend. Ich heiße Martha.«

Katharina schluckte, bevor sie ihr Glas hob. »Vielen Dank. Gern.«

Sie trank einen winzigen Schluck, bevor sie das Glas auf den Tisch stellte. Martha setzte sich ihr gegenüber. »So, und jetzt entspannst du dich. Du bist immer so streng. Ich will dich nicht zum Alkohol überreden, aber wenn das Auto der einzige Grund ist, dann kann man auch mal über eine Planänderung nachdenken. Davon geht die Welt nicht unter.«

Katharina musste im Moment noch das angebotene Du verkraften. Es war schon eigenartig, wie schwer es einem erwachsenen Menschen fiel, plötzlich seine Lehrerin zu duzen. Katharina versuchte es:

»Was meinst ... du damit?« Es kam ihr komisch vor. »Wovon geht die Welt nicht unter?«

Martha schlug ihre schlanken Beine übereinander und wippte leicht mit dem Fuß. Sie trug teure Schuhe, stellte Katharina beiläufig fest. Wie viel Pension eine Lehrerin wohl bekommt?

»Die Welt wird nicht untergehen, nur weil Katharina Johannsen einmal etwas anders macht, als sie es vorher geplant hat.« Martha war ihrem Blick gefolgt. »Auch wenn du dich mehr für meine Schuhe interessierst als für meine Ratschläge. Ja, die Schuhe sind von Prada.«

Dr. Martha Jendrysiacz konnte Gedanken lesen, jetzt war sich Katharina sicher. Sie hob den Kopf und fing an zu lachen. »Okay«, sagte sie. »Ja, ich habe mir überlegt, was Sie … du für Schuhe trägst, wie man ein solches Haus bezahlt, warum man eine persönliche Widmung von Loriot und einen Kochkurs bei Udo Leonhard geschenkt bekommt, und habe Angst, dass meine Gedanken gelesen werden. Und ich glaube auch nicht, dass die Welt untergeht, wenn der Wagen heute Nacht hier stehen bleibt. Woher weißt du, was ich gedacht habe?«

»Man sieht es dir an.« Martha nippte an ihrem Champagner und behielt ihr Glas danach in der Hand. »Du gibst dir so viel Mühe, souverän und kühl zu wirken, dass man dir bei unvorhergesehenen Dingen die Anstrengung ansieht, die du aufwendest, um dir nichts anmerken zu lassen. Es fällt sicherlich nicht jedem auf, sei unbesorgt. Mir schon. Ich war früher auch so.«

Katharina griff zu ihrem Glas, um einen Augenblick Zeit zu gewinnen. Martha betrachtete sie nachdenklich. »Warum bist du so streng mit dir?«

»Ich bin doch nicht streng«, widersprach Katharina, der das Gespräch ein bisschen unbehaglich wurde. »Ich bin vielleicht ordentlich, bestimmt auch ehrgeizig und möchte alles richtig machen, aber streng ist das falsche Wort.«

»Wer sagt dir denn, was richtig und was falsch ist?«

Katharina fand es plötzlich warm. »Kann ich kurz die Terrassentür öffnen?« Sie war schon aufgestanden und ging langsam um den Tisch.

»Natürlich.« Martha wartete ab, bis Katharina die Tür geöffnet und sich wieder hingesetzt hatte. »Ich möchte dich überhaupt nicht kritisieren, Katharina. Du warst eine der Schülerinnen, die bei mir damals schon einen großen Eindruck hinterlassen haben. Ich habe dich immer für etwas Besonderes gehalten, für sehr talentiert, für sehr willensstark. Deshalb habe ich mich auch über dieses Wiedersehen gefreut, auch wenn ich feststellen muss, dass du bislang nicht dein ganzes Potential ausgeschöpft hast.«

»Also, ich ...«, begann Katharina, aber Martha hob kurz die Hand. »Warte, einen Satz noch. Du erinnerst mich sehr an mich, als ich jünger war. Ich war auch der Meinung, dass es nur Falsch und Richtig, nur Schwarz und Weiß, nur Laut und Leise gibt. Ich war überzeugt davon, dass ich alles in meinem Leben kontrollieren muss, damit kein Chaos ausbricht, ich habe viel von mir verlangt, viel mehr als jeder andere, und konnte es kaum erfüllen. Ich habe lange überlegt, wie Dinge sein müssen, und habe selten gesehen, wie sie wirklich sind. Ich kann verstehen, dass man die Kontrolle behalten will, weil man glaubt, man kennt die richtigen Wege. Ich bin deshalb Lehrerin geworden. Da kann man seinen Schülern die Wege zeigen.«

Martha dachte einen Moment nach. »Ich würde dir heute einen anderen Weg zeigen. Ich glaube, dass der, auf dem du gerade unterwegs bist, der umständlichste und unwegsamste ist.«

Katharina hatte ihr schweigend zugehört. Auf der einen Seite hatte Martha gerade eine ziemlich genaue Einschätzung von ihr gegeben, auf der anderen Seite wusste sie noch nicht, wo dieses Gespräch mit ihrer alten Lehrerin hinführen würde. Und eigentlich mochte sie keine Diskussionen mit ungewissem Ausgang, aber bevor sie eine Antwort formulieren konnte, stand Martha plötzlich auf. »Die Zeit ist um. Also, die Garzeit der Suppe meine ich. Und es ist auch gleich acht Uhr. Wir sollten den Tisch decken, dabei lasse ich auch Hilfe zu.«

Sie ging zu einem Vitrinenschrank, nahm flache Teller und Suppentassen heraus und stellte sie Katharina hin.

»Bist du so nett? Bestecke sind in der Schublade, Servietten auch. Ich muss nach dem Fleisch sehen.«

Sie war schon fast um die Ecke, als Katharina ihr hinterherrief: »Dr. ...ähm, Martha, es sind drei Teller. Und drei Suppentassen. Kommt noch ...«

»Ja.« Martha blieb an der Tür stehen und sah sie lächelnd an. »Es kommt noch jemand. Um acht. Ich wollte dir vorher ein bisschen Zeit zum Eingewöhnen geben. Wenn es gleich klingelt, kannst du die Tür öffnen. Die Weingläser sind auch in der Vitrine. Bitte auch Wassergläser dazustellen.«

»Darf ich fragen, wer ...?«

Martha war schon um die Ecke gebogen und nicht mehr zu sehen. Nur ihre Stimme drang noch aus der Küche. »Das siehst du ja gleich. Und über das Haus, die Kochkurse, Loriot und meine Schuhe können wir beim Essen reden. Oh, es klingelt. Gehst du bitte?«

Mit gemischten Gefühlen ging Katharina zur Tür. Auf der einen Seite war sie etwas enttäuscht, weil sie sich auf einen Abend allein mit Dr. Martha gefreut hatte, andererseits war es vielleicht ganz gut, dass jemand dazukäme, der noch privatere und intensivere Gespräche verhinderte. Nach diesen ersten Anfängen hätte Katharina sich auf einiges gefasst machen müssen. Und ob sie tatsächlich bereit gewesen wäre, so offen und unbarmherzig über sich und ihre Wege zu sprechen, bezweifelte sie. Duzfreundin hin oder her.

Sie war jetzt an der Tür, der Name Solveig schoss ihr kurz durch den Kopf, bevor sie erwartungsvoll öffnete. Auf den Gast, der mit einer einzelnen weißen Rose vor ihr stand, war sie nicht gefasst. Ohne etwas zu sagen, starrte sie ihn an. Und heftete sofort den Blick auf die weiße Rose.

Das T-Shirt hatte unter ihrem Bademantel gelegen und fiel vom Stuhl, als Inken aufräumte. Sie hob es vom Boden auf und drückte ihre Nase in den Stoff. Jesper war noch deutlich zu riechen, sie atmete ein paar Mal tief ein und zog es kurzentschlossen über, bevor sie das Telefon suchte.

»Du hast dein bestes T-Shirt vergessen«, sagte sie ein paar Minuten später, nachdem er auf der anderen Seite abgenommen hatte. »Ich habe es jetzt an, dann bist du nicht ganz so weit weg.«

»Du hast mich weggeschickt«, erinnerte Jesper sie. »Und ich habe das T-Shirt nicht vergessen, sondern gehofft, dass es gewaschen und gebügelt im Schrank liegt, wenn ich wiederkomme. Wie ist es mit Katharina?«

»Du trägst nie gebügelte T-Shirts. Und Katharina ist in einem roten Kleid mit einem bunten Tuch und fast offenen Haaren zu Dr. Martha zum Essen gefahren. Ich bin sehr gespannt, wie das dort ist, ich gehe auf keinen Fall ins Bett, bevor sie zurückkommt.«

»Was ist aufregend an einem Abend mit einer alten Lehrerin?«

»Hannes ist auch eingeladen.« Inken stand auf und ging mit dem Telefon am Ohr durchs Zimmer. »Das hat Dr. Martha mir gesagt, Katharina weiß es aber nicht. Das soll eine Überraschung sein. Für Hannes übrigens auch.«

Jesper war erstaunt. »Also ich fände das nicht so toll, wenn mich jemand einlädt und außer mir käme nur meine Exfreundin. Ich würde denken, ich soll wieder verkuppelt werden.«

»Blödsinn«, widersprach Inken und setzte sich an den Küchentisch. »Dr. Martha war immer im Kontakt mit Hannes. Sie war schon mit seinen Eltern befreundet. Und er war sowieso zum Essen eingeladen. Und weil sie jetzt ein paar Tage mit Katharina im Archiv gearbeitet hat und weiß, dass die beiden sich sowieso wiedergetroffen haben und Hannes wohl gesagt hat, dass er Katharina gern noch mal sehen würde, aber sie nicht so richtig wollte, deshalb, ach, das ist ja auch egal, jedenfalls treffen sie sich jetzt. Das kann doch ganz nett werden.«

Jesper lachte leise. »Was für ein Unsinn«, sagte er. »Die sollen verkuppelt werden, das sieht jedenfalls für mich so aus. Oder sie sollen sich aussprechen, irgendetwas in der Art. Ich würde einen Anfall kriegen. Außerdem hat Katharina doch einen Freund. Ist Hannes alleine? Oder weiß das keiner?«

»Du warst doch mit ihm segeln«, sagte Inken erstaunt. »Hast du ihn nicht gefragt?«

»Ob er eine Frau hat?« Jesper lachte lauter. »Wieso soll ich ihn das fragen? Das ist mir doch egal. Wir waren segeln, da redet man doch nicht über so einen Quatsch.«

»Hm.« Inken musste zugeben, dass sie auch nicht auf den Gedanken gekommen wäre, auf dem Boot mit derartigen Themen anzufangen. »Stimmt. Na ja, jedenfalls treffen sie sich jetzt und können über alte Zeiten reden, vielleicht wird das ja ganz lustig. Auch wenn Katharina sich an ganz wenige Dinge von früher erinnern kann. Sagt sie zumindest.«

»Wie auch immer.« Jesper hatte noch nie viel Lust gehabt, über das Liebes- und Seelenleben von Menschen zu reden, die er nicht gut kannte. »Ich hätte dich sowieso nachher angerufen. Ich habe einen Job für uns beide. Im November. Bei besserem Wetter. Hast du Lust?«

»Wozu genau?« Inken stand auf und ging an den Wandkalender. »Und wann genau?«

»Vom 1. bis zum 12. November. Eine Yachtüberführung

von Mallorca nach Südfrankreich. Eine Fünfzehnmeter-Yacht. Ich hätte dich gern als Co-Skipperin dabei.«

Inken fuhr mit dem Finger über die Termine und sah nur einen Sportbootführerscheinkurs.

»Das wäre schön«, sagte sie langsam. »Wir haben nur einen Sportbootkurs, das sind drei Theorieabende in der Zeit, die kann ich entweder verschieben oder Piet fragen, ob er sie übernimmt. Von wo nach wo geht das genau?«

»Von Palma de Mallorca bis Saint-Louis-du-Rhône. Je nach Wetter können wir einen Zwischenstopp in Marseille oder Barcelona einlegen. Was meinst du? Und außerdem zahlt der Auftraggeber gut, samt Hotel und Flug.«

»Wie viel ist das?«

Jesper nannte eine Summe, woraufhin Inken sich sofort hinsetzte. »Wirklich? So viel? Das wäre ja super. Ich bin dabei. Und dann noch Golfe du Lion. Jesper, ich freue mich.«

Genauso groß wie die Vorfreude war auch die Erleichterung über den unverhofften Geldsegen. Zum Jahresende wurde es finanziell immer eng, jedes Mal musste Inken mit Knuts Hilfe fast schon zaubern, um die anfallenden Rechnungen bezahlen zu können. Dieser Job wäre eine echte Beruhigung.

»Du könntest das Geld auch dazu benutzen, dein Café wieder auf Vordermann zu bringen«, schlug Jesper vor. »Das lief so gut, eigentlich kannst du den Schuppen nicht so marode und leer stehen lassen.«

»Ja, mal sehen.« Inken versuchte, das Thema zu wechseln. »Hast du schon Unterlagen bekommen? Was ist das für eine Yacht und ...«

»Ich kann dir auch das Geld für die Renovierung des Cafés vorschießen.« Jesper war noch nicht mit dem Thema durch. »Es ist doch blöd, wenn es den ganzen Sommer nicht eröffnet wird. Dir geht doch richtig viel Umsatz durch die Lappen.«

Inken war froh, dass sie Jesper nicht gesagt hatte, wie viel Geld nötig wäre, um aus dem abgesoffenen Schuppen wieder ein hübsches Lokal zu machen. Dafür müssten sie mehrere Yachten überführen. Und sehr großzügige Auftraggeber finden. Aber darüber wollte sie jetzt nicht reden. Sie wollte nicht, dass er ihr Geld lieh, dass er sich Gedanken machte, und schon gar nicht, dass er wirklich wusste, wie leer die Konten der Segelschule waren. Dieses Problem würde sie allein lösen.

Sie stand wieder auf und ging langsam durch die Küche. »Du hast natürlich recht«, sagte sie leichthin. »Ich habe aber schon mit der Bank gesprochen und sehe es genauso wie du.«

An diesem Satz war nun wirklich nichts gelogen. Sie hatte nur weggelassen, dass die Bank ihr keinen Kredit für die Renovierung geben wollte. Dafür fehlten ihr die Grundlagen, sie trauten Inken anscheinend keine gastronomischen Fähigkeiten zu, was immer das auch heißen sollte. Aber darüber könnte sie sich auch noch in den nächsten Wochen den Kopf zerbrechen, im Moment hatte sie etwas anderes zu tun.

»Weißt du was?«, sagte sie schnell. »Ich fahre jetzt auf ein Bier in den ›Anker‹, da sitzt bestimmt Piet und ich kann ihn gleich fragen, ob er im November für mich einspringt. Wir sprechen uns bestimmt nachher noch mal, oder?«

»Grüß ihn. Und fühl dich geküsst.« Jesper lächelte sicher beim Sprechen, sie sah sein Gesicht vor sich und fühlte eine kleine Sehnsucht.

»Du auch. Und bis später.«

Sie legte das Telefon zurück auf die Station und ließ ihre Hand noch einen Moment darauf liegen. Es war schade, dass er weg war. Aber sie hatte es so gewollt. Wegen Katharina. Trotzdem sehnte sie sich nach ihm. Nach seinem Geruch, seinem Lächeln, seiner Wärme, wenn er neben ihr lag. Sie kannten sich so lange und so gut, dass schon ein Blick reichte, um zu wissen, was der andere gerade dachte. Und sobald Jesper wieder weg war, merkte Inken, wie sehr ihr das fehlte.

Entschlossen drehte sie sich um. Er würde bald wiederkommen, es gab keinen Grund, jetzt weich zu werden. Ihr

Blick fiel auf den kleinen Plüschelefanten, den Jesper mitgebracht hatte. Sie lächelte. Dann musste der eben mit in ihr Bett, für eine kurze Zeit würde das schon gehen.

Nur wenig später schob sie ihr Rad in den Fahrradständer vor dem »Anker«. Sie ließ es unverschlossen und lief mit drei Schritten auf die Kneipentür zu, die sie mit Schwung aufriss.

»Hallo Inken«, rief ihr Gisela hinter dem Tresen entgegen und winkte gut gelaunt mit einem karierten Geschirrhandtuch. »Mach mal was für die Frauenquote, ich sitze hier seit Stunden mit lauter alten Männern.«

»Alte Männer, ich glaube, es geht los.« Die empörte Stimme kam aus der Ecke vom Stammtisch und gehörte Piet, der schon in Inkens Richtung sah. »Gisela, du warst mit mir in der Tanzschule, ich weiß, was für ein Jahrgang du bist.«

Das Geschirrhandtuch flog ihm an den Kopf. Er faltete es sorgsam zusammen und reichte es feierlich Inken, die jetzt vor ihm stand. »Gib das mal der jungen Dame hinter dem Tresen und bestell mir bitte noch ein Pils.«

Er saß mit seinen alten Arbeitskollegen Paul und Nils am Tisch. Seit sie in Rente waren, trafen sie sich jeden Freitag bei Gisela, um Karten zu spielen. Damit sie sich nicht aus den Augen verlören, sagten sie, dabei wohnten sie alle in einer Straße und sahen sich jeden Tag. Inken vermutete, dass es ihnen ums Geld ging, sie spielten zwar nur um winzig kleine Beträge, trotzdem füllte sich ihre Kartenkasse übers Jahr, was Grund genug dafür war, ein Wochenende gemeinsam zu verreisen. Das Hotel zahlte jeder selbst. Letztes Jahr waren sie in Hamburg gewesen und hatten sich ein Fußballspiel angesehen. Nils hatte leider das Bier im Stadion nicht vertragen, deshalb mussten sie schon in der Halbzeit gehen und hatten in einem vornehmen Hamburger Hotel in aller Ruhe den Samstagabend-Krimi geguckt. Und danach die zweite Halbzeit des Spiels im »Aktuellen Sportstudio«. Der HSV hatte verloren.

Gisela brachte das Bier für Inken und Piet und gab ihm einen leichten Klaps an den Hinterkopf. »Du bist uncharmant. Ich weiß gar nicht, wie Inken dich in ihrer Schule erträgt. Prost.«

Sie ging wieder hinter den Tresen, und statt ihr zu antworten, drehte Piet sich zu Inken. »Na, mein Inken, was kann ich für dich tun? Oder bist du nur so zufällig hier?«

»Nein, ich wusste ja, dass ihr Karten spielt. Seid ihr schon fertig?«

Nils nickte und deutete auf Paul. »Paul hatte eine Serie. Er hat uns ausgenommen, wir haben aufgehört. Ich habe fast drei Euro verloren, das reicht.«

Der Tagessieger lächelte zufrieden und sortierte die Cent-Türmchen. »Das lief gut, heute«, sagte er. »Da kann man sich nicht beschweren. Und, Inken? Kommst du eigentlich selbst noch zum Segeln? Ich sehe dich immer nur mit Schülern auf dem Boot.«

»Doch, das geht schon«, antwortete sie. »Aber das ist das Stichwort. Piet, ich habe im November einen Co-Skipper-Job bei einer Yachtüberführung. Von Mallorca nach Südfrankreich, das dauert knapp zwei Wochen und ich habe zugesagt.«

»Schön.« Nils nickte anerkennend. »Das ist aber eine feine Tour. Bestimmt ist es noch warm da unten. Toll. Da kannst du ja auch deine Eltern besuchen.«

Inken hob die Hände. »Um Himmels willen. Wenn ich sage, dass wir ein Boot von da nach Südfrankreich überführen, wollen die sofort mit. Das müssen die nicht wissen. Und außerdem ist es ein Job und keine Urlaubsreise.«

»Richtig«, stimmte Piet zu. »Und jetzt willst du uns fragen, ob wir mitkommen?«

Inken lachte. »Pest und Cholera. Nein, lasst mal. Aber ich bräuchte dich für die Theoriestunden beim Sportboot-Kurs. Oder ich verschiebe den Kurs. Was meinst du?«

»Das geht wohl. Solange du nicht wieder auf Weltreise

gehst, sondern nach zwei oder drei Wochen zurückkommst, kann ich dich vertreten. Ist das Jespers Überführung?«

Inken nickte, was Piet sichtlich erfreute. »Feiner Kerl«, sagte er stolz zu Paul. »Und ein toller Segler. Dagegen sind wir die reinen Anfänger.«

»Dass du dich das alles immer traust.« Bewundernd sah Paul sie an. »Einfach ein fremdes Boot überführen. Als Mädchen. Meine Enkelin ist achtzehn, die hat schon Angst, allein mit dem Zug nach Hamburg zu fahren, weil sie denkt, sie kommt sofort unter Kriminelle. Das liegt aber auch an den Eltern. Meine Schwiegertochter ist so blöde.«

Inken lachte. »Danke für das Mädchen. Als ich achtzehn war, sind meine Eltern nach Mallorca gezogen und ich habe die Schule geschmissen und mit dem Geld, das sie mir gegeben haben, die Weltumseglung gemacht. Findest du das besser?«

»Als Großvater hätte ich dir das verboten«, antwortete Paul sofort. »Was da alles hätte passieren können.«

»Sie kam zurück und war mit einem lustigen Dänen verheiratet.« Piet grinste bei der Erinnerung. »Das haben wir doch im Segelclub gefeiert. Was haben wir da gelacht, wisst ihr noch? Jespers Mutter hat mit Knut am Anleger Tango getanzt und ist ins Hafenbecken gefallen. Aber sie konnte gut schwimmen.«

»Es ging«, korrigierte ihn Inken. »Irgendjemand ist noch hinterhergesprungen. War das nicht Ole Carstensen?«

»Der Sohn vom Pastor?« Piet überlegte, während er aus dem Fenster sah, dann hellte sich sein Blick auf. »Wenn man vom Teufel spricht: Da kommen Bjarne und Gertrud und, wer ist das denn? Ach, Solveig. Und alle auf dem Fahrrad.«

Es wurde laut am Stammtisch, für Gertrud und Solveig stand die Kartenrunde zur Begrüßung sogar auf. Inken musste sich regelrecht anstellen, um Solveig umarmen zu können. »Das ist ja schön, dass du mal wieder da bist.«

Inken hielt Solveig auf Armeslänge entfernt, um sie anzusehen. »Nie kommst du bei mir vorbei, ich habe dich ewig nicht gesehen, und kaum kommt Katharina, machst du dich auf den Weg. Ich interessiere dich einfach nicht.«

Solveig lachte und wuschelte Inken durch die Haare. »Krause Haare, krauser Sinn. Ich war im letzten Sommer zweimal hier und auch bei dir. Das vergisst du nur sofort wieder.«

Sie zog sich einen Stuhl heran und schob ihn zwischen Inken und Gertrud, bevor sie einen Blick in die Runde warf. »Spielt ihr noch Karten? Haben wir euch jetzt unterbrochen?«

Paul lächelte sie freundlich an. »Nein, ich habe gewonnen und die anderen sind nun mittellos.«

»Sag mal, Pastor«, nahm Piet den Faden von vorhin wieder auf, »wer ist eigentlich der Mutter von Jesper hinterhergesprungen?«

Drei verständnislose Gesichter sahen ihn an und Inken fing an zu lachen.

»Wir befinden uns gerade im Jahr 1994«, erklärte sie. »Das hätte er vielleicht dazu sagen sollen. Und ich bin mir sicher, dass Ole hinterhergesprungen ist. Ins Hafenbecken übrigens. Da ist die Mutter von Jesper beim Tangotanzen reingefallen.«

Bjarne nickte langsam. »Tango. Ja. Ole war damals Rettungsschwimmer. Am Strand. Das erklärt es.«

Die zwingende Logik der Antwort erübrigte jede weitere Diskussion. Das fand auch Gertrud, die sich einen Tee bestellt hatte und sich jetzt zu Inken drehte. »Du hast dein Rad nicht abgeschlossen. Das kann jetzt jeder klauen.«

Inken nickte kurz, bevor sie sich zu Solveig beugte. »Hast du Katharina noch gesehen? Oder gesprochen?«

»Wir haben telefoniert. Sie hat erzählt, dass sie bei Dr. Martha zum Essen eingeladen ist, wir haben uns für morgen früh verabredet. Ich komme zu euch, gegen elf.«

Solveig hatte sich über die Jahre kaum verändert, dachte Inken. Sie war immer noch klein, drahtig und gut gelaunt.

Man sah ihr weder ihre vier Kinder noch ihr Alter an. Inken kannte sie ihr Leben lang, immer als die beste Freundin von Katharina. Als Kind hatte sie Solveigs rote Haare bewundert und gefunden, dass die Pastorentochter das schönste Mädchen der Welt war. Außerdem konnte sie singen, Gitarre spielen und schön vorlesen. Ihr ganzes Gesicht war voller Sommersprossen, sie lachte immer und Inken hätte sie so gerne gegen Katharina eingetauscht. Das hatte sie sogar einmal auf ihren Wunschzettel zu Weihnachten geschrieben, der Wunsch war aber nicht erfüllt worden. Dafür hatte Katharina zu Weihnachten Masern bekommen, lag mit hohem Fieber im Bett und war mit roten Flecken gesprenkelt. Inken hatte vor schlechtem Gewissen kaum schlafen können und hatte sofort einen Brief an den Weihnachtsmann geschrieben, in dem sie ihren bösen Wunsch zurücknahm und stattdessen darum bat, dass ihre jetzige Schwester schnell wieder gesund würde. Sie hatte sich furchtbar geschämt, gab sich allein die Schuld und war erst froh, als die ersten Masernflecken auf ihrem Bauch auftauchten und es Katharina wieder besser ging.

Solveig war zwar noch oft auf der Insel, aber meistens im Gefolge ihrer großen Familie. Zwei ihrer Kinder hatten bei Inken einen Segelkurs gemacht und kamen auch noch manchmal in die Schule, wenn sie bei ihrem Großvater und dessen Lebensgefährtin ihre Ferien verbrachten. Inken mochte die ganze Familie und fühlte manchmal einen Anflug von Neid, wenn sie sah, wie entspannt alle miteinander umgingen und wie sie alle aneinander hingen. Und ab und zu erwischte sie sich dabei, ein kleines bisschen wehmütig zu sein, weil der Weihnachtswunsch damals nicht in Erfüllung gegangen war. Dann wären es nämlich ihre Nichten und Neffen geworden. Inken fand Solveigs Kinder alle super und wäre zu gern ihre Tante gewesen. Aber dafür hatte Katharina damals die Masern überlebt und am nachfolgenden Silvester mit Inken die erste Wunderkerze ihres Lebens angezündet. Und das war auch schön gewesen.

»Wer aus deiner Familie ist denn noch mit?«

Sofort hob Solveig die Hände. »Keiner. Niemand. Ich bin zum Glück mal ganz allein bei Papa und Gertrud. Torben ist ja jetzt in Göttingen, die Zwillinge haben am Wochenende ein Handballturnier und Maren ist gerade unsterblich und erfolglos verknallt und hängt schlecht gelaunt und bewegungslos auf ihrem Sitzsack. Manchmal heult sie oder knallt mit den Türen. Darum kann Tom sich dieses Wochenende kümmern. Ich habe frei und lass mir von Gertrud Tee ans Bett bringen. Herrlich.«

»Das arme Kind.« Mitleidig mischte Gertrud sich ein. »Maren ist so sensibel.«

»Dann muss sie sich nicht in den größten Kotzbrocken ihres Sportvereins verknallen«, antwortete Solveig. »Da muss sie durch. Irgendwann lernt sie einen Neuen kennen und alles ist vergessen. Das kennen wir doch alle.«

»War Hannes Gebauer eigentlich früher auch ein Kotzbrocken?«

Überrascht hob Solveig den Kopf. »Hannes? Wie kommst du denn auf den?«

Scheinbar gleichgültig hob Inken die Schulter. Anscheinend hatte Katharina ihrer besten Freundin nichts erzählt. »Nur so.« Inken wollte ihrer Schwester nicht vorgreifen.

Da war Gertrud anders. »Die haben sich getroffen«, erklärte sie Solveig. »Beim Hotelbrand. Da hat er sie nach Hause gefahren. Sympathisch. Ein ganz Netter. Aber Katharina war nicht so wahnsinnig freundlich zu ihm. Fand ich. Aber vielleicht war sie auch nur aufgeregt.«

»Ach?« Mit hochgezogenen Augenbrauen sah Solveig sie an. »Das hat sie gar nicht erzählt. Wird sie wohl noch. Und sonst, Inken? Wie geht es euren Eltern?«

»Gut.« Inken warf einen Blick auf die Männer, die ihre

Köpfe zusammengesteckt hatten und bei einem ganz anderen Thema waren. »Mia freut sich übers Wetter, bastelt untragbaren Schmuck, Joe hat Segelgäste und eigentlich ist alles wie immer.«

»Der Schmuck ist gar nicht untragbar«, protestierte Gertrud sofort. »Sie hat mir was gezeigt, das war alles ganz schön. So hübsche Farben, das würde ich auch tragen. Zu Schwarz ist das schick.«

»Du trägst aber nie Schwarz.« Inken stützte ihr Kinn auf die Faust. »Nie. Außer zu Beerdigungen. Und da kannst du dir keinen knallbunten Schmuck umhängen.«

Gertrud ignorierte Inkens Bemerkung und wandte sich an Solveig. »Wir haben nämlich geschkeipt, Mia und ich.«

»Schrei doch nicht so«, sagte Piet. »Man kann sich ja gar nicht unterhalten, wenn ihr so laut redet.« Dann wandte er sich zurück an den Pastor. »Sie wollen jetzt in Keitum dieses Bauvorhaben tatsächlich durchziehen.«

Gertrud sah Piet böse an und rutschte mit ihrem Stuhl näher zu Solveig. »Das hat Inken mir gezeigt. Du musst es uns aber auch noch mal zu Hause an unserem Computer erklären. Das war toll.«

Inken guckte Solveig an. »Erklär ihnen vor allen Dingen die Kamera. Mia kriegt das nie hin.«

»Doch, natürlich«, widersprach Gertrud. »Ich konnte Mia die meiste Zeit sehen. Erst haben wir sie nicht gesehen, dann hat Inken was gesagt und Mia hat irgendwo geruckelt. Und dann habe ich sie gesehen. Ganz deutlich. Und auch den Schmuck, den hat sie nämlich vor die Kamera gehalten. Das war gar nicht verwackelt, ein ganz klares Bild. Dann hat es wieder geruckelt und dann gab es eine Störung, dass ich nur noch ihren Busen gesehen habe. Sie ist dann aufgestanden, um was zu holen, danach konnte ich sie wieder sehen. Und dann war noch eine Störung und ein Teil von ihr war verschwunden. Da war Inken schon weg und wir konnten sie nicht mehr fragen. Aber das war nicht schlimm. Man hört sich ja noch. Und den Schmuck habe ich gesehen.«

»Siehst du«, Inken nickte resigniert, »das meinte ich.«

»Und welcher Teil war verschwunden?«

»Der Kopf.« Gertrud stieß Piet von der Seite an. »Jetzt redet ihr aber auch sehr laut.«

Solveig fing an zu lachen. »Es ändert sich hier nichts, oder?«

»Kaum«, war die Antwort. »Nur die Technik entwickelt sich. Wenn du den Pastor und Gertrud jetzt noch in die Geheimnisse des Skypens einweihst, bekommst du auch viel mehr davon mit. Mia ruft mindestens einmal in der Woche an.«

»Das mache ich dann morgen.« Unvermittelt gähnte Solveig und hielt sich erst im letzten Moment die Hand vor den Mund. »Entschuldigung, aber ich bin so müde, ich schlafe hier gleich am Tisch ein. Das macht die Inselluft und das eine Bier. Seid ihr mir böse, wenn ich schon mal nach Hause fahre? Ihr könnt ja noch bleiben, wir sehen uns dann morgen.«

Gertrud strich ihr kurz über die Wange. »Nein, du siehst auch müde aus. Fahr ruhig vor und schlaf gut.«

»Ich komme mit.« Kurz entschlossen trank Inken ihr Bier aus und stand auf. »Dann können wir ein Stück zusammen fahren. Tschüss, ihr Lieben, viel Spaß noch.«

Während Solveig ihr Rad umständlich aufschloss und dafür in die Knie gehen musste, um den kleinen Schlüssel im Kettenschloss zu drehen, sah Inken ihr entspannt zu.

»Siehst du, das ist die Krux mit diesem Sicherheitswahn. Du brauchst anschließend Stunden, um wieder in die Gänge zu kommen.«

»So schlimm ist es auch nicht.« Mit einem Stöhnen erhob sich Solveig. »Dieses Schloss ist nur total verbogen. Aber jetzt ist es ja auf. Obwohl meine Knie das nicht so komisch finden.«

»Was ist mit deinen Knien?«

»Alter.« Achselzuckend stellte Solveig einen Fuß auf die Pedale und sah Inken auffordernd an. »Fahren wir?«

Als sie auf die Segelschule zufuhren, deutete Solveig mit dem Kopf zum Eingang.

»Guck mal, da brennt Licht. Ist Katharina schon da? Dann würde ich noch kurz mit reinkommen.«

»Ihr Auto ist nicht da. Dann ist sie noch nicht zurück. Und das Licht im Flur habe ich angelassen«, antwortete Inken. »Und außerdem ist es gerade mal halb neun, ich glaube, das musst du auf morgen verschieben. Aber du kannst trotzdem gern noch mit reinkommen.«

Solveig überlegte einen Moment, dann schüttelte sie den Kopf. »Danke, aber wenn sie jetzt schon da gewesen wäre, hätte ich mich noch einen Moment wachgehalten. Jetzt freue ich mich auch irrsinnig auf mein altes Kinderzimmer und das neue Bett, das da jetzt steht. Wenn du sie noch siehst, bestell ihr Küsse und Grüße, ich sehe sie ja morgen.«

»Und wenn etwas Bahnbrechendes passiert ist, dann kann sie dich ja anrufen. Falls sie es bis zum Frühstück um elf nicht aushält.«

»Wie?« Solveig sah sie fragend an. »Was soll denn Bahnbrechendes bei Dr. Martha passieren?«

»Na ja.« Inken fand es plötzlich blöd, Solveig anzulügen. »Dr. Martha hat auch Hannes zum Essen eingeladen. Das hat sie mir gesagt, aber für Katharina sollte es eine Überraschung sein. Ich bin gespannt, wie das angekommen ist. Anscheinend aber doch ganz gut, sonst wäre sie auf der Stelle wieder gefahren.« Sie grinste. »Wobei sie dafür auch wieder zu höflich ist. Also ist alles noch offen.«

Solveig war ernst geblieben und sah sie jetzt mit gerunzelter Stirn an. »Das finde ich nicht gut. Katharina wird natürlich nicht sofort gehen, wir sind ja keine sechzehn mehr, aber gefallen wird es ihr garantiert auch nicht. Was soll das denn? Sie hat ihn fast zwanzig Jahre nicht gesehen.«

»Dann wurde es ja mal wieder Zeit«, antwortete Inken. »Häng es nicht so hoch, sie haben sich schon getroffen und das ist auch glimpflich ausgegangen. Jetzt können sie sich ja aussöhnen.«

Solveig blieb skeptisch. Ihr war das Bild der völlig verzweifelten Katharina von damals noch sehr präsent. Und im Laufe der Jahre hatte sie sich manchmal gefragt, ob Katharina ohne diesen großen Liebeskummer genauso geworden wäre, wie sie heute war. Wenn sie sich allein sahen, war Katharina noch die alte Freundin, waren andere dabei, wirkte sie immer kühl, unverbindlich und selbstbeherrscht. Sie ließ sich einfach auf nichts ein, von dem sie vermutete, dass sie dabei die Kontrolle verlieren könnte. In dieses Schema passte der nette Jens, der Recherchejob, die aufgeräumte Wohnung. Nur noch geordnete Verhältnisse. Heute würde ihr eine so große Liebesgeschichte überhaupt nicht mehr passieren. Hannes würde es gerade jetzt ausgesprochen schwer haben, falls er ernsthaft einen Gedanken an so etwas Banales wie eine Versöhnung verschwenden würde. Es ging um viel mehr.

Katharinas Hand hielt immer noch den Knauf von Dr. Marthas Haustür umklammert. Nur langsam löste sie ihre Finger und trat einen Schritt vor. Sie konzentrierte sich weiter auf die weiße Rose, die Hannes in der Hand hielt. Es war gut, dass sie weiß war, weil Dr. Martha doch keine bunten Blumen mochte.

»Katharina?« Mit einer Mischung aus Erstaunen und Freude sah Hannes sie an. »Das ist ja eine Überraschung.«

Langsam hob sie den Blick. »Ja. Das stimmt.« Sie rührte sich nicht von der Stelle, versuchte, ihre Gedanken zu sortieren.

»Ich …« Hannes deutete mit der Rose in Richtung Flur. »Würdest du mich vielleicht reinlassen?«

»Oh, sicher.« Katharina erwachte aus ihre Schockstarre und gab den Eingang frei. »Komm, Dr. Martha ist in der Küche.«

Mit einem Lächeln ging er dicht an ihr vorbei und hinterließ dabei den Duft eines Eau de Toilette oder Rasierwassers, das sie nicht kannte. Irritiert blieb sie noch einen Moment stehen, bis sie wieder einen klaren Gedanken fassen konnte. Sie machte sich hier gerade zum Affen, nur weil der Mann, den sie vor zwanzig Jahren geliebt hatte, anders roch als damals. Und weil sie mit einer Situation wie dieser nicht gerechnet hatte. Jetzt musste sie sich unter Kontrolle bekommen, auch weil sie in diesem Moment ein fast unbändiger Fluchttrieb ergriff. Bescheuert, dachte sie, schloss die Tür lauter als beabsichtigt und folgte Hannes in die Küche. Auf dem Weg sah sie sich plötzlich in dem großen Garderobenspiegel und hielt kurz die Luft an. Und dann noch das rote Kleid. Es drohte alles aus dem Ruder zu laufen. Neben dem Spiegel war die Gästetoilette. Um Zeit zu schinden, ging sie hinein.

Mit einem Glas in der Hand stand Hannes lässig an den Küchenblock gelehnt und wandte nur kurz den Kopf, als Katharina kam, bevor er in seinem Satz fortfuhr.

»Jedenfalls habe ich fast alles entsorgt, sortiert oder verpackt. Ich bin froh, dass jetzt alles fertig ist.«

Martha nickte. »Ich kann mir vorstellen, wie anstrengend das war. Aber nun ist es fast geschafft. Ach, Katharina.« sie sah sie auffordernd an. »Ich brauche euch ja nicht vorzustellen, ich dachte, es passt ganz gut, dass ich euch beide einlade, obwohl ihr, wie mir Hannes sagte, eigentlich seit Jahren keinen Kontakt mehr habt. Das ist doch sehr schade.«

»Eigentlich?« Eiskaltes Wasser auf den Handgelenken hatte schon immer geholfen. Katharinas Atmung und Hirntätigkeit waren wieder normal. »Eigentlich kann man weglassen. Wir hatten in den letzten Jahren keinen Kontakt.« Sie griff nach einem Glas, das neben der Spüle stand. »War das meins?«

»Ja.« Martha nahm ihre Schürze ab und schaltete den Herd aus. »Ich habe dir gerade nachgeschenkt. Wir können essen. Kommt ihr mit nach drüben?«

Noch während das kalte Wasser auf ihre Handgelenke gelaufen war, hatte Katharina beschlossen, den nicht umsetzbaren Fluchttrieb mit dem Entschluss zu besiegen, das Auto tatsächlich stehen zu lassen. Jetzt war es egal, den Ablauf des Abends hatte sie sowieso nicht mehr in der Hand, also würde sie ihre Lässigkeit trainieren, ihre angebliche Strenge ablegen und sich immer wieder sagen, dass hier nur ein Abendessen stattfand, zu dem eine ehemalige Lehrerin zwei ehemalige Schüler eingeladen hat. Nichts Besonderes, nur ein harmloses Abendessen. Mit ein paar sentimentalen Erinnerungen, mit der einen oder anderen Anekdote und mit Smalltalk über

Job, Familie und Urlaubspläne. Spätestens um elf würde sie ein Taxi bestellen und sich höflich für den netten Abend bedanken. Für tiefschürfende Betrachtungen über vergangene Liebesgeschichten wäre hier ohnehin keine Gelegenheit.

Die Suppe war so gut, dass Katharina keinerlei Ehrgeiz verspürte, ein Gespräch anzufangen. Sie löffelte schweigend, vermied den Blickkontakt mit Hannes und sah erst hoch, als sie den Löffel neben die leere Suppentasse legte.

»Hervorragend, Dr. …, ähm, Martha«, sagte sie schließlich. »Die Suppe kann so, wie sie ist, auf die Speisekarte.«

»Danke«, war die Antwort. »Und das aus dem Mund der Hotelfachfrau. Ich danke.«

»Ich dachte, du bist gar nicht mehr im Hotel«, sagte Hannes überrascht. »Du arbeitest doch jetzt in einem Recherchebüro.«

»Ja, und gerade macht sie die Recherche für den neuen Roman von Bastian de Jong«, steuerte Martha bei. »Vielleicht wird er dadurch lesbarer und bleibt nicht wieder an der Oberfläche hängen. Ich halte den Mann ja, wie schon erwähnt, für völlig überschätzt.«

»Ich habe noch nie etwas von ihm gelesen«, gab Hannes zu. »Meine Mutter liebt ihn, deshalb bin ich davon ausgegangen, dass ich nicht zur Zielgruppe gehöre. Ich kriege Pickel bei diesen Schmonzetten.«

»Schmonzetten sind das nicht.« Katharina war sofort in Verteidigungshaltung. Überschätzt oder nicht, Bastian de Jong war ihr Auftraggeber, der Held von Millionen Frauen, Gertrud und Solveig eingeschlossen, sie mochte ihn, hatte sich von seinem letzten Roman rühren lassen und konnte es nicht leiden, wenn jemand über Dinge urteilte, die er gar nicht kannte. Und Hannes stand das schon gar nicht zu. »Du gehörst auch nicht zur Zielgruppe, aber die ist sehr groß und besteht aus allen möglichen Frauen, die begeistert von ihm sind. Ohne Pickel.«

Überrascht über ihre Reaktion hob er die Hände. »Ich ziehe den Kommentar zurück. Und wie gehst du bei so einer Recherche vor?«

Während Katharina in neutralem Ton erzählte, wie eine Recherche funktionierte, und Hannes mit mäßig interessiertem Ausdruck zuhörte, beobachtete Martha mit einem kleinen Lächeln ihre beiden ehemaligen Schüler. Katharina sah umwerfend aus, ihr standen Farben, das schien sie nur nicht zu wissen, sonst wäre sie nicht die ganze Woche in Creme, Weiß, Schwarz oder Braun im Archiv erschienen. In Rot sah sie ganz anders aus. Sie leuchtete. Aber sie wirkte angestrengt. Sie redete schneller als sonst, sie fummelte an dem schönen Tuch herum, schob sich ungeduldig eine Haarsträhne hinter das Ohr. Martha griff ein. »Ich bin ja froh, dass ich durch die Recherchen im Inselarchiv Katharina wiedergetroffen habe. Obwohl ich nach wie vor der Meinung bin, dass du dich unterforderst. Anstatt für andere Autoren vorzuarbeiten, solltest du dir überlegen, selbst zu schreiben. Ich habe dich damals schon für talentiert gehalten.«

»Um Gottes willen.« Katharina hätte sich fast verschluckt. »Zwischen hübschen Aufsätzen in der Schule und Talent zum Schreiben passen Welten.«

»Du hast, wenn ich mich richtig erinnere, die mit Abstand beste Abiturklausur im Leistungskurs Deutsch geschrieben, oder?« Hannes sah sie jetzt direkt an. Sie hatte fast vergessen, wie klar und grün seine Augen waren. Und dass man ein Grübchen auf der rechten Seite sehen konnte, wenn er, wie jetzt, mit einem Mundwinkel lächelte. Katharina griff wieder zum Weinglas.

»Es ist hundert Jahre her. Und wahrscheinlich könnte ich diese Arbeit heute gar nicht mehr schreiben. War es tatsächlich die beste Klausur? Ich kann mich überhaupt nicht mehr erinnern.«

Sie spielte mit ihrem Löffel, erst als sie Marthas Blick bemerkte, legte sie ihn wieder hin. »Ich kann gut organisieren, das habe ich im Hotel gelernt, ich habe kein Problem mit schwierigen Menschen, das kommt aus der Zeit beim Fernsehen, und ich gehe Dingen gern auf den Grund, alles zusammen braucht man beim Recherchieren. So ist es perfekt, ich habe keinerlei Ehrgeiz, in meinem Alter noch mal was Neues anzufangen.«

»In deinem Alter.« Martha lachte. »Ich habe mit Ende sechzig noch was Neues angefangen. Das ist kein Grund.« Sie legte ihre Serviette zur Seite und stand auf. »Ich kümmere mich um den nächsten Gang. Gibst du mir bitte deine Suppentasse?«

»Kann ich …?«

»Nein.« Martha nahm ihr die Tasse ab. »Bleib sitzen, wir sprachen vorhin schon über Helfer in der Küche. Hannes, schenk Wein nach.« Sie verschwand, kurz darauf klappte die Küchentür.

»Hast du …?«

»Hat sie …?«

Sie lachten beide, sprachen gleichzeitig weiter. »Du erst.«

Mit einer schwungvollen Geste überließ Hannes ihr das Wort. Katharina zuckte mit den Achseln. »Okay. Hast du die ganzen Jahre mit Martha Kontakt gehabt? Sie hat das vorhin so erwähnt.«

Er nickte. »Ja, sie ist mit meiner Mutter befreundet. Allerdings ging das erst nach unserer Schulzeit los, sie haben sich im Chor näher kennengelernt. Dadurch habe ich sie oft gesehen, wenn ich meine Eltern besucht habe. Als mein Vater vor zehn Jahren starb, hat Martha meiner Mutter sehr geholfen und seit der Zeit schreiben wir uns regelmäßig. Und viermal im Jahr gehen wir schick essen. Zweimal hier, zweimal in Kiel.«

»Wieso in Kiel?«

»Ich wohne immer noch da.« Sein linker Mundwinkel zuckte. »Und Martha geht gern ins Theater, ich besorge Karten, danach gehen wir essen, sie übernachtet im Hotel und fährt am nächsten Tag zurück. Einmal im März, einmal im November. Wir mögen beide Rituale.«

»Ach so.« Katharina wich seinem Blick aus. Die Leidenschaft für Rituale hatte sich bei ihm wohl erst später entwickelt, sie konnte sich jedenfalls nicht daran erinnern. »Und du arbeitest immer noch am Meeresbiologischen Institut?«

»Ja.« Er nickte. »Immer noch. Wobei ich nicht mehr jeden Tag im Institut sitze, sondern relativ viel unterwegs bin. Zum einen muss ich auch in die unterschiedlichen Forschungsstationen und dann arbeiten wir mit mehreren Unis zusammen, die Gastdozenten verpflichten, das ist schon gut.« Er schob seinen Stuhl ein Stück zurück, um seine Beine auszustrecken. Und schwieg.

Katharina faltete ihre Serviette zusammen und wieder auseinander, je öfter sie das machte, umso einfacher wurde es. Es ging schon fast von selbst. Das Schweigen wurde fast unerträglich. Als sie den Kopf hob, sah sie Hannes' Blick auf ihren Fingern ruhen. Sofort hörte sie mit dem Falten auf. »Und sonst?«, fragte sie, und verfluchte sich dafür, so schlecht im Smalltalk zu sein. Aber das, was sie wirklich interessiert hätte, mochte sie nicht fragen. Außerdem wurde ihr warm. Und unbehaglich. Und weil das Schweigen anhielt, glaubte sie, dass Hannes auch keinen Smalltalk konnte. Schließlich sprang sie auf. »Ich gehe doch mal nachsehen, ob ich etwas helfen kann.« Auch ein Rauswurf aus der Küche schien angenehmer als diese komische Stimmung am Tisch.

Bevor sie die Küche erreicht hatte, tauchte Martha bereits mit einem großen Tablett vor ihr auf. Überrascht blickte sie auf und deutete mit dem Kopf in die Richtung, aus der sie gekommen war. »Wenn du schon hier bist, dann kannst du bitte die Kartoffeln mitbringen. Sie stehen auf dem Küchenblock.«

Als sie mehrere Schüsseln und Teller auf den Tisch gestellt hatte, lehnte sie das Tablett an den Schrank, setzte sich, faltete die Serviette auseinander und sah in die Runde. »Kaninchen in Rosmarin und Knoblauch, der Rotwein steht geöffnet auf dem Vertiko, Hannes. Guten Appetit.«

Erleichtert konzentrierte sich Katharina auf das Essen. Martha hatte bald angefangen, über Gott und die Welt zu plaudern, sprach über ihre Arbeit im Inselarchiv, über den Sylter Gospelchor, dem sie immer noch angehörte, über ehemalige Schüler, die sie ab und zu traf, fragte Katharina nach dem Ort auf Mallorca, in dem Mia und Joe lebten, beschrieb einen Wanderurlaub, den sie selbst dort vor einigen Jahren gemacht hatte, ohne zu wissen, dass alte Bekannte um die Ecke lebten, und bezog Hannes und Katharina immer wieder mit harmlosen und leicht zu beantwortenden Fragen in ihre Geschichten mit ein. Das hervorragende Essen, der Rotwein, die Wärme, der Duft und die angenehme Stimme von Martha führten bei Katharina dazu, dass sie sich zunehmend entspannte. Am liebsten hätte sie auch noch die Augen geschlossen. Aber dann hätte sie Hannes nicht ansehen können, was sie so unauffällig tat, wie es ging. Die feinen Falten um seine Augen kannte sie noch nicht, genauso wenig wie die kleine Narbe auf seinem Handrücken. Sie musste sich zusammenreißen, um ihn nicht zu fragen, wann und was mit der Hand passiert war.

»… deine Schwester kennt. Katharina?«

Hannes hatte sich zu ihr gebeugt und ganz leicht ihre Hand berührt. Katharina schreckte auf. War sie jetzt eingeschlafen? »Ich … entschuldigt, ich habe gerade an etwas ganz anderes gedacht. Was ist mit meiner Schwester?«

»Wir haben von Nele Bruhn geredet, der Architektin. Sie ist mit deiner Schwester befreundet. Und sie soll unser altes Haus umbauen. Kennst du sie?«

»Nele?« Einen kleinen Moment musste Katharina überlegen, dann war sie wieder da und hatte ein Bild im Kopf. »Das war eine kleine süße Dunkelhaarige. Inken und sie waren immer zusammen, bis die Eltern von Nele wegzogen. War ihr Vater nicht bei der Bundeswehr? Ich glaube ja. Aber ich habe sie ewig nicht gesehen. Doch, das heißt, als Inken dreißig wurde, da war sie da. Mit Mann, stimmt. Jetzt weiß ich es wieder. Und jetzt baut sie euer Haus um? Wo ist das denn?«

»Das Haus?«, fragte Hannes irritiert. »In Morsum. Du kennst es doch.«

Er sah sie an, als wäre sie nicht bei Trost. Katharina hielt seinem Blick stand, dann griff sie zu ihrem Glas und sagte leichthin: »Ach so, ich dachte, ihr habt auch noch irgendwo ein Ferienhaus auf der Insel, das jetzt umgebaut werden soll. Sauna rein, Garten neu, was die Zweitwohnungsbesitzer so tun.«

»Er ist doch kein Zweitwohnungsbesitzer.« Martha sah zwischen ihnen hin und her. »Es geht um den Verkauf des Elternhauses. Margarete ist nach Kiel gezogen.«

»Oh.« Katharina verdrängte die Bilder eines umzubauenden Friesenhauses, vor dem Hannes, Anke und mehrere halbwüchsige Kinder stehen und in die Kamera winken. »Ich hatte gedacht, du redest von einem anderen Haus.«

»Nein.« Offenbar verstand Hannes sie wirklich nicht. »Meine Mutter ist jetzt seit einem Jahr in Kiel in einem Seniorenstift und will auch da bleiben. Und deshalb haben mein Bruder und ich das Haus verkauft. Und Nele Bruhn fängt im Herbst an, das Haus umzubauen. Ich bin gespannt, was sie aus dieser dunklen, alten Bude macht. Obwohl es mir im letzten Moment doch ein bisschen schwergefallen ist, alles zu verkaufen.«

»Das glaube ich sofort.« Katharina dachte an ihr ausgeräumtes Elternhaus, in dem sie allein die Endabnahme gemacht hatte, weil das Flugzeug von Mia und Joe schon gebucht und Inken bereits auf dem Weg nach Antwerpen war. Als sie damals in Inkens leerem Kinderzimmer eine mit Filzstift an die Tapete gemalte Blume gesehen hatte, war sie endlich in Tränen ausgebrochen. Dieser Tag damals war einer der schlimmsten in dieser ohnehin traurigen Zeit gewesen.

»Ich fand es ganz furchtbar, das eigene Elternhaus auszuräumen. Irgendwie war da meine Kindheit zu Ende.« Die Trauer ließ sich immer noch wieder abrufen.

Hannes nickte. »Obwohl ihr doch gar nicht so viel entsorgt habt, deine Eltern sind doch nur umgezogen. Ich fand dieses Wegwerfen und Verkaufen so nervig.«

»Meine Eltern sind nicht umgezogen, sie sind ausgewandert«, widersprach Katharina. »Wir haben ganze Container entsorgt und verteilt. Es war grausam.«

Bevor dieser graue Nebel sich vollends über sie legen konnte, der zum Teil ja auch mit ihrem unfassbaren Liebeskummer dieser Zeit zu tun hatte, über den sie garantiert jetzt nicht mit Hannes reden würde, griff sie zu ihrem Glas und hob es. »Auf die alten Zeiten und darauf, dass wir sie hinter uns haben.«

Nachdem sie angestoßen hatten, versuchte Katharina in leichtem Ton, das Thema zu wechseln. »Hättet ihr das Haus denn überhaupt verkaufen müssen? Gerade jetzt, wo alle von Zweitwohnungen auf Sylt träumen?«

Hannes hob die Schultern. »Mein Bruder wohnt mit seiner Familie in Hamburg, direkt an der Elbe. Die sind auch nicht oft auf Sylt, sie haben ein Segelboot, auf dem sie den ganzen Sommer leben. Dafür kann er natürlich das Geld gut gebrauchen. Und außerdem, was sollen wir mit diesem großen Kasten? Sechs Zimmer, großer Garten, wer soll sich darum kümmern?«

»Macht ihr denn nie Urlaub auf Sylt?« Katharina sah ihn so harmlos an, wie sie konnte.

»Mein Bruder und ich?«

»Nein«, sie musste sich räuspern, um ihre Stimme wieder glatt zu bekommen, »deine Familie und du.«

Martha stand auf, um Wein nachzuschenken. »Katharina will wissen, ob du Frau und Kinder hast. Katharina, ich kann nicht glauben, dass du zu den Frauen gehörst, die ihre Fragen umständlich verpacken. Direkte Wege, bitte.«

Hannes fing an zu lachen, was die Situation noch dämlicher machte, als sie ohnehin schon war. Katharinas Entspannung verflog.

»Das meinte ich gar nicht.« Gespielte Empörung sah immer aus wie Verteidigung, egal wie authentisch sie war. »Es geht mich ja auch nichts an.« Wenigstens das stimmte. Hannes erbarmte sich trotzdem.

»Ich habe keine Familie. Das stimmt nicht ganz, also mein Sohn ist neunzehn, lebt aber in Münster bei seiner Mutter, ich wohne in Kiel allein in einer Wohnung und bin seit zehn Jahren von Anke geschieden. Reicht diese Information?«

In Katharina breitete sich ein seltsames Gefühl aus. Er war geschieden. Keine Anke, keine Silke, keine andere Frau, die morgens neben ihm aufwacht, ihm durch die Haare fährt, über diese kleine Narbe auf der Hand streicht, mit ihm schläft, mit ihm lebt. Die ihn besser kennt als Katharina, die sogar weiß, was mit seiner Hand passiert ist, keine Frau, die zu seinem Leben und zu ihm gehört.

Katharina empfand plötzlich eine Mischung aus Erleichterung, Freude und einer eigenartigen Vorahnung.

»Das musst du mir auch nicht erzählen.« Katharina gab sich alle Mühe, so viel Lässigkeit in ihre Antwort zu legen, dass Martha und Hannes überhaupt nicht auf die Idee kommen könnten, diese Informationen in irgendeiner Weise für wichtig zu halten. Es hatte nicht geklappt. Martha sah sie mit einem Lächeln an, das zu deuten nicht sehr schwierig war. Sie ahnte etwas und das gefiel Katharina überhaupt nicht.

»So«, sagte sie deshalb zu laut und zu entschlossen. »Sollen wir mal abräumen?«

Martha ließ es tatsächlich zu, dass Hannes und Katharina die Küche aufräumten, während sie selbst Gläser, Getränke und das Dessert in den Wintergarten brachte und sich dabei unendlich viel Zeit ließ. Katharina reichte Hannes die Teller und Platten an, die er in die Geschirrspülmaschine räumte, verfolgte dabei jeden seiner Handgriffe, war versucht, ihre Hand kurz auf seinen Rücken zu legen, um zu fühlen, wie weich der dunkelblaue Pullover war, sah den kleinen Leberfleck an seinem Hals, den sie fast vergessen hatte, kam ihm beim Anreichen gefährlich nahe und ließ ihre Blicke schließlich auf der ausgewaschenen Jeans ruhen. Er ist immer noch sexy, dachte sie und beschloss erschrocken, mit dem Weintrinken aufzuhören, bevor sich nicht nur ihre Gedanken selbstständig machten. Genau in diesem Moment drehte er sich um, stutzte und sagte freundlich: »Wenn ich es nicht besser wüsste, hätte ich gerade gedacht, dass du mir auf den Hintern starrst.«

Langsam hob Katharina ihren Kopf und sah ihm in die Augen. Sie würde ihm im Leben nicht sagen, was sie gerade für Bilder im Kopf hatte. Die Tatsache, dass sie sich nicht von diesem Anblick abwenden konnte, war nur ein kleiner Teil. Der harmlose. Stattdessen reckte sie ihr Kinn nach vorn und sagte: »Ich habe nur etwas überlegt.«

»Hm.« Hannes drehte ihr wieder den Rücken zu. »Mach ruhig weiter, wenn es hilft, dass du beim Denken auf den Hintern deines Exfreundes starrst, dann will ich dir gern helfen.«

Er hatte es gesagt. Katharina atmete durch, als wäre plötzlich ein Knoten geplatzt. Es war ausgesprochen. Er war ihr Exfreund und sie starrte ihm auf den Hintern. Nach all den Jahren standen sie zusammen in einer Küche und das war plötzlich ganz normal. Nicht mehr bedrohlich, nicht mehr auf eine neue Katastrophe zusteuernd, nicht mehr schwer, nicht mehr schmerzhaft. Er ließ mit hochgeschobenen Ärmeln heißes Wasser in eine Pfanne plätschern, war charmant und witzig und hatte sich mit ihr während des ganzen Essens verbindlich und zugewandt unterhalten. Und sie hatte mit Gespenstern gekämpft. Und mit dem Vorsatz, ganz anders zu sein, als sie früher gewesen war. Beim Spülen der Pfanne, drehte er den Kopf und blickte sie über die Schulter an. »Entspann dich, Katharina. Ich bin froh, dass wir uns wiedergetroffen haben.«

Katharina nickte, sah ihm zum Abschluss noch einmal auf den Hintern und ging zur Tür. »Bis gleich.«

Hannes grinste, als zwei Seifenblasen hochflogen.

Dritter Teil

Silke kam auf sie zugehüpft. Sie sang ›99 Luftballons‹ und sah aus wie Nena in Blond. Ihr folgte die ganze Klasse, paarweise und einander an den Händen haltend. Katharina wunderte sich, dass alles in Zeitlupe passierte, und passte auf, dass sie nicht zu schnell würde. Sonst wäre sie sofort aufgefallen. Jemand stand hinter ihr, es war eine Frau, Katharina erkannte sie nicht, obwohl sie so gut roch. Sie drehte sich zu ihr um. Es war Romy Schneider, in einem weißen Ballkleid, mit Sternen im geflochtenen Haar, die ihre Hand nahm und leise sagte: »Franz ist nichts für dich. Und Deutschland wird Europameister.«

Katharina schlug kurz die Augen auf, stöhnte leise und schloss sie sofort wieder. Der Traum hörte gar nicht auf. Und sie wusste auch nicht mehr, wie genau er begonnen hatte. Der Arm unter ihrem Kopf fühlte sich fremd an, sie rollte vorsichtig zur Seite, bis sie das weiche Kissen spürte. Erst dann öffnete sie wieder die Augen. Hannes sah im Schlaf genauso aus wie früher. Und sie war sich nicht sicher, ob sie das tatsächlich wissen wollte.

Ob es die Szene in der Küche, die Atmosphäre im Wintergarten, der Rotwein, die leise Jazzmusik im Hintergrund, Marthas alte Fotos oder die wenigen zufälligen Berührungen von Hannes gewesen waren, wusste Katharina nicht mehr, aber es hatte einen Moment gegeben, in dem sie plötzlich dachte, dass dieses Gefühl, das sich gerade in ihr ausbreitete, Glück hieß.

Es hatte mit den Fotos angefangen. Dr. Martha hatte für

jede ihrer Klassen und Kurse ein Album angelegt. Die ersten Bilder von Katharina und Hannes zeigten zwei pubertierende Jugendliche in furchtbaren Klamotten, mit schrecklichen Frisuren, aber mit Gesichtern, die noch rund, glatt, weich und ohne jegliche Lebenserfahrung waren. Hannes war gar nicht so groß, wie es Katharina in Erinnerung hatte, dafür war Katharina auf keinem Bild so pummelig, wie sie sich gefühlt hatte. Sie hatten über die Batikbluse und die Zöpfe von Katharina genauso gelacht wie über die bis zur Taille hochgezogene Jeans, in die das gestreifte Hemd gesteckt war, das Hannes mit Stolz getragen hatte.

»Und ich hatte dich immer als ganz cool im Kopf.« Katharina hatte sich die Lachtränen aus den Augen gewischt. »Und hier trägst du spießige Hemden.«

»Ich besaß eine Jeansjacke und das Hemd war cool. Nur die Loser trugen Pullover.«

Sie hatten versucht, sich an die Zeit zu erinnern, den Sommer, in dem sie fünfzehn waren. Katharina wusste noch, dass Hannes Pink-Floyd-Fan war, während sie Abba und Johnny Logan hörte. Sie hatte es ohne Umschweife zugegeben, auch dass sie bei ›Kramer gegen Kramer‹ im Kino geheult und danach wochenlang bei Mia und Joe Anzeichen für eine bevorstehende Scheidung gesucht hatte. Was nicht schwer war, weil Joe gebannt die Fußballeuropameisterschaft geguckt hatte, während Mia seine Hilfe im Garten brauchte. Hannes hatte sich mindestens dreimal ›Das Imperium schlägt zurück‹ angesehen und nicht geheult. Dafür hatte er sich aber im Frühherbst in Olivia Newton-John verliebt, nachdem er während eines Besuchs bei seinen Großeltern in Bremen eine Kinokarte für ›Xanadu‹ gekauft hatte.

»Das war doch dieser grässliche Disko-Film mit John Travolta, oder?«, hatte Martha wissen wollen, woraufhin Hannes nickte, erklärte, dass er das niemals jemandem erzählt hätte, um seinen Ruf nicht zu ruinieren, und dass er das ausgeschnittene Bild von Olivia ganz klein zusammengefaltet in seiner Sporttasche verwahrt hatte.

Katharina drehte sich auf den Rücken, legte den Arm über die Augen und träumte weiter. Das Album enthielt auch die Bilder des Abiballs. Dr. Martha hatte damals anscheinend den ganzen Abend über fotografiert. Auf einem Bild hatte Katharina sich und Solveig an der Sektbar stehen sehen, zwei hübsche Mädchen, eines mit hochgesteckten roten Haaren in einem flaschengrünen langen Kleid und das andere mit langer dunkler Mähne in einem eleganten schwarzen Abendkleid. Katharina hatte sich gefragt, warum sie sich all die Jahre für ein hässliches Mädchen gehalten hatte.

Hannes hatte mit dem Finger auf das Bild getippt und leise gesagt: »Süß, oder? Ich hätte dich damals schon ansprechen sollen.«

Die Erinnerungen waren über den Tisch geflogen, die nächste Flasche Wein war geöffnet worden und es war von Gorbatschow über den Wimbledon-Sieg von Boris Becker, vom Serienbeginn der Lindenstraße bis zum Live-Aid-Concert und über Marthas Einschätzung der Zukunft ihrer Schüler gegangen.

»Du hast eigentlich die größte Entwicklung gemacht«, hatte sie zu Katharina gesagt. »Du hast in verschiedenen Städten gelebt, verschiedene Berufe gemacht, du bist so selbstständig geworden, das hätte ich eher Solveig zugetraut. Das ist toll.«

Es war der Blick von Hannes gewesen, der sie von der Seite angesehen und ihren Puls in die Höhe getrieben hatte. Deshalb hatte sie darauf verzichtet zu erklären, dass sie nur nach München und später nach Bremen gegangen war, weil beide Städte weit genug weg waren, um das alte Leben zurücklassen zu können. Es war in diesem Moment nicht wichtig.

Stattdessen hatte sie Hannes' Nähe genossen, erstaunt festgestellt, dass sie anfingen, miteinander zu flirten, und einen

Blick von Martha aufgefangen, die das nicht nur zu sehen schien, sondern auch noch guthieß.

Der Rest des Abends war in einem Meer von Musik, Satzfetzen und Hannes' Augen untergegangen. Irgendwann, sehr spät, hatte Hannes auf der Terrasse eine Zigarette geraucht, Katharina hatte plötzlich neben ihm gestanden und endlich ihre Hand vorsichtig auf seinen Rücken gelegt. Der Pullover war aus Kaschmir und Hannes hatte sie geküsst.

Katharina drehte sich auf die Seite und öffnete die Augen. Sie war wach, die Traumbilder wurden undeutlich, die reale Umgebung klarer. Sie lag neben Hannes. Nackt. In Marthas Gästezimmer. Das hatte sie ihnen angeboten, nachdem die Nummer der Taxizentrale angeblich permanent besetzt gewesen war.

»Das soll dann wohl so sein«, waren ihre Worte gewesen. »Ich kann euch keinen Wagen bestellen, es ist dauernd besetzt. Und selbst fahren könnt ihr nicht, ihr habt beide zu viel getrunken. Ich habe ein wunderbares Gästezimmer, die Betten sind bezogen, gute Nacht, ich gehe schlafen.«

Sie hatte Katharina und Hannes einfach allein gelassen.

Katharina berührte vorsichtig Hannes' Gesicht. Er lag auf dem Rücken, atmete ruhig und gleichmäßig. Sie hatte tatsächlich mit ihm geschlafen. Mit ihrer ersten Liebe. Nach zwanzig Jahren. Und es war unglaublich gewesen. Mit diesem vertrauten und gleichzeitig fremden Mann. Aufregend. Zärtlich. Leidenschaftlich. Sie hatten wenig geredet. Und nicht viel nachgedacht. Sie hatten sich, das reichte.

Langsam zog Katharina ihre Hand zurück und betrachtete ihn. Wie oft hatte sie von ihm geträumt, sich nach ihm gesehnt, sich gefragt, wo er gerade wäre, ihn mit anderen verglichen. Er war nie ganz aus ihrem Leben verschwunden. Das hatte sie oft verflucht. Und jetzt das.

Er bewegte sich plötzlich im Schlaf, Katharina hielt den Atem an. Aber Hannes drehte sich nur zu ihr auf die Seite, sein Gesicht war jetzt nur wenige Zentimeter von ihrem entfernt. Wie oft hatte sie dieses Bild aus ihrem Kopf verdrängt? Sie lehnte sich zurück, um ihn besser betrachten zu können. Er hatte immer schon gut ausgesehen, heute war er noch attraktiver. Und sexy. Und charmant. Und witzig. Und klug. Was hatte Peter Bohlen neulich in Keitum zu ihr gesagt? Sie sei pragmatisch. Und er würde darauf warten, dass sie sich einmal so verlieben würde, dass ihr keine Gegenargumente einfielen. Gestern Abend hatte sie keine Gegenargumente mehr gehabt. Und sie spürte etwas, für das sie zunächst keine Worte fand. Bis sie ihr plötzlich einfielen. Sie hatte sie in einem Stück von Herbert Grönemeyer gehört: »Bin vor Freude außer mir.« Das traf es. Sie war vor Freude außer sich.

Sehr langsam und vorsichtig schob sie die Bettdecke zurück und zog ihr Bein zu sich. Hannes seufzte im Schlaf und drehte sich zur anderen Seite. Mit angehaltenem Atem wartete sie einen Moment, dann schlüpfte sie behutsam aus dem Bett. Sekundenlang blieb sie stehen, bevor sie auf Zehenspitzen durch den Raum tappte, ihre Unterwäsche, das Kleid, das Tuch, die Tasche und Schuhe aufsammelte, die Tür leise öffnete und sich in den Flur schob. Gegenüber war ein kleines Gästebad, in dem sie sich von innen aufatmend an die Tür lehnte. Als sie den Kopf drehte, sah sie ihr Spiegelbild. Nackt, die Haare ungekämmt, einen Arm voller Klamotten vor den nackten Körper gepresst, die Augen noch müde, aber mit einem Glanz, der sie heller wirken ließ. Sie lächelte sich zu, ließ ihre Sachen auf den Boden fallen und trat näher ans Waschbecken. Egal, was hier gerade passiert war, egal, was alle anderen dazu sagen würden, egal, wie es weiterginge, sie würde jetzt in ihrem Leben etwas ändern müssen. Und zwar umgehend.

Erst als die Haustür leise hinter ihr ins Schloss gefallen war, zog Katharina ihre Schuhe an. Sie legte den Kopf in den Nacken und sah in den Himmel. Die Sonne war gerade aufgegangen, es würde ein schöner Tag werden. Alles war still, niemand war auf der Straße und Katharina dachte zufrieden, dass der Tag bis jetzt ihr ganz allein gehörte. Und dass sich das gut anfühlte.

Langsam ging sie über den schmalen Gartenweg und blieb an der Pforte stehen, um einen letzten Blick zurückzuwerfen. Insgeheim dankte sie Martha, dann wandte sie sich um und lief zum Wagen.

Auf der Rückbank lag noch Inkens schwarze Strickjacke, dankbar zog Katharina sie über ihr rotes Kleid. Auch mit Sonne war es noch kühl. Mit dem Duft von Inkens Zitronenshampoo in der Nase bog Katharina in die Keitumer Chaussee ein. Es war nur noch ein kurzes Stück, bis sie sich in Richtung List einordnen müsste. Sie verlangsamte das Tempo, um einen frühen Fahrradfahrer über die Straße zu lassen. Er hob die Hand zum Dank und lächelte sie an. Das passte zu diesem Morgen. Sie lächelte zurück, nickte und fuhr auf direktem Weg zur Autoverladung.

Als der Zug aus dem Westerländer Bahnhof rollte, legte Katharina erleichtert den Kopf zurück und ballte die Faust. Ja. Sie hatte es getan. Sie hatte alle Zeigefinger im Kopf ignoriert. Sie hatte den Wagen nicht abgegeben, sie hatte keine Nachrichten hinterlassen, sie hatte ihre Sachen nicht gepackt und abgeholt, sie war jetzt tatsächlich in einem roten Kleid, mit einer geliehenen Strickjacke, einem bunten Tuch und nur mit Handtasche unterwegs. Sie machte sich gerade das erste Mal seit Jahren, vielleicht sogar das erste Mal überhaupt, auf den Weg, ohne vorher einen genauen Plan zu haben. Sie fühlte sich leicht und endlich entschlossen.

Links und rechts des Hindenburgdammes glitzerte die glatte Nordsee. Sonst war das immer die Stelle auf der Rückfahrt von der Insel, an der Katharina ihre Wehmut niederkämpfen musste. Jetzt nicht. Stattdessen fiel ihr ein, wie Piet sie am ersten Tag an sich gedrückt hatte, sie sah Gertrud, die durch die Küche wirbelte und dabei mit Jesper flachste, Knut, der seine Mütze in den Händen drehte, während er Inken zuhörte, Inken, die in abgeschnittenen Jeans über den Bootssteg lief, Martha, die kritisch über ihre Brille auf den Computerbildschirm guckte, Inken am Strand von List, mit spitzen Schreien ins kalte Wasser springend, die Boote der Segelschule im Abendlicht, das Lachen von Hannes beim Betrachten der alten Bilder, die blauen Bänke vor Inkens Haustür, die bunten Tassen in ihrer Küche. Es waren nur ein paar Tage gewesen, in denen sie dazugehört hatte, aber es hatte so viel ausgelöst.

Der Zug rollte aufs Festland, Katharina tippte mit dem Finger an die Seitenscheibe und schickte ein leises »Bis bald« hinterher. Sie würde wiederkommen. Und zwar schnell. Das war sicher.

Langsam fuhr sie in Niebüll vom Autozug. Neben ihr stand schon der Zug, der wieder in die Gegenrichtung fahren würde, zurück auf die Insel, beladen mit Autos, in denen vorfreudige Menschen saßen, die auf dem Weg in den Urlaub, in ein frühsommerliches Wochenende oder auch nach Hause waren. Sie mussten sehr früh aufgebrochen sein, es war inzwischen nicht einmal sieben Uhr. Um diese Zeit klingelte bei ihr normalerweise erst der Wecker. Bei diesem Gedanken fiel ihr plötzlich etwas ein. Sie steuerte die Parkbucht an der Verladung an, stellte den Motor aus und griff nach ihrer Tasche. Jetzt würde sie sich im Kiosk einen Kaffee kaufen und ihr Handy kurz anschalten. Sie müsste ja nicht die ganze Welt in Schrecken versetzen, nur weil sie gerade dabei war, etwas Wesentliches zu begreifen.

Inken wurde von einem Geräusch wach, das sie erst nach einigen Sekunden orten konnte. Eine eingegangene SMS, dachte sie schläfrig und zog beim Umdrehen die Bettdecke höher.

Kann warten. Kein Handy vor dem Wecker. Sie zog die Beine an und schob sich tiefer unter die Decke, ein kurzer, warmer Moment blieb ihr, bis das gewohnte Klingeln nach wenigen Augenblicken losging. Mit einem Stöhnen schlug sie dem Wecker auf den Kopf und setzte sich langsam auf. Sie hätte einfach früher ins Bett gehen sollen. Stattdessen hatte sie sich bis halb zwei durchs Fernsehprogramm gezappt, ein paar Mal mit Jesper telefoniert und die ganze Zeit darauf gewartet, dass Katharina die Tür aufschließen würde. Sie war so gespannt, wie der Abend verlaufen war, sie hatte sich vorgestellt, mit ihrer Schwester noch ein Glas Wein zu trinken und sämtliche Details zu hören. Aber Katharina war auch um halb zwei noch nicht wieder zurück gewesen. Und länger hatte Inken sich nicht gegen ihre Müdigkeit wehren können.

Sie griff nach der Wasserflasche neben dem Bett und setzte sie an die Lippen. Es musste schön gewesen sein, sonst wäre ihre ordentliche Schwester nicht so lange geblieben. Eine Stunde würde sie Katharina noch geben, höchstens eine, bis sie mit einem Kaffee in der Hand wie zufällig an ihrem Bett stehen würde, um ganz beiläufig zu fragen, wie es denn so gewesen wäre.

Inken schwang sich aus den Kissen und ging leise nach unten. An Katharinas Zimmertür blieb sie einen Moment stehen und lauschte. Kein Geräusch war zu hören, grinsend setzte sie den Weg fort. In der Küche sah sie sofort aus dem Fenster. Der Jaguar war nicht da, also musste es sogar ein sehr schöner Abend gewesen sein. Es hatte an dem roten Glückskleid gelegen, da war sie sich sicher.

Während Inken darauf wartete, dass das Wasser im Kessel kochte, fiel ihr ein, dass Solveig um elf zum Frühstück kommen wollte. Dann müsste die arme Katharina auch noch alles zweimal erzählen. Aber bis elf konnte Inken nicht warten. Sie würde um acht den Weckversuch starten und sie wäre auch zunächst mit einem kurzen Bericht zufrieden. Hauptsache, es gäbe mal eine Information.

Mit dem gelben Bibo-Becher in der Hand suchte Inken das Telefon, um Jesper anzurufen. Er hatte gestern Abend Zahnschmerzen gehabt und überlegt, heute Morgen zum Notdienst zu gehen. Inken musste ihn fragen, wie es ihm ging, und beteuern, dass sie in Gedanken seine Hand hielt, dieser große, blonde Däne machte sich vor Angst nämlich fast in die Hose. Inken war die Einzige, die das wusste. Jesper selbst war es peinlich, dass er so ein Feigling war. Zumindest was Zahnärzte betraf.

Sie hatte am Abend vergessen, das Gerät auf die Ladestation zu legen, der Akku war leer, also ging sie wieder nach oben, um ihr Handy zu holen. Dabei fiel ihr die frühe SMS ein, sie hoffte, dass sie nicht von Jesper gekommen war, eine unbeantwortete Verzweiflungs-SMS würde ihn in die totale Panik stürzen.

Auf dem Display tauchte seltsamerweise Katharinas Nummer auf. Wieso schrieb sie ihr? Sie schlief doch noch. Verwundert öffnete Inken die Mitteilung, musste sich sofort setzen und kippte sich dabei den heißen Kaffee auf die Schlafhose.

»*Bin auf dem Weg nach Bremen. Mach dir keine Sorgen, ich melde mich. K.*«

Inken sprang wieder auf, rieb mit schmerzverzerrtem Gesicht ihr Bein, lief zum Gästezimmer, riss die Tür auf, sah ein gemachtes Bett und Katharinas Sachen, die alle noch da waren. Selbst der Laptop stand geöffnet auf dem Tisch. Inken holte tief Luft und gab die Nummer ihrer Schwester ein. Ohne ein Freizeichen erklärte eine freundliche Frauenstimme, dass der gewählte Teilnehmer vorübergehend nicht zu erreichen sei.

»Mann.« Inkens Aufschrei ging in dem Geräusch unter, das ein knallgelber Keramikbecher beim Aufprall auf Holzdielen verursacht.

»Und dann habe ich mich auch noch an den Scheißscherben geschnitten.« In ihrer Aufregung hatte Inken vergessen, dass sie eigentlich Jesper mit dem Anruf beruhigen wollte. »Kannst du dir vorstellen, was da passiert ist? Sie hat alles hier gelassen, nur ihre Handtasche hat sie mit und das, was sie gestern anhatte. Aber sie trägt wenigstens das teure Tuch, das ich ihr geschenkt habe. Sogar ihre Jacke hängt an der Garderobe. Das gibt es doch nicht. Vielleicht … Jesper, vielleicht hat sie die SMS gar nicht selbst geschrieben. Wenn sie überfallen worden ist und jemand ihr Handy geklaut hat, dann kann derjenige jedem aus dem Adressbuch eine Mitteilung schreiben, dann kommt kein Mensch drauf, dass Katharina schon irgendwo in den Dünen verrottet. Meine Nummer ist in ihrem Handy doch gespeichert, das ist gar kein Problem, das kann jeder Kleinkriminelle. Was soll ich denn jetzt machen? Oh Gott, wenn Gertrud das mitbekommt, flippt sie aus und ruft sofort die Polizei. Was …«

»*Langsommere*. Langsamer. Hast du schon bei Katharinas Lehrerin angerufen?« Jespers tiefe Stimme und der dänische Akzent bewirkten, dass Inken zumindest einen Moment lang schwieg und Luft holte.

»Nein«, sagte sie. »Habe ich nicht. Das ist ja auch noch ein bisschen früh.«

»Es gibt bestimmt eine ganz einfache Erklärung«, vermutete Jesper. »Entweder ruft Katharina dich später an oder du erreichst sie oder die Lehrerin weiß Bescheid. Du kannst auch noch Hannes fragen, er war doch auch dabei. Wäre bloß blöd, wenn er sie umgebracht und dir die Mitteilung geschrieben hat. Dann bist du als Mitwisserin die Nächste auf der Liste, wir müssen uns ein Zeichen überlegen, an dem ich merke, dass du mir was geschrieben hast und nicht dein Mörder. Sonst bist du wirklich schon verrottet, wenn ich erst in ein paar Wochen wiederkomme. Falls ich dich überhaupt finde.«

»Jesper, bitte.« Inken fand die Lage überhaupt nicht komisch. »Das passt überhaupt nicht zu meiner Schwester. So etwas macht sie nicht. Sie fährt doch nicht ohne ihre Sachen ab. Gerade Katharina, die nach dem Hotelbrand sofort alles neu gekauft hat, weil sie schon einen Anfall kriegt, wenn nicht jedes Stück perfekt und geordnet um sie herumliegt. Da muss etwas passiert sein.«

»Inken.« Jesper versuchte, sie zu beruhigen. »Sie hat dir geschrieben, dass du dir keine Sorgen machen sollst und dass sie sich meldet. Jetzt warte doch einfach mal ab, im Moment kannst du sowieso nichts tun. Ihr ist nichts passiert, du guckst nur zu viele Krimis. Lass uns nachher noch mal sprechen, ich muss jetzt los.«

»Meinst du wirklich?« Inken hatte immer noch Katastrophen im Kopf. »Wohin musst du ... ach, Scheiße, Jesper, dein Zahn. Wie geht es ihm denn? Ich wollte dich doch beruhigen und dir sagen, dass ich deine Hand halte und es bestimmt nicht wehtut und ganz schnell geht.«

»Zumindest hast du mich abgelenkt.« Jesper lachte gequält. »Wobei ich jetzt gerade lieber in den Dünen verrotten würde, als zum Zahnarzt zu gehen. Aber es ist besser geworden, ich glaube, der Anruf beim Zahnarzt hat Zeit bis Montag. Also, bis später.«

Katharina lockerte den Griff, mit dem sie das Lenkrad umfasst hielt, als sie an einer roten Ampel ihre verkrampften Finger spürte. Sie hatte keinerlei Zweifel daran, dass sie auf dem richtigen Weg war, ihre Entscheidung stand fest, trotzdem musste sie sich überwinden. Sie dachte an Inken, wünschte sich ein bisschen mehr von deren Energie und Zuversicht und fragte sich gleichzeitig, ob sie selbst nicht vielleicht schon genügend hatte. Irgendwie lag doch alles in den Genen. Und ein paar von den guten müsste Katharina eigentlich auch haben. Sie hoffte es zumindest.

Vor dem Haus war ein Parkplatz frei. Genau hinter dem Wagen von Jens, Katharina war froh, dass er da war, sie blinkte und parkte rückwärts ein. Mit einem tiefen Aufatmen schaltete sie den Motor aus, zog ihr Handy aus der Tasche und schaltete es ein. Sie hatte vorhin nur die SMS an Inken geschickt und danach das Gerät sofort wieder ausgeschaltet, sie wollte im Moment nichts erklären. Verschiedene Signaltöne meldeten den Netzempfang. Und mehrere in Abwesenheit eingegangene Gespräche und Mitteilungen. Es waren vierzehn. Acht von Inken und sechs von Hannes. Katharina konnte sich denken, was die beiden auf ihre Mailbox gesprochen hatten. Zum Abhören hatte sie jetzt weder Zeit noch Kraft. Das könnte sie später machten. Und bei Jens musste sie sich nicht telefonisch ankündigen. Entweder war er in ihrer Wohnung oder in der Nähe zu Fuß unterwegs. Das würde sie gleich sehen. Sie schaltete das Gerät auf lautlos. Mit der Hand am Türgriff blieb sie noch ein paar Minuten sitzen. Ihr ging es gut, sie wusste jetzt, was sie nicht mehr wollte und was sie in den letzten Jahren falsch gemacht hatte. Und genau das würde sie ändern.

Bevor sie die Eingangstür aufschließen konnte, wurde die aufgerissen und Sabine stand vor ihr.

»Katharina?« Erstaunt starrte die sie an, dann riss sie sich zusammen und senkte ihre Stimme. »Jetzt habe ich mich aber erschreckt, mit dir habe ich ja gar nicht gerechnet. Ich dachte, du bist auf Sylt.«

Irritiert trat Katharina einen Schritt zurück. »War ich auch. Aber irgendwann muss ich ja mal wiederkommen.«

Sabine lachte gekünstelt und hielt ihr übertrieben weit die Tür auf. »Sicher, na, dann herzlich willkommen. Ähm, ich muss jetzt los, habe einen Termin, sonst hätten wir noch einen Kaffee … Also, die Post hat Jens ja rausgenommen, ich habe gar nichts für dich, also, schönen Tag noch, bis bald.«

Sie rannte fast los, Katharina sah ihr noch einen Moment nach, bevor sie kopfschüttelnd den Hausflur betrat. Was hatte Sabine denn eingenommen? Zumindest war sie heute besser angezogen als sonst, selbst ihre Haare hatten so etwas wie eine Frisur. Es musste ein wichtiger Termin sein. Und einer, der sie ziemlich durcheinanderbrachte.

Langsam stieg sie die letzten Stufen zu ihrer Wohnungstür hinauf. Dort angekommen zögerte sie einen Moment, dann drückte sie auf die Klingel, obwohl sie den Schlüssel noch in der Hand hielt. Sie fing an zu zählen, bei fünf hörte sie Schritte, dann öffnete sich die Tür.

»Katharina?« Jens sah sie ungläubig an. »Was ist denn jetzt passiert? Wo kommst du denn …?«

Sie trat auf ihn zu und legte leicht eine Hand auf seine Wange. »Ich erkläre es dir gleich.«

Suchend sah er sich im Hausflur um. »Und wo ist dein Gepäck?«

»Das habe ich dagelassen«, antwortete sie, schob sich an ihm vorbei in die Wohnung und legte ihre Schlüssel auf die Kommode. »Wir müssen reden.«

Als sie sich zu ihm umdrehte, sah sie ihn unsicher an der geöffneten Tür stehen. Der Teppich, auf dem er stand, lag schief. Als wäre Frau Kröger da gewesen. Katharina hatte noch nicht einmal das Bedürfnis, ihn geradezurücken. Ganz im Gegenteil, sie war froh, dass er so lag. Schief. Sie nahm es als Zeichen.

Auf ihrem großen Esstisch stand ein Laptop, daneben lag ein Stapel Papier, das oberste bedruckte Blatt lag diagonal, ein silberner Kugelschreiber beschwerte es. Der Arbeitsplatz eines Lektors, vermutlich kämpfte er immer noch mit Anne Assmann. Katharina sah sich in ihrem hellen Wohnzimmer um, alles war so, wie sie es verlassen hatte, es gab keine Unordnung, keine fremden Sachen, die herumlagen, nichts Überflüssiges, nur gerade Linien und helle Farben.

»Entschuldige, ich war so überrascht.« Jens stand hinter ihr und legte seine Hand auf ihre Schulter. »Und du siehst ... so anders aus. Soll ich meine Sachen schnell wegräumen und uns einen Kaffee machen?«

»Lass alles stehen.« Katharina drehte sich zu ihm um. »Aber Kaffee wäre schön. Wir könnten uns in die Küche setzen. Ich muss mir nur schnell die Hände waschen.«

Als sie im Badezimmer vor dem Spiegel stand, hörte sie die italienische Espressomaschine zischen. Ja, sie sah anders aus, da hatte er recht. Im roten Kleid, mit einer etwas verfilzten schwarzen Strickjacke, ungeschminkt, wenn man es genau nahm, noch nicht einmal vom Abend vorher abgeschminkt, die Haare mit einem einfachen Haargummi zusammengehalten, mit ungeputzten Zähnen. Katharina öffnete den kleinen Schrank und nahm eine neue Zahnbürste heraus. Sie müsste ja nicht alle Regeln, die sie ihr Leben lang befolgt hatte, auf einen Schlag brechen.

Jens hatte schon einen Milchkaffee auf ihren Platz gestellt, er saß mit übereinandergeschlagenen Beinen am Tisch, ein Glas Wasser vor sich, und sah ihr entgegen.

»Möchtest du auch etwas essen?«

»Nein, danke.« Katharina schüttelte den Kopf und setzte sich. Sie rührte Zucker in den Kaffee, sekundenlang, dann hob sie den Kopf und musterte Jens. Er wirkte nervös, was mit dem Termindruck des Manuskriptes zu tun haben könnte oder aber auch mit ihrem unerwarteten Auftauchen. Sie überlegte, wie sie das Gespräch am besten beginnen sollte, und hatte noch nicht die richtigen Worte gefunden, als Jens das unbehagliche Schweigen durchbrach: »Was heißt, wir müssen reden? Worüber? Wir haben gestern Morgen doch noch telefoniert, da hast du nichts davon gesagt.«

Gestern Morgen. Katharina versuchte sich zu erinnern, worüber sie gesprochen hatten, sie hätte es gar nicht genau sagen können. Es war eines von vielen vertrauten, gewohnten und freundlichen Telefonaten gewesen, die täglich stattgefunden hatten. Sie hatte ihm bestimmt erzählt, dass Martha sie zum Essen eingeladen hatte, vermutlich hatten sie auch kurz über Anne Assmann, Inken oder irgendjemand anderen geredet, er war auch wie immer zugewandt und interessiert gewesen, trotzdem konnte Katharina nicht mehr sagen, was genau das Thema gewesen war. »Gestern Morgen«, sagte sie leise. »Da war auch noch nichts.«

Jens war blass. Mit beiden Händen fuhr er sich nervös durch die Haare. »Bist du sauer, dass ich es nicht geschafft habe, nach Sylt zu kommen?«, fragte er jetzt. »Es ging wirklich nicht, Anne Assmann hat mich den letzten Nerv gekostet, sie hat ständig was geändert, was dazugeschrieben, was gestrichen, ich bin fast wahnsinnig geworden. Und übermorgen ist der letzte Termin, ich muss es fertig redigieren. Ich hatte wirklich keine Zeit.«

»Darum geht es nicht«, antwortete Katharina und legte

endlich den Löffel zur Seite. Sie betrachtete die weiße Tasse, den passenden Unterteller, den schlichten Löffel, die Designerzuckerdose. Es war alles so perfekt, das war ihr vorher nie so aufgefallen. In der Küche stand kaum etwas herum, bis auf zwei kleine weiße Kräutertöpfe auf der Fensterbank gab es nichts Überflüssiges, man sah kein Geschirr, keine bunten Handtücher, keinen Schnickschnack. Alles, was man zum Kochen brauchte, war in den Schränken und Schubladen. Diese Küche sah aus, als hätte noch nie jemand hier gekocht. Jens hatte in der Zeit, in der er hier gewohnt hatte, einfach nichts an Katharinas Ordnung verändert. Obwohl er nicht gewusst hatte, dass sie heute wiederkommen würde.

»Es ist alles so aufgeräumt«, bemerkte sie und sah ihn an. »Du hast gar nichts benutzt.«

Verständnislos blickte er sich um. »Es sieht hier doch immer so aus. Ich habe mich sehr bemüht, nichts zu verändern oder aus Versehen falsch hinzustellen. Und außerdem werden die Handwerker bei mir im Haus heute fertig, ich habe meine Tasche schon im Auto und wollte nur noch das eine Kapitel fertig machen und danach nach Hause. Ich hätte dich nachher angerufen, um es dir zu sagen. Jetzt bist du mir zuvorgekommen.«

Sie nickte und fixierte seine Hände. Es waren schöne Hände, mit schlanken Fingern und gepflegten Nägeln. Er hatte die Finger verschränkt und wartete immer noch darauf, was sie ihm sagen wollte. Plötzlich holte sie tief Luft, blickte ihn an und sagte es: »Jens, ich möchte mich von dir trennen.«

Regungslos hielt er ihrem Blick stand. Dann löste er langsam seine Finger voneinander und fuhr sich mit einer Hand über die Stirn. Er sagte kein Wort.

Katharina beugte sich nach vorn und wollte ihm eine Hand auf den Arm legen, Jens zog ihn weg. Er räusperte sich und fragte in neutralem Ton: »Würdest du mir auch sagen, warum? Am Telefon gestern Morgen war ja alles noch wie immer.«

»Aber gestern Abend nicht mehr. Ich habe …« Bevor Katharina ihren Satz zu Ende bringen konnte, hatte Jens sie unterbrochen. »Wer hat es dir gesagt? Und wann?«

Irritiert lehnte Katharina sich zurück. »Wer soll mir was gesagt haben?«

Mit einer ungeduldigen Handbewegung fuhr Jens sich durch die Haare. »Du musst ja einen Grund haben.«

Katharina verstand jetzt überhaupt nichts mehr. Der sonst so entspannte, souveräne und zurückhaltende Jens war plötzlich nervös, unwirsch und unsicher. Und sie hatte das Gefühl, dass ihr das Gespräch aus dem Ruder lief.

»Ich verstehe dich nicht.« Sie sah ihn fragend an. »Habe ich irgendetwas nicht mitgekriegt?«

»Es ist einfach so passiert.« Jens wich ihrem Blick aus. »Ich könnte mich selbst in den Hintern treten. Ich hatte einen wahnsinnig anstrengenden Abend mit Anne, sie hat mich nach der Bearbeitung dermaßen angebaggert, dass ich regelrecht geflohen bin. Sie ist meine Autorin, ich kann doch nichts mit ihr anfangen, das hat sie aber nicht begreifen wollen.«

»Und dann?« Langsam dämmerte Katharina, was Jens gemeint haben könnte. Peter Bohlen hatte ihn doch zusammen mit Anne getroffen, Katharina hatte sich nichts dabei gedacht.

Jetzt erst sah Jens hoch. »Und dann habe ich Sabine im Hausflur getroffen, sie hat mich auf ein Glas Rotwein eingeladen, ich war so erschöpft, dass ich nach zwei Gläsern schon fast betrunken war, und dann sind wir irgendwie im Bett gelandet.«

»Sabine?« Verblüfft platzte Katharina mit der Frage raus. Es war nicht zu fassen.

Jens und Sabine. Katharina brauchte einen Moment, um es zu begreifen. Dass Sabine jede Gelegenheit benutzte, Jens zu sehen, zu sprechen und anzufassen, war nichts Neues, dass sie es aber geschafft hatte, ihn ins Bett zu bekommen, war schon überraschend. Katharina hatte sie noch nie besonders gut leiden können, sie fand sie aufdringlich, laut und schlecht angezogen. Und sie war immer davon ausgegangen, dass Jens das genauso empfand. Allerdings hatte er nie etwas davon gesagt. Und jetzt hatte er mit ihr geschlafen. Katharina stellte sich die beiden beim Sex vor. Nackt sah Sabine vermutlich besser aus als angezogen, plötzlich hatte sie dieses Bild im Kopf, Jens und Sabine in leidenschaftlicher Umklammerung, wilde Küsse, überall Hände und warme Haut. Sie empfand nichts dabei. Gar nichts. Vielleicht eine kleine Verwunderung. Aber weder Wut noch Trauer noch Eifersucht.

Jens' Gesicht spiegelte wider, was im Moment in ihm vorging. Reue, Verlegenheit, Ärger, Unverständnis und das Begreifen, dass diese Geschichte gar nicht der Grund für Katharinas Rückkehr war.

»Ging es nicht darum?« Seine Stimme war belegt. »Ich dachte, dass du deshalb …? Weil wir letzte Woche auch mal essen waren, sie hat mich ja ein paar Mal eingeladen, ich musste mich revanchieren. Ich dachte, man hätte uns gesehen oder …«

Katharina schüttelte verwundert den Kopf. »Nein«, sagte sie. »Ich hätte mir auch nicht mal was dabei gedacht.«

Jetzt griff Jens nach ihrer Hand, die sie ihm überließ. »Katharina, das war ein Ausrutscher. Ich war einfach total erledigt und fühlte mich in deiner Wohnung immer nur fremd und Sabine hat alles Mögliche für mich getan, gekocht, eingekauft, ich war ihr echt dankbar. Und gestern Abend … ich weiß auch nicht …«

Er schwieg und wirkte so traurig, dass Katharina ihm immer noch ihre Hand überließ. Das, was sie ihm sagen wollte, würde die Situation nicht viel besser machen. Jens verstärkte seinen Griff und sah sie wieder an. »Ich weiß nicht, wie ich das wiedergutmachen kann. Mir fällt kein einziger kluger Satz ein, nur dass es mir wahnsinnig leidtut. Und dass es nichts mit dir zu tun hat. Wäre ich bloß nicht mitgegangen.«

»Dann wäre es ein anderes Mal passiert.« Katharina war ganz ruhig. Und ein bisschen traurig, dass das Geständnis ihres langjährigen Lebensgefährten nicht einmal irgendeine Empfindung auslöste. Es löste gar nichts aus, es war, als ginge sie das eigentlich gar nichts an. »Und es hat natürlich etwas mit mir zu tun. Oder besser, mit uns.«

Sanft entzog sie ihm ihre Hand und suchte seinen Blick. »Ich möchte mich von dir trennen, weil wir uns nicht guttun. Und weil wir überhaupt nicht zusammenpassen. Wir sind nett zueinander und gehen freundlich und respektvoll miteinander um, aber wir haben nie Herzklopfen, wenn wir an uns denken. Es ist alles eingespielt und durchgeplant, ohne Überraschungen, ohne Erwartungen, sogar ohne Streitereien. Es ist einfach zu wenig. Ich möchte wieder anders leben.«

»Du willst anders leben?« Jens runzelte die Stirn. »Du hast doch die Spielregeln gemacht. Getrennte Wohnungen, keine Überraschungen, alles immer geplant. Und das wirfst du mir jetzt vor? Das ist nicht fair. Du bist doch sauer, oder?«

»Nein.« Katharina musste sich zusammennehmen, um nicht zu lächeln. »Ich bin nicht sauer. Ich hätte überhaupt kein Recht dazu. Es ist ein alberner Zufall, aber auch ich habe gestern mit jemandem geschlafen. Das ist der Grund, warum ich hergekommen bin. Ich wollte es dir sofort sagen. Es war nicht geplant, ich habe damit nicht gerechnet, aber es hat etwas verändert. Und ich habe gemerkt, dass ich so nicht weitermachen kann, wie ich es in den letzten Jahren getan habe. Das wollte ich dir sagen.«

»Mit wem?« Jens war verstört. »Ich habe nicht gedacht, dass du mit dem erstbesten Wildfremden in die Kiste springst. Morgens kanntest du ihn meines Wissens noch nicht. Oder hast du mir von ihm erzählt und ich habe es vergessen?«

»Jens, bitte.« Katharina versuchte ihn zu berühren, sofort lehnte er sich zurück und verschränkte seine Arme vor der Brust. »Ich habe dir nicht von ihm erzählt, weil es keinen Grund gab. Es ist Hannes, ich war mit ihm während meiner Ausbildung und meines Studiums in Kiel zusammen. Ich habe ihn seitdem nicht mehr gesehen und jetzt zufällig wiedergetroffen. Aber darum geht es doch gar nicht. Du hast mit einer anderen Frau geschlafen und ich mit einem anderen Mann. Und eigentlich ist es schon fast komisch, dass es uns am selben Abend passiert ist. Aber vielleicht macht das die Sache auch leichter.«

»Ich finde, du machst es dir jetzt leicht.« Jens war stärker verletzt, als Katharina gedacht hatte, deshalb wurde er ungerecht. »Ich habe dir gesagt, dass mir die Geschichte mit Sabine leidtut, aber deshalb trennt man sich doch nicht gleich. Oder rennst du jetzt mit fliegenden Fahnen zu deinem Exfreund über? Ich habe dir so ein kopfloses Verhalten nie zugetraut.«

Katharina fiel plötzlich ein Buch ein, dass sie damals, wenige Wochen nachdem sie mit Hannes zusammengekommen war, gelesen hatte. »Licht« von Christoph Meckel. Eine Liebesgeschichte, aus der ein Zitat stammte, das Hannes ihr auf einen Zettel geschrieben hatte: »Sei kopflos und küss mich.« Sie hatte diesen Zettel jahrelang aufgehoben.

»Ich war auch lange nicht mehr kopflos.« Katharina stand auf und ging zu ihm. Sie stellte sich hinter seinen Stuhl und legte ihm leicht die Hände auf die Schultern. »Du bist ein ganz toller Mensch, Jens, du verdienst eine ganz tolle Frau, aber die bin ich nicht. Wir haben die ganze Zeit mit angezogener Handbremse gelebt, jetzt können wir sie beide lösen.

Lass uns nicht anfangen zu streiten, das haben wie nie gemacht. Ich habe mich entschieden, ich kann es dir nicht besser erklären. Auch wenn es traurig ist, aber es ist richtig.«

Langsam fasste er nach ihren Händen. Den Blick weiterhin nach vorn gerichtet, fragte er: »Du bist dir sicher?«

Sie nickte, was er nicht sehen konnte, erwiderte den Druck seiner Hände und sagte laut: »Ja. Sehr sicher.«

Als sie das Geräusch eines Autos hörte, ging Inken zur Haustür. Solveig parkte den Mercedes ihres Vaters und kam kurze Zeit später lächelnd auf Inken zu. In der einen Hand hielt sie eine Brötchentüte, in der anderen einen Strauß Gartenblumen.

»Einen schönen guten Morgen«, rief sie, bemerkte erst dann Inkens Miene und zog die Augenbrauen hoch. »Oh, was ist passiert? Schlechte Laune, weil du vor Hunger umkommst? Ich bin sogar zehn Minuten zu früh. Trotz des Blumenpflückens.«

»Komm erst mal rein.« Einladend hielt Inken die Tür auf, »mal sehen, wie lange du diesen Morgen schön findest.«

Solveig küsste sie flüchtig auf die Wange, drückte ihr die Blumen vor die Brust und ging an ihr vorbei in die Küche.

»Katharina, ich bin da!« Sie hatte erst in die Küche geschaut und dann nach oben gerufen, bevor sie zum Tisch ging, auf den sie die Brötchen legte. »Ihr habt ja noch nicht einmal den Tisch gedeckt«, sagte sie kopfschüttelnd. »Da sind sogar meine Kinder besser organisiert. Wenn die Brötchen kommen, ist der Tisch fertig.« Sie drehte sich zu Inken um, die mit verschränkten Armen an der Tür stehen geblieben war. »Was ist? Fang an.«

»Du musst nur für zwei decken«, antwortete Inken und stieß sich von der Tür ab. »Teller sind rechts im Schrank, Tassen daneben, Besteck in der zweiten Schublade links. Kaffee ist schon fertig.«

»Na, wenigstens etwas.« Solveig hatte schon die Schranktüren geöffnet, klapperte mit den Tellern und fragte: »Musst du weg? Am Samstag? Ich dachte, du frühstückst mit uns.«

»Mach ich auch.« Inken goss Kaffee in einen Becher und reichte ihn Solveig. »Ich frühstücke mit dir, nicht mit euch. Katharina ist nämlich weg.«

»Wie? Weg?« Erstaunt drehte Solveig sich um und ließ das Besteck sinken. »Hat sie mich vergessen?«

Betont gleichgültig setzte sich Inken an den noch ungedeckten Tisch. »Na ja, sie hat nicht nur dich vergessen, sie hat alles vergessen. Unser Frühstück, mich, ihre Sachen, ihren Laptop, einen Zettel zu schreiben oder anzurufen. Sie hat es gerade noch geschafft, eine mickrige SMS abzusenden, bevor sie ihr Handy ausgeschaltet hat. Ich habe so einen Hals.«

Sie spreizte die Hand unter ihrem Kinn und funkelte Solveig an. »In ihrer lapidaren SMS hat sie nur kurz mitgeteilt, dass sie nach Bremen fahre. Einfach so. Mit einem Leihwagen, den de Jong gemietet hat, und ohne Gepäck. Super, oder?«

Aufmerksam hatte Solveig zugehört. »Und sonst hat sie dir nichts mitgeteilt?«

»Dass ich mir keine Sorgen machen soll. So ein Blödsinn, was glaubt sie denn, was ich in so einer Situation denke? Keine Sorgen machen, sie hat doch nicht alle Latten am Zaun. Wieso ruft sie nicht an?«

»Das wird sie schon noch machen«, antwortete Solveig langsam. »Vielleicht hat sie zuerst etwas Wichtiges zu erledigen und ruft dich später an.«

»Na klar.« Inken wurde fast pampig. »Weil sie ihre Sachen braucht. Bestimmt soll ich sie ihr schicken. Wie bitte soll ich einen Laptop verpacken, damit er heil ankommt? Ich bin doch keine Postfiliale.«

»Inken.« Solveig sah sie direkt an. »Du reagierst wie meine Tochter, aber die ist mitten in der Pubertät und deshalb so albern. Außerdem geht es nicht um dich. Was kann denn in Bremen passiert sein, dass Katharina so Hals über Kopf abgehauen ist? Hast du dir darüber Gedanken gemacht?«

»Das brauchte ich gar nicht«, Inken ließ jetzt die Bombe platzen. »Sie ist abgehauen, weil sie gestern Abend mit Hannes Gebauer in der Kiste gelandet ist. Er hat vorhin hier angerufen. Als er heute Morgen aufgewacht ist, war sie weg. Ohne Nachricht, ohne irgendetwas. Nur weg. Jetzt macht er sich Sorgen und wollte wissen, ob sie hier wäre. Ich habe gesagt, ich hätte keine Ahnung und sie würde sich schon melden. Von der SMS weiß er nichts.«

Solveig sah sie an, öffnete den Mund, schloss ihn wieder, trank einen Schluck Kaffee, stellte die Tasse vorsichtig auf den Tisch und sagte: »Ach du Scheiße.« Dann fing sie an zu lachen. Es dauerte ein paar Minuten, bis sie sich wieder im Griff hatte, sich vorsichtig, um die Wimperntusche nicht zu verschmieren, mit dem Ringfinger die Lachtränen unter den Augen wegwischte und wieder sprechen konnte. »Mit Hannes«, sie stöhnte auf und hielt sich die Rippen. »Das glaube ich nicht. Ach, Katharina.«

»Erklärst du mir irgendwann, was daran so komisch ist?« Inken hatte sie sprachlos beobachtet und langsam war der Zorn auf ihre Schwester verschwunden, weggelacht von Solveig, die der ganzen Geschichte das Bedrohliche genommen hatte. »Und warum musste Katharina wegen einer Bettgeschichte so ein Fluchtdrama inszenieren?«

»Bettgeschichte?« Solveig lachte wieder, putzte sich dann energisch die Nase und riss sich sichtbar zusammen. »So, jetzt ist es gut. Ach Gott, du hast keine Vorstellung davon, wie viele Jahre wir über das Problem Hannes geredet haben. Katharina ist doch nie über ihn hinweggekommen, das ist doch auch klar. Und jetzt das.«

Inken stützte ihr Kinn auf die Faust. »Wieso soll mir das klar sein? Katharina hat noch nie mit mir über ihre Probleme oder Wünsche oder gar ihr Liebesleben gesprochen. Für mich war Hannes immer nur »Hannes der Arsch«. Und das alles ist zwanzig Jahre her. Ich bin eben nur die kleine, blöde Schwester, ich habe doch keine Ahnung, was in der Welt der Erwachsenen alles passieren kann. In den letzten Wochen war es das erste Mal anders. Da haben wir endlich miteinander geredet. Aber das war ja nur ein Anfang. Und Hannes kam kaum darin vor.«

»Du bist traurig darüber, oder?« Solveigs Stimme war so weich, dass Inken fast die Tränen kamen. Dabei hatte sie keine Lust, jetzt rührselig oder sentimental zu werden. Stattdessen zuckte sie nur leicht die Achseln. »Es ist eben so«, sagte sie kurz. »Wir sind zu verschieden. Und hatten ja nie besonders viel miteinander zu tun. Katharina ist auch nicht so ein Familienmensch.«

»Du täuschst dich, Inken«, sagte Solveig. »Ihr habt mehr gemeinsam, als du denkst. Und Katharina ist viel weicher und anhänglicher, als du glaubst, sie hat nur verlernt, es zu zeigen.«

Inken blieb skeptisch. »Und was ist das jetzt? Wieder typisch Katharina. Wenn irgendetwas kompliziert oder unangenehm oder anstrengend wird, dann haut sie ab. Das war damals nach ihrer Trennung in Kiel so, das war, wie ich jetzt erst erfahren habe, nach ihrer spontanen Ehe in München so, das war auch hier so. Nur weil Katharina ein paar schlechte Erinnerungen hat, ist sie doch nie länger als ein paar Tage auf Sylt gewesen. Und jetzt hatten wir es das erste Mal schön zusammen, dann geht sie mit ihrem Ex ins Bett und haut wieder ab. Ich finde das unfair. Ich habe gedacht, sie hätte sich verändert. Aber es ist immer das Gleiche.«

»Nein«, entschlossen schüttelte Solveig den Kopf. »Es ist anders, Inken. Überleg doch mal. Katharina ist immer extrem kontrolliert, ordentlich und organisiert. Das weißt du doch. Und jetzt hat sie ihre Sachen hiergelassen, nimmt einen

Leihwagen, den nicht einmal sie selbst gemietet hat, fährt so wie sie ist spontan los, ohne vorher irgendetwas zu planen und zu besprechen. Du findest, das ist so wie immer? Im Leben nicht, ganz und gar nicht. Das ist so untypisch für Katharina, das ist eigentlich eine Revolution. Ich finde es großartig und es wurde auch endlich Zeit, dass sie wieder lebendig wird.«

Nachdenklich sah Inken Solveig an. Warum kannten eigentlich alle ihre Schwester besser als sie? »Und was sollen wir jetzt tun?«

»Frühstücken.« Solveig stand auf und ging zum Kühlschrank. »Und dann warten wir, dass Hannes hier auftaucht.«

»Warum soll der hier auftauchen?«

»Das habe ich im Gefühl.« Solveig lächelte. »Der will wissen, was mit Katharina ist. Und ob es an ihm liegt. Ich kenne doch Hannes Gebauer.«

Bereits vor der zweiten Brötchenhälfte klingelte es an der Tür.

»Siehst du«, Solveig nickte wissend, »da ist er schon. Ich bin gespannt, wie er aussieht, nach der Nacht. Unser Mister Abi 85.«

Inken ging öffnen und kam ein paar Minuten später feixend zurück. »Mitgenommen sieht er aus. Und älter, als wir ihn in Erinnerung hatten.«

Ihr folgte Piet, der einen großen Karton trug und sofort fragte: »Wen hast du mitgenommen? Moin, Solveig, na, kriegst du bei Gertrud und dem Pastor nichts zu essen?«

Er runzelte die Stirn, als beide loslachten, und stellte den Karton vorsichtig auf den Boden. »Sag mal, Inken, wo ist denn Katharina? Ich habe was für sie.«

Inken wechselte einen kurzen Blick mit Solveig. »Was denn?«

»Sie hat uns doch neulich erzählt, was sie da genau im Archiv sucht, und da ist mir eingefallen, dass wir auch noch einen Karton auf dem Boden haben, und da haben wir mal reingeguckt. Da sind so alte Briefe drin und vergilbte Zeitungen und Fotoalben und so was. Knut meint auch, dass sie sich das mal ansehen soll.«

»Katharina ist zu unser aller Überraschung spontan nach Hause gefahren«, antwortete Inken mit leichtem Sarkasmus. »Sie hat noch ihre Sachen hier, aber im Moment weiß keiner, was sie gerade tut. Du kannst die Kiste da in die Ecke stellen, dann kann sie sich das angucken, wenn sie mal wieder kommt.«

»Nö«, sofort nahm Piet den Karton auf. »Dann nehme ich ihn wieder mit. Hier kommt der nur weg, und was drin ist, ist wertvoll. Wann kommt sie denn zurück?«

»Keine Ahnung.« Inken sah ihn treuherzig an. »Im Herbst?«

»So ein Unsinn«, antwortete Piet und wandte sich wieder zur Tür. »Sie hat sich nicht von mir verabschiedet, die muss bestimmt nur was holen. Frauen vergessen doch andauernd was. Sie ist bald wieder da. Sag ihr, dass der Karton bei uns steht. Solveig, grüß deinen Vater und Gertrud. Ich komme nachher zum Kaffee, Inken, dann können wir die nächsten Kurse bereden. Tschüss, tschüss.«

Solveig und Inken sahen ihm durchs Fenster so lange nach, bis er auf seinem Fahrrad, den festgezurrten Karton auf dem Gepäckträger, aus dem Sichtfeld verschwand.

»Es klingt bei ihm alles immer so einfach«, sagte Solveig gerührt. »Und so zuversichtlich. Also, du hast es gehört, Katharina hat sich nicht von ihm verabschiedet, deshalb kommt sie bald wieder. Wir müssen uns überhaupt keine Gedanken machen.« Sie blickte immer noch auf den Parkplatz, auf den jetzt ein grünes Auto mit Kieler Kennzeichen bog. Mit einem feinen Lächeln wandte sie sich an Inken und legte den Kopf schief. »Das wird bei unserem nächsten Besucher ganz anders sein, schätze ich. Soll ich öffnen?«

Später stieg Inken langsam die Stufen hoch und ging ins Gästezimmer. Sie sah sich um, nahm eine cremefarbene Strickjacke von der Stuhllehne, hängte sie sorgsam über einen Bügel und strich vorsichtig über den weichen Kragen. Dann begann sie, das Bett abzuziehen. Bei Marita brauchte sie für ein Zimmer eine knappe Viertelstunde, hier ließ sie sich mehr Zeit.

Als die Waschmaschine angestellt war, schlenderte sie zurück, strich die frischbezogene Decke glatt, legte eine Ecke um, drapierte eine kleine Schokoladentafel auf dem Kissen und ließ sich schließlich, ungeachtet der Kuhle, die sie damit verursachte, auf das Bett sinken. In der Hand hielt sie Katharinas Nachthemd, das im Bad an einem Haken hängen geblieben war. Sie hob es an ihr Gesicht und sog tief den Geruch ihrer Schwester ein. Sie würde ihn überall erkennen, eine Mischung aus teurem Parfüm, Pfefferminz und Katharina. Sie faltete es locker zusammen und legte es auf die Decke. Wenn Piet so zuversichtlich war, dann würde sie es auch sein und davon ausgehen, dass Katharina ganz bald wieder in diesem Bett schlafen würde. Ob sie dabei allein war oder zu zweit, das würde sich noch herausstellen.

Hannes hatte Solveig überschwänglich begrüßt, vermutlich hatte er gedacht, dass sie oder Inken ihm etwas über Katharina sagen würde. Das taten sie aber nicht. Stattdessen hatte Solveig ihn in eine Art Kreuzverhör genommen, was er sich tatsächlich hatte gefallen lassen.

Und deshalb wusste Inken jetzt, dass er nie geahnt hatte, wie tief verletzt Katharina durch die Trennung gewesen war. Katharina war sofort zu einer Kollegin gezogen, bis sie ein Zimmer in einer WG gefunden hatte. Ein halbes Jahr später hatte sie mit dem neuen Job in München angefangen. Sie hätten sich schon noch einige Male gesehen, hatte Hannes erzählt, und auch sehr freundschaftlich ihre Sachen aufgeteilt. Katharina wäre ganz ruhig gewesen, alles war ohne Szenen oder Streitereien abgelaufen, er hatte keinerlei Anzeichen dafür gesehen, dass sie völlig fertig war.

»Das war sie aber«, hatte Inken gesagt. »Du wolltest es nur nicht sehen. Und kurz danach ist der Kontakt doch komplett abgebrochen.«

»Das wollte sie so.« Hannes war in der Verteidigung. »Sie hat es mir sogar gesagt. Solveig? Du bist ihre beste Freundin, du warst damals dabei.«

Solveig hatte genickt. »Das stimmt. Als sie gehört hatte, dass Anke schwanger war.«

Inken stand auf und klopfte die Kuhle aus der Bettdecke. Jetzt tat Hannes ihr doch ein bisschen leid. Die Beziehung mit Anke war wohl eine große Enttäuschung gewesen. Aber sie hatten einen Sohn, Alexander, an dem Hannes dermaßen hing, dass er Anke und ihn nie verlassen hätte. Dass Anke ihn neun Jahre später gegen einen anderen Mann eintauschen würde, hatte ihn einerseits erleichtert, andererseits auch in eine Krise gestürzt, weil er Alexander nur noch an den festgelegten Wochenenden sehen konnte.

»Hast du jetzt wieder jemanden?«, hatte Solveig ihr Verhör fortgesetzt und tatsächlich eine Antwort bekommen.

»Nein«, hatte er gesagt. »Es gab auch keinen Platz dafür. Ich bin viel im Ausland in den Forschungsstationen gewesen, und wenn ich zu Hause war, hat sich alles um Alexander gedreht. Das macht keine Frau lange mit. Ich hatte ab und zu Affären, mehr kann man dazu nicht sagen, keine einzige echte Beziehung.«

Solveig hatte ihn lange angesehen. »Hannes Gebauer, wenn du Katharina noch einmal schlecht behandelst, dann bringe ich dich eigenhändig um, nur damit du dich schon darauf einstellen kannst.«

Er hatte gelächelt und eine Hand wie zum Schwur erhoben.

Katharina schloss erst die Tür hinter ihm, als seine Schritte im Treppenhaus verhallt waren. Jens hatte seine Unterlagen und den Laptop eingepackt und gesagt, dass er erst mal in seine Wohnung fahren würde, in der Hoffnung, dass dort tatsächlich wieder alles in Ordnung wäre.

»Wenn nicht, dann kommst du wieder«, hatte sie zu ihm gesagt. »Du kannst natürlich hierbleiben, wenn bei dir noch Baustelle ist.«

»Ich weiß«, er lächelte verhalten, »aber ich wäre jetzt gern allein. Morgen fahre ich sowieso nach Berlin, ich muss noch ein paar Sachen einpacken und vielleicht ist es ganz gut, dass wir ein bisschen Abstand haben, um die ganze Sache zu verdauen. Mittwoch bin ich wieder in Bremen, dann können wir den Rest klären.«

Katharina war froh, dass er nicht ihren Wohnungsschlüssel vom Bund abnahm und auf die Kommode legte. Solche Filmszenen passten nicht zu ihnen.

Sie ging langsam zurück in die Küche, griff automatisch nach der Kaffeetasse und ließ ihre Hand plötzlich sinken. Sie würde diesen Tisch jetzt nicht abräumen, die Tasse und das Glas könnten einfach mal stehen bleiben. Stattdessen würde sie unter die Dusche gehen und danach ins Bett. Bei diesem Gedanken verspürte sie eine bleierne Müdigkeit, die sie nach zwei Stunden Schlaf, fünf Stunden Fahrt und drei Stunden Leben aufräumen auch nicht überraschte. Und wenn sie ausgeschlafen hatte, würde sie sich um alles Weitere kümmern.

Katharina hatte geschlafen wie ein Stein. Erst der vierte Telefonanruf hatte sie geweckt, wobei nicht das Läuten zu ihr durchgedrungen war, sondern Solveigs laute Stimme auf dem Anrufbeantworter.

»Hallo Katharina, heute ist Samstag, es ist halb sechs, hier ist Solveig, die statt mit dir mit deiner Schwester gefrühstückt hat. Du solltest dich langsam mal bei uns melden. Auf deinem wieder ausgeschalteten Handy haben wir bereits die Mailbox vollgequatscht, jetzt fangen wir mit dem Anrufbeantworter an. Und wenn du vermeiden willst, dass deine Schwester die Polizei verständigt, die dann mit Gewalt deine Wohnungstür aufbricht und dabei jede Menge Zerstörung und Dreck hinterlässt, dann solltest du besser zurückrufen. Bis später.«

Katharina zog die Beine unter der Decke an und versuchte, sich schlaftrunken zu orientieren. Halb sechs, hatte sie gesagt? Dann hatte sie erst vor gut zwölf Stunden Marthas Haus verlassen. Gestern um diese Zeit hatte ihr Inken die Haare gebürstet und sie zu dem roten Kleid überredet, da hatte sie noch keine Ahnung gehabt, was in den nächsten vierundzwanzig Stunden alles passieren würde.

Das Telefon klingelte wieder, Katharina zählte mit, vier Mal bis zum Anrufbeantworter. Dieses Mal hörte sie Inken.

»Hallo Katharina, es wäre sehr schön, wenn du dein Handy wieder anstellen würdest. Weil du nicht erreichbar bist, musste ich bislang mit Bastian de Jong, Hannes, Dr. Martha und jetzt auch noch einem Peter Bohlen reden. Der hat mich ganz irre gemacht. Du warst mit ihm verabredet, hat er gesagt, du könntest nicht in Bremen sein. Aber Solveig hat ihn beruhigt. Er saß trotzdem zwei Stunden hier rum. Und jetzt hat gerade auch noch Mia angerufen und will mit uns skypen. Was soll ich ihr jetzt sagen? Ruf an.«

Katharina stöhnte leise, dann kroch sie aus dem Bett, zog Inkens Strickjacke über und tappte zum Telefon. Inken war sofort dran.

»Ich bin stinksauer.«

»Das verstehe ich.« Katharina sah sie sofort vor sich, bestimmt saß sie in der Küche, die Beine auf den Stuhl gelegt, die Haare zerwühlt, weil sie ständig mit den Fingern durch die Locken fuhr, auf dem Tisch noch Geschirr, weil heute Samstag war und Gertrud nicht kam. »Es tut mir leid, aber ich konnte nicht mehr vorbeikommen.«

»Das habe ich gemerkt.« Inken machte eine kleine Pause, bevor sie vorsichtig fragte: »Wie geht es dir denn?«

Katharina zog die Jacke enger um sich und wurde in ihrer aufgeräumten Wohnung von einer unbändigen Sehnsucht nach Inkens Chaos-Küche erfasst.

»Ich glaube, gut«, sagte sie langsam. »Ich musste mit Jens sprechen, ich habe gestern ...« Sie schloss kurz die Augen und spürte plötzlich wieder Hannes' Hände. »... also, gestern ...«

»Ich weiß schon«, verkürzte Inken Katharinas Erklärungsversuche. »Hannes war vorhin auf der Suche nach dir hier und Solveig hat ihn ausgefragt. Und Dr. Martha hat auch angerufen, um zu fragen, ob du gut nach Hause gekommen bist. Wir sind also im Bild. Und was willst du jetzt machen?«

»Ich habe keine Ahnung«, antwortete Katharina wahrheitsgemäß. »Ich habe erst mal geschlafen und jetzt werde ich wohl meine Mailbox abhören müssen. Und dann überlege ich mir was.«

Inken war nicht zufrieden. »Hast du denn schon mit Jens gesprochen?«

»Ja.«

Inken wartete, aber der Satz ging nicht weiter. »Und was heißt das jetzt?«

Ihre Schwester atmete tief durch. »Ich habe ihm gesagt, dass ich nicht mehr mit ihm zusammen sein kann. Im Moment weiß ich aber selbst noch nicht, wie es mir mit diesem Durcheinander in meinem Kopf geht. Lass uns irgendwann später darüber sprechen, ja? Heute kann ich es noch nicht.«

»Okay.« Inken zog sich zurück. »Soll ich dir deine Sachen schicken?«

»Meine Sachen?« Katharina fiel auf, dass sie in dieser Sekunde das erste Mal darüber nachdachte. Und das nur, weil Inken gefragt hatte. Mit einem kleinen Lächeln sagte sie. »Nein. Wenn sie dich nicht stören, dann lass sie einfach da liegen, wo sie sind. Ich habe genug Klamotten im Schrank. Und Kosmetik in Reserve. Und außerdem komme ich wieder.«

»Wann?« Inken merkte, wie sehr sie sich freute. »Ich meine, mir ist es egal, aber ich glaube, du hast meine schwarze Strickjacke mit. Die lag im Jaguar. Die hätte ich gern bald wieder.«

Katharina lachte. »Die habe ich gerade an. Ich bringe sie wieder mit, spätestens nächstes Wochenende. Leihst du sie mir so lange?«

»Bis zum Wochenende. Keinen Tag länger.« Inken biss sich vor Erleichterung auf die Unterlippe. »Pass auf dich auf. Und ruf mich zwischendurch mal an.«

»Mach ich.« Katharina strich mit dem Daumen über den Saum der Strickjacke. »Bis bald. Und grüß alle.«

Am nächsten Tag lief sie langsam am Ufer der Weser entlang in Richtung Innenstadt. Es war nicht der direkte Weg von ihrer Wohnung ins Büro, aber er führte am Wasser entlang. Und das brauchte sie, um nachzudenken.

Sie hatte gestern Abend noch mit Solveig und Bastian de Jong telefoniert. Das Gespräch mit Solveig hatte sie wie immer beruhigt. Ihre beste Freundin hatte sie einfach erzählen lassen, wenige, aber sensible Fragen gestellt, nichts kommentiert, aber ihr die Zuversicht gegeben, dass jede Entscheidung, die sie jetzt treffen würde, die richtige wäre.

Mit Bastian de Jong hatte es länger gedauert. Er wollte natürlich wissen, warum sie den ganzen Tag nicht erreichbar gewesen und warum sie jetzt in Bremen war. »Ich musste ein paar Dinge im Büro klären«, hatte sie ihm erklärt. »Und noch einige Sachen holen. Nächstes Wochenende fahre ich wieder auf die Insel.«

»Ach, das passt sehr gut.« Bastian hatte einen Entschluss gefasst. »Ich muss auch wieder hin. Mir fehlen die Bilder, die Gerüche, das Rauschen der Brandung. Wir müssen über ein paar Dinge reden. Was ist mit der holländischen Flotte? Kannst du mir da noch mehr raussuchen? Ich werde einen der vermissten Seeleute zu einer zentralen Figur machen. Das war eine gute Idee, aber ich brauche noch mehr Hintergrund. Du kannst mich in Hamburg abholen, oder? Du hast den Jaguar hoffentlich mitgenommen. Ich hasse Bahnfahren.«

Katharina kam gar nicht zu Wort, sie ließ ihn reden und war froh, dass die spontane Rückfahrt mit dem Leihwagen in diesem Fall sogar richtig gewesen war. Bastian redete über ein Kapitel, das er gerade zum achten Mal geändert hatte, schlug ein Restaurant in Hamburg vor, in dem sie vor der Fahrt noch mittagessen könnten, und bat sie, ihn bei sich in der Wohnung abzuholen.

»Sag mir noch, wann du ungefähr hier bist, meine Liebe. Und sei so nett, mir das Zimmer in diesem schönen Hotel, du weißt schon, zu buchen. Die Hausdame, Frau, na, wie heißt sie noch, egal, sie kennt mich. Machst du das bitte, ich komme nicht dazu. Ich werde jetzt weiterarbeiten, allerdings gefällt mir dieser tote Seemann nicht. Es ist mir zu romantisch, da musst du noch was anderes finden. Bis bald.«

Er hatte aufgelegt und Katharina fragte sich wieder, ob jemand die überbordende Energie dieses Mannes jeden Tag aushalten könnte. Sie könnte das garantiert nicht.

Sehr viel später am Abend hatte sie dann endlich Hannes zurückgerufen. Es war ein langes Gespräch gewesen, zärtlich, melancholisch, dann wieder vorsichtig und abwartend. Sie hatten stundenlang geredet, Katharina konnte gar nicht mehr sagen, wer von ihnen mehr gesprochen hatte. Er war schon wieder in Kiel, wollte am nächsten Tag mit seinem Sohn ein paar Tage nach London fliegen, um dessen Abitur zu feiern, und hatte im Anschluss ein Projekt in Schweden.

»Wir telefonieren und mailen uns, okay?«, hatte er zum Abschluss gesagt. »Ich möchte nicht, dass wir uns wieder zwanzig Jahre lang nicht sehen.«

In der Nacht hatte Katharina von seinem Sohn geträumt und sich beim Aufwachen gefragt, ob er seinem Vater wohl ähnlich sei. Sie würde die beiden gern einmal zusammen erleben. Und die Ähnlichkeiten und Unterschiede zwischen ihnen suchen.

Katharina bog in die Straße ein, in der das Recherchebüro lag. Bis auf ein paar Sonntagsspaziergänger war niemand unterwegs, ganz anders als in der Woche, wenn es hier von Passanten nur so wimmelte. Sie schloss die Eingangstür auf und stieg die Treppen in den zweiten Stock hoch, vorbei an den Büros einer Werbefirma, einer Arztpraxis und einer Wohnungsbaugesellschaft.

Es war eines dieser hochmodernen Bürogebäude, in dem sich ihr Büro befand, Katharina mochte die Professionalität und die nüchterne Ausstattung, Saskia liebte die Lage. Sie ging am liebsten in der Mittagspause shoppen und alle wichtigen Einkaufsmöglichkeiten waren nur wenige Minuten entfernt.

Katharina steckte den Schlüssel in die Etagentür und wunderte sich, dass nicht abgeschlossen war. Sie trat ein und sofort kam Saskia aus ihrem Büro.

»Hallo.« Überrascht lächelte sie und ging auf sie zu. »Mit dir habe ich gar nicht gerechnet. Friedhelm hat gesagt, du brauchst noch mindestens zwei Wochen.«

Sie umarmten einander herzlich. »Schön, da bin ich ja mit

dem Entschluss, am Sonntagnachmittag diese blöden Abrechnungen zu machen, doch nicht so allein.«

Katharina hob die Hände. »Eigentlich will ich nicht lange bleiben, sondern nur was holen.«

»Na komm, du verpasst zu Hause nichts. Ich bin doch so neugierig. Wie ist der große Dichter? Ich will alles hören. Möchtest du Kaffee?«

»Gern.« Katharina folgte Saskia in die kleine Küche und sah ihr zu, wie sie mit routinierten Handgriffen Espresso bereitete und die Milch aufschäumte. Saskia trug ein hellblaues Kleid, das ihre schlanken, sonnengebräunten Beine zeigte und dieselbe Farbe hatte wie ihre Augen. Saskia hatte die Blicke bemerkt, sie guckte Katharina fragend an. »Stimmt etwas nicht?«

»Ich habe nicht gewusst, dass du so schöne Beine hast«, antwortete sie. »Du siehst toll aus. Was hast du gemacht? Runderneuerung?«

Saskia lachte. »Im Gegenteil. Die alten Zeiten wieder aufleben lassen.«

Sie reichte Katharina eine Tasse und folgte ihr zu den schwarzen Ledersofas, in denen sonst Kunden bewirtet wurden. »Du hast dich doch mit Peter Bohlen auf Sylt getroffen, das hat er fünf Minuten später sofort bei Facebook gepostet. Mit Bild übrigens, deine Haare waren der Hammer. So wild. Und er hat dir doch bestimmt erzählt, dass ich meine alte Liebe wiedergefunden habe.«

Sie setzte sich und schlug die Beine übereinander. »Oder nicht?«

»Doch, natürlich.« Katharina setzte sich auf das andere Sofa und stellte den Kaffee auf den kleinen Glastisch. »Du kennst ihn doch. Ich ziehe ja immer die Hälfte bei allen Geschichten ab, weil er so übertreibt, deshalb weiß ich nicht genau, was jetzt der Stand der Dinge ist. Ich hatte nur ein schlechtes Gewissen, weil ich gar nicht mitbekommen habe, dass bei dir so viel passiert ist. Und das, obwohl ich dich viel öfter sehe als Peter.«

Saskia winkte ab. »So oft haben wir uns in der letzten Zeit gar nicht gesehen. Eine von uns war ja immer unterwegs. Das ist schon okay. Und du bist ja, im Gegensatz zu Peter, auch nicht so versessen auf Liebesgeschichten anderer Menschen. Falls du solche hormongeschüttelten Ereignisse überhaupt ernst nimmst.«

Sie hatte das ganz freundlich und ohne Unterton gesagt, trotzdem fragte Katharina nach. »Findest du, dass ich ein Eisklotz bin und keine Empathie für solche Geschichten habe?«

»Nein«, wehrte Saskia ab. »Natürlich hast du Empathie. Aber ich denke, dass du ... wie soll ich das erklären? Du bist so erwachsen, so abgeklärt. Du weißt immer genau, was richtig und was falsch ist. Ich finde das toll, versteh mich nicht falsch, aber ich hätte nicht gedacht, dass du private Geschichten von anderen unbedingt hören willst. Und das mit Tobias und mir ist ja schon sehr privat.«

»Wie kommst du darauf?«

»Weil ...« Saskia überlegte, bevor sie antwortete. »Du hättest dich vielleicht gezwungen gefühlt, etwas dazu zu sagen. Und weil du immer sehr sachlich und pragmatisch bist, hättest du mich wahrscheinlich in meiner Euphorie gebremst. Weil Probleme vorprogrammiert sind, wenn man sich in einen verheirateten Mann verliebt, auch wenn man ihn schon seit Jahren kennt. Und weil es vermutlich falsch ist, auch wenn es sich gut anfühlt. Und weil es Unruhe bringt. Und alles das hättest du mir vermutlich gesagt und dabei skeptisch geguckt. Ich wollte meine Euphorie aber behalten. Ich habe es dann lieber Peter Bohlen erzählt, der hat vor lauter Begeisterung gekreischt, weil er es immer super findet, wenn es um große Gefühle geht.«

Katharina lächelte. »Ich hätte vielleicht nicht gekreischt,

aber ich hätte dich auch nicht gebremst. Das muss jeder für sich entscheiden, ich bin da ganz entspannt. Wie geht es dir denn jetzt mit Tobias?«

»Sehr, sehr gut.« Saskia strahlte. »Das Leben ist wieder so bunt. Ich bin zwar etwas durcheinander, weil ich dauernd an irgendetwas anderes denken muss, aber ich freue mich auf jedes Treffen, auf jeden Anruf, auf jede SMS. Ich hatte mit ihm die beste Beziehung meines Lebens, das habe ich damals nur nicht begriffen. Wir waren so jung und wir hatten eine Fernbeziehung, die ich ganz schwierig fand. Ich hatte so spießige Vorstellungen wie gemeinsame Wohnung mit Hund und Kind und Garten. Ich habe in Hamburg studiert, er in München, das war mir alles zu kompliziert. Und weil ich nicht warten wollte, bis er fertig war mit dem Studium, habe ich was mit Matthias angefangen. Vielleicht habe ich auch gedacht, dass Tobias jetzt etwas ändert, um mich nicht zu verlieren. Das konnte er aber gar nicht. Ich habe mich mit Matthias aber selbst gestraft. Die Geschichte kennst du ja. Ich habe alles vermasselt.«

Gespannt hatte Katharina zugehört. »Und jetzt ist es die zweite Chance?«

»Ich hoffe.« Saskia lächelte. »Ich habe keine Ahnung, wie es ausgeht. Das heißt, ich habe keine Ahnung, ob Tobias sich von seiner Frau trennen wird. Die Ehe ist nicht besonders gut, sie haben keine Kinder und Tobias geht es genauso wie mir. Wir werden es sehen. Aber jetzt habe ich die ganze Zeit von mir geredet, erzähl du mal von Bastian de Jong und wie es auf Sylt war. Du siehst übrigens auch ein bisschen anders aus als sonst. Ich glaube, ich habe dich noch nie in Jeans im Büro gesehen. Geschweige denn mit buntem Tuch.«

Katharina sah an sich hinunter. »Stimmt. Jetzt, wo du es sagst. Dafür war die Bluse teuer und ist aus Seide. Sag mal, bevor ich gleich erzähle, wir haben doch noch einen Ersatzlaptop, oder? Den würde ich gern leihen.«

»Der ist bei mir im Büro.« Saskia stand sofort auf, um nachzusehen. »Ist deiner kaputt?«

»Nein.« Katharina folgte ihr und antwortete in ihren Rücken. »Ich bin gestern früh ganz spontan und ohne meine Sachen zu packen abgereist. Der Laptop steht noch bei meiner Schwester. Ich habe nur einen USB-Stick in der Handtasche, auf dem ich aber alles gespeichert habe. Mit dem Ersatzgerät könnte ich diese Woche weiterarbeiten.«

»Und warum hast du ihn dort gelassen?« Saskia war in ihrem Büro angekommen und kniete vor einem Bücherbord. »Und nichts gepackt? Da ist er.« Sie zog das Gerät hervor und wischte mit dem Ärmel den Staub weg.

»Weil ich vorgestern mit meiner ersten Liebe im Bett des Gästezimmers meiner alten Lehrerin gelandet bin. Und weil das ein außergewöhnliches Ereignis war.«

Beim plötzlichen Hochkommen knallte Saskia mit dem Kopf an ein Regal. »Aua.« Sie hielt sich schmerzverzerrt den Kopf und starrte Katharina ungläubig an. »Das hast du jetzt gerade nicht gesagt, oder? Das war ein Scherz.«

»Nein.« Katharina bückte sich und nahm den Laptop aus dem Regal. Sie blickte Saskia mitleidig an. »Das tat weh, oder? Setz dich, ich hole Eis zum Kühlen, sonst kriegst du eine Beule.«

»Geht schon. Und Jens?« Ohne ihre Position zu verändern, wartete Saskia auf die Antwort.

»Ich habe es ihm gestern gesagt. Deshalb bin ich zurückgekommen. Und der Rest ist wie bei dir. Ich habe keine Ahnung, wie es ausgeht. Und alles andere wird man sehen.«

Saskia stellte sich vor sie, griff nach ihren Schultern und küsste sie schmatzend rechts und links auf die Wangen. »Das ist so wunderbar. Ich könnte kreischen.«

Solveig saß auf der Eckbank und dachte nach, während Gertrud bügelte. Das leise Gluckern aus dem Bügeleisen und das Zischen des Wasserdampfes wirkten beruhigend, sie verfolgte Gertruds Hände, das Ausstreichen der Wäsche, das Falten, das Weglegen. Jeder Griff saß.

Gertrud griff in den Bügelkorb und nahm das nächste Hemd, das sie auf dem Brett ausbreitete. Nach der ersten Manschette hob sie den Kopf und sah Solveig an, die ihren Blick konzentriert auf den Hemdkragen gerichtet hatte, es sah aus, als würde sie das Hemd hypnotisieren wollen. Gertrud stellte das Bügeleisen zur Seite. »Es tut nichts«, sagte sie laut, fragend drehte Solveig den Kopf zu ihr.

»Was?«

»Das Hemd wird sich nicht von selbst glattziehen oder vom Bügelbrett springen, egal wie du es anstarrst.«

»Ach so.« Solveig lachte leise. »Ich war ganz in Gedanken. Du lullst mich so schön ein mit deinen Bügelgeräuschen. Und ich mag diesen Wäschegeruch. Wenn jemand anderes bügelt, riecht man das viel intensiver. Komisch, oder?«

Gertrud schnupperte. »Ich rieche nichts.«

»Eben.« Solveig stand auf und stellte sich neben sie. »Soll ich dich mal ablösen? Du setzt dich ein bisschen hin und legst die Füße hoch? Oder machst uns einen Tee?«

»Das kommt überhaupt nicht in Frage.« Entrüstet schob Gertrud Solveig zur Seite. »Du hast frei. Genieß das, arbeiten kannst du zu Hause. Und Tee ist in der blauen Kanne. Den habe ich vorhin schon gekocht. Setz dich wieder hin und hypnotisier die Wäsche. Morgen musst du wieder fahren.«

Mit den Händen auf dem Hemd betrachtete sie Solveig, die eine Tasse vom Regal nahm und sich wieder auf die Bank setzte. Gertrud sah plötzlich das kleine Mädchen vor sich, dieses zarte, rothaarige Wesen, das so liebenswert wie stur gewesen war. Sie war natürlich die Prinzessin im Pastorenhaushalt gewesen, das jüngste Kind und das einzige Mädchen. Ihre Brüder vergötterten sie bis heute, genauso wie ihr Vater.

Als Solveigs Mutter nach einer kurzen Krankheit starb, war Solveig sofort gekommen, um ihrem Vater beizustehen. Auch Gertrud, die schon seit ein paar Jahren verwitwet war, hatte gleich angeboten zu kochen und einzukaufen, aber getröstet hatte ihn seine Tochter. Später hatte Gertrud ihm offiziell den Haushalt geführt, die Kinder kannten sie von klein auf als vertraute Nachbarin und waren unverändert freundlich und herzlich zu ihr. Als Bjarne und sie dann irgendwann beschlossen hatten, seinen Kindern zu sagen, dass Gertrud nun nicht mehr Haushälterin, sondern Lebenspartnerin sein würde, hatte sie nächtelang vor Angst nicht geschlafen. Sie hatte von Helma geträumt, die nicht nur ihre alte Freundin, sondern natürlich auch Bjarnes Frau gewesen war. Und die Mutter seiner Kinder. Sie hatte sich viele Nächte lang die Reaktionen der Kinder vorgestellt, ihre Vorwürfe, weil sie die Rolle Helmas einnehmen wollte, das ungläubige Kopfschütteln darüber, dass zwei Menschen in ihrem Alter noch etwas miteinander anfangen wollten, vielleicht auch Tränen oder Beschwörungen, alles doch beim Alten zu lassen. In ihren Träumen tanzte Solveig an den Händen ihrer Mutter über die Wiese, Ole hüpfte neben Helma am Strand entlang, Bjarne überreichte ihr Blumen und sie selbst stand verstohlen hinter der Hecke und sah zu. Schweißgebadet war sie aufgewacht und erst der heiße Kakao, den Bjarne für sie beide nachts gekocht hatte, konnte sie beruhigen. Und natürlich Bjarne.

Sie hatte sich viele Reaktionen vorgestellt, sich monatelang gequält, mit allem Möglichen gerechnet, nur nicht damit, dass Solveig aufstehen würde, um sie zu umarmen. Und zu sagen: »Das wurde auch Zeit. Willkommen in der Familie.«

Gertrud hatte danach zwei Stunden lang geheult. Aus lauter Freude.

»Du guckst so beseelt.« Solveig holte sie aus ihren Erinnerungen. »Und drehst gerade aus Papas Ärmel eine Wurst.«

Sofort ließ Gertrud los, glättete den Stoff und griff zum Bügeleisen. »Ich bin auch manchmal in Gedanken.«

»Soll ich jetzt fragen, in welchen?«

»Nein. Oder doch.« Sie bügelte den Ärmel zu Ende und stellte das Eisen wieder ab. »Ich habe daran gedacht, dass du damals zu mir gesagt hast ›Das wurde auch Zeit‹.«

»Ja.« Solveig nickte und schob gedankenvoll ein paar Krümel auf dem Tisch zusammen. »Das wurde ja auch Zeit. Wir haben doch schon lange gewusst, dass Papa und du nicht nur ein Arbeitsverhältnis hattet. Ihr habt nur so ein Geheimnis daraus gemacht.«

»Wie bitte?« Gertrud verbrannte sich fast an dem heißen Bügeleisen. »Was meinst du denn?«

»Ach, Gertrud.« Solveig legte den Kopf schief und sah sie nachsichtig an. »Wir haben es doch gesehen. Ich kenne doch meinen Vater. Und dich auch. Es war ja süß von euch, dass ihr uns schonen wolltet, aber keiner von uns wollte, dass Papa nach Mamas Tod allein bleibt. Und du warst immer die erste Wahl.«

»Hm.« Gertrud kämpfte gegen ihre Rührung und musste das Thema wechseln. Sie konnte ja nicht heulend bügeln. Und der Korb war noch so voll. »Das ist nett von dir. Apropos nett, das ist ja nicht nett, dass du Katharina gar nicht mehr gesehen hast. Du bist doch extra deswegen gekommen.«

»Auch. Aber Katharina musste jetzt nach Bremen und ich wollte euch ja auch sehen. Und einmal ohne Familie in dieser Küche sitzen. Damit ihr, Papa und du, euch mal nur um mich kümmert und nicht immer nur um die Kinder. Das ist sehr schön.«

Gertrud bügelte konzentriert den Kragen. Ohne hochzusehen sagte sie: »Aber Katharina hätte ja auch erst heute oder morgen fahren können. Dann hättet ihr euch noch treffen können. Ich weiß gar nicht, was so wichtig war, dass sie Hals über Kopf wegmusste. Freitagmittag habe ich sie noch gesehen, da hat sie nichts davon gesagt. Sie vergisst doch sonst nichts, das passiert immer nur Inken. Hat sie denn gesagt, warum sie wegmusste? Inken wusste angeblich nichts.«

Solveig zögerte kurz, dann sagte sie: »Katharina hat Hannes Gebauer wiedergetroffen.«

»Das weiß ich doch.« Unbekümmert hängte Gertrud das Hemd auf und griff nach dem nächsten. »Das war nach dem Brand, er hat dann den schicken Wagen zu Inken gefahren. Und dann war er ja noch mal da und ist mit Jesper segeln gegangen. Das ist ein netter Kerl. Und die beiden passen auch irgendwie gut zusammen. Also Katharina und er natürlich.«

»Sie waren zusammen im Bett.« Solveig wartete gespannt auf Gertruds Reaktion und hoffte, dass Katharina ihr diese Indiskretion nicht übel nehmen würde.

Gertrud bügelte einfach weiter. »Na und? Die sind doch alt genug. Und wie geht das jetzt weiter? Katharina hat doch einen Freund, stell dir vor, der wollte sie eigentlich hier besuchen, hat er aber nicht. Muss er natürlich selbst wissen, das geht mich ja auch nichts an. Inken hat gesagt, er wäre nett, aber ein bisschen langweilig. Vielleicht ist das auch nicht mehr so doll mit ihnen. Und Hannes und Katharina waren wirklich ein schönes Paar.«

»Aber Gertrud, das ist viele Jahre her.«

Gertrud hob die Schultern. »Aber sie sind trotzdem noch ein schönes Paar. Und ich kann mich gut daran erinnern, dass Katharina furchtbar gelitten hat, als das vorbei war.«

Solveig seufzte. »Glaub nicht, dass ich das jemals vergessen werde. Deshalb weiß ich auch nicht so genau, wie ich diese Wiederbelebung finden soll.«

»Aber es kann doch sein ...« Gertrud stellte die Temperatur am Bügeleisen niedrig. »Es kann doch sein, dass Hannes jetzt endlich gemerkt hat, dass Katharina seine große Liebe ist. Und dann fängt es mit den beiden einfach wieder neu an.«

Solveig schwieg, schaute aber Gertrud eher skeptisch an. Die redete sich in Fahrt. »Sieh mal, ich glaube, dass jeder eine große Liebe hat. Manchmal findet man sie sofort, so wie du und Tom oder Mia und Joe und ... ja, auch irgendwie Inken und Jesper. Und manchmal kommt was dazwischen und sie lässt sich Zeit. Dann muss man es eben im zweiten Anlauf versuchen. Besser spät als nie.«

Einen winzigen Moment überlegte sie, ob sie Solveig erzählen sollte, dass auch sie eine große Liebe hatte, die im ersten Anlauf gescheitert war.

Sie konnte sich an alles erinnern. An jede Kleinigkeit.

Gertrud war damals im Winter auf die Insel gekommen. Sie war erst kurz mit Friedrich verheiratet gewesen und noch sehr jung und unsicher. Friedrich hatte eine Stelle als Lehrer in Westerland bekommen und sie war bei ihm. Für sie war anfangs alles fremd, die Insel, die Menschen, der Wind, das Meer, die Kälte, die Dunkelheit. In den ersten Monaten war sie viel allein, Friedrich war Lehrer mit Haut und Haaren, die Schule war sein Mittelpunkt, Gertrud musste sich die Insel selbst erobern. Aber sie war zu schüchtern, um einfach fremde Leute anzusprechen, deshalb blieb sie tagsüber für sich, ging viel am Strand spazieren, kümmerte sich um den Haushalt, später um den Garten und wartete auf Friedrich. Im folgenden Sommer kam ein neuer Pastor, Bjarne Carstensen, der mit seiner Familie in das Nachbarhaus zog. Da war Gertrud endlich auch angekommen. Sie mochte Helma Carstensen, sie mochte die Kinder, sie mochte die beiden Katzen. Aber bei Bjarne ging ihr Herz auf. Er war derjenige, dem sie von ihrem Kinderwunsch erzählte, von ihren Sorgen um Friedrich, der in den dunklen Herbstmonaten zu Depressionen neigte. Sie redeten über Wünsche und Hoffnungen, Gertrud gestand ihm verlegen, dass sie im Sommer nicht mit Helma und den Kindern baden ging, weil sie nicht schwimmen konnte, Bjarne brachte es ihr heimlich bei. Er war der Pastor und sie vertraute ihm ihre Gedanken an. Das sagte sie sich zumindest. Bis sie irgendwann merkte, dass er ihre große Liebe sein könnte. Das sagte sie ihm allerdings nicht.

Jahrelang hatte sie mit Gewissensbissen gekämpft, hatte sich alle Mühe gegeben, ihre Gefühle zu verbergen, bis zu dem einen Sommerabend, an dem Bjarne und sie allein im Garten des Pastorenhauses saßen. Sie hatten Solveigs Abitur gefeiert, nach dem Ende der Party noch alles aufgeräumt. Helma hatte sich mit Kopfschmerzen entschuldigt und sich bei Gertrud für die Hilfe bedankt. Auch Friedrich war schon vorgegangen, er war nie sehr trinkfest gewesen und nach dem vielen Bier fast auf dem Stuhl eingeschlafen. Die jungen Leute hatten die Party am Strand fortgesetzt und so waren nur Gertrud und Bjarne zurückgeblieben, die Geschirr, Gläser und Flaschen sortierten. Als sie damit fertig waren, hatten sie sich zu einem letzten Wein auf die Bank gesetzt. Und plötzlich hatte Bjarne ihre Hand genommen und gesagt: »Ich weiß, was du für mich empfindest, weil es mir ganz genauso geht. Auch schon seit vielen Jahren. Aber wir haben uns zu spät getroffen, ich hatte schon Familie, du hattest Friedrich. Wer weiß, warum sich der liebe Gott das so ausgedacht hat, aber ich glaube, wir müssen akzeptieren, dass es eine große Liebe im Leben gibt, die nicht erfüllt wird. Nur mit dem Herzen.«

Sie hatte seine Hand gedrückt und ihm ganz vorsichtig mit einem Finger über die Wange gestrichen. Das war alles gewesen. Sie hatten nie mehr darüber gesprochen. Aber sie hatten es immer gewusst. Und das hatte ihr gereicht.

Als Friedrich starb, war Gertrud traurig, als Helma krank wurde, kümmerte sich Gertrud um sie. Und dann waren Bjarne und sie allein und sie wussten, dass es bald eine Veränderung geben würde. Aber sie hatten sich das so lange gewünscht, dass sie sich damit Zeit ließen.

Und nun waren sie angekommen. Manchmal konnte Gertrud es immer noch nicht glauben. Sie lebte mit ihrer Liebe zusammen, seine Kinder hatten nichts dagegen, sie hatten sich sogar darüber gefreut und hingen an ihr. Ihr Leben war so schön, so perfekt, dass sie manchmal nachts aufwachte und in die Dunkelheit lächelte. Und deshalb wünschte sie Katharina, dass es mit Hannes jetzt im zweiten Anlauf klappte. Wenn er wirklich ihre Lebensliebe war, dann würde der liebe Gott sich was dabei denken.

Mit einem zufriedenen Seufzer legte sie ihre beste Seidenbluse aufs Bügelbrett. »Ich liebe solche Geschichten. Und weißt du was? Wenn ich mich richtig an die beiden erinnere und an das, was ich so mitbekommen habe, dann glaube ich, dass er ihre große Liebe ist. Man kann natürlich auch mit jemand anderem leben, aber das wird nie das Richtige sein. Auch wenn er freundlich und nett zu ihr ist. Es ist immer nur Ersatz. Wenn du verstehst, was ich meine. Ich hoffe und wünsche mir, dass alles gut ausgeht.«

Solveig stützte ihr Kinn auf die Faust und betrachtete Gertrud gerührt. Sie wusste genau, worüber sie sprach, das hatte Solveig schon lange geahnt. Und vielleicht hatte Gertrud auch recht. Auch wenn das, was Solveigs Vater mit Gertrud erlebte, ein großes Glück war. Und wahrscheinlich auch die Ausnahme. Aber sie könnten ja die Daumen drücken, dass es in solchen Fällen öfter mal Ausnahmen geben würde.

Katharina kopierte die Daten von dem USB-Stick auf den geliehenen Laptop und speicherte die Dateien ab. Sie kontrollierte alles, dann nickte sie zufrieden. Jetzt würde sie in der kommenden Woche weiterarbeiten können, ungestört vom Chaos in der Segelschule, vom Stimmengewirr in Inkens Küche, von den Besuchern im Inselarchiv. Dafür würde es sehr ruhig und vermutlich mordslangweilig werden. Aber sie hatte sich vorgenommen, so viel wie möglich zu schaffen. Trotzdem schloss sie nach kurzer Überlegung die Datei, stand auf und ging in ihr Schlafzimmer. Sie zog die Seidenbluse und die Jeans aus. In den Tiefen ihres Schranks fand sie schließlich das, was sie gesucht hatte. Eine kurze weiße Hose und ein uraltes gelbes T-Shirt. Sie schlüpfte hinein und warf einen Blick in den Spiegel. Sie sah aus, als würde sie gleich mit Inken aufs Boot gehen.

Mit einem Glas Wasser in der Hand setzte sie sich wieder an den großen Esstisch vor den Computer, griff kurzentschlossen zum Telefon und wählte eine lange Nummer.

»Katharina?« Mias Stimme klang überrascht. »Wieso rufst du aus Bremen an? Ist was passiert?«

»Nein. Alles gut.« Katharina rief ein Programm auf. »Bist du online? Ich habe mein Skype aktiviert.«

»Ich lege auf.«

Nur wenig später erschien Mias Gesicht auf dem Bildschirm. »Da bin ich.« Sie beugte sich nach vorn, so dass Katharina nur noch ihre Augen sah, dann lehnte sie sich wieder entspannt zurück und strahlte sie an.

»Das ist ja ganz selten, dass du dich mal meldest. Also, warum bist du nicht mehr bei Inken und ...« Sie beugte sich wieder nach vorn. »Was hast du denn da an? Und seit wann trägst du wieder Gelb?«

»Es ist ein altes T-Shirt. Was macht ihr gerade?«

Mia runzelte die Stirn. »Sieht aus wie ein Schlafanzug. Gelb steht dir wirklich. Ich habe dich aber gerade was gefragt. Warum bist du nicht mehr bei Inken? Ihr habt euch doch wohl nicht gestritten? Sag mal, kannst du mich jetzt sehen?«

»Ja.« Katharina nickte. »Das ist der Sinn beim Skypen. Ich habe mich nicht mit Inken gestritten, ich musste nur etwas Wichtiges erledigen, das ließ sich nicht aufschieben, ich fahre aber nächstes Wochenende wieder hoch.«

»Mhm. Kannst du mich ganz sehen? Also, ich meine, das ganze Gesicht? Oder auch nur einen Arm oder so?«

»Ich kann dich gut sehen. Und ganz.«

»Verstehe ich nicht.« Mia sah nachdenklich in die Kamera. »Bei Inken klappt das nie. Aber das ist ja egal. Und jetzt erzähl mal, wie war es bei Inken, wie geht es Piet und Knut, was macht die Segelschule, ist Jesper immer noch so sexy, wie ist denn Bastian de Jong privat ...?«

Mia wollte alles wissen, Katharina erzählte und fand es komisch, wie neugierig ihre coole Mutter plötzlich war. Sie schreckte vor keiner Frage zurück und Katharina bemühte sich, alle ernsthaft zu beantworten.

»Aber das Café ist immer noch zu, oder? Das ist schade, das hätte funktionieren können, wenn nicht dieser blöde Sturm das Ding zum Einsturz gebracht hätte.«

»Es ist nicht eingestürzt, es ist abgesoffen«, korrigierte Katharina. »Und es ist eigentlich auch nur ein alter Schuppen. Damit kann man sowieso nur bei schönem Wetter im Sommer was machen. Ganzjährig geht das nicht. Und Inken kriegt das nicht gebacken, auch nicht mit Gertruds Hilfe. Für ein Bier nach den Segelkursen hat das gereicht, aber wenn man damit Geld verdienen will, müsste man das ganz anders aufziehen.«

Mia seufzte. »Schade, das wäre ein gutes zweites Standbein gewesen. Aber irgendwie ist Inken doch auch keine Wirtin. Die muss aufs Wasser, die kann nicht den ganzen Tag Kaffee und Kuchen verkaufen, da kriegt sie einen Koller. Ist vielleicht doch eine Schnapsidee. Wie hast du denn Hannes nach den ganzen Jahren gefunden? Kannst du mich immer noch sehen?«

Katharina verschluckte sich sofort und fing an zu husten. »Ja. Woher weißt du das mit Hannes?«

»Das hat Gertrud mir erzählt. Wir kamen irgendwie auf ihn, weil doch seine Mutter jetzt nach Kiel gezogen ist, um näher bei den Söhnen zu sein. Und da habe ich gehört, dass du mit ihm segeln warst.«

»Ich war nicht mit ihm segeln, das hat er mit Jesper gemacht. Der hat sich übrigens kaum verändert, er ist vielleicht ein bisschen erwachsener geworden.«

»Hannes?«

»Jesper.«

»Ah, und?« Mia gab nicht auf. »Ist er noch so sexy? Also Jesper?«

Katharina schüttelte tadelnd den Kopf. »Ich sag gleich wieder Mama zu dir. Er ist dein Schwiegersohn.«

»Exschwiegersohn.« Mia lehnte sich entspannt zurück. »Und was ist jetzt mit Hannes? Lass dir doch nicht jedes Wort aus der Nase ziehen. Hast du wieder was mit ihm angefangen?«

Katharina überlegte, ob sie einfach die Escapetaste drücken sollte, um einen Verbindungsfehler vorzutäuschen, ließ es aber sein. »Wie kommst du denn darauf?«

Lässig zuckte Mia die Achseln. »Du, das hört man doch dauernd. Frauen in deinem Alter fangen an, in Erinnerungen zu schwelgen, dann treffen sie ihre Jugendliebe wieder und zack – wird das alte Leben abgewickelt. Wir hatten das neulich. Hier war eine Segelgruppe aus Deutschland, da war so ein Paar dabei. Die haben vor fünfundzwanzig Jahren zusammen studiert und gewohnt, dann hat sie ihn betrogen, wurde schwanger, hat den anderen geheiratet und ihre erste Liebe nie wiedergesehen. Stell dir vor, zwanzig Jahre keinen Kontakt. Sie war immer noch mit dem Mann von damals verheiratet, die alte Liebe hatte in zweiter Ehe auch Kinder und dann treffen die sich zufällig bei einem Juristenkongress in Frankfurt. Kommen in das Hotel, treffen sich im Foyer, gehen einen trinken und was soll ich dir sagen? Sie sind schon am ersten Abend im Bett gelandet, haben vier Wochen später ihre Familien verlassen und waren jetzt zusammen hier segeln. Ein ganz tolles Paar. Und auch in deinem Alter.«

Katharina trank Wasser und behielt das Glas in der Hand. »Und woher weißt du das so genau?«

»Ich habe sie gefragt.« Triumphierend guckte Mia aus dem Bildschirm. »Die wirkten so viel verliebter als die anderen Paare an Bord, obwohl sie im selben Alter waren. Ich habe nur gefragt, ob sie sich erst spät kennengelernt oder eine Affäre haben. Siehst du mich immer noch ganz? Oder fehlt jetzt doch was? Ein Arm oder was anderes?«

»Ich sehe dich ganz«, beantwortete Katharina nur die letzte Frage. »Ich weiß nicht, was du machst, wenn du mit Inken skypst.«

»Gar nichts. Bleib mal dran, ich will dir was zeigen, ich muss es schnell holen.« Abrupt stand Mia auf, jetzt war der Kopf weg, dafür war ein gelb gestreiftes Kleid zu sehen, nur für eine Sekunde, dann nichts mehr von Mia. Katharina hatte nur noch die leere Wand vor sich. Irgendwie sah die anders aus als sonst. Sie beugte sich näher zum Bildschirm, musste kurz überlegen, dann fiel es ihr ein. An dieser Stelle hatte ein großer weißer Schrank gestanden, der vollgestopft war mit alten Klamotten. Stattdessen hingen hier jetzt gerahmte Fotos. In verschiedenen Formaten.

»Hallo Katharina.« Sie zuckte zusammen, weil sie sich auf die Bilder konzentriert und nicht mit dem Gesicht ihres Vaters gerechnet hatte. »Warum zuckst du zusammen? Ich bin dein Vater.«

Sie lachte. »Deine Nase war an meiner«, antwortete sie. »Hallo Papa, ich habe gerade versucht zu erkennen, was das für Fotos an der Wand sind, wo der Schrank gestanden hat. Habt ihr den entsorgt?«

»Verkauft.« Joe sah sich um, bevor er weiterredete. »Für zweihundert Euro. Man wundert sich, wofür manche Leute ihr Geld ausgeben. Und jetzt hat Mia so alte Fotos hingehängt, ich habe sie mir noch gar nicht richtig angeguckt. Da bist du drauf und Inken, irgendwelche Strandbilder, dann ist da eines von einer Silvesterparty in Westerland, ein paar von euch auf dem Boot, du, alles so alte Kamellen. Aber Mia mag es leiden. Und mir ist doch egal, was da hängt.«

»Okay.« Katharina sah ihren Vater liebevoll an. »Wie geht es euch sonst?«

Normalerweise antwortete er mit einem gleichbleibenden »Wir dürfen gar nicht meckern, es geht uns fabelhaft«, diesmal überlegte er einen Moment, bevor er zögernd sagte: »Du, eigentlich ganz gut. Ich weiß nur nicht so genau ... Ist dir an Mia was aufgefallen?«

Ahnungslos fragte Katharina nach. »Nein, nichts Besonderes. Was genau meinst du?«

»Sie ...«, er drehte sich kurz um, um zu prüfen, ob sie schon zurückkäme, dann guckte er wieder in die Kamera, »sag ihr bitte nichts, aber ich finde sie, wie soll ich das sagen? Also, sie erzählt plötzlich so viel von früher. Immer häufiger hängt sie alten Geschichten nach, das hat sie sonst nie gemacht. Kann es sein, dass sie Alzheimer bekommt? Oder irgendetwas mit den Hormonen hat?«

»Mia?« Katharina schüttelte den Kopf. »Bei Alzheimer würde sie Dinge vergessen, passiert ihr das?«

»Nein, sie vergisst nichts. Sie erinnert sich plötzlich an so viel. Das finde ich komisch. Und Hormone?«

Jetzt konnte Katharina sich das Lachen nicht mehr verkneifen. »Das glaube ich auch nicht. Hormone wären ein bisschen spät. Vielleicht wird sie einfach sentimental. Ihr solltet uns mal wieder besuchen. Ihr wart lange nicht mehr hier.«

Nachdenklich kratzte Joe sich am Kopf. »Meinst du? Ja, mal sehen. Wie war es denn bei Inken? Was macht die Segelschule? Wie geht es Knut und Piet?«

»Das kann ich dir gleich alles erzählen.« Mia war zurück und schob den Gatten rigoros zur Seite, bevor sie sich wieder setzte. »Kannst du mich sehen?«

»Ja. Ganz.«

»Gut. Dann spinnt Inken eben immer. Guck mal, was noch in dem weißen Schrank hing.« Mia hielt ein schwarzes Abendkleid in die Höhe. »Kennst du das noch? Das ist jetzt wieder ganz modern, dieser Schnitt.«

Es war das Kleid, das Katharina auf dem Abiball getragen hatte. Sie hatte sich damit am Freitag auf einem Foto gesehen. Jetzt kam die Vergangenheit wirklich aus allen Ecken.

»Schön«, sagte sie mit einem Frosch im Hals und musste sich räuspern. »Ich ziehe es trotzdem nicht mehr an. Du, ich muss auch mal Schluss machen, ich habe noch was zu tun.«

»Fühlst du dich jetzt einsam in deiner Wohnung?« Mias Stimme war plötzlich ganz weich. »Nach der Zeit in Inkens Chaos? Es ist doch bestimmt ganz still bei dir.«

Verwundert merkte Katharina, dass ihre Mutter recht hatte. Es war ganz still. Und sie fühlte sich im Moment tatsächlich einsam. Aber das würde sie jetzt nicht Mia erzählen und damit möglichen Diskussionen die Türen öffnen. »Nein, das ist ganz erholsam«, sagte sie deshalb. »Ich arbeite noch etwas, dann gucke ich den Tatort, dabei lackiere ich mir in

Ruhe die Fußnägel und danach gehe ich ins Bett. Es ist alles gut. Ich melde mich wieder, grüß Papa noch mal.«

Mia hatte offensichtlich noch keine Lust, das Gespräch zu beenden. »Ja, aber du hast doch noch gar nicht erzählt, was denn nun mit ...«

»Ach, Katharina ...« Joes Kopf tauchte wieder hinter Mias auf. »Falls du Inken vorher sprichst, kannst du ihr erzählen, dass uns einer der Gäste eine neue Kamera an den Computer gebaut hat. Der wollte hier mal skypen und irgendwas war da wohl kaputt. Sie weiß dann schon.«

Katharina grinste. »Ach ja. Ich sag es ihr. Also ihr beiden, bis bald.«

Mias protestierendes Gesicht ignorierend, klickte sie sich raus. Sie musste erst noch mehr über Hannes nachdenken, bevor sie mit anderen darüber reden könnte.

Katharina setzte ihre Sonnenbrille auf, als sie in Bremen-Vahr auf die Autobahn fuhr. Plötzlich hatte sich die Sonne aus den Wolken geschoben, der Himmel wurde blau, typisches norddeutsches Juniwetter. Und sie war auf dem Weg nach Sylt. Sie hatte alles organisiert und mit Friedhelm und Saskia besprochen, dass sie erst nach Bremen zurückkommen würde, wenn die gesamte Recherche für Bastian de Jong beendet wäre. Und das könnte ein paar Wochen dauern. Dieser Sommer war ein Inselsommer.

Inken hatte sich gefreut, als sie es ihr gesagt hatte. Heute Abend würde ein kleines Fest stattfinden, zur Feier der Prüfung des letzten Segelkurses.

»Das wird dann gleichzeitig die Willkommen-Katharina-Party«, hatte Inken gesagt. »Die Abschlussfeiern sind immer schön, das war ein netter Kurs, die bringen ihre Partner mit, dann kommen die Prüfer noch dazu und wir, also Piet, Knut, Gertrud und ich. Dann bist du gleich wieder drin.«

Katharina hatte sie gebremst. Sie müsse erst noch Bastian de Jong in Hamburg abholen und habe keine Ahnung, wann sie eintreffen würde.

»Du hast ihn ja erlebt, er ist ein bisschen unorganisiert und etwas zu spontan. Wenn ihm auf dem Weg einfällt, dass wir dringend noch irgendetwas erledigen müssen, dann kann die Fahrt dauern. Ich bringe ihn ins Hotel, das Abendessen mit ihm habe ich schon abgesagt, aber ich kann noch nicht sagen, wann ich bei dir bin.«

»Das macht nichts«, war Inkens kurze Antwort gewesen.

»Unsere Feste waren noch nie früh zu Ende. Du kriegst noch eine Wurst. Ich freue mich.«

Das tat Katharina auch. Und zwar mehr, als sie noch vor ein paar Wochen gedacht hatte. Als ihr Leben noch in den alten Bahnen lief. Zu denen auch Jens gehört hatte.

Sie hatten sich am Mittwochabend getroffen. Er hatte darum gebeten, sich bei »Mario« zu verabreden, vermutlich wollte er auf dem Weg zu ihrem Gespräch nicht Sabine im Treppenhaus treffen.

Als Katharina ankam, war es wie ein Déjà-vu. Die hübsche Francesca begrüßte sie mit den Worten: »Guten Abend, Frau Johannsen, Herr Weise ist schon da«, und führte sie an seinen Tisch. Nur, dass Jens sie dieses Mal nur auf die Wange statt auf den Mund küsste. Sie bestellten dasselbe wie immer, redeten erst über Belangloses, Katharina antwortete auf die Fragen nach der Recherche und dem Fortgang der Zusammenarbeit mit Bastian, Jens war erleichtert, dass Anne Assmanns Manuskript endlich in der Setzerei und zudem auch noch gelungen war, sie lobten das Essen und den Wein, bis irgendwann das Gespräch stockte.

Nach einer unbehaglichen Pause legte Katharina ihre Hand auf seine. »Jens, ich habe mir alle möglichen Sätze überlegt und alle wieder verworfen. Ich möchte keine Phrasen wie ›Es hat nichts mit dir zu tun‹ oder ›Lass uns Freunde bleiben‹ sagen. Du bist ein toller Mann und du hast auch eine tolle Beziehung verdient, aber die hast du nicht mit mir.«

»Was war denn an dieser Zeit so schlecht?« Er hatte noch nie so traurige Augen gehabt. Katharina musste sich zusammennehmen, um die Welle von Mitleid und Zärtlichkeit nicht zu groß werden zu lassen.

»Es war nichts schlecht«, sagte sie langsam. »Es war vielleicht immer gebremst. Und ich glaube, dass es auch nie anders werden würde. Sieh mal, du hast mit Sabine geschlafen, du sagst, dass es ein Ausrutscher war, das kann ja sein, aber ich habe es auch gemacht. Und so wie du hatte auch ich das Bedürfnis, es zu tun. Weil uns beiden etwas gefehlt hat. Lass uns nichts zerreden, ich bin mir sicher, dass wir beide in einem Jahr sehr froh sind, es ohne Quälerei, ohne Streit und ohne langes Ringen beendet zu haben.«

Jens hatte wenig dazu gesagt, es kamen weder Rechtfertigungen noch Vorwürfe. Er saß einfach da, gut aussehend, ernsthaft und gefasst.

Als sie zu Hause ankam, fand sie in ihrer Handtasche einen Briefumschlag mit einem Zettel, auf dem stand: »Danke für die Zeit.« In dem Umschlag war auch ihr Hausschlüssel. Katharina wünschte sich, dass er in seinem Leben das finden würde, was er verdiente.

Sie war, trotz aller Traurigkeit, erleichtert.

Am Bremer Kreuz nahm sie die Abfahrt in Richtung Hamburg. Das Navigationssystem gab ihr eine Stunde und fünfzehn Minuten Fahrzeit bis zu Bastian de Jongs Wohnung in der Hamburger HafenCity vor. Sie würde viel zu früh kommen, sie hatte gedacht, dass sie für die Strecke länger brauchen würde. Was nicht schlimm war, sie mochte aus unerfindlichen Gründen Autobahnraststätten und hatte noch nicht gefrühstückt.

Katharina war gespannt, wie er wohnte. Und wie seine Laune war. Sie hatten in der Woche zweimal telefoniert, das erste Mal war er sehr verbindlich und charmant, das zweite Mal wirkte er gestresst und hektisch, ohne dass Katharina herausgefunden hatte, was diesen Stimmungsumschwung ausgelöst hatte. Es war seltsam. Wobei ihr seine Charmeoffensiven auch schon auf die Nerven gegangen waren, Bastian de Jong war es anscheinend nicht gewöhnt, dass ihm irgendjemand widerstehen oder widersprechen könnte. Gestern hatte sie vergeblich versucht, ihn zu erreichen, er ging weder ans Handy noch an sein Telefon zu Hause. Entweder war er im Schreibrausch oder er hatte einfach keine Lust zu telefonieren. Beides hatte sie schon erlebt.

Aber er wusste ja, wann sie kommen würde, alles andere könnten sie auch auf der Fahrt nach Sylt besprechen.

An der nächsten Raststätte fuhr sie ab. Sie musste eine Dreiviertelstunde überbrücken, hier konnte sie mit einem Kaffee damit anfangen.

Katharina suchte sich, mit einem Pappbecher in der Hand, einen Platz auf der Terrasse. Sie setzte sich so hin, dass ihr die Sonne ins Gesicht schien, und schloss für einen Moment die Augen. Nur einen Moment, dann klingelte das Handy.

Mit »Hallo, Peter« nahm sie das Gespräch an.

Peter Bohlen hatte sie gestern zum Mittagessen eingeladen. Er war in seiner Neugier kaum noch zu halten gewesen und gab sich fassungslos, dass sie einfach die Insel verlassen hatte, ohne ihm Bescheid zu sagen. »Weil dein Handy die ganze Zeit ausgestellt war, bin ich dann zur Segelschule deiner Schwester gefahren. Und dann komme ich da hin und muss hören, dass du abgehauen bist. Was glaubst du, wie es mir ging? Ich habe mir Sorgen gemacht, warum hast du mich nicht angerufen?«

Katharina hatte ihm in groben Zügen erklärt, was alles in den letzten Tagen passiert war. Sie hatte zu seiner Enttäuschung alle Details weggelassen, auch wenn er immer wieder nachhakte. »Hast du jetzt mit Hannes geschlafen? Und wie war es?«

»Peter, bitte, stell dir vor, was du willst, aber hör auf zu fragen.«

»Und Jens? Ihr seid also offiziell getrennt? Er ist ein guter Typ, wirklich, aber ich konnte mir euch auch nie richtig gut zusammen vorstellen. Er bremst dich doch aus, oder? Ich glaube ja, dass er irgendwann mit dieser hübschen Autorin zusammenkommt, habe ich dir erzählt, dass ich die beiden gesehen habe? Da geht was, Katharina, zumindest, wenn sie das entscheiden könnte. Die hat ihn ja so angehimmelt.«

Katharina ließ ihn reden und überlegte dabei, was sie noch alles einpacken müsste, bevor sie am nächsten Tag wieder auf die Insel führe.

»Katharina.« Peter Bohlen lächelte durchs Telefon. »Ich wollte dir eine gute Fahrt wünschen und viel Spaß auf der Insel. Und ich wollte mich für das Mittagessen bedanken.«

»Du hast mich doch eingeladen. Ich muss mich bedanken.«

»Stimmt.« Peter lachte. »Aber gern geschehen. Außerdem hat es mich gefreut, dass es dir so gut geht. Zumindest siehst du so aus, als wäre es so. Und dann ist mir noch etwas eingefallen, deswegen rufe ich dich an.«

»Ja?«

»Ich mache im Herbst einen Film über Frauen mit ungewöhnlichen Berufen. Und als ich letztes Wochenende bei deiner Schwester war und mich ein bisschen umgesehen habe, ist mir die Idee gekommen, auch bei ihr zu drehen. Ich habe das Gefühl, sie ist ein bisschen klamm, oder täuscht das? Das wäre eine tolle Werbung für sie und außerdem bekommt sie ein bisschen Geld für die Dreharbeiten.«

Katharina musste nicht lange nachdenken. »Das wäre großartig. Und du hast recht, ich glaube auch nicht, dass sie mit der Schule viel verdient. Das will ich sowieso rausfinden, aber reden kann man mit ihr über dieses Thema nur schwer. So ein Film könnte wirklich helfen. Kann ich ihr das schon sagen? Oder ist es noch zu früh?«

»Ich brauche noch ein, zwei Wochen. Ich melde mich bei dir. Es ist ziemlich sicher, vertrau mir.«

»Sehr gut.« Katharina war begeistert. »Danke, du bist ein Schatz. Bis bald.«

Lächelnd hielt sie das Telefon in der Hand. Das war ein hervorragender Plan, sie war gespannt, was Inken wohl dazu sagen würde.

Das Handy klingelte gleich wieder. »Was ist dir noch eingefallen?«

Es war typisch für Peter Bohlen, immer, wenn er auflegte, fiel ihm noch etwas ganz Wichtiges ein, was er fast vergessen hätte. Dann rief er eben wieder an. So etwas konnte durchaus mehrere Male hintereinander passieren. Katharina kannte es schon.

»Katharina?«

Das war nicht Peter Bohlens Stimme. Es war Hannes. Katharina nahm ein Zuckertütchen zwischen Daumen und Zeigefinger und ließ es wippen.

»Hannes.« Sie schluckte. »Wo bist du?«

»In Kiel. Wir sind gestern Abend wiedergekommen, Alexander ist nach Hamburg zu einem Kumpel gefahren und ich muss erst Montag nach Stockholm. Ich möchte dich vorher gern noch sehen. Was meinst du? Kannst du kommen?«

Eine Gänsehaut lief Katharina über den Rücken.

Sie hatten am Mittwochabend kurz miteinander telefoniert, als er noch in London war. Hannes hatte vor einem Pub gestanden, im Hintergrund war laute Musik zu hören, Verkehrslärm und Gesprächsfetzen. Er hatte ihr begeistert erzählt, dass er den Pub gefunden habe, in dem sie damals zusammen gewesen waren. »Weißt du noch? Unser Wochenende in London. Ich wusste, dass ich den Laden wiederfinden würde, habe aber drei Stunden gebraucht. Alexander ist schon total genervt. Ich wünschte, du wärst jetzt hier.«

Das Wochenende in London. Katharina konnte sich gut daran erinnern. Es hatte ununterbrochen geregnet, alles war teurer gewesen, als sie dachten, und Hannes hatte ununterbrochen von seiner bevorstehenden Klausur gesprochen. Eigentlich hatte er gar nicht wegfahren wollen, obwohl es ursprünglich seine Idee gewesen war. Katharina hatte sich mit aller Anstrengung bemüht, das Wochenende zu etwas ganz Besonderem zu machen. Es war aber nichts Besonderes geworden, sie war überrascht, dass er sich an einen Pub erinnerte. Sie hatte keine Ahnung, welchen er meinte.

Das Zuckertütchen platzte auf, Katharina bemühte sich, den Zucker schnell in den Kaffee zu schütten.

»Ich bin auf dem Weg nach Sylt«, sagte sie. »Das heißt, erst nach Hamburg, um Bastian de Jong abzuholen, und dann weiter. Also müsstest du auf die Insel kommen.«

Hannes zögerte am anderen Ende. »Ich muss morgen noch mal ins Institut«, sagte er langsam. »Das geht nicht anders. Ich habe noch ein Projekt in der Übergabe. Schade, ich muss in Kiel bleiben.«

Katharina spürte die Enttäuschung. »Ach so. Und wann fährst du am Montag los?«

»Der Flug geht um halb zehn ab Hamburg. Und wenn du morgen nach Kiel kommst? Du könntest mittags hier sein, dann hätten wir noch einen halben Tag, einen Abend und eine kurze Nacht. Das wäre schön.«

In Katharinas Bauch schien ein mit Konfetti gefüllter Luftballon geplatzt zu sein, sie bekam Herzklopfen, ihre Hände wurden zittrig. Sie wunderte sich selbst über diese Reaktion, versuchte, alles unter Kontrolle zu bringen, und hatte stattdessen Bilder im Kopf. Mit Hannes in Kiel, die alten Plätze, seine Wohnung, nur sie beide, sein Gesicht vor ihr, seine Hände auf ihr, das alte Gefühl, die neue Aufregung. Außer sich sein vor Freude. Die Zeit in Kiel war die beste ihres Lebens gewesen, sie hatte lange versucht, sie zu vergessen. Und jetzt fing es wieder an.

Hinter ihr ließ eine Frau ein Tablett fallen, es verursachte einen Heidenlärm und Katharina schreckte auf. Sie rieb sich über die Stirn, als würde sie damit die Bilder wegschieben können. Stattdessen hatte sie plötzlich Inken und Bastian de Jong vor sich. Und ganz langsam setzte das Denken wieder ein. Sie war gerade auf dem Weg, ihren Auftraggeber abzuholen, zu ihrer Schwester zu fahren und ihren Job auf Sylt zu machen. Das alles war so geplant. Plötzlich hörte sie Marthas Stimme: »Die Welt wird nicht untergehen, nur weil Katharina Johannsen einmal etwas anders macht, als sie es vorher geplant hat.«

»Katharina? Bist du noch dran?«

»Ja.« Sie lächelte. »Ich komme Sonntagvormittag mit dem Zug. Und fahre Montag mit dem ersten wieder zurück.«

»Gut.« Die Zufriedenheit in seiner Stimme jagte ihr den nächsten Schauer über den Rücken. »Ich freue mich auf dich. Bis morgen.«

Bevor sie aufstand, um die Fahrt fortzusetzen, trank sie einen Schluck Kaffee, den sie fast sofort wieder ausspuckte. Er war süß, sie hatte keine Ahnung, wie der Zucker da reingekommen war.

Katharina fuhr langsam an den Neubauten der HafenCity vorbei. Glasfronten, Backstein, moderne Architektur. Mit sozialem Wohnungsbau hatte das hier nichts zu tun.

»Ihr Ziel liegt auf der linken Seite«, verkündete das Navi und zeigte auf dem Display ein wehendes Fähnchen. Direkt an der angegebenen Stelle war auch noch eine Parkbucht, Katharina stellte den Wagen ab und stieg aus. Es lief heute alles perfekt.

Sie legte den Kopf in den Nacken und betrachtete die Fassade. Durch die Glasfront hatten die Bewohner vermutlich einen grandiosen Blick auf den Hafen. Vom Bett aus, mit einem Kaffee in der Hand, schon morgens die ersten Kreuzfahrtschiffe zu sehen, das hatte doch was. Bastian de Jong hatte einen guten Geschmack.

Die Klingelschilder waren sehr diskret, Katharina musste sich ein Stück hinunterbeugen, um das kleine »B. de Jong« zu erkennen. Sie warf einen Blick auf ihre Uhr, sie war auf die Minute pünktlich und klingelte. Zunächst passierte nichts. Sie hielt den Finger etwas länger auf dem Knopf, drückte zweimal hintereinander und wartete. Dann ein drittes Mal. Endlich ertönte seine Stimme aus dem Lautsprecher. »Ja, bitte?«

»Ich bin es, Katharina.« Sie wartete auf einen Summer. Nichts. Sie schüttelte den Kopf und klingelte wieder.

»Wer ist denn da?«

»Bastian?« Katharina ging ganz nah an die Sprechanlage. »Hier ist Katharina. Ich will dich abholen.«

Endlich ging die Haustür auf. Das Treppenhaus war schwarz gefliest, an der Decke hingen Designerlampen, der Aufzug hatte hohe Chromtüren. Das alles nützte Katharina im Moment aber nichts, weil sie keine Ahnung hatte, auf welcher Etage Bastians Wohnung war. Also stieg sie die Treppen hoch, auf der in schwarze Fliesen kleine Lampen eingelassen waren. Natürlich war es das oberste Geschoss, in dem endlich eine Haustür offen stand. Mit letzter Luft zog sie sich am Treppengeländer hoch. Siebter Stock, oberste Etage, sie hätte es sich denken können. Der erste Rückschlag dieses Tages. Kurzatmig blieb sie an der offenen Tür stehen und überlegte, ob sie einfach hineingehen sollte. Sie holte noch mal Luft und machte einen Schritt auf die Tür zu, in der plötzlich Bastian de Jong mit erstaunter Miene und im Bademantel, der die behaarte Brust entblößte, auftauchte.

»Katharina?«

Sie war immer noch damit beschäftigt, ihre Atmung zu kontrollieren, deshalb nickte sie nur und ging auf ihn zu. Er breitete seine Arme aus und strahlte sie an. »Was für eine charmante Überraschung. Komm rein, fühl dich wie zu Hause. Ein Glas Champagner? Kaffee? Was kann ich anbieten?«

Ohne ihre Antwort abzuwarten, zog er sie in die Wohnung und ließ die schwere Tür ins Schloss fallen. Er ging in seinem weißen Bademantel und auf bloßen Füßen vor ihr her, Katharina kam sich vor wie im falschen Film. Erst, als sie im Wohnbereich ankamen und Bastian auf eine Sitzlandschaft aus schwarzem Leder wies, löste sie ihren Blick von ihm. Vor einem atemberaubenden Hafenpanorama blieb sie stehen und sah sich um. Trotz einer Reihe von Luxushotels, in denen sie gearbeitet hatte, war sie auf eine solche Kulisse nicht vorbereitet. Bastian ging zu einem Glastresen, vor dem drei Barhocker standen.

»Champagner?«, wiederholte er.

Katharina hob abwehrend die Hand. »Danke, nein. Ich muss noch Auto fahren.« Sie trat näher an die große Scheibe. »Das ist ja ein Traum.« Sie drehte sich zu ihm um. »Solche Wohnungen kenne ich nur aus Filmen. Aber eigentlich ...«

»Ein kleines Glas Champagner kannst du doch trinken«, unterbrach er sie und steuerte mit zwei Gläsern in der Hand auf sie zu. »Auf unser Wiedersehen, mit dem ich gar nicht so schnell gerechnet habe. Setz dich, meine Liebe, fühl dich wie zu Hause und erzähl mir, was dich hierher führt.«

Irritiert nahm sie ihm das Glas ab und ließ sich zu einem der überdimensionalen Sessel führen, der so aussah, als würde man ihn nie mehr ohne fremde Hilfe wieder verlassen können. Allerdings sank sie nicht ganz so tief ein, wie sie befürchtet hatte. Sie nahm einen neuen Anlauf: »Wir waren heute aber ...«

»Zum Wohl und herzlich willkommen.« Bastian hatte sich auf das riesige Sofa fallen lassen und sein Glas erhoben. Der Bademantel klaffte an einer Stelle auseinander, Katharinas Blick fiel auf einen engen schwarzen Slip. Sofort wandte sie den Blick ab, das war mehr Einblick, als sie von einem Auftraggeber brauchte. Schnell beugte sie sich nach vorn, um das Glas auf dem flachen Tisch abzustellen.

»Wir sind verabredet. Ich wollte dich nur abholen, um mit dir nach Sylt zu fahren. Hast du das vergessen?«

Sie sah ihm in die Augen, sein Blick wurde unsicher, er wandte sich kurz ab, dann nahm er plötzlich seinen verrutschten Bademantel wahr und zog ihn zusammen. »Ich ...«, begann er, fuhr sich durch die Haare und lächelte schief. »Was soll ich dir erzählen? Ich bin so im Schreibmodus, ich vergesse dabei jedes Mal Ort und Zeit. Es tut mir leid. Aber ich freue mich trotzdem, dass du mich mal besuchst. Möchtest du vielleicht die anderen Räume sehen? Ich führe dich gern herum.«

Er stand schon vor ihr und reichte ihr eine Hand. »Komm.«

Etwas widerstrebend ließ sie sich hochziehen. Bastian stand zu dicht vor ihr, sie roch das teure Parfüm, das er benutzte, und hatte die Augen genau vor seiner behaarten Brust. Auch wenn er wirklich noch gut in Form war, hatte sie keinerlei Ambitionen, mehr davon zu sehen. Unauffällig versuchte sie den Abstand zwischen ihnen zu vergrößern, es war aussichtslos. Trat sie einen Schritt zurück, machte er einen auf sie zu.

»Fang doch bitte mal mit der Toilette an«, schlug sie im leichtesten Ton vor, den sie hinbekam. »Da müsste ich sofort hin.«

»Natürlich.« Er lächelte und zeigte in eine Richtung. »Die zweite Tür links.«

Beim Händewaschen betrachtete Katharina sich im Spiegel. Dann seifte sie die Hände ein, als hätte sie stundenlang im Garten gearbeitet, nur um Zeit zu schinden. Sie hatte keine Ahnung, was mit Bastian de Jong los war, aber sein Verhalten war schon seltsam. Sie hoffte nicht, dass er sich in der Zwischenzeit nackt auf irgendein Fell gelegt hatte und ihr erwartungsfroh entgegensah. Ganz ausschließen konnte sie das nicht, vielleicht hatte er sich in eine seiner Romanfiguren verwandelt und deshalb ein kleines Problem mit der Realität.

Als sie zurückkam, stellte sie erleichtert fest, dass er sich sogar etwas angezogen hatte. Immer noch barfuß, aber inzwischen mit Jeans und Pulli, stand er mit dem Rücken zu ihr am Küchenblock der offenen Küche. Er wandte sich zu ihr, als er ihre Schritte hörte.

»Möchtest du eine Kleinigkeit essen? Meine Zugehfrau hat wunderbare Dinge vorbereitet. Ich bekomme heute Abend

Gäste, aber ich kann dir auch jetzt schon etwas davon anbieten.«

Katharina stellte sich neben ihn. »Entschuldige, aber ich bin etwas verwirrt. Du willst also heute nicht mit nach Sylt? Soll ich dein Hotelzimmer abbestellen? Oder willst du morgen fahren? Soll ich dir den Leihwagen hierlassen? Dann fahre ich mit dem Zug weiter, das ist auch eine Möglichkeit.«

»Alle diese Fragen.« Mit übertriebener Geste hob Bastian die Hände. »Katharina, ich bin ein kreativer Kopf. Ich kann nicht nach Terminen und festen Zeiten leben, das lähmt mich. Ich verstehe nicht, warum ein Hotelzimmer, ein Datum, eine Uhrzeit, ein Auto so wichtig sein sollen. Dann wird eben alles abbestellt, ja und? Bleib doch hier, du lernst nachher nette Leute kennen. Mein Agent kommt, zwei befreundete Journalisten, ein Schauspieler mit seiner Freundin, die ein berühmtes Model ist, zwei andere Freunde, einer ist Politiker, aber trotzdem sehr charmant, und noch irgendjemand. Du kannst hier übernachten, mein Bett ist breit genug.«

Katharina starrte ihn an, bis er anfing zu lachen. »Der letzte Satz war ein Scherz. Ich gehe nicht mit Frauen ins Bett, die für mich arbeiten. Das würde ich erst versuchen, wenn die Recherche beendet ist.«

»Okay.« Katharina hatte ihre Fassung zurückgewonnen. »Da bin ich ja froh. Aber ich bin im Gegensatz zu dir kein kreativer Kopf, deshalb beruhigen mich Termine mehr, als sie mich lähmen. Ich fahre jetzt nach Sylt, bestelle dein Zimmer ab, nehme den Wagen mit, gebe ihn morgen auf der Insel ab und du rufst mich an und sagst mir, wann du kommen willst. Dann hast du jetzt keine Termine und kannst dich dem Schreiben und deinen Gästen widmen. Ist das in Ordnung?«

»Von mir aus kannst du alles so machen.« Bastian schenkte sich Champagner nach und trank. »Ich an deiner Stelle würde allerdings hierbleiben.«

»Ich habe eine Recherche zu machen, für die ein bekannter Autor viel Geld bezahlen muss.« Katharina nahm ihre Handtasche und zog den Autoschlüssel hervor. »Und deshalb fahre ich jetzt auf die Insel.« Sie schloss die Tasche und hob den Kopf, um ihn anzusehen. »Ist sonst alles in Ordnung?«

Bastian sah sie an. Einen Moment lang wirkte er völlig abwesend, dann nickte er. »Natürlich, meine Liebe. Das Leben läuft manchmal in seltsamen Bahnen. Aber irgendwie bekommt alles seinen Sinn. Ich ruf dich an. Wir werden uns sicher noch sehen.«

Katharina musterte ihn nachdenklich, bis er sich abwandte und sagte: »Ich bringe dich zur Tür.«

Langsam folgte sie ihm, an der offenen Tür beugte sie sich vor und küsste ihn flüchtig auf die Wange. »Pass auf dich auf«, sagte sie und ging an ihm vorbei, dieses Mal zum Aufzug. »Bis bald.«

Fast geräuschlos war der Aufzug angekommen, die Türen öffneten sich, Katharina trat ein und drehte sich zu ihm um. Er sah sie an, lächelte und sagte plötzlich: »Sei spontan, Katharina, wir können das Leben nicht planen.«

Die Metalltür schloss sich leise, bevor der Aufzug nach unten fuhr.

Sehr langsam ging sie auf den Wagen zu. Kurz bevor sie ihn erreicht hatte, zog sie ihr Handy aus der Tasche. Mit Blick auf den Hafen und einem prickelnden Gefühl im Bauch gab sie die Nummer von Hannes ein.

»Hannes?«

»Du hast es dir jetzt bitte nicht anders überlegt.« Seine Stimme klang besorgt. »Hast du?«

»Nein.« Katharina lächelte. »Im Gegenteil, ich kann jetzt gleich kommen. Bastian de Jong hat mich vergessen, ich brauche ihn also nicht auf die Insel zu bringen.«

»Ich bin ein großer Fan von Bastian de Jong, habe ich dir

das schon gesagt? Das ist großartig, ich freue mich. Fahr vorsichtig, bis gleich.«

Katharina lehnte sich zufrieden an den Wagen und wählte die Nummer von Inken. Die meldete sich atemlos. »Hallo, Katharina, du hast Glück, ich bin schon auf dem Weg zur Prüfung. Was gibt's?«

»Es geht auch ganz schnell, ich wollte dir nur Bescheid sagen, dass ich erst Montag komme, nicht dass du auf mich wartest.«

»Was? Wieso? Ist was passiert?«

»Ich ...« Katharina hob den Kopf und sah wieder auf den Hafen. »Ich fahre noch zu Hannes. Ich wollte Bastian de Jong abholen, aber der hat das vergessen. Und Hannes hat mich vorhin angerufen, er ist dieses Wochenende noch in Kiel, bevor er Montag nach Schweden fährt.« Mit dem Anflug eines schlechten Gewissens wartete sie auf die Antwort ihrer Schwester.

»Echt?« Inken fing an zu lachen. »Ich fasse es nicht. Meine Schwester wird auf ihre alten Tage spontan. Wenn das Mia hört, wird sie schreien vor Glück.«

Sie holte Luft und sagte dann ernst: »Pass auf dich auf, Katharina, aber nur so viel, wie es unbedingt sein muss. Bis Montag, ich bin sehr gespannt, was du erzählen wirst.«

Katharina lächelte, während sie den Wagen aufschloss. Ich bin auch gespannt, dachte sie und startete den Motor, und wie.

Am Sonntagabend saß Inken mit der Froschtasse in der Hand auf der blauen Bank neben der Haustür. Als ein Auto langsam auf den Parkplatz rollte, hob sie den Kopf und erkannte den Jaguar, in dem ihre Schwester saß, die den Wagen parkte und den Motor ausstellte. Inken stellte die Tasse ab. Eigentlich wollte Katharina doch erst am nächsten Tag kommen, dass sie das Wochenende bei Hannes nun verkürzt hatte, war wohl ein schlechtes Zeichen.

Inken stand auf und ging ihrer Schwester entgegen. »Ich dachte, du wolltest erst morgen kommen«, rief sie ihr zu, bevor sie den Wagen erreicht hatte. »Ist was schiefgelaufen?«

Katharina war ausgestiegen und hatte sich ausgiebig gestreckt. Als Inken bei ihr angekommen war, lächelte sie und sagte: »Ich habe Rücken. Aber sonst ist alles gut. Lass uns später reden. Kannst du mir eine Tasche abnehmen?«

Auf dem Weg zum Haus deutete Katharina auf den grünen Bus. »Jesper ist ja wieder da. Mia hat übrigens gefragt, ob er immer noch so sexy ist. Wie soll ich eine solche Frage eigentlich beantworten?«

»Mit einem eindeutigen ›Ja‹«, sagte Inken und grinste. »Auch wenn ich mir manchmal wünschte, dass unsere Mutter nach Bildung, Einkommen oder Manieren fragen würde. So wie andere Mütter auch. Aber Sexy-Jesper ist mit meinem Auto nach Hörnum gefahren, er hat da heute Abend einen Termin und kommt erst spät zurück.«

Sie brachten die Taschen ins Gästezimmer. Inken setzte sich auf einen Stuhl und wartete darauf, dass Katharina mit dem Auspacken beginnen würde. Aber die ließ die Taschen auf dem Boden stehen und guckte auf ihre Uhr. »In einer Stunde ist Sonnenuntergang. Und es ist so ein schöner Abend. Wollen wir nicht zum Weststrand fahren, einmal ins Wasser springen, eine Flasche Wein und Gläser mitnehmen, uns in einen Strandkorb setzen und den Sonnenuntergang ansehen?«

Mit hochgezogenen Augenbrauen sah Inken sie an. »Katharina Johannsen, da triffst du nach hundert Jahren deine erste Liebe wieder, wirst sofort romantisch und lässt deine Sachen in den Taschen verknittern. Das glaube ich nicht. Oder habt ihr in Kiel Drogen genommen, die noch nachwirken?«

»Blödsinn.« Katharina warf ein Handtuch nach ihr. »Pack das ein, mir ist so warm, ich habe schon auf dem Autozug nur ans Meer gedacht. Ich muss sofort rein. Wir haben Westwind. Perfekte Wellen.«

»Es ist scheißkalt«, rief Inken, bevor sie einen Kopfsprung in die anrollende Welle machte. Als sie wieder auftauchte, streckte sie ihre Arme in die Luft. »Jetzt komm schon, es war deine Idee.«

Katharina stand immer noch am Flutsaum, das kalte Wasser klatschte an ihre Beine, sie holte einmal tief Luft, machte zwei lange Schritte und wurde dermaßen von der nächsten Welle mitgerissen, dass sie unter Wasser jede Orientierung verlor. Als sie nach Luft ringend wieder auf die Beine kam, war Inken neben ihr. »Die hat dich ja weggehauen«, sagte sie lachend. »Du bist ins Wasser gegangen wie eine Anfängerin. Du hättest durchtauchen müssen, du kannst doch nicht stehen bleiben, wenn die Welle gerade bricht.«

Katharina japste noch und rieb sich schnell über die Augen. »Da kommt die nächste, schnell.« Nebeneinander tauchten sie durch.

»Rutsch mal.« Katharina hatte ihre Haare zusammengedreht, sich trocken gerubbelt und wieder Jeans und Pulli angezogen. »Herrlich. Das sollte man viel öfter machen.«

Inken nahm den Korkenzieher und drehte ihn in den Plastikkorken. »Dann stolperst du auch nicht mehr so dämlich rein«, antwortete sie und grinste. »Das sah vielleicht bescheuert aus. Als wenn du das erste Mal in die Nordsee gesprungen wärst.«

»Ich wollte nicht gleich durchtauchen, ich wollte, dass meine Haare trocken bleiben.«

Inken ließ vor Lachen fast die Flasche fallen. »Schon klar«, sagte sie und wischte sich eine Träne weg. »Das hat ja geklappt.«

Aus Katharinas gedrehtem Zopf tropfte es stetig auf ihren Pulli.

Inken öffnete ihren Rucksack, warf den Korkenzieher hinein und holte die Gläser und eine zusammengerollte Decke heraus. Die breitete sie über ihre und Katharinas Beine und reichte ihrer Schwester ein Glas. »Du hast ja die volle Ausrüstung dabei«, sagte die, kuschelte sich unter die Decke und hielt Inken das Glas hin. »Was geht es uns gut.«

»Apropos.« Inken schenkte langsam ein, verkorkte die Flasche und stellte sie in den Sand. »Jetzt erzähl doch mal. Von Anfang an, bitte. Du bist am Samstagnachmittag in Kiel angekommen. Hannes hat dir vermutlich die Tür geöffnet. Und dann?«

Mit Blick auf die Brandung und den beginnenden Sonnenuntergang schwieg Katharina. Außer ihnen beiden war der Strand menschenleer, sie hörte nur das Rauschen der Wellen, ein paar Möwenschreie, spürte das leichte Gewicht der Decke und das Salz auf ihrem Gesicht. Es war ein perfekter Moment.

Und ja, Hannes hatte ihr die Tür geöffnet.

Auf der Fahrt von Hamburg nach Kiel hatte sie Mühe gehabt, ihre Gedanken in beruhigende Bahnen zu lenken. Die ersten Kilometer hatte sie an Bastian de Jong im Bademantel gedacht. Was für ein seltsames Bild. Sie war in den ganzen letzten Wochen nie richtig klug aus ihrem Auftraggeber geworden.

Er war charmant und großzügig, aber auch auf seinen Vorteil bedacht und fordernd. Dabei hatte er dieses Charisma, dem man nur schlecht entkommen konnte. Als er ihr die Geschichte seiner Mutter und seiner Kindheit erzählt hatte, war sie beeindruckt und gerührt gewesen und hatte sich dabei vorstellen können, aus welchen Gründen selbst Frauen wie Solveig von ihm begeistert waren. Er konnte einer Frau das Gefühl geben, etwas ganz Besonderes zu sein. Dafür wurde er geliebt. Aber er hatte auch diese anderen Seiten. In Sekundenschnelle konnte aus Verbindlichkeit Arroganz oder Ablehnung werden, Zuverlässigkeit gehörte nicht zu seinen herausragenden Eigenschaften, genauso wenig wie die Fähigkeit, anderen Menschen wirklich zuzuhören. Das Eis, auf dem man mit ihm stand, war dünn.

Als sie an Neumünster vorbeigefahren war, hatte sie endgültig begriffen, dass sie gerade einen Plan Hals über Kopf geändert hatte. Und das nur, weil Hannes gesagt hatte, er würde sie gern sehen.

In einer Mischung aus Vorfreude, Aufregung, Spannung und Glückseligkeit ließ sie die Bilder ihrer Kieler Vergangenheit wieder zu, und in ihrem Kopf blätterte sich sogleich ein Fotoalbum auf, Hannes und sie auf einer Jolle während einer Regatta auf der Kieler Förde, die Kneipe um die Ecke, Gunnar hinter dem Tresen, sie beide mit Currywurst und Bier davor, der kleine Küchentisch vor dem Fenster, Hannes im Bademantel mit feuchten Haaren, der auf einen Käsetoast noch Marmelade strich, seine Schuhe vor der Haustür, Hannes, der den Anrufbeantworter für sie beide besprach und vor lauter alberner Versprecher vor Lachen aufhören musste, ihr Umzug zu ihm, die Kartons, die sie gemeinsam auspackten, während er sich über ein Stofftier lustig machte, ihr erster Urlaub, die Fähre nach Bornholm, die Stockrosen vor ihrem Schlafzimmerfenster und immer wieder Hannes, der ihr morgens Kaffee ans Bett brachte, sie streichelte und auf den Mund küsste. Die Bilder waren alle in ihrem Kopf gespeichert. Katharina konnte nichts dagegen tun, sie musste nur den Stich aushalten, den sie ihr versetzten.

Jetzt konnte sie das alles zulassen, jetzt taten diese Bilder nicht mehr weh, sondern lösten ein Kribbeln in der Magengegend aus, das Katharina lange vermisst hatte. Luftballons, mit Konfetti gefüllt.

Sie hatte am Lautstärkeregler des Radios gedreht, als sie die ersten Takte ihres momentanen Lieblingssongs gehört hatte, den Refrain laut mitgesungen und sich wie eine Siebzehnjährige auf dem Weg zu einer Party gefühlt. Nicht mehr lange und sie würde ihn wiedersehen. Ihn und sein Leben heute. Sie war gespannt, wie er wohnte und ob es noch Gegenstände in seiner Wohnung gab, die sie wiedererkannte. Hannes Gebauer. Es tat wieder gut, diesen Namen laut auszusprechen. Katharina hatte es mehrere Male nacheinander getan.

»Und dann?«, wiederholte Inken jetzt ungeduldig ihre letzte Frage. »Jetzt erzähl doch endlich. Aber von vorn bis hinten mit allen Details.«

Katharina sah sie an, lächelte und ließ den Film im Kopf laufen. »Also«, begann sie langsam. »Ich bin also in Kiel angekommen und habe mich sofort an tausend Dinge erinnert ...«

Hannes wohnte nicht mehr in dem Stadtteil, in dem sie gemeinsam gelebt hatten. Er war in die Nähe des Instituts gezogen, die Straße, die er ihr genannt hatte, sah anders aus, als sie sich vorgestellt hatte. Es war eine ganz normale Wohnstraße. Katharina hatte weder Kneipen noch Restaurants gesehen, sie war lediglich an einem Discounter, einer Apotheke und einem Ärztehaus vorbeigefahren. In allen anderen Häusern wurde nur gewohnt.

Ihre alte Wohnung hatte über einer Studentenkneipe gelegen, da war es zwar laut gewesen, aber es war auch immer was los. Die Kneipenszene hatte sich in ihrer Straße abgespielt, an jeder Ecke trafen sie Leute, die sie kannten, es gab oft ein spontanes Bier, weil Freunde bei ihnen klingelten und sie nach unten lockten. Katharina hatte das alles geliebt, auch wenn sie sich manchmal nach langweiligen, ruhigen Fernsehabenden gesehnt hatte. Die gab es nur sehr selten, höchstens wenn einer von ihnen mal mit Grippe auf dem Sofa lag und der andere die Pflege übernahm. Sie waren nicht oft krank gewesen.

In ihrer ersten eigenen Wohnung in München war sie an der Stille fast verzweifelt. Es war so ruhig in dem Haus, dass sie kaum einschlafen konnte. Und niemand hatte spontan bei ihr geklingelt, um sie zu einem Bier zu überreden. An keinem einzigen Abend.

Katharina erreichte das Haus und sah sich um. Es war ockergelb und dreigeschossig. Der Vorgarten war gepflegt, Rosenbüsche neben Hortensien, an der Seite standen zwei Kinderfahrräder und ein Bobby Car, der Rasen war kurz gemäht und die Müllcontainer mit Efeu bewachsen. Alles ordentlich getrimmt. Der Hausmeister leistete hier ganze Arbeit.

Sie stieg aus und ging langsam auf den Eingang zu. Am obersten Fenster bewegte sich eine Gardine, wurde aufgeschoben und fiel sofort wieder zurück. Katharina wusste nicht, was sie komischer finden sollte, dass Hannes Gardinen vor dem Fenster hatte oder dass er davor stand und auf Besuch wartete.

Die Namensschilder am Klingelbrett hatten alle dieselbe Schrift und verzichteten auf Vornamen. Katharina klingelte bei »Gebauer« und drückte die Haustür nach dem Summen auf. Auf der rechten Seite hingen die Briefkästen, davor stand ein Kinderwagen, die Neonröhre an der Decke ging automatisch an. Hier musste sie nur wenige Treppen erklimmen, Hannes öffnete die Wohnungstür im ersten Stock.

»Ich dachte, du wohnst ganz oben, da hat sich gerade eine Gardine bewegt.«

Er trug Jeans und Pullover und lehnte sich lässig an den Türrahmen. »Das ist Frau Schill. Sie hat gern den Besucherstrom in diesem Haus im Blick.« Er wartete, bis sie vor ihm stand, dann umarmte er sie so stürmisch, dass es Katharina fast die Luft zum Atmen nahm. »Danke, dass du gekommen bist.«

Das Geschrei einer Möwe genau über ihr ließ Katharinas Redefluss stocken, misstrauisch sah sie nach oben und griff nach ihrem Glas. »Die trinken doch keinen Wein«, sagte sie und zog die Decke ein Stück höher. »Wir sind jetzt die Letzten am Strand, bei denen es etwas zu essen geben könnte.«

»Lass doch die Möwe.« Inken hatte die ganze Zeit gespannt zugehört. »Erzähl weiter. Hat er denn jetzt Gardinen?«

Katharina überlegte einen Moment, dann sagte sie: »Nein, da hingen nur Jalousien. Warum?«

»Nele hat die Theorie, dass alleinlebende Männer mit Gardinen Muttersöhne sind und die Mütter meistens die Gardinen aufgehängt haben und sich auch für die Wäsche verantwortlich fühlen. So wird man Mutti nicht los.«

Katharina sah ihre Schwester zweifelnd an. »Was ist das denn für eine bescheuerte Theorie? Es gibt auch Einrichtungsgeschäfte, die Gardinen anbringen.«

»Das ist für die reichen alten Männer. Bei den anderen machen es die Mütter.« Inken deutete auf den orangerot gefärbten Himmel. »Jetzt guck hin, die Sonne fällt gleich ins Wasser. Aber rede dabei weiter.«

Hannes hatte sie erst losgelassen, als sie kurz vor dem Erstickungstod war. Als sein Gesicht ganz dicht an ihrem war, wurde ihr fast schwindelig. Nicht nur wegen der Atemnot.

Vorhin hatte sie versucht, sich vorzustellen, was sie beim Betreten von Hannes' Wohnung empfinden würde. Ob es ihr gefallen würde, ob sein Zuhause etwas über ihn aussagte, ob sie etwas wiedererkennen würde. Sie war plötzlich sehr nervös.

Ohne sie loszulassen, ging Hannes einen Schritt zurück. »Komm rein«, sagte er leise. »Ich bin übrigens genauso aufgeregt wie damals, als wir uns das erste Mal verabredet haben. Das ist schon seltsam.«

Katharina sagte nichts, sie sah ihn nur kurz an, er ließ sie los, drehte sich um und ging vor ihr her. Ob es an dem Eindruck lag, den Bastian de Jongs Wohnung auf sie gemacht hatte, oder ob es die Bilder ihrer ersten, kleinen, aber gemütlichen Wohnung gewesen waren, Katharina war überrascht, als sie mit Hannes durch seine Räume ging. Die Wohnung hatte drei Zimmer und einen Balkon, sie war großzügig geschnitten, modern und hell, aber völlig unpersönlich. Erstaunt blieb Katharina im Wohnzimmer stehen. Neben einem schlichten Sofa gab es einen Sessel, ein Bücherregal, einen Esstisch mit vier Stühlen und einen Fernseher, der an der Wand hing. Es stand oder lag nichts herum, keine Pflanzen, keine Bilder, keine Zeitungen, keine Dekorationen. Es war aufgeräumt, akkurat und pflegeleicht und antiseptisch.

»Möchtest du einen Kaffee?«, fragte Hannes und strich ihr dabei leicht über den Rücken. »Oder ein Bier, Wein, was anderes?«

»Kaffee wäre schön.« Katharina folgte ihm in die Küche, eine schwarz-weiße Einbauküche. Hier gab es keine Uhr, kein Radio, nichts Überflüssiges. Aus einem halbleeren Schrank nahm Hannes einen Espressokocher und zwei Tassen.

»Du kannst dich gern umsehen«, sagte er, während er den

Espressokocher mit Wasser füllte. »Das Bad ist gegenüber. Früher musstest du doch immer sofort aufs Klo, sobald du irgendwo angekommen warst. Oder hat sich das inzwischen geändert?« Er lächelte sie dabei so hinreißend an, dass ihre Pulsfrequenz sich wieder deutlich beschleunigte.

»Nein.« Katharina musste ihm kurz die Hände auf die Brust legen, damit sie das alles fassen konnte. »Ich bin gleich wieder da.«

Der Sonnenuntergang war perfekt, Inken und Katharina beobachteten schweigend die letzten Sekunden.

»Jetzt ist sie weg. Und wieder ohne ein Zischen.« Inken zeigte aufs Wasser. »Ich mag diese restliche rote Färbung danach.«

Katharina folgte ihren Blicken und nickte. »Es ist mehr Farbe als in Hannes' ganzer Wohnung.«

Inken sah sie an. »Aber wenn alles so akkurat und ohne Schnickschnack ist, dann müsstest du dich da wohlfühlen. Du wohnst doch auch so. Gerade Kanten, keine Schnörkel, nichts zu viel. In vier Stunden ausgeräumt, wenn es mal schnell gehen muss.«

»Unsinn.« Katharina stupste Inken mit dem Knie an. »Du warst lange nicht bei mir. Ich habe keinen überflüssigen Krempel rumstehen, das stimmt, aber bei mir ist es schön. Und man sieht, dass da jemand lebt. Das ist bei Hannes nicht so. Entweder ist er wirklich ganz wenig zu Hause oder er geht nicht besonders gut mit sich um. Diese Wohnung ist einfach unpersönlich, sie könnte so in einem Möbelhaus stehen. Wobei es da wenigstens noch Kunstblumen in bunten Vasen auf dem Tisch gäbe.«

»Na gut.« Inken zog die Decke ein Stück höher. »Aber es ging ja nicht darum, dass du da einziehen willst. Wie war es denn sonst? Was habt ihr denn gestern noch gemacht? Und worüber habt ihr geredet?«

Katharina legte den Kopf zurück und sah in den Himmel. Es gab viele rötlich schimmernde Wolken. Morgen würde ein schöner Tag werden. Sie drehte sich wieder zu ihrer Schwester. »Wir sind zum Essen gefahren, dann an der Förde spazieren gegangen, wir haben uns alles Mögliche erzählt und haben nachts zweimal miteinander geschlafen.«

Überrascht guckte Inken sie an. »Zweimal? So genau wollte ich es gar nicht wissen. Wird dir auch langsam kalt? Weißt du, was ich jetzt haben könnte? Kakao mit ganz viel Sahne obendrauf. Was meinst du?«

Katharina hatte Inkens Rucksack schon in der Hand. »Solange ich keinen Kakao trinken muss.«

»Brauchst du nicht.« Inken stand auf und faltete die Decke auf Rucksackgröße. »In dem Zusammenhang habe ich übrigens eine schlechte Nachricht für dich.«

»Die lautet wie?«

»Ich habe deine gelbe Bibo-Tasse kaputt gemacht. Die fiel mir runter, weil ich mich über dich geärgert habe. Im Gästezimmer. Nicht mehr zu retten.«

Katharina lachte. »Weil du dich über mich geärgert hast? Also bin ich schuld?«

Inken nickte. »Das wollte ich damit sagen. Es sind aber noch genug andere Tassen da. Du kannst dir eine neue aussuchen. Ich habe noch so viele Cannabis-Tassen. Gertrud glaubt immer noch, dass es Farn ist.«

Sie liefen mit den Schuhen in der Hand auf den Dünenübergang zu und setzten sich dort nebeneinander auf die Treppe, um ihre Füße vom Sand zu befreien. Als Inken mit dem linken Fuß fertig war, fragte sie: »Bist du denn jetzt früher gekommen, weil dir seine Wohnung nicht gefallen hat, oder hatte es etwas mit ihm zu tun?«

»Mit ihm?« Katharina überlegte. Dann antwortete sie: »Nein. Aber er muss morgen sehr früh los, weil er ein Projekt hat. Erst nach Stockholm, dann weiter zu einer Forschungsstation, das dauert ein paar Wochen. So kann er noch in Ruhe alles vorbereiten.«

»Aha.« Inken sah sie forschend an, dann schlüpfte sie in ihren zweiten Schuh und zog sich am Geländer hoch. »Dann ist es ja gut.«

Ein paar Tage später stand Martha bereits an der Tür des Inselarchivs und fing Katharina ab. »Hallo Katharina, wir können nun essen gehen. In den Archivräumen sind Handwerker, wir haben endlich das neue Fenster bekommen, das bauen die gerade ein. Sie haben gesagt, sie sind frühestens in zwei Stunden fertig.«

»Ach so?« Katharina sah auf ihre Uhr. »Halb eins, also bis halb drei? Wo wollten ... willst du denn hin?«

Es war nach wie vor komisch, eine langjährige Lehrerin plötzlich duzen zu müssen. Katharina hatte immer noch das Gefühl, es gehöre sich nicht. Martha tat so, als hätte sie den Versprecher nicht bemerkt.

»Wir können entweder hier um die Ecke zum Italiener gehen oder wir nutzen die Sonne aus und fahren schnell mit dem Auto zur ›Sturmhaube‹.«

Eigentlich hatte Katharina sich vorgenommen, die Keitumer Kirchenbücher nach den ertrunkenen Seeleuten eines Schiffsunglücks durchzuforsten, aber vielleicht war das Thema auch nicht geeignet für einen so schönen Sommertag.

»Inken braucht aber um vier ihren Wagen zurück«, sagte Katharina noch zögernd. »Ich muss also um halb vier hier los, dann lohnt es sich nach dem Essen gar nicht mehr anzufangen. Das ist ja unglücklich.«

»Katharina«, tadelnd sah Martha sie an, »du bist schon so weit in der Recherche, da kannst du auch mal einen Nachmittag ausfallen lassen. Wir fahren jetzt nach Kampen und genießen die Sonne und den Blick aufs Meer von der Terrasse aus. Morgen kannst du dich wieder in die Historie stürzen. Komm, es ist Sommer und die Sonne scheint. Wir fahren jetzt los. Wo steht dein Auto? Du müsstest fahren, ich bin mit dem Fahrrad hier.«

Sie war ihre alte Lehrerin, sagte sich Katharina, begrub ihre Vorbehalte und folgte Martha zum Parkplatz, wo Inkens Auto stand.

»Jetzt gib zu, es war eine sehr gute Idee«, sagte Martha später, schob ihren leeren Teller zur Seite und hielt das Gesicht in die Sonne. »Und sag ruhig, dass hier einer der schönsten Plätze der Welt ist.«

Katharina tupfte sich den Mund mit der Serviette ab und nickte. »Ich stimme beidem zu.« Sie ließ ihre Blicke über das Meer schweifen, perfekte Wellen mit weißen Schaumkronen, Wind aus West. Sie würde am Abend auch wieder zum Strand fahren. »Ich arbeite gerade daran, mein schlechtes Gewissen zu minimieren. Aber dieser Anblick hilft.«

Die Kellnerin räumte das Geschirr ab und fragte, ob sie noch einen Wunsch hätten. Martha nickte und bestellte, ohne Katharina zu fragen, zwei Kaffee.

Als der kam, rückte sie ihren Stuhl ein Stück in den Schatten und setzte sich gerade hin. »Hast du etwas von ihm gehört?«

»Von Hannes?« Katharina hatte geahnt, dass Martha das Thema ansprechen würde. »Oder wen meinst du?« Es gab ihr jedes Mal einen Stich, wenn sein Name fiel, auch wenn sie ihn selbst aussprach. Dann vielleicht sogar noch mehr.

»Natürlich meine ich Hannes.« Martha sah sie erstaunt an. »Dass Bastian de Jong dich oft anruft, musste ich ja notgedrungen mitbekommen, als du mir in den letzten Tagen im Archiv gegenübergesessen hast.«

Bastian hatte sich tatsächlich zum Nervenkiller entwickelt. Er rief sie zu den unmöglichsten Tages- und Nachtzeiten an, ohne irgendetwas Konkretes wissen zu wollen, fragte nur nach, wie es ihr auf der Insel ginge, erzählte ihr von Leuten, die sie nicht kannte, und von Orten, an denen sie noch nie war. »Ich habe schon überlegt, ob ich mal seinen Sohn anrufe, um ihn zu fragen, was eigentlich mit seinem Vater los ist. Vielleicht weiß der, warum er so chaotisch ist.«

Martha hob die Augenbrauen. »Du redest jetzt nicht von Alexander?«

»Nein, von Klaas de Jong. Sein Vater hat jetzt zum zweiten Mal das Hotel hier abbestellt. Besser gesagt, mich gebeten, es wieder abzubestellen. Ein drittes Mal buche ich es nicht mehr. Aber das hast du ja gar nicht gefragt. Hannes mailt ab und zu.«

»Wie lange bleibt er in Stockholm?«

»Ein paar Tage, aber danach fährt er auf irgendeine Forschungsstation in Schweden. Er wusste nicht genau, wie lange es dauert, vielleicht vier bis sechs Wochen.«

Nachdenklich sah Martha sie an. »Hannes hat eine ganz schöne Karriere als Meeresbiologe gemacht. Das habe ich ihm damals gar nicht zugetraut. Diesen Ehrgeiz und dieses Durchsetzungsvermögen. Das ist wirklich erstaunlich.«

Katharina schloss kurz die Augen, als sie sich das Gesicht von Hannes in Erinnerung rief. Im Bett sitzend, ein Glas Rotwein in der Hand, hatte er ihr von seinen Forschungsprojekten erzählt. Diese Begeisterung hatte er früher noch nicht gehabt.

Sie lächelte kurz. »Ihm hast du es nicht zugetraut, von mir hast du mehr erwartet. Was hattest du für Vorstellungen von deinen Schülern?«

»Moment.« Martha, wieder ganz Lehrerin, hob den Zeigefinger. »Ich habe nie gesagt, dass ich von dir mehr erwartet hätte, ich habe gesagt, dass ich für dich eine andere Richtung gesehen habe. Du bist so schnell und kreativ gewesen, ich habe gedacht, du würdest unabhängiger sein in deinem Leben.«

»Unabhängiger?« Verständnislos sah Katharina sie an. »Aber das bin ich doch. Niemand muss mir etwas finanzieren, ich bin im Recherchebüro selbstständig, ich habe eine eigene Wohnung, ich kann meine Arbeit selbst einteilen, ich weiß nicht, was du meinst.«

»Ich rede nicht davon, dass du deine Miete und deine Krankenversicherung selbst bezahlen kannst.« Marthas Tonfall war spöttisch. »Ich meine eine innere Unabhängigkeit. Die Kunst, sein Leben zu leben, ohne darüber nachzudenken, was andere darüber denken.«

Katharina wollte schon protestieren, als ihr plötzlich Inken einfiel. Die war unabhängig. Und zwar genau so, wie Martha es meinte. Es war ihr völlig egal, was die Welt über sie dachte. Ob es um die Segelschule ging, ob es ihre ungewöhnliche und nicht zu erklärende Beziehung zu Jesper war, ihre Freundschaft mit Gertrud und den Brüdern oder darum, was sie morgens anzog, sie machte sich nie Gedanken darüber, wie irgendjemand anderes das fand.

»Woran denkst du gerade?«, wollte Martha wissen und Katharina fühlte sich ertappt. »An meine Schwester«, antwortete sie. »Inken hat diese innere Unabhängigkeit, die du meinst. Aber was nützt ihr das? Sie hat immer Hilfe von anderen gebraucht. Ob es Gertrud im Haushalt, Knuts Hilfe bei der Buchführung oder Jespers und Piets Einsatz bei den Booten ist, immer ist jemand für sie da. Ist das innere Unabhängigkeit?«

»Zwei Kaffee?« Die Kellnerin stellte die Tassen auf den Tisch und verschwand wieder. Martha sah ihr nach und erst dann wieder Katharina an.

»Du unterschätzt deine Schwester, das kommt bei Geschwistern oft vor. Die ältere Schwester sieht die jüngere immer noch als das kleine Mädchen. Das ist Inken aber nicht mehr, mich beeindruckt sogar sehr, wie sie ihr Leben organisiert.«

Katharina blickte skeptisch, Martha lächelte. »Deine kleine Schwester ist eine der unabhängigsten Personen, die ich kenne. Sie braucht in Wirklichkeit gar keine Hilfe, aber sie hat die Größe, sie zuzulassen. Was würden Knut, Piet und Gertrud denn ohne Inken machen? Kreuzworträtsel lösen und fernsehen? Alle drei brauchen doch die Schule und deine Schwester. Du bist schon seit ein paar Wochen da, du hast es doch gesehen.«

Katharina nickte langsam. »Das stimmt. Inken verlangt wirklich nichts, aber trotzdem macht man alles Mögliche für sie. Das kommt von ihrem Charme.«

Martha lachte. »Den hat sie zweifelsohne. Aber sie tut auch viel für andere. Das bekommt man gar nicht mit, weil sie es so unauffällig macht. Und ich muss sagen, sie ist gut für dich. Ich finde, du bist jetzt schon sehr viel entspannter und leichter als vor ein paar Wochen. Oder täusche ich mich? Hat das nichts mit Inken zu tun?«

Katharina sah sie nachdenklich an, aber noch bevor sie antworten konnte, legte Martha ihr die Hand auf den Arm und erhob sich. »Behalt deinen Gedanken, ich gehe mir die Hände waschen.«

Sie nahm ihre Tasche und verschwand, Katharina sah ihr nach, dann richtete sie ihre Blicke wieder aufs Meer.

Natürlich hatte es ganz viel mit Inken zu tun. Nicht nur, aber sehr viel.

Als sie nach ihrem abendlichen Baden am Tag ihrer Ankunft wieder zu Inken gefahren waren und Katharina mit Salz auf der Haut und noch feuchten Haaren das Haus ihrer Schwester betreten hatte, war es ein bisschen wie Nachhausekommen gewesen. Kaum hatte sie geduscht und ihre Sachen ausgepackt, war auch schon Knut aufgetaucht. Er hatte sie strahlend empfangen, sie sofort an seine Brust gedrückt und aufgeregt auf einen großen Karton gezeigt. »Ich habe etwas gefunden, das schon seit Jahren bei mir im Keller steht.

Das sind lauter Briefe und Postkarten und Hefte und so. Das kannst du vielleicht gut gebrauchen, weil du doch die ganze Zeit so altes Zeug durchsuchst.«

Er war noch für einen Moment mit ihr, Inken und Jesper in der Küche sitzen geblieben, hatte Bier aus der Flasche getrunken und sich gefreut. Katharina hatte sich warm und zufrieden gefühlt und war der Unterhaltung, die sich um Gott und die Welt drehte, nur mit halbem Ohr gefolgt. Manchmal blitzten Bilder von Hannes auf, dann hörte sie wieder Jesper oder Inken zu, nebenbei blätterte sie in den Dokumenten, die im Karton lagen, versuchte, das eine oder andere Blatt Papier einzuordnen, und genoss das Gefühl, nichts sagen oder fragen zu müssen.

»Und?«, hatte Knut sie nach einer Weile gespannt gefragt. »Kannst du was damit anfangen?«

»Was machst du denn für ein angestrengtes Gesicht?« Martha zog mit Schwung ihren Stuhl zurück und setzte sich wieder. »Löst du gerade die Probleme der Welt?«

Katharina sah sie an. »Knut hat mir neulich einen Karton gebracht, der alte Dokumente und Post seiner Großmutter und Mutter enthält. Er hat sich gedacht, ich könnte das für meine Recherche brauchen.«

»Und?« Martha beugte sich nach vorn, um ihre Tasse zu erreichen. »Kannst du?«

Katharina hob die Schultern. »Vielleicht, ich habe noch nicht alles durchgesehen. Aber was mir sofort ins Auge gefallen ist, das sind eine ganze Reihe von Kunstpostkarten. Lauter Seestücke, ganz schöne Motive und wunderbar gemalt. Und ich habe immer wieder darüber nachgedacht, wo ich diese Bilder schon mal gesehen habe, bis es mir gerade eben eingefallen ist. Bei dir, in deinem Haus. Der Maler heißt Lambert Matthiesen.«

Unbewegt blickte Martha sie an. Schließlich nickte sie. »Richtig. Ich besitze Bilder von ihm.«

Katharina war beeindruckt. »Ich habe ihn gegoogelt, weil ich dachte, dass mir dann einfällt, wo ich schon mal ein Original gesehen habe. Vermutlich muss ich dir nicht sagen, wie hoch seine Werke heute gehandelt werden?«

»Nein.« Martha lächelte verhalten. »Das weiß ich. Ich habe einige Nachfragen bereits abgelehnt.«

»Wie viele Bilder besitzt du denn von ihm?« Katharina war sich nicht mehr sicher, ob sie bei Martha zwei oder nicht sogar drei Bilder gesehen hatte.

»Siebzehn. Und drei Skizzenbücher.«

Ungläubig lehnte Katharina sich zurück. Sie hatte sich schon bei ihrem ersten Besuch bei Martha gefragt, wie eine pensionierte Lehrerin dieses Haus finanzieren konnte, jetzt fragte sie sich, wie sie an eine solche Kunstsammlung gekommen war.

Martha trank ihren Kaffee aus und sah sie belustigt an. »Du denkst gerade darüber nach, wo ich das ganze Geld herhabe? Ich kann dich beruhigen, es war alles legal.«

Abwehrend hob Katharina die Hände. »Das glaube ich dir. Ich finde nur diese Gedankenleserei unheimlich.«

Martha lachte. »Du hast kein gutes Pokerface, meine Liebe. Und außerdem habe ich deine Gedanken schon damals bei der Essenseinladung gesehen. Wie so oft im Leben gibt es eine ganz einfache und einleuchtende Erklärung. Aber die dauert länger. Und es ist schon drei.«

Sie überlegte einen kleinen Moment, dann sagte sie: »Du könntest mich natürlich auch mit nach List in die Segelschule nehmen. Wir könnten einen kleinen Spaziergang auf der Promenade machen, ich erzähle dir die Lösung deiner Frage und fahre später mit dem Bus zurück nach Westerland. Was meinst du?«

Katharinas Neugier siegte über ihr Pflichtbewusstsein. Deshalb winkte sie der Bedienung sofort zu. »Ich möchte zahlen, bitte«, und wandte sich zurück an Martha. »Eine gute Idee. Ich bin sehr gespannt.«

Sie parkte den Wagen neben Jespers Bus und sagte, während Martha sich schon abschnallte: »Inken hat neulich erzählt, dass sie jahrelang ein schlechtes Gewissen hatte, wenn sie dich getroffen hat.«

»Das musste sie auch haben«, war Marthas lakonische Antwort. »Ein Jahr vor dem Abitur die Schule zu schmeißen, war ja auch wirklich eine Schnapsidee. Aber wenn Inken etwas will, gibt es kein einziges Argument, mit dem man etwas ändern könnte.«

Sie stiegen aus, im selben Moment trat Inken aus der Tür und kam ihnen entgegen. »Oh je, meine Schwester wird von der Lehrerin nach Hause gebracht. Was ist passiert? Hat sie den Unterricht gestört? Oder jemanden verdroschen?«

»Weder noch«, antwortete Katharina. »Im Archiv sind die Handwerker, deshalb haben wir beschlossen, ein Stück zu laufen. Und weil du dein Auto brauchst, machen wir das eben hier.«

»Dann bin ich beruhigt.« Entwaffnend lächelte Inken Martha an. »Na, Dr. Martha, wollen Sie trotzdem reinkommen? Ich habe noch eine halbe Stunde Zeit. Für einen Tee reicht es gerade.«

Jesper saß schon am Tisch, in einen Stapel Unterlagen vertieft, und hob den Kopf, als sie in die Küche kamen. »Hallo, wie schön, dann kann ich diesen Papierkram ja weglegen.«

»Jesper hat ein Angebot von einem Reiseveranstalter bekommen«, erklärte Inken und deutete auf die Papiere. »Ein Hotel in Hörnum will ab dem nächsten Jahr Tagestörns für Gäste anbieten. Sie suchen noch einen Skipper. Dr. Martha, setzen Sie sich hierhin.«

»Und das willst du machen?« Katharina musterte ihn erstaunt. »Ist dir das nicht zu langweilig?«

»Ich wäre öfter hier.« Jesper sah erst Inken und dann ihre Schwester an. »Langsam werde ich zu alt für einen Weltenbummler. Ich sitze auch manchmal gern in dieser Küche. Es ist so *hyggelig*, wie sagt man das auf Deutsch?«

»Gemütlich«, übersetzte Inken und Katharina lachte. Sie setzte sich neben ihn. »Dann rutsch mal, alter Mann. Bist du eigentlich schon vierzig oder kommt das noch?«

»Das kommt noch.« Jesper grinste. »Ich lade dich dann ein.«

Martha hatte das Geplänkel lächelnd verfolgt.

»Er ist wirklich ganz entzückend«, sagte sie später, als sie neben Katharina auf der Promenade lief. »Ich mag Dänen, sie haben so etwas Leichtes in ihrem Herzen.«

»Manchmal ist es zu leicht«, antwortete Katharina sofort. »Jesper ist ja charmant und lustig, aber Inken hat eigentlich etwas anderes verdient. Er ist so wenig ernsthaft, er könnte sich doch auch mal richtig für Inken entscheiden. Aber der Süße will sich irgendwie nicht festlegen.«

»Woher weißt du das?«

»Was?« Erstaunt sah Katharina Martha an.

»Dass er sich nicht festlegen will.«

»Von …« Katharina stockte. »Man sieht das doch. Sie haben geheiratet, sich dann wieder getrennt, jetzt ist es mal so, dann wieder anders, da ist doch überhaupt nichts Konstantes zu sehen.«

»Ach Katharina!« Mit einem feinen Lächeln blieb Martha stehen und deutete auf eine Bank. »Lass uns mal einen Moment hinsetzen. Ich liebe die Aussicht von dieser Bank.«

Links konnte man den Fähranleger sehen, rechts das Wattenmeer. Martha schob ihre Hände in die Jackentasche und atmete tief durch.

»Es ist wunderschön hier.« Sie machte eine kleine Pause, ehe sie fragte: »Warum denkst du, dass es so wichtig ist, sich festzulegen?«

Katharina beobachtete die Fähre, die gerade hinausfuhr.

»Weil man Verlässlichkeit braucht? Weil das Leben ohne Verbindlichkeit schwierig ist? Weil man wissen muss, woran man ist? Ich kann es dir auch nicht genau sagen, ich finde es nur schwierig, nicht zu wissen, worauf man sich einlassen kann. Es macht einen doch unsicher, wenn man etwas nicht einordnen kann. Obwohl ich im Moment auch nicht weiß, ob ich damit richtigliege.«

»Das Leben ist unsicher.« Martha hatte jetzt diesen sanften Lehrerinnenton, mit dem sie damals schon ihre Schüler auf den richtigen Weg gebracht hatte. »Und du wirst nie vorher wissen, ob du dich auf eine Sache einlassen kannst oder nicht. Das, meine Liebe, nennt man Erfahrungen machen. Und das Leben wäre wahnsinnig langweilig, wenn alles nur verbindlich, vernünftig oder einfach wäre. Und wenn alle immer wüssten, wohin welche Entscheidung führen würde.«

Langsam verschwand die Fähre aus Katharinas Blickfeld. Sie überlegte, ob Martha gerade das Thema Hannes anschneiden würde, wollte jetzt aber nicht über ihn reden. Stattdessen sagte sie: »Wie auch immer, ich glaube, jeder ist anders und es gibt verschiedene Arten, Erfahrungen zu machen. Einige davon brauche ich nicht mehr. Aber wir wollten über ein ganz anderes Thema sprechen. Lambert Matthiesen. Oder?«

Langsam nickte Martha, den Blick unverwandt aufs Meer gerichtet. »Das ist gar nicht so weit von unserem Thema entfernt. Es geht auch um Verbindlichkeit, um Erfahrungen und darum, sich auf etwas einzulassen. Und um die Fähigkeit, das Leben einfach mal auf sich zukommen zu lassen.«

Martha Jendrysiacz war mit Mitte dreißig nach Sylt gekommen. Sie hatte immer davon geträumt, auf einer Insel zu leben, und sich sofort auf die freie Stelle am Gymnasium in Westerland beworben. Als die Zusage kam, hatte sie das erste Mal in ihrem Leben Champagner getrunken.

Der Sommer ihrer Ankunft war einer der heißesten seit Bestehen der Wetteraufzeichnungen gewesen. Martha unterrichtete in ärmellosen Sommerkleidern, ging nach Schulschluss mit Kollegen zum Strand und genoss die warmen Nächte, in denen sie in kurzen Hosen und leichter Bluse auf der Treppe zu ihrem Haus saß, den Geruch der Heckenrosen in der Nase und das Zirpen der Grillen im Ohr. Sie war angekommen, davon war sie überzeugt, es war die richtige Entscheidung gewesen, das Einzige, was ihr jetzt noch zu einem perfekten Sommer fehlte, war der perfekte Mann.

Sie traf ihn erst gegen Ende des Sommers. Eine Kollegin hatte sie zu einer Vernissage in Kampen mitgenommen, wo ein bekannter Maler zum ersten Mal auf der Insel seine Bilder ausstellte, Bilder, die zum großen Teil hier entstanden waren, weshalb diese Vernissage längst überfällig war. Darüber waren sich die Gäste und Kritiker einig, die bei Marthas Ankunft in einem engen Kreis um den Künstler standen und alle unglaublich wichtig taten. Martha verliebte sich an diesem Abend zweimal. Zuerst in ein Bild, das die Brandung am Ellenbogen zeigte, und dann, als der Kreis der Kunstliebhaber sich öffnete und den Blick auf den Künstler freigab, in Lambert Matthiesen.

»Er war der schönste Mann, den ich jemals gesehen habe.« Martha lehnte sich zurück und lächelte. »Sehr groß, schlank, dann dieses dunkle Haar, in dem schon die ersten grauen Strähnen sichtbar waren, diese schmalen Hände, denen man das Malen schon ansah, er war unglaublich. Ich stand unbeweglich einen Meter von ihm entfernt und konnte ihn nur anstarren. Und dann kam er einen Schritt auf mich zu und fragte mich nach meinem Namen.«

Katharina hatte gespannt zugehört. Lambert Matthiesen, das hatte sie nachgesehen, war gut zehn Jahre älter als Martha. Sie hatte Fotos von ihm im Netz gefunden, ein charismatischer Mann mit sehr hellen Augen, er war tatsächlich schön gewesen. Katharina stellte sich die Situation vor. Dieser Mann, erfolgreich, hochbegabt und von allen hofiert, und die zierliche junge Martha, eine dunkelhaarige Schönheit mit Verstand und Witz. Katharina hatte die Fotos von ihr in ihrem Haus gesehen, sie musste atemberaubend gewesen sein. Und das hatte Lambert Matthiesen anscheinend auch gefunden.

»Wir haben eine Liebesaffäre angefangen«, fuhr Martha in ruhigem Ton fort. »Noch am selben Abend, ohne große Umstände. Ich wusste damals auch nicht, wohin das führen sollte, aber das war überhaupt nicht wichtig. Das andere war viel größer. Und es ging über dreißig Jahre.«

Überrascht hob Katharina den Blick und sah sie an. Es war seltsam, für sie war Dr. Martha Jendrysiacz immer ein Neutrum gewesen. Zu ihrer Schulzeit hätte sie sich ihre Lehrerin nie als Liebende vorstellen können, weder Leidenschaft noch Trauer, weder Sehnsucht noch Eifersucht, nichts davon gehörte in das Bild, das Schüler von ihren Lehrern haben. Dr. Martha wusste immer alles, war bedacht und konzentriert, streng und fordernd, aber doch nicht verliebt. Das war nicht vorstellbar gewesen.

Katharina lächelte. »Seltsam«, sagte sie. »Ich habe mir Sie ... dich nie privat vorstellen können. Wir haben immer gedacht, dass du allein und nur für deine Schüler gelebt hast.«

Martha drehte sich zu ihr und schob ihr behutsam eine Haarsträhne aus dem Gesicht. »Das sollen Schüler auch denken. Und ein bisschen war es auch so. Und darüber hinaus war es nie offiziell. Lambert war damals bereits verheiratet. Seine Frau hieß Margarete, sie kam aus einer reichen Kölner Fabrikantenfamilie, sehr katholisch und mit großer Familientradition. Ihr Vater hat Lambert gefördert und auch finanziert, dafür hatte er später einen berühmten Schwiegersohn und zwei Enkel. Das war ein gutes Geschäft. Eine Trennung wäre für Lambert nie in Frage gekommen, seine Frau war schwierig, eine reiche Tochter eben, die immer ihren Willen bekam, sie hätte ihm die Hölle bereitet, wenn er sie verlassen hätte.«

Irgendetwas an der Vorstellung, dass Martha eine heimliche Geliebte gewesen war, störte Katharina. Doch schon wieder schien Martha die Gedanken lesen zu können. »Hast du damit ein moralisches Problem?«, fragte sie amüsiert. Katharina fühlte sich ertappt. »Nein«, sagte sie schnell. »Ich weiß nur, dass ich das nicht könnte. Dieses Versteckspiel, diese Heimlichkeiten, dieses Verleugnen. Ist das nicht demütigend?«

»So stellst du es dir vor, Katharina. Das meinte ich vorhin mit dem Zwang, alles einordnen zu müssen. Natürlich hätte ich mir auch einen netten jungen Mann in meinem Alter suchen können, vielleicht einen Kollegen, der auch noch ähnliche Interessen und eine ähnliche Lebensplanung hatte, wir hätten heiraten können, dann wären die Kinder und mittlerweile Enkel gekommen. Wir hätten unser ordentliches und durchgeplantes Leben geführt, ohne darüber nachzudenken, ob wir es noch mögen, aber das wäre auch egal, es ist ja genug Alltägliches da. Kurzurlaube über Ostern und Weihnachten, Geburtstage, Taufen, Hochzeiten, dauernd kann man sich ablenken, dazu ein schönes Haus, gemähter Rasen und am Sonntag trifft sich die ganze Familie zum Mittagessen. Mehr Verlässlichkeit und Verbindlichkeit gibt es doch gar nicht, oder?«

Katharina schüttelte den Kopf, als sie sich Martha mittendrin vorstellte. »Das wäre vermutlich nicht auszuhalten gewesen. Und wie war es stattdessen?«

»Es war ein richtiges Leben.« Martha sah Katharina an. Ihre Augen glänzten. »Die Familie hatte ein Haus in Kampen. Margarete mochte die Insel nicht besonders, deshalb nutzte nur Lambert das Haus. Wenn er hier nicht malte, stand das Haus leer. Über die Jahre war er immer häufiger und immer länger hier, die letzten Jahre lebte er mehr hier als in Köln.«

»Und seine Frau?«

»Solange er zu den offiziellen Anlässen da war, reichte es ihr. Margarete mochte die Fassade, nicht unbedingt den Mann. Sie hat von mir gewusst. Natürlich hat sie deshalb auch ein paar Szenen gemacht, aber da Lambert diskret blieb und niemand aus ihrer Familie und dem Freundeskreis etwas merkte, hat sie weggesehen. Damit sich nichts ändert.«

Katharina musste diese Geschichte erst mal verdauen. Martha war also dreißig Jahre die Geliebte eines bekannten Malers gewesen. Hatte es überhaupt jemand gewusst? Hatte sie darunter gelitten? Dieses Mal funktionierte das Gedankenlesen anscheinend nicht, Martha blieb still. Also drehte Katharina sich zu ihr. »Hast du es bereut?«

»Bereut?« Martha war verblüfft. »Dass ich dreißig Jahre eine Lebensliebe hatte?« Sie warf den Kopf zurück und lachte. »Katharina, du hörst nur, was du hören willst. Ich habe ihn geliebt. Und ich durfte diese Liebe drei Jahrzehnte lang leben. Er war monatelang hier, wir haben ein gemeinsames Leben gehabt, weil Margarete es gar nicht interessierte, was ihr Mann machte, wenn sie ihn nicht sah. Was ich nicht hatte, war die Fassade, aber glaub mir, die brauchte ich auch nicht. Man muss nicht alles erklären können, es ist viel wichtiger, zu spüren, dass es richtig ist, was man fühlt. Es war richtig, auch wenn man diese Art Beziehung nicht in drei Sätzen erklären kann.«

»Er ist vor zehn Jahren gestorben, oder?«

Martha nickte. »Ja. Ich war bei ihm. Er ist hier gestorben. In seinem Haus in Kampen. Ich habe noch lange neben ihm gelegen, bevor ich den Arzt angerufen habe. Dr. Faust ist ein Freund von mir. Er hat alles Weitere geregelt, den Abschied hatten wir aber allein.« Sie räusperte sich kurz, bevor sie fortfuhr. »Lambert hat ein Testament gemacht, in dem er mir ein Grundstück und einen großen Teil seiner Bilder vermacht hat. Ich hatte noch das Geld vom Haus meiner Mutter und habe dann dieses Haus gebaut. Die Zeichnung dafür haben wir noch zusammen gemacht. So ist immer etwas von ihm hier. Nach seinem Tod bin ich in Pension gegangen, ich wollte was Neues anfangen. Seitdem arbeite ich im Inselarchiv und schreibe nebenbei ein Buch über ihn. Sein jüngster Sohn hilft mir dabei, er hat nach dem Tod seines Vaters Briefe gefunden und mich daraufhin gesucht. Den Kontakt mit mir aufgenommen hat er aber erst nach dem Tod seiner Mutter. Die Familie ist immer noch sehr diskret.«

Katharina wusste nicht, was sie zu Marthas Geschichte sagen sollte, sie suchte noch die richtigen Worte, Martha war schneller: »Was ich dir damit sagen will, Katharina, ist, dass man nie weiß, wozu Dinge gut sein können. Man kann nicht alles kontrollieren, man kann auch nicht alles planen. Manchmal passiert etwas, das sich richtig anfühlt und einem trotzdem Angst macht. Aber ich bin sehr froh, dass ich mich damals getraut habe, diesen Weg zu gehen. Trotz aller moralischen Vorbehalte und trotz, wie du es nennst, wenig Verbindlichkeit. Aber Lambert Matthiesen war das Beste, was mir in meinem Leben passiert ist, und er hat das Beste aus mir herausgeholt. Du solltest dich auch mehr trauen. Es ist nur am Anfang schwer.«

Martha streckte ihren Rücken durch und stand langsam auf. »Hier stand übrigens schon früher eine Bank. Lambert kam immer mit der Fähre und wir haben uns hier getroffen. Es sind schöne Erinnerungen.«

Sie blickte auf Katharina hinunter, die nichts sagen konnte. »Hey«, sanft stupste sie an Katharinas Knie, »jetzt werde bitte nicht sentimental. Es ist keine traurige Geschichte, ganz im Gegenteil. Das passiert, wenn man ein Gefühl zulässt, ohne vorher minutiös durchzuplanen, wohin das alles führen wird. Mehr Herz als Hirn. Egal, ob es um Hannes oder jemanden ganz anderen geht. Und jetzt lass uns zum Hafen schlendern und ein Glas Wein trinken, bevor ich mit dem Bus zurückfahre. Und aufs Leben anstoßen.«

Sie hielt Katharina die Hand hin und zog sie hoch. Katharina sah sie an, dann beugte sie sich vor und küsste ihre ehemalige Lehrerin flüchtig auf die Wange.

»Danke für die Geschichte«, sagte sie. »Du bringst mir immer noch was bei.«

»Das hoffe ich doch«, war die Antwort. »Und du passt immer noch gut auf.«

Drei Wochen später stand Inken mit der zusammengefalteten Wäsche in der Tür.

»Hier sind noch zwei T-Shirts und eine Bluse. Die hat Gertrud noch gebügelt.«

Katharina drehte sich zu ihr um, der offene Koffer lag auf dem Bett, die Reisetasche stand schon fertig gepackt auf dem Boden. »Danke, leg es einfach hier hin, ich bin auch gleich fertig.«

Inken legte die Sachen vorsichtig auf einen anderen Stapel und ließ sich seufzend danebenfallen. »Wann kommt Peter Bohlen denn, um dich abzuholen?«

»Gegen drei.« Katharina nahm eine Jacke vom Bügel. »Er hat noch einen Termin zum Mittagessen.« Sie sah hoch und bemerkte Inkens Gesichtsausdruck. Langsam ließ sie die Jacke sinken und setzte sich neben sie. »Mach doch nicht so ein Gesicht. Es werden keine zwölf Jahre vergehen, bis wir uns wiedersehen.«

Inken zuckte die Achseln. »Ich weiß. Aber du warst jetzt so lange hier, bis auf ein paar Tage Unterbrechung. Irgendwie habe ich mich an dich gewöhnt und finde es blöd, dass das Zimmer hier wieder leer steht. Außerdem war immer alles so aufgeräumt und Gertrud wird auch einen Anfall kriegen, wenn du weg bist und es wieder so aussieht wie vorher.«

Katharina lachte und stand auf. »Apropos Gertrud. Ist sie noch gar nicht da? Es ist gleich eins.«

Langsam rollte Inken ein Seidentuch zusammen. »Sie kommt nachher, um dir Tschüss zu sagen. Sie hat gesagt, wir sollten doch allein essen, falls wir für uns sein wollen, sie aber in jedem Fall anrufen, bevor du fährst.«

»Gut.« Katharina nahm ihrer Schwester das Seidenknäuel aus der Hand. »Das ist mein bestes Tuch, das muss nicht ins Portemonnaie passen. Ich muss sowieso was mit dir besprechen, bevor Peter Bohlen kommt.«

»Okay.« Inken dachte kurz nach, dann stand sie auf. »Was hältst du von Pfannkuchen? Mit Apfelmus?«

»Viel.«

»Dann mach ich mal den Teig. Wenn du fertig bist, kannst du zum Essen kommen.«

Inken trampelte die Treppe hinunter und Katharina schüttelte den Kopf, weil es nicht zu fassen war, dass diese kleine, zierliche Person so einen Lärm machte. Sie packte langsam weiter. Der Koffer war jetzt auch voll, fehlten nur noch die kleine Reisetasche und ihre Arbeitsunterlagen. Sie war froh, dass Peter Bohlen seine Termine so gelegt hatte, dass er sie samt ihrem Gepäck mit dem Auto nach Bremen mitnehmen konnte. Sie hatte überhaupt keine Lust zu fahren, aber der Abschiedsschmerz wäre im Zug noch schlimmer geworden.

Ihr Handy meldete eine eingegangene SMS. »Gute Reise, ich hoffe, du bist nicht zu traurig. Sei kopflos …«

Hannes hatte anscheinend ein ähnliches Gespür für Stimmungen wie Martha. Katharina lächelte und schrieb schnell eine Antwort: »Ich wäre gern noch kopfloser. Ich hoffe, du bist gewärmt im kalten Norden.« Sie schickte die Antwort ab, legte das Handy zurück und packte den Rest zusammen.

»Danke, ich habe genug.« Katharina schob den halbvollen Teller zurück. »Ich bin satt. Wird dir nicht gleich schlecht?«

Inken schlang die Pfannkuchen in sich hinein, als hätte sie seit Tagen nichts zu essen bekommen. »Ich kriege immer Hunger, wenn es traurig wird«, antwortete sie, »dann brauche ich mehr Kalorien, um das alles zu ertragen. Willst du wirklich nichts mehr?« Sie wartete Katharinas Kopfschütteln gar nicht ganz ab, sondern tauschte schnell die Teller. »Kann ich noch mal Apfelmus haben?«

Während sie den Pfannkuchen zusammenrollte, sah sie Katharina an. »Du wolltest noch was mit mir besprechen?«

»Ja.« Katharina hatte eigentlich warten wollen, bis Inken fertig war, aber sie war zu gespannt, was ihre Schwester sagen würde.

»Du hast gar nicht gefragt, warum Peter Bohlen mich hier abholt«, begann sie. »Hat dich das nicht interessiert?«

»Nö.« Inken kaute beim Sprechen weiter. »Weil er nett ist?«

»Er will Ende August auf der Insel einen Film drehen. Über Frauen in besonderen Berufen.« Gespannt wartete Katharina auf eine Reaktion, aber Inken sah sie nur kauend an und hob fragend die Schultern. »Und?«

»Er will drei Tage hier drehen. Über dich und die Segelschule. Das wird eine tolle Werbung für dich. Und er hat mich gefragt, ob ich wie früher seine Produktionsleitung machen würde. Ich habe Ja gesagt. Also komme ich Ende August wieder. Mit Fernsehteam. Was sagst du?«

Inken hatte aufgehört zu kauen und fragte mit großen Augen und der Gabel in der Luft: »Echt? Ist das dein Ernst? Das wäre ja ...«

»Super«, ergänzte Katharina. »Das wird es auch. Außerdem bekommst du Geld dafür, die genaue Summe handele ich mit Peter noch aus. Aber das wird nicht schlecht. Wir müssen doch die Sache hier mal zum Laufen bringen.«

Inken schluckte. »Na ja, so schlecht ist es auch nicht. Ich ...«

»Es läuft nicht besonders«, unterbrach Katharina sie und legte ihre Hand auf die von Inken. »Ich wollte nicht davon anfangen, aber ich finde es eigentlich blöd, gar nicht darüber zu sprechen. Ich weiß, dass du nebenbei putzen gehst, um die Rechnungen zu bezahlen, und ich habe neulich einen Kontoauszug gefunden, der aus einer Zeitschrift fiel. Also erzähl mir nichts, ich bin ja nicht blöd. Ich kann dir jederzeit Geld leihen, ich habe fast das ganze Geld von Mia und Joe damals angelegt und kaum etwas davon ausgegeben. Nur, dass du das weißt.«

»Ja.« Inken nickte und sah ihre Schwester an. »Danke für das Angebot, aber ich schaffe es auch allein. Ich möchte nichts von dir leihen. Und jetzt bekomme ich ja erst mal eine Mordswerbung. Das ist toll. Du musst bitte früher kommen als das Fernsehteam, ich weiß gar nicht, was ich da anziehen soll. Vor der Kamera.« Sie fing an zu lachen. »Gertrud rastet aus, wenn wir ihr das gleich erzählen. Wir kommen ins Fernsehen, es ist nicht zu glauben. Ich muss schnell mal Jesper anrufen. Das ist der Wahnsinn.«

Als Peter Bohlen Katharinas Gepäck in den Kofferraum gestellt und die Klappe zugeschlagen hatte, spürte Inken doch Tränen in den Augen.

»Jetzt reiß dich zusammen, du Heulsuse«, sagte Katharina leise und drückte ihre Schwester an sich. »Sonst fang ich auch gleich an. Wir telefonieren, wenn ich zu Hause bin.«

Inken und Gertrud winkten, bis der Wagen nicht mehr zu sehen war.

»Meine Güte.« Peter Bohlen sah ein letztes Mal in den Rückspiegel und warf Katharina einen belustigten Blick zu. »So sentimental habe ich dich ja lange nicht erlebt. Du hast feuchte Augen.«

»Das kommt von deiner blöden Klimaanlage.« Katharina klappte die Blende mit dem Spiegel runter und wischte sich mit dem Finger vorsichtig die Wimperntusche unter den Augen weg. »Die ist viel zu kalt eingestellt.«

»Ja, klar.« Peter nickte heftig. »Die Klimaanlage. Da kommen mir auch immer die Tränen.« Er wartete einen Moment, dann fuhr er fort. »Aber um dir den Abschiedsschmerz zu nehmen, ich habe mir alle Drehorte abschließend angesehen und auch schon mit allen Zuständigen gesprochen. Das heißt, du kannst dann nächste Woche gleich mit der Planung anfangen. Bis Ende August sind es ja nur noch ein paar Wochen.«

»Ja, mach ich.« Katharina sah aus dem Fenster, sie fuhren gerade an der Wanderdüne vorbei, als Kind hatten sie hier noch gespielt, heute war das aus Dünenschutzgründen verboten. In ihrer Erinnerung sprang Inken die Düne hinunter, sie hatte immer viel zu viel Schwung und sich fast jedes Mal überschlagen. Unten angekommen, hatte sie sich nur kurz geschüttelt, den Sand ausgespuckt und war wieder nach oben geklettert. Genauso lebte sie heute noch.

Sie war so sehr mit ihren Erinnerungen beschäftigt, dass Peter Bohlen sie leicht anstoßen musste, um sie in die Gegenwart zurückzuholen. Vorher hatte er sie wohl irgendetwas gefragt. Katharina wandte ihren Blick von der Dünenlandschaft ab und sah ihn entschuldigend an. »Ich habe nicht zugehört, sorry, was hast du gesagt?«

»Ob du mit der Recherche für Bastian de Jong ganz fertig geworden bist. Dann könntest du ja wirklich gleich mit der Produktionsplanung beginnen.«

»Ja.« Katharina nickte. »Ich habe alle Informationen für ihn zusammen, habe alles dokumentiert, aufbereitet und geordnet.« Sie schob ihre Sonnenbrille auf den Kopf, der Himmel bewölkte sich gerade, was gut zu ihrer Abschiedsstimmung passte. »Das Seltsame ist nur, dass ich ihn nicht erreichen konnte. Anfangs hat er sich dauernd gemeldet, ist sogar gleich auf die Insel gekommen, war schon fast zu aufdringlich, und nun habe ich ihn seit Tagen nicht erreichen können. Ich wollte vorschlagen, ihm die Unterlagen selbst zu bringen, vielleicht noch ein abschließendes Gespräch zu führen, aber ich konnte nicht mit ihm sprechen. Er geht einfach nicht ans Telefon.«

Peter Bohlen winkte ab. »Ihm eilt doch der Ruf einer Diva voraus. Ein Kollege von mir wollte mal eine Dokumentation über ihn machen, alle Vorbereitungen waren getroffen, zwei Drehtage bereits im Kasten und am dritten hat de Jong hingeschmissen. Die Fragen waren ihm zu persönlich und er hat sich angeblich nicht wohlgefühlt. Fertig, aus. Es gab keine Möglichkeit.«

»So war er hier aber nicht«, widersprach Katharina. »Ganz im Gegenteil, er war sehr charmant, sehr verbindlich. Manchmal etwas unkonzentriert und launisch, aber überhaupt nicht unangenehm. Vielleicht etwas empfindlich und ein bisschen arrogant, aber da kenne ich andere, die viel unangenehmer sind. Ich verstehe das nicht.«

»Vielleicht ist ihm was passiert«, überlegte Peter, um eine Erklärung beizusteuern. »Was sagt denn sein Büro? Oder hast du da nicht angerufen?«

»Doch, natürlich. Die haben mich an seinen Agenten verwiesen, ein Herr Jensen. Und der hat mitgeteilt, dass Bastian de Jong in Schreibklausur ist und nicht gestört werden will. Aber dafür braucht Bastian doch die Recherche. Na ja, vielleicht schreibt er noch etwas anderes. Jensen hat vorgeschlagen, die Unterlagen an ihn zu schicken, die Agentur ist in Hamburg. Ich könnte die Rechnung beilegen. Er würde sie dann weiterleiten. Ein eigenartiger Typ. Er hat mit mir gesprochen, als wäre ich irgendeine Praktikantin.«

»Schreib dem Starautor eine SMS, dass er sich melden soll, dann wird das schon.«

»Große Idee, Bohlen.« Katharina sah ihn kopfschüttelnd an. »Da wäre ich allein nie drauf gekommen. Das mache ich schon seit Tagen. Was glaubst du denn? Aber es kommt keine Antwort. Egal, ich hoffe, er meldet sich, sonst bekommt er wirklich alles per Post.«

Peter nickte zufrieden. »Aber dann ist die Frage, wann du für mich anfangen kannst, ja geklärt.«

Schnell entgegnete Katharina: »Nicht, dass du das falsch verstehst, ich mache deine Produktionsleitung nur für den

Film auf Sylt und bei Inken. Das wird keine Fortsetzung unserer alten Zusammenarbeit.«

Peter hob gespielt überrascht die Arme. »Ich weiß, ich weiß. Aber dann fängst du gleich Montag an? Oder hast du noch einen Kurztrip nach Schweden vor?«

»Behalt die Hände am Lenkrad, bitte.«

Er ließ die Hände zurück aufs Steuer fallen und sah sie auffordernd an. »Das ist doch keine Antwort. Also? Was ist nun? Mit Schweden?«

»Du fragst mich jetzt nicht, ob ich demnächst nach Schweden fahre?« Katharina sprach in einem Ton, als würde sie mit einem Halbirren reden. »Das tust du nicht, oder?«

Peter grinste. »Könnte doch sein. Saskia und Tobias waren am Wochenende übrigens zusammen auf Norderney. Ganz romantisch. In einem schönen Hotel, nur sie beide. Du, das ist eine ganz tolle Liebesgeschichte. Die nie vergessene Leidenschaft, dieses Zurück auf Anfang, die wiedererwachten Gefühle, von denen man dachte, dass man sie schon längst vergessen hätte, der Neustart mit vertrautem Partner, es ist wunderbar.«

Die Sonne blitzte plötzlich wieder durch die Wolken, Katharina schob ihre Sonnenbrille zurück auf die Nase. Sie blickte auf den Bahnhof von Westerland, der jetzt links von ihnen lag. Hier war sie vor ein paar Wochen angekommen, unlustig, etwas angestrengt und ohne die geringste Ahnung, was alles in der nächsten Zeit auf sie zukommen würde. Sie hätte sich damals einfach schon freuen können. Jetzt räusperte sie sich und lächelte Peter an. »Norderney hat ziemlich wenig, bei genauer Betrachtung sogar fast gar nichts mit Schweden zu tun. Aber der Versuch war nicht schlecht. Vielleicht erzähle ich dir irgendwann auch mal mehr. Jetzt musst du dich aber auf den Verkehr konzentrieren, wir müssen an der nächsten Ampel links.«

Katharina druckte die Rechnung aus, faltete sie zusammen und schob sie in einen Umschlag. Nachdenklich betrachtete sie die Adresse, dann stand sie auf und ging in Friedhelms Büro. Er saß an seinem Schreibtisch und hob den Kopf, als sie eintrat. Katharina blieb vor ihm stehen und wedelte mit dem Umschlag.

»Ich habe jetzt die Rechnung für Bastian de Jong geschrieben und die ganzen Unterlagen verpackt. Jetzt schicke ich alles mit der Post.«

»Dann hat er sich also nicht mehr gemeldet?«

Katharina schüttelte den Kopf und setzte sich auf den Stuhl, der vor seinem Schreibtisch stand. »Nein. In seinem Hamburger Büro läuft nur ein Band, das mir sagt, dass das Büro vorübergehend nicht besetzt ist. Ich schicke das Paket jetzt an den Agenten, dann soll der es eben weiterleiten.«

Friedhelm nickte und rollte mit seinem Stuhl nach hinten. »Du kannst das Paket und die Rechnung nach vorn stellen, ich muss nachher sowieso zur Post, dann nehme ich es mit. Und ich schicke es per Einschreiben, dann können wir wenigstens feststellen, ob es angekommen ist.«

»Danke.« Katharina streckte ihre Beine aus und sah ihn an. »Ich habe mich gestern mit Jens getroffen und ihm erzählt, dass Bastian de Jong sich nicht mehr meldet.«

Das Treffen war ganz spontan gewesen. Jens hatte sie angerufen, weil er eine Uhr vermisste, die Katharina tatsächlich in ihrer Wohnung fand. Er wollte nicht zu ihr kommen, sondern schlug vor, abends in der Stadt essen zu gehen. Ob er Sabine nicht zufällig treffen wollte oder ob ihn die Wohnung an ihre gescheiterte Beziehung erinnerte, wusste Katharina nicht, sie hatte auch nicht genauer gefragt, sondern eingewilligt. Sie waren in einem Lokal an der Weser verabredet. Anfangs waren sie beide etwas angespannt, später immer lockerer. Jens hatte sich entschlossen, seine kleine Wohnung in Bremen aufzulösen und zurück nach Berlin zu gehen. Die Geschichte mit Sabine war nur ein einmaliger Ausrutscher gewesen, alles andere hätte Katharina auch gewundert. Allerdings rief Sabine ihn immer noch an und verlangte Erklärungen, was Jens mit einer verlegenen Grimasse zugab.

»Ich kann ihr ja auch nicht sagen, dass ich einfach nur besoffen war und es mir leidtut. Hast du sie mal getroffen?«

»Ein einziges Mal. Ich kam in den Hausflur und sie aus dem Keller. Sie hat mich gesehen und ist sofort zurück in den Keller gegangen. Ohne etwas zu sagen. Vielleicht gibt sie mir die Schuld, dass es mit ihr und dir nicht klappt.«

»Das ist doch Schwachsinn.«

»Tja.« Katharina hob die Schultern. »Ich habe aber wenig Lust, es ihr zu erklären.«

Nach einer Weile hatte Jens sie gefragt: »Und was ist jetzt mit dir? Und diesem Hannes?«

Wieder hatte sie die Schultern gehoben. »Mal sehen«, hatte sie gesagt und mit den Blicken ein Segelschiff auf der Weser verfolgt. »Ich muss einiges in meinem Leben ändern und weiß noch nicht genau, womit ich anfange. Frag mich in einigen Monaten wieder.«

Das alles erzählte sie Friedhelm jetzt nicht, aber Jens hatte einen Kollegen aus dem Verlag getroffen, in dem Bastian de Jongs Bücher erschienen.

»Dieser Kollege hat natürlich nur Andeutungen gemacht, aber Bastian hat wohl zwei feste Veranstaltungen gekippt, hat noch kein Exposé für den Roman geschickt und ist zu einem verabredeten Termin nicht erschienen. Jedes Mal hat sein Agent kurz vorher abgesagt und es mit allem Möglichen begründet. Die sind da ziemlich sauer. Und das ist wohl schon mal passiert. Damals hat er sich in eine Frau verknallt und ist mit der zwei Monate in die Karibik geflogen. Ohne Handy und ohne eine Adresse zu hinterlassen. Es ist wohl nichts Besonderes, dass er mal abtaucht.«

Friedhelm hatte ihr aufmerksam zugehört und nickte. »Na gut«, sagte er. »Dann ist es so. Hauptsache, er bezahlt die Rechnung. Sag mal, du bist jetzt die nächste Zeit mit der Produktion für Peter Bohlen beschäftigt, oder?«

Katharina nickte. »Ja, bis Ende August. Aber ich mache die Vorbereitung von hier aus und fahre erst eine Woche vor den Dreharbeiten wieder hoch. Ich bin also im Büro.«

»Das ist schön.« Friedhelm lächelte. »Es geht mir nämlich langsam auf den Geist, immer nur mit der verliebten Saskia zu arbeiten, die alle zehn Minuten etwas völlig Belangloses von Tobias erzählt. Oder von früher. Ich bin zu alt für verliebte Frauen am Arbeitsplatz. Es geht mir auf den Geist. Möchtest du eigentlich einen Kaffee?«

Katharina lächelte.

Ein paar Wochen später saß Katharina abends mit einem Glas Rotwein auf ihrem Balkon, sah in den rot gefärbten Himmel und dachte nach. Hannes hatte ihr eine E-Mail geschrieben und vorgeschlagen, zusammen eine Woche nach Barcelona zu fliegen. Er müsste beruflich hin und würde gern ein paar Tage dranhängen. Das war genau während der Dreharbeiten auf Sylt.

Er hatte sie nach seiner Rückkehr aus Schweden besucht. Ganz spontan hatte er sich in sein Auto gesetzt und sich auf den Weg gemacht. Kurz vor ihrer Wohnung hatte er sie angerufen, über dieses und jenes geredet, ihr gesagt, dass sie ihm fehle und er sie ganz schnell wiedersehen wolle. Katharina hatte in der Badewanne gelegen, eine Gesichtsmaske einwirken lassen und dabei entspannt und sehnsüchtig mit ihm telefoniert. Als er ihr gesagt hatte, dass er jetzt vor ihrer Haustür sei, war ihr das Telefon in die Wanne gefallen.

Sie hatten einen leichten Abend und eine wunderbare Nacht miteinander verbracht. Er war begeistert von ihrer Wohnung, hatte Katharina immer wieder berührt und bewundernd angesehen, viel geredet, sie hatten zusammen gekocht, auf dem Balkon Wein getrunken und waren irgendwann mit ihren Gläsern ins Bett umgezogen. Als sie am nächsten Morgen mit ihm in der hellen, aufgeräumten Küche saß, durchzuckte sie kurz der Gedanke, dass er nicht richtig in diese Wohnung passte. Sie wusste nicht, ob es an ihm, an ihr oder an der Wohnung lag. Bevor sie es herausfinden konnte, musste er wieder zurück nach Kiel.

Das Handy kündigte eine SMS an, langsam griff Katharina nach dem Telefon. Es war nicht Hannes, es war Mia. »Bist du da? Ich muss mit dir reden. Computer ist an.«

»Hallo, Mia, was ist passiert?«

Ihre Mutter saß seitlich von der Kamera, sie war nur zur Hälfte zu sehen. »Hast du mit Inken geredet?«

Katharina blickte auf den Bildschirm. »Setz dich mal gerade hin, du bist gar nicht ganz drauf und ich höre dich nicht gut.«

Mia schob sich ganz ins Bild, fummelte am oberen Rand des Bildschirms herum, die Kamera wackelte, das Bild wurde erst unscharf, dann sah Katharina die Decke des Zimmers und hörte nur noch Mias Stimme.

»Hast du mit ihr gesprochen?«

»Du hast die Kamera verstellt. Sie muss auf dich zeigen.«

Wieder ein Ruckeln, dann tauchte ihre Mutter auf. »Was ihr immer mit dieser blöden Kamera habt. Bei mir funktioniert alles. Also, noch mal, hast du mit deiner Schwester gesprochen?«

»Ja, vorgestern, glaube ich. Warum?«

»Wie war sie denn?«

Katharina verstand die Frage nicht. »Was meinst du? Ganz normal. Wir haben nicht lange telefoniert, es ging nur noch um ein paar Kleinigkeiten wegen der Dreharbeiten. Und dann kamen Segelschüler und Inken musste aufhören. Wir hatten aber alles besprochen. Ich fahre ja dieses Wochenende wieder hin.«

»Also, ich habe neulich mit ihr geskypt und da sah sie ganz schlecht aus. Habe ich ihr auch gesagt, aber sie hat nur gemeint, dass das an der Kamera liegt. So ein Unsinn, sehe ich etwa schlecht aus?«

Sie sah Katharina herausfordernd an, Katharina verbiss sich ein Grinsen und antwortete pflichtschuldig: »Nein, du siehst gut aus.«

Katharinas Telefon klingelte, sie blieb sitzen und konzentrierte sich weiter auf ihre Mutter.

»Na bitte.« Mia nickte triumphierend. »Von wegen Kamera. Inken sah wirklich schlecht aus. Und dann habe ich mit Gertrud geskypt, die kann das jetzt nämlich allein, das hat ihr Solveig noch mal alles in Ruhe erklärt. Gertrud hat mich nämlich gefragt, ob ich wüsste, was mit Inken los ist. Das fragt sie mich! Als ob ich meine Tochter öfter sehe als Gertrud. Woher soll ich das wissen? Jedenfalls meinte Gertrud, dass Inken so blass und schlapp durch die Gegend läuft wie sonst nie. Und sie ist dauernd müde und hat zu nichts Lust. Das ist doch nicht normal. Weißt du denn, was mit ihr ist? Gertrud meint, sie hat, wie heißt das noch? Ach ja, Burnout. Weil ihr alles zu viel wird. Katharina, du warst doch länger da, du musst doch was mitbekommen haben? Übernimmt sie sich? Ist ihr die Segelschule zu viel? Müssen wir was für sie tun? Ich mache mir Sorgen. Und Gertrud auch.«

Katharina musste einen Moment über das Gehörte nachdenken. Ihr war nichts aufgefallen, Inken hatte am Telefon nichts von irgendwelchen Problemen gesagt und Katharina hatte nicht den Eindruck gehabt, dass etwas nicht in Ordnung sei. Aber es musste etwas geschehen sein, wenn Gertrud schon Mia davon erzählt hatte. Vielleicht reichte es mittlerweile wirklich nicht mehr, wenn Inken sich nur kurz schüttelte und den Sand ausspuckte. Vielleicht war es inzwischen doch alles zu viel für sie. In diesem Moment fasste Katharina einen Entschluss. Sie würde zwar noch nicht darüber reden, aber sie müssten sich bald nicht mehr allzu sehr um Inken sorgen.

Jetzt klingelte Katharinas Handy, auch das ignorierte sie.

»Mia, ich rede mal mit ihr«, sagte sie beruhigend. »Und ich bin ja auch bald wieder auf Sylt. Mach dir mal keinen Kopf, ich kümmere mich um Inken.«

»Das wollte ich von dir hören.« Zufrieden blickte Mia ihre Tochter an. »Sprich mit ihr und sag mir dann, warum sie so müde ist. Gertrud klang tatsächlich so, als müssten wir uns Gedanken machen.«

Das Telefon fing erneut an zu klingeln. Es musste etwas Wichtiges sein.

»Mia, ich muss Schluss machen, hier geht andauernd das Telefon. Vielleicht ist es ja Inken. Wenn ich etwas weiß, sag ich dir Bescheid. Ich glaube, sie hatte nur ein bisschen zu viel um die Ohren, aber Inken ist zäh, sie schafft das schon. Also, bis bald.«

Das Klingeln verstummte, Katharina sah auf das Display, es war jedes Mal die Nummer des Büros gewesen, genauso wie auf dem Handy. Sie warf einen Blick auf die Uhr und runzelte die Stirn. Wer war denn um halb zehn noch im Büro? Sie wählte die Nummer und hatte nach dem ersten Freizeichen Saskia am Apparat.

»Hallo, hier ist Katharina, haben wir Wassereinbruch oder Feuer im Büro?«

Saskia blieb ernst. »Du, ich hatte was vergessen, deshalb bin ich noch mal reingekommen. Sowohl der Agent von Bastian de Jong als auch Klaas de Jong waren auf dem Anrufbeantworter. Der Agent hat nur gesagt, dass die Rechnung bezahlt wird, sie haben sie aus irgendeinem Grund liegen gelassen und jetzt erst wiedergefunden. Und der Sohn hat dreimal angerufen und um deinen Rückruf gebeten, weil er deine Privatnummer verloren hat. Es sei dringend. Das klang alles ganz komisch, ich würde heute noch anrufen.«

Katharina hatte eine merkwürdige Vorahnung, als sie die Nummer von Klaas de Jong wählte. Er war sofort dran. Seine Stimme war heiser und er kam sofort zur Sache: »Frau Johannsen, ich wollte nicht, dass Sie es aus der Presse erfahren. Mein Vater ist gestern Abend verstorben. Er lag drei Wochen im Koma, wir haben niemanden in Kenntnis gesetzt, weil er das so gewollt hat, aber er hat es leider nicht mehr geschafft.«

Mit dem Telefon am Ohr ließ Katharina sich langsam auf einen Stuhl sinken. »Um Gottes willen. Was ist denn passiert?«

»Er hat ...« Klaas de Jong musste sich räuspern, bevor er weitersprechen konnte. »Er wollte sich erschießen. Aber er war noch nicht tot, als man ihn gefunden hat. Er wurde sofort operiert, ist aber nicht mehr aufgewacht.«

Katharina sah ihn plötzlich vor sich, die Schuhe um den Hals gelegt, die Hände in den Hosentaschen, barfuß am Strand laufend. Das Entsetzen breitete sich langsam in ihr aus.

»Warum hat er das getan?«

»Er hat einen Brief hinterlassen. Mein Vater hat angefangen, Dinge zu vergessen oder sie durcheinanderzubringen. Er konnte nicht mehr schreiben, der neue Roman besteht bislang aus einer halben Seite, er hatte Angst, verrückt zu werden. Das hat er uns in seinem Abschiedsbrief geschrieben.«

Klaas de Jong machte eine Pause, ehe er wieder sprechen konnte. »Mein Vater hat Sie gemocht, Frau Johannsen, das hat er mir bei seinem letzten Anruf gesagt. Er hat Ihnen auch einen Brief geschrieben, ich habe ihn in seiner Wohnung gefunden. Der Umschlag ist nur unvollständig adressiert, deshalb hat er ihn nicht abgeschickt. Wenn Sie mir die Adresse sagen, dann werfe ich ihn morgen gleich ein.«

Automatisch nannte Katharina ihm die Anschrift, bevor sie sagte: »Es tut mir sehr leid, Ihr Vater war ein besonderer Mann. Ich habe ihn auch gemocht.«

»Ja.« Klaas de Jongs Stimme klang sehr traurig. »Vielleicht hätte ich was merken müssen, er war in der letzten Zeit so anders. Sein Vater hat sich auch erschossen, das habe ich aber erst aus dem Abschiedsbrief erfahren. Er war immer wütend auf ihn. Und jetzt macht er dasselbe.« Er stockte wieder, dann sagte er mit festerer Stimme. »Ich würde Ihnen das Paket mit Ihrer Recherche wieder zurückschicken, es war so viel Arbeit, die hier aber niemand braucht. Vielleicht können Sie etwas damit anfangen. Die Rechnung wird selbstverständlich bezahlt. *Hartelijk dank*, Frau Johannsen, alles Gute für Sie.«

Katharina blieb noch einen Moment sitzen, um ihre Gedanken zu sortieren. Dann stand sie langsam auf, ging zurück auf den Balkon und nahm ihr Rotweinglas in die Hand. Sie stellte sich an die Brüstung, sah in den Himmel, fixierte einen Stern und hob das Glas.

»Mach es gut, Bastian«, sagte sie leise. »Wo immer du auch bist. Es war schön, dich kennengelernt zu haben.«

Katharina bog auf den Parkplatz vor der Segelschule ein und hupte zweimal. Sofort kamen Piet und Gertrud um die Ecke geschossen, und noch bevor Katharina aussteigen konnte, hatte Piet ihr schon die Autotür geöffnet.

»Und schön ist sie wieder«, rief er polternd. »Willkommen zurück, Inken ist noch gar nicht da.« Er hielt galant die Tür auf und reichte ihr die Hand. »Inken hat gesagt, du kommst erst heute Nachmittag, so früh haben wir gar nicht mit dir gerechnet.«

Katharina stieg aus und ließ sich von Piet in den Arm nehmen, während Gertrud schon hinter ihr stand und sie an der Jacke zupfte. »Piet, du zerknautschst Katharina die schöne Jacke, lass sie mal los.«

Katharina entwand sich Piets Umarmung und wechselte zu Gertrud. Die hielt sie auf Armeslänge entfernt und sah sie traurig an. »Du, das ist ja ganz schlimm mit Bastian de Jong. Ich habe ein bisschen geweint, nachdem du mir das erzählt hast. So ein toller Mann. Und dann denkt er, er wird senil. Aber deswegen erschießt man sich doch nicht gleich. Schrecklich. Du bist doch bestimmt auch traurig, oder.«

Katharina drückte sie kurz an sich. »Ja, bin ich. Es war schon ein ziemlicher Schock. Und ich bin auch traurig.«

Piet hatte schon den Kofferraum geöffnet und ihre Taschen herausgeholt. »Wer weiß, was er sich erspart hat«, sagte er laut. »Alt werden ist nicht so einfach, wie immer alle denken. Das muss man wollen. Die Taschen sollen doch alle nach oben, oder?«

»Ja, bitte.« Katharina sah sich um. »Wo ist Inken denn eigentlich?«

»Die ist einkaufen gefahren.« Mit Schwung ließ Piet die Kofferraumklappe zufallen. »Wollte sie unbedingt allein machen. Gertrud war schon beleidigt.«

»Das stimmt doch gar nicht«, empört schlug Gertrud ihm auf den Arm. »Ich habe ihr nur angeboten mitzufahren, weil sie so viel auf dem Einkaufszettel hatte.« Sie hakte Katharina unter und zog sie zum Haus. »Komm, Katharina, Piet kann dein Gepäck allein ausladen, er weiß ja, wo das Gästezimmer ist. Nicht wahr, Piet, das schaffst du doch?«

»Du hast doch Rücken und Hüfte«, war die Antwort. »Das bisschen Gepäck ist in fünf Minuten oben.«

»Herkules.« Gertrud drückte die Haustür auf. »Wenn er die Taschen oben hat, fasst er sich auch ins Kreuz, achte mal drauf. Hast du schon was gegessen? Ich habe extra Suppe vorbereitet, die ist ganz schnell heiß gemacht.«

»Ich warte mit dem Essen auf Inken«, antwortete Katharina und sah sich erstaunt in der aufgeräumten Küche um. »Was ist denn hier passiert? Ist hier neu gestrichen?«

»Alles gestrichen, die Fenster geputzt, alle Schränke ausgewischt, der Holzboden gewachst, die Türen lackiert, alles wie neu. Piet, Knut und der Pastor haben die letzten zwei Wochen nur gearbeitet.« Gertrud blickte zufrieden in den Raum und strich liebevoll über die lackierte Tür. »Wenn die hier filmen, soll doch alles schön aussehen. Von wegen guter Eindruck und so.«

Katharina unterdrückte ein Lachen und ließ sich auf die Bank sinken. »Gertrud, die filmen doch nicht in der Küche«, sagte sie und biss sich auf die Unterlippe. »Die wollen Inken auf dem Boot und mit Schülern im Unterricht. Es geht um Frauen in außergewöhnlichen Berufen, das wird keine Homestory.«

»Hm.« Gertrud zog ihre Nase kraus und schob die Hände

in ihre Jackentasche. »Aber das Filmteam soll doch hier essen und trinken. Na ja, ist auch egal, es war sowieso mal nötig. Möchtest du einen Kaffee? Der ist fertig.«

Ohne die Antwort abzuwarten, nahm Gertrud zwei Tassen aus dem Schrank und stellte sie auf den Tisch. Mit der Kaffeekanne in der Hand setzte sie sich Katharina gegenüber. »Du, hör mal, bevor Piet gleich dazukommt: Ich mache mir Sorgen um Inken.«

Sie machte eine Pause, in der sie Kaffee einschenkte, dann setzte sie die Kanne ab und sah Katharina ernst an. »Du musst mal mit ihr reden, ich habe es schon versucht, aber sie sagt immer, es ist nichts. Aber sie ist so seltsam, schläft fast im Gehen ein, ist immer nachdenklich und in den letzten Wochen kaum segeln gewesen. Dabei hatten wir so schönes Wetter und so schönen Wind.«

Das klang jetzt schon beunruhigender als in Mias Erzählung.

»Ich rede mit ihr«, sagte Katharina zuversichtlicher, als sie war, um Gertrud nicht noch mehr zu ängstigen. »Vielleicht muss sie einfach nur mal Urlaub machen. Und sie überführt doch bald mit Jesper diese Yacht von Mallorca nach Südfrankreich. Da kommt sie endlich mal raus, hat Sonne und ihren Liebsten, danach ist sie bestimmt wieder die Alte.«

»Das ist erst Anfang November.« Gertrud faltete ihre Hände auf dem Tisch und schüttelte besorgt den Kopf. »Das ist noch so lange hin, es muss vorher was passieren.«

»Wie lange ist sie denn schon so schlecht drauf?«

»Schon länger.« Nachdenklich hob Gertrud den Blick. »Bestimmt schon ein paar Wochen. Na ja, du siehst sie ja gleich selbst. Piet sagt, ich übertreibe. Ich glaube das nicht.«

Keine halbe Stunde später kam Inken in ihrem Auto vorgefahren. Katharina lief ihr sofort entgegen und sah ihre Schwester aus dem Auto springen. »Du bist ja schon da«, rief Inken und fiel ihr gleich um den Hals. »Ich dachte, du würdest später kommen.«

Katharina löste sich und betrachtete Inken aufmerksam. »Ich bin früher gefahren, als ich dachte, und es war kaum Verkehr. Wie geht es dir?«

»Gut, danke.« Inken trat zurück, öffnete die hintere Tür und griff nach der ersten Einkaufstüte, die auf der Rückbank lag. »Fasst du mit an? Ich habe den ganzen Wagen voll.«

Als die letzte Tüte ausgepackt und die Einkäufe verteilt waren, ließ Inken sich schwer ausatmend auf den erstbesten Stuhl fallen. »Westerland ist total voll und die Leute kaufen ein, als würde es ab morgen nichts mehr geben. Es ist nicht zu glauben. Gibst du mir mal das Wasserglas, bitte?«

Während sie trank, beobachtete Katharina sie unauffällig. Gertrud hatte recht. Inken sah tatsächlich aus, als hätte sie seit Tagen nicht mehr richtig geschlafen. Sie war blass, hatte tiefe Augenringe und einen seltsamen Ausschlag auf der Stirn. Als sie das leere Glas auf den Küchentisch stellte, sah sie ihre Schwester an. »Was ist? Du starrst mich so an.«

»Du siehst grauenhaft aus.«

»Danke.« Langsam stand Inken auf und trug das Glas zur Spüle. »Ich habe dich auch lieb.«

Katharina drehte ihren Stuhl. »Ich meine es ernst. Was ist los? Hast du Kummer oder bist du krank?«

»Weder noch«, mit einem Schulterzucken drehte Inken ihr den Rücken zu, »ich hatte einfach viel zu tun. Und irgendein Virus oder so. Wann kommen denn die Fernsehleute? Morgen? Oder schon heute Abend?« Sie drehte sich wieder um und lächelte angestrengt. »Ich bin ganz gespannt, wie das alles wird.«

Skeptisch sah Katharina sie an. »Die meisten sind heute schon gekommen. Wir haben nachher schon eine Besprechung und treffen uns heute Abend zum Essen. Du bist auch eingeladen, das habe ich dir doch schon erzählt. Ab neunzehn Uhr. Damit du alle kennenlernst, bevor wir hier drehen.«

»Okay.« Inken nickte. »Ich habe um vier noch einen Termin, aber das schaffe ich gut.«

»Dann gehe ich mal auspacken.« Katharina stand auf und ging zur Tür. Auf dem Weg dahin hielt Inken sie am Ärmel fest. »Ich freue mich, dass du wieder da bist. Mir ist nur gerade ein bisschen übel, die Läden waren so voll und die Luft so schlecht. Ich lege mich einen Moment hin, wir können ja nachher noch reden.«

»Sicher?«

»Ja, klar.« Inken küsste Katharina flüchtig auf die Wange und stieg die Treppe hoch. Katharina fiel auf, dass sie ganz leise lief. Irgendetwas war mit Inken ganz und gar nicht in Ordnung.

Nach dem Auspacken ging Katharina auf Zehenspitzen in Inkens Zimmer. Ihre Schwester schlief tief und fest, die Hände zu Fäusten geballt, das Gesicht ins Kissen gedrückt. Sie musste total erschöpft sein, sonst wäre sie doch nicht am helllichten Tag so schnell in einen Tiefschlaf gefallen. Ratlos betrachtete Katharina sie. Sobald sie einen Abend für sich hätten, würde Katharina so lange bohren, bis Inken damit rausrückte, was ihr auf der Seele und im Magen lag. Das würde nur in den nächsten Tagen nicht klappen. Da würde das Filmteam in der Segelschule alles durcheinanderbringen.

Mit einem Blick auf die Uhr stellte Katharina fest, dass es höchste Zeit war, zu ihrem Treffen mit Peter Bohlen und dem Team zu fahren. Sie mussten noch einige Sachen besprechen, bevor sie später mit allen anderen zum Essen gingen. Leise schloss sie die Tür und stieg die Treppe hinab.

Es war laut im Restaurant. Katharina hörte nur unkonzentriert Peter Bohlen zu, der mal wieder eine komische Geschichte von früheren Dreharbeiten erzählte. Der junge Tontechniker und der Kameramann kannten sie noch nicht und warfen sich vor Lachen fast unter den Tisch, während Katharina schon wieder auf die Uhr sah und sich fragte, warum ihre Schwester nun schon über eine Stunde Verspätung hatte und nicht ans Telefon ging.

Katharina war zwischen dem ersten Teamtreffen und dem Essen noch schnell zurückgefahren, um Inken abzuholen. Die war zwar noch nicht von ihrem Termin zurück, dafür stand aber Jespers grüner Bus vor der Tür. Von Jesper selbst war nichts zu sehen, also schrieb Katharina den Namen des Restaurants auf einen Zettel, den sie in den Flur legte. Inken war zwar chaotisch, aber meistens zuverlässig. Sie würde schon nachkommen.

Jetzt vibrierte Katharinas Handy in der Tasche, sie zog es vor und sah Inkens Namen auf dem Display. Im Aufstehen nahm sie das Gespräch an.

»Warte einen Moment, ich gehe mit dir vor die Tür.«

Peter Bohlen unterbrach seine Ausführungen und gab ihr ein Zeichen. »Sie soll sich beeilen, wir haben Hunger und bestellen gleich.«

»Hast du es gehört?« Katharina war mittlerweile an der Ausgangstür. »Wo bleibst du?«

Inkens Stimme klang dünn. »Du, ich habe mir wirklich irgendein Virus eingefangen, mir ist richtig schlecht, ich komme gar nicht hoch. Jesper ist aber vorhin gekommen, er hält Händchen und kocht Tee. Ich sehe das Filmteam dann morgen. Bis dahin bin ich bestimmt wieder fit. Ich hoffe, du bist nicht sauer.«

Katharina machte sich jetzt ernsthaft Sorgen. »Seit wann ist dir denn schlecht? Du hängst schon seit Wochen durch, hat Gertrud gesagt. Warst du mal beim Arzt?«

»Das ist nur so ein Virus, wirklich, jetzt fang nicht an wie Gertrud. Wenn es überhaupt nicht besser wird, gehe ich nach den Dreharbeiten zum Arzt, aber so schlimm ist es nicht. Mir ist nur schlecht.«

»Soll ich lieber kommen?«

»Nein, Frau Doktor«, antwortete Inken leise lachend, »du kannst da auch nichts machen. Und Jesper ist ja jetzt da. Mach dir keine Sorgen, wir sehen uns morgen früh. In alter Frische. Grüß schon mal alle und bis morgen.«

Zurück am Tisch, sah Katharina in die Runde. »Einen schönen Gruß von meiner Schwester, sie ist ein bisschen malade und kommt nicht mehr. Sie hat aber versprochen, morgen früh wieder fit zu sein.«

»Och, schade.« Bedauernd drehte Peter Bohlen sich zu ihr. »Hoffentlich ist es nichts Schlimmes. Ich wünsche gute Besserung. Und falls sie noch blass um die Nase ist, muss Moni sich eben mal anstrengen.«

Die Maskenbildnerin nickte. »Das kriege ich alles hin. Deine Schwester sieht morgen aus wie das blühende Leben. Kein Problem.«

Katharina lächelte gezwungen. »Ihr ist nur ein bisschen übel. Jetzt trinkt sie Tee und liegt im Bett, bis morgen ist sicher alles wieder gut.«

Das sagte sie auch zu sich selbst. Katharina konnte sich überhaupt nicht daran erinnern, dass Inken früher mal krank gewesen wäre. Aber vielleicht hatte sie es einfach nicht mitbekommen. Und ein Virus war zwar unangenehm, aber nichts Dramatisches. Kein Grund, jetzt in Unruhe zu verfallen. Katharina drehte sich um und bestellte ein Bier.

Und Ruhe bitte.«
»Ablegen, die fünfte.« Die Klappe schlug, die beiden Kameraleute, der Tontechniker und die Beleuchter standen auf ihren Positionen und Inken sprang wieder aufs Boot.

Katharina und Jesper saßen auf dem Steg, Piet stand neben ihnen. Gertrud, Knut und ein paar Schaulustige hatten es sich ein paar Meter weiter auf den Bänken an der Mole bequem gemacht und beobachteten die Dreharbeiten von dort. Diese Szene wurde das fünfte Mal wiederholt, beim ersten Mal hatte das Licht nicht gestimmt, beim zweiten Mal war Inken zu langsam gewesen, das dritte Mal hatte Piet seinen Einsatz verpasst und das vierte Mal war nicht schlecht, aber noch nicht perfekt, also fiel jetzt die fünfte Klappe. An Bord sollte Inken in die Kamera die Ausrüstung erklären, so wie sie es bei der ersten Segelstunde auch ihren Schülern erklärte. Während sie die Rettungswesten hochhielt, beugte Jesper sich zu Katharina. »Ich finde, sie steht so wackelig. Können die gleich mal eine Pause machen?«

Beunruhigt sah Katharina zu Inken. »Wieso wackelig? Es sieht doch ganz normal aus. Wie man auf einem Segelboot eben steht.«

Jesper runzelte die Stirn und beugte sich etwas nach vorn. »Ich weiß nicht.«

»Du spinnst.« Katharina kniff die Augen zusammen. »Jetzt muss sie gleich Egon fangen. Vielleicht steht sie deshalb so schräg.«

Piet kam auf ein Zeichen mit Egon unter dem Arm den Steg

entlang. Sie hatten es ein paar Mal geübt und Peter Bohlen hatte Piet geduldig erklärt, dass er nicht laufen musste wie John Wayne. Er tat es trotzdem. Kurz vor dem Boot blieb er stehen, schaute bedeutsam auf den roten Gummiball mit dem lustigen Gesicht an der schlappen Luftmatratze und warf ihn Inken zu. Die fing ihn sicher, kam mit ihrem Gesicht dicht an den roten Gummikopf, drehte sich abrupt um und übergab sich über die Reling.

»Aus.« Der Kameramann richtete sich auf.

Peter Bohlen, der plötzlich hinter Katharina stand, stöhnte auf. »Ihr gehört eine Segelschule und sie wird schon beim Fangen eines blöden Balls seekrank. Das glaube ich nicht. Also wieder von vorn.«

Jesper war aufgesprungen, sah Katharina vorwurfsvoll an und sprintete los. Er war genau in dem Moment an Bord, als Inken sich kurz aufrichtete, erschrocken guckte und ihre Beine nachgaben. Jesper fing sie auf.

Es dauerte nur Sekunden, bis sie, umringt von Jesper, Katharina, Gertrud und Piet auf dem Steg saß. Sie hob irgendwann genervt ihre Hand. »Jetzt ist es gut, mein Gott, mir war nur ein bisschen schwindelig. Gertrud lass mich doch mal los. Es ist doch nichts passiert.«

»Du bist fast umgekippt.« Katharina hockte vor ihr und sah sie besorgt an. »Ist dir immer noch schwindelig? Sollen wir dich ins Krankenhaus fahren?«

»Auf gar keinen Fall.« Inken trank aus einer Wasserflasche und schraubte energisch den Verschluss zu. »Ins Krankenhaus, du spinnst wohl. Ich hatte Egon direkt an der Nase und der stinkt dermaßen nach Gummi und Reinigungsmittel, da wird wirklich jedem übel. Es ist jetzt alles gut. Wir können weitermachen. Peter, jetzt sag du mal was. Es geht wirklich, Moni muss mich nur noch mal pudern. Es tut mir leid, dass ich hier solche Umstände mache. Entschuldigt.«

»Du Ärmste.« Peter Bohlen kam dazu und blickte mitleidig

auf sie hinunter. »Aber wir können auch erst die Bootsszenen beim Anlegen, in der Hafeneinfahrt und draußen auf See drehen. Dann muss Inken gar nicht selbst segeln, das kann auch jemand anders machen. Du kurierst dich noch ein bisschen aus und wir machen morgen mit dir weiter. Wir haben ja drei Tage. Was meint ihr?«

»Das ist eine gute Idee«, beschloss Katharina nach kurzer Überlegung und kam mühsam aus ihrer unbequemen Hocke hoch. »Wir können jetzt unsere Mittagspause machen, danach beginnen wir mit den anderen Motiven. Piet kann das Boot segeln und Jesper fährt mit Inken schnell mal zum Arzt.« Sie ignorierte Inkens Protest. »Dein Hausarzt kann dir doch irgendein Mittel gegen die Übelkeit aufschreiben. Also, Jesper, pack sie ein und bis später.«

»Katharina ist die Produktionsleitung.« Peter Bohlen hob gespielt hilflos seine Arme, als Inken ihn hilfesuchend ansah. »Ihr Wort ist Gesetz. Also fahrt los. Und wir gehen jetzt essen.«

Gertrud fuhr hoch. »Ich laufe los und mache die Würstchen heiß. Ihr könnt in zehn Minuten essen kommen. Jesper, jetzt fahrt schon.«

Immer noch protestierend ließ sich Inken tatsächlich von Jesper vom Steg schieben und das Team packte langsam seine Sachen zusammen. Als Peter Bohlen an Piet vorbei lief, hielt der ihn am Ärmel fest. »Sie wird nie seekrank«, sagte er bestimmt. »Sie hat ein Virus. Und ihr könnt die Sachen alle hier stehen lassen, ich bleibe und passe auf.«

»Willst du nichts essen?« Peter Bohlen sah ihn fragend an.

»Nein«, antwortete Piet. »Ich passe auf.«

Katharina schob Peter weiter. »Bis gleich, Piet«, sagte sie, lief ein paar Schritte neben Peter den Steg entlang und flüsterte: »Er will bestimmt noch mal seinen Gang üben. Er ist ein großer John-Wayne-Fan.«

Die Pause dauerte länger als geplant. Gertrud war in ihrem Element, verteilte Würstchen mit Kartoffelsalat, bestand darauf, anschließend einen Kaffee und Schokoladenpudding zu servieren, war glücklich, dass alle Schüsseln leer geworden waren, und froh, dass Inken endlich auf dem Weg zum Arzt war.

Katharina ging mit Peter die nächsten Motive durch und bezog wieder ihren Beobachtungsposten auf dem Steg, nachdem alle gesättigt und bestens gelaunt die Dreharbeiten fortsetzten.

Piet absolvierte nach den Anweisungen des Kameramanns Anlegemanöver, ganz souverän und immer wieder, das erste Motiv war schnell im Kasten, Peter war zufrieden, genauso wie das ganze Team, nur Katharina sah immer häufiger auf die Uhr.

Es dauerte ewig, bis Inkens Auto wieder auf dem Parkplatz auftauchte. Sie waren fast vier Stunden weg gewesen. Als Katharina den Wagen entdeckte, sprang sie gleichzeitig mit Gertrud auf und lief ihnen entgegen. Zuerst stieg Inken aus, drehte sich um, sah die beiden und nickte. Und dann stand Jesper vor ihnen. Er war blass, wirkte verheult und komplett durcheinander.

»Was ist ...?«, begann Katharina, aber ihre Stimme stockte. Inken lehnte am Auto, beobachtete Jesper, dann guckte sie mit großen Augen ihre Schwester an. »Es ist doch ernster, als ich dachte«, sagte sie. »Wie soll ich euch das am besten sagen?«

Gertrud musste sich am Auto festhalten, Katharina sah erst sie, dann Inken, dann Jesper an. Und der große blonde Däne lachte plötzlich unter Tränen und verkündete mit rauer Stimme: »*Til lykke* ... ich werde Papa.«

Der erste Gedanke, der Katharina am nächsten Morgen beim Erwachen durch den Kopf schoss, war: »Ich bin wieder hier«, der zweite: »Ich werde Tante.«

Sie drehte sich zur Seite und griff nach dem Wecker. Halb

sieben. Sie hatte noch jede Menge Zeit, über alles das nachzudenken, was am gestrigen Tag passiert war, der Drehbeginn war heute erst um elf Uhr angesetzt. Seufzend ließ sie sich wieder auf den Rücken fallen und blickte aus dem Fenster. Es wurde schön, der Seewetterbericht hatte Sonne und leichten Wind aus West vorhergesagt, ideale Bedingungen zum Drehen und zum Segeln. Inken hatte den ganzen Nachmittag und Abend gestrahlt, fast so sehr wie Jesper, der vor lauter Freude kaum zu halten gewesen war. Inken hatte gesagt, seit sie wüsste, dass sie kein gefährliches Virus, keine geheimnisvolle Krankheit, keine lebensbedrohliche Vergiftung, sondern lediglich ein Baby im Bauch hätte, wäre ihr überhaupt nicht mehr elend und so könnten die Dreharbeiten wie geplant laufen. Gertrud wollte zunächst protestieren, aber Inken hatte sie daran erinnert, dass schwanger nicht krank bedeute. »Und das Kind muss sowieso von Anfang an aufs Boot, dann können wir gleich damit anfangen.«

Es war ein lustiger Abend gewesen, das ganze Team hatte bis zum späten Abend auf dem Steg gesessen. Knut hatte seinen alten Grill angeworfen, Piet ein paar Kästen Bier geholt und alle hatten aufs Baby, auf die Dreharbeiten, aufs Boot, auf Katharina und Peter Bohlen, auf alle anderen, den Sommer und das Leben getrunken.

Katharina setzte sich langsam auf und beschloss, mit einem Kaffee nach draußen zu gehen. Noch war hier so eine wunderbare Ruhe, die würde in wenigen Stunden vorbei sein.

Sie zog sich nur einen Kapuzenpullover über das Nachthemd und ging auf Zehenspitzen in die Küche.

Eine Viertelstunde später saß sie mit einem Kaffeebecher in der Hand und dem Blick auf den noch schlafenden Hafen auf den Stufen zum Eingang. Es war ein wunderbarer Spätsommermorgen, es roch nach Salz, nach Heckenrosen, es war einer dieser perfekten Momente.

»Rutsch mal.«

Katharina fuhr zusammen, sie hatte Inken gar nicht kommen gehört, und rutschte zur Seite. »Guten Morgen«, sagte sie leise. »Seit du schwanger bist, hört man dich gar nicht mehr. Das ist eigentlich nicht logisch.«

»Das kommt wieder.« Inken setzte sich neben sie, ebenfalls einen Becher mit Kaffee in der Hand, und blickte auf die Boote vor ihr. »Ist das schön hier! Das denke ich so oft.«

Katharina nickte. Sie wartete einen Moment, dann fragte sie: »Wie geht es dir jetzt? Ist alles richtig?«

»Ja.« Inken antwortete, ohne zu überlegen. »Es fühlt sich alles richtig an. Es war nicht geplant, falls du das meinst, aber jetzt, wo wir es wissen, ist es toll. Ich freue mich.«

»Schön.« Katharina lächelte. »Ich freue mich auch.«

Beide schwiegen, es war ein sehr friedlicher Moment. Katharina betrachtete das Profil ihrer Schwester. Das Baby würde sehr hübsch werden, eine Mischung aus Inken und Jesper. Und garantiert seefest.

Katharina hatte sich in den letzten Tagen gefragt, bei welcher Gelegenheit und in welchem Rahmen sie Inken erzählen würde, wie ihre Pläne für die Zukunft aussahen. Sie hatte sich alle mögliche Situationen ausgemalt, ein Abend in der »Sansibar«, ein langer Strandspaziergang, bei Rotwein in der Küche – nichts davon passte, wobei die letzte Möglichkeit nun sowieso nicht mehr in Frage käme. Dieser Moment, in dem beide barfuß, in Nachthemden, mit bunten Kaffeebechern in der Hand, auf der Treppe zum Haus saßen, war eigentlich perfekt.

»Ich habe mich vor ein paar Wochen mit deiner Freundin Nele getroffen«, fing Katharina unvermittelt an. »Sie ist nach Bremen gekommen.«

»Nele?« Überrascht sah Inken sie an. »Wieso das denn? Ihr kennt euch doch kaum.«

Katharina lächelte. »Jetzt schon. Und wir werden in den

nächsten Monaten auch noch mehr miteinander zu tun haben.«

Verständnislos wartete Inken auf die Fortsetzung. Katharina schob ihre Hand durch Inkens Arm und rückte ein bisschen näher.

»Dein kleines Café hätte sich bestimmt zu einer Goldgrube entwickelt, wenn es nicht abgesoffen wäre. Der Platz ist ideal für ein Café oder eine Bar, es könnte ein richtiges Kultlokal werden. Gute Weine, Kleinigkeiten zu essen, tagsüber selbstgebackenen Kuchen, große Glasfronten mit Blick aufs Meer, es wäre ein Traum. Und würde der Segelschule richtigen Aufwind geben.«

Inken hatte keine Ahnung, worauf Katharina hinauswollte. »Es ist aber abgesoffen. Und so toll ist der Schuppen auch nicht. Guck ihn dir doch an. Es hat überall gezogen und bei schlechtem Wetter reingeregnet.«

Katharina nickte. »Und genau deshalb wird er abgerissen und neu gebaut. Nele hat bereits die ersten Pläne fertig.«

»Was?« Überrascht riss Inken die Augen auf. »Das können wir doch nicht ... wer soll das denn ... ich kann doch nicht ...«

Katharina blickte versonnen auf die kleine, schiefe Holzhütte. »Ich habe schon mal überlegt, ein eigenes Lokal zu eröffnen. Nichts Großes, lieber klein und fein. Ich bin Profi, was Gastronomie betrifft, das ist mein Job gewesen. Und ich möchte es gern wieder machen. Dieser Ort ist ideal. Was sagst du?«

Immer noch perplex suchte Inken nach Worten. »Aber wie willst du das denn machen? Von Bremen aus? Ich kann das doch gar nicht nebenbei. Und Gertrud allein ...?«

»Wer sagt denn, dass ich das von Bremen aus mache?« Katharina sah sie an. »Das geht natürlich nicht. Ich komme wieder zurück.«

»Ist das dein Ernst? Aber ...« Inken musste vor lauter Aufregung schlucken. »Hast du dir das wirklich überlegt? Ein kleines Lokal in List? Wird dir das nicht zu langweilig? Die Wintermonate sind still auf Sylt, das bist du doch gar nicht mehr gewöhnt. Ich würde das großartig finden, aber wenn du nach einer Saison merkst, dass es nicht das Richtige ist, was machen wir denn dann?«

Katharina drückte ihren Arm und zeigte auf die Stelle, wo das neue Gebäude entstehen sollte. »Es wird ein weißes schönes Haus, viel Holz, viel Glas. Die Gäste werden auch im Winter kommen, ich weiß, wie man so was macht. Und ich habe auch noch etwas anderes vor. Mach dir keine Sorgen, dass ich mich langweilen werde.«

Inken schüttelte ungläubig den Kopf. »Das ist der Wahnsinn. Meine Schwester und eine Kneipe. Hier.«

»Es wird keine Kneipe«, korrigierte Katharina. »Eher ein Bistro. Und zwar das schönste, das du je gesehen hast. Wenn du jetzt zustimmst, dann können wir im nächsten Sommer eröffnen.«

Inken fuhr sich mit beiden Händen durch die Locken, bevor sie sich zu Katharina wandte. Ein Lächeln breitete sich in ihrem Gesicht aus, gleichzeitig füllten sich ihre Augen mit Tränen.

»Dann kann ich auch wieder mit einem Sekttablett bei der Einweihung herumgehen. Ohne Babybauch. Dein Patenkind ist dann schon geboren.«

Jetzt rollte ihr eine Träne die Wange hinunter. Katharina wischte sie mit einem Finger weg, Inken hielt ihre Hand fest.

»Das sind die Hormone«, sagte sie und lächelte schniefend, »ich freue mich wie blöd.«

Katharina winkte dem Team nach, bis der weiße Sprinter nicht mehr zu sehen war, dann ging sie langsam zurück ins Haus. In der Küche räumten Inken und Gertrud die Spülmaschine ein, das Radio lief und es stand überall wieder so viel herum wie vor der Renovierung. Mit einem zufriedenen Blick auf das Chaos blieb Katharina in der Tür stehen.

»Jetzt sind sie alle weg.« Gertrud hatte sich zu ihr umgedreht. »So nette junge Leute. Das wird bestimmt ein ganz toller Film. Piet hat vorgeschlagen, dass wir den alle zusammen im ›Anker‹ gucken. Wahrscheinlich will er sichergehen, dass der ganze Stammtisch auch sieht, dass Piet mitgespielt hat. Dieses bisschen Laufen auf dem Steg mit Egon im Arm. So doll war das ja auch nicht. Aber er tut so, als wäre er der Held.«

»Er ist auch gesegelt«, erinnerte Inken sie. »So wenig Anteil hatte er nicht.«

»Herr Bohlen hat gesagt, dass man nicht sieht, wer auf dem Boot ist. Das ist zu weit weg.« Gertrud schulterte das Geschirrhandtuch und nahm den Tellerstapel vom Tisch. »Ich glaube, Piet hat sich schon Autogrammkarten bestellt. Aber bitte, wenn ihm das nicht peinlich ist, sich so wichtigzumachen.«

»Der Kameramann war ganz verliebt in dich.« Katharina lächelte Gertrud sanft an. »Der wollte dich so gern filmen.«

Gertrud ließ fast die Teller fallen. »In mich? Blödsinn. Da hat er nichts von gesagt.«

»Er ist eben schüchtern. Am liebsten hätte er dich beim Würstchenverteilen gefilmt. Dann wärst du auch berühmt geworden.«

»Katharina.« Vorsichtig stellte Gertrud die Teller ab und baute sich vor ihr auf. »Ich hatte mir die Haare nicht richtig gemacht und ich hatte einen Kittel an. Wie hätte das denn ausgesehen? Aber wieso habt ihr das nicht vorher gesagt? Die Moni hätte mich doch auch noch etwas zurechtmachen können. Inken sah immer so hübsch aus, obwohl sie ein paar Mal gespuckt hat. Die können ja was, diese Maskenbildnerinnen. Aber was soll ich in so einem Film? Und dann noch beim Verteilen von Würstchen. Die Leute denken ja, ich mache nichts anderes. Obwohl ... so schlimm wäre es auch nicht gewesen.«

Lachend beugte sich Katharina zu ihr und küsste sie auf die Wange. »Vielleicht dreht Peter Bohlen ja einen zweiten Teil. Ich werde es ihm vorschlagen. So, bis später, ich bin noch verabredet.«

Inken winkte ihr nach, während Gertrud immer noch über ihre verpasste Filmkarriere nachdachte.

Kurze Zeit später lief Katharina über die Promenade. Schon von Weitem erkannte sie Martha, die auf der Lambert-Matthiesen-Bank saß. So hatten sie ihren abendlichen Treffpunkt genannt.

Seit sie vor Wochen hier das erste Gespräch geführt hatten, war dieser Platz zu ihrem geheimen Treffpunkt geworden. Inken glaubte, dass ihre Schwester einsame Spaziergänge liebte, und ahnte nicht, dass sie mit ihrer alten Lehrerin gerade ihr Leben aufräumte.

Als Katharina in Bremen war, hatten sie regelmäßig telefoniert, jetzt trafen sie sich das erste Mal wieder.

»Da bist du ja.« Martha hatte ihr entgegengesehen, sie tippte auf die Tasche neben sich. »Ich habe mir erlaubt, eine kleine Flasche Champagner und zwei Gläser mitzubringen. Ich nehme an, wir haben etwas zu feiern?«

Katharina lachte und setzte sich neben sie. »Deine Gedankenleserei. Was meinst du genau? Das Ende der Dreharbeiten?«

»Und die Tatsache, dass du Inken von deinen Plänen erzählt hast. Und dass deine Schwester ein Kind erwartet.«

Sie zog die Flasche aus einer Kühlmanschette und hielt sie ihr hin. »Bist du so nett und entkorkst sie?«

Erstaunt nahm Katharina die Flasche entgegen. »Woher weißt du das schon wieder? Du wirst mir unheimlich.«

Martha schüttelte lächelnd den Kopf. »Das war nicht so schwer. Ich saß im Wartezimmer, als Inken und Jesper beim Arzt waren. Inken hat es mir selbst gesagt, sie musste ihr Glück sofort teilen. Und dass du mit ihr geredet hast, das sehe ich an deinem Gesichtsausdruck. Du siehst so zufrieden aus.«

Sie hielt Katharina die Gläser hin. »Lass uns darauf trinken. Auf Inkens Baby, auf dein Bistro und darauf, dass alles so klappt, wie wir es uns wünschen.«

Sie behielt das Glas in der Hand und sah übers Meer. »Ich bin mir sicher, dass du eine richtige Entscheidung getroffen hast.«

Katharina nickte. »Du hast mir auch sehr dabei geholfen. Ich bin mir jetzt sicher. Und Inken freut sich so, das ist richtig schön.«

»Ich hoffe, du freust dich auch.« Martha blickte sie auffordernd an. »Hast du eigentlich den Brief von Bastian de Jong mittlerweile bekommen? Oder etwa immer noch nicht?«

»Doch.« Katharina stellte ihr Glas vorsichtig auf den Boden. »Er kam erst letzte Woche. Klaas de Jong hat noch ein paar Zeilen geschrieben und sich dafür entschuldigt. Er hatte es einfach vergessen, beim Sortieren der Unterlagen ist er ihm erst wieder in die Hände gefallen.«

»Und?« Neugierig schaute Martha sie an. »Was stand drin?«

Katharina räusperte sich. »Er hat sich bedankt. Für den Strandspaziergang, den wir bei unserem ersten Treffen gemacht haben. Das wäre einer der wenigen guten Tage für ihn gewesen, in einer immer konfuser werdenden Welt, so hat er es ausgedrückt. Er wusste damals schon, dass er diesen Roman, für den ich recherchiert habe, nicht mehr schreiben würde. Das war ihm ganz klar. Aber er wollte noch einmal spüren, wie es ist, etwas Großes vor sich zu haben. Das Gefühl habe ich ihm auf diesem Spaziergang gegeben. Und dafür hat er sich bedankt. Er hat seinem Sohn die Anweisung gegeben, mir die komplette Recherche zurückzuschicken. Weil, und jetzt kommt es, er sich sicher sei, dass ich dieses Buch schreiben werde. Er wollte, dass ich es ihm widme. Das wäre sein letzter Wunsch an mich.«

»Hm.« Martha sinnierte über das Gehörte und wartete, bis Katharina sie ansah. »Er war schon ein Egozentriker«, sagte sie. »Die Widmung als letzter Wunsch. Also wirklich.«

»Martha.« Mit gespielter Empörung hielt Katharina dem Blick stand. »Das ist keine sensible Antwort.«

»Das sollte es auch nicht sein.« Martha hob ihr Glas in den Himmel. »Auf Bastian de Jong. Er war ein interessanter Mann. Auch wenn, und es tut mir leid, es sagen zu müssen, er oft überschätzt wurde.« Sie trank und zuckte die Achseln. »Jetzt hat er seinen Frieden. Aber deinen Entschluss, selbst zu schreiben, hat er nicht wirklich zu verantworten.«

»Ein bisschen schon«, entgegnete Katharina. »Hätte ich die Recherche nicht gemacht, hätte Knut mir nicht den Karton gegeben und ich hätte diese wunderbaren Liebesbriefe seiner Großmutter nicht gefunden. Wenn ich nicht hergekommen wäre, um für Bastian zu arbeiten, hätte ich dich nicht wiedergetroffen. Hätte ich dich nicht wiedergetroffen, hätte mir niemand das Vertrauen gegeben, dass ich das Buch schreiben könnte. Also hat er doch etwas damit zu tun.«

»Ja.« Martha nickte zuversichtlich. »Und hättest du Hannes nicht wiedergetroffen, hättest du auch nicht genug Gespür und Gefühl gehabt, aus den alten Briefen eine wunderbare Sylter Liebesgeschichte zu lesen. Dafür braucht man Herzklopfen. Die Idee zu dem Roman stammt von dir, meine Liebe, ich habe dich nur ein bisschen dabei bestärkt und die Geschichte abgerundet.«

»Ich möchte gern, dass du mein Schreiben begleitest«, sagte Katharina. »Würdest du das tun?«

Erstaunt hob Martha den Kopf. »Ich bestehe darauf. Ich will, dass meine ehemalige Lieblingsschülerin den perfekten Roman schreibt. Und du weißt, dass ich eine sehr kritische Leserin bin. Natürlich begleite ich dich dabei. Und da deine Umzugspläne jetzt stehen, wird das auch sehr einfach werden.«

Sie prosteten sich zu und sahen beide aufs Meer. Eine gefühlte Ewigkeit verging. Schließlich stellte Katharina die Frage, die sie schon seit Wochen gern gestellt hätte.

»Warum hast du das mit Hannes und mir eingefädelt?«

Ein feines Lächeln umspielte Marthas Mund. Sie wartete noch einen Moment, dann sagte sie: »Ich habe mich gewundert, warum du das nicht schon früher gefragt hast. Es ist so, dass ihr beide für mich besondere Schüler gewesen seid. Jeder auf seine Weise, aber ihr seid mir beide im Kopf geblieben. Hannes war damals schon so frei. Er hatte etwas Strahlendes, er war sich seiner selbst immer sicher, er war der attraktivste Abiturient seines Jahrgangs, er war charmant, gut erzogen, anziehend. Manchmal unüberlegt, aber nie böswillig. Ein bisschen verantwortungslos, manchmal entscheidungsschwach, aber nie mit böser Absicht. Du warst so ernst, so überlegt. Du warst eine der intellektuellsten und kreativsten Schülerinnen, aber du hast dich immer unterschätzt. Du wolltest geliebt werden und hast nicht bemerkt, dass du das wurdest. Du warst auch charmant, aber auf eine spröde Art, so als hättest du dich nicht getraut zu zeigen, was alles dich ausmacht. Als ich später gehört habe, dass ihr ein Paar geworden seid, hat mich das total überrascht. Ihr wart so gegensätzlich, ich war gespannt, wer was von wem übernehmen würde. Bei eurem ersten Abiturtreffen habe ich euch dann zusammen gesehen. Und dabei ist mir etwas Seltsames aufgefallen. Hannes war wie immer. Aber bei dir habe ich nicht mehr viel von dem, was dich ausmachte, gefunden. Du hast dich ihm angepasst, als würdest du sein müssen wie er. Das warst du aber nie. Du warst vorher ein besonderes Mädchen, aber du hast immer geglaubt, du wärst falsch. Nur weil du sein wolltest wie die anderen. Das fand ich schade.«

Sie warf Katharina einen liebevollen Seitenblick zu, bevor sie weitersprach.

»Ich habe zu Hannes immer viel Kontakt gehabt, habe seine Version eurer Beziehung gehört, seine Entwicklung verfolgt und mag ihn sehr. Er hat immer noch viel von dem lässigen Abiturienten, der er mal war. Über dich und dein Leben habe ich nur am Rande etwas mitbekommen. Manchmal hat Solveig von dir erzählt, wenn ich sie bei einem zufälligen Treffen gefragt habe, manchmal hat deine Schwester etwas gewusst, aber es war immer nur wenig. Als du dann in diesem Sommer im Archiv auftauchtest, war ich sehr erstaunt, wie kontrolliert, wie emotionslos, wie freundlich, aber wie wenig Katharina du noch bist. Du hast das Kind von früher komplett wegkontrolliert. Dabei war es ein besonderes Kind. Ich bin irgendwann zu dem Schluss gekommen, dass die zerbrochene Beziehung zu Hannes damit zu tun haben müsste. Du hast alles vergraben, du wolltest nicht mehr an die Gefühle von damals erinnert werden, auch nicht mehr an die Orte deiner Kindheit. Aber Erlebnisse, die nicht verarbeitet werden, erlebt man weiter. Irgendwann muss man sich den Missverständnissen stellen, irgendwann muss Schluss sein mit dem Davonlaufen. Deshalb wollte ich, dass du Hannes wiedersiehst. Weil es falsch ist, dass du ihm damals nicht genügt hast oder dich falsch benommen hast oder nicht so warst, wie du gerne sein wolltest. Du hast von allem genug, Katharina, du bist sehr liebenswert und klug, du bist attraktiv und selbstständig, du hast eine tolle Karriere gemacht, es gibt keinen Grund, an dir zu zweifeln. Und es wurde Zeit, dass der göttliche Hannes in deiner Erinnerung endlich mal entzaubert wurde. Er ist ein feiner Mensch, aber er ist nicht das Maß aller Dinge.«

Katharina atmete tief ein und aus, um mit den aufsteigenden Tränen zu kämpfen. Alles, was Martha gesagt hatte, war richtig. Was für Anstrengungen hatte sie unternommen, um ihre Vorstellungen von einem richtigen Leben zu verwirklichen. Und was hatte sie dabei alles vergessen.

Martha stieß sie sanft an und reichte ihr das Glas. »Ich trinke auf dich, Katharina, auf das Kind, das du gewesen bist, und auf die Frau, die du jetzt endlich wirst. Es kommen schöne und vor allen Dingen endlich leichtere Zeiten auf dich zu. Und falls du wieder rückfällig wirst … ich bin da.«

Der Sturm ließ das Fenster klappern, schwerfällig stand Inken auf und schloss es.

»Was für ein Dreckswetter«, sagte sie, wickelte die dicke Strickjacke enger um sich und tappte wieder zurück aufs Sofa. »Ich hasse den November. Normalerweise hätte ich jetzt mit Jesper in einem entzückenden Café am Atlantik gesessen, wir hätten nur T-Shirts getragen, einen kühlen Weißwein getrunken und in die Sonne gelächelt.« Sie legte ihre Beine hoch und faltete die Hände über dem schon kugelrunden Bauch. »Ich bin eine arme Sau.«

Stirnrunzelnd sah Katharina von ihren Papieren auf. »Sag mal, du spinnst doch. Du sitzt hier warm und trocken, heute Abend kommt Nele, um die Pläne für das weltbeste Bistro durchzusprechen, ich bin extra aus meiner noch sehr eleganten Wohnung in Bremen hergekommen, um dich über Jespers Abwesenheit zu trösten, Gertrud hat für uns gekocht und du sitzt hier und maulst rum. Du kannst eben nicht mit Babybauch eine Yacht überführen, da hat Jesper ganz recht. Jetzt finde dich damit ab.«

Inken grinste und streichelte ihren Bauch. »Nächstes Jahr im November ist das Bistro bestimmt schon richtig angelaufen. Da kannst du schön mal drei Wochen freinehmen und dir mit dem kleinen Bibo eine schöne Zeit machen.«

»Sag doch nicht immer Bibo zu dem Baby.« Katharina machte sich eine Notiz. »Wenn es geboren ist, nennst du es dann weiter so, das ist doch furchtbar.« Sie hob den Kopf. »Habt ihr denn inzwischen einen Namen?«

»Wenn es ein Junge wird, Piet-Knut, wenn es ein Mädchen wird, Gertrud.« Inken beugte sich nach vorn, griff in die Schale mit den Süßigkeiten und steckte sich eine Praline in den Mund. »Möchtest du auch Schokolade?«

Katharina schüttelte den Kopf. »Ich meinte die Frage nach dem Namen ernst.«

»Mhm.« Inken nickte kauend. »Isch kann dasch Kind auch nach dem kaputten Bescher scheiner Tante nennen. Bibo.« Sie schluckte. »Aber das willst du ja auch nicht.« Umständlich stand sie auf. »Ich koche jetzt Tee. Mir ist langweilig.«

Katharina sah ihr nach und schob die Papiere zur Seite. Nele hatte alles großartig geplant, Katharina hatte nur wenige Änderungen, langsam nahm die Planung des Bistros Gestalt an.

Friedhelm und Saskia waren im ersten Moment geschockt gewesen, als Katharina ihnen im September mitgeteilt hatte, dass sie zurück nach Sylt gehen wolle. Sie wäre ja nicht aus der Welt und es gäbe ja auch die Möglichkeit, dass sie ab und zu noch freie Aufträge für das Recherchebüro übernehmen könnte, vorausgesetzt, das Bistro und das Schreiben würden ihr Zeit lassen. Saskia hatte nur gesagt, dass Katharina trotz aller verrückten neuen Pläne immer noch die organisierteste aller ihrer Freundinnen sei, sie habe überhaupt keine Zweifel, dass sie auch drei Jobs hinbekäme.

Ihre Wohnung war gekündigt, der Umzug bereits geplant. Katharina hatte mit größeren Schwierigkeiten bei der Wohnungssuche gerechnet, letztlich war es ganz einfach gewesen. Gertrud und Bjarne hatten ihr beim Abendessen angeboten, doch einfach in Gertruds Haus zu ziehen, es stehe doch die meiste Zeit leer. Gertrud hatte sich nur mit dem Entschluss schwergetan, ganz und offiziell zu Bjarne zu ziehen.

»Aber jetzt ist es mir auch egal, was die Leute sagen«, hatte sie trotzig verkündet. »Jetzt mache ich das. Oder, Bjarne? Das ist doch richtig?«

»Es wird höchste Zeit«, hatte er lächelnd gesagt und Gertrud die Hand geküsst. »Dein Haus muss doch nicht so viel leer stehen, es wäre schön, wenn Katharina darin wohnte. Es muss aber ein bisschen renoviert werden.«

»Das kriege ich schon hin«, hatte Katharina schnell geantwortet. »Das können wir alles besprechen. Seid ihr euch sicher? Ich würde sehr gern dort einziehen.«

Sie hatten es mit einer Flasche Sekt besiegelt und Katharina war eine Sorge los gewesen.

Sie stand auf und streckte ihren Rücken durch, bevor sie zu Inken in die Küche ging. Die goss gerade kochendes Wasser auf den Tee und drehte sich zur Tür. »Wollen wir nachher mal zu Gertrud und Bjarne fahren? Gertrud hat vorhin angerufen und gesagt, dass das Badezimmer fertig ist, es sei ganz schön geworden.«

Katharina nickte und stellte sich ans Fenster. Es schüttete wie aus Kübeln und war den ganzen Tag noch nicht richtig hell geworden.

»Das ist wirklich ein richtiges Dreckswetter«, sagte sie und kniff ihre Augen etwas zusammen, um die Hafenmole zu erkennen. »Man kann einfach überhaupt nichts sehen. Nur Regenwände und Nebel.«

»Ich habe dich gewarnt«, stellte Inken fröhlich fest. »Sylter Winterwetter, das muss man mögen. Aber das ist jetzt auch zu spät, dein neues Haus ist fast fertig renoviert, Nele hat alle Baugenehmigungen bekommen, alles ist in den Startlöchern, es gibt kein Zurück mehr.«

»Ich will auch nicht zurück.« Katharina drehte sich um und holte Tassen aus dem Schrank. »Auf gar keinen Fall.«

»Apropos zurück.« Inken stellte den Wasserkessel ab und die Kanne aufs Stövchen. »Wo ist Hannes eigentlich im Moment? Schon wieder in Schweden?«

»Er war zwischendurch länger in Kiel.« Katharina hielt ein

Streichholz an das Teelicht. »Und jetzt ist er seit einer Woche in Barcelona.«

»Echt?« Inken guckte neidisch. »Da ist das Wetter auch besser. Und wie lange?«

Katharina hob die Schultern. »Weiß er noch nicht. Bis Ende des Jahres vielleicht, je nachdem, wie lange das Projekt dauert.«

»Dann besuch ihn doch wenigstens da mal. Barcelona ist eine ganz tolle Stadt.«

»Ich weiß.« Von einem Geräusch abgelenkt, trat Katharina wieder ans Fenster. »Ich kenne die Stadt. Ich habe da mal für einen Dokumentarfilm recherchiert. Wer kommt denn da mit dem Taxi? Ist das schon Nele?«

Inken stellte sich neben sie und schob eine Pflanze zur Seite. »Sie hat von heute Abend geredet. Das kann sie nicht ... Oh Gott, das glaube ich nicht.« Sofort trat sie einen Schritt zurück. »Guck doch mal.«

Katharina beugte sich nach vorn und wollte ihren Augen nicht trauen. Aus dem Taxi stieg Mia, sie hielt mit beiden Händen einen grünen Hut fest und lief mit gesenktem Kopf zum Haus. Kurz danach folgte Joe mit zwei Taschen und der Taxifahrer rollte einen Koffer hinter ihm her.

»Ihr habt was?«

Fassungslos sah Inken ihre Mutter an und auch Katharina konnte kaum glauben, was sie gerade hörte. Mia saß neben Inken auf dem Sofa, konnte ihre Hand kaum von Inkens Bauch lassen und wirkte so aufgeregt, dass man denken konnte, sie würde selber wieder Mutter.

»Wir haben alles verkauft«, wiederholte Joe freundlich. »Die Finca, das Boot, das Auto. Und jetzt kommen wir gerade vom Notar in Westerland, wo wir den Kaufvertrag für eine Wohnung in Kampen unterschrieben haben. Zurück nach Kampen, das hättet ihr auch nicht gedacht, oder?«

»Wann habt ihr das denn beschlossen?«, fragte Inken und schob Mias Hand zur Seite. »Das kitzelt, hör mal auf. Und warum?«

Mia setzte sich ein kleines Stück von Inken weg. »Das haben wir im Juli beschlossen. Der Sommer auf Mallorca ging mir auf die Nerven. Es war immer nur heiß, kein Regen, nie Wind, da wird man ja rammdösig. Ich mochte plötzlich keine Feriengäste mehr sehen, keinen Knoblauch riechen, es gibt kein richtiges Schwarzbrot, keine Salzkartoffeln, es reichte mir.«

»Salzkartoffeln?« Inken sah ihre Mutter verwirrt an. Die rutschte wieder näher und legte ihr die Hand erneut auf den Bauch. »War nur so ein Beispiel. Und es geht dir gut? Keine Übelkeit mehr, keine Beschwerden? Als ich mit dir schwanger war, bekam ich so fiese Pickel auf der Stirn. Ging aber auch wieder weg.«

Inken blickte hilflos zu Katharina.

»Und eure Sachen?« Katharina wandte sich an ihren Vater. »Was ist mit den Möbeln?«

»Die sind alle im Container.« Joe betrachtete Inkens Bauch jetzt auch mit großen Augen. »Die kommen in drei Wochen, dann ist auch die Wohnung bezugsfertig. Alles gut geplant.«

»Und bis dahin?« Inken hielt Mias Hand zehn Zentimeter von ihrem Bauch entfernt fest. »Wollt ihr hier wohnen? Das ist ja ein bisschen eng, oder?«

»Das fehlt mir noch.« Mia wehrte sofort ab. »So viele Leute in so einem kleinen Haus. Nein, wir haben Piets Appartement gemietet. Bis zum Einzug.«

»Wie? Piet wusste das?« Überrascht ließ Inken Mias Hand los. »Der hat kein Wort gesagt.«

»Sollte er auch nicht.« Joe lächelte. »Wir wollten euch überraschen.«

»Das hat geklappt.« Katharina schüttelte den Kopf und küsste ihren Vater auf die Wange. »Ihr seid verrückt.«

»Nein.« Mia sah erst ihren Mann und dann ihre Töchter ernst an. »Ich habe Heimweh bekommen. Nach der Insel, nach euch, nach all den alten Freunden. Das fühlte sich ein bisschen an wie Liebeskummer. Und dagegen mussten wir was tun. Und das haben wir gemacht. Übrigens ...«, sie legte ihre Hand wieder dahin, wohin es sie zog, »wir haben den Entschluss gefasst, als du uns noch nicht gesagt hattest, dass du schwanger bist. Aber eine Mutter fühlt, wenn das Kind einen braucht.«

Inken betrachtete sie. »Ich habe es dir sofort gesagt, als ich es wusste. Und Mia, wenn du nicht willst, dass ich Mama zu dir sage, dann gewöhn dir nicht diesen Blick an. Und nimm die Hand von meinem Bauch.«

»Dann habe ich es vorher gespürt.« Mia lächelte. »Siehst du. Schon bevor du es wusstest. So, und jetzt hätte ich gern was zum Anstoßen, du natürlich nicht, und dann fahren wir zu Gertrud. Die wird ohnmächtig. Neulich haben wir nämlich noch geskypt und ich habe kein Wort gesagt.«

Katharina und Inken standen gleichzeitig auf und gingen wortlos aus dem Wohnzimmer. Im Flur blieben sie stehen und sahen sich an.

»Ich bin gespannt auf den Konkurrenzkampf ums Baby«, flüsterte Katharina. »Und darauf, ob Mia sich gegen Gertrud durchsetzen kann.«

Inken grinste. »Das wird unentschieden enden. Aber irgendwie ...« Sie ging langsam weiter und blieb plötzlich stehen. »Irgendwie finde ich das alles total super. Wir alle. Wahnsinn.«

Von: Johannsen.Katharina@syltsegeln.de
An: Hannes.Gebauer@projektnordmail.com

Hallo, Hannes,
ich habe tatsächlich heute Abend Zeit, mich mal etwas ausführlicher zu melden und die Fragen Deiner letzten E-Mail zu beantworten. Ich weiß, Du telefonierst lieber, aber ich habe früher schon gern geschrieben, das sortiert die Gedanken. Deshalb finde ich es nicht so nervig wie Du, dass es im Norden Finnlands keine guten Netzverbindungen gibt. Und Du bist ja auch nur noch zwei Wochen da.

Du hast nach der allgemeinen Lage in der Chaosfamilie gefragt, schön formuliert, übrigens. Tatsächlich geht es allen richtig gut. Dank Nele läuft die Baustelle wunderbar nach Plan, mittlerweile hat bereits der Innenausbau begonnen; wenn jetzt nicht noch irgendetwas Unvorhergesehenes passiert, steht der Eröffnung Ende Juni nichts mehr im Wege. Drück uns die Daumen.

Du hast ja neulich am Telefon Deine ganzen Termine aufgezählt, es ist schade, dass Du im Juni nicht da bist, aber vielleicht klappt es Mitte Juli. Dann wollen wir eine Lambert-Matthiesen-Ausstellung machen, Martha hält die Räume des Bistros für wunderbar geeignet, um die Bilder zu zeigen. Ich finde die Idee großartig, es gab seit Jahren keine Ausstellung seiner Bilder auf der Insel, und wir bekommen dafür jede Menge Presse und neue Gäste. Martha würde sich freuen, wenn Du dabei wärst.

Ansonsten warten natürlich alle auf Inkens Baby, der Stichtag war vor drei Tagen, Inken hat aber schon eingeräumt, dass sie sich wohl verrechnet hat. So wie sie aussieht, kann es jetzt jeden Tag losgehen. Jesper hat ungefähr so viel abgenommen, wie Inken zugelegt hat, der Arme ist fix und fertig und macht alle wahnsinnig. Und er ist begeistert, dass Inken ihre Vorbehalte gegen eine feste Beziehung und deutsch-dänische Kleinfamilien aufgegeben hat. Seine Wohnung in Dänemark ist schon neu vermietet.

Mia produziert seit Wochen schreiend bunte Babyklamotten, genäht, gestrickt, gehäkelt. Weil alle ihre alten Freundinnen das niedlich finden, denkt sie gerade über eine Verkaufsmöglichkeit nach. Es sind jetzt schon zu viele bunte Teile für ein einziges kleines Kind. Ich habe abgelehnt, im Bistro einen kleinen Shop einzurichten. Jetzt sucht sie eine andere Möglichkeit.

Was wolltest Du noch wissen? Ach ja, mein Roman. Ich habe jetzt hundert Seiten geschrieben. Die Geschichte von Maria und Christian, die sich seit Kinderzeiten kannten, sich in den Kriegsjahren aus den Augen verloren und dann wiedergefunden haben. Ich habe Marthas Vorschlag befolgt und Jens gebeten, als Lektor mal einen Blick darauf zu werfen. Er findet es gelungen. Ich schreibe jetzt erst einmal zu Ende, falls ich in diesem Chaos genügend Zeit finde.

Ja, und nun zu Deiner letzten Frage. Ich fand unser Wochenende in Paris sehr schön. Auch wenn sich unsere Erinnerungen an die alten Zeiten nicht unbedingt gedeckt haben. (Ich war wirklich nie mit Dir bei einem Konzert von Pink Floyd. Ich gehörte zur Abba-Fraktion, und mir ist auch nicht eingefallen, mit wem Du da gewesen sein könntest.) Und natürlich können wir das wiederholen, nur wann und wo das sein wird, kann ich Dir noch nicht beantworten. Und weißt Du was? Ich finde es großartig, dass ich das nicht beantworten kann. Und es auch nicht mehr muss. Weil ich nichts mehr planen möchte und das, was kommt, auch nicht mehr kontrollieren will. Zumindest möchte ich es versuchen.

Und wir werden sehen, was daraus wird.

Also, Lieber, arbeite nicht zu viel, mach's gut, pass auf Dich auf und grüß die Finnen. Auf bald, fast schon kopflose Grüße,

                                                Katharina

Zum Schluss

Es haben wieder viele geholfen, zugesprochen, zugehört, korrigiert, ergänzt und auch das eine oder andere Getränk gereicht.

Für all das bedanke ich mich bei dem fabelhaften Joachim Jessen, meinem aufmerksamen Bruder Rainer, meiner segelbegeisterten Schwester Birgit, meinen Eltern, meinen Freundinnen Carola und Anne, Ingrid Grimm, dem dtv-Team und nicht zu vergessen Andrea Jahn vom Sylter Stadtarchiv. Euch allen ganz vielen Dank.

Dora Heldt